KB003475

룰스 오브
벤전스

룰스 오브 벤전스

크리스토퍼 라이히 지음

이정윤 옮김

BOOK
2

RULES OF
VENGEANCE

도서
출판 프리뷰

룰스 오브 벤전스

RULES OF VENGEANCE

Christopher Reich

〈로이터〉 긴급뉴스 11:38 GMT

런던 자치구 웨스트민스터 버러 지역에서 오늘 오전 그리니치표준시 11:16, 차량폭탄 테러로 네 명이 현장에서 숨지고 최소 30명의 부상자가 발생했다. 이번 테러의 목표는 영국 기업 총수들과 비공개 회담을 마치고 호위차량들과 함께 모처로 향하던 이고르 이바노프 러시아 내무장관인 것으로 알려졌다. 이 바노프 장관의 부상 여부는 지금까지 알려지지 않고 있다.

계속…

프롤로그

런던
스토레이즈 게이트, 웨스트민스터
11 : 18 GMT

온 세상이 화염에 휩싸여 있었다. 불
길이 도로에 나뒹구는 차량들을 집어삼켰다. 검게 피어오르는 연기가 공중
을 어지럽히고, 인도와 도로 사방에 사람들이 쓰러져 있었다. 하늘에서는
파편 조각과 잔해가 장대비처럼 쏟아져 내렸다.

조나단 랜섬은 몸이 절반은 차량 앞 유리 안쪽으로 처박히고, 나머지 절
반은 바깥으로 튀어나와 자동차 후드 위에 쓰러져 있었다. 그는 고개를 들
고 얼굴에 쏟아진 유리 파편들을 털어냈다. 한손으로 옆얼굴을 만지자 손
에 피가 묻어났다. 들리는 소리라고는 짜증스러울 정도로 날카로운 경적소
리뿐이었다.

그는 속으로 외쳤다. '엠마, 당신 무사한 거야?'

다급히 차 앞 유리에서 몸을 빼고 차량 후드에서 미끄러져 내려왔다. 어
지러워 몸이 비틀거리자, 한손으로 차에 기대며 자신이 어디에 있는지 가

늘해 보았다. 호흡을 가다듬고 정신을 집중하자 마침내 기억이 생생하게 떠올랐다. 검정색 차량들의 행렬, 차량 안테나에 달려 있던 삼색 국기, 이어서 밝은 빛, 갑자기 예고도 없이 날아온 열기, 그리고 몸이 튕겨져 나가며 공중으로 날아오른 기억.

천천히 쓰러져 있는 사람들과 잔해더미를 피하며 그녀를 마지막으로 보았던 교차로를 향해 걸어갔다. 붉은 머리카락과 녹색 눈동자를 가진 여성을 찾았다. 혼란과 공황상태에 빠진 사람들의 얼굴을 살피며 그는 "엠마!" 하고 외쳐댔다.

그녀가 BMW 차량을 주차해둔 곳에는 차량 대신 폭발로 인해 깊게 패인 자국만 남아 있었다. 그녀의 차는 5미터 떨어진 거리에 알아보기 힘들 정도로 부서진 상태로 불길에 휩싸여 있었다. 맞은편에는 메르세데스 벤츠의 잔해 일부가 남아 있고 생존자는 없었다. 폭발과 함께 도로에 면한 건물들의 유리창이 모조리 날아갔다. 연기 속에서 커튼자락이 백기처럼 나부끼고 있었다.

길가 저편에서 타오르는 연기를 뚫고 마른 체구의 금발머리 여성이 그를 향해 걸어오고 있었다. 한손에 핸드폰 아니면 무전기로 보이는 것을 쥐고 있었다. 다른 손에는 권총을 쥐고 있었으며 총구가 그를 향해 있었다. 그를 보고 그녀는 무엇인가를 외쳐댔다. 무슨 소리를 하는지는 들리지 않았다. 자욱한 연기와 엄청난 혼돈 탓에 그녀가 혼자인지 아닌지도 알 수가 없었다. 하지만 그것은 중요치 않았다. 중요한 것은 그녀가 경찰이라는 사실이었다. 그리고 그녀는 그를 체포하기 위해 다가오고 있었다.

조나단은 뒤돌아서서 뛰기 시작했다.

그 순간 비명소리가 들렸다.

그는 곧바로 멈춰 섰다.

도로 한가운데서 남자 한명이 불타는 검은색 세단의 잔해 틈을 비집고 기어 나왔다. 차량 행렬에 있던 메르세데스 벤츠 차량들 중 한 대였다. 불길이 그의 등 쪽 옷을 다 태우고 살까지도 상당 부분 태운 상태였다. 불길이 머리카락으로 번지면서 기이한 주황색 후광이 그 사람의 머리를 감쌌다.

조나단은 고통스러워하는 그 남자에게로 달려갔다. 입고 있던 재킷을 벗어 그것으로 남자의 머리 위까지 번진 불길을 껐다. "누워요." 단호한 어조로 그가 말했다. "움직이지 마세요. 구급차를 부르겠습니다."

"살려 주세요." 길가로 몸을 뻗으며 그가 말했다.

"괜찮을 겁니다." 조나단이 말했다. "하지만 움직이면 안 됩니다." 구조를 요청하기 위해 그가 자리에서 일어섰다. 길 아래 저편에서 경찰 차량의 경광등 불빛이 보였다. 그는 팔을 흔들며 외치기 시작했다. "여깁니다. 응급지원이 필요합니다."

그 순간 누군가가 그를 바닥으로 쓰러뜨렸다. 억센 손이 그의 팔을 등 뒤로 꺾으며 손에 수갑을 채웠다. "경찰이다." 어떤 남자가 그의 귀에 대고 소리를 질렀다. "꼼짝 마. 움직이면 죽여 버리겠어."

"그 사람을 건드리지 마시요." 수갑이 채워진 채로 몸을 허우적대며 조나단이 말했다. "전신에 3도 화상을 입었어요. 어서 환자의 몸을 덮어 줄 만한 것을 갖고 와요. 공기 중에 오염물질이 너무 많습니다. 화상 부위의 감염을 막아 주지 않으면 환자는 감염으로 사망할 것입니다."

"닥쳐!" 그의 얼굴을 바닥에 짓누르며 경관이 외쳤다.

"이름이 어떻게 되십니까?" 금발머리의 여성이 옆에 다가와 앉으며 물었다.

"랜섬. 조나단 랜섬. 나는 의사요."

"왜 그랬습니까?" 그녀가 강한 어조로 물었다.

"뭐를 말이요?"

"폭탄 말이에요." 그녀가 말했다. "당신이 누군가에게 소리치는 것을 봤어요. 상대가 누구였죠?"

"나는…" 그는 말을 하려다 도로 삼켰다.

"당신은 뭐라고요?"

조나단은 대답하지 않았다. 저 멀리 도로 블록에서 한 여인이 사람들 사이를 헤쳐 지나가는 것이 보였다. 헝클어진 여자의 머리카락은 붉은색이었다. 경찰이 사방에 깔려 있고, 자욱한 연기가 앞을 가로막고 있었기 때문에 그녀를 본 것은 한순간, 아니 그보다도 더 짧았다. 그럼에도 불구하고 그는 그녀가 누군지 알아보았다.

엠마였다.

아내는 살아 있었던 것이다.

하루 전…

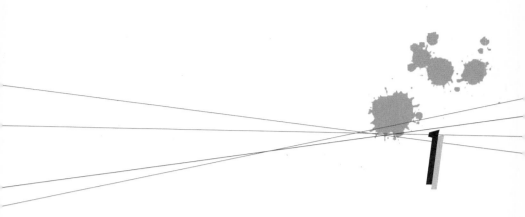

세계에서 부동산 값이 가장 비싼 곳
은 센트럴 런던에 위치한 메이페어 지역이다. 기껏해야 2평방마일인 메이
페어 지역은 서쪽으로 하이드파크, 남쪽으로는 그린파크를 경계로 하고 있
다. 클라리지 호텔, 로열 더치 쉘의 본사 건물, 브루나이 술탄의 여름별장
이 걸어서 왕래할 수 있을 정도로 가까운 거리에 있다. 그 사이에는 전 세
계에 널리 알려진 럭셔리 부티크들, 런던 유일의 미슐랭 가이드 별 세 개짜
리 레스토랑, 자금을 무한정 가진 이들을 위한 아트갤러리 몇 곳이 들어서
있다. 부와 특권이 집중되어 있는 이곳에서조차도 유독 나머지 지역을 능
가하는 주소지가 한군데 있다.

바로 파크 레인 1가이다. '원 파크'로 잘 알려진 그곳은 하이드파크의
남동쪽 끝자락에 위치한 초호화 고층건물이다. 건물의 역사는 1백 년 전 10
층짜리 호텔에서 시작해서 은행, 자동차 대리점, 그리고 항간의 소문에 따
르면 중동의 고위관리들을 위한 고급 사창가 시절로까지 거슬러 올라간다.
부동산 가치가 수직상승하기 시작함과 동시에 건물의 가치도 동반상승하
기 시작했다.

오늘날 이곳 원 파크에 위치한 20층 높이의 건물에는 열아홉 세대를 위
해 조성된 개인 주거공간이 들어서 있다. 두 개 층을 모두 사용하는 펜트하

우스를 제외하고는 층별 한 세대에 한층 전체가 주어지며, 시가는 평방피트당 5천 파운드, 미화로 치면 8천 달러부터 시작한다. 그 중 가장 저렴한 층이 대략 1천 5백만 파운드 정도이며, 펜트하우스의 경우는 그 네 배를 호가하는 6천만 파운드 정도이다. 미화로 9천만 달러에 상당하는 가격이다. 거주자들 중에는 전 영국 총리, 헤지펀드 매니저인 미국인, 그리고 불가리아 암흑가의 두목도 포함돼 있다. 세간에는 그들 중에서 누가 제일 큰 도둑인지를 두고 우스갯소리가 나돈다.

한 지붕 아래 워낙 많은 부가 모여 있다 보니 안전이야말로 24시간 가장 신경 쓰이는 부분이다. 항상 제복 차림의 도어맨 두 명이 로비를 지키고 있고, 사복 경찰 세 명이 한 팀을 이뤄 구내를 순찰하며, 통제실에 배치된 두 명은 건물 곳곳에 위치한 44개의 폐쇄회로 텔레비전 카메라로부터 실시간 전송되는 상황을 보여주는 다중 모니터를 감시하고 있다.

원 파크의 위압적인 정문은 강철 틀로 보강된 이중 방탄유리 재질에 마그네틱 잠금장치가 설치되어 있었다. 문을 제작한 독일회사 지그프리드 & 스타인은 잠금장치가 로켓추진식유탄 RPG에 의한 직접 타격에도 끄떡없다고 장담했다. 폭발에 의해 정문 자체가 경첩에서 통째로 떨어져 나가 넓은 대리석 로비 너머로 날아가 버린다 하더라도, 하느님과 비스마르크에게 맹세컨대, 잠금장치는 여전히 잠겨 있을 것이란 말이었다. 방문객은 거주자가 폐쇄회로 텔레비전을 통해 얼굴을 보고 신분을 확인한 다음에야 비로소 문 안으로 들어올 수 있다.

무슨 수를 쓰더라도 원 파크는 사실상 침입불가로 보였다.

하지만 들어가는 것은 쉬운 일이었다.

'알파'라는 작전명을 가진 침입자는 원 파크 5A 호실 마스터 침실 옷장 안에 들어와 있었다. 알파는 이 아파트의 보안시스템을 훤히 꿰뚫고 있었다. 작전개시 전에 한 정찰 때 모든 방의 창가에 깔려 있는 카펫과 현관 카펫 밑에 압력패드가 달려 있지만, 드레스룸 안쪽 카펫에는 압력패드가 없다는 사실을 알아냈다. 드레스룸 안쪽에는 다른 종류의 더 정교한 장치가 설치되어 있지만, 그것 역시 큰 문제가 되지 못했다.

침입자는 문으로 다가가 전등 스위치를 켰다. 드레스룸은 으리으리했다. 안쪽 벽에는 신발장이 놓여 있고, 그 옆에는 둘둘 만 성 조지 깃발과 함께 홀랜드 & 홀랜드 산탄총 두 자루가 세워져 있었다. 집주인의 옷들이 한쪽 벽에 걸려 있었는데, 여자 옷은 보이지 않았다. 집주인은 독신 남자였다.

왼편으로는 오래 된 잡지, 신문철, 서류철이 쌓여 있었다. 오른편에는 마호가니 재질의 서랍장이 있는데, 사진 몇 장이 잘 만들어진 사진틀 속에 끼워져 서랍장 위에 놓여 있었다. 사진 한 장에는 엷은 갈색머리에 사냥복을 잘 차려 입은 신사가 한쪽 겨드랑이에 엽총을 끼고, 비슷한 차림을 한 엘리자베스 2세 여왕과 대화를 나누고 있었다. 침입자는 집주인이 누군지 알아보았다. 집주인은 영국의 최고 갑부로 50억 파운드의 재산가인 서포크 공작의 외아들인 로버트 러셀경이었다.

알파는 러셀의 돈을 훔치기 위해 온 것이 아니었다. 그가 찾고 있는 것은 돈보다 한층 더 가치가 높은 것이었다.

침입자는 무릎을 꿇고 가지고 온 가방에서 얇은 꾸러미 하나를 꺼낸 다음 손톱으로 플라스틱 포장을 뜯었다. 알파는 능숙하게 접혀 있는 은박색 점프 슈트를 펼치고 그 위에 올라갔다. 슈트가 드러난 피부를 빈틈없이 덮도록 세심하게 살폈다. 슈트에 달린 모자는 눈썹 밑까지 내려왔고 턱 부분의 마스크는 입과 코를 가리도록 위로 올렸다. 점프 슈트는 주로 구급담요에 사용되는 마일라 소재로 되어 있었다. 슈트는 단 한 가지 목적을 위해 디자인되었는데, 그것은 바로 몸의 열기가 외부로 발산되는 것을 차단하는 것이었다.

마일라 슈트가 제 위치에 자리 잡은 것을 확인하자 침입자는 야간 투시경을 꺼내 이번에도 최대한 피부를 가리도록 신경을 쓰면서 착용했다. 마지막으로 꺼낸 것은 장갑이었다.

알파는 드레스룸의 문을 열었다. 마스터 침실은 어둠 속에 묻혀 있었다. 침실 안을 훑어보니 문 쪽 천장에 동작 탐지기가 붙어 있었다. 담뱃값 크기의 동작 탐지기는 수동형 적외선 빔을 방출하고 있었는데, 탐지기 범위 내에서 인체가 지나가면서 발생하는 방안의 온도변화를 분 단위로 감지했다. 알람의 민감도는 고양이나 작은 개가 지나가는 정도에는 반응하지 않도록 조정이 가능했지만 로버트 러셀은 애완동물을 키우지 않았다. 게다가 그는 본래 주의가 깊은데다 직업적 특성까지 더해 편집증에 가까운 성격이었다. 그는 자신의 최근 연구가 특정 집단에게는 환영받지 못한다는 사실을 충분히 알고 있었다. 지난 사례들에 비추어 본다면 목숨까지 위험할 처지였다. 탐지기 센서는 침입자의 가장 미세한 움직임까지도 탐지할 수 있도록 맞추어져 있을 것이 분명하다.

열 탐지 방지 슈트를 입고는 있었지만 아직 방에 들어가는 것은 안전하지 못했다. 로버트 러셀은 자신의 집에 안전장치를 이중으로 설치해두었고, 동작 탐지기는 그 중 하나였다. 다른 장치는 도플러 레이더를 응용한 극초단파 송신기로 음파를 벽에 반사시키는 장치였다. 음파의 패턴에 어떠한 방해라도 받게 되면 알람이 작동되는 것이다.

침실 조사를 하면서 송신기의 위치는 알아내지 못했다.

바로 그때 알파의 이어폰에서 목소리가 흘러나왔다. "놈이 목표물을 떠났음. 남은 시간 8분."

"알았음, 체크."

알파는 드레스룸에서 나와 신속하게 침실 문 쪽으로 움직였다. 경보나 비상벨은 울리지 않았다. 그 방에는 송신기가 없었다. 침실 문을 조금 열자 복도를 지나 거실 안쪽까지 시야에 들어왔다. 장갑을 낀 손가락으로 야간 투시경의 배율을 네 배로 올렸다. 복도 벽 높은 위치에 송신기의 존재를 알려주는 루비 빛 다이오드를 찾아내는 데 걸린 시간은 15초. 해결방법은 송신기를 속여 정상적으로 작동하는 것처럼 착각하게끔 만드는 데 있었다.

알파는 점프 슈트에서 소형 권총을 꺼낸 다음 신중하게 다이오드를 겨냥해 발사했다. 권총에서 발사된 것은 일반적으로 사람들이 생각하는 탄환이 아니었다. 발사된 것은 에폭시 화합물 결정체를 포함하고 있는 아음속 발사체였다. 부딪히면 납작하게 펴지도록 고안된 에폭시 발사체는 효과적으로 음파를 차단한 후 송신기로 반사시킬 것이다. 그렇다고 해도 1초 미만의 찰나 동안 음파가 방해를 받아 알람이 작동신호를 받게 된다.

그러나 알람이 울리지는 않을 것이다.

이중 은폐 알람이 가지고 있는 아름다움과 오만은 바로 알람이 작동하기 위해서는 두 가지 메커니즘이 동시에 촉발되어야 한다는 데 있었다. 열 센서가 온도 상승을 감지하면 알람은 동작 탐지기를 통해 도플러 파동에도 상응하는 교란이 발생했는지를 재차 확인하게 된다. 마찬가지로 도플러 기반의 동작 탐지기에 교란이 발생할 경우 알람은 열 탐지기를 통해 실내온도 상승 여부를 확인하게 되는 것이다. 만일 한 쪽이라도 반응이 없는 것으로 판명될 경우 알람은 작동하지 않는다. 이러한 경보시스템의 중복장치는 방을 더 안전하게 보호하려는 목적이 아니라 허위경보의 가능성을 차단하기 위해서 설치된 것이다. 양쪽 시스템을 동시에 무력화하는 것이 가능하다고는 아직 누구도 생각해 보지 않았던 것이다.

발사체가 목표물을 정확하게 맞혔다. 루비 빛 다이오드가 사라졌다. 방은 안전해졌다.

알파는 시간을 확인했다. 남은 시간은 6분 30초.

거실 안으로 들어간 후 카펫의 각 벽 쪽에 닿은 부분을 젖혀 뒤집었다. 압력패드는 도식에 그려진 그 위치에 있었다. 하이드파크가 내려다보이는 두 개의 전면 유리창 앞쪽에 각각 한 개씩 놓여 있었고, 세 번째 패드는 발코니로 나가는 미닫이 유리문 앞쪽에 놓여 있었다. 압력 패드들을 해제하는 데 각 1분이 걸렸다. 현관문 근처에도 한 개가 놓여 있었지만 굳이 해제할 필요는 없었다. 침입 루트와 탈출 루트는 동일했다.

남은 시간 4분.

아파트 안을 자유롭게 활보할 수 있게 되자 침입자는 러셀의 서재로 직행했다. 이 아파트에 와 본 적이 있었고, 구조를 머릿속에 기억해 두었다. 방 한가운데에 매끄러운 스테인리스 책상이 놓여 있고, 책상 위에는 LCD 모니터 세 대가 나란히 배열되어 있었다. 맞은편 정면 벽에는 96인치는 되어 보이는 훨씬 큰 스크린이 걸려 있었다.

알파는 할로겐 등으로 책상 아래쪽을 비췄다. 컴퓨터 본체가 책상 뒤쪽 바닥에 놓여 있었다. 시간상 파일을 복사하는 것은 무리였고 그냥 폐기하는 수밖에 없었다. 가방에서 휴대용 전자 장비 하나를 꺼낸 다음 러셀의 컴퓨터 CPU 부분 위를 수차례 문질렀다. 장비는 매우 강력한 전자기장을 방출하면서 모든 데이터를 삭제했다.

불행히도 그 정보는 좀 더 영구적인 장소에도 보관되어 있었다. 바로 로버트 러셀의 뛰어난 두뇌였다.

"놈이 차고에 주차 중." 이어폰에서 아까의 목소리가 알려 왔다.

시각은 새벽 2:18. "임무 완료." 알파가 말했다. "연결을 끊겠다."

"본부에서 다시 보자."

책상 위에는 인터넷 태블릿 한 대가 놓여 있었다. 아파트의 자동 기능들을 조정할 수 있는 올인원 터치스크린이 장착되어 있었다. 한 번의 터치만으로 러셀은 텔레비전을 켜거나 커튼을 여닫고 온도를 조절할 수도 있는 것이다. 좀 더 흥미로운 모양의 태블릿이 하나 더 있었다. 보안 버튼을 누르면 스크린은 저절로 네 부분으로 나눠지면서 각각 건물에 설치된 폐쇄회로 카메라 중 하나의 영상을 보내게 된다. 왼쪽 상단 화면에는 로버트 러셀이 자신의 에스턴마틴 DB12에서 내리는 모습이 나오고 있었다. 잠시 후 러셀은 아파트 지하 현관으로 들어갔다. 몇 초 뒤 그의 모습이 왼쪽 하단 화면에 나타났다. 이번에는 엘리베이터 안이었다. 그는 30대에 마른 체형으로 헝클어진 무성한 옅은 금발은 어디를 가나 사람들의 시선을 사로잡았다. 청바지와 오픈 셔츠 차림에 블레이저를 입고 있었다. 브라질 주지츠를 배워 검은 띠까지 딴 유단자였고, 여러 면에서 그는 위험한 인물이었다.

러셀이 엘리베이터에서 내렸고, 잠시 후 벽감식 전용 입구에서 그가 출입문 비밀번호를 누르고, 생체인식 자물쇠에 엄지를 대고 있는 모습이 마지막 화면에 나타났다.

알파는 부엌으로 들어가 냉장고를 열었다. 맨 위 선반에 얼음 케이스에 싸인 보드카 두 병이 놓여 있었다. 라벨을 보니 쥬브루브카였다. 바이슨 그래스라는 들소풀로 만든 폴란드산 보드카로 따뜻한 벨벳같이 부드러운 맛이 특징이었다.

현관문의 잠금장치가 뒤로 밀려났다. 로버트 러셀의 구두 굽이 대리석 바닥 위에서 또각또각 소리를 냈다. 침입자는 모자를 벗고 점프 슈트의 지퍼를 내린 다음 기다렸다. 위장은 더 이상 필요 없었다. 러셀이 겁먹지 않게 하는 것이 중요했다. 그가 가지고 다니는 키 체인에는 알람을 작동시키는 비상단추가 달려 있다.

러셀이 부엌으로 들어왔다. "맙소사, 깜짝 놀랐잖소." 그가 소리쳤다.

"안녕, 로비. 뭐 한잔 할래요?"

러셀의 비상한 머릿속에 상황들이 정리되면서, 그의 미소가 빠르게 사라졌다. "그런데, 대체 당신이 여기에 어떻게 들어온 거지?"

그가 미처 말을 끝내기도 전에 침입자 알파는 보드카 병을 얼음 케이스에 싼 채로 그의 머리를 내리쳤다. 러셀은 두 손을 짚으며 주저앉았다. 키 체인이 바닥으로 잽싸게 굴러 떨어졌다. 그 한방으로 러셀은 강한 충격을 받았지만 의식을 잃은 것은 아니었다. 그가 소리를 지르기 전에 알파는 그의 몸 위에 올라타 한손으로 턱을 잡고 다른 손으로 머리카락을 휘어잡은 채 머리를 왼쪽으로 강하게 비틀어 버렸다.

러셀의 목이 마른 나뭇가지처럼 부러졌다. 그는 사지를 축 늘어뜨리며 바닥에 쓰러졌다. 시체를 끌어 거실을 지나 발코니로 옮기는 데 알파는 온 힘을 다 써야 했다. 알파는 러셀의 양팔을 난간 위에 걸친 다음 다리를 잡고 죽은 몸뚱어리를 들어 올려 난간 밖으로 굴려 버렸다.

　여자는 로버트 헨리 러셀경이 35미터 아래 화강암 계단 위로 떨어지는 것을 끝까지 내려다보며 확인할 필요도 없었다.

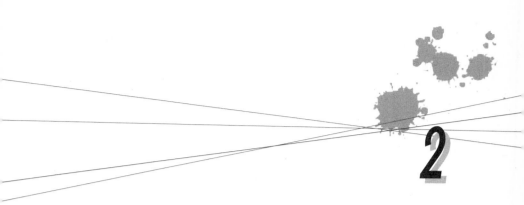

영국 서머타임 시간으로 06:11. 나이로비로부터 귀항하는 케냐 에어웨이 99편이 런던 히드로 공항에 착륙했다. 승객명단에는 승객 280명과 승무원 16명이 에어버스 A340기에 탑승해 있었다. 실제 승객 수는 어머니의 무릎에 안겨 있는 아기들과 본래는 승무원용인 접이식 좌석에 앉은 대기자들까지 포함해서 300명을 조금 웃돌았다.

43번 좌석에 앉아 있는 조나단 랜섬은 손목시계를 쳐다보며 뭔가 불안한 듯 자세를 바꿔가며 몸을 뒤척이고 있었다. 비행 소요시간은 정확히 9시간 30분. 예정보다 이른 도착이었다. 대부분의 승객들은 도착 시간이 당겨졌다는 사실에 기뻐했다. 이는 아침 러시아워를 피해 시내로 나갈 수 있다는 것이고, 관광일정을 남들보다 빨리 시작할 수 있음을 의미하기 때문이었다. 조나단은 그 대부분 중 한명이 아니었다. 한 주 내내 조모 케냐타 국제공항에서는 항공교통 관제사들의 파업으로 인한 길고 지루한 운항지연이 이어졌다. 전날 항공편만 해도 예정보다 무려 여섯 시간이나 늦게 런던에 도착했다. 그 전날에는 운항이 전면 취소되기조차 했다. 그런데 그가 탄 비행기는 제 시각이 아니라 예정 비행 스케줄보다 일찍 도착한 것이다. 그는 이것이 과연 행운인지 아닌지 분간할 수 없었다. 무엇이 되었든 굳이 이름 짓고 싶지 않은 것이었다.

오지 말았어야 했다고, 자신이 머물던 곳이야말로 안전한 곳이었다고 그는 스스로에게 되뇌었다. '꼼짝 않고 숨어 있는 게 더 나았어.'

하지만 이제껏 그는 책임을 회피한 적이 없었으며, 이제 와서 그럴 생각도 없었다. 게다가 마음 속 깊은 곳에 그는 그들이 자신을 찾고자 마음만 먹으면, 자신이 안전하게 숨을 수 있을 만큼 외지고 먼 곳은 이 세상 어디에도 없다는 것을 알고 있었다.

조나단 랜섬은 182센티미터를 조금 넘는 장신이다. 청바지와 샴브레이 셔츠 차림에 데저트 부츠를 신은 그는 날렵하고 다부져 보였다. 오랜 시간을 적도의 태양 아래서 일한 탓에 얼굴은 검게 타 있었다. 같은 이유로 입술은 갈라지고, 코 부위에는 핑크색 주근깨가 올라와 있었다. 군인처럼 짧게 자른 회색 머리에 미끈하게 뻗은 코와 어울리는 짙은 눈동자에 이틀간 면도를 못한 탓에 올라온 까칠한 수염 탓에 이탈리아인이나 그리스인쯤 되는 것으로 보였다. 심지어는 유럽계 혈통이 섞인 남미인 쯤으로 볼 수도 있을 것이다. 하지만 그는 그 어디에도 해당하지 않았다. 그는 메릴랜드주 아나폴리스에 있는 유서 깊은 남부 가문의 38세 미국인이었다. 좁은 좌석에서도 공간이 그를 지배하는 게 아니라 그가 공간을 지배하고 있는 것처럼 보였다.

조나단은 신경을 돌리기 위해서 의료회의 준비를 위해 가져온 여러 권의 잡지와 월간지들을 챙겨 모아서 가방에 쑤셔 넣었다. 대부분 '열대성 질병의 처방과 예방' 또는 '사하라 이남 아프리카 지역의 C형 간염: 임상연구'와 같은 제목을 달고 있는 것들이었으며 유명 대학의 저명한 의사들이 쓴 글들이었다. 그 중에는 일반 복사용지로 인쇄되고, 제목 바로 아래 그의 이름이 적힌 글도 있었다. '소아과 환자를 위한 기생충질환 예방' 저자 닥터 조나단 랜섬. MD(의학박사). 전미의사협회 정회원. 국경없는의사회 소속. 현재 근무지는 일반 병원이 아니라 다음과 같이 적혀 있었다. 케냐 투르카나 호수, 유엔난민캠프 18호.

지난 8년간 조나단은 분쟁지역에서 의료활동을 하는 인도주의적 국제 구호기구인 국경없는의사회를 위해 일해 왔다. 그는 라이베리아와 다르푸르, 코소보, 이라크를 비롯한 여러 지역에서 활동했다. 그리고 지난 6개월 동안은 에티오피아와 케냐 사이의 국경지역에 위치한 투르카나 난민캠프의 담당의로 활동했다. 현재 그곳 난민캠프의 수용인원은 10만 명에 이르렀다. 그들 대부분은 아프리카대륙의 북동부 지역이나 소말리아나 에티오피아와 같이 전쟁으로 황폐해진 지역으로부터 피난 온 난민 가족들이다. 캠프 내에 여섯 명의 의사 중 한명이자, 유일하게 의사회로부터 인정받은 전문의로서 그는 발목 골절상부터 총상에 이르기까지 온갖 종류의 환자들을 치료하며 시간을 보냈다. 하지만 올해의 경우 그는 다른 분야에서 가장 놀라운 업적을 이뤄냈다. 한명도 잃지 않고 140일 동안 1백 명의 신생아를 받아낸 것이다.

그러던 중 어느 시점에서부터 그는 기생충질환 분야의 전문가가 되어 있었다. 개발도상국들의 가난과 질병 문제에 전 세계의 관심이 점점 커지는 가운데 '최전방에서' 경험을 보유한 의사들을 향한 관심도 유행처럼 번지기 시작했던 것이다. 올봄 초에 그는 국제내과전문의협회로부터 연례회의에 참석하여 해당 주제에 관한 발표를 해달라는 참석 제의를 받았다. 조나단은 대중 앞에서 연설하는 것을 즐기지 않았지만, 그럼에도 제안을 받아들였다. 관련 주제를 좀 더 널리 알릴 수 있을 뿐더러, 영향력 있는 기관이나 조직에서 그런 주제에 관해 연설할 기회가 늘 있는 게 아니기 때문이었다. 랜섬으로서는 피하기 힘든 의무였던 셈이다. 국제내과전문의협회에서 여행경비를 지불해 주었고, 비행기표와 숙박건도 알아서 처리해 주었다. 며칠이나마 깨끗한 시트와 단단한 매트리스가 있는 제대로 된 침대에서 잠을 잘 수 있게 된 것이었다. 그는 미소를 지었다. 그 당시에는 상당히 매혹적인 제안으로 여겨졌던 것이다.

바로 그 순간, 조나단은 경찰 차량을 보았고 흔히 숨을 쉴 수 없을 때나

목 아래로 마비가 올 때 일어나는 증상처럼 심장이 조여 옴을 느꼈다.

플래시라이트를 켠 영국공항청 소속의 파란색과 흰색 차량 두 대가 그가 탄 비행기 옆으로 다가오고 있었다. 곧이어 차량 두 대가 가세했다. 조나단은 등을 좌석에 기댔다. 다시 겪고 싶지 않은 상황이 또 벌어진 것이었다.

심장이 뛰기 시작했고, 그는 속으로 엠마의 이름을 불렀다. '저자들이 날 잡으러 왔어.'

"그자들은 앞으로 계속 당신을 주시할거야. 당신에게는 그들이 보이지 않을 거야. 놈들의 실력이 좋기 때문에 당신이 눈치 챌 일도 전혀 없을 거야. 그렇다고 방심하지는 마, 놈들은 늘 당신을 지켜보고 있을 테니까. 절대로 긴장을 풀어서는 안 돼."

엠마 랜섬은 테이블 너머로 조나단을 응시하며 말했다. 어깨까지 내려오는 붉은 머리카락은 자연스럽게 헝클어져 있고, 난로의 불길이 그녀의 옅은 황갈색 눈동자 안에서 이글거리고 있었다. 그녀는 크림색 상의 카디건 스웨터를 걸치고, 총상 입은 어깨를 고정시켜 보호하기 위해서 왼팔에는 보호대가 감겨 있었다.

늦은 2월이었고, 조나단이 런던으로 가기 다섯 달 전이었다. 두 사람은 사흘간 스위스 발레주 그리멘츠 마을의 산자락 위에 있는 산장에 머물렀다. 산장은 상황이 복잡해지면 잠시 몸을 숨기기 위해 준비해 둔 엠마의 은신처였다.

"그자들의 정체가 뭐야?" 조나단이 물었다.

"디비전. 그자들은 전 세계에 사람을 심어 놓았어. 당신과 한동안 같이 일한 의사일 수도 있고, 또는 단순히 지나쳐 간 사람일 수도 있어. 유엔에서 파견 나온 조사관이나 세계보건기구 간부일 수도 있고. 알잖아. 나 같은 사람들 말이야."

디비전은 미국 국방부에서 운영하는 비밀 첩보조직이고, 엠마는 그 조직의 전직 요원이었다. 디비전은 흑색작전 중에서도 가장 기밀을 요하는 첩보활동을 수행했다. 비밀리에 움직이며 결코 실체를 드러내는 법이 없었다. 게다가 의회의 시야에서도 벗어나 있었다. 그곳은 일반적인 정보수집 기관이 아니었다. 조직의 요원들은 스파이가 아니라 타국에 잠입시킨 공작원으로서, 미국의 안보나 세계 도처에 산재한 미국의 이익을 보호하는 데 극히 중요하다고 간주되는 공작활동이 주요 임무였다. 그 공작활동이란 임의로 정치과정에 개입해 왜곡시키고, 공갈 협박, 투표 조작, 지정학적으로 민감한 시설의 파괴, 혹은 쉽게 말해 거물급 인사 암살 같은 것들이었다.

디비전의 모든 요원들은 철저한 신분위장 하에 활동했다. 위조 신분증을 가지고, 모두 타국의 여권을 소지했고, 단기 임무는 6개월 정도였다. 보다 복잡한 작전의 경우에는 2년, 혹은 그 이상이 걸릴 수도 있었다. 해외파견에 앞서 신분위장을 위한 꼼꼼한 서류작업이 이뤄졌다. 요원 중 한명이 발각되거나 신분이 노출되기라도 하면 미국 정부는 해당 개인과의 그 어떠한 연관도 없음을 주장하고, 요원의 석방을 위해 어떠한 노력도 하지 않는다.

"나보고 어떻게 하라는 말이야?" 조나단이 물었다. "앞으로 이십 년쯤 이 산에 눌러 살라고?"

"그냥 당신 자신의 삶을 살아. 나는 죽었다고 생각하고. 나에 대해서는 잊고 살아."

조나단이 찻잔을 내려놓으며 말했다. "그럴 순 없어."

"당신에게는 선택의 여지가 없어."

그는 그녀의 손을 맞잡았다. "그렇지 않아. 나는 선택권이 있어. 그건 당신도 마찬가지야. 우리 둘이서 아프리카나 인도네시아, 그것도 아니면…아무튼 어디론가 가 버리는 거야. 그들이 우리를 찾지 못할 외딴 곳 어디론가 말이야."

"그런 곳은 없어." 엠마가 나직이 속삭였다. "세상이 너무 좁아졌어. 커튼을 치고 숨을 만한 외진 곳이 이제는 더 이상 없단 말이야. 그런 곳들은 이제 죄다 노출이 됐어. 웹캠이 없는 곳이 없고, 별 다섯 개짜리 리조트를 지으려는 사람들이 먼저 가 있다고. 모르겠어, 조나단? 당신과 함께 살 수 있는 방법이 있기만 하다면 나도 기꺼이 그렇게 하고 싶어. 나도 당신과 함께 있고 싶다고. 지난 주 그 크레바스 속으로 떨어졌을 때 말이야. 당신만 나를 잃었던 게 아니야. 나도 당신을 잃었던 거야. 당신을 다시 볼 수 있을 거라는 확신이 없었어. 내 말을 믿어. 우리에게는 지금 갈라서서 각자의 길을 가는 것 외에는 다른 선택권이 없어. 둘 다 살고 싶다면 말이야."

"하지만…"

"하지만이 아니야. 그렇게 해야만 해."

조나단이 뭐라고 하려고 하자 엠마가 그의 입술에 손가락을 갖다 대며 입을 막았다. "내 말 잘 들어요. 무슨 일이 일어나도 내가 연락하기 전에 당신이 내게 먼저 연락을 취하려는 시도를 하면 안 돼. 내가 너무 보고 싶어서건, 주변에 당신을 감시하는 시선이 없는 게 확실하다고 느껴서건 간에 그럴 생각조차 하면 안 돼. 그렇게 하기가 어렵다는 건 나도 알지만, 날 믿고 내 말대로 해 줘야만 해."

"만약 내가 연락하면 어떻게 되는데?"

"그자들이 금방 알아챌 거고, 그들이 당신보다 먼저 날 찾겠지."

그보다 열흘 전에 조나단과 엠마는 그동안 미뤄왔던 휴가를 즐기기 위해 스위스로 갔다. 등반 경험이 있는 두 사람은 아로사와 다보스 마을들 사이에 있는 푸르가봉을 오르기로 했다. 등산 중에 그들은 심한 폭풍과 맞닥뜨렸고, 엠마가 가파른 급경사를 내려가다 넘어지면서 등반여행은 재앙으로 끝을 맺고 말았다. 조나단은 아내가 죽었다고 믿은 채 산에서 내려올 수밖에 없었다. 다음 날 그는 아내 앞으로 배달 된 편지 한 통을 받았다. 편지의 내용은 그녀의 비밀스런 과거로의 문을 열었다. 무시하고 지나쳐 버릴 수도 있었지만 그는 그럴 수가 없었다. 언제나 그는 쉬운 길을 택하지 않았다. 대신에 그는 두 사람이 처음 만난 순간부터 아내가 숨겨온 진실이 무엇인지 알아내기 위해 엠마의 비밀스런 세계를 파헤쳐 나갔다.

아내를 찾아 떠난 그의 탐험은 취리히 외곽 언덕 꼭대기에서 네 사람의 죽음, 그리고 엠마의 부상과 함께 끝이 났다.

그것이 사흘 전의 일이었다.

조나단은 아내의 손을 꼭 잡았고, 그녀도 대답하듯 그의 손을 마주 쥐었다. 그는 그녀의 손길에서 묻어나는 감정이 애정이 아니라고 부정할 수는 없었다. 하지만 그게 사랑인지, 아니면 훈련된 반응인지 자신할 수 없었다.

갑자기 그녀가 자리에서 일어나 산장 안을 한 바퀴 돌아보았다. "일주일치 식량은 충분해. 당분간 이곳에서 조용히 지내. 이 장소에 대해서는 아무도 몰라. 이곳에서 나오면 나는 죽어 없어진 것처럼 행동해. 다 그런 거야. 항상 머릿속에 기억하고 있어. 그리고 미국 여권을 사용해야 돼. 하던 일을 다시 시작해. 잡히는 대로 우선 무슨 일이든 맡아서 해요."

"그러면 디비전은? 당신은 그들이 가만히 있을 거라 생각하는 거야?"

"내가 말했잖아요. 그자들은 당신을 예의주시할 거야. 하지만 걱정할 필요는 없어. 당신은 아마추어니까 그 사람들이 당신을 귀찮게 하지는 않을 거야."

"만약에 귀찮게 굴면?"

엠마는 얼른 대답하지 않았다. 대신 두 어깨가 팽팽하게 굳어지더니 단호한 어투로 이렇게 말했다.

"그들이 원하는 건 나야."

"그럼 언제 당신을 다시 볼 수 있어?"

"말하기 힘들어. 상황이 좀 더 안전해지도록 만들어 봐야지."

"만약에 그렇게 안 되면?"

엠마의 입술이 살짝 처지더니 슬픈 미소를 지으며 그를 물끄러미 쳐다보았다. '더 이상은 묻지 마.' 그녀의 입은 이렇게 말하고 있었다.

"그 정도 가지곤 곤란해." 그가 말했다.

"나도 더 말해 주고 싶어, 조나단. 정말로 그렇게 하고 싶어."

한숨을 지으며 그녀는 배낭을 간이침대 위에 내려놓고 물건을 챙겨 넣기 시작했다. 그 광경에 그는 몹시 당황했다. 조나단은 일어나 그녀에게로 걸어갔다. "아직 움직이면 안 돼." 아내를 잃지 않고자 하는 남편이 아니라 환자에게 충고하는 의사의 모습으로 최대한 전문가다운 목소리를 내려고 애쓰며 그가 말했다. "아직 어깨를 무리하게 움직이면 안 된단 말이야. 봉합 부위가 다시 벌어질 수도 있어."

"당신, 한 시간 전만해도 별로 상관 안 하는 것 같았는데."

"그건…" 조나단은 말을 끝맺지 못했다. 아내는 미소를 지어 보였지만 그건 연기였을 뿐이다. 이번만은 그녀의 마음을 꿰뚫어볼 수 있었다. "엠마." 그가 말했다. "이제 겨우 사흘 됐잖아."

"맞아." 그녀가 말했다. "바보같이 내가 너무 오래 지체했어."

아내가 짐 챙기는 것을 지켜보았다. 밖은 어두웠고, 눈이 내리기 시작했다. 은회색 달빛 속에서 내리는 눈송이는 마치 깨진 유리조각처럼 보였다.

엠마는 부상당하지 않은 어깨에 배낭을 걸쳐 메고 문을 향해 갔다. 키스도 힘든 작별인사도 없었다. 그녀는 문고리를 손에 쥔 채 뒤도 돌아보지 않고 말했다. "당신이 이것만은 기억해 주었으면 해."

"뭐를?"

"내가 당신 때문에 돌아왔었다는 사실."

항공기가 착륙지점으로 이동했다. 보조동력이 켜지자 선실 안내등이 깜박였다. 승객들은 자리에서 일어나 머리 위의 짐칸을 열었다. 순식간에 객실은 사람들의 움직임으로 북새통을 이루었다. 조나단은 항공기의 오른편에 멈춰선 경찰 차량을 응시하며 자리에 그대로 앉아 있었다. 아직 아무일도 일어나지 않았다며 스스로를 타일렀다. 좌석 안전벨트를 풀고 가방을 앞좌석 아래로 밀어넣어 바로 일어날 수 있도록 두 발을 디딜 공간을 만들었다. 부질없는 줄 알면서도 탈출구를 찾아 그의 시선은 복도를 위 아래로 훑어보고 있었다.

"신사숙녀 여러분, 저는 기장입니다. 승객 여러분께 잠시 안내 말씀드리겠습니다. 부디 정해진 좌석에 도로 앉아 주시길 바랍니다. 영국 정부의 위임으로 경시청에서 잠시 검문검색을 시행하고자 합니다. 수사의 빠른 진행을 위해 통로를 비워두어야 하오니, 승객 여러분들께서는 좌석에 앉아 주시길 바랍니다."

동시다발적으로 투덜거리는 소리가 들렸고, 승객들은 각자의 자리에 앉기 시작했다.

43열 좌석에 앉은 조나단은 몸을 앞으로 숙인 채 잔뜩 긴장하고 있었다. 잠시 후에 첫 번째 경관의 모습이 보였다. 평상복을 입은 경관 뒤로 유니폼 차림에 케블라 방탄조끼를 단단히 걸치고 한눈에 보이도록 권총을 허리춤에 찬 경관 세 명이 뒤따르고 있었다. 그들은 일직선으로 서서 위협적인 태도로 복도를 따라 걸어 내려왔다. 미소를 보이거나 승객들에게 사과의 말을 건네지도 않았다. 조나단은 그들이 자기를 어떻게 할 생각인지 궁금했다. 영국 당국의 심문을 받게 될 것인가 아니면 미국이 거래를 통해 자신을 인도해 갈 것인가? 어느 쪽이든 결과는 뻔했다. 그는 '사라지게' 될 것이다.

그는 사람들의 이목을 끌 요량으로 만약의 경우 저항하기로 마음먹었다. 자신이 저항했다는 증거라도 남겨야겠다는 생각을 한 것이다.

평상복 차림의 경관이 다가오자 조나단은 자리에서 일어섰다.

"이봐요, 당신." 경관이 워키토키를 쥔 손으로 조나단을 가리키며 고함쳤다. "당장 앉으시오!"

조나단은 복도를 향해 몸을 돌렸다. 자리에 도로 앉을 생각이 없었다. 여차 하면 한번 붙어 볼 생각도 있었다. 자기가 질 게 뻔했지만, 지고 이기고는 그 다음 문제였다.

"앉으십시오." 경관이 다시 소리쳤다. "앉으라고 말씀드렸습니다, 선생님." 그는 좀 더 정중한 말투로 말을 이었다. "곧 조사가 끝납니다. 조사가 끝나면 그때 일어나셔도 됩니다."

경찰관들이 지나가는 동안 조나단은 다시 자리에 앉았다. 이어서 그는 말쑥하게 면도를 한 흑인 남성이 앉아 있는 이코노미석 마지막 열을 향해 고개를 돌렸다. 경관들이 지목한 용의자는 고개를 좌우로 내저으며 흥분한 자세로 몸짓과 손짓을 써가며 항변했다. 고함치는 소리, 실랑이, 그리고 여성의 날카로운 비명소리가 들리더니 사건이 일단락된 것 같았다. 남자는 좌석에서 끌어내려져 항복의 표시로 두 손을 머리 위로 들고 있었다.

조나단은 영국의 여름 날씨에는 어울리지 않는 두터운 올 스웨터 차림에 부목처럼 몸을 구부리고 있는 작은 체구의 그 남자를 보았다. 용의자인 그 남자는 키무유 지방의 언어인 스와힐리어로 말하고 있었다. 굳이 스와힐리어를 알아듣지 않더라도 남자가 이것은 착오이며, 자신은 그들이 찾는 용의자가 아니라고 주장하고 있다는 것쯤은 쉽게 알아볼 수 있었다. 갑자기 그 남자가 좌석 위 짐칸의 가방으로 손을 뻗었다. 유니폼을 입은 경관이 고함치며 남자를 바닥으로 쓰러뜨렸다.

얼마 후, 그 흑인 남자는 수갑이 채워진 채 비행기에서 끌려 나갔다.

"테러범인 게 분명해요." 조나단의 옆 좌석에 앉아 있던 나이 든 부인이 말했다. "저 사람을 보세요. 불을 보듯 뻔하잖아요."

"나는 모르겠는데요."

"요즘은 아무리 조심해도 부족하다니까요." 옆자리의 순진한 남자를 나무라듯 그녀는 강한 어조로 말을 이었다. "항상 경계를 해야 해요. 내 옆에 누가 앉을지 모르니까요."

조나단은 동의의 표시로 고개를 끄덕여 주었다.

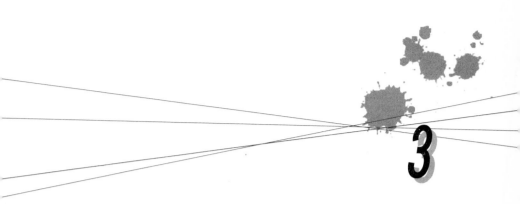

그곳의 이름은 블랙룸이었다. 런던 히드로 공항에 있는 영국 이민국 산하 관리사무소 다섯 곳 중 하나였다. BR4, 즉 블랙룸 4호는 4번 터미널 도착 층 바로 위에 위치한 환기가 안 되는 낮은 천장의 사무실이었다. 이민국 사무소 직원들은 사무실에 길게 늘어서 있는 제어보드에 앉아 있었다. 여러 대의 화상 모니터가 그들 앞의 벽에 배열되어 있었다. 폐쇄회로 카메라 몇 대가 천장에 달려 있고 여권심사를 기다리며 줄을 서 있는 여행객들을 지켜보게끔 이중 유리거울 뒤에 숨겨져 있었다. 블랙룸 4호와 아래층 여권심사 감독관들 간에는 서로 교신할 수 있도록 무선 통신망이 설치돼 있었다.

세계 각국에서 가장 찾는 이가 많은 공항인 런던 히드로 공항은 영국 국내와 해외 각지의 180개 목적지로 가기 위해 비행기를 타거나 환승하려는 사람들을 포함해 매년 6천 8백만 명이 방문하는 곳이다. 그 가운데 1천만 명 가량이 국제항공편 승객들이고, 하루 평균 2만 7천명이 영국에 입국하는 것으로 집계됐다. 도착 승객들 가운데서 우범자를 찾아내 그들의 입국을 막는 것이 이곳 이민국 사무소가 하는 일이다.

제어보드 앞에 앉은 직원들은 감시카메라를 통해 각자 맡은 줄에 도착한 승객들 한명 한명의 스냅사진을 확인하는 작업을 체계적으로 실시했다.

이민국 소유의 안면인식 소프트웨어 프로그램에서 사진을 일일이 대조하며 범죄기록이 있는 승객이 있는지를 가려낸다. 의심스러운 반응이 검출되는 경우 스물두 명의 직원 중 한명, 혹은 공항 내에서 위장근무중인 이민국 직원들이 용의자를 면담실로 데려간다. 그곳에서 심문을 통해 입국여부를 결정짓는다.

마찬가지로 감시카메라에는 사람의 체온, 심박수, 호흡, 심지어 육안으로는 감지할 수 없는 안면근육의 경직이나 경련까지 잡아내는 검색 스캐너가 부착돼 있다. 모든 데이터는 용의자의 범죄용의 은닉 여부를 94퍼센트의 정확도로 파악하는 소프트웨어 프로그램인 말린텐드MALINTENT로 전송된다.

"여기 특이 반응자가 나왔습니다." 3번 포스트를 맡은 사무원이 말했다.

블랙룸의 책임자가 다가와 물었다. "어떤 자인가?"

담당자가 거무스름한 살결에 짧게 깎은 머리를 하고 여권심사 부스 앞에 서 있는 백인 남성의 사진을 가지고 왔다. "조나단 랜섬. 국적은 미국입니다. 케냐 항공편으로 나이로비에서 출발, 이곳에 도착한 것으로 나옵니다."

"수치가 얼마나 높은데?"

"체온수치 99 콤마 5. 심박동수 수치는 84. 그리고 호흡수치가 정상보다 높습니다. 안면근육 판독결과는 10점 중 플러스 6점입니다. 혐의 쪽에 가깝습니다."

"이 자에 관한 우리 측 기록 사항은?"

랜섬의 여권을 검독기에 긁자 여행서류의 생체정보칩에 담겨 있는 정보들이 수배자 및 요주의 인물에 관한 영국 수사당국의 데이터베이스뿐만 아니라 인터폴, 유럽연합 회원국들, 미국, 오스트레일리아, 캐나다, 그리고 기타 12여 개 우방국에서 관리하는 비슷한 성격의 데이터베이스로 전송되었다. "영국과 관련해서는 딱히 나오는 게 없습니다."

"미국 쪽은 어떤가?"

"아직 대기 중입니다." 그때 랜섬의 성명과 여권번호가 미국 연방수사국의 국가 범죄 데이터베이스로 보내졌고, 그곳에서 테러 용의자들, 수배자들, 그리고 흉악범죄 전과가 있는 자들의 이름을 포함한 감시 대상 리스트와 대조하는 작업이 이루어졌다.

"착실한 자 같아 보이는데." 모니터를 통해 랜섬을 관찰하던 책임자가 말했다. "기내에서 있은 체포 건 때문에 그저 놀란 것일 수도 있지. 그나저나 CT에서 잡아들인 놈은 어떤 놈이었지?"

CT는 카운터 테러, 다시 말해 대테러 부대를 가리키는 말로 경찰관과 지원인력만도 5천 명에 이르는 런던경시청의 핵심 병력이었다.

"나름대로 알카에다의 거물급이었던 것 같습니다. 지부장급이거나 그 엇비슷한 놈이었습니다." 요청한 정보가 쏟아져 들어오자 사무원이 잠시 머뭇거렸다. "인터폴에서 뭔가 보내왔습니다. 스위스연방경찰국에서 육 개월 전 랜섬에게 체포영장을 발부했는데요."

"이유는?"

"경관 두 명 살해 건입니다. 좀 이상한데요. 그게 말입니다. 엿새 만에 체포영장이 해제된 것으로 나옵니다."

"그게 전부인가?"

'기타 자세한 사항 없음.' 이렇게 적힌 내용을 그대로 읽어 준 다음, 그 담당자는 의자를 빙 돌려 다음 지시를 기다리며 상관을 응시했다.

"연결해 보게." 헤드폰을 쓰며 책임자가 말했다. "한번 들어보자고."

사무관은 여권 심사관의 재킷에 달려 있는 마이크로폰을 켰고 책임자가 쓰고 있는 헤드폰으로 대화 내용이 전달됐다.

"랜섬 박사님, 본인이시죠?" 여권 심사관이 무심한 말투로 질문을 던졌다. "영국에는 사업차 방문하시려나요, 관광 목적으로 오셨나요?"

"의학세미나에 초청받아 도체스터 호텔에서 묵을 예정입니다. 이런 걸 사업차 방문이라고 할지, 관광을 위한 방문이라고 할지 모르겠군요."

"사업차 방문으로 접수하겠습니다. 장기 체류하실 계획인가요?"

"사흘 동안 있을 겁니다."

"관광 계획은 따로 없으시고요?"

"다음 방문 때나 해야 할 것 같은데요."

"체류기간 동안 런던에만 머무실 건가요?"

"네, 그렇습니다. 도체스터 호텔에서요."

"다음 방문 예정지는요?"

"케냐로 돌아갈 겁니다."

"그렇다면, 거주지가 그곳인가요?"

"현재로서는 그렇습니다."

심사관은 여권을 한번 손으로 넘기며 훑어보았다. "시에라리온, 레바논, 수단, 보스니아, 스위스." 그는 조나단과 시선을 맞췄다. "여러 곳에 계셨군요. 안 그런가요?"

"어디든 업무상 가야하는 곳이면요."

"하시는 일이 뭐라고 하셨고?"

"의사입니다."

"보아하니, 왕진을 다니는 이 시대의 마지막 의사이시군요. 보내드리기 전에 질문 몇 가지만 더 묻겠습니다. 최근 들어 질병을 앓은 적이 있습니까?"

블랙룸 4호 안에 있는 책임자는 헤드폰을 벗어 내려놓으며 물었다. "그 양키에 대해 뭐 좀 나왔나?"

"랜섬이란 자는 외교명부 리스트에도 올라 있습니다. 이 자가 미국편 항공을 탈 경우에는 우리가 워싱턴에 있는 기관에 연락을 취해 주도록 되어 있습니다. 여기 그쪽 연락처가 있습니다."

"스위스 체포영장 건에 대해서는?"

"아무 것도 없습니다. 어떻게 보십니까? 첩자 노릇을 하는 자일까요?"

"모르겠는데. 일단 우리 선에서 한번 알아봐야 할 것도 같군. 그자를 데리고 와서 우리 식으로 안부 인사나 한번 해 봐야겠는 걸. 7호실이 비어 있지?"

"그냥 보내시죠."

새로운 목소리였다. 자신감 넘치는 당당함과 예외를 모르는 단호한 미국 동부 연안의 바리톤 목소리였다. 모두들 고개를 돌려 뒤를 보았다.

"그냥 보내 주세요." 그 미국인이 말했다. 미국 국토안보부의 국경보안청에서 시행하는 이민국 협조 프로그램 일환으로 영국에 파견된 자로 이름은 폴 고든이었다.

"그냥 통과하게 놔두라고요?" 책임자가 되물었다. "이유가 있습니까? 이 자를 압니까?"

"그냥 그렇게 해주시죠." 고든은 억지 미소를 지어 보였다. "부탁합니다."

"자신할 수 있어요?"

"예, 자신합니다."

"그렇다면 좋습니다." 책임자는 여권 심사관에게 무전을 보냈다. "우리 관심대상이 아님. 통과시키도록."

폴 고든은 랜섬이 가방을 챙겨 수하물 찾는 곳으로 이동하는 것을 모니터를 통해 지켜봤다. 그는 잠시 기다리다 곧 사무실에서 나와 아래층 어디론가 향하더니 밖으로 나가는 표지판 없는 출입문을 열었다. 핸드폰이 켜져 있는지 확인한 다음 스피드 다이얼 메뉴의 1번 다이얼을 눌렀다. 잠에서 깬 남자의 나른한 목소리가 들렸다. "예?"

"밤중에 미안합니다. 오랜 지인 한명이 지금 런던에 막 입국했습니다." 폴 고든이 이렇게 말했다. "그게 누구요?"

"조나단 랜섬 박사입니다."

"이런, 망할."

"예, 알고 싶어 하실 것 같아서 전화 드렸습니다."

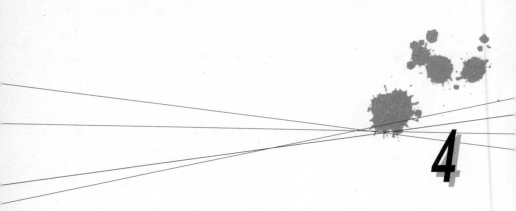

'강력반 살인전담팀'

런던 경시청의 형사계장 케이트 포드는 파크 레인 1가 입구에서 보초를 서고 있는 제복 차림의 경관에게 배지를 꺼내 보여주었다. "렉스톤 경사를 찾아 왔어요."

"안녕하십니까, 계장님." 경관이 대답했다. "렉스톤 경사는 건물 안에서 지금 관리인과 이야기를 나누고 있습니다. 계장님께서 오셨다고 연락드리 겠습니다."

"그렇게 해 주세요." 케이트는 원형 주차장에 들어서서 차를 멈추고, 사건현장을 한번 휙 훑어보았다. 대여섯 명 정도 되는 제복 차림의 인원이 주변에 배치되어 지나가는 행인과 조깅하러 나온 사람들에게 불편함이 없도록 안내하고 있었다. 주차장 북쪽 끝과 건물로 이어지는 계단까지 파란색과 흰색이 어우러진 테이프로 저지선을 쳐 출입을 통제하고 있었다. 시신은 시트커버로 덮어놓았지만 바닥에 흐른 피는 그대로였다. 차를 멈추고 시동을 끄며 그녀는 현장 정리는 제대로 되어 있다고 생각했다. 현장이 잘 통제되고 있는 것처럼 보였기 때문이다.

차량 계기판 시계가 오전 5시 45분을 가리켰다. 케이트는 백미러를 조정해 5초 만에 재빨리 매무새를 살펴보았다. 메이크업도 좋고, 헤어스타일도 괜찮고, 눈 화장도 별 이상이 없군. 복직 후 첫 출근. 그녀는 스스로에게 되뇌었다. 그래, 어디 한번 해 보자고.

그녀는 차량 문을 열고 밖으로 나갔다. 몇 미터 앞에 구급차 한 대가 세워져 있었다. 구급요원들이 차에 몸을 기대고 서서 담배를 피우며 낄낄거리며 노닥거리고 있었다. "여긴 범죄현장입니다. 금요일 밤에 들르는 동네 맥주집이 아니라고요." 그녀가 말했다. "사람 하나가 이곳에서 죽었어요. 고인에 대한 예의를 갖추세요." 그녀는 투실투실한 남자의 입에서 담배꽁초를 확 잡아 뽑아 바닥에 던지며 말했다. "부를 때까지 차 안에서 대기하세요."

운전자는 고개를 바싹 내리고 대답했다. "예, 알겠습니다."

서른일곱 살의 캐서린 엘리자베스 포드는 금발머리에 큰 키, 그리고 깡마른 체구를 가졌다. 짙은 남색 재킷에 하얀색 티셔츠, 그리고 가운데 줄이 잡히도록 잘 다려진 바지를 입고 있었다. 주차장을 건너는 그녀는 신속함뿐만 아니라 목적의식이 뚜렷한 모습이었다. 형사과의 누군가가 그런 그녀를 보고 먹이사냥에 나선 상어 같다는 말을 했다. '맞아, 그래도 상어는 유머감각이라도 있을지 모르지.' 누군가가 그렇게 맞받았다. 그녀는 아주 각진 얼굴에다 줄자처럼 곧게 쭉 뻗은 콧날, 그리고 혹독한 내일을 향해 저항하는 듯 쳐든 턱선을 하고 있었다. 푸른 두 눈은 총안처럼 가느다랗게 뜨고 있었다. 그녀 역시 자신이 지나치게 꼿꼿한 자세로 서 있거나 너무 빨리 걷는 경향이 있고, 동료들의 농담을 한바탕 웃음으로 받아들일 줄 모른다는 사실은 잘 알고 있었다. 하지만 그게 그녀의 본모습이었다. 그리고 그런 자기를 이해하지 못하겠다면 그건 그 한심한 인간들 잘못이지 자기가 신경쓸 게 아니었다.

"어이, 케이티!"

은발을 말끔하게 빗어 넘긴 한 남자가 건물에서 나오며 소리쳤다. 말쑥한 회색 정장에 펄 타이를 한 그는 야간근무 차 나온 형사에게는 어울리지 않게 한껏 멋을 부린 차림이었다. 계단을 가볍게 뛰어내려오던 그는 아침의 미풍에 머리칼이 헝클어지는 것을 막기 위해 한손으로 자신의 머리를 가렸다. '하느님, 절 도와 주소서.' 한손을 흔들어 보이며 케이트는 속으로 외쳤다. '저 예쁘장한 케니에게는 너무 이른 아침이군.' "어서 와, 켄." 그녀는 애써 미소를 지어 보이며 인사를 건넸다. "좀 어수선하지, 안 그래?"

강력반 살인분석팀 소속 경위인 켄은 그녀와 악수를 나눈 다음 사체를 보며 고개를 끄덕였다. "멍청이. 하필 계단에 떨어졌어, 그렇지? 3미터만 더 갔더라면 바로 잔디밭이었는데 말이야." 이렇게 우스갯소리를 하고는 한바탕 크게 웃었다.

"어디서 떨어진 거야?" 그의 말에 아랑곳하지 않고 케이트는 질문을 던졌다.

렉스톤은 건물 중간의 발코니를 가리켰다. "오층. 거기서 떨어진 것 같은데. 아파트는 잠겨 있고, 보안 알람도 울린 적이 없어. 엄지손가락 지문과 암호코드가 필요한 생체인식 방식이더군. 집 크기가 버킹엄궁만 해."

"가족은? 아내? 아이들은?"

"독신남이야. 보기에는 혼자 사는데 지쳐서 그냥 빨리 끝내기로 한 것 같은데."

"그럼, 자살로 본다는 거야?" 케이트가 말했다. "그럴 만도 하네. 유서는 남겼고?"

"아직 발견된 건 없어." 렉스톤은 대수롭지 않다는 양 건성으로 대답했다. "말했듯이 독신남이야. 아내도 없고. 아이도 없고. 부모는 있어."

케이트는 곰곰이 생각해 봤다. 자살을 하는 대다수는 어떤 방식으로든 메시지를 남긴다. 유서를 누구 앞으로 남기는지는 중요한 게 아니란 것을 그녀는 알고 있었다. 그저 무엇인가를 남기고 싶어 한다는 사실이 중요했다. "죽은 자의 부친이 서포크 공작이라고? 그 부호 말이야?"

"오십 억 파운드 가량의 자산 소유자지. 코벤트 가든과 웨스트 엔드의 절반이 그 사람 거야. 여기 누워 있는 러셀경이 유일한 상속자였지. 이른 아침부터 나오라고 해서 미안하긴 하지만, 작위도 있는 사람이 죽었으니 혹시라도 일을 잘못 처리하면 안 되잖아."

강력반 살인분석팀의 당직 근무자로서 렉스톤은 타살이나 자살로 의심되는 사건현장에 제일 먼저 달려가도록 되어 있었다. 예비조사를 실시하고 살인사건으로 처리할지의 여부를 판단하는 것이 그의 주 업무였다.

"괜찮아. 할 일을 한 건데."

렉스톤은 뭔가 말을 꺼내려다 말았다. "다 나은 거지?" 잠시 후에 그가 물었다.

"아주 쌩쌩해."

"아주 좋아 보여." 그는 진심이라고는 전혀 느껴지지 않는 투로 말했다. "우리 모두 빌리에게 일어난 일에 대해 애석해하고 있어."

빌리는 영국경시청 부서장이었던 윌리엄 도노반을 말하는 것이었다. 빌리는 케이트의 약혼자이면서 그녀의 상사였다. 한 달 전, 체포 도중 용의자가 갑자기 경찰을 향해 총격을 가하면서 사건은 세간에 충격을 주었다. 빌리는 흉부에 총상을 입고 그 자리에서 즉사했다. 케이트는 복부에 두 발의 총상을 입었다. 그것으로 끝난 게 아니지만, 그녀는 더 이상 그 일을 떠올리고 싶지 않았다.

"적어도 오래 걸리진 않았으니." 렉스톤이 말을 이었다. "내 말은, 그러니까 고통 없이 끝났단 말이야. 그래도 많이 놀랐겠어. 문을 두드리는 순간에는 용의자를 다 잡은 거나 마찬가지라고 생각했을 텐데. 놈이 갑자기 총질을 해댔으니. 오케이 목장의 결투도 아니고 말이야. 너무 자책하지 마, 케이트. 아무도 예상치 못했던 일이잖아. 당신인들 어떻게 예상했겠어?"

케이트는 렉스톤과 시선을 마주쳤다. '공작새처럼 몸치장에나 신경 쓰는 이 인간이 내가 눈물이라도 보이길 바라나 본데.' 그녀는 속으로 생각했다. '미안하지만 그렇게는 안 해.' "뭘 하는 사람이야?" 발치에 누워 있는 사체를 가리키며 그녀가 물었다.

켄 렉스톤은 인상을 찌푸렸다. "주변 사람 아무도 몰라. 정해놓은 시간대도 없이 나갔다 들어왔다 했다는데. 사람들 말에 따르면 착실한 작자였다는군. 이 작자의 돈으로 함께 흥청망청 놀아 봤다는 사람이 아무도 없어."

"사건 내용을 불러 줘 봐."

렉스톤이 자신의 메모장을 보며 대답했다. "최초 접수는 2시 45분. 사우디 공주들을 포함한 거주자들이 소리를 들었고, 그 중 한명인 이층에 사는 부인이 신고했고. 부인 말로는 처음엔 폭발물이 터진 줄로 알았다고 진술했군. 하이드파크에 알카에다가 온 줄 알았다나 뭐래나. 메이페어 지역 담당 경찰이 인근 경찰 차량에 연락해서 2시 55분 현장에 도착해 사체를 발견했고. 도어맨으로부터 사망자의 신원을 파악했어."

"다른 건 없어?"

"도어맨의 말로는 죽은 러셀이 차고를 통해 건물로 들어왔고, 곧바로 자신이 사는 층으로 올라갔다는데. 그리고 나서 10분도 채 지나지 않아 건물에서 떨어진 거지. 일요일 저녁을 함께 하기 위해 러셀은 부모님 집에 다녀오는 길이었고."

"늘 하던 일이었나?"

"도어맨의 말로는 그렇다는 군. 일요일 여섯시 반이면 늘 외출을 했다는데."

"돌아올 때 같이 동행한 사람은?"

"도어맨이 없었다고 하더군. CCTV로 러셀이 엘리베이터에서 자기 아파트 층으로 곧바로 올라가는 것을 확인했다고 했어. 러셀 혼자였다고 확신하더군."

케이트는 도어맨과 직접 만나서 물어봐야겠다는 생각을 했다. "부모님 집에 다녀왔다고 하기에는 너무 늦은 시간 아닌가, 안 그래?"

"저녁을 늦게 먹나 보지?"

"그럴지도 모르지." 케이트는 이렇게 말했다. "도어맨이 보기에 러셀의 행동에 이상한 점은 없었데? 취했거나? 지나치게 흥분해 있었다던가? 우울해 보였다던가?"

"도어맨은 러셀과 대화를 나누지 않은 것으로 아는데."

"맞아. 하지만 다른 거주자가 신고했다며. 그렇다면 도어맨은 뭘 한 거지? 아무 것도 못 봤다는 거야? 바로 코앞에서 사람이 떨어졌는데도."

"늦은 밤이라 잘 안 보였겠지. 밝은 곳에서 어두운 바깥은 원래 잘 안 보이잖아. 그렇지 않아?"

"소리라도 들었을 텐데?"

"아이폿을 듣고 있었다는군." 렉스톤이 말했다. "도어맨이 사실대로 실토한 건 확실해. 뭐, 입에서 냄새가 나긴 했지만."

"가글 냄새는 아니었겠지."

"그래, 부시밀 위스키 냄새에 가까웠지."

케이트가 렉스톤을 빤히 쳐다보며 말했다. "근무 중에 술 마시는 사람이야 더러 있지."

렉스톤은 얼굴을 붉혔지만 아무 말도 하지 않았다. 그는 2년 전에 근무 중 음주운전을 하다 차가 인도로 넘어가며 여자 아이와 엄마를 칠 뻔했고, 그 일로 정직처분을 받았다. 그 때문에 렉스톤은 계장으로 승진할 기회를 날려 버렸고, 그 후로는 계속 제자리에만 머물러 있어야 했다. 케이트는 그 모든 세부사항들을 잘 알고 있었다. 그 사건의 판정관이 윌리엄 도노반 경감이었기 때문이다.

"그게 다란 얘기지?" 그녀가 물었다.

"이제 당신이 일할 차례군." 렉스톤이 말했다. "잘 둘러봐. 뭐, 둘러봐야 뻔하겠지만. 러셀은 자신이 사는 곳에 보안 시스템을 설치해 두었어. 동작 탐지기, 압력 패드, 열 센서. 누구라도 그를 해치려고 집안에 숨어들 방법은 없어. 내 말을 믿어, 케이티. 자살인지 아닌지 난 딱 보면 안다니까."

"알았어, 켄. 고마워."

"필요하다면, 내가 좀 더 있다 가고." 구두 굽을 바닥에 탁탁 튕기며 렉스톤이 말했다.

"일곱 시에 교대하는 거 아니었어?"

"상관없어. 기꺼이 도와드리지."

그제야 케이트는 그가 평소보다 더 한껏 차려입은 이유를 눈치챘다. 러셀의 죽음은 언론을 벌집처럼 휘저을 사건임이 분명했다. 저 예쁘장한 케니는 이 기회에 언론의 스포트라이트를 받고 싶었던 것이다. 어쩌면 언론에 등장한 자신의 모습을 통해 경찰청 내에서 입지를 다지고, 승진 틈바구니에 끼어들어갈 계산까지 미리 해두었을지도 모른다.

"굳이 그럴 필요는 없어." 케이트가 말했다.

"아냐, 더 있어도 괜찮은데. 옆에서 도울 사람이 필요할지도 모를 텐데."

"여기서부터는 내가 알아서 할게. 서에서 보자고."

렉스톤은 인상을 한 번 찡그리더니 바람같이 자리를 떠 버렸다.

"아, 켄." 그녀가 소리쳐 그를 불러 세웠다. "저 파란색 로버는 누구 차지?" 하고 말하며 구급차 옆에 주차되어 있는 짙은 파란색 로버 차량을 가리켰다. 폴리스 라인 안에 민간 차량이라고는 그 차밖에 없었다.

"모르지. 처음 이곳에 왔을 때부터 세워져 있었던 걸로 아는데."

렉스톤은 자신의 차가 있는 곳까지 터벅터벅 걸어갔다. 바람이 불어와 그의 머리카락을 엉망으로 만들었다. 예쁘장한 케니도 이번에는 머리를 그대로 놔두었다.

케이트는 자기 차 있는 곳으로 가 라텍스 장갑 한 상자를 뒷좌석에서 꺼냈다. "클리크 경사." 그녀는 장갑을 끼며 소리쳤다. "현재 시각 06시 07분. 지금 이 순간부터 이 사건은 공식적으로 우리가 맡는다."

"예, 알겠습니다." 레지널드 클리크가 그녀의 뒤에 따라붙으며 대답했다. 머리가 벗겨지기 시작했고, 단단한 체구에 자유분방한 유머감각의 소유자인 클리크는 서른다섯 살의 경시청 베테랑 형사이자 케이트의 오른팔이었다. 지난 몇 년간 두 사람은 사기, 사이버범죄 전담반, 그리고 최근에 이르러서는 '스위니'로 더 잘 알려진 무장강도 체포와 같은 강력범죄를 다루는 엘리트 태스크 포스인 영국 특별기동수사대에서 함께 근무했다.

클리크는 한손에는 메모장을, 다른 손으로는 펜을 쥐고 있었다. 공식적으로 사람들은 이 메모장을 '디시젼 로그'라고 부른다. 범죄현장에서 케이트와 동행하며 수사 진행 순서, 관찰 내용, 그리고 그녀가 내린 지시사항을 모조리 기록하는 것이 클리크가 하는 일이었다. 그렇게 하는 이유는 두 가지로 나뉜다. 우선 상상력을 총동원하여 러셀경이 타살 당한 것으로 가정한다면, 그리고 훗날 러셀경을 살해한 자가 올드 베일리, 즉 런던에 위치한 중앙형사법원으로 불려오는 일이 생긴다면, 이 디시젼 로그는 사건을 수사하는 모든 단계에서 취한 조치를 일일이 기록한 자료로 쓰인다. 둘째, 수사와 재판이 끝난 뒤, 이 로그는 살인사건 검토위원회에 의해 철저히 분석된다.

"피해자의 성명, 로버트 러셀. 나이는 삼십대로 추정. 런던 원 파크 레인 오층에 위치한 자택에서 떨어지며 생긴 강한 충격으로 사망한 것으로 보임." 케이트는 무릎을 굽히고 앉았다. "좀 더 자세히 살펴봅시다." 그녀가 말했다. "클리크 경사, 한번 들어 올려 줄래요?"

클리크가 시신에 덮어놓은 천을 들어 올렸다.

러셀의 시신은 얼굴을 바닥으로 향하고 목이 부러진 채, 매우 그로테스크하게 고개가 한쪽으로 꺾인 자세로 누워 있었다. 마치 머리가 제일 먼저 땅에 닿으며 떨어진 듯이 보였다. 피가 낭자했지만 케이트는 당황하지 않았다. 이보다 더 끔찍한 일들도 봐 왔기 때문이다.

죽은 자는 푸른색 재킷, 청바지, 그리고 칼라가 있는 셔츠를 입고 있었다. 떨어지면서 받은 충격으로 구두가 벗겨지고 개인 소지품들은 도로 한쪽 끝까지 날아가 있었다. 케이트는 시신의 자세가 양팔을 큰 대자로 뻗고 손바닥을 하늘로 향하고 있다는 점에 주목했다. 그녀는 시신의 왼쪽 손목을 들어 올려 보았다. 차고 있던 롤렉스 시계의 크리스털 유리가 산산조각이 나 있었다.

뭔가 이상하다는 생각이 들었다.

자살하려고 뛰어내리는 사람들은 죽고자 하는 의지와 관계없이 거의 대부분 뛰어내리는 동시에 떨어지지 않으려고 손을 뻗어 휘젓는다. 어쩔 수 없는 생존본능 때문이다. 러셀의 시계가 이 정도로 계단에 부딪히려면 양팔이 이완되어 있었던 게 틀림없고, 몸 옆으로 늘어져 있었을 가능성이 있었다. 속으로 러셀이 발코니 난간에 걸터앉아 있다가 잠이 들었던 것일지도 모른다는 생각도 해 봤다. 술 취한 학생들이 졸다가 교실 창문에서 떨어지는 경우도 간혹 있었다.

자신의 생각을 클리크에게 말했더니 그는 모자란 사람을 보듯이 그녀를 쳐다보며 고개를 내저었다. "난간을 보십시오. 팔꿈치를 올려놓기에도 비좁잖습니까."

"그렇긴 하네요." 케이트는 다시 시신 쪽으로 눈을 돌렸다. 바로 그때였다. 그녀는 러셀의 정수리에 난 혹을 발견했다. 숱이 많은 러셀의 금발 머리카락을 헤쳐 보니 골프공을 피부 아래 이식하기라도 한 것처럼 혹 부위가 볼록하게 돌출돼 있었다. 잠시 동안 그녀의 시선은 러셀의 산산조각이 난 롤렉스 시계에서 발코니로, 그리고 다시 죽은 남자의 머리 위에 솟아 있는 괴기스런 혹으로 오갔다. 로버트 러셀은 떨어지는 동안, 아니면 떨어지기 전 어느 시점에 머리에 타격을 입은 게 분명했다.

"이거 참 신기한데." 그녀가 혼잣말하듯 작게 속삭였다.

"뭐라고 하셨죠, 보스?" 클리크가 말했다.

"러셀의 집 발코니 아래는 아무 것도 없어. 그러니까 내 말은 테라스도 없고, 창가 화단도 없고 아무 것도 없잖아요."

"그래서요?"

"러셀경의 소지품들부터 우선 수거하도록." 케이트는 더 이상 작은 목소리로 속삭이지 않았다. 대신 강력범죄사건 수사의 총책임자다운 목소리로 또박또박 말했다. "피해자의 지갑과 핸드폰이 필요할거야. 그리고 주머니 안도 철저히 확인해 보도록. 모든 물품은 목록을 만들어 기입하고. 쓰던 손수건이던 뭐든 빠짐없이. 그 다음 주변 오십 미터 내에 있는 모든 감시카메라를 찾아요. 공원 부근도 확인해 보고. 사건 당시에 날이 어두웠지만, 연구실로 가져가 보면 뭔가 나올 거야. 도어맨들은 모두 각방에서 대기하도록 하고. 내가 직접 심문하겠어요. 아 참, 그리고 경비회사에도 연락하고. 러셀이 어제 귀가한 시간이 언제인지 알아보도록. 정확히 몇 시 몇 분이었는지 알아봐요."

"예, 보스."

케이트는 일어나 라텍스 장갑을 벗으며 말했다. "이곳을 범죄현장으로 공식 선포한다."

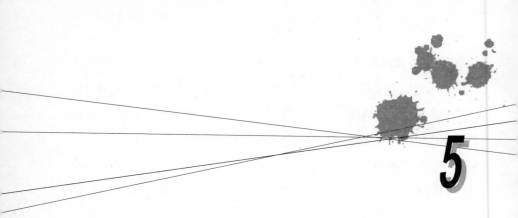

5

"자, 다들 두 손 모두 주머니 안에
단단히 넣고 다니도록!"

케이트 포드는 로버트 러셀경의 아파트로 들어가는 문을 열었고, 그 뒤
로 레그 클리크를 포함한 여러 명의 법의학수사대 요원들이 뒤따랐다. 그
녀는 드높은 천장과 하이드파크의 경관이 내려다보이는 호화로운 거실을
한번 둘러보고는 휘파람을 불었다. "사회생활 신참내기용 주거지로는 나쁘
지 않은데."

"서민 동네 람베드 워크보다 더 나을 것도 별로 없구만." 클리크가 비꼬
는 투로 말했다.

"뭐 하나라도 건드리는 날에는 그 동네로 다시 돌아가게 될 줄 알아요."
이렇게 말하며 케이트는 문틀에 박혀 있는 빗장들을 살폈다. 하나는 수직
으로 잠기고, 다른 하나는 수평으로 잠기는 것이었다. 벽면에는 생체인식
센서가 장착되어 있고, 그 아래에는 영숫자 키보드와 누가 방문했는지 보
여주는 비디오 스크린이 있었다. "누구로부터 이 집을 지키려고 이런 걸 다
설치해놓은 걸까?" 그녀가 클리크에게 물었다. "나라면 밤낮으로 지키는
경비원 세 명과 아래층에 있는 중세풍 쇠창살문만으로도 충분하다고 생각
할 텐데."

　클리크는 벽면 위에 설치돼 있는 수동 적외선 센서를 가리켰다. "그게 다가 아닌데요. 러셀경은 아파트 내부에 최첨단 시스템도 추가로 설치해 두었군요." 그때 그의 핸드폰이 울렸고 그는 전화를 받기 위해 한발 뒤로 물러섰다. "보안업체에서 온 전화입니다." 전화를 끊으며 그가 말했다. "알람 장치는 18시 30분에 켜졌다고 합니다. 러셀경이 자기 부모 집에서 돌아오기 전까지 그 어떤 활동사항도 접수된 게 없다고 합니다. 그자가 02시 41분 39초에 보안시스템을 껐다가 02시 41분 48초에서 다시 켰다고 합니다."

　"그리고 02시 45분에 베란다에서 떨어졌고." 케이트가 말했다. "무슨 일이 일었던지 간에 상당히 빨리 벌어졌군."

　그들은 거실로 걸어 들어갔다. 케이트는 유리로 된 미닫이문을 열고 발코니로 나갔다. 금속재로 만든 난간은 러셀과 같은 남성이 앉기에는 폭이 너무 좁았다. 건물 아래를 내려다보며 그녀는 그가 떨어지는 동안 부딪혔을 만한 돌출 부위가 없음을 재차 확인했다. 그녀가 서 있는 위치에서 보면 피해자가 떨어지면서 건물을 향해 몸의 방향을 획 튼 것처럼 보였다.

　그녀는 다시 아파트 안으로 들어갔다. 로버트 러셀은 그의 부모와 재산뿐만이 아니라 취향조차도 서로 공유했던 것 같았고, 아파트 장식은 2009년이 아니라 1909년에 한 것처럼 보였다. 집안에는 고풍스러운 사라사 무명천과 플로랄 문양의 가구, 오리엔탈 카펫, 그리고 루이 15세풍의 의자가 여러 개 놓여 있었다. 만찬용 식탁 아래에는 얼룩말 가죽으로 만든 러그가 깔려 있고, 인도의 영국 식민지 통치시대 유품일 것 같은 코끼리 상아 조각상도 보였다. 트라팔가 연안에서 프랑스와 에스파니아 연합함대를 기다리고 있는 영국군함 빅토리호를 그린 유화까지 있었다. 마치 시간을 거슬러 올라간 것 같았다. 과거 대영제국의 번성했던 시절을 연상시키는 방이었다.

　주방으로 걸어 들어가 보니 그곳은 초현대식으로 꾸며져 있었다. 그녀가 꿈꿔 온 바이킹 레인지와 소 한 마리도 저장할 수 있을 만큼 넉넉한 대형 서브제로 냉장고가 있었다. 스윙도어를 지나 다이닝룸이 있고, 그곳을 통해 다시 긴 복도로 나갈 수 있었다. 복도 중간쯤에 러셀의 침실이 있었다. 화려하기는 그곳 역시 마찬가지였다. 쪽모이 세공 마루, 네 모서리에 기둥이 있고 덮개가 달린 큰 침대, 커튼, 그리고 럭비 복장에 뺨이 장밋빛으로 상기돼 있는 러셀경의 소년시절 모습을 담은 유화 한 점이 있었다. 침대는 정갈하게 정리되어 있고, 협탁 위 화병에는 생화 한 다발이 꽂혀 있었다. 장롱 문을 열고 안을 들여다보니 어두운 색상의 정장 여러 벌이 각각 일 인치 간격으로 완벽하게 정돈돼 걸려 있었다. 세탁을 마치고 빳빳하게 다려진 셔츠들이 선반 위에 놓여 있었다. 이십여 켤레의 잘 닦인 구두가 주문제작된 선반 위에 진열되어 있었다. "이봐요, 레지널드. 신발 모아놓는 특별 공간이 따로 있는데. 당신 집에도 이 정도는 있지, 그렇지 않아요?"

클리크는 머리를 넣고 옷장 안을 들여다보았다. "이멜다 마르코스급인데요. 저요? 전 출근용 한 켤레랑 테니스 운동화, 그리고 주말에 신는 외출용 한 켤레뿐입니다. 전부 침대 밑에 나란히 잘 놓여 있지요."

케이트는 구두 한 켤레를 집어 들었다. 구두 안에 '메이드 바이 존 롭 제화사. 헨리 후작, R. T 러셀경'이라는 라벨이 붙어 있었다. 그녀는 나직이 휘파람을 불며 말했다. "피해자께서는 작위도 받으셨군."

바로 그때 법의학팀 요원 한명이 침실로 뛰어 들어오며 말했다. "복도 끝으로 와 보십시오. 러셀경의 커맨드 센터를 발견했습니다."

"커맨드 센터라니, 그게 무슨 소리예요?" 케이트가 물었다.

"와 보시면 압니다." 라는 대답이 돌아왔다.

마치 미래에서 옮겨다 놓은 공간 같았다. 아파트의 다른 곳들이 19세기를 연상시켰다면, 러셀의 집무실, 다시 말해 커맨드 센터라고 제대로 이름 붙인 그곳은 21세기였다. 바닥에는 매끄러운 석회석이 깔려 있고, 벽은 광택이 나는 화이트 색상의 목재 패널로 덧대어져 있었다. 기다란 스테인리스 철재 데스크가 방 한가운데 자리잡고 있고 그 위에는 슬림형 모니터 세 대가 있었다. 더욱 인상적인 것은 마주보는 벽면을 장식하고 있는 거대한 크기의 비디오 스크린이었다. 화면의 대각선 길이만도 2미터는 되는 것 같았다. 할로겐 등에서 조명이 뿜어져 나오고 있고, 나머지 공간들과 마찬가지로 그 방도 완벽하게, 지나칠 정도로 깨끗하게 정돈돼 있었다.

데스크 양쪽 끝에는 서류함들이 있고, 안에는 깔끔하게 정리한 서류가 높이 쌓여 있었다. "여기 빅토리아 역의 운행시간표가 있습니다." 안내책자를 가리키며 클리크가 말했다. "세계 석유생산 전망이란 제목의 글도 있군요."

케이트는 서류를 훑어보았다. 일부는 외신 사이트에서 다운로드받은 것들이고, 기업 보고서들도 있었으며, 그 외에 러셀이 직접 작성한 것으로 보이는 문서들도 있었다. 자료의 내용들은 남극의 기상패턴에서부터 모스크바의 새로운 군사기지에 관한 글과 아원자 감소율을 수학적으로 풀어놓은 알 수 없는 내용에 이르기까지 다양했다. 경찰이 보는 월간지 '콘스타블러리'도 한 부 있었다. 누가 이런 잡지를 이 자에게 갖다 주었을지 궁금했다.

"러셀경의 직업이 뭐였는지 아는 사람?" 케이트가 질문을 던졌다.

"굳이 대답하자면 분석전문가나 무슨 연구원이라고 해야겠네요." 클리크가 대답했다.

"그래요, 근데 어떤 분야였을까요?" 그녀는 러셀의 데스크 의자에 앉아 서랍을 열었다. "레지널드." 부르는 목소리가 예사롭지 않았다. "여길 한번 봐요."

클리크는 그녀 뒤에 다가가 가리키는 곳을 보았다. "좋은 물건인데요. 게다가 최신형입니다."

서랍 안에는 은회색 강철 반자동 권총 한 자루와 탄알 한 상자가 있었다. "베레타?" 하고 케이트가 물었다.

"브라우닝입니다." 몇 년 전까지 영국 왕실 근위대에서 근무했던 클리크가 대답했다. "표준 군용입니다. 탄창에 열 발, 약실에 한 발 들어 있습니다. 사거리가 짧은 게 흠이지만 근거리에서 사용하면 위력이 꽤 좋지요." 그는 총구를 들고 코를 총열에 대고 킁킁대며 말했다. "사용한 지 제법 됐군요."

"러셀이 이런 것이 왜 필요했을까?"

"문에 단 잠금장치나 스타워즈급 알람 시스템을 설치한 것도 같은 이유였겠죠. 분명히 그를 노리는 적이 있었다고 봅니다."

"지난 72시간 동안의 건물 내 보안카메라 동영상을 검토해 봐야겠어요. 건물 안팎의 영상 모두 확보해 주세요. 러셀이 어젯밤 귀가했을 당시에 누군가가 이 아파트 안에 있었어요. 머리에 난 혹도 문에 부딪혀서 생긴 것은 아닐 거고. 건물 내에 있던 킬러가 찍힌 영상이 분명히 있을 거야."

"예, 보스."

"검시관 사무실로 시신을 보내도록. 점심까지는 1차 검사결과가 나와야 해요. 머리에 가해진 타격이 얼마나 심각했는지 알려 달라고 하고."

클리크는 고개를 끄덕이며 각각의 지시사항들을 메모장에 적어 내려갔다. 그런데 메모를 하면서 뭔가 빨아들이는 소리를 꽤 크게 냈다. 케이트가 자기를 쳐다보고 있는 것을 알아차리자 그는 하던 일을 멈추고 이렇게 말했다. "사랑니 두 개가 삐져나와서요. 보건국 치과의사에게 진료를 받으려면 족히 육 개월은 기다려야 한답니다. 그게 싫으면 할리 가에 있는 개인병원에 가서 치료받고 1천 파운드를 뱉어내던가요." 그는 고개를 가로저으면서 말을 이었다. "아내는 지금 크리스마스 때 베들레헴에 갈 계획에 완전꽂혀 있어요. 어쩌겠어요. 내가 참는 수밖에요, 그래야겠죠?"

"내가 돈을 좀 빌려 줄 수도 있는데. 돈이 꽤 있거든. 빌리의 보험금 말이에요. 어딘가 쓰긴 써야겠는데."

"못 들은 걸로 하겠습니다." 그만 두자는 투로 클리크가 말했다. 그는 이어서 껌을 꺼내 반으로 접어 입안에 넣으며 말했다. "이렇게 하면 한동안은 괜찮습니다."

케이트는 고개를 끄덕이고 다시 러셀의 데스크로 몸을 돌려 키보드를 자기 쪽으로 끌어당겼다. 컴퓨터가 절전 모드에 있을 거라 생각하고 엔터 키를 눌렀다. 요새는 컴퓨터를 끄는 사람들이 잘 없다. 스크린은 계속 꺼져 있었다. 다시 엔터키를 눌러 보고 CPU를 재부팅하자 화면이 되살아났다. 여러 개의 파일 꾸러미인 아이콘 수십 개가 화면에 떴다. 그러나 폴더명은 문자와 기호, 그리고 희한한 폰트들로 되어 있어 하나같이 알아보기 힘들 었다. "이건 대체 뭐지?" 그녀가 물었다.

"하드드라이브가 파일 단편화로 손상됐군요." 법의학팀 요원이 말했다. "제가 한번 봐도 되겠습니까?"

그 요원은 케이트가 앉아 있던 자리에 앉아 키보드를 두드리기 시작했 다. "모조리 파괴됐습니다. 실험실로 보내야 하겠지만, 보내 봐도 그다지 희망적이진 않을 겁니다."

"그렇다면 백업 자료는요?" 케이트가 물었다.

"백업 자료도 마찬가지로 날아갔는데요. 누군가 고의적으로 그런 것 같 습니다. 두 개의 독립적인 시스템인데 서로 충돌했을 리가 없습니다. 하드 드라이브는 그렇다 치더라도 백업 자료는 별개의 문제거든요. 제게 의견을 물으신다면, 누군가 하드드라이브에 엄청나게 강력한 자기를 띤 물체를 갖 다 댄 것 같다고 하겠습니다. 논문 한 권을 송두리째 파지기에 넣어 버린 셈이지요. 실제상황은 그것보다 더 나쁩니다. 저장된 데이터가 모두 파괴 됐을 뿐만 아니라, 데이터가 저장돼 있던 하드드라이브도 날아갔습니다. 컴퓨터 내부에 수류탄을 넣고 터트린 것과 마찬가지입니다."

바로 그때 벽에 붙어 있는 대형 평면 텔레비전의 화면이 저절로 켜졌다. 케이트는 자신이 뭔가를 눌러서 텔레비전을 작동시킨 것일지도 모른다고 생각하며 키보드를 쳐다봤다. "방금 고장 났다고 한 걸로 들었는데요."

"쉿!" 클리크가 말했다.

방안의 있던 모든 사람이 하던 일을 멈추었고, 모두의 시선이 화면에 집중됐다. 화면에는 흐릿한 조명이 켜진 방안에 앉아 카메라를 응시하고 있는 젊은 여성이 등장했다. 여성은 단정하지는 않지만 평범한 차림이었고, 어깨길이의 헝클어지고 엉킨 갈색머리에 철테 안경을 쓰고 검은색 브이넥 스웨터를 입고 있었다.

"이건 또 뭐야?" 케이트가 고개를 돌리며 물었다.

"라이브 피드백 영상입니다." 컴퓨터 기술요원이 말했다. DSL 회선 밖에서 들어오고 있습니다. 러셀경이 개인용도로 사용하던 독립 무선통신장치인 것 같습니다."

"저쪽에서도 우리가 보이는 건가요?"

"모르겠습니다. 러셀의 컴퓨터는 고장이 난 상황입니다. 카메라 작동도 마찬가지일거라 생각은 됩니다."

"롭, 거기 있어요?" 여자가 말했다. "지금 일곱 시야. 너무 이르단 건 알지만 연락하지 않을 수 없었어. 전화는 왜 안 받는 거예요?" 그녀는 잠시 옆을 바라보더니 다시 카메라를 응시했다. "거기 있어요? 화면이 안 뜨네. 카메라를 켜놓지 않았어요?" 그녀는 상대의 대답을 기다리려고 잠시 멈췄다. 케이트, 클리크, 법의학팀 요원들 등 방안에 있던 모두 숨을 멈추고 여자가 제발 접속을 끊지 말기를 속으로 기도했다.

"러셀경의 핸드폰은 찾았겠지요?" 케이트가 소곤소곤 말했다.

화면에서 시선을 떼지 않은 채로 클리크는 고개를 저었다. "아직요. 사체에서 발견되지 않았습니다. 부근을 수색했지만 못 찾았고요."

"젠장."

화면 속의 여자는 숨을 한번 들이마시더니 좀 전보다 경직된 태도를 취했다. "미샤가 런던에 있어." 카메라가 있는 쪽으로 몸을 바짝 다가온 그녀는 비밀을 누설하기라도 하는 것처럼 말했다. "팀원 전부가 온대요. 다들 굉장히 쉬쉬 거리고 있어. 새 보안 프로토콜을 위한 극비 방문일거래. 딱

한 번 회합하고 돌아올 거예요. 시간은 내일 11시 15분이고. 장소는 알아내지 못했어요. 미안해. 당신이 뭐라고 했는지는 모르지만, 그들이 엄청 겁먹은 것 같았어요. 예전에도 이런 종류의 일에 대해선 당신 말이 항상 맞았다는 건 하느님도 아실 거야, 로비. 난 무서워요. 당신이 말한 그 업그레이드를 실행하는 데 수개월이 걸려요. 7일 가지고는 어디서부터 시작해야 할지 알아내기에도 빠듯해요. 정말로 조만간 일이 터지는 거 맞아요?"

화면 밖에서 소름끼치는 울음소리가 들려왔다. 화면 속 여자는 자신의 오른편을 바라보았다.

"방금 대체 뭐였죠?" 클리크가 물었다. "저 여자가 지금 위험에 빠져 있다고 보십니까?"

울음소리가 점점 더 커졌다. 케이트는 스크린으로 한발 더 다가가며 말했다. "나도 모르겠어요."

여자가 의자에서 일어나 화면에서 사라지더니 10초도 안 돼 울부짖고 있는 젖먹이 아기를 안고 다시 나타났다.

"위험해 처한 것 같지는 않군." 케이트가 말했다.

화면의 여인이 다시 말을 이었다. "빅토리아 베어에 대해 알아낸 게 있으면 전화해 줘요. 당신 친구가 하는 말은 도무지 못 알아듣겠어요. 내 주위에 아는 사람들에게 다 물어봤지만 아무 것도 나오지 않았어요. 그 사람에게 이제 영어 좀 배우라고 해요. 여기 살 만큼 살았잖아요. 빅토리아 베어. 어쩌면 그 사람 때문에 모든 게 다 엉망이 되어 버린 건 아닌지 모르겠어요. 아무튼, 난 도통 뭐가 뭔지 모르겠어요."

아기가 울음을 멈추지 않자 여자는 아이를 조심스럽게 안은 채로 좌우로 흔들어 줬다. "더 알아낸 게 있으면 전화해 줘요." 여자는 이렇게 말했다. "그러니까 내가 여길 떠야 할지 알려달란 말이에요. 부디 조심해요. 그리고 잊지 말고 전화 해 줘요."

화면이 꺼졌다.

"도대체 저게 뭐죠?" 팔짱을 끼며 클리크가 말했다. "저 메리 포핀스 같이 생긴 여자가 방금 우리에게 곧 있을 위험한 사건에 대해 경고한 건가요?"

"나도 모르겠어요." 케이트가 말했다.

"그렇다고 봐야 될 것 같은데요. 저 여자가 말했잖습니까, 7일이라고요. 여간 겁먹은 게 아닌데요."

케이트는 컴퓨터 기술요원에게로 몸을 돌리며 말했다. "저 여자가 있는 곳을 알아낼 수 있나요? 어떤 절차를 거쳐야 하는지는 관심 없어요. 그냥 할 수 있는지만 말하세요."

"가능합니다." 기술요원이 대답했다. "하지만 시간이 좀 걸립니다. 우선 러셀의 케이블 공급자가 누군지 알아내야 합니다. 거기서부터는 통신 발신지까지 추적하면 되는 문제입니다. 모든 것은 흔적을 남기는 법이죠. 헨젤과 그레텔의 빵부스러기처럼 말입니다. 누군가에게 추적 당하길 원치 않을 경우, 그 빵부스러기를 먹어치워 버릴 방법 또한 무수히 많다는 게 문제이지만요."

케이트는 클리크를 불렀다. "러셀경의 부모들에게 아들의 직업에 관해 몇 가지 물어봐요. 그리고 아들에게 여자 친구가 있었는지, 혹은 그와 관련해서 손자가 있는지도 알아보고. 대신 조심스럽게 처신하고. 아들의 사망 소식을 접한 지 얼마 되지 않았으니까. 아, 그리고 러셀이 저녁식사를 마치고 몇 시경에 부모님 집에서 나왔는지도 알아보세요."

기다리는 동안 케이트는 러셀의 데스크 위에 있는 보고서와 서류더미를 좀 더 살펴보았다. 보고서 제목은 '에스토니아의 민주주의', '군사용 오픈 소스 코딩', 그리고 북부 런던에 근거지를 둔 프로축구팀 아스널에 관한 파일도 한 뭉치 있었다. '이 자는 스파이야.' 그녀 머리에 이런 생각이 스쳐 지나갔다. '축구 승부조작에 가담한 스파이라.' 그런데 도대체 무슨 놈의 스파이가 갓난아기를 키우는 겁 많은 가정주부하고 연락을 주고받는단 말인가?

십분 뒤에 클리크가 돌아왔다. "러셀경은 윈저에 위치한 부모 댁에서 11시 30분에 나왔다고 합니다. BBC2에서 하는 축구 하이라이트가 끝나자 마자요."

"11시 30분이라고?" 케이트는 손을 목 뒤에 가져다 대며 말했다. "그럼 아파트로 돌아오기 전까지 세 시간이 비는데. 사교클럽에라도 들렀나? 그런 곳은 일요일에도 하니까. 아니면 친구를 만났거나. 둘 중 어느 것이든 알아내도록 해요. 러셀경의 차는 밑에 있어요. 차량번호판을 AVS에 보내서 잡히는 게 있는지 한번 조회해 달라고 해요."

AVS란 영국 경시청 내 교통감시국을 가리키는 말이다. 그곳에서는 수천대의 폐쇄회로 텔레비전 카메라로 런던 전역을 감시한다. 첨단 소프트웨어로 매3초마다 이미지들을 스캔해서 통행하는 모든 차량의 번호판을 식별하고 5일간 해당 이미지와 정보를 임시 데이터뱅크에 저장한다. 특정 번호판을 주어진 기간 내에 찾아냄으로써 이 카메라에서 저 카메라에 담긴 이미지를 보고 해당 차량의 동선을 파악하는 것이 가능했다.

"사무실에 남아 있는 직원들을 보내서 한번 알아보라고 하겠습니다." 클리크가 말했다.

"그 여자에 대해서는?"

"아무 것도 나온 게 없습니다. 러셀경은 독신이었습니다. 아들의 여자 친구에 대해서 부모는 전혀 모르고 있더군요."

"그 여자를 꼭 찾아내야만 해요. 그 여자를 찾는 게 제일 먼저 할 일이야."

클리크는 메모를 적어 내려가며 고개를 끄덕였다.

"서포크 공작이 아들의 직업에 대해서는 뭐라고 하던가요?"

"교직에 있었다고 했습니다." 클리크가 말했다. "옥스퍼드대 크라이스트처치 칼리지의 교수랍니다."

"브라우닝 반자동 소총을 데스크 밑에 숨겨둔 교수라? 뭘 가르치셨기에. 사격술이었나?"

"역사입니다. 공작은 아들이 옥스퍼드에 다닐 때 수석이었다는 것을 알아줬으면 하더군요."

"물론. 우리 모두 감탄하고 있지. 공작께선 아드님의 전공이 무엇인지에 대해 말하던가요?"

"아, 예." 클리크는 권총을 집어 들고 감탄하며 대답했다. "러시아입니다."

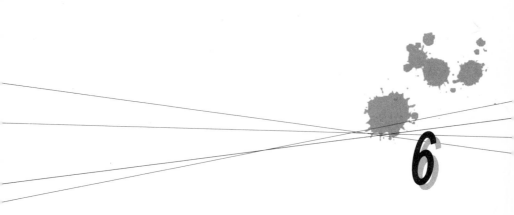

"도대체 그자가 어떻게 우리 모르게 런던에 입국한 거지?" 정확히 세 시간 전 히드로 공항 4번 터미널에 찍힌 조나단 랜섬의 사진을 응시하며 디비전의 신임 국장 직무대리인 프랭크 코너가 물었다. "가장 최근에 자네가 한 보고에 따르면, 그자는 케냐의 캠프에 처박혀 있는 것으로 들었는데."

"그렇습니다. 투르카나 난민캠프였습니다."

"팔팔해 보이진 않지? 그 지옥 같은 곳에 처박혀 어떻게 살아남았는지 모르겠단 말이야. 5개월쯤 있었나?"

"랜섬이 케냐로 간 것은 2월말이었습니다." 코너의 이인자격인 피터 어스킨이 대답했다. "그 후로 계속 그곳에 머물렀습니다. 두 달 전에는 말라리아로 고생을 좀 했습니다. 체중도 한 이십 파운드 정도 빠졌다더군요."

"우리가 마지막으로 저 자를 관찰한 게 언제였지?"

"일주일 전입니다. 세이브더칠드런 소속 우리 연락책이 그자를 캠프에서 봤다는 보고를 올렸습니다."

"세이브더칠드런이라고?" 코너가 화를 내며 얼굴을 붉혔다. "다음엔 또 누굴 이용할 건가? 메이크어위시 파운데이션이라도 써먹을 텐가?"

그는 랜섬의 사진이 붙은 4인치 두께의 파일을 툭 내던졌다. 파일에는 8

년 전으로 거슬러 올라가 랜섬의 라이베리아 첫 발령 시절부터 자료가 들어
있었다. 그렇다고 조나단 랜섬이 디비전과 어떤 방식으로든 엮여 있었던 것
은 아니었다. 그는 미국 정부로부터 급여를 받는 일을 한 적이 없다. 사실상
5개월 전까지 그는 자신이 정부를 대신해서 일을 하고 있다는 사실을 전혀
모르고 있었다. 랜섬은 그 직종에 일하는 사람들이 소위 장기판의 졸이라고
부르는 존재였고, 이는 의도를 간파하지 못한 채 정부를 위해 일을 하게끔
조종당하는 민간 개인을 일컫는 표현이었다. 개인적으로 프랭크 코너는 그
런 부류를 얼간이들이라고 불렀다. 한숨을 내쉬며 코너는 다초점 안경을 벗
으면서 자리에서 일어났다. 한달 후면 쉰여덟 살이 되는 그는 동부표준시로
4시 38분을 가리키는 어느 화창한 여름날 이른 아침부터 나이가 들어감을
절실히 느꼈다. 디비전의 신임 국장 직무대리로 임명되고 네 달이 지났고,
그 4개월 동안은 그의 인생에 있어서 가장 고되고 좌절감으로 가득했던 시
기였다. 디비전은 9/11 테러 이전에 미국 중앙정보부가 사우디아라비아에
있는 코바르 타워, 나이로비 주재 미국 대사관과 다르에스살람에서의 폭탄
테러를 포함해 미국을 겨냥한 여러 차례 공격의 배후를 찾아내 처단하는 데
실패하자 창설된 조직이었다. 펜타곤의 싸움꾼들은 복수를 하고자 안달이
었다. 그들은 미 중앙정보부가 물러 터졌고, 책상 뒤에 숨어 있는 하찮은 사
무직들에 지나지 않는다고 비난했다. 적의 영토 안에 들어가 생생한 정보들
을 뽑아내지는 않고, 대신 현미경을 들여다보며 위성사진 자료들을 다운로
드 받아 보는 짓이나 하고 있다고 욕했다. 미 중앙정보부는 전 세계 주요 지
역들 어디에도 쓸 만한 스파이들을 심어놓지 못했으며, 지난 십년 동안 제
대로 된 첩보활동을 벌여 본 적이 없었다고 비난했다.

한마디로 정보 수집을 더 이상 랭글리의 겁쟁이들 손에 맡겨둘 수만은
없고, 이제는 펜타곤이 나설 차례라는 것이었다.

미국은 범세계적인 대 테러전에서 공세를 취할 수 있는 병력을 전장에
투입하기 위한 자원과 의지를 보유하고 있었으며, 그 자원은 명령이나 백

서에서 GWOT로 불렸는데, 그것은 테러가 초래하는 재앙만큼이나 추악한 이름이었다. 암호명은 '프로액티브'였는데 당시 대통령은 이 단어의 어감이 듣기에 좋다고 생각했다. 미국 국가안보대통령령에 의해 디비전은 그렇게 탄생됐다. 오로지 대통령의 명령만을 따르는 민첩하고 비밀스러운 괴물이 탄생한 것이다.

디비전은 얼마 안 가 첫 번째 승리를 맛보았다. 집단학살 혐의로 수배령이 내려진 보스니아 장군 암살작전. 콜롬비아 마약 왕에 대한 표적 암살과 그의 네트워크 일망타진. 납치, 심문, 그리고 나중에는 이라크와 파키스탄에서 거물급 알카에다 조직원의 처단. 하나같이 중요한 작전이었으며, 그러한 승리를 통해 디비전의 명성은 높아져 갔다. 그러면서 작전영역도 넓어졌다. 더 많은 예산과 자금. 더 많은 작전. 변화무쌍한 첩보계에서 버티기 위한 더 많은 재량과 선택의 자유. 목표들은 더 이상 전술이 아니라 정치적 사안으로 간주됐다. 능력 없는 배우를 무대에서 내보내는 것만으로는 부족했다. 이데올로기적 요소들도 고려했다. 레바논에 민주주의 사상을 심고, 우크라이나의 오렌지혁명을 촉발시키는 등의 공작이 대표적인 사례들이다.

하지만 성공은 자만을 불러왔다. 정책을 수행하는 데 만족하지 않고 디비전은 스스로 정책을 만들어내기 시작했다. '프로액티브'는 새로운 의미로 해석되기 시작했다. 액튼경의 경고가 되풀이 되었다. '권력은 부패한다. 절대 권력은 절대적으로 부패한다.' 디비전은 너무 멀리 나가고 말았다.

6개월 전, 스위스에서 여객기 한 대가 마지막 순간에 폭파의 위기에서 가까스로 벗어났다. 여객기 폭파의 목적은 이란과 이스라엘 사이의 전쟁을 부추기는 것이었으나, 디비전 내부의 갈등으로 작전은 실패했고, 국제적인 사건이 될 뻔한 결과를 겨우 면했다. 미국 대통령은 비공개석상에서 미국과 그 사건의 관련성을 인정할 수밖에 없었다. 속죄의 뜻으로 대통령은 디비전의 권한을 상당 부분 축소하는 조치를 취했다. 진행 중이던 작전들은 취소됐고, 관련 부서들은 펜타곤 내에서 사라졌다. 디비전 예산은 반으로 삭감되고, 직원들은 해고됐다. 최후의 일격으로 디비전은 앞으로 작전을 실행할 때 의회의 사전 승인을 받도록 하는 규정까지 채택됐다.

정보기관과 그 관계자들의 눈에 디비전은 거세를 당한 셈이었다. 조만간 아예 폐쇄될 것이라는 소문이 돌기 시작했다. 그 사이 디비전에서는 국장 직무대리직을 맡을 자가 필요했다. 군 출신은 인선 대상에서 제외됐다.

프랭크 코너는 위와 같은 조건에 완벽하게 부합되는 인간이었다. 그는 직업군인이 아니었다. 사실상 그는 군복을 입은 경험이 단 한 번도 없었다. 무기를 사용해 본 경험이라고는 어린 시절 미국 독립기념일에 M-80 폭죽을 가지고 놀던 게 전부였다. 그럼에도 불구하고 그는 여지없는 투사였다. 지난 삼십년간 워싱턴의 관료체제 내에서도 가장 어두운 구석자리들을 돌며 산전수전을 다 겪은 그는 전투에 단련된 베테랑조차도 부러워할 만한 생존기술을 연마했다. 그는 국무부, 재무부, 그리고 행정관리예산국에서 근무했다. 그는 워싱턴 내 모든 기관들의 핵심 부서들을 알고 있었다. 그러나 지난 십년간 그는 펜타곤 내 E-동에 있는 작전참모부에 소속된 평범한 인물에 지나지 않았다. 처음부터 그는 디비전에 있었던 것이다.

코너는 사무실 구석에 처박혀 있는 작고 땅딸막한 사나이였다. 꼬깃꼬깃한 셔츠의 겨드랑이 부분은 늘 땀으로 얼룩져 있었으며, 할 일을 꼼꼼하고 정확하게 처리해 내는 사람이었다. 우호적인 카자흐스탄에서든 비우호적인 체첸에서든 디비전에서 팀원을 태우고 나올 수송기가 필요하다면, 코너는 필라투스 P-3이 제격임을 알고 이를 신속하게 마련해 주었다. 서울에 있는 요원 한명이 중국에 밀입국하는 데 사용할 위조여권이 필요하다고 하면 코너는 24시간 내에 여권을 마련해 주었다. 그가 구해 주는 여권은 믿을 만했다. 다시 말해 적법한 절차에 따라 등록한 여권이고, 의심받을 일이 전혀 없었다. 고위관리에게 뇌물을 먹일 일이 생기면 세계 곳곳에 있는 조세피난지 중 한 곳에 있는 은행가에게 연락해서 송금되도록 했다. 콜롬비아에 있는 아군에게 칼라슈니코프 자동소총을 전달해야 한다? 코너는 양 진영에서 일하는 모든 무기거래상들의 연락처뿐만 아니라 그들의 생일까지도 기억하고 있었다. 프랭크 코너는 무슨 일이든 되게 한다는 말이 나돌았다. 그것도 빠르게, 효과적으로, 그리고 무엇보다도 비밀리에 해냈다.

그러나 펜타곤 내에서 그를 지켜보는 이들의 눈에는 코너가 어떤 일을 하지 않는다는 사실 역시 중요했다. 그는 계획을 세우는 법이 없었다. 음모를 꾸미지 않았고, 포부를 품지 않았다. 처진 두 뺨과 눈가, 그리고 한쪽으로 기울어진 걸음걸이를 보면, 누가 봐도 그는 영락없는 조직의 인사이드 맨이었다. 그것이야말로 정확히 조직 내 모두가 원하는 자질이었다. 그들이 원했던 것은 디비전이 조용히, 그리고 은밀하게 마지막 숨을 거둘 때까지 조직을 이끌 인사이드 맨이었던 것이다.

그리고 프랭크 코너도 그런 그들의 생각에 굳이 반대할 뜻이 있는 것 같지 않았다. 적어도 겉으로는 그랬다. 하지만 코너는 힘을 잃은 디비전의 미래에 대한 자신만의 생각을 가지고 있었으며, 그 아이디어 어디에도 디비전의 조기 사망은 고려되지 않았다. 스위스 사태가 준 재앙에도 불구하고 그는 믿음을 버리지 않았다. 코너보다 깔끔한 복장과 말끔한 헤어스타일을 유지하며, 더 넓은 정보력을 자랑하는 그의 상관들의 생각과는 반대로 코너에게는 포부가 있었다. 그는 모종의 작전을 진행시켰다. 그리고 그는 계획을 세웠다. 그의 생각에 디비전은 죽은 게 아니라 잠시 휴면을 취하고 있을 뿐이었다. 예전의 영광을 되찾을 기회를 기다리며 힘을 모으고 있을 뿐이었다.

프랭크 코너에게 기회가 온 것이었다.

인사이드 맨이던 시절은 이제 막을 내린 것이다.

"조나단 랜섬이 참석하기로 했던 그 의학세미나에 관한 정보는 좀 알아봤나?" 그가 이렇게 물었다.

"세미나 주최 측에서 웹사이트에 이것저것 올려놨더군요." 어스킨이 대답했다. "핵심 정보들만 다운로드 받아놨습니다. 한번 보시죠."

코너는 문서의 표지를 유심히 봤다. "국제내과전문의협회-제21회 정기
세미나라. 얼마나 중요한 세미나기에 랜섬 그자가 그토록 애지중지하는 야
전병원에서 제 발로 기어 나왔지?"

"그가 기조연설자입니다. 연설 일정은 내일 오전입니다."

코너는 행사 스케줄을 찾았다. "소아과 환자를 위한 기생충질환예방이
라. 웃기는 소리. 랜섬 그자의 숙소는?"

"도체스터 호텔입니다."

"나쁘진 않군." 눈썹을 치켜 올리고 문서를 넘겨 읽으며 코너가 물었다.
"우리 요원들이 그곳에 몇이나 있지?"

"런던 말입니까? 네 명입니다만, 그 중에 한명은 휴가를 갔다고 합니
다."

"네 명이라고? 지금 장난하나?" 코너는 고개를 저었다. 유럽 내에서 런
던은 정보계의 중심지에 해당하는 곳이다. 일 년 전, 디비전은 그로스베너
스퀘어의 영국 주재 미국대사관 옆에 나란히 서 있는 그들의 초호화 사무
실들을 자랑했다. 당시에는 풀타임으로 일하는 직원이 스무 명이고, 추가
로 비상인력 스무 명이 더 대기 중이었다. "휴가 간 놈을 당장 불러와. 지금
당장 말이야. 12시간 교대로 돌아가며 랜섬이 묵는 호텔 앞을 지키라고 해.
두 놈이 한 조로 돌아가면서 말이야. 당장 현장으로 보내. 그리고 한 시간
내에 보고하라고 해. 인력을 끌어올 수 있는 방안을 마련해 보고. 베를린이
나 밀라노로 연락해 봐. 더 끌어올 수 있을 거야."

"네." 검은 머리에 헤어 젤을 한 움큼 바른 서른 살의 피터 어스킨은 창
백한 피부와 뭔가를 놓치는 법이 없는 교활한 푸른 눈동자의 소유자였다.
그는 제3세대 스파이였다. 디어필드 아카데미와 예일대 출신, 풀브라이트
장학생이며, 게다가 예일대의 비밀 사교클럽인 본즈맨 회원이었다. 그의
조부는 2차세계대전 당시 스위스에서 앨런 덜레스와 함께 일했고, 부친은

70년대 중반 41대 대통령 조지 H. W. 부시가 CIA 국장 자리를 차지하고 있던 당시 작전차장이었다. 코너가 사포라면 어스킨은 비단이었다. 어스킨에게서 언뜻 보이는 그 왕족의 혈통은 디비전을 방문하는 워싱턴의 고위관리들에게 디비전이 신뢰할 만한 조직이라는 점을 재확인시켜 주었다.

코너는 읽고 있던 문서를 책상 위에 툭 하고 내려놓았다. "깊고 험한 아프리카에서 여기까지 온 이유가 고작 열대지방에 서식하는 기생충에 관한 연설을 하기 위해서라고? 그것도 돈 많은 의사 나리들을 위해서. 그럴 리가 없어. 놈도 틀림없이 우리가 예의주시하고 있는 걸 알 텐데. 그 여자가 경고를 해 줬을 거야. 그런데도 굳이 이곳에 오기로 했다? 분명 다른 이유가 있을 거야."

"세미나 주최 측에다 확인해 봤습니다." 어스킨이 말했다. "랜섬은 세 달 전에 초청을 받았습니다. 주최 측에서 여행경비와 호텔 객실비도 모두 제공한다고 합니다."

"아니지." 이렇게 말하며 코너는 그 큰 가슴팍 위로 팔짱을 끼며 보좌관을 노려보았다. "그 여자 짓이야."

그 여자가 누군지는 이름을 말할 필요도 없었다. 엠마 랜섬을 말하는 것이었다.

코너는 창가로 걸어갔다. 디비전은 워싱턴 남동쪽에서 15마일 떨어진 근교이자 그 지역 최대 번화가인 타이슨즈 코너에 있는 평범해 보이는 건물로 사무실을 이전했다. 건물 내에는 미국 국세청과 도량형국 사무실도 있었다. 2층 사무실에서 그는 외로이 뻗어 있는 버지니아주의 아스팔트와 차량 수리전문점을 내려다보았다. 링컨기념관과 인공호수인 리플렉팅 풀이 내려다보이는 전경과는 거리가 멀었다.

"그 여자 짓이야, 피터. 그런 쓸데없는 세미나에나 참석하려고 런던까지 오갈 생각을 하겠어? 놈이 내린 결정이 아닐 거야. 그런 종류의 일을 혐오하는 놈이거든. 이건 엠마가 꾸민 짓이야."

"죄송합니다만, 국장님. 그 여자가 남편을 만나려고 하는 것까지는 이해가 갑니다만, 왜 하필 런던을 골랐을까요? 지구상에 가장 감시가 심한 도시 잖습니까. 도시 내 정부기관에서 설치한 감시카메라의 수만 하더라도 5만 대가 넘습니다. 평범한 사람도 옥스퍼드 거리를 걷는 동안에 카메라에 오십 번은 잡힌다는 소리죠. 그건 마치 코피를 흘리며 상어가 든 수족관에 뛰어드는 격인데요."

"그 여자다운 짓이지." 코너가 말했다.

스위스의 비밀작전을 수포로 날려 버리고, 디비전을 거의 무너뜨릴 뻔한 장본인이 바로 엠마 랜섬이었다. 엠마는 코너의 VIP 리스트에 일순위로 올라 있는 인물이었다. 그녀를 처리하지 않는 이상 디비전도 프랭크 코너도 단 한 발도 앞으로 나아갈 수 없었다.

"랜섬의 핸드폰은?" 하고 그가 물었다.

"핸드폰 말씀인가요? 저희 파일에 있는 번호는 보다폰으로 등록돼 있습니다."

보다폰은 유럽 내 가장 큰 규모의 통신업체였다.

"보다폰 런던 지국에 우리가 일을 시킬만한 자가 있나?"

"이젠 없는 걸로 알고 있습니다."

코너는 입에서 욕설이 튀어나오려는 것을 가까스로 참았다. 그는 아일랜드계 가톨릭 신자였으며, 아직도 일주일에 두 번은 꼭 미사에 참석하는 사람이었다. 신앙심이 이제 그렇게 깊지는 않다 하더라도 그는 여전히 막 개종한 사람처럼 열정적으로 기도를 했다. 그는 자기가 벌이는 도박에 보험을 들어둬야 한다고 믿는 부류였다. "랜섬이 돌아가는 항공편은 언제인가?"

"오늘부터 사흘 뒤입니다."

"사흘이라고? 그렇다면 하루는 일정을 비워 뒀다는 소리네?"

"엄밀히 따지자면, 예. 그렇습니다. 하지만…"

"하지만 뭐? 그 여자가 연락을 한 거야. 그 여자가 만나고 싶다고 한 거지."

"하지만 왜 그랬을까요?" 어스킨은 집요하게 되물었다. "그 여자가 그 정도로 무모할 리가 없잖습니까. 장소도 그렇고, 시기적으로도 이상합니다. 지난 4월 이탈리아에서 있었던 일을 생각하면 더욱 그렇습니다. 조나단 랜섬의 이번 여행에 대해 우리도 알고 있다는 것을 그녀도 예상했을 텐데요? 예상 못할 리가 없습니다."

"그럴 수도 있고, 아닐 수도 있지." 코너는 팔꿈치를 테이블 위에 올려놓고 두 손으로 살집 두둑한 턱을 괴고 있었다. 핏발이 선 두 눈으로 창밖을 응시했다. 다시 입을 열었을 때, 그는 마치 어스킨이 사무실에 없는 양 혼잣말을 하고 있었다. 다가올 임무에 대해 각오를 다지면서 그는 이렇게 중얼거렸다. "로마에서 그 여자를 제거할 기회를 잡았는데 말이야. 미끼로 유인하는 것까지는 성공했는데, 거기서 실수를 하고 만 거지. 이제 하느님의 은총으로 다시 기회가 주어진 거야. 그 여자는 런던에 있어. 남편을 만나러 온 거지. 확실해. 이번에는 꼭 잡아내고 말겠어."

코너는 떠나기 전 두 곳에 전화를 걸었다. 첫 번째로 연락한 곳은 펜타곤 건물 1층에 위치한 방위병참국으로 24시간 내내 불이 켜져 있는 곳이었다.

"제트기가 한 대 필요하네."

"미안해, 프랭크. 그건 힘들 것 같데. 자네 기관은 이제 우리 리스트에 없단 말이야."

"리스트 따위는 무시해 버려. 이번 일은 장부에 올리지도 말라고." 코너는 턱으로 수화기를 받치고 여권을 찾으며 책상을 뒤졌다. 캐나다, 호주, 벨기에. 그는 스탄디스라는 가명으로 된 나미비아 여권을 집어 들고 비자가 아직 유효한지 확인하고는 이렇게 다그쳤다. "어쩔 거야?"

"그 여자 일인가?"

"런던까지 편도로 해 줘." 상대의 질문에는 아랑곳하지 않고 코너는 계속해서 말을 이어갔다. "장관용으로 리어 제트기 한 대가 대기하고 있다는 것을 알고 있네. 장관님은 오늘 아무 데도 가지 않을 걸세. 사우디에서 아침에 장관님께 긴급면담을 요청해 놓았거든. 사우디는 F-22기 도입을 간절하게 원하고 있지."

"그걸 어떻게 자네가 알고?"

"연료를 채워 한 시간 안에 대기시켜 주게."

"프랭크, 정말 날 난처하게 하는 군."

코너는 하던 것을 멈추고 허리를 꼿꼿하게 펴고는 이렇게 말했다. "그 얘기를 굳이 꺼내야 하겠나." 그는 조금 전과 다를 바가 없는 느긋한 말투로 말을 이었다. "빚이 있다는 건 참 부끄러운 일이지."

10초간 전화선상에 침묵이 흘렀다. "장관이 탈 비행기를 내줄 수는 없지만 덜레스 공항에 연료를 주입하고 조종사와 함께 대기 중인 싸이테이션이 한 대 있어. 다만 한 가지 문제는 그 비행기가 FAA의 추적 리스트인 플라이트어웨어에 올라가 있다는 거야. 자네는 레이더 상에 뜨게 될 거야. 혹시 그게 문제가 되는가?"

코너는 잠시 생각하더니 이렇게 대답했다. "아니." 나미비아 여권을 책상 위에 내려놓고, 유일하게 자기 본명이 찍힌 미국 여권을 집으며 그가 말했다. "상관없네."

"아, 그리고 프랭크…"

"응?"

"승무원도 한명 보내 줄 수 있네."

"그럴 필요 없어." 재킷을 걸치며 그가 말했다. "나 혼자 다녀올 거야."

그가 외부 직통 라인으로 두 번째로 전화를 건 곳은 영국이었는데, 개인 소유의 번호였다. 지역번호 207로 런던 중심지였다.

"나야." 상대방이 전화를 받자, 그가 말했다.

"프랭크, 안녕하세요. 해고통지서를 아직도 나눠주는 중이신가요?"

"당분간은 그럴 일이 없는데. 사실, 자네가 복귀할 길이 열려서 전화한 거야. 아직 관심이 있다면 말이야."

"관심이야 당연히 있죠."

"오늘 저녁에 무슨 계획이 있나?"

"취소하면 되죠."

"좋아. 칵테일파티가 있는데. 자네가 가 줬으면 하네. 도체스터 호텔. 저녁 6시. 의사들이 모이는 행사라서 자네가 참석하기에 무리가 없을 테고. 자, 내 말 잘 듣게."

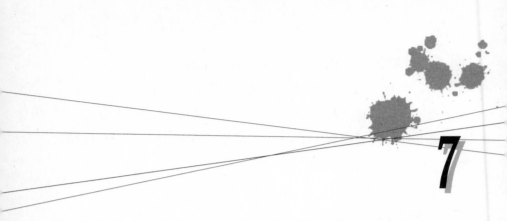

늦은 오후였다. 묵고 있는 도체스터 호텔 객실에서 조나단 랜섬은 체크인 하면서 건네받은 일정표를 읽고 있었다. 6시부터 칵테일 리셉션이 시작된다고 나와 있고, 정장차림을 요구하고 있었다. 손으로 쓴 메모에는 이렇게 적혀 있었다. "랜섬 박사님, 그곳에서 박사께서 하실 연설에 관한 이야기를 나누길 고대하고 있습니다. 콜린 블랙번 드림." 블랙번은 국제내과의교류협회 회장이며 조나단은 그의 초청으로 이곳에 올 수 있었다.

조나단은 샤워를 한 다음 면도를 했다. 둥근 아치형 대리석 천장이 있는 욕실에는 대형 거울이 있고, 화려한 문양의 세면도구들이 세면대 카운터에 늘어져 있었다. 그는 최대한 빨리 이곳에서 빠져나가고 싶었다.

하얀 색상의 버튼다운 셔츠에 회색 플란넬 소재의 양복을 입고, 구김이 잘 지지 않는 소재로 만든 파란색 블레이저 코트를 걸쳤다. 영 내키지 않았지만 넥타이를 잡고는 몇 초간 매듭을 제대로 잡는 데 시간을 할애하기까지 했다. 결과는 그리 나쁘지 않았다. 그는 흥미로운 시선으로 거울에 비친 낯선 자신의 모습을 바라보았다. 이 정도면 사람들이 자기를 의사로 봐줄 것도 같았다.

로비에 있는 안내문에는 칵테일 리셉션이 열리는 장소가 아테니움 볼룸이라고 적혀 있고, 화살표가 그곳으로 가는 방향을 가리키고 있었다. 볼룸 입구 반대편에서는 어떤 여자가 접수대에 앉아 출입 명찰을 나눠주고 있었다. 명찰은 알파벳 순서대로 나열돼 있었지만, 조나단의 눈에는 자기 이름이 들어오지 않았다. 그는 그 여자에게 명찰을 못 찾겠다고 하며 자신의 이름을 말해주었다.

그 여직원은 "저희 연설자분이시네요!" 하고 큰소리로 이렇게 설명했다. "선생님 명찰은 따로 보관해 두었답니다. 잠시만요."

마른 체구에 잿빛 고수머리를 한 남자가 조나단 옆으로 다가왔다. "온갖 그럴 듯한 학위들로 넘쳐나는 이런 곳에선 일이 좀 더 질서정연하게 돌아가리라 생각하셨겠지요?"

"대개의 경우, 그 반대더군요." 조나단이 말했다. "주방장이 너무 많은 경우와 비슷하죠."

"랜섬 박사님이시죠?" 낯선 남자가 이렇게 물었다.

"전에 제가 뵌 적이 있었던가요?" 경계하는 투로 조나단이 되물었다.

"아뇨. 이 프로그램 안내서를 통해서 알아보았지요." 그는 재킷 안주머니에서 꺼낸 안내책자를 펼쳐보였다. 조나단은 안내책자에 담긴 자기 사진을 봤다. 4년 전 암스테르담의 여권용 사진 스튜디오에서 찍은 사진이었다. 이 사진을 그들이 어디서 구했는지 궁금해졌다. 사진을 보내 준 적이 없기 때문이다. "블랙번이라고 합니다." 낯선 노신사가 이렇게 대답했다.

"아, 블랙번 박사님. 만나 뵙게 돼서 영광입니다."

두 사람은 악수를 나누었다.

"비행은 힘들지 않았나요?" 예순 쯤 되어 보이는 블랙번은 흔들림 없는 짙은 눈동자와 깔끔한 매너를 가진 노신사로 보였다. 조나단은 그런 그에게 곧바로 호감을 느꼈다.

"믿기 힘드시겠지만, 예정보다 일찍 도착했습니다." 조나단이 대답했다. "요즘 같은 때에 흔한 일이 아니죠."

"호텔은 마음에 드시나요?"

"너무 신경을 써 주신 것 같습니다. 욕실만 하더라도…"

"마치 로마시대 매음굴 같아 보였겠죠. 우리끼리만 하는 이야기지만, 내 마누라의 취향에나 맞을 법하니, 아무래도 우리 집에 오시면 그리 오래 머무르지는 않으실 것 같구려."

바로 그때, 조금 전의 여직원이 명찰을 가지고 돌아와 재킷에 달아 주었다. 다른 명찰들은 3×5 크기에 투명 플라스틱 케이스에 들어 있는데, 그의 것은 두 배는 더 크고, 그 절반 크기의 파란색 리본 장식까지 붙어 있었다.

"명찰은 항시 착용해 주십시오." 그녀가 지시를 내리는 투로 말했다. "다른 회원분의 성함을 잘 기억 못하는 회원들이 있기 때문이랍니다."

"고맙습니다." 조나단은 끔찍하다는 표정으로 자신의 가슴에 붙은 명찰을 내려다보았다. 마치 지역박람회에 출품된 우량 돼지 취급을 받는 것 같았다. 그는 블랙번에게 말을 건넬 생각으로 뒤를 돌아보았지만 그 노신사는 이미 사람들 무리 속으로 사라지고 없었다.

홀이 사람들로 채워지기 시작했다. 조나단은 참석한 남녀 전문의 수가 비슷하고, 대부분의 참가자들이 배우자와 함께 왔다는 사실을 알게 되었다. 모든 이들이 우아하게 격식을 차린 정장 차림이었다. 여자들은 칵테일 드레스를 입고, 남자들도 짙은 색상의 정장 차림이었다. 그는 바 있는 곳으로 걸어가 스텔라 맥주 한 병을 주문했다. "글라스는 필요 없습니다." 그는 이렇게 말했다. 맥주는 원한 대로 얼음처럼 차가웠고, 그는 단번에 반 병 넘게 마셨다. 맥주 한 두 방울이 입가를 적시며 흘러내리자 소맷자락으로 입가를 닦았다.

"그럴 때 쓰라고 냅킨이란 게 있는 건데." 어깨너머로 삐딱한 영국 억양의 목소리가 들려왔다.

"실례합니다, 전…" 이렇게 말하며 조나단은 몸을 돌려 갈색 고수머리에 장난스런 푸른 눈동자를 가지고, 보기 좋게 살이 오른 한 남자를 쳐다보았다. "제이미, 자네가 여길!"

"나와 함께 할리 스트리트에서 일할 생각이라면, 그 지저분한 습관만은 고쳐야 하실 텐데." 제이미 메도스는 이렇게 말했다. "우리 환자들은 깔끔한 매너의 의사를 좋아한단 말이지. 새하얀 가운에 말끔한 정장구두를 신은. 맙소사. 자네 지금 데저트 부츠를 신고 온 거야?"

조나단은 메도스를 와락 껴안았다. 두 사람은 함께 옥스퍼드를 다녔다. 둘 다 재건수술 분야의 장학생이었고, 일 년 동안 하이 스트리트의 아파트를 같이 썼다.

"여긴 어떻게 온 거야?" 조나단이 물었다.

"내가 옛 룸메이트한테 토마토를 집어던질 기회를 놓칠 거라고 생각한 거야?" 하고 말하며 메도스는 주머니에서 꺼낸 안내책자로 빈 손바닥을 두드렸다. "공부를 계속하고 있지. 자네 연설을 들으면 두 시간짜리 학점이 나온다고. 미리 경고해 두겠는데 말이야. 자네가 연단 위에서 땀 좀 뺄 만한 재미난 질문거리 몇 가지를 준비해 왔단 말이지."

조나단은 웃음을 지었다. 예전에 알던 제이미의 모습 그대로였다. "그동안 어떻게 지냈어?"

"뭐, 그런대로 괜찮았지." 메도스가 말했다. "개업한 지 6년 됐어. 성형외과를 운영하고 있어. 가슴 확대, 매부리코 교정 같은 것 말이야. 뭐, 거의 쉴 틈이 없지. 수술복 가운 벗을 새가 없을 정도야."

"보건국 일은 어떻게 한 거야? 난 자네가 긴급의료 전문의가 되기 위해 웨일즈로 간 줄 알았어."

"웨일즈가 아니라, 콘월이었지." 이내 의기소침해진 메도스가 대답했다. "6개월도 못 있었어. 정부 관련 일이 다 그렇잖아. 끔찍했지. 유방은 말할 것도 없고, 신장 하나 새로 구입한다고 해도 돈을 대주질 않으니. 의욕만 앞서고 어떻게 하겠어?" 그는 조나단의 어깨에 손을 얹고 바싹 끌어당기며 말했다. "아까 한 말은 농담이 아니었어. 자네가 마음만 먹는다면 우리 병원에 자네 자리쯤이야 언제든지 마련할 수 있어. 일이야 늘 좀 많지만, 돈은 꽤 잘 들어오거든. 우리 부부가 최근에 생트로페에 판잣집 하나를 사뒀는데. 뭐, 그 정도는 된단 소리지.”

“생트로페에 판잣집이 있단 소리는 처음 듣는데.”

“그렇긴 해. 아무 것도 아닌 물건에 1백만 파운드를 붙여놓고 빌라라고 들 하더군.”

두 사람은 세월의 흐름과 함께 변해 버린 서로의 모습을 가늠해 보며 마주 서 있었다. 말 그대로 조나단 자신의 얼굴이 비칠 정도로 광택을 낸 신사화를 신고, 새빌로 거리에서 맞춘 최고급 정장 차림을 한 메도스 옆에 서 있자니, 낡은 플란넬 양복을 걸친 조나단은 자신의 남루한 차림에 신경이 쓰였다.

“우리가 자넬 얼마나 싫어했는지 알아?” 메도스가 말했다. “우리를 모두 합쳐도 자네만 못했으니. 게다가 미국에서 온 놈이지. 그뿐인가. 우리 모두가 하겠다고 떠들어 대던 일을 자넨 실제로 하고 있기까지 하잖나. 솔직히 말해 봐. 일이 마음에 드나?”

조나단은 고개를 끄덕였다. “마음에 들어.”

“그래, 자네 말이라면, 믿어.” 이렇게 말하며 메도스는 미소를 지어 보였지만 뭔가 울적해 보이는 미소였다. “아직 독신인가?” 이내 기운을 차리고 그가 물었다. “설마 여태껏 결혼 한번 안하고 산 건 아니겠지? 옥스퍼드 시절 자네는 수도승이나 다름없긴 했지만. 아침부터 밤까지 주구장창 병원에서만 살았지.”

“아니야. 결혼했어.” 조나단이 말했다. “사실, 졸업하고 몇 달 안돼서 아내를 만났지. 같이 오진 못했지만.”

“그럼 아내는 케냐에 있는 건가?”

조나단은 재빨리 대답을 했고, 자신의 교묘한 대답에 스스로도 놀랐다. “아니, 아내는 친구들을 만나러 갔어. 나만큼이나 이런 곳에 오는 걸 싫어

하는 사람이라서." 자신의 거짓말이 좀 더 자연스럽게 들리도록 태연한 척하는 미소를 지어 보이며 덧붙여 말하는 것도 잊지 않았다. "아이는 있고?"

"난 딸이 셋이야. 여덟 살, 다섯 살, 그리고 아직 기저귀를 차고 다니는 막내 아이까지. 내 보배들이지." 갑자기 메도스가 까치발로 서서 홀 저편을 향해 손을 흔들었다. "저기 오네. 내 아내, 프루던스야. 같이 옥스퍼드에 다녔는데. 아내는 세인트 힐다에 있었고, 화학을 공부한 다음 하이 스트리트의 버틀러스에서 일했어. 여보, 여기야!"

조나단은 짙은 갈색머리에 호리호리한 몸집의 여성이 그들을 향해 손을 흔들어 보이며 다가오는 것을 보았다.

"프루, 여기 조나단." 아내에게 입맞춤을 해 주며 메도스가 말했다. "나만큼이나 뚱뚱하고 몸이 망가져 보인다고 이 친구에게 얘기 좀 해줘. 기분 상할까 봐 예의 차리지 말고. 보기보다는 강단 있는 친구거든."

"정말 좋아 보이시는데요." 조나단과 악수를 나누며 프루던스 메도스가 말했다. "제이미가 당신을 만나길 얼마나 고대해 왔는데요."

"실은 막판에 알았어." 메도스가 말했다. "안내책자에서 자네 이름을 발견한 건 바로 이 사람이었어."

"거짓말이에요. 프루던스가 말했다. "우린 이미 몇 달 전에 참석하기로 했었잖아요. 오늘 밤을 엄청 기다려 온 걸요."

"그랬나? 아, 그래, 그렇지." 마치 들통이 났다는 듯 메도스는 어깨를 떨구며 말했다. "걸렸네. 자네한테 결국 들켜 버렸어." 그는 아내를 향해 몸을 돌리고는 이렇게 말했다. "여보, 최고입찰자한테 상품을 팔라고 조나단을 꼬드기고 있지. 한마디로 나한테 팔란 거야."

"제이미와 함께 일하시나요?" 조나단이 프루던스 메도스에게 물었다.

"저요? 어머, 아니요. 하지만 그렇다고 할 수도 있죠. 전 제약업종에서 일하거든요."

"영국에서 제일 잘나가는 판매 대리인이지." 메도스가 자랑스럽게 말했다. "프로잭을 온 나라가 취할 만큼 팔고 있어. 나보다 벌이가 더 좋아."

"전혀 그렇지 못해요." 프루던스가 손사래를 쳤다. "조나단, 남편 병원에 꼭 한번 들리세요. 할리 스트리트에 이 사람만한 의사가 없다니까요."

"계속해 줘." 제이미가 말을 이었다.

"아, 입 좀 다물어요." 남편의 옆구리를 살짝 찌르며 프루던스가 말했다. 그녀는 다시 주의를 조나단에게로 돌렸다. "성형 같은 대기 시술만 하는 게 아녜요. 제이미는 재건술도 많이 하거든요. 전공 분야가 그 쪽이시라고 들었어요."

"그런 시술을 할 기회가 오면 말입니다." 조나단이 대답했다. "대개의 경우 시술을 할 만한 장비 없이 진행합니다. 아무튼 초대해 주셔서 고맙습니다. 영국에는 사흘간만 머물 예정이지만 시간을 낼 수 있으면 정말 가보고 싶군요." 조나단은 프루던스 메도스를 좀 더 살펴보았다. 호감이 가는 수수한 차림새에 가는 갈색 눈동자, 그리고 어렴풋이 옅은 미소를 띠고 있는 그녀는 꽤 미인이었다. 그가 옥스퍼드를 다니던 시절, 그녀에 대한 기억이 있는지 곱씹어 봤지만 별 다른 기억이 없었다. 초면임이 분명했다.

"그만 가봐야겠는데." 반대 방향을 가리키며 그가 말했다. "날 초청한 사람을 찾아야 할 것 같아. 내일 저녁에 다시 보는 건 어때?"

"우리 집에서 저녁이나 하지." 제이미 메도스가 말했다. "거절할 생각은 하지 말고. 노팅힐로 오면 돼. 번호는 전화번호부에 있고." 갑자기 그가 성큼 다가와 조나단의 손을 잡고 악수를 하면서 눈가가 촉촉해졌다. "만나서 정말 반가워. 그동안, 참. 믿어지지가 않는군."

"그러게 말이야." 친구의 진심 어린 표현에 감동을 받은 조나단이 대답했다.

"아무튼, 내일 또 보자고." 자신을 추스르며 메도스가 말했다. "자네의 일장연설이 정말 기대가 되는 걸. 저녁식사에 대해서 자세한 건 내일 또 말하자고. 잘해!"

"네, 연설 잘 하시길 바래요." 프루던스도 온화한 미소를 지으며 말했다.

조나단은 바로 돌아가 맥주 한잔을 더 주문했다. 홀은 사람들로 꽉 차 있었다. 사람들의 대화가 점점 무르익어 활기가 넘치고 있었다. 절제된 전문 의료인의 모습은 더 이상 보이지 않았다. 사람들 무리 속에서 블랙번 박사가 있는지 둘러보았지만 보이지 않자 그는 복도를 따라 화장실로 갔다. 그만 자리를 뜨고 뭐라도 먹으러 가야할 것 같았다. 이 정도 있었으면 그가 행사장에 나타나지 않았다고 할 사람은 없을 것이다.

그때 화장실 문이 열렸고, 잠시 후에 거울을 통해 블랙번의 모습이 보였다. 뭔가 불안해하는 듯 보였다. "자, 서둘러요." 블랙번이 말했다. "날 따라오시죠."

"뭐라고 하셨죠?"

블랙번이 고갯짓을 하며 문을 가리켰다. "그들이 여기로 오기 전에 서둘러야 합니다. 어서 여기서 나갑시다."

조나단은 멀뚱하게 서 있었다. "그들이라니, 누구 말입니까?"

"알잖소." 블랙번은 이렇게 말하며 화장실 밖으로 나갔다. 당황한 조나단은 얼떨결에 그를 따라 나섰다. 블랙번은 복도를 따라 내려가다 코너에서 꺾어져 회의실 문을 밀어 열었다. "뭘 꾸물거리고 있습니까?"

조나단은 서둘러 회의실 안으로 따라 들어갔다. "무슨 일이죠?" 블랙번이 회의실 문을 닫자 조나단이 물었다. "그들이 오기 전에라니? 그게 무슨 말씀이시죠?"

"그런 것 따질 시간이 없습니다. 그냥 내가 말한 대로 하세요. 창문을 통해 빠져나가면 됩니다. 잠겨 있지 않습니다. 그린파크 역으로 가서 메릴번 행 지하철을 타세요. 피카딜리 역에서 갈아타야 할 겁니다. 런던 지리를 좀 안다고 들었는데요."

"어느 정도는요."

"좋아요. 그럼. 메릴번에서 내려 서쪽 방향 에지웨어 로드를 따라 가세요. 61번가를 찾으면 오랜 된 고층 아파트가 보일 거요. 금색 번호가 붙은 검정색 출입문이 있는 곳이요. 거주자 이름들과 번호가 보일 텐데 그냥 무시하세요. 문이 잠겨 있지 않을 테니. 들어가서 2층 C호로 가세요." 블랙번은 열쇠 한 개가 달린 토끼발 모양 열쇠고리를 꺼내 보였다.

"지금 도대체 무슨 소리를 하는 거죠?" 열쇠를 받으며 조나단이 물었다.

"전화가 걸려올 때까지 집안에서 기다려요." 조나단이 주의를 기울이는 것 같아 보이자 블랙번은 좀 더 차분한 어조로 말을 이었다. "당신이 미행당하고 있지 않다는 사실이 확인되면, 그때 다시 다음 지시를 줄 겁니다."

"미행이라니요?"

"방금 칵테일파티에서 미행자 두 명이 당신을 지켜보고 있었소."

"두 명이요, 누구 말입니까? 수상한 사람은 없었는데요."

블랙번은 별로 놀랍지도 않다는 눈길로 그를 쳐다보았다. "어서 가세요. 당신을 보고 싶어 하는 사람이 있습니다. 그리고 내가 생각하기엔 당신도 그 사람을 보고 싶어 할 텐데요."

조나단은 심장이 목구멍에 걸린 기분이었다. '엠마가 여기 있어. 엠마가 여기 런던에 있다는 거야.'

블랙번이 문을 향해 걸어가며 말했다. "어서 서둘러요."

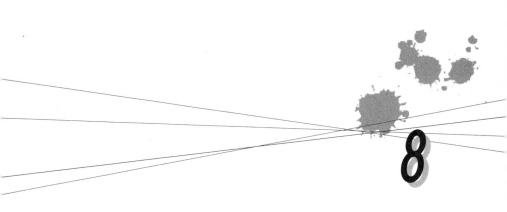

야생 잔디로 덮인 광활한 목초지인
메도우와 굽이치는 아이시스강을 전경으로 한 옥스퍼드의 크라이스트처치
칼리지야말로 영국 고등교육의 상징이었다. 토마스 울지 추기경이 완강하
게 저항하는 수도승 세력으로부터 토지를 몰수해 1524년 그곳에 크라이스
트처치 칼리지를 설립했다. 헨리 8세는 그곳을 추기경으로부터 다시 몰수
해서 이 수도원 교회를 옥스퍼드 교구의 대성당으로 만들었다. 따라서 크
라이스트처치는 옥스퍼드 내 유일한 성당인 동시에 대학으로 남아 있게 되
었다. 이러한 역사는 이제 가이드북에나 남아 있다. 그레이트 홀은 해리포
터 영화에 나오는 호그와트의 만찬장 세트로 쓰였다는 이야기가 케이트 포
드를 비롯한 많은 이들의 기억에 남아 있는 전부였다. 케이트도 그 이야기
에 제법 감명을 받았다.

케이트가 수위실 안으로 고개를 내밀고 방문목적을 밝혔다. "안토니 도
드씨를 만나러 왔는데요."

"이층입니다. 오른쪽 첫 번째 문입니다."

목재 계단을 따라 올라갔다. 저녁 여섯시 경이었고, 그녀는 이미 지칠
대로 지쳐 있었다. 그 동영상들 때문이었다. 하루 종일 원 파크 보안 사무
실에 앉아 로버트 러셀을 죽인 용의자가 찍혔을지도 모른다는 기대를 가지

고 건물 내 감시 카메라 영상들을 샅샅이 훑었던 것이다. 그러나 그녀와 레그 클리크, 전날 경비를 본 도어맨들을 포함해 그 누구도 낯선 자가 건물 안에 들어가는 것을 본 사람이 없었다. 그리고 무엇보다도 수상한 자가 5층에 있는 러셀경의 집안으로 들어가는 것을 본 사람이 없었다. 여덟 시간을 그렇게 보냈는데 단서 하나 건지지 못했다.

오후 4시에 검시관이 전화를 걸어 러셀의 두개골은 그가 발코니에서 떨어지기 전에 이미 골절돼 있었다는 사실을 알려주었다. 흉기로는 둥근 머리 해머와 같이 둔탁한 도구가 쓰였을 것이라는 게 검시관의 소견이었다. 비록 흉기에 맞아 러셀경이 사망했다고는 말할 수 없지만, 그 타격으로 러셀경이 의식을 잃었으리라는 점은 확실하다고 했다. 검시관의 말을 듣고 발코니에서 떨어질 당시 러셀경은 이미 사망한 상태, 혹은 적어도 몸을 가눌 수 없는 상태였다는 생각에 확신이 생겼다. 따라서 범인은 집안에서 러셀경이 돌아오길 기다리고 있었을 것이다. 그래도 여전히 궁금한 점이 남아 있었다. 범인은 도대체 어떻게 집안으로 숨어들어간 것일까?

케이트가 이층으로 올라가자 그곳에는 음울한 기운이 감도는 복도가 보였다. 우측 첫 번째 문은 조금 열려 있었다. 비좁고 햇살 가득한 그 사무실 안에는 건장한 체격의 럭비용 운동복을 입은 청년이 책상 앞으로 몸을 수그린 채 서류더미를 뒤지고 있었다. 케이트가 사무실 안으로 머리를 내밀고 물었다. "여기가 도드 교수님 연구실인가요?"

"그런데요." 청년은 이렇게 대답하며 고개를 들었다.

"지금 계신가요?" 케이트가 물었다.

"계시고말고요." 젊은 남자는 서류를 내려놓고 일어섰다. 예상했던 것보다 키가 컸다. 190센티미터가 넘는 장신에 나름 꽤 잘생긴 청년이었다. 두 뺨은 상기돼 있고, 갈색머리 아래 이마에서부터 눈썹까지 땀으로 젖어 있었다. 그러나 무엇보다 그녀의 시선을 끈 것은 그의 두 다리였다. 근육질인 허벅지가 통나무처럼 튼튼해 보였기 때문이었다.

"어디 계신데요?"

"지금 보고 계시잖아요." 그는 고개를 끄덕이며 다가와 악수를 청했다. "무안해하실 필요 없습니다. 늘상 있는 일인걸요. 이래봬도 다음 주면 마흔 살이랍니다. 흰머리가 나올 날만을 기다리고 있답니다."

"부러운걸요." 케이트가 대답했다. "저는 서른 살이 되고부터 흰머리를 뽑아내기 바쁘답니다. 형사계장 케이트 포드라고 합니다."

"왠지 경찰이실 것 같았습니다." 도드는 럭비공을 의자에서 치우며 케이트에게 앉으라는 몸짓을 해보였다. "뭐 마실 거 좀 드릴까요? 물, 맥주, 아니면 다이어트 소다라도?"

"물이면 충분합니다."

도드는 핸드폰으로 전화를 걸어 직원에게 마실 것을 부탁했다. "이런 차림이라서 미안합니다." 그가 이어서 말했다. "방금 연습을 마치고 왔어요. 시즌 시작을 코앞에 두고 있어서요. 코치를 맡고 있기는 하지만 그래도 몸 관리는 하려고 하죠." 그는 책상에 몸을 걸치며 자세를 잡았다. "아무튼, 그럼 로버트에 관해 이야기를 해볼까요."

"그 사람을 잘 아세요?"

"제가 그의 지도교수였죠." 도드가 말했다. "박사학위 논문지도를 제가 맡았습니다. 지난 삼년간 일주일에 두 번씩 만났습니다. 그 후로도 서로 연락을 하며 지냈지요. 그가 자살할 사람이 아니라는 걸 알 만큼은 됩니다. 형사님께서도 그렇게 생각하시는 것 같은데요."

바로 그때 6시를 알리는 톰타워의 종소리가 울려 퍼졌다. 도드의 두 눈이 창문을 향했고, 두 사람은 자리에 앉아 그레이트톰의 대종소리가 멈추기를 기다렸다. 종소리가 잦아들자 그는 다시 그녀에게로 시선을 돌렸다.

"맞습니다. 도드 교수님." 케이트가 말했다. "저희도 자살이라고는 생각하지 않습니다."

"그냥 토니라고 불러주세요. 그럼 제가 뭘 어떻게 도와드릴까요?"

"러셀경에 대해 좀 더 알고 싶은데요."

"그 사람에 대한 어떤 부분이 알고 싶으신가요?"

"모든 것이죠." 케이트가 말했다. "수첩에 좀 적어가며 진행해도 되겠습니까?"

도드는 메모해도 좋다는 뜻으로 손짓을 해 보였다. 케이트는 재킷에서 메모장과 펜을 꺼냈다. 그녀는 손지갑을 가지고 다니지 않았다. 손지갑은 어린 여자애들이나 들고 다니는 물건이라고 생각했고, 케이트는 한번도 그런 부류에 든 적이 없었다. 경찰 배지와 신분증, 핸드폰, 반지갑, 그리고 권총이 그녀가 가지고 다니는 전부였다. 그리고 그것들이면 충분했다.

"로비는 96년도에 왔죠." 도드가 말을 하기 시작했다. "나와 이튼교 동문이었습니다. 그는 남다른 데가 있었어요. 오만한 면이 없고 겸손했죠. 자신이 모든 것을 아는 게 아니란 걸 알 정도로 똑똑했습니다. 그런 가문을 배경으로 한 사람에게 늘 있는 일은 아니죠. 러셀가문의 역사는 토지대장인 둠스데이북 시절로 거슬러 올라갑니다. 그들 일가는 헤이스팅스에서 정복왕 윌리엄 1세와 함께 싸웠어요. 하지만 로비는 그런 것엔 관심이 없었죠. 그는 현재에 충실했습니다. 처음부터 열심이었어요. 머리도 놀랍도록 좋았죠."

"어떤 의미에서 말인가요?"

"그는 눈앞에 벌어지는 사건의 배후를 볼 줄 알았습니다. 암기력은 최고였습니다." 도드는 이마를 두드렸다. "머리에 백과사전이 들어 있었습니다. 하지만 그는 거기서 한 단계 더 나아갔답니다. 평범한 사람들이 그저 그림자를 볼 때, 그는 패턴을 발견했죠. 단지 무작위로 일어난 사건들에 지나지 않을 때, 그는 이미 현상의 흐름을 읽어냈습니다. 의도를 파악하고 예측까지 해냈습니다. 정말 대단한 사람이었지요."

케이트는 얌전하게 고개를 끄덕였다. '패턴, 흐름, 의도.' 이런 종류의 이야기는 피부에 와 닿지가 않았다. 그녀는 그런 것을 헛소리라고 불렀다. 그녀는 칩을 마요네즈에 찍어먹고, 미지근한 기네스 맥주를 파인트 글라스에 따라 마시는 것을 좋아하는 평범한 여자, 다시 말해 O-레벨 여성이었다.

"러셀경이 정확히 어떤 걸 연구하셨던 거죠?"

"20세기 러시아 역사입니다. 주로 전후 역사요. 논문 제목이 '신흥 권위주의 국가의 사례 연구: 자애로운 전제군주인가, 혹은 전체주의적 차르인가?'였어요. 러시아가 택한 길에 대해 그는 낙관적인 입장을 가지고 있지 않았습니다. 러시아어도 공부했지요. 물론 러시아어는 다른 사람한테서 배웠지만요. 은행 관련 일을 하면서 러시아에서 잠시 살기도 했답니다. 러시아에서 돌아오자 우리는 그를 교수로 채용했습니다."

"그렇다면 그 사람이 가르친 과목이 러시아 역사였나요?"

"예, 처음에는요."

"그러면 그 다음에는요?"

도드는 갑자기 자리에서 일어나 한손에 럭비공을 쥔 채로 사무실 안을 걷기 시작했다. "솔직히 그가 최근에 뭘 했는지는 잘 모릅니다."

"계속 연락을 하고 지낸 사이였다고 말씀하신 걸로 기억하는데요?"

"그렇죠. 제 말은 그랬었죠. 그의 사망 소식이 아직은 받아들여지지 않는군요."

"정기적으로 만나셨나요?"

"지난 한 해 동안은 그렇지 못했습니다."

"가장 최근에 그를 만난 때를 기억하시나요?"

"한 달, 아니 한 삼 주 전일 겁니다."

"뭔가 불안해하는 것처럼 보이던가요?"

"내가 그걸 어떻게 알겠습니까?" 이렇게 말하며 도드는 그녀를 향해 몸을 돌렸다. 두 눈동자는 젖어 있고 분노에 차 있었다. 그는 잠시 생각에 잠겼다. 그는 분노가 가라앉기를 기다렸다 이렇게 말했다. "우리 두 사람은 예전처럼 친하게 지내지 못했습니다. 로비는 자신만의 프로젝트를 하고 있었어요. 저 역시도 마찬가지고요. 나는 과거를 사랑합니다. 그는 미래를 바라보고 있었고요. 화젯거리가 사라진 거죠."

"그가 가르친 학생들은요?"

"없습니다. 이제는 없어요. 로비는 이미 일 년 전부터 강의를 그만두었습니다."

"그렇다면 대학에서 그의 직책은 뭐였지요?"

도드는 걸음을 멈추고 럭비공을 내려놓았다. "모르고 계셨단 말인가요?" 혼란스러운 나머지 경계하는 투로 그가 되물었다. "그들이 보내서 온 게 아니었나요?"

"그들이 누구죠?" 하고 케이트가 물었다.

"이 모든 것에 대해 이미 허가를 받으신 줄 알았는데요. 그러니까 제 말은, 서로들 말을 주고받고 일하지 않나요?"

"무슨 말씀을 하시는 건지 잘 모르겠는데요."

도드는 케이트 곁으로 바짝 다가와서 낮고 으르렁거리는 말투로 입을 열었다. "이봐요, 포드 계장님. 로비가 하던 일들은 공개조사를 할 만한 것들이 아니란 말입니다. 알고 계신 줄 알았는데요."

"그가 자신의 인생을 위태롭게 할 만한 일을 하고 있었나요?"

"절 정말 난처하게 하시는군요."

"제가요?" 케이트가 물었다.

도드는 그 말에 대답하지 않았다. 대신 그는 고개를 저으며 선 채로 그녀를 바라보고 있었다. 바로 가까이에서 보니 그의 눈가에 잔주름이 지는 게 보였다. 그녀는 더 이상 그가 마흔 살이라는 사실이 믿기 힘들지 않았다.

"러셀경의 죽음이 타살이라는 증거를 가지고 있다는 말을 지금 제가 한다면 놀라시겠어요?" 하고 그녀가 물었다.

도드는 돌아서서 창가로 갔다. "로비는 자신이 무슨 일을 하고 있는지 알고 있었습니다."

"정확히 무슨 일을 하고 있었다는 거죠?"

"게임입니다."

"무슨 게임을 말하시는 거죠?"

"오로지 하나밖에 없잖습니까, 안 그런가요?" 이렇게 말하며 그는 어깨 너머로 뒤돌아봤다. "자, 이제 그만 돌아가시죠? 제가 모든 해답을 드릴 수 있는 것도 아니고요."

"누가 왜 그의 죽음을 원했는지를 알아내지 못하면 러셀경의 살인범을 찾는 일은 불가능합니다. 부탁드립니다." 케이트는 말을 멈추고 조심스럽게 그와 시선을 맞췄다. "어쨌든 그 사람은 당신의…제자 아닙니까? 러셀경도 교수님께서 자신을 죽인 범인을 찾아내는 데 도움을 주시길 바랄 겁니다."

도드는 잠시 고심하더니 돌아보며 말했다. "알프레드가 5번지입니다. 거길 가면 그들을 만날 수 있을 겁니다. 하지만 그들이 당신과 대화를 나눌 거란 기대는 하지 마세요. 그들은 비밀스런 집단입니다. 사업 특성상 그럴 수밖에요."

"그들이 누구죠? 그리고 무슨 사업을 말씀하시는 거죠?"

"OA. 옥스퍼드 아날리티카입니다."

케이트는 그 이름을 입안에서 곱씹어 봤지만 한 번도 들어 본 적이 없는 이름임이 분명했다. "그들이 하는 일이 뭔가요?"

"로비가 제일 잘했던 일이죠." 도드의 시선이 그녀로부터 열려져 있는 창문, 이어서 어렴풋이 보이는 톰타워로 옮겨갔다. "미래를 점치는 일 말입니다."

9

엠마가 런던에 와 있다.

창문을 통해 건물 밖으로 나온 조나단은 달리기 시작했다. 아내가 이곳에 있다. 자기를 보러 온 것이다. 그는 파크 레인을 따라 좌측 피카딜리 쪽을 향해 달렸다. 길거리는 그 못지않게 바삐 어딘가로 향하는 행인과 관광객, 주민들로 바글바글했다. '서두르면 안 돼.' 그는 자신에게 타일렀다. '그자들이 지켜보고 있어.' 하지만 누가? 어디서?

블랙번이 한 말에 따르면 리셉션에서 두 사람이 그를 감시하고 있었다고 했다. 하지만 이 많은 사람들을 헤치고 자기를 미행하기는 힘들 것이라 생각했다. 그는 다가오는 행인들을 요리조리 피하며 빠르고 날렵한 걸음걸이를 유지했고, 계속해서 어깨너머로 뒤를 돌아봤다. 그들이 자기를 지켜보는지는 모르겠지만, 달리 의심할 만한 존재는 보이지 않았다.

바로 앞에 그린파크 지하철역 표지판이 보였다. 그는 급히 계단을 내려가 역 중앙홀로 가서 24시간 동안 지하철을 무제한 이용할 수 있는 전일 이용권인 '올 데이' 티켓을 샀다. 그런 다음 다시 뛰기 시작했고 이번에는 누가 자기를 지켜보건 말건 상관하지 않았다. 열차를 또 놓치고 싶지 않았기 때문이다. 안내표시를 보고 흰색 타일이 깔려 있는 터널을 따라 북쪽으로 향하는 베이컬루 라인 타는 곳까지 갔다.

세찬 바람과 거센 소리를 몰고 열차가 플랫폼을 향해 쏜살같이 달려왔다. 맨 마지막 칸에 올라탄 뒤 문가에 바짝 붙어 섰다. 강한 에어컨 바람에도 불구하고 땀이 났다. 그는 심장이 두근거리는 것을 느끼며 이번 길에 대해 곰곰이 생각해 보았다. '그런데 왜 기쁘지가 않은 것이지?' 열차가 움직이기 시작하자 그런 생각이 들었다. 엠마를 본 지 6개월이 지났다. 당연히 설레고 흥분된 기분이 들어야 하는 것 아닌가? 어쨌든 엠마는 상황이 좋아지면 연락을 하겠다고 했다. 반드시 상황이 좋아져야만 연락하겠다는 말이었다. 그럼에도 불구하고 불안했다. 엠마는 내가 런던에 와 있는 지금 이곳에서 무슨 일을 하고 있는 것일까? 그가 감시받고 있는 것을 알면서도 왜 그를 만나려고 하는 것일까? 그가 갖는 두려움은 자신 때문이 아니라 엠마를 걱정하는 마음 때문에 생긴 것이었다.

피카딜리에서 지하철을 갈아탔다. 다음 열차가 오기까지는 그리 오랜 시간이 걸리지 않았다. 지시받은 대로 그는 메릴리번에서 내려 서둘러 긴 통로를 빠져나왔다. 통근자들이 일렬로 서서 양쪽 에스컬레이터에 순서대로 타고 있었다. 그들을 지나쳐 계단 있는 곳으로 가서 한 번에 두세 계단씩 뛰어 올라갔다. 잠시 후 그는 거리로 나왔다. 숨이 찼지만 한결 기분은 진정되었다.

에지웨어 로드에는 곳곳에 시간당 요금을 청구하는 싸구려 호텔과 낡은 아파트 건물이 즐비했다. 주머니 사정이 넉넉지 않은 관광객들과 막 이민 온 사람들, 그리고 불륜 커플들이 자주 찾는 곳이었다. 런던 내 구시가지로 불어 닥친 주택 고급화 물결이 북쪽 끝자락에 위치한 이 지역까지는 아직 넘어오지 못한 것이다.

그는 담뱃가게와 아랍 정육점 건너편의 후미진 곳에서 61번지를 발견했다. 블랙번 박사가 말한 대로 문은 잠겨 있지 않았다. 건물 내부에서는 구운 양고기와 시가 향이 났다. 판지로 만든 벽 뒤로 거친 외국어로 소리 높여 다투는 목소리가 들렸다. 계단을 타고 이층으로 올라갔다. 받은 열쇠는 기름칠이 된 자물쇠 안으로 미끄러지듯 들어갔다. 집 안은 황량하고 가구도 몇 점 없었다. 습기에 썩고 뒤틀린 리놀륨 바닥이 보이고, 거실 창은 유리 대신 베니어판으로 가려져 있었다. 천장에는 갓 없는 백열등 하나만 달랑 달려 있었다. 전구를 켜 봤지만 불은 들어오지 않았다.

불과 20초 만에 그는 집 안에 있는 방을 모두 들여다보고 입구 쪽으로 되돌아 나왔다. 집안은 헤진 매트리스와 작은 테이블 몇 개, 그리고 1960년경에 만든 물건으로 보이는 검정색 수동 다이얼 전화기가 덩그러니 거실 바닥에 놓여 있는 것을 제외하고는 텅 비다시피 했다.

"우리가 전화로 연락을 줄 때까지 기다리세요." 블랙번은 이렇게 말했다. "당신이 미행을 당하지 않는다는 게 먼저 확인돼야 합니다."

수화기를 들어 보니 신호음이 들렸다. 그들의 감시기술이 이 전화기보다는 현대적이기를 바랬다. '어서 전화해.' 그는 손으로 입을 막고는 혼자만 들릴 정도로 나직이 속삭였다. '어디서 엠마를 만날 수 있는지 말해 달란 말이야.' 손목시계를 보니 일곱 시가 다 돼 갔다. 저무는 노을빛이 테두리가 거무스름하게 그을린 창틈으로 새어 들어와 집안을 온통 붉게 물들였다. 창문을 열려고 해 봤으나 못으로 고정시켜 놓아 열리지 않았다.

5분을 기다리고, 또 다시 5분을 더 기다렸다. 거리를 내려다보았다. 이산화탄소를 뿜어대는 퇴근길 차량행렬로 도로가 붐비기 시작했다. 그는 방안을 서성거렸다. 그것조차 견디기 힘들어지자 자리에 앉았지만 마음은 더 갑갑했다. 시선을 전화기에서 떼지 않은 채 벽에 등을 대고 두 다리를 폈다.

방안은 덥고 답답했다. 아까 마신 맥주 때문인지 식욕이 당겼다. 배에서는 먹을 것을 달라고 꼬르륵 소리가 났다. 갑자기 더 이상 기다릴 수가 없었다. 그는 두 발로 땅을 짚고 점프하듯이 일어나 다시 창가로 갔다. 등은 땀으로 흠뻑 젖었고 이마에도 땀방울이 맺혔다.

마침내 전화벨이 울렸다.

수화기를 귀에 댔다. "여보세요."

"난 당신이 더운 걸 좋아하는 걸로 알았는데."

아내였다.

그러나 영국식 억양의 그 목소리는 전화기를 통해 흘러나오는 것이 아니었다. 목소리는 바로 그의 등 뒤에서 들려왔다. 뒤를 돌아보자 문가에 서서 핸드폰을 청바지 주머니에 집어넣고 있는 엠마가 있었다.

"안녕." 그가 말했다.

"그래요, 안녕."

"무슨 일로 런던에 온 거야?"

"내가 아는 어떤 남자가 이곳에 왔거든. 그래서 그 남자를 보려고 왔지. 그동안 못 나눈 이야기도 좀 하고 말이야. 알면서?"

"그래, 알 것 같군."

엠마가 머리를 넘겨 귀에 걸었다. 그녀의 눈가가 촉촉하게 젖는 것이 보였다. 처음에는 오로지 그녀를 자세히 보기 위해 그녀가 서 있는 곳으로 천천히 다가갔다. 입고 있는 옷은 그가 늘 그려온 모습 그대로였다. 딱 붙는 청바지에 검은색 티셔츠를 입고 샌들을 신었으며, 어깨까지 닿는 붉은 머리칼은 헝클어진 채 그대로였다. 팔목에는 행운을 가져다 준다는 코끼리 털로 만든 팔찌를 하고, 목에는 그가 아내의 스물다섯 번째 생일선물로 준 옥장식이 달린 초커 목걸이를 하고 있었다.

변함없는 녹색 눈을 응시하며 그는 손을 아내의 뺨에 가져다 댔다. "이렇게 만나다니."

말을 마치기도 전에 그녀가 키스를 했다.

"보고 싶었어요." 그녀는 뺨을 부빌 수 있을 정도 살짝 물러나며 말했다.

"나도." 조나단은 두 팔로 그녀를 꼭 감싸 안았다. "오래 있었어?"

"런던에? 며칠 됐어요."

"좋아 보이는데. 지난번 마지막으로 봤을 때보다는 말이야."

"지난번이라, 당신이 내 어깨에 박힌 총알을 뽑아 주던 때 말이지?"

"솜씨 좋게 제거했다는 표현이 더 적절한 것 같은데."

"솜씨가 좋건 아니건 간에 끔찍하게 아팠단 말이야."

"당신은 기억력이 너무 좋아."

"사람들이 말하잖아, 첫 번째 총알은 결코 잊지 못한다고."

"못 잊는 건 첫 키스지." 조나단은 모습과 체취를 확인하듯 팔을 뻗어 그녀를 포옹했다. "어깨는 어때?"

엠마는 살짝 뒤로 물러서더니 몸을 움직여 보였다. "말짱해."

조나단도 인정한다는 듯 고개를 끄덕였다. 그가 현관문을 쳐다보며 말했다. "미행당하는 게 아니란 거겠지?"

"지금 당장은. 궁금해 할까 봐 말하는 건데, 놈들 두 명이 당신을 감시하고 있었어."

"어떤 두 명?"

"요원 둘. 파란색 운동복 입은 한명은 호텔에 숙박중인 거물급 인사의 공식 보디가드로 위장한 놈이고. 다른 한명은 호텔 앞 차 안에서 대기 중이었어. 갈색 포드였어. 디비전 놈들은 항상 미국 차만 타거든. 당신이 지하철을 탈 때까지만 해도 놈들이 따라붙고 있었어. 내가 끼어들어 놈들을 떨어뜨렸어."

"그래, 그랬다니 무지 고마운 걸." 갑자기 대화가 끊겼고 그는 대신 낡은 아파트 안을 둘러봤다. "당신 설마 여기서 지내는 건 아니지?"

"아니야." 그녀는 그의 시선을 피하며 이렇게 대답하고는 더 이상 설명하려 들진 않았다.

"그럼 여긴 무슨 볼 일이야, 엠마?"

"상황이 안전해지면 내가 당신을 보러 온다고 했잖아. 당신이 런던으로 회의 참석차 온다는 사실을 알았고. 지금이 적당한 때라고 생각했어."

"호텔에서 날 감시하던 그놈들은 어쩌고?"

엠마는 어깨를 으쓱해 보였다. "그 정도야 뭐 직무상 늘 따르는 위험 아니겠어? 당신을 위해 그 정도의 위험쯤은 감수해야지."

조나단은 웃었다. 하지만 엠마가 단지 그를 보기 위해서가 아니라 뭔가 다른 이유로 런던에 왔을 거라는 생각이 들었다. 엠마는 특별한 감정을 드러내지 않았지만 그는 두 사람이 다시 만난 것이 쉽게 실감이 나지 않았다. "당신이 와 줘서 정말 기뻐." 그는 이렇게 말했다. "당신을 정말로 다시 만날 수 있을지 슬슬 걱정이 되기 시작했거든."

"캠프 일은 어때요?"

"이것저것 다 고려해 보면, 뭐 썩 나쁘진 않아. 일손이 약간 모자라긴 하지만 구호물품이 모자라거나 하진 않거든. 그럼 된 거지."

"항생제도 충분하고?"

"한 달에 한 번 적십자에서 구호약품을 공수해 줘. 그 덕에 말라리아와 뎅기열을 막을 수준의 물량은 있어. 지난주에는 정말 놀라운 일이 있었어. 당신한테 말해주고 싶었어. 강가에서 놀던 여자 아이가 악어한테 팔을 물렸어. 팔꿈치 아래 부분까지 말이야. 그걸 목격한 아이의 아버지는 너무 화가 난 나머지 악어와 한판 씨름 끝에 그 악어를 잡아 죽였어. 크기가 12피트는 되는 무시무시한 놈이었어. 아무튼 그 아이의 아버지가 죽은 악어의 몸통을 가르고 해부했는데 그 안에서 딸아이의 팔을 찾은 거야. 상처 하나 없이 온전한 채로 말이야. 사고가 발생한 지 한 시간도 안 지났기 때문에 아이에게 접합수술을 해 줄 수 있었어. 감염만 피하면 손가락 몇 개는 사용할 수 있을 거야."

"당신과 당신의 그 두 손은 정말 마법이야." 엠마가 말했다.

"뭐라고?"

"당신의 두 손이 지닌 손재주 말이야. 당신은 재능을 타고났어. 당신은 내가 여태껏 만나 본 최고의 외과의야."

"그렇다고 생각하지는 않아."

"아니야. 내가 직접 경험해 보고 하는 말이잖아." 엠마는 그의 오른 손을 잡아 손가락을 하나씩 펴며 장난스럽게, 그러나 장난스럽지만은 않게 손가락마다 하나하나 키스를 해 주었다. "수술대 위에서만 그렇다는 말이 아니야." 그녀는 속삭이며 좀 더 가까이, 조나단이 그녀의 몸에서 나는 향기를 맡을 수 있을 정도로 몸을 바짝 갖다 댔다. "내 기억으로 이 손은 다른 분야에서도 남다른 재능이 있던 걸요."

"죄송합니다만, 마담. 써 본 지가 하도 오래 돼서요."

"흠? 그런가요? 정말 그런가 한번 봐야겠는데요, 안 그래요?" 그녀는 그의 셔츠를 잡아당겨 손을 밀어 넣고는 가슴을 쓰다듬었다. 손이 방향을 바꾸자 조나단은 두 눈을 감았다. "금방 반응이 오잖아요, 안 그래요, 선생님?" 그녀가 말했다. "아, 하마터면, 잊을 뻔했어."

조나단은 두 손을 뻗어 그녀를 안고는 번쩍 들어올렸다. "매트리스는 없어도 상관없어."

잠시 후 조나단은 등을 바닥에 대고 따스한 온기와 만족스러운 기분, 그리고 행복감 속에 긴장을 풀고 누워 있었다. "이제는 당신이 나와 함께 돌아갈 수 있는 방법을 생각해 내야 해."

"그만, 거기까지야."

그는 팔꿈치를 세우고 몸을 일으키면서 신이 나서 설명했다. "아니, 아니, 그런 게 아니라. 비행기를 타고 나랑 같이 돌아가잔 소리가 아니잖아. 당신이 늘 하는 방식대로 말이야. 파리나 베를린을 통해서 아니면…"

"조나단."

"아니면 아바나도 좋고."

"아바나?" 엠마는 웃음보를 터트렸다. 그리고는 그에게로 몸을 끌어당기며 말했다. "그리고 아바나에서는 또 어디로? 아님 물어 보나 마나인거야?"

아내의 말에 조나단은 잠시 고민하는 듯했다. 그녀의 목소리에는 그가 던진 질문이 그저 빈말로 끝나지 않을 수도 있다는 희망을 갖게 해 주는 무엇인가가 들어 있었다. "베네수엘라." 그가 이렇게 대답했다.

"베네수엘라? 그럼 카라카스 아니면 바란킬라겠네? 두 곳 다 제대로 된 공항을 갖추고 있잖아."

"결정은 당신이 해. 둘 다 별로면 상파울루로 가면 될 거야. 브라질과 미국 간에는 아직 범죄인인도조약이 체결되지 않았으니, 거기서 케냐로 돌아가는 편이 훨씬 더 수월할지도 몰라."

"그러면 돌아갈 때는 화물선을 타고 갈 거야? 아니면, 다른 방법이 있어?"

"난 비행기를 탈 생각인데. 또 육 개월 동안 떨어져 있고 싶지는 않거든."

그가 말하는 동안 엠마는 고개를 끄덕거렸다. "그리고 투르카나 캠프에서 다시 만나자 이 말이지?" 그녀는 조금 맥빠진 어투로 물었다.

"그래, 그곳이라면, 안전할거야."

"거기서 당신과 같이 살자고? 아니지, 어쩌면 밀림 속에 오두막을 하나 지어줄 수도 있겠지. 일을 마치고, 아니면 그냥 따분할 때면 매일 날 만나러 올 수 있게 말이지. 그리고 예전처럼 별빛 아래 함께 누워 있을 수도 있고. 그런 거야? 조나단. 그게 당신이 원하는 거야? 시간 남을 때 심심풀이로 아내를 안전한 곳에 숨겨두는 거?"

그는 대답하지 않았다. 그녀의 목소리에 가시가 돋쳐 있다는 것을 알아차렸다. 엠마는 뼛속까지 현실주의자였고, 따라서 동화 같은 이야기에 빠져들 사람이 아니었다.

"그럼, 하나 물어볼게." 그녀가 말을 이었다. "날 찾기 위해 당신을 지켜보던 사람들은 어떻게 할 건데?"

"놈들은 런던에서부터 날 감시했다고 당신이 말했잖아. 캠프에서는 아무도 날 감시하거나 하지 않았어."

"확실해?"

조나단은 고개를 끄덕였다. "캠프에 고정적으로 상주하는 사람들은 아홉 명뿐이야. 그 중 일곱 명은 이 년 전부터 우리 캠프에 있었고. 믿을 수 있는 사람들이야, 엠마. 정부 조직을 위해 일하는 사람들이 아니라고. 게다가 난 늘 조심하고 있어. 당신 이름은 입 밖에 낸 적도 없어. 당신과 연락을 시도했던 것도 그때 한 번뿐이었잖아."

"그렇다면, 할 베이츠는?"

"할 베이츠? 유엔난민위원회에서 온 할, 그 풀린 눈을 하고 다니는 사람? 그자가 날 지켜본다고? 한 달에 한두 번 정도 나타나서 캠프 규모나 확인하고, 우리에게 곰팡이 핀 전투식량 따위나 필요한지 묻고는 나이로비로 다시 내빼는 인간이야. 나랑은 말을 섞을 일도 없다고."

"할은 CIA에서 20년간 일한 전력을 가진 자야. 유엔 관련 일은 평소 하는 일이고. 캠프에 갈 때면 매번 당신에 대해 묻고 다닌단 말이야. 그렇다고 완력을 쓰는 건 아니고. 여기저기 다니며 일상적인 질문들을 던지는 거지. '그나저나 닥터 랜섬이랑 그 거만한 와이프랑 같이 있는 걸 본 사람? 그 얼굴 반반하고 가슴도 끝내주는 무와나음케 본 사람?' 그자 말투랑 비슷하지? 당신 사진도 몇 장 찍어서 랭글리로 보냈고, 그러면 랭글리에선 그 사진을 디비전의 코너에게 보내 주지. 정부 조직 간 협조란 이름으로 이루어지는 일들이야."

"그럴 리가 없는데." 조나단은 말했다. "만약에 그랬다면 누군가가 나한테 말해 줬을 거 아니야. 거기서 일하는 사람들은 내가 다 아는데. 현지인들도 마찬가지야. 모두 내 친구들이야. 그리고 혹시라도 누가 날 특별히 지켜보는지 늘 신경 쓰고 있어. 늘 조심하고 있단 말이야, 엠마. 누군가 날 감시한다면 나도 눈치챘을 거야."

"당신은 조심할 줄을 몰라." 그녀가 한심하다는 투로 대답했고, 그 말투에 조나단은 심기가 불편해졌다. "설사 뱀으로 변장해 당신 바지 위로 기어 올라가더라도 당신은 그게 우리 네트워크 요원인 줄 몰라볼 거라고. 당신이 눈치 채도록 할 리가 없잖아."

"말도 안 돼!"

"그럼 베티는?" 엠마도 지지 않고 따지듯 물었다.

"아침식사 담당 베티 말이야?" 베티의 이름을 듣자 조나단은 너무 놀라서 할 말을 잃고 말았다. 엠마가 어떻게 베티에 대해서까지 알고 있단 말인가? "그 아이는 이제 열네 살이고 벌써 몇 년째 캠프에 살고 있어. 베티도 일당 중 하나라는 거야?"

"그건 아니야. 하지만 굳이 일당일 필요도 없어. 예리한 눈초리로 관찰하다가 캠프 직원이 아닌 유럽계 여성이 보이는 즉시 보고만 하면 되니까. 가장 최근에 내가 들은 바로는 그 여자애가 대가로 받는 돈이 미국 돈으로 1백 달러래. 새로운 소식이 들어오면 그 두 배로 쳐준다더군. 그곳에서 그 정도 액수는 반년 치 월급이나 마찬가지야. 그 아침식사 담당 베티에게 당신네는 얼마나 주지?"

"돈은 안 줘." 조나단이 말했다. "먹여 주고 비교적 안전한 그곳에서 살 수 있게 해 주는 것뿐이야. 그리고 일주일에 세 번 캠프학교에서 수업을 듣게 해 주고."

"아, 그래요? 당신 친구라는 여자애고, 당신 아내의 목숨이 달린 애한테 그 정도 대우해 준다는 말이지."

더 이상 말해 봐야 소용없다고 조나단은 속으로 생각했다. 더 이상 반박할 근거가 없었다. 일방적인 판정패였다. '피고 조나단 랜섬은 본인의 아내를 위험에 빠뜨린 것으로 유죄가 인정됨.' 그 범죄의 처벌은 죽음이다. 그의 죽음이 아니라 아내 엠마의 죽음이다.

그녀가 돌아눕자 조나단은 그녀의 허리, 신장이 있는 위치 바로 위쪽에 난 긴 상처자국을 보았다. "이거 장난이 아닌데." 그는 좀 더 자세히 보기 위해 일어나 앉으며 말했다. "어떻게 하다가 다친 거야?"

"아, 이거. 아무 것도 아니야." 엠마는 대수롭지 않은 듯 말했다. "넘어지면서 다쳤을 뿐이야."

5인치 길이의 흉터는 숙련된 솜씨로 꿰맨 자국에 있었고, 아직도 붉게 부풀어 올라 있었다. "상처가 아주 깊은데." 그가 말했다. "외과전문의 솜씨인데. 어떻게 하다가 넘어졌다고? 자세히 말해 봐."

"별거 아녔어. 그냥 깨진 유리조각이었던 것 같아. 괜스레 신경 쓰지 마."

거짓말이라는 게 빤히 보였다. "신경 쓰지 말라니?" 그가 말했다. "난 늘 당신 생각을 하면서 지냈어. 당신이 어디에 있나? 안전한가? 다시 볼 수 있을까? 그런데 옆구리에 끔찍한 상처를 달고 갑자기 나타나서는 자초지종을 설명하지도 않고, 마치 집 나온 십대처럼 행동하고 있잖아. 이런 식으로 얼마나 지속될 거라고 생각하는 거야? 어느 날 내가 모르는 남자, 아니면 어떤 여자가 내 앞에 불쑥 나타나 당신이 죽었다고 말해 줄 그날까지 당신만 애타게 기다리면서 수도승같이 이렇게 계속 살란 말이야?"

"그게 아니야." 엠마는 너무도 차분한 말투로 대답했다.

조나단은 이렇게 되물었다. "나와 함께 갈 수는 없다고 했잖아."

"맞아."

"그리고 내가 당신을 따라 가서도 안 되고."

"그것도 맞아."

"그럼 도대체 어떻게 하겠다는 거야. 엠마, 방법을 말해 봐."

"말할 수 없어."

"그게 무슨 말이야?"

엠마가 손목시계를 보더니 벌떡 일어났다. "젠장. 당신 어서 호텔로 돌아가야 해."

"아직은 못 가. 당신이 대답해 주기 전에는 안 가."

그러나 엠마는 이미 자리에서 일어나 서 있었다. "이곳에 너무 오래 있었어. 아래층에 차가 대기하고 있어. 어서 옷 입어요."

"알았어, 알았다고. 잠시만."

그의 손을 잡고 엠마는 일층 건물 뒤편으로 데리고 나갔다. 밖을 나서자 그녀의 움직임이 날렵하고 신속해졌다. 고개를 돌려 좌우를 살폈다. 외부에 노출돼 있다는 것은 위험한 상황에 있다는 뜻이었다.

두 사람은 두 구역 떨어져 세워져 있는 검은색 아우디 차량이 있는 곳으로 걸어갔다. 그녀는 리모트 키로 경보 알람을 끄고 운전석에 올라탔다. 조나단은 돌아서 반대편 조수석으로 갔다. 호텔까지 가는 내내 두 사람 모두 아무 말도 하지 않았다. 그녀는 호텔 입구에서 1백 미터 떨어진 지점에 그를 내려 주었다. 그가 열린 차량 창문 안에 고개를 밀어넣고 말했다. "언제 당신을 다시 볼 수 있어?"

"내일." 그녀가 말했다.

"확실해? 당신을 어떻게 만나? 블랙번 박사한테 물어봐야 해?"

"그건 좋은 생각이 아닌데." 엠마가 말했다. "우리가 당신을 찾아갈 게. 자, 어서 가. 그리고 연설 잘하고. 긴장하지 말아요. 당신은 잘할 거야."

바로 그 순간 경적 소리가 들렸다. 엠마는 아우디의 기어를 넣고 액셀러레이터를 밟아 차량들 틈으로 빨려 들어갔다.

조나단은 차가 사리지는 것을 지켜보고는 호텔까지 걸어갔다. 로비에 들어서자마자 퉁퉁한 체격에 심각해 보이는 얼굴을 한 남자가 재빨리 다가왔다. 남자는 잿빛 핀스트라이프 무늬 정장을 하고 옷깃에는 카네이션 한 송이를 달고 있었다. "여기 계셨군요. 랜섬 박사님. 박사님을 만나려고 한참을 기다렸답니다. 어디 다녀오시는 길인가요?"

"공원에서 산책 좀 했습니다." 조나단이 말했다. "시차 적응을 하느라고 바람을 좀 쐬고 왔습니다."

"그렇군요." 땅딸막한 그 남자는 조나단의 팔꿈치를 잡고 리셉션홀로 이끌었다. 그는 대머리였고, 얼굴에는 붉은 혈색이 돌고 총명함이 느껴지는 깊은 눈빛을 가진 사람이었다. "제가 남긴 쪽지는 받아보셨나요?"하고 그가 물었다. "프로그램 종이에다 제가 몇 가지 적어서 보내드렸는데요. 박사님께서 내일 아침에 연설하기 전에 만나서 계획을 좀 짜는 편이 나을 것 같아서 말이지요. 호텔 안내원이 쪽지를 박사님께서 묵으실 객실로 보냈다고 하던데요."

"쪽지라고요?" 그 순간 조나단은 우아한 필체로 다음과 같이 쓴 메모를 본 기억이 떠올랐다. '박사님을 만나 뵙고, 박사님께서 하실 연설에 대해 잠간 이야기를 나누고 싶습니다.' "당신이 그 프로그램 종이를 보내신 분이라고요?"

"그런데요, 왜 그러시죠? 그럼 누군 줄 아셨나요?" 조나단이 대답을 하지 않자, 그 남자는 계속해서 말을 이어갔다. "숙박시설이 마음에 드셨길 바랍니다. 일부 회원들은 다소 거창하다고 생각하는 것 같더군요. 하지만 전 우리가 좀 조용한 환경에서 모일 필요가 있다고 생각했죠. 우리는 의사지 배관공들이 아니지 않습니까? 얼스 코트 같은 곳에서 만날 수는 없죠. 어쨌든 그 이야기는 그만 하고. 그래, 비행은 어떠셨나요? 별 문제는 없으셨죠?"

조나단은 대답하지 않았다. 그는 더 이상 남자의 말에 귀를 기울이고 있지 않았다. 그는 그제야 상대의 명찰을 봤기 때문이었다.

명찰에는 '콜린 블랙번 박사' 라고 적혀 있었다.

10

"우리 회사 규정상 로버트 러셀경이 수행하던 연구에 대해서는 언급해 드릴 수 없습니다." 케이트 포드 앞의 데스크에 앉아 있는 기고만장하고 거만해 보이는 남자가 말했다. "우리 회사와 계약을 맺은 이들은 모두 절대적인 기밀유지를 조건으로 고용된 사람들입니다. 경찰의 조사를 돕고 싶지 않아서가 아니라 그럴 수 없기 때문입니다. 규정은 규정이잖습니까."

60세의 나이에 정수리에 머리가 벗겨져 가고 매부리코 끝에 다초점안경을 걸쳐 쓴 이안 케인크로스는 옥스퍼드 아날리티카의 중역이었다. 그는 지루하다는 눈빛으로 케이트를 뚫어지게 바라보고 있었다. 두 사람은 알프레드가 5번지에 위치한 그의 사무실에 앉아 있었다. 옆 건물에 있는 동네 술집인 코치앤드암즈에서부터 들려오는 저녁 손님들의 떠들썩한 소리가 골목길의 벽을 타고 올라와 열린 창문 틈으로 새어 들어왔다. 벌써 십분 동안 케이트는 옥스퍼드 아날리티카의 길고 긴 역사에 대한 이야기를 듣고 있어야 했다.

그 회사는 30년 전 닉슨 대통령 시절, 백악관에서 헨리 키신저의 보좌관으로 일한 경력이 있는 미국인 변호사가 설립했다. 그는 옥스퍼드에서 박사과정을 밟으면서 우연히 아이디어 하나를 착안해냈다. 그가 보기에 옥스퍼드의 교수와 학자들은 경제학에서부터 정치학, 그리고 지리학에 이르는 전 분야에 걸쳐 세계 최고 전문가들이 모인 놀라운 집단이었다. 이들의 전 문지식을 잘만 활용한다면, 전 세계의 정부조직과 다국적 기업들의 매우 중대한 질문들에 해답을 제공할 수 있을 것이라고 생각한 것이다. 그는 옥 스퍼드 교수들이 향후 유가 예측에서부터 차기 소련 당서기장 자리는 누구 에게 돌아갈지에 이르기까지 다양한 이슈를 분석해 주길 원했다. 사실상 옥스퍼드 아날리티카는 세계 최초의 '공개 정보기관'이 된 것이다. 그리고 회사가 요구하는 결코 적지 않은 비용을 내겠다고 동의만 하면, 찾아오는 모든 이들에게 전문적인 서비스를 제공해 주었다.

"우리 경시청에도 규칙이 있어요." 케이트가 말했다. "우리는 현재 수사 중인 사건들에 관한 사항을 누설하는 것이 금지되어 있습니다. 예를 들자면 말입니다. 러셀경이 장전된 권총을 자기 책상 안에 넣어뒀다는 것과 자신을 공격한 상대에게 그것을 사용할 시도조차 하지 못했다는 사실을 제가 선생 님께 발설하면 저는 처벌을 받습니다. 러셀경이 발코니에서 떨어지기 전에 정수리에 엄청난 가격을 당했고, 두개골에 골절상을 입었을 수도, 혹은 그렇 지 않을 수도 있다는 사실을 선생님께 말해드려도 마찬가지입니다. 그리고 어젯밤 새벽 2시 40분에 그가 귀가하기 전에 집안에서 그를 기다리고 있던 자가 누구였든 간에 그자가 도어맨 세 명과 건물 내 곳곳에 매 평방인치마다 설치돼 있는 감시카메라를 따돌렸을 뿐만 아니라, 런던 최고의 경비업체가 설치한 최첨단 경보 시스템도 무력화시켰다는 사실을 발설해도 마찬가지로 저는 처벌을 받습니다. 무엇보다도 끔찍한 것은 그자가 어떻게 빠져나갔는 지 우리는 전혀 알지 못한다는 사실입니다. 우리가 도착했을 때까지도 러셀 경의 집 안 경보장치는 작동되고 있었으니까요. 그럼에도 불구하고 제 소견 을 듣고 싶어 하신다면 얼마든지 들려드릴 수 있고요." 이렇게 말하고 나서 케이트는 물었다. "그럼, 제 생각이 어떤지 한번 들어보시겠습니까?"

눈을 휘둥그레 뜬 채로 이안 케인크로스는 고개를 끄덕였다.

케이트는 계속해서 말을 이었다. "러셀경을 살해한 자가 누구든, 범인은 전문가입니다. 고작해야 이런 짓거리를 한두 번 해 봤을 브릭스톤 바닥에서 굴러먹던 폭력배는 아니란 말이죠. 범인은 그 분야 최고의 기관에서 훈련받은 사람이고, 따라서 다들 알고 있는 공식 정보기관은 아닙니다. 또한 범인이 생각하기에 누군가, 예를 들면 선생님 같은 분이 러셀경이 조사하던 것이 무엇이든 아는 바가 있다고 한다면, 뭐라도 안다고 그자가 믿는 순간, 높은 바이올린을 연주하다 방귀를 뀌는 것만큼이나 아무 망설임 없이 살인을 저지를 것이라고 저는 믿어 의심치 않습니다."

케이트는 케인크로스의 안색이 갑자기 창백해지는 것을 알아차리고는 자신이 한 말을 상대가 충분히 알아들을 때까지 잠시 기다렸다.

"한 가지 또 있습니다." 이어서 그녀가 말했다. "선생님께서 회사의 규정 중 하나라도 어기기로 결심을 하신다면 말입니다. 댁의 발코니에서 떨어져 머리를 처박으실 일이 없도록 하기 위해서 선생님께 24시간 신변보호 조치를 제공해 드릴 권한이 제게 있습니다. 댁에 있겠죠? 발코니 말입니다. 물론 선생님의 자택 주소도 그자들은 훤히 알고 있을 것이라 봅니다." 그녀는 고개를 쳐들고 미소를 지어보였다. "그러니까 괜찮으시다면, 최종적으로 한 번 더 묻겠습니다, 선생님. 로버트 러셀경은 어떤 일을 했나요?"

대답이라기보다 속삭임에 가까웠다. "GSPM이오."

케이트는 등을 기대고 앉아 자세를 잡으며 메모장을 꺼내들었다. "말씀 계속하시죠."

"글로벌 스트레스 포인트 매트릭스의 약자입니다." 케인크로스는 좀 전보다 힘이 실린 목소리로 대답했다. "우리가 고객에게 제공하는 조기 경보 시스템의 일부입니다. GSPM은 미래 위험을 예측하기 위해 설계되었습니다. 우리는 관심 분야나 지역의 동향을 높은 수준의 정확성을 가지고 예측하도록 해 줄 스무 개의 핵심지표 리스트를 만들어 놓았습니다."

"어떤 것들에 대해서 말인가요?"

"누가 차기 일본 총리가 될 것인가, 미국의 장기 물가상승률, 사우디아라비아에서 가동될 석유시추 시설이 몇 개인지, 그것이 유가에 미치는 영향 같은 것들입니다."

"러셀경이 석유의 배럴 당 가격을 잘못 추측했다는 이유로 살해당했다고 보진 않는데요." 케이트가 말했다.

"그렇습니다." 케인크로스가 말했다. "그건 아닐 겁니다. 로버트는 우리의 GSPM 프로그램을 한 단계 더 발전시켰습니다. 공개정보 수집을 뜻하는 오픈 소스 인텔리전스 개더링이라고 들어보셨습니까?"

케이트는 러셀의 책상 위에서 그것과 비슷한 제목의 것을 본 기억이 어슴푸레 나긴 했지만, 그것이 무엇인지는 전혀 알지 못했다고 사실대로 말했다.

"최근에는 모두들 거기에 열광적으로 빠져 있죠." 케인크로스가 말했다.

"모두들이란 누구를 말하는 건가요?"

케인크로스는 그녀를 힐끗 쳐다보았다. "굳이 말하자면 기업들만 우리의 고객은 아닙니다. 여러 나라 정부에서도 우리의 일에 관심을 보였으니 말입니다. 가치 있는 정보가 되려면 기밀 이상의 것이어야 합니다. 익히 알려진 정보에 대해서 사람들이 생각하는 가치는 그저…" 케인크로스는 정확한 단어를 생각해 내려는 듯 잠시 말을 멈췄다. "마치 선생께서 적나라하게 표현하신 것처럼 '바이올린을 연주하다 방귀 뀌는 일' 정도에 불과할 거라고 생각하기 쉽지요. 하지만 절대로 그렇지 않습니다. 당신이 알고자 하는 지인이나 적이 무엇을 하고 있는지에 관한 모든 정보는 이미 세상에 돌아다니고 있습니다. 지금은 정보가 범람하는 세상입니다. 정보가 너무 적은 게 아니라 너무 넘쳐서 문제입니다. 문제는 원하는 정보를 찾아내는 것입니다. 여섯 단계만 거치면 누구나 다 아는 사이라는 '6단계 법칙'이 인터넷의 영향으로 이제는 많아야 3단계로 줄어들었습니다. 유명스타들의 세계를 보세요. 데이비드 베컴과 아는 사이가 아니라도 그의 가장 친한 친구가 누구인지, 어제 저녁에 그가 어디서 식사를 했는지, 팁으로 얼마를 남기고 일어났는지, 그리고 이틀 뒤에 그가 어디로 여행을 떠나는지까지 알 수 있습니다. 이러한 현상을 '액셔너블 인텔리전스' 라고 부르기도 합니다. 우리가 아돌프 히틀러나 스탈린, 혹은 사담 후세인에 대해 잘 알았더라면, 과연 어떻게 됐을지 상상이 되시나요? 지금은 핸드폰만 있으면 충분하니 미녹스 스파이 카메라도 필요 없는 세상 아닙니까? 요즘 세상에서는 우리 모두가 스파이입니다. 아직 그렇다는 사실을 깨닫지 못하고 있을 뿐이지요. 그리고 이러한 정보들은 모두 실시간, 다시 말해 현재 벌어지고 있는 일이란 말이죠. 이게 바로 로버트가 하던 일입니다. 그는 개인들에 의한 정보수집망인 트러스티드 인포메이션 네트워크, 다시 말해 TIN을 구축하고 있었습니다."

"그럼 러셀경이 스파이였다는 말씀이신가요?"

"그런 말은 한 적 없습니다. 옥스퍼드 아날리티카는 기밀정보를 파는 곳이 아닙니다. 로버트는 우리 고객들이 관심을 갖고 있는 다양한 주제들에 관해 정확하고 신속한 정보를 수집하는 방법을 고안해내고 있었던 겁니다. 한마디로 그가 주력한 것은 오프더레코드로 정보를 제공해 줄 고위직 정보원들로 네트워크를 구축하는 일이었습니다."

"TIN이라구요?"

"그렇습니다."

"그 정보원 역할을 누가 맡았다고요?"

"누구든 될 수 있죠. 브라질 국방차관일 수도 있고, 남아프리카 금강 산업 관련 거대기업의 재무 총책임자이거나 체첸에서 차량 수송을 담당하는 러시아 장성일 수도 있습니다. 전략적 중요성을 지닌 실시간 정보를 소유하고 있는 자라면 누구나 정보원이 될 수 있는 거죠. 여기서 중요한 것은 이제 독자적으로 정보에 접근 가능한 사람이라면 누구나 익명으로 그러한 정보를 즉각 넘겨 줄 수 있다는 사실입니다."

"민감한 사안이라면 더욱 그렇겠지요."

"대개는 그렇죠."

"돈을 제일 많이 주는 쪽에다 넘기나요?"

"반역행위를 빗대어 말씀하시는 것이라면 잘못 짚으셨습니다." 케인크로스는 이렇게 반박했다. "세상이 바뀌었습니다. 국가 간의 경계란 과거의 산물입니다. 정보가 흐르는 데 여권이 필요한 건 아니지요. 정보는 이제 우리 모두의 것이라는 말입니다."

"어쨌든 러셀경은 민주적이지 않은 생각을 가진 자가 접근할 경우를 대비해서 권총을 소지하고 있었습니다."

그 말에는 케인크로스도 잠자코 있었다.

케이트는 계속해서 말했다. "그 사람이 오픈 소스 개더링이란 걸 하면서 영국을 위해 일한 게 아니고, 또 찾지 말아야 할 정보를 찾아냈다는 정도로 알아듣겠습니다."

케인크로스는 코에 걸친 안경을 벗어 손수건으로 닦으며 말했다. "오늘 아침에 벌어진 사건은 당신의 논리를 뒷받침해 주는 것 같습니다만." 그는 평정을 유지하려고 했지만, 그녀와 시선을 마주치려고는 하지 않았다.

"자신이 최근까지 하던 연구에 대해 러셀경이 조금이라도 말을 꺼낸 적은 없나요?"

"그저 지나가는 말 정도였습니다."

"지나가는 말이라고요?"

"예…말하자면, 슬쩍 언급하는 정도였습니다."

케이트는 크게 한숨을 한 번 쉬었다. "케인크로스씨, 나는 지나가는 말이든, 슬쩍 언급하는 말이든, 그게 글로벌 스페이스 매트릭스 같은 것이든 관심이 없습니다. 나는 오로지 사실에만 관심이 있습니다. 러셀경이 자신이 알아낸 것을 선생님과 공유했나요? 예 아니면 아니요로 답해 주세요."

케인크로스는 계속 안경을 닦으며 말했다. "로버트가 뭔가 밤을 새워 일할 거리가 생겼다는 말을 하긴 했습니다. 화급을 다투는 일이라는 것과 자기가 환영받지 못할 문제를 조사하고 있다는 말을 했습니다. 하지만 그게 전부입니다. 달리 더 해드릴 말이 없군요.”

“그가 어떤 종류의 위협에 대해 말을 했나요? 영국 영토 안에서 어떤 공격행위가 벌어진다거나, 아니면 사람들의 생명을 앗아갈 수 있는 어떤 일 같은 것 말입니다.” “맙소사! 그건 아닙니다.” 케인크로스가 이렇게 대답했다. 그는 정말 놀란 것처럼 보였다. “그런 건 아닙니다. 몇 년 전에 러셀은 레바논 총리 암살 시도를 우리에게 알려주었습니다. 우리가 그 정보를 매우 신속하게 관계 당국에 알려주었다는 사실은 확인시켜 드릴 수 있습니다.”

“내 기억으로 그 레바논 총리는 베이루트에서 폭탄공격을 받고 현장에서 즉사했는데요, 아닌가요?” 케이트가 되물었다.

“아, 맞습니다.” 케인크로스는 고개를 끄덕여 보였다. “그 불쌍한 사람을 구하기에는 너무 늦었던 거죠. 그 외에 로버트가 하던 일은 엄밀히 말해 학문적이었습니다.”

“러셀경이 혹시 미샤라는 이름을 가진 사람에 대한 이야기를 한 적이 있나요? 미하일을 줄여서 그렇게들 부른다던데요. 둘 다 러시아 이름이죠.”

“미안합니다만 미샤란 이름을 가진 사람은 모릅니다.”

“그렇다면, 빅토리아 베어는요?”

케인크로스는 고개를 내저었다. “어디서 얻은 정보들인지 물어봐도 될까요?”

케이트는 의자에 도로 등을 기대며 두 손을 포갰다. “유감스럽게도 그것에 대해선 밝힐 수 없습니다. 마지막으로 드릴 질문이 하나 있는데요. 러셀경이 내일 오전에 있을 미팅, 그러니까 뭔가 중요한 일에 관한 이야기를 한 적이 있나요?”

케인크로스는 입술을 오므리며 자기 머릿속의 정보은행을 검색했다. “아니요. 그런 말 한 적 없습니다. 그는 오히려 다른 문제로 인해 고민하고 있었습니다. 그가 한동안 연구하던 것이었습니다. 정말이지 그가 모든 것을 다 동원해 전념하던…”

바로 그때, 누군가 자신 있게 노크하는 소리가 들렸고 사무실 문이 몇 인치쯤 열렸다. 금발에 사각턱을 한 사람이 복도에서 기다리는 모습을 얼핏 보였다. "이안, 잠시만…"

케인크로스는 케이트를 쳐다보았다가 금방 시선을 돌렸지만, 그 전에 이미 그녀는 그의 눈에 한순간 두려움이 서리는 것을 목격했다. "잠시 실례하겠습니다." 그는 자리에서 일어나 복도에 서 있는 남자에게로 갔고, 케이트는 누군가의 손이 그의 어깨 위에 올려졌고, 그녀의 시선을 피해 데려가는 것을 보았다.

잠시 후 케인크로스가 돌아왔다. "미안하게 됐습니다." 그는 이렇게 말했다. "갑작스럽게 급한 일이 생겼군요. 미안합니다만 오늘 만남은 여기서 끝맺어야겠습니다."

"러셀경이 뭔가로 고민했다는 말을 하고 계셨는데요."

"유가요. 가격쇼크 말입니다. 그것만이 나이지리아나 사우디아라비아 등지의 대량 석유생산시설을 공격한 유일한 이유일 거라고요. 그렇지만 그가 미샤라는 사람에 대한 언급한 적이 없는 것만은 확실합니다. 어쩌면 로버트의 죽음은 그의 연구와 아무런 연관이 없을 겁니다. 그의 개인적 취향이 어땠는지 누가 알겠습니까?"

"어쩌면?" 하고 케이트가 말했다. 분명히 케인크로스는 방금 러셀의 평판에 흠집을 내려고 했다. 그녀는 수첩을 재킷에 쑤셔넣고 자리에서 일어났다. "신변보호 제안은 유효합니다."

"아닙니다. 아니에요." 그녀를 문 앞까지 배웅하려고 전전긍긍해 하며 케인크로스가 말했다. "그럴 필요 없습니다. 우리 모두 로버트의 죽음 때문에 좀 불안해진 것 같습니다. 그것뿐입니다."

그러나 케이트는 굳이 서두를 이유가 없었다. "정말 또 다른 건 없습니까?" 문가에 서서 그들의 만남을 방해하고 수사 진행을 순식간에 중단시켜 버린 자가 누구인지 궁금해 하며 그녀가 물었다.

"전혀 없습니다."

그녀는 명함을 건네며 말했다. "지나가는 말이든 뭐든, 잡히는 게 있으면 내게 전화 주십시오."

케이트는 기만당하고 속은 기분으로 회사 건물 밖에 서 있었다. 그녀는 케인크로스가 자기한테 말해 줄 것이 더 있다고 확신했다. 그리고 그것이 러셀의 살인범을 찾는 데 도움이 될 무엇인가였다고 본능적으로 느끼고 있었다. 더구나 막판에 가서 러셀의 성적인 성향이 그를 죽음에 이르게 했을지도 모른다며 넌지시 얼버무리던 그의 태도에 그녀는 울화가 치밀었다. 러셀의 죽음은 치정범죄가 아니다. 그러기에는 지나치게 치밀했다. 분을 삭이며 그녀는 자기 차 있는 곳으로 갔다.

그때 핸드폰이 울렸다. 클리크로부터 전화가 걸려올 때 울리는 벨소리였다. "어, 레그."

"지금 러셀의 아파트에 있습니다. 최대한 빨리 이리로 와 주셔야겠습니다. 저희가 찾았습니다."

거리의 소음 때문에 케이트는 손으로 귀를 가리며 걸음을 멈추었다. "뭘 찾았다고?"

"살인범이 러셀의 아파트에 어떻게 숨어들었는지 말입니다."

"지금 말해 봐요."

"직접 보셔야 믿으실 겁니다."

"알았어요. 당장 갈게요."

케이트는 전화를 끊었다. 골목길로 들어서며 그녀는 마지막으로 불안한 듯 뒤를 돌아다봤다. 그녀의 두 눈은 케인크로스의 이층 사무실을 올려다보았다. 창문은 닫혀 있고, 햇빛이 반사되어 비치고 있었다. 그녀는 창문 너머로 금발에 사각턱을 가진 자가 자기를 뚫어져라 내려다보고 있는 것을 목격했다.

'도대체 너는 누구냐?' 그녀는 말없는 그 존재를 향해 물었다.

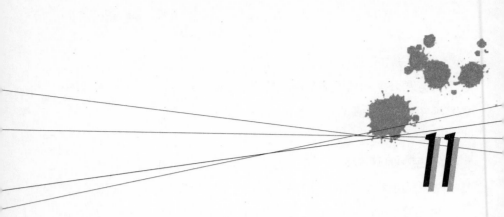

차고 뒤쪽 벽 아래 바닥에 각종 물품들이 가지런히 놓여 있었다.

주황색 플라스티신 점토로 피복처리 된 플라스틱 폭탄 20개. 네 개씩 한 묶음으로 만들었는데 묶음 하나당 무게는 5kg.

목공용 쇠못이 든 15kg 들이 자루 두 포대

강철 볼트가 든 10kg 들이 자루 두 포대.

더블오 벅샷 5kg 들이 자루 두 포대.

포틀랜드 시멘트 25kg 들이 자루 네 포대

구리 전선 한 묶음

스웨덴 보포스제 1미터짜리 도폭선 하나

폭파용 뇌관 10개 들이 한 상자

네이팜으로 통하는 스텔리그나이트 젤 한 통

포장지도 뜯지 않은 새 핸드폰 한 대와 20파운드짜리 가격표가 붙은 SIM 카드 하나.

마지막으로 차량 한 대가 금방 세차를 해 여러 개의 형광등 불빛 아래 반짝이며 차고 정중앙에 자리를 차지하고 있었다.

BMW는 이번 임무에 쓰기 위해 가져다 놓은 것이다. 비싼 차는 싸구려 차보다 의외로 주목을 덜 받는다. 소비자 가격이 12만 파운드로 부가가치세를 포함해 미화로 무려 20만 달러에 달한다. BMW 최신형 7시리즈로 쥐색 계통인 스트라투스그레이 색상에 검정색 가죽 내부, 롱 휠베이스, 견고한 19인치 전용 휠 타이어를 달고 있다. 한마디로 외교관들이 애용할만한 차이자 정부기관이 밀집해 있는 런던지구 화이트홀 거리 앞 주택단지에 세워져 있을 법한 승용차였다.

차고 안에서 남자 한명이 차량을 살펴보고 있었다. 핏기 없는 얼굴에 마른 체형을 한 그는 푸른색 작업복을 입고 있었다. 양손을 제외하고 본다면 그는 모든 면에서 지극히 평범했다. 왼손은 손가락이 세 개 뿐이었다. 기폭장치가 결함을 일으켜 새끼손가락과 무명지를 잃은 것이다. 오른손 손가락들은 온전하게 붙어 있긴 했지만 흉터자국들이 얽혀 있어 몹시 기괴해 보였다. 백린은 불이 붙으면 사람의 살과 결합되면서 타들어 가는데 물로는 끌 수가 없다. 그의 손은 바로 폭탄제조가의 손이었다.

비록 BMW 차량만큼 멀리 돌아 온 것은 아니지만 그 역시 밀입국을 통해 영국에 들어왔다. 그는 프랑스 칼레에서 출발하여 초고속 파워보트를 타고 당당하게 영국해협을 건너 24시간 전에 도버 해안에 상륙했다. 폭탄제조를 마치면 그는 자신이 상륙했던 지점을 통해 다시 떠날 것이다. 하지만 그가 칼레로 돌아갈지 아니면 다른 곳으로 갈지는 알려진 바가 없었다. 그런 부류의 사람들은 자신의 일정을 알리는 법이 없다.

그에게는 이름이 없었다. 그의 직업이 곧 이름이었다. 메캐닉.

메캐닉은 차량 주위를 돌며 후드와 루프, 그리고 트렁크를 점검했다. 모든 폭발장치마다 매번 특정한 목적에 맞게끔 다르게 제작이 되어야만 한다. 건물 폭파에는 최소 5백 킬로그램 이상의 고성능 폭약과 함께 목표물에 근접할 수 있는 방안이 필요하다. 그 경우에는 트럭이나 밴 차량을 이용하는 것이 가장 좋은 방법이다. 운전자가 물론 목숨을 포기해야만 한다. 사상자 수를 최대화하는 것이 목적이라면 폭약의 양은 적게 하면서 파편 같은 물질을 더 많이 써야 한다. 근접성 확보는 필수적이다. 군용으로 제작되는 플라스틱 폭탄의 폭발속도는 초속 8천 미터에 달한다. 이런 정도의 폭풍이면 가까이에 있는 차량을 으스러뜨릴 수 있다. 목수가 쓰는 못 하나라도 그러한 속력이라면 치명적인 거리까지 날아갈 수 있다.

그가 오늘 저녁 맡은 일은 그 두 가지 목적의 중간쯤 되는 셈이다. 일을 마치기까지 여섯 시간이 걸렸다.

작업을 마친 그는 전직 경찰관의 시선으로 BMW 차량을 면밀히 살펴보았다. 차량은 전과 달라 보이지 않았다. 한마디로 한쪽으로 기울어져 있다거나 서스펜션 장치가 처져 있지 않다는 소리였다. 폭약은 조수석 쪽인 차량 왼편 전체에 고르게 배분되어 트렁크와 좌석 아래, 천장, 그리고 엔진쪽에 숨겨져 있었다.

메캐닉은 폭파장치를 3단계 모델에 따라 설치했다. 첫 번째로 차대에 네이팜 젤을 발랐다. 그 다음에는 못, 볼트, 산탄 등의 재료를 덧붙이고, 마지막으로 플라스틱 폭약을 모양을 잡아 부착시켰다.

굳히는 재료로는 시멘트가 사용되었다. 그는 시멘트 부대 하나를 트렁크 오른편에 실었다. 다른 부대는 좀 더 작게 나눠 엔진룸 전체에 걸쳐 채워 넣었다. 그렇게 함으로써 시멘트는 폭발력을 원화는 방향으로 유도시킬 수 있을 것이다.

뇌관에 부착된 평범한 핸드폰은 장치를 폭발시키는 역할을 한다. 전화가 수신되는 순간 핸드폰은 전하를 흘려보내 뇌관을 점화시키고, 뇌관이 도폭선을 점화시켜 순식간에 플라스틱 폭약을 터트리게 된다. 폭발까지 걸리는 과정은 불과 100분의 1초에 지나지 않는다.

마지막으로 처리할 한 가지가 남아 있었다. 그는 운전대 아래쪽으로 몸을 구부려서 전파방해 방지장치를 설치했다. 공격받는 대상들도 자신들을 죽이려는 공격자들의 수법이 정교해지는 것에 맞춰 스스로를 지키는 방법을 개발해 왔다. 자동차들이 도로 폭탄에 대한 방어수단으로 모든 수신 신호를 차단하는 무선 전파방해 장치를 탑재하고 다니는 경우는 흔한 일이 되었다. 그가 차량 내부 배터리에 연결하는 블랙박스는 그러한 방해 장치를 방해하는 역할을 한다. 결국 어느 쪽이 한 발 더 앞서느냐의 문제였다.

그는 작업을 마치고 차량 밑에서 기어 나와 일어섰다.

그때 차고 문 옆에 서 있는 그녀를 보았다. "다 된 건가요?" 그녀가 물었다.

메캐닉은 샤모아 천으로 두 손을 닦았다. 굽이치며 곱실거리는 붉은 머리칼과 암녹색 눈동자를 가진 여성이었다. 민첩한 행동만큼이나 미모도 기대 이상이었다. 그는 그녀의 이름이 무엇인지 묻지도 않았다.

"주행 중에는 핸드폰 전원을 켜지 마십시오. 요즘에는 다 스캐너를 사용하니까요."

"번호는?"

그가 번호를 읽어주자 여자는 그 번호를 자신의 핸드폰에 저장했다.

"쇠못과 볼트나사는 왜 필요한 거지요?" 그녀가 물었다.

메캐닉은 차고의 한 모퉁이를 물끄러미 바라볼 뿐 아무런 대답을 하지 않았다.

"이 쇠못들의 용도가 뭐지요?" 그녀가 재차 물었다. 그녀는 지난 일주일 동안 필요한 자재들을 구하는 일을 맡았고, 가장 최근에 추가된 재료인 쇠못, 산탄, 그리고 볼트에 영 신경이 쓰였다. "폭파만 해도 충분하다니까요."

"만족할 만한 결과가 나오도록 확실히 해두기 위해서지." 낮고 걸걸한 목소리의 주인공이 대답했다. 차고 뒤편에서 작은 키에 다부진 체격을 가진 남자가 모습을 드러내고는 차량 있는 쪽으로 다가왔다. 남자는 필터 없는 담배를 입가에 문 채로 있었다. 늘 그렇듯이 그는 싸구려 회색 핀스트라이프 정장 차림이었다. "걱정할 것 없어." 그가 말했다. "그것은 성형폭약이야. 폭발은 목표물에만 집중되고 부수적인 피해는 최소화시키지."

"여기 계셨군요. 파피." 여자가 말했다.

"그래, 내 딸내미."

"근데 여긴 어쩐 일로 오신 거죠?"

"네게 행운을 빌어 주려고 왔지."

"제 등을 토닥여 주려고 2천 킬로미터를 날아오셨다는 거죠? 정말 자상하시군요."

"내가 오는 게 이번 임무가 우리한테 얼마나 중요한 것인지 한 번 더 새겨지지 않겠어."

"그렇구말구요."

파피는 담배를 바닥에 던져 구두 굽으로 짓이겼다. "쇠못이라, 응? 그게 네 신경을 건드린다 이거지? 놀랄 일은 아니지. 넌 늘 필요 이상으로 예민하게 굴었으니까."

"조심스러운 거죠. 그건 예민한 것과는 달라요."

파피는 인상을 찡그렸다. 그는 여자의 생각에 동의하지 않았다. "난 위험을 무릅쓰고 널 다시 복귀시켰어."

"절 내보낸 것도 파피였고요."

"그건 선택의 문제가 아니었어. 더 이상 네게 자금지원을 해 줄 수 없었으니. 시스템은 엉망이 됐고. 그건 재정상 필요한 결정이었을 뿐이었어."

"하지만 우리는 가족이잖아요. 말해 보세요. 전 파피의 딸이잖아요, 그렇지 않나요?"

파피는 한손을 들어 그녀의 얼굴에 갖다 대고 거친 손으로 그녀의 입술을 쓰다듬으며 말했다. "네 남편 놈은 아직도 네게 입 다무는 법을 가르치지 못 했나 보구나. 미국 놈들이 그렇지. 물러 터져서는."

그녀는 얼굴을 돌리며 돌아섰다.

"많은 사람들이 네게 의지하고 있어." 파피는 재킷을 뒤져 담배 한 개피를 더 꺼내면서 말했다.

"특히 파피가 그러시겠지요."

"그래, 특히 내가 그렇지. 인정해. 난 네가 막판에 가서 동요하거나 하진 않는지 확인하고 싶었어."

"내가 왜요?"

파피는 혀에 붙은 담배 잎을 빼내며 말했다. "어디 한번 스스로 대답해 보시지." 그는 한쪽이 찌그러진 지포 라이터를 꺼내 담뱃불을 붙였다. 그녀가 아는 한 그가 오랜 세월을 지니고 다닌 물건이었다.

"로마에서의 일을 잊으신 건가요?" 엠마 랜섬은 티셔츠를 올리고 상처 난 부위를 보여주며 말했다. "되돌아가는 것은 더 이상 제 선택사항에 들어 있지 않아요."

"그저 서로가 확실히 해두려는 것뿐이다." 다부진 체격의 그 남자는 엠마의 양 볼에 키스를 하고는 손에 차량 열쇠를 쥐어 주었다. "행운을 빈다."

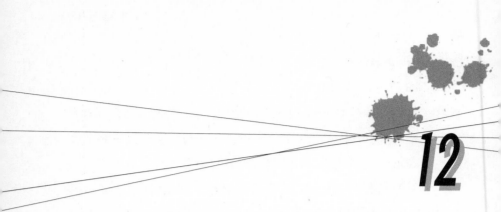

파크 레인에 있는 로버트 러셀경의 사저가 범죄현장으로 선포된 지 열두 시간 넘게 지났고, 아파트 안은 몹시 분주했다. 법의학팀 요원들이 증거보관용 용지, 카메라, 그리고 사이트매핑 장비를 들고 아파트 복도를 분주하게 오갔다. 아파트 내부의 사진을 찍고, 지문을 채취하고, 단서가 될 만한 것을 찾아 건물 안을 샅샅이 수색하는 것이야말로 그들이 할 일이었다. 작업이 끝나려면 내일은 되어야 할 것이다.

케이트가 도착했을 때 레그 클리크는 현관에 서 있었다. 그는 예의 바른 미소를 띠고 있었지만, 종일 근무로 지쳐 있다는 것을 그녀는 한눈에 알 수 있었다. 얼굴에 난 잔주름은 입체지도처럼 깊게 파이고, 양 볼은 말안장 주머니처럼 늘어져 있었다.

"이봐요, 레그." 팔을 잡으며 그녀가 말했다. "잘 버티고 있는 거지?"

"예, 보스." 클리크는 미소를 지어며 말했다. "이리로 와 보시죠."

그는 현관 입구를 지나 부엌으로 가서는 케이트를 위해 문을 열어 주었다. "팀을 짜서 살인도구로 쓰였을 만한 것들을 찾아보도록 했습니다. 단단하고 무거운 물체 말입니다. 머리카락이나 혈흔을 찾아 램프, 특이한 조각상, 연장, 부엌 조리도구를 다 살펴봤습니다. 그 정도로 머리에 큰 타격을 가하면 반드시 흔적이 남기 마련이니까요."

"그래서 뭐가 나왔어요?"

클리크는 크게 한숨을 내쉬며 말했다. "커스터드 푸딩이나 맛보시라고 여기까지 모시고 왔을 것 같나요? 직접 보십시오." 그는 냉동고 문을 열고 냉동고기, 냉동식품과 아이스크림이 차곡차곡 쌓여 있는 안을 보여줬다.

"냉동 완두콩 자루로 내려치기라도 했다는 말인가?" 케이트가 물었다.

"비슷합니다." 클리크는 꿇어앉아 제일 아래쪽 수납 칸을 열었다. 다시 일어선 그는 얼음 케이스에 싸인 보드카 한 병을 들고 있었다. "전에 이런 거 본 적 있어요?"

케이트는 고개를 저었다. "난 주로 미지근한 채로 마시는데. 운이 좋으면 얼음 몇 조각을 넣어 마시기도 하지만."

"자, 한번 잡아 보세요." 클리크는 보드카 병을 건네며 말했다. "원래 두 병이 있었습니다. 흉기로 쓰인 것은 증거보관실로 보냈습니다."

"흉기라고? 범인이 러셀의 머리를 내리친 게 이 러시아산 보드카 병이었다고?"

"러시아산이 아니라 폴란드산입니다. 아무튼 얼음조각에 들러붙어 있던 금발 머리카락 세 가닥 정도를 찾았습니다. 실험실로 보내서 유전자 검사를 할 겁니다. 보나마나 일치하겠죠."

케이트는 보드카 병을 냉동고에 넣고 문을 도로 닫았다. "흉기를 찾겠다고 처음부터 냉장고를 뒤질 사람은 없지." 그녀가 인정했다. "이곳에 대해 잘 아는 자의 소행이군, 안 그래요?"

고개를 한번 끄덕이더니 클리크는 그녀에게 따라오라며 몸짓을 했다. "아직 절반도 말씀드리지 않았습니다. 저것은 이 건물이 호텔이었을 당시 세탁물 슈트로 쓰이던 활송장치입니다." 그는 설명을 계속했다. "맨체스터 스틸로 만들어졌죠. 지어진 지 1백년이 지난 지금까지도 녹슬지 않고 멀쩡하답니다. 매 층마다 슈트로 통하는 문이 있었는데, 새 빌딩주가 리노베이선을 하면서 세탁물 슈트를 벽을 쳐서 막고 문은 모두 봉해 버렸다고 합니다."

경관 두 명이 로버트 러셀 아파트에 있는 대형 벽장 안에 무릎을 접고 앉아 손전등 불빛으로 정사각형으로 잘려 구멍이 난 벽을 쳐다보고 있었다. 벽에서 떨어져 나간 석고판은 지문 채취와 정밀 분석을 위해 실험실로 보내졌다.

"놈은 지하실에서 올라왔습니다." 클리크가 말했다. "벽을 뜯어내고 들어온 것 같은데, 솜씨가 여간 좋은 놈이 아닙니다. 시간 꽤나 걸렸을 겁니다."

"놈이 이 철제 공간을 타고 5층까지 올라왔다는 말인가요?"

"거의 스파이더맨 급이죠."

케이트는 이토록 좁고 어두운 공간을 기어 올라올 정도로 실력과 배짱을 가진 자는 도대체 어떤 인간일지 궁금해 하며 끝이 보이지 않는 슈트 통로를 들여다보았다. 끝없이 추락하는 기분이었다. 갑자기 숨이 막히고 어지러웠다. 머리를 뒤로 빼고 벽장 밖으로 나왔다.

"괜찮으십니까?" 바로 뒤에서 따라오던 클리크가 물었다.

"괜찮아요." 그녀는 간신히 대답했다. "아무 것도 아니에요. 좁은 공간은 질색이거든요. 별 거 아니에요." 그녀는 이를 악물고 두려움이 가라앉기를 기다렸다. 이어서 좀 전보다 씩씩한 목소리로 말을 이었다. "그러니까 범인은 여기서 시작해서 러셀의 사무실까지 잠입해 들어갔다는 말이지. 놈이 대체 어떻게 한 건지 좀 알아볼까요?"

그들은 차근차근 살인범이 18시간 전에 이동한 경로를 되짚으며 역추적을 해 보았다. 모션 센서, 온도 감지기, 압력 패드들. 클리크는 방마다 설치되어 있는 온갖 보안장비를 찾아냈다. 십분 뒤에 그들은 러셀의 사무실로 쓰이는 깨끗한 방에서 멈췄다.

"범인이 보안 시스템을 해제하는 데 얼마나 걸렸을 거라고 생각해요?"

케이트가 물었다.

"얼마나 걸렸는지는 나중에 생각해도 될 것 같습니다." 클리크가 말했다. "우선 어떻게 했는지부터 알아내야 할 것 같습니다. 본래 이런 장치들은 난공불락이어야 하거든요."

"말로는 늘 그렇다고 하잖아요."

러셀의 사무실에 들어오자 케이트의 시선은 즉각 플라즈마 스크린으로 향했다. "그 여자는? 그 미스터리 여인에 대해서는 무슨 단서라도 좀 건졌나요?"

"아쉽게도 전혀 없습니다." 클리크가 말했다. "케이블 공급업체 측에 연락을 취했습니다만, 내무성에서 발부한 영장을 보여주기 전에는 메시지 송신자가 누군지도 알려줄 수 없다고 하더군요. 영장을 들고 간다 해도 힘든 싸움이 될 것 같습니다. 만약 러셀이 추적을 피하기 위해 조치를 해놓았다면, 그 여자를 추적하는 것은 거의 불가능에 가깝습니다. 적어도 당분간은 그렇습니다."

"빌어먹을." 케이트가 내뱉듯 말했다. "그 여자를 찾아내야 해. 우리가 가진 단서라고는 그 여자뿐이잖아요. 누가 알아, 그 여자도 지금 위험한 상황일지. 놈들의 리스트에 러셀만 있던 게 아닐 수도 있어. 놈들은 프로예요, 레그. 우린 강적을 만난 거라고. 정부기관에서 훈련시킨 그룹이야."

"그룹이라고요? 한 놈만 찾아내면 되는 줄 알았는데요."

"그건 아닐 거예요." 케이트는 사무실에서 나와 특유의 엄청나게 빠른 보폭으로 복도를 지나갔다. 걸어가며 그녀는 옥스퍼드 아날리티카에서 들은 러셀경이 하던 연구에 관해 설명해 주었다. "러셀경은 들어가지 말았어야 할 곳을 파헤치고 다녔어. 이번 그들의 작전은 마지막 세부항목 하나까지 죄다 계획을 세워 한 일이었어요. 건물 설계도, 아파트 보안 시스템의 도식부터 시작해서 이 모든 것에 접근할 능력이 되는 놈들이었어. 연루된 인원만 최소한 세 명은 될 것이라고 봐야 해요. 망 볼 사람 한명, 러셀을 미행할 인원 한명, 그리고 러셀을 죽인 자까지. 놈들은 전문가들이에요, 레그."

숨을 헐떡거리며 클리크가 정문에서 멈춰 섰다. "좀 천천히 가시죠. 심장이 멎겠습니다. 어딜 그렇게 서둘러 가시는 겁니까?"

"건물 보안실." 케이트는 돌아보지도 않은 채 외쳤다.

"보안 테이프는 이미 다 보지 않았습니까." 클리크가 되물었다. "아무것도 나오지 않았잖아요."

케이트는 어느새 엘리베이터 안에 서 있었고, 클리크는 닫히는 엘리베이터 문틈 사이를 용케 비집고 들어갔다. "그때는 제대로 못 봤거든요." 그녀가 말했다.

건물 보안실은 원 파크 이층에 위치해 있었다. 여러 대의 비디오 모니터가 벽면 하나를 차지하고 있고, 규정상 금연임에도 불구하고 방을 가득 메운 담배연기 때문에 비좁고 갑갑한 느낌을 주는 곳이었다. 케이트는 벽에 등을 기댄 채 서 있고, 시선은 열여섯 개의 생중계 화면을 오가고 있었다. 옆에는 레그 클리크가 서 있고 다른 쪽 옆에는 건물 매니저와 보안실장이 서 있었다.

"전번에 우리가 그자를 놓친 이유는 놈이 이미 방 안에 들어와 있었기 때문일 겁니다." 첫 번째 디스크가 재생되기를 기다리는 동안 케이트가 말했다.

"죄송하지만 지하에는 감시카메라가 없습니다." 보안실장이 말했다. 콧수염이 무성한 그는 다리를 약간 절었으며, 이 영광의 상처가 포클랜드의 구스그린 전투에서 얻은 것임을 만나는 사람마다 떠벌리고 다녔다. "그럴 필요가 있을 거라고는 생각지 못했습니다. 외부에서 건물 안으로 진입할 수 있는 방법이 없기 때문입니다. 유일한 통로는 엘리베이터 비상계단뿐인데, 그곳은 모두 철저한 감시가 이루어지는 곳입니다."

"바로 그겁니다." 케이트가 말했다. "엘리베이터와 비상계단을 녹화한 디스크부터 보여주세요. 러셀경이 사망하기 전인 어젯밤부터 자정까지를 녹화한 최근 필름부터 보죠."

보안실장은 케이트가 요구한 DVD를 찾아 영상 플레이어에 넣었다. 엘리베이터를 와이드 앵글로 잡은 장면이 메인 화면에 가득 찼다. 좌측 하단에는 디지털 방식으로 시간을 기록해 두는 타임코드가 찍혀 있었다. 케이트는 로비와 주차장을 찍은 영상자료도 함께 틀어보라고 했다. 이런 방법으로 하면 고층에서 엘리베이터를 탄 사람 중에서 로비나 주차장으로 나온 적이 없는 자가 있는지 알아낼 수 있을 것이었다.

늦은 밤 그 시각, 대부분은 저녁 외출 후 집으로 돌아오는 거주자들의 차량이었다. 거주자들이 주차장이나 로비를 지나 엘리베이터 중 한 대에 올라타는 것이 보였다. 그때마다 빌딩 매니저는 거주자의 이름을 말해주었다. "저분은 버나드경이십니다." "저분은 미스터 굽타이십니다."

새벽 1시경부터는 들어오는 차량 수가 줄어들었다. 그들은 DVD화면을 빠르게 돌리다 인물이 화면에 잡힐 때만 스크린을 정지시켰다. 타임 코드에 02:25라고 뜨자, 러셀이 사망한 시각, 그리고 화면에 잡힌 모든 사람들의 소재가 확인된 후에 보안실장은 사람들에게 잠시 쉬었다 하겠느냐고 물었다.

"계속하세요." 케이트가 말했다. "범인이 지하를 통해 나간 것이라면, 후에 다시 그곳으로 돌아와야만 했을 테니까요."

그들은 계속해서 녹화 화면을 보았다. 실망스럽게도 새벽 2시 20분부터 켄 렉스톤 경위가 3시 15분에 도착했을 때까지 지하에서부터 11층에 이르는 그 어느 층에서도 누군가가 엘리베이터를 타는 장면은 나오지 않았다. 3시 17분에 머리를 말끔하게 다듬은 켄 형사가 엘리베이터를 탔고, 붉은 머리의 여인이 그의 옆에 서 있었다. 짧은 순간 케이트는 뭔가 잘못 돌아가고 있다는 생각이 들었다.

"멈춰 봐요." 그녀가 날카롭게 외쳤다. "저 여자는 누구죠?"

"우리 케니 공주님을 말하시는 건가요?" 클리크가 눈을 비비고 낄낄 웃으며 말했다.

"케니와 함께 지금 저 엘리베이터 안에 타고 있는 여자 말이에요."

"모르겠습니다." 보안실장이 말했다. "거주자는 아닙니다. 그것만은 확실하게 말씀드릴 수 있습니다. 모르는 얼굴입니다."

케이트는 클리크와 시선을 주고받았다. "새벽 3시 17분인데 저 여자는 난데없이 어디서 튀어나온 거야?"

"분명 차를 타고 주차장 차고를 통해 들어왔을 겁니다." 보안실장이 말했다.

"차를 가지고 누가 지하차고로 들어가는 걸 본 적이 없는데. 레그, 봤어? 다시 뒤로 돌려 보세요."

보안실장은 모든 화면을 정지시킨 다음에 지하주차장이 보이는 영상이 나올 때까지 화면을 뒤로 돌려 다시 재생시켰다. 케이트의 말이 맞았다. 주차장으로 들어온 차량은 단 한 대도 없었다. "엘리베이터 장면으로 다시 돌려보세요. 저 여자가 엘리베이터에 타는 장면을 우리가 놓친 게 분명해요."

화면이 뒤로 돌아가면서 화면 속의 켄 렉스톤이 엘리베이터를 향해 뒷걸음질을 쳤다. 정체불명의 그 여인은 엘리베이터 안에 그대로 서 있었다. 이는 렉스톤이 탔을 당시에 그 여인이 이미 그곳에 있었다는 말이었다. 계속해서 화면을 뒤로 돌렸다. 11초 후인 3시 16분 45초에 엘리베이터 문이 다시 열리고 그 여인은 멀어져 갔다. "저 여자는 지하에서 탄 거야." 케이트가 말했다.

모든 것이 케이트의 추측과 맞아떨어진다는 것을 받아들이자니 마음이 영 불편한 듯 레그 클리크는 입술을 오므렸다. 그녀는 주머니에 손을 찔러 넣고 화면에서 돌아섰다. "하지만 대체 어떻게 들어온 거지?"

보안실장은 고개를 저었다. "저희가 가진 기록을 토대로 지난 사흘간의 방문객 모두의 소재를 확인해 봤습니다."

케이트는 보안실장이 한 말을 듣고 곰곰이 생각해 보았다. "지하주차장을 녹화한 디스크를 보여주세요."

한 시간이나 걸리긴 했지만 마침내 찾던 것을 발견했다. 전날 오후 2시, 러셀은 자신의 차량인 에스턴 마틴 DB12를 몰고 지하주차장으로 들어왔고, 전용주차공간에 주차한 다음 엘리베이터로 향했다. 5분 뒤 지하주차장의 비상등이 꺼졌다. 그로부터 5분 뒤 에스턴 마틴 차량의 트렁크가 활짝 열렸다. 우아하고 멋진 의상을 한껏 빼입은 여성이 어깨에 가죽가방을 맨 채 트렁크에서 나왔다. 지하 내벽을 뚫고 다시 땜질을 해서 막는 데 필요한 장비들이 들어 있음직한 무게로 보였다. 그 여인을 좀 더 자세히 보기에는 지하 조명이 너무 어두웠다. 그녀는 감시카메라에 얼굴이 잡히지 않는 각도를 내내 유지하며 서둘러 지하주차장을 지나갔다.

케이트는 그 여인이 엘리베이터를 타고 한 층 올라가 지하실로 가는 것을 유심히 지켜봤다. 그 무단 침입자는 단 한 번도 고개를 들지 않았고 따라서 카메라에 얼굴이 자세히 포착되지 않았다. 프로군. 케이트가 혼잣말로 말했다. 어쩌면 프로 이상일 수도 있고.

"저 여자가 바로 우리가 찾던 '그자' 야."

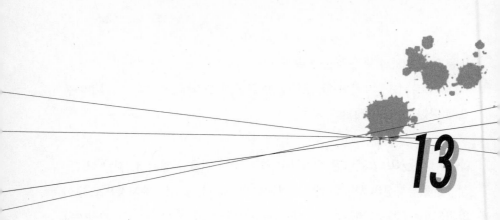

프랭크 코너는 영국이 싫었다. 음식은 형편없고 날씨는 암울했으며 물가도 기막히게 비쌌다. 영국인들은 맥주를 미지근하게 해서 마시고 로스트 비프는 차게 해서 먹는다. 무엇보다도 최악인 것은 좌측통행을 고집하는 억지를 부린다는 것이다. 그는 그 사실을 깜빡 잊고 걸을 때 우측을 살피지 않아 두 번이나 차에 치일 뻔했다. 마지막 남은 코카콜라 한 모금을 마시던 그는 얼음조각을 우적우적 씹으며 서서히 몰려드는 황혼의 땅거미가 그를 반기듯 저 앞에 한데 어우러진 푸른 목장과 작은 언덕들 위로 모여드는 것을 바라보았다. 바퀴가 땅에 닿고 제트기가 멈추자 그는 자신이 왜 그토록 이곳을 싫어하는지 알 수 있었다. 그곳은 미국이 아니기 때문이었다.

런던에서 북동쪽으로 48킬로미터 떨어진 곳에 위치한 스탠스테드 공항 활주로에는 사무실에서 보낸 차량과 운전기사가 그를 마중하러 나와 있었다. 코너는 비행기에서 내려 대기 중이던 공항 직원에게 여권을 건네주었다. 파일럿이 미리 코너의 입국정보를 무전으로 알려주었던 것이다. 신원을 확인하기 위한 매우 형식적인 검사가 있었고, 그는 곧 입국안내를 받았다. 어느 누구도 그의 짐을 확인하려 들지 않았다.

"그래서?" 앞좌석에 올라타며 코너가 물었다.

"그 여자가 이곳에 있습니다." 각진 어깨에 허세 넘치는 스코틀랜드인이 고속도로 쪽으로 차를 몰며 대답했다.

"두 눈으로 직접 봤나?"

"아니오. 하지만 애지중지하시는 그 랜섬이란 자가 뭔가 일을 꾸미고 있었습니다. 놈이 저희를 용케 따돌렸습니다."

"자세히 말해보게."

"랜섬은 오늘 아침 8시에 호텔 체크인을 했습니다. 점심시간에는 공원 근방에서 좀 돌아다녔고, 오후는 자기가 묵는 호텔 객실 안에서 보냈습니다. 6시에 칵테일파티에 참석하러 객실에서 나왔고, 맥주를 마시며 사람들하고 좀 어울리더군요. 민간인 티가 나더군요. 저나 리암에게는 눈길조차 안 줬으니까요. 삼십 분 뒤에 놈은 화장실로 갔습니다. 놈이 겁먹을 것 같아서 너무 가까이 접근할 수는 없었습니다. 화장실에서 나올 때는 협회 소속 박사와 같이 있더군요. 키가 큰 남자였는데 그냥 보기에도 눈에 띄는 놈이었습니다. 둘은 아래층 회의실로 갔습니다. 저희는 즉각 의심을 하지는 않았습니다. 그때까지 랜섬은 평소대로 움직이고 있었거든요."

"그리고?" 코너가 물었다.

"5분 후에 그 박사는 회의실에서 나왔지만 랜섬은 나오지 않았습니다."

코너는 잠시 움찔했지만, 곧바로 그것이야말로 그가 원하던 바라는 점을 스스로에게 상기시켰다. 신호가 온 것이다. 비록 그것을 어떻게 이용해야할지는 아직 모르지만 말이다. "어디로 갔단 말인가?"

"회의실에서 밖으로 이어지는 유일한 탈출로는 창문입니다. 거기서 뛰어내리면 바로 파크 레인으로 이어지는 길입니다. 우리 측 사람을 건물 밖에 배치해두었고 랜섬이 피카딜리로 향하는 것까지 확인했습니다. 놈은 이미 꽤나 멀리까지 간 상황이었습니다. 세 블록 떨어진 곳에 있는 지하철역 안으로 들어가는 것까지 목격을 했습니다. 거기서 놈을 놓쳤습니다."

"놈이 워낙 신출귀몰해 놓칠 수밖에 없었다는 말인가?"

"거긴 동물원보다도 더 정신없는 곳입니다." 스코틀랜드인이 항변했다. "게다가 러시아워였고, 우리 요원은 두 명밖에 없습니다. 기동부대가 아니란 말입니다."

코너는 툴툴거렸다. 그가 이 나라를 혐오하는 이유가 하나 더 추가된 것이다. 그 쉬운 미행 하나 제대로 못하다니. "괜찮아." 그는 위로하듯 대답해 주었다. 부하 직원은 무조건 격려하는 것이야말로 그의 방침이었기 때문이다. "난 자네들이 최선을 다했다고 믿네."

디비전의 요원들은 첩보계 곳곳에서 차출해 온 자들이었다. 일부는 육군특수작전사령부 출신으로 네이비실, 그린베레, 레인저부대와 같은 곳에서 인정받은 자들이었다. 또 다른 부류로는 미 국방정보본부나 국무부 영사업무국, 심지어 정보국에서 흘러 들어온 자들이었다. 마지막으로 다른 나라 해안에서부터 흘러들어온 이들도 있었다. 디비전의 일급비밀 중 하나는 해외작전에 프리랜서를 고용하기도 한다는 것이었고, 그들은 대개 예산 삭감, 이념이나 품행에 문제가 있어서, 혹은 이런저런 이유들이 합쳐져 자리에서 밀려난 타국의 첩보원들이었다.

"지금 그자는 어디에 있지?"

"8시경 로비로 다시 걸어 들어왔습니다. 그때 랜섬은 전혀 다른 사람이 되어 있었습니다. 그 전에는 침착하고 느긋해 보였는데 다시 돌아왔을 때에는 한눈에 봐도 초조한 기색이 역력했습니다. 누군가 자기 뒤에 따라 붙은 것처럼 계속해서 뒤를 돌아보더군요. 다른 박사에게 놈이 시차적응 때문에 공원에 산책을 나갔다 왔다고 하는 말을 들었습니다. 두 시간 동안이나 말입니다. 순 헛소리죠. 무엇인가가 놈을 겁먹게 한 겁니다."

'아니면 어떤 사람 때문에 겁을 먹었을 것이다.'

10시가 넘어서야 프랭크 코너는 마블 아치를 지나 파크 레인에 도착했다. 도체스터를 지나면서 그는 바깥을 내다봤다. "그 다른 박사란 작자에 대해서는 뭣 좀 알아냈나?" 그가 이렇게 물었다. "놈을 회의실로 데려갔던 박사 말이야."

"전혀요. 바람처럼 사라졌습니다. 분명 민간인은 아니었습니다."

"그러니까 그 여자와 함께 일하는 팀원이 한 놈 있다는 소리군."

"그런 것 같습니다, 보스." 운전자는 곁눈질을 해서 코너를 슬쩍 봤다. "하지만 누구를 위해서요?"

"맞아. 문제는 바로 그거야." 코너는 주차용 포르트 코셰르의 반짝이는 조명등, 화려한 제복을 입은 도어맨들, 그리고 회전문을 오가는 멋진 차림의 사람들을 응시했다. 그는 재킷에서 메모수첩을 꺼내 이렇게 적었다. '나이팅게일이 런던에 있음.' 나이팅게일은 지난 번 마지막 작전 때 엠마 랜섬에게 주어졌던 암호명이었다.

"어디로 모실까요?"

"노팅힐. 거기서 좀 만나야 할 사람이 있어."

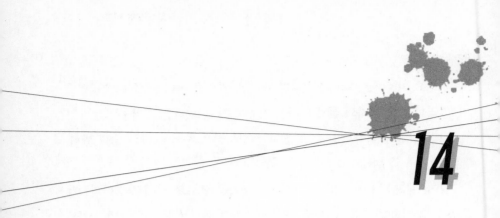

14

챙-. **조나단은 그** 소리에 바로 잠에서 깨어났다.

그는 침대에서 벌떡 일어나 눈을 뜨고 소음의 정체를 알아내려 귀를 기울였다. 창문과 커튼을 열어젖히고 자는 것이 그의 잠버릇이었다. 보름달이 객실 안을 은은히 비추고 있고, 몽환적인 느낌을 자아내는 긴 달빛 그림자가 드리워져 있었다. 긴장할 만한 것도 없는 듯했고, 소음도 더 이상 들리지 않았다. 그는 이불을 젖히고 침대에서 일어나 객실 문으로 걸어갔다. 문은 잠긴 채 닫혀 있었지만 잠들기 전에 채워 놓은 안전 체인은 고리에 매달린 채 가볍게 흔들리고 있었다.

감각을 곤두세우고 뒤돌아 침대 쪽으로 갔다. 누군가가 객실 안에 들어왔는지, 아니면 들어오려다 실패한 것인지 확실치 않았다. 불을 켰다. 침실은 비어 있었다. 응접실 쪽으로 걸어가 고개를 내밀어 널찍한 거실도 살펴봤지만 역시 아무도 없었다. 따스한 바람이 방 안에 불어 들어왔고 커튼이 흩날렸다.

챙-.

그의 시선이 사이드 테이블 있는 쪽으로 향했다. 사이드 테이블 위의 벽쪽에 있던 컷글라스 화병이 커튼에 부대끼고 있었다. 그는 화병을 커튼이 닿지 않는 곳으로 옮겼다. 긴장을 풀고는 턱을 매만지며 안전 체인을 채웠는지 곰곰이 되새겨 보았다. 그랬던 것 같기도 하고 아닌 것 같기도 했다. 피로에 지치고 정신적으로도 스트레스를 제법 받은 상태였기 때문에 기억이 가물가물했다.

바로 그때, 가까운 곳에서 단단한 표면에 유리잔을 내려놓으며 가볍게 울리는 소리가 들렸다. 누군가가 뒤에 있는 것이 느껴졌다. 순간적으로 그는 화병을 찾아 손을 뻗었다. 발자국 소리가 들렸고, 그는 생각했다. 이것이군. 그들은 내가 엠마와 만났다는 것을 안다. 그들이 날 잡으러 온 것이다. 그러나 화병을 집어 들기도 전에, 그리고 뒤를 돌아 상대의 정체를 파악하기도 전에, 누군가의 손아귀가 그의 입을 세게 틀어막으며 머리를 뒤로 젖혀 버렸다.

"쉬잇, 난 여기 없는 거야." 그녀가 조용히 속삭였다.

익숙한 두 입술이 그의 귓가에 머물렀다. 입을 막은 손길도 느슨해졌다. 조나단은 고개를 돌려 등 뒤에서 그의 입을 손으로 막은 채 서 있는 엠마를 보았다. 그는 알겠다는 신호를 보내고, 그녀가 직사각형 모양의 장비를 벽면, 램프 등, 텔레비전, 전화기에 갖다 대며 방 안 전체를 살피는 동안 꼼짝하지 않고 기다렸다. 엠마는 자신이 찾고 있던 장치들을 경주마 판화 그림 뒤와 욕실 안 대형거울 뒤에서 찾아냈다. 그녀는 도청장치들을 유리잔에 넣고는 싱크대에서 받은 물을 채워 넣었다. 그리고는 화장실 문을 닫고 그에게 다가왔다.

그녀는 머리부터 발끝까지 검정색으로 차려입고 있었다. 블랙 진, 검은색 티셔츠, 검은색 플랫슈즈. 긴 머리카락을 머리 뒤 위쪽에서 포니테일로 바짝 묶고, 화장하지 않은 얼굴이었다. 엠마는 그의 가슴을 쓰다듬으며 말했다. "이러지 않겠다고 다짐했는데."

"뭐를?"

그녀는 눈을 뜬 채로 그에게 키스를 했고 이어서 한발 뒤로 물러나 입고 있던 티셔츠를 벗어던졌다. 시선을 고정한 채로 그녀는 브래지어를 풀러 바닥에 떨어뜨린 다음 입고 있던 청바지마저 벗었다.

"*어떻게* 들어온 거야?" 그가 물었다.

"방 열쇠가 내게 있거든."

무슨 이유에서인지 그는 그 대답을 듣고도 크게 놀라지 않았다. "그럼 문고리는?"

"그건 내 주특기야. 나중에 당신한테도 보여줄게."

"왜 아니겠어." 그가 말했다. 눈을 가리고 권총을 분해하던 능력과 같은 장기일 것이다. "난 우리가 내일 만나는 걸로 알고 있었는데."

"약속이 틀린다 이 말이지. 예. 앞으로 조심하겠습니다, 선생님." 엠마는 침대에 드러눕더니 침대시트로 몸을 감쌌다. "생각한 것보다 어렵겠는데."

"뭐가?"

"이제부터 내가 당신에게 할 얘기."

조나단은 옆을 돌아봤다. 그는 옅은 갈색 빛깔이 섞여 있는 아내의 녹색 눈동자를 바라보았다. "자, 그럼 날 만났으니." 그가 속삭였다. "어서 말해 봐."

엠마의 손길이 그의 뺨을 매만졌다. "나 떠나."

"또 한 다섯 달 정도?"

"더 오래."

"확실해? 어떻게 알아?"

"왜냐하면 난 떠나야만 하니까."

"이미 한 번 떠났었잖아." 그가 말했다. "일을 해결한 다음에 안전해지면 다시 만날 거라고 말했잖아."

"나도 일이 그렇게 됐으면 좋겠어."

"얼마나 오래 떠나 있어야 한다는 거야?"

"말하기 힘들어…."

"일 년? 아니면 이 년 정도?"

"응… 솔직히 말해 나도 몰라. 최소한 일 년, 어쩌면 더 오래. 어쩌면 영원히 떠나 있게 될지도 몰라."

　조나단은 그녀의 얼굴 어느 곳에 불안한 마음이 숨어 있는지 찾기라도 하듯 그녀의 얼굴을 빤히 내려다보았다. 하지만 그가 본 것은 확고함이었다. 자기가 사랑했던 바로 그 단호하고 고집스러운 여자의 얼굴이었다. "틀림없이 다른 방법이 있을 거야."

　"그런 건 없어. 그렇다는 건 우리 둘 다 알고 있고."

　"이 일에 내가 손톱만큼이라도 발언권이 있는 것처럼 말하지 좀 마. 당신이 결정한 일이고 전적으로 당신이 선택한 인생이야." 그는 시트를 젖히며 침대에서 벌떡 일어났다.

　"이제는 그렇지도 않아. 이제는 내 인생이 아니야." 엠마가 말했다. "그런 건 벌써 십년 전에 포기했어."

　"뭘 위해서?"

　"의무. 소속감. 공헌하고자 하는 의무. 그게 바로 우리가 이 일에 뛰어든 이유야."

　"당신은 할 만큼 했잖아." 그는 돌아서서 엠마를 향해 다가가 손을 뻗으며 말했다. "당신은 그 이상을 해냈다고. 이제는 국가가 당신에게 감사해야 한다고."

　엠마는 시선을 떨어뜨리며 말했다. "지난 번 작전으로 디비전은 엄청 두들겨 맞았어. 의회에서는 디비전을 폐쇄하라고 했지만 대통령이 그들에게 기회를 한 번 더 주기로 했어."

　"기회를 한 번 더 준다고? 미쳤군!"

　"내가 말했잖아." 엠마가 말했다. "디비전은 히드라와 같다고. 머리 하나를 자르면, 같은 곳에서 열 개가 더 생긴다고 말이야. 대통령도 디비전이 나름 쓸모가 있다고 판단한 거지. 선택의 여지를 열어놓자는 것일 테고."

　"그자와 얘기는 해 본 거야? 디비전이랑."

　"지금 장난해?"

　"내 말은 그러니까…"

"그러니까 뭐?"

"당신이 가진 연락책을 동원해서 말이야. 난 당신이 왜 명령에 불복종했는지 그들에게 설명할 방법을 찾을 거라고 생각했어. 그들도 왜 그랬는지 사정을 알아야 할 거 아냐."

"난 범죄자야, 조나단. 난 명령을 어기기만 한 게 아니라 아예 반기를 든 거라고. 조직 자체를 무너뜨리려고 했어. 그것만으로도 난 이미 그들의 적이고 원수야."

"하지만 당신은 여객기가 격추될 걸 막았잖아."

"그래서 뭐? 참고로 여객기 폭파를 막은 건 당신이었어. 만약에 내가 모습을 드러내면 그 즉시 내 머리에 총알이 박힐 거야. 이미 당신한테 충분히 설명했다고 생각했는데. 당신은 내가 좋아서 전범처럼 숨어 지내는 줄 알아?"

"미안해. 내가 당신이 어떤 일들을 겪어 왔는지 절반도 모른다는 걸 잘 알아."

"그래, 당신은 몰라." 엠마는 숨을 한 번 들이쉬고 말했다. "들어 봐, 이번에 새로 디비전 운영을 맡은 자는 정말 악질이야. 그자의 이름은 프랭크 코너야. 그들은 우리와 같은 부류가 아니야. 그러니까 첩보원 출신이 아니라는 말이야. 계속 데스크 업무만 해 온 자야. 그리고 이제서야 슬슬 몸을 풀고 있어. 누가 도대체 왜 그런 인간을 그 자리에 앉혔는지 모르겠어. 나부터 손보지 않는 한, 윗선에서도 자기를 위해 손가락 하나 까딱 안 할 것이라는 것도 훤히 꿰뚫어보고 있어. 정말 영악한 자야."

"그럼 아래층에 있는 놈들은? 그자가 보낸 거야?"

"아마도."

조나단은 뭔가 더 있다는 사실을 직감했다. "무슨 일이 있었던 거야, 엠마? 그자가 이미 접근한 거야? 당신 등에 있는 상처는 뭐야? 도대체 무슨 일이 있었던 거야?"

"그게 중요해?"

"당연히 중요하지."

엠마는 일어나 그를 마주보며 말했다. "그렇다면 좋아, 여보. 그자가 벌써 내게 접근해 왔어. 그게 우리가 하는 일이잖아, 기억 안 나요? 우리는 적을 지목하면 추적해서 찾아내고, 그리고 만반의 준비를 갖춘 다음 잡아내서 제거해 버려. 전과 다른 점이 하나 있다면 그 과녁의 초점이 이번에는 나한테 맞춰져 있다는 거지."

조나단은 고개를 끄덕였다. 그녀에게 다가가 안아주고 싶었지만 그럴 상황이 아님을 알았다. "어디서 그랬어?"

"로마."

"거기서 뭘 하고 있었는데?"

"오래 전부터 아는 사람들을 찾아갔지. 적어도 난 그들이 내 친구라고 생각했는데 내가 잘못 생각한 거지. 아무튼 난 그날 보르게세 공원에서 저녁식사 장소로 가기 위해 길모퉁이에서 차를 기다리고 있었어. 첩보수칙을 모조리 무시한 셈이지. 낯선 곳에서 아무 지원도 없이 혼자 노출돼 있었으니까. 십분 간 방심을 했고 놈들이 그 순간을 놓치지 않고 나를 덮쳤어."

"맙소사, 엠마!"

"블랙모어는 칼 쓰는 것을 좋아해." 그녀는 아직 생생한 상처자국을 가리키며 아무렇지도 않은 듯 이야기했다. "그자는 내가 그 사실을 알고 있다는 걸 깜박했던 거지. 신장에 열상을 입고 스물아홉 바늘을 꿰매긴 했지만, 그래도 살아남은 게 어디야. 운이 좋았어."

"하지만 그자가 당신을 어떻게 찾아낸 거야?"

"당신을 통해서."

"나를?"

"당신이 전화했잖아. 4월에. 당신 핸드폰도 이미 그들 손아귀에 있어."

"하지만 그건 불가능해. 난 그 핸드폰을 나이로비에서 샀단 말이야. 캠프에 있는 내 동료들 외에는 아무도 그 핸드폰으로 전화를 걸지 않는데."

"내가 말했잖아. 그자들은 도처에 감시망을 갖고 있다고."

"하지만 딱 한 번 한 거잖아…."

"그자들에겐 한 번이면 충분해. 그걸로 내 번호와 GPS 좌표를 알아냈어. 그리고 거짓 접선을 마련했지. 나와 오래 알던 사람의 이름을 사용했어. 내가 믿을만한 사람 말이야. 그리고 방금 말했듯이 내가 안전수칙을 어겼고."

"미안해." 조나단은 풀이 죽은 채 자리에 앉았다.

"당신 잘못이 아니야. 내 잘못이지. 그 핸드폰을 가지고 있지 말았어야 했어. 사실은 말이야. 난 당신이 전화를 걸어 주기 바랐어. 난 당신이 날 만나야만 한다고 말해 주길 바랐어. 도망 다닐 때 뭐가 힘든지 알아? 어느 정도 시간이 지나면 지친다는 거야. 두 눈으로 확인해 보지도 않고, 그들이 지켜보고 있을지 모른다는 사실을 무심결에 흘려 넘겨버리는 거야. 게을러지는 거지, 그게 아니면 감상주의에 빠진 것일 수도 있고."

"그리고 그 사람은?"

"블랙모어? 죽었어." 엠마는 아무런 감정의 미동도 없이 대답했다.   첩보원의 말투로 돌아가 있었다. 자신의 직무에 대해 이야기할 때 나오는, 그리고 누군가 자신의 옆구리를 칼로 찌르고 그자를 격투 끝에 잡아 죽이는 일 등은 별일 아니라는 듯이 사무적이고 사실만 진술하는 말투였다.

엠마는 상처 부위를 손으로 살짝 문질러 보였고, 조나단은 그런 그녀를 지켜봤다. 그녀의 입가에 살며시 미소가 번지는 것을 보았다. 도대체 저 미소의 정체는 뭘까? 궁금했다. 승리감? 살아남았다는 기쁨? 아니면 복수심?

"어디든 가서 좀 숨어 있을 게." 그가 말했다. "몇 년 숨어 지내면 그자들도 포기하겠지."

엠마는 고개를 내저었지만 아무 대답도 하지 않았다.

"분명히 방법이 있을 거야." 그는 계속해서 말을 이었다.

그러자 엠마는 그에게로 다가가 어깨에 손을 얹고는 두 눈을 들여다보며 말했다. "당신은 내가 오늘 저녁에 당신을 만나기 위해서 무슨 짓을 해야 했는지 알아? 지금 이 방까지 들어오기 위해서 내가 어떤 위험들을 감수해야 했는지 상상이 되냐고? 그래요, 난 잠긴 방문을 열고 들어가는 방법은 알지 몰라. 하지만 동네에 있는 모든 놈들의 눈을 다 피할 수는 없어. 그자들이 제일 먼저 가르치는 게 뭔지 알아? 무슨 작전이든 기회는 단 한 번뿐이라는 거야. 모든 기회가 처음이자 마지막 기회야. 그리고 난 이미 내 아홉 개의 목숨을 모두 써 버렸어, 여보. 나도 이제 자신이 없어. 내가 오늘 밤에 한 짓만 해도 그야말로 멍청한 짓이었어. 문제는 그걸 잘 알면서도 여전히 그렇게 행동하고 있다는 거야. 어떻게든 당신을 만나고 싶었기 때문이야. 당신은 내게 위험해, 조나단. 당신은 내게 치명적인 사람이야." 엠마는 조나단을 놓아 주며 창가로 걸어갔다. 서 있는 그녀를 새벽하늘이 감싸고, 커튼은 그녀의 맨 다리를 부드럽게 어루만지고 있었다. 그녀는 어깨너머로 뒤를 돌아보며 슬프게 미소 지었다. "오늘 밤 엠마 랜섬은 죽었어."

조나단은 뒤에서 양팔로 그녀를 감싸 안았다. 그는 한때 아내의 죽음을 애도하며 시간을 보내기도 했다. 배우자의 죽음이 주는 슬픔이 무엇인지 그는 잘 안다. 하지만 왠지 이번이 더 견디기 힘들었다. 앞으로는 아내가 세상 밖 어디엔가 살아 있어도 볼 수 없을 거란 사실은 자신이 감당하기에 너무 버거웠다. 깊은 상실감이 그의 내면에 자리를 잡기 시작했다.

도시의 조급한 기계 소음 속에서 태양이 하이드파크의 나무들을 따사롭게 내리쬐고, 마부들이 말을 끌고 구불구불한 오솔길을 지나가는 모습을 바라보며 두 사람은 그렇게 오래도록 서 있었다.

엠마의 핸드폰이 울렸다. 한마디 말도 없이 그녀는 조나단의 품에서 빠져나와 핸드폰을 찾았다. 그녀는 발신자 번호를 확인하고 그를 쳐다보았다. 그녀의 표정은 순식간에 바뀌었다. 마치 낯선 사람, 심지어는 적이라도 되는 것처럼 무심한 눈길로 그를 쳐다보는 것이었다.

엠마는 뒤편 화장실로 걸어가더니 안으로 들어가 문을 닫고 나서야 전화를 받았다. 2분 뒤에 밖으로 나왔을 때 그녀는 완전히 다른 사람으로 바뀌어 있었다. 더 이상 조나단 랜섬의 아내가 아니었다. 암호명 나이팅게일로 미합중국 정부 소속 전직 요원이었으며, 지금은 도주 중인 여인으로 돌아가 있었다.

"지금 가야 돼." 옷가지들을 주워 팔에 걸치며 그녀가 말했다.

"누군데?"

"당신이 상관할 바가 아니야."

엠마는 조나단을 피해 지나가려 했지만, 조나단은 재빨리 그녀를 막고 섰다. "여기서 나가면 어디로 갈 거야?" 재차 이렇게 물었다.

"이러지 마, 비켜요."

"알았어. 비킬 테니 어디로 가려는 건지만 말해."

엠마는 눈을 내리깐 채로 그를 피했다. 조나단은 그녀의 팔을 잡으며 다그쳤다. "제발 내 말에 대답 좀 해 봐."

"이미 대답했잖아요. 당신이 상관할 바가 아니라고. 제발, 조나단…"

"작별인사나 하려고 여기 온 건 아닐 거 아니야. 임무 때문이든, 아니면 당신네들이 뭐라고 부르든 아무튼 일이 있어서 온 걸 거 아니야. 거짓말을 하고 있다고 당신 얼굴에 쓰여 있단 말이야. 한순간 당신은 내가 아는 그 엠마로 돌아가 있었는데, 지금은 다시 그자들한테로 돌아가 있잖아. 방금 통화한 사람은 도대체 누구야?"

"이러지 마, 조나단. 놔줘."

냉랭하고 감정 없는 그녀의 대답만큼이나 조나단은 화가 치밀었다. 조나단이 잡아끌자 그녀는 손에 든 옷가지들을 떨어뜨렸다. "난 당신이 어디로 갈 건지 알아야겠어."

갑자기 세상이 핑 돌았다. 두 발이 번쩍 들리더니 상체와 머리가 카펫 바닥에 꽂힐 듯이 내려 박히고 있었다. 그는 뭐라도 잡을 듯이 두 팔을 허우적댔다. 그리고는 등이 바닥에 닿으며 꼬꾸라지고 말았다.

엠마는 급히 옷을 주워들고 화장실로 들어갔다. 문이 쾅 하고 닫히더니 안에서 걸어 잠그는 소리가 들렸다.

조나단은 겨우 일어나 천천히 화장실을 향해 걸어갔다. 만약 그녀가 이것으로 일이 마무리 되었다고 생각했다면 그건 오산이었다. 그는 더 이상 그녀가 하자는 대로 따르기만 할 생각이 없었다. 이제부터는 그녀가 원하면 아무 때고 훌쩍 나타났다 금방 사라지는 식으로는 따를 수가 없었다.

엠마의 핸드폰이 반쯤 소파에 가려진 채로 카펫 바닥에 떨어져 있었다. 그녀를 거칠게 잡아당길 때, 그녀의 옷 주머니에서 떨어져 나온 게 분명했다. 그는 화장실 문을 힐끗 보고는 핸드폰을 집어 통화버튼을 눌렀다. 착신 응답 번호가 스크린에 떴다. 문자 메시지도 같이 떴다. "패키지 픽업 준비 완료. 도착예정시간 11:15. 주차는 준비됨. LT 52 OCX Vxhl 차량. WS에서 17:00에 만날 것임."

통화기록 버튼을 누르고 그녀의 핸드폰으로 걸려온 수신번호 목록을 검색해 내려갔다. 방금 전과 같은 번호가 찍혀 있었다. 그리고 나머지는 모두 발신자표시제한 번호였다. 다음 페이지로 넘기자 눈 익은 국가코드가 찍혀 있었다. 국가코드 33, 프랑스였다. 그 번호만 가지고 어느 도시인지는 알 수가 없었다. 계속해서 검색해 내려가 보니 일주일 전에 걸려온 전화라는 것을 알 수 있었다.

화장실 소리가 갑자기 크게 들리자 조나단은 재빨리 전화기를 제자리에 놓고 서둘러 옷을 입었다. 곧 이어 엠마가 성난 얼굴을 하고 나타났다. "어디 있어? 내 전화기 어디 있냐고?"

"난 못 봤는데."

"웃기지 마. 당신이 가져갔잖아."

조나단은 아니라고 우겼지만 엠마는 곧이들으려 하지 않았다. 그녀는 그를 지나쳐서는 소파 아래 있는 핸드폰을 집어 들었다. "정말 건드리지 않았다 이거지?"

"정말 안 건드렸어." 조나단은 거짓말을 했다.

"그렇다면 고마워." 엠마는 태도가 약간 누그러져서 이렇게 말했다. "모르는 게 나아. 날 믿어요."

조나단은 아무 대답도 하지 않은 채 그녀를 뚫어지게 응시했다.

"내 행선지를 당신한테 말해 주기로 했어." 그녀가 말했다.

"왜 생각이 바뀐 거지?"

고개를 숙인 채 엠마는 그에게 다가왔다. "당신과 이렇게 서운한 채로 헤어지고 싶지 않아. 전화한 사람은 내 친구였어. 내가 안전하게 숨어 지낼 수 있도록 도와주고 있는 사람이고, 내가 영국을 빠져나갈 수 있도록 그 친구가 준비해 주고 있어. 런던 시티 공항에서 오늘 오전 10시 비행기로 출발할 거고, 거기서 더블린으로 갈 거야. 그곳에서 오래 머무르진 않을 거야. 그 다음에는 정말이지 나도 모르겠어."

"그럼 나도 그 정도만으로 만족해야 하는 거겠지." 하지만 그는 머릿속에 여러 개의 질문을 떠올렸다. '패키지는 무엇일까? 누구의 도착예정시간이 11시 15분이라는 거지? LT S2 OXC는 무슨 뜻일까? 그리고 마지막으로 엠마가 WS에서 17시 정각에 만나려는 사람은 대체 누구일까?'

엠마는 그를 빤히 쳐다봤다. 화해를 원한다는 것을 보여주는 그녀만의 방식이었다. 그녀는 그의 목에 팔을 감으며 키스를 했다. "당신을 사랑해." 그녀는 이렇게 말했다. "앞으로 나에 대해 무슨 이야기를 듣던 간에, 사람들이 뭐라고 하건 간에 당신만은 날 언제나 믿어 줘야 해."

조나단은 두 팔로 그녀를 감싸 안아 주었다. 그리고 얼마 뒤 엠마는 그의 품에서 빠져나왔다.

침묵 속에서 그는 엠마가 자기 물건들을 챙겨 아무런 말없이 떠나는 것을 지켜보았다.

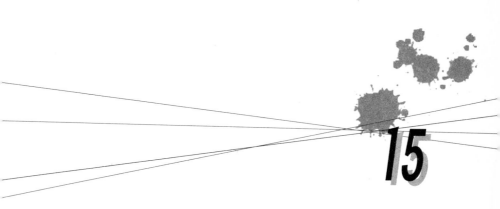

15

지난 8년간 조나단은 깜깜한 어둠 속에서 산 것이나 마찬가지였다. 자신이 믿고 사랑해 온 아내와 결혼생활을 유지해 왔지만, 진실이 무엇인지는 전혀 모르고 있었던 것이다. 엠마는 급작스럽게 어디론가 훌쩍 여행이나 출장을 갔고, 그는 그런 그녀를 믿고 보내주었다. 키니네를 구해 오기 위해 야간열차를 타고 몸바사를 다녀와야 한다고 하면 정말 그런 줄로만 알았다. 친구들을 만나러 휴가차 이틀간 베니스로 여행을 가겠다고 하면 그는 그 결정에 기꺼이 따라 주었다. 그는 단한 번도 그녀를 의심치 않았다. 그녀에 대한 그의 믿음은 절대적이었다.

그리고 5개월 전 그는 그동안의 모든 것이 거짓이었음을 알게 되었다. 몸바사와 베니스 등지로의 여행뿐만 아니라 그녀의 이름, 과거, 그 누구보다도 구호와 치료의 손길을 필요로 하는 이들을 위한 헌신, 그 모든 것이 거짓이었던 것이다. 처음 만난 날부터 그녀는 미국 정부 소속 첩보원으로 일하고 있었고, 조나단은 자신도 모르는 사이에 순순히 그녀가 위장신분을 유지하는 데 한 방편이 되어 주었다. 시간은 그가 받은 상처를 조금도 치유해 주지 못했다. 오히려 시간이 지날수록 상처는 악화되었다. 그것은 자존심의 문제였다. 문가에 등을 대고 서 있던 그는 지난 8년으로 충분하다고 결심했다.

그는 엠마가 방에서 나갈 때까지 잠시 기다렸다가 복도로 나가서 엘리베이터를 타고 아래층으로 내려갔다. 로비에 도착하자마자 그는 진짜 블랙 번 박사와 제이미 메도스, 그리고 얼굴에 기름기가 도는 부유한 의사 무리들이 저 멀리 코너에 있는 커피숍에 모여 있는 것을 보았다. 그를 지켜보던 자들이 아직 그곳에 있는지는 확실치 않았지만 그들의 흔적은 일단 보이지 않았다. 그를 주시하는 트레이닝복 차림의 보디가드들도 보이지 않았다. 이어폰에 한 손을 가져다 대고 검은 선글라스를 통해 그를 감시하는 것 같은 수상해 보이는 자들도 없었다.

그럼에도 불구하고 조나단은 고개를 숙이고 벽 가까이 바짝 붙어 로비 주변에서 조심스럽게 움직였다. 대략 두 시간 후면 그의 연설이 있을 예정이기 때문에 누군가 지금 그의 모습을 본다면 틀림없이 이상하게 생각할 것이다. 그는 면도는 물론 샤워도 하지 않았다. 청바지에 데저트 부츠를 신고, 남색 재킷 아래 낡은 바스크 풍 셔츠를 걸치고 있었는데, 호텔 도어맨이 입구에서 출입을 저지할지 모를 정도로 누추한 차림새였다.

그는 회전문을 통과해 거리로 나갔다. 검정색 옷을 입고 이마가 드러나도록 머리를 하나로 바짝 묶은 여인의 모습을 찾아 고개를 좌우로 돌렸다. 그녀를 찾지 못했지만 낙담하지 않았다. 그는 그녀가 어젯밤 정문을 통해 그가 있는 곳까지 걸어 들어왔을 것이라고는 생각하지 않았고, 이처럼 혼잡한 출근시간에 정문으로 나갔을 것이라고도 생각하지 않았다. 건물 왼편으로 돌아가자 서비스 구역이 나왔다. 배달용 트럭이 세워져 있고 일꾼들은 맥주 상자, 야채와 과일 상자, 그리고 갓 세탁을 마친 호텔 타월 꾸러미들을 내리고 있었다. 직원용 출입구로 이어지는 연결 계단이 보였다. 그는 힐끗 난간 넘어 계단이 있는 곳을 보았다. 출입구는 닫혀 있었다. 제자리에 서서 둘러보며 엠마가 택했을 법한 뒷골목을 유심히 살피고, 엠마가 택했을 법한 길을 찾아보았다. 파크 레인을 향해 마구간을 개조한 작은 집들이 늘어선 거리가 보였다. 또 다른 거리는 동쪽으로 뻗어 메이페어 중심부까지 이어지는 길이었다. 그가 서 있는 곳에서 오른쪽으로 25미터 떨어진 곳에는 그린파크로 이어지는 내리막길이 보였다. 지난 번 그들이 그에게 말해 준 그 길이었다. 그는 자신을 미행하는 일당들이 있는지 살펴가며 인도를 따라 뛰어 내려갔다.

첫 번째 모퉁이에서 멈춰 섰다. 앞을 지나가던 차가 왼쪽으로 도는 순간 엠마가 1백 미터 바로 앞 거리에서 불쑥 모습을 드러냈다. 좀 더 자세히 보니 어느 상점에서 막 나온 것 같았다. 그는 거의 본능에 가깝게 반사적으로 출입구 쪽으로 몸을 숨겼고, 그 순간 엠마는 고개를 돌려 뒤를 살폈다. 그는 그 자리에 그대로 숨어 있었다. 기다리는 동안 그는 자신이 땀을 흘리고 있으며, 심장이 정상수치보다 빠르게 요동치고 있다는 것을 깨달았다.

그는 다섯까지 센 다음 출발하기 전에 뒤를 재빨리 한 번 더 살펴보았다.

바로 한 블록 뒤 커브길에 황갈색 포드 몬데오 한 대가 서 있었다. 아침 햇살이 차량 앞 유리를 내리쬐고 있었고, 안에 탄 말끔한 트레이닝복 차림의 운전자의 모습까지도 내리비쳤다. 엠마가 불같이 화를 내며 그에게 말했던 그 총기 휴대 면허를 가진 보디가드들이었다. 조수석에 한명이 더 앉아 있는 것이 보였고, 뒷좌석에도 한명 더 있는 것 같았다. 실제로 눈앞에 나타난 조나단의 감시자들이었다.

그들은 날 찾기 위해서 당신을 따라다닐 거야.

그는 주의를 다시 엠마에게로 돌렸다. 엠마는 뉴 본드 스트리트 방면 교차로까지 가는 내내 한 번도 뒤를 돌아보지 않고 점포들 앞에 바짝 붙어 걸었다.

바로 그 순간 그는 결심했다.

그는 인도에 올라서서 아내가 가는 쪽으로 따라갔다. 다음 신호에서 그는 신호가 바뀌기를 참을성 있게 기다렸다. 몬데오 차량이 아직 그곳에 서 있는지 확인하기 위해서 뒤를 돌아볼 필요는 없었다. 옆에 서 있는 택시의 사이드 미러가 그 역할을 아주 제대로 해 주었기 때문이다. 조나단은 엠마로부터 배운 기술을 써먹고 있었다.

다행히 신호가 금방 바뀌었다. 그는 교차로로 진입했다가 반쯤 지나는 순간 오른쪽으로 방향을 틀어 인도로 다시 올라갔다. 일이 분 정도 몸을 숨길만한 상점이나 장소를 물색했다. 하지만 개인주택들만 줄지어 있고 문은 모두 잠겨 있었다. 뒤를 돌아보니 몬데오 차량은 교통체증에 갇혀 아직 방향을 돌리지 못하고 있었다. 조나단은 건너편 길에 신문 판매점이 있는 것을 발견했다. 잘하면 제때에 맞춰…

그는 다가오는 차량들을 향해 뛰어들었고, 고속으로 달리는 차량들을 용케 피해 경적소리와 급정거하는 소리가 요란한 가운데 차도를 건넜다. 겨우 반대편 인도에 올라 선 그는 신문 판매점의 문을 열고 들어갔다. 손님이 왔음을 알리는 도어벨 소리가 요란하게 울렸다. 그는 몸을 숙여 쌓아 놓은 잡지 뒤로 몸을 숨겼다. 잠시 후, 몬데오 차량이 지나가는 것이 보였다. 그때까지도 가쁘게 숨을 몰아쉬며 차가 시야에서 사라질 때까지 지켜보았다. 그런 다음에야 그는 가게를 나섰다.

"이 자식 대체 어디로 간 거야?" 몬데오 차량 뒷좌석에 앉은 프랭크 코너가 고함을 내질렀다.

"놈이 보이지 않습니다." 운전자가 말했다. "리암, 자네는 보이나?"

조수석에 앉아 있는 짙은 색의 긴 머리를 한 남자는 고개를 내저었다.

"차를 돌려." 밖을 보기 위해 뒷문 유리창을 향해 육중한 몸을 틀며 코너가 말했다. "놈은 저쪽 상점들 중 한 곳에 들어갔어. 그 외에는 달리 갈 곳이 없어."

"지금은 돌릴 수 없는데요." 반대편에서 끊임없이 다가오고 있는 차량들을 가리키며 운전자가 말했다.

"무시하고 돌려." 코너가 말했다. "당장 유턴 하란 말이야."

"그럼 사고 납니다."

"하라면 해. 저기 멈춰서네, 지금 돌려!"

운전자는 한 손으로는 경적을 세게 울리며 핸들을 틀어 차를 급히 돌렸다. 급작스럽게 방향이 바뀌면서 코너의 몸이 문가 쪽으로 쏠렸고 순간 그는 흰색 밴 한 대가 그들을 향해 미끄러져 오고 있는 것을 보았다. 브레이크 밟는 소리와 불협화음처럼 들리는 엄청난 경적소리, 그리고 금속끼리 충돌하는 끔찍한 소리가 났다. 충돌과 동시에 코너는 반대편으로 내동댕이쳐지며 차창에 세게 머리를 박았다. 그들이 탄 포드 차가 겨우 멈춰서자 그는 자세를 바로 잡았다.

"그러게 제가 뭐랬습니까." 운전자가 소리를 질렀다. "유턴 할 상황이 아니었다니까요. 젠장!"

"자네가 느려 터졌으니까 그렇지." 코너는 소리를 버럭 질렀다. "반사신경 하고는. 얼마든지 돌고도 남았겠다."

"아 젠장!"

"알았어. 할 수 없지 뭐." 코너가 말했다.

리암이 코너의 머리를 가리키며 말했다. "피가 흐르는데요."

코너가 한 손으로 자기 눈썹과 눈가를 만져 보니 피가 묻어났다. 그는 손수건을 받아 이마에 갖다 대고 차에서 내렸다. 차도 양 방향에 차량들이 엉켜 있었다. 여자 하나가 화를 내며 다가와 소리를 질렀다. "이 머저리 같은 인간아! 운전을 어떻게 하는 거야?" 코너는 그 여자를 밀치며 인도로 올라갔다. 마지막으로 조나단 랜섬을 목격했던 교차로 지점을 살펴봤지만 흔적도 보이지 않았다. 랜섬은 사라져 버렸다.

코너는 부하들에게 사고 뒷수습을 맡기고 그곳을 빠져나왔다. 자기 휘하에 있는 대폭 축소된 인적자원에만 의존한 게 잘못이었다.

인력을 증원할 때가 된 것이다.

뉴 본드 스트리트는 명품 소매점과 고급 아트 갤러리들로 유명한 쇼핑가였다. 오전 9시 30분, 인도는 보행자들로 붐볐다. 조나단은 인파 속을 지그재그로 헤집으며 아내의 붉은 머리카락을 찾아 헤맸다. 그러면서 이건 소용없는 일이라고 속으로 생각했다. 한마디로 사람들이 너무 많았다. 불과 두 구역 떨어진 곳에 옥스퍼드 스트리트가 있었다. 만약 지금 엠마를 찾지 못하면 영영 그녀를 찾지 못할 것이라는 생각이 들었다.

그는 달리기 시작했다. 지나가는 남녀 행인들과 부딪히면서도 발끝을 세우고 앞을 살펴볼 때만 제외하고는 속력을 늦추지 않았다. 1백 미터쯤 가서 그는 멈춰 섰다. 소용없는 짓이었다. 인도 위를 오가는 보행자의 수는 줄어들기는커녕 점점 더 늘어났다. 그는 한발을 도로에 내려놓고 몸을 반쯤 길가로 내민 채 그 자리에 서서 지나가는 행인들의 얼굴과 어깨를 일일이 확인했다.

바로 그때였다….

엠마였다. 그녀는 그와 마찬가지로 한 발을 인도에 걸친 채 건너편 거리 끝 쪽에서 손짓으로 택시를 부르고 있었다.

조나단은 고개를 돌려 오른편을 봤다. 빈차 표시등이 켜진 택시가 보이자 신호를 보냈다. 택시가 능란하게 모퉁이 앞에 섰다. 조나단은 조수석 창문 쪽에 바짝 붙어 말했다. "유턴 해 주세요. 반대편 차선에 있는 저 차를 따라가야 합니다."

"여기서는 유턴을 못합니다. 유턴 금지구역이잖습니까, 선생님. 안 그래요?"

조나단은 50파운드를 꺼내 의자 위에 올려놓으며 말했다. "긴급상황이 잖습니까, 안 그래요?"

"타세요." 택시기사가 말했다. "어떤 차를 따라가야 한다는 거죠?"

"일단 차를 돌리세요. 그 다음에 말씀 드릴게요."

조나단은 엠마에게서 시선을 떼지 않은 채 서둘러 뒷좌석에 올라탔다. 택시가 유턴을 하자 차량 문에 T-모바일 스티커가 붙어 있는 적갈색 택시에 올라타는 아내의 모습이 한눈에 들어왔다.

"저 차요." 조나단이 말했다. "적당히 거리를 유지해 주세요."

그들은 엠마가 탄 택시를 런던 북부에 위치한 고급 주택가 햄스테드에 위치한 어떤 주택까지 별 탈 없이 미행했다. 택시 운전기사는 타고난 미행꾼이었다. 그는 차량 네 대 정도 거리 이상 다가가는 법이 없이 수월하게 엠마가 탄 차량과의 안전거리를 유지했다. 개인 차량보다 택시의 수가 더 많은 도심 속에서 그들은 더더욱 눈에 띄지 않았다. 블록 끄트머리 쪽에 줄지어 서 있는 여러 대의 차들 맨 뒤에 차를 세운 채 그들은 엠마가 택시비를 지불하고 평범해 보이는 목 튜더 양식의 주택 옆문을 통해 집안으로 들어가는 것을 지켜보았다. 시계를 보니 이미 열 시가 넘었다. 엠마는 공식적으로 더블린행 비행기를 놓친 것이다.

조나단에게는 다른 걱정거리가 있었다. 기조연설을 하려면 대략 한 시간 안에는 호텔로 돌아가야만 했다. 지금 곧바로 출발한다면 제시간에 도착할 수 있을지 모르지만, 샤워와 면도는 신기록에 가까운 빠른 속도로 해치워야 할 것이다. 블랙번 박사와 그의 동료들은 많은 비용을 들여 그를 런던으로 데려왔고, 별 다섯 개짜리 호텔에 호화로운 객실도 잡아주었다. 조나단은 그들을 실망시키고 싶지 않았다. 그럼에도 불구하고 그는 돌아설 수가 없었다.

바로 그 순간 차고 문이 열리면서 도체스터 호텔을 맴돌던 그의 생각들은 죄다 사라져 버렸다. 조나단은 몸을 숙인 채 시선은 차고에서 나와 그들이 있는 쪽으로 방향을 돌린 회색 BMW 세단 차량을 따라갔다.

"빈차 표시등을 켜세요." 뒷좌석에서 몸을 숙이고 누우며 운전기사에게 말했다.

"이미 그렇게 해뒀습니다."

"그 여자가 맞나요?" 여전히 몸을 숙이고 엎드린 채 조나단이 물었다.

"빙고. 그 여자 분이 맞습니다."

"그렇다면 뭘 기다려요? 어서 따라갑시다."

엠마가 목적지까지 도착하는 데는 정확히 삼십분이 걸렸다. 그녀가 택한 경로는 남부 햄스테드에서 베이스워터 로드로 가서 그곳에서 하이드파크를 뚫고 지나 세인트 제임스 방면으로 가는 길이었다. 그녀는 평소보다 더 조심스레 서행 운전을 했다. 그가 알았던 엠마는 경주 트랙을 달리는 인디 레이서와 같은 운전자였다. 그녀에게는 오직 두 가지 종류의 속도만이 있었다. 빠르게와 더 빠르게. 그러나 이번 경우에는 노란불 때 통과하기 위해 액셀을 더 밟는 대신 브레이크를 밟으며 정차하고 방향 지시등도 어김없이 켰으며 차선 변경도 좀처럼 하지 않았다. 이것이 의미하는 바는 분명했다. 작전수행 때 엠마, 즉 나이팅게일은 경찰한테 걸려 차를 세워야 할 만한 짓을 해서는 안 되는 것이다.

세인트 제임스에서부터는 미로처럼 좁은 주택가 거리가 나왔는데, 계속해서 좌우로 꼬불꼬불하게 이어지면서 템스 방면으로 향하는 길이었다. 들킬까 봐 걱정이 된 나머지 조나단은 운전기사에게 속력을 늦추라고 외쳐댔고, 한두 번 정도는 그녀를 시야에서 놓치기도 했다. 그러나 행운은 그들의 편이었다. 5초 내지 10초 정도의 고문에 가까운 시간이 흐르고 나면 그들은 곧 그녀를 다시 발견했다.

엠마는 스토레이즈 게이트에 있는 주차 공간에 차를 세웠다. 좁다란 양방향 거리로 19세기 후반 무렵에 지어진 건물들이 양쪽으로 들어서 있는 곳이었다. 건물들은 모두 5층 높이에 동일한 포틀랜드 회색 시멘트로 지었는데, 그 지역을 고풍스럽게 꾸미려는 야심찬 프로젝트의 일환으로 지은 집들이었다. 나중에 가서야 조나단은 차가 자리를 뜨는 시점이 완벽했고, 주차 공간을 비우고 나간 차량이 복스홀, 즉 엠마의 핸드폰에 떴던 문자 메시지에서 코드명으로 언급된 것과 같은 기종의 차량이었다는 사실이 생각났다. 당시에는 그저 엠마가 운이 좋았다는 생각만 들었을 뿐이다.

"이제 어떻게 할까요?" 1백여 미터 앞에 있는 BMW 차량을 함께 지켜보던 택시 운전기사가 물었다. 엠마의 실루엣이 한눈에 들어왔다. 그녀는 동상처럼 꼼짝도 하지 않은 채 운전석에 앉아 있었다.

"기다려 봅시다." 조나단이 말했다.

16

오전 일곱 시가 넘은 시각이었다. 집에 돌아온 케이트 포드는 부엌문을 닫았다. 상한 우유 냄새가 오감을 괴롭혔고, 그녀는 "아, 이런!" 하고 중얼거렸다. 스위치를 올려 불을 켠 다음 즉시 문제를 일으킨 원흉이 무엇인지 파악했다. 수프 볼에 담긴 반쯤 먹다 남긴 뮤즐리와 4분의 1쯤 남은 우유가 대략 26시간 전에 두고 나온 그 자리에 고스란히 남아 있었다. 서둘러 원 파크로 가느라 치우고 가는 것을 잊었던 것이다.

고약한 냄새가 빠져나가도록 서둘러 창문을 활짝 열고 팔을 휘저었다. 로버트 러셀경과 달리 그녀는 중앙 냉방 시스템이라는 호사를 누리지 못했다. 20킬로미터라는 지도상의 거리 외에도 이스트 핀칠리는 파크 레인과는 전혀 다른 지역이었다. 한숨을 쉬며 그녀는 시리얼을 싱크대에 쏟아 붓고 이어서 덩어리진 상한 우유도 쏟아 버렸다. 업무에 복귀한 첫날 일을 마치고 돌아오며 상상했던 것과는 너무도 다른 현실이었다.

위층으로 올라가 샤워기를 틀었다. 더운 물이 나오자 옷을 벗었다. 정장과 블라우스가 벗은 자리에 그대로 쌓였다. 전부 다 세탁소로 보낼 것들이었다. 세탁과 다림질에 10파운드나 들여야 한다는 것은 마음에 들지 않았지만, 악취에서 벗어날 수 있다는 것은 마음에 들었다. 그녀는 욕조 안으로 들어갔다. 물은 뜨거웠고 페인트를 벗겨낼 정도로 높은 수압도 마음에 들었다. 머리를 감고 전신에 비누칠을 하고 팔과 다리를 목욕수건으로 닦았다. 엉덩이에 난 상처는 건드리지 않도록 조심했다. 몇 주 전 병원에서 갓 퇴원했을 무렵에 상처는 불어난 거머리처럼 부풀어 있었다. 총알이 뒤에서 날아와 비장 바로 윗부분에 박히며 작은 구멍을 남겼고, 썩어가는 나무를 대형 해머로 내려친 것처럼 반대 방향까지 관통해 버렸다. 할로우포인트 탄이었다. 의사들은 하나같이 탄환 파편이 동맥이나 다른 장기에 손상을 입히지 않은 것은 기적이라고 했다.

케이트는 마지막 한 방울의 따뜻함까지 마저 씻겨 내려고, 물줄기가 스코틀랜드 시냇물만큼 차가워질 때까지 샤워기 아래 서 있었다. 그 상태로 좀 더 버티고 서 있었다. 피부에 소름이 돋고 살갗이 얼얼해지며 마비되는 기분이 들 때까지 물줄기를 내뿜는 샤워기 아래 서 있었다. 살갗이 마비되는 그 기분은 그녀가 침묵에 적응하는 데 도움이 됐다. 정신없이 부랴부랴 수건으로 몸을 말리다 보면 요란한 라디오 소리, 어설픈 남자의 손길로 아침식사 접시를 치우는 소리, 같이 출근하려고 빨리 차로 나오라며 재촉해대는 이스트엔드 억양의 중저음 목소리도 들리지 않을 것이기 때문이다.

벽에 걸린 거울 속에서 그녀는 과거 어느 때보다도 여윈 자신의 모습을 보았다. 창백한 피부 아래 팽팽하게 긴장된 팔 근육과 튀어나와 연약해 보이는 골반, 그리고 상처가 남긴 흔적을 뚫어져라 응시했다. "총상으로 인해 난소 하나가 크게 손상을 입었습니다." 외과의가 사람을 미치게 만드는 특유의 동정심 가득한 어조로 설명했다. "자궁 내벽도 손상을 입었습니다. 지혈을 하기 위해서 자궁절제 시술을 해야만 했습니다. 정말 미안합니다. 저희로서는 최선이었습니다."

의사는 알고 있으면서도 태아에 관한 이야기는 전혀 언급하지 않았었다. 표가 나기에는 아직 이른 6주째였다. 어쩌면 그녀가 먼저 물어보기를 기다렸는지도 모른다. 그것도 아니라면 의사는 케이트가 임신 사실을 모르고 있었으며 굳이 사실을 이야기해서 그녀가 더 많은 고통을 받을 필요는 없다고 생각했을지도 모르는 일이었다. 그녀는 아기의 성별도 몰랐다.

상처 부위를 만져 보자 안에서부터 올라오는 날카로운 통증이 느껴지면서 경련이 일어났다. 거울 속의 자신과 시선이 마주쳤다. 허리를 굽힌 채 겁에 질려 있는 여인의 모습이 보였다. '울어.' 그녀는 거울에 비친 자신에게 말했다. '아무도 보는 사람은 없어. 그동안 잘 참았잖아. 네가 얼마나 강한지 굳이 증명할 필요도 없잖아. 그렇지 이제 울어 버려.'

고통이 사그라졌다. 케이트는 똑바로 허리를 펴고 일어섰다. 눈물 없이 건조한 시선을 거울에서 돌리며 타월로 몸을 감쌌다.

뒷문 두드리는 노크소리가 났다.

타월로 몸을 감싼 채 케이트는 서둘러 아래층으로 내려가 부엌 안으로 고개를 내밀었다. 키가 크고 흰 피부에 양복 차림을 한 남자가 당연히 있어야 할 곳에 와 있다는 듯 호주머니에 손을 넣고 서 있는 것을 보고 몹시 놀랐다. "우유가 상한 것 같은데요." 그가 말했다.

"도대체 누구시죠?"

"그레이브스라고 하고 파이브에서 나왔소. 이렇게 불쑥 들어와서 미안하게 됐군요. 먼저 노크를 했는데, 혹시 당신 이웃들이 어떤 사인지 궁금해할까 봐."

'파이브'는 보안국, 즉 영국의 국가안보와 대테러 전담 기관인 MI5를 가리키는 것이다. 자세만 봐도 어떤 곳에서 나왔는지 알 만했다. 척추에 철골이라도 심어놓은 사람처럼 꼿꼿한 자세였기 때문이다.

"어느 부서에서 나오셨죠?"

"G 브랜치요." G 브랜치는 북아일랜드를 제외한 영국 전역의 대테러 임무를 맡고 있다. 케이트는 창밖을 내다보았다. 집 앞 도로변은 텅 비어 있었다. "파란색 로버는 어디 있죠?" 그녀는 어제 아침 파크 레인 사고현장의 폴리스 라인 내에 세워져 있던 차량을 기억해내고 직감적으로 질문했다.

"저 아래 길가에 세워뒀소. 옷을 입고 같이 나갈 채비를 해 주시겠소? 본부에서 우리를 기다리고 있소. 지금 시간은 교통상황이 말이 아니라서 서둘러야 하오."

케이트는 자기 집에 불쑥 들어온 이 남자를 한참 동안 바라보았다. 40대로 키가 크고 마른 편이었다. 굵은 금발 머리칼은 의외로 캐주얼한 스타일로 다듬어져 있었다. 새빌가에서 맞춘 것이 분명하며, 와이셔츠 소매 단이 적당하게 보이는 곤색 핀스트라이프 정장에 엘리트 집단임이 엿보이는 줄무늬 넥타이를 매고 있었다. 맵시 있는 검정색 윙팁 구두는 낙하산부대 기준치에도 빠지지 않을 만큼 윤이 났다. 하지만 그녀의 시선을 끈 것은 다름 아닌 그의 두 눈이었다. 블루 다이아몬드처럼 파란 두 눈빛은 성스러워 보일 정도로 강렬했다. 어제 저녁 옥스퍼드 아날리티카의 사무실에서 그녀를 응시하던 바로 그 눈빛이었다.

"본인의 성 말고 이름도 당연히 있겠죠, 그레이브스 씨?"

"물론이오." 그가 말했다. "그냥 앞에 대령이라고 붙여 주시겠소?"

템스하우스는 런던의 중심 밀뱅크 섹션의 템스강 유역에 위치한 위풍당당한 건물로, 람베스 브리지가 내려다보이는 이 건물에 MI5의 본부가 있었다. 그레이브스의 사무실은 1층에 있었는데 국장실에서 떨어진 복도 끝 맞은편에 위치해 있었다. 천성이 부지런한 케이트는 사무실을 보고 적잖게 감명을 받았다. 건물 코너에 위치한 사무실은 세련되고 모던한 가구로 꾸며져 있었다. 빼어난 전경을 자랑하는 전망 창을 통해 강 남쪽이 훤히 내려다보였다.

"앉으시죠." 그레이브스 대령이 말했다. "여기 왜 온 건지는 아시겠소? 로버트 러셀에 관해서인데. 더 정확히 말하자면, 그가 하던 일에 관해서요."

"전 그가 보안국을 위해 일한 것은 아니었던 것으로 이해하고 있었는데요." 편안해 보이는 옅은 황갈색의 낮은 소파에 앉으며 케이트가 대답했다. 크롬 도금이 된 유리 커피 테이블이 그녀 앞에 놓여 있었다. 테이블 위에는 담배꽁초로 가득한 재떨이와 법률 저널 몇 부가 놓여 있었다.

"맞소." 그레이브스가 대답했다. "적어도 그렇게 알려지진 않았지. 이안 케인크로스와도 이야길 나눴지 않소. 이안으로부터 러셀이 TIN을, 그러니까 트러스티드 인포메이션 네트워크란 것에 관심을 가졌던 것에 대해서도 들었을 테고. 알다시피… 그가 하는 일은 전문가들을 모아 여러 주제에 관한 정보를 수집하는 일이었고. 한마디로 러셀경이 내 소관인 TIN의 멤버였다고 말하는 편이 나을 것 같군."

"그 사람 꽤 여러 곳의 멤버였던 것으로 보이는군요."

그레이브스는 고개를 끄덕였다. "사망 당시 러셀은 여러 정보들을 종합한 결과, 런던 내에서 모종의 공격이나 음모가 계획되고 있다는 사실을 알아냈소. 우리는 그의 죽음이야말로 그의 판단이 옳았음을 확인해 준다고 보고 있는데. 그래서 우리로서는 여기저기 좀 알아볼 게 많았던 게 사실이오."

"왜 지금까지 기다린 거죠?"

"왜 좀 더 일찍 러셀경을 불러들이지 않았냐는 말이군. 포드 계장, 우리도 모든 첩보에 다 대응할 수는 없소. 우리는 항상 다양한 계획 단계에 있는 몇 십 가지 음모들에 대해 예의주시하고 있소. 겨에서 알곡을 골라내는 작업이 필요하단 말이요." 그레이브스는 재킷 안에 손을 넣어 실크컷 담배 한 갑을 꺼냈다. "피우시겠소?"

케이트는 사양했다.

그는 담배에 불을 붙이고 깊이 한 모금 빨아들었다. "이제부터 공직자 비밀엄수법에 대해 이야기를 나눠야 할 것 같군. 이번 사건에 대해 알아낸 정보들을 절대 누설하지 말라고 당신에게 당부한다는 말이요. 항간에 들리

는 대로라면 당신은 언행이 믿을 만한 사람이라더군. 서류에 서명을 하거
나 할 필요는 굳이 없을 것 같은데, 안 그렇소?"

"파이브에서 영장도 없이 러셀경을 감시하고 있었다고 시인하려고 그런
말씀을 꺼내시는 건가요?"

"말하자면 그렇소."

"전 경찰관이에요." 케이트가 말했다. "시민자유 운동가가 아니란 말이
지요. 우리가 원하는 바와 그쪽이 원하는 것이 서로 다를 바가 없다고 확신
하는데요."

"좋소." 그레이브스는 커피 테이블에 있던 리모콘을 집어 벽에 걸린 평
면 모니터를 켰다. 그것은 사무실 중앙 컴퓨터 네트워크와 연결된 고해상
도 雙방향의 인터액티브 모니터인 스마트 보드였다. 케이트가 전날 오전에
러셀의 아파트에서 본 소심하고 피곤해 보였던 여인의 얼굴이 화면에 떴
다. 그녀가 러셀에게 미샤, 빅토리아 베어, 그리고 오늘 아침 11시 15분, 그
러니까 앞으로 대략 한 시간 뒤에 있을 예정인 극비 만남에 대해 쉬쉬 거리
며 이야기를 하는 동안 두 사람의 시선이 스크린에 집중됐다.

"저게 무슨 소린지 알겠어요?" 영상을 보고 나서 케이트가 물었다.

"전혀 모르겠소. 러시아 대사관에만도 미샤란 이름을 가진 이가 1백 명
에 달하는데, 그나마도 웨스트엔드 지역을 차지하고 있는 그 골칫덩어리들
은 제외한 숫자요. 러시아 대표단이 방문 중이지만 그들은 오늘 화이트홀
에서 해군 측과 면담 중이오. 지금으로서는 그들은 안전하다고 생각되는
데."

"그거야 말로 뭔가 쉬쉬 거릴 만한 걸로 들리는데요, 안 그런가요?" 영
상에서 본 메시지를 인용해 가며 케이트가 질문을 던졌다.

"실은 그건 공문서 상의 문제요. 일행 중에 미샤란 이름을 가진 사람이
없었소. 이반, 블라디미르, 유리, 아, 그리고 스베틀라나가 전부였소."

"그리고 빅토리아 베어는요?"

"우리가 가진 모든 자료를 통해 그 이름에 해당하는 자를 조회해 봤지만 아무 것도 나오지 않았소. 우리가 대화를 나누는 지금까지도 암호해독을 담당하는 부서원들이 투덜대며 일을 하는 중이오."

"그 여자에 대한 조사를 착수하셨나요? 저 러셀의 정보원 말이에요. 솔직히 말해서 전 저 여자가 걱정되는 걸요. 러셀이 뭔가를 알고 있다는 이유로 살해당했다면 저 여자 역시 마찬가지일 수 있잖아요?"

"소재를 파악 중이지만 쉬운 일이 아니라오. 우리 시스템이 작동되는 방식은 말하자면 러셀이 받은 편지함으로 들어가는 모든 정보를 잡아내는 것이오. 그렇다고 그 정보의 출처를 우리가 알고 있다는 것은 아니오. 출처를 역추적 하는 일이 늘 더 어려운 법이니. 당신네가 해 온 수사결과가 우리에게 해결의 실마리를 줄 수 있을지도 모르기에 이렇게 이곳으로 모셔온 거요."

케이트는 그레이브스가 겉으로 늘어놓는 것보다 더 많은 것을 알고 있다고 생각했다. 파이브에서 경시청에 첩자를 심어놓는다는 소리는 일찍이 들어 왔다. "로버트 러셀의 살해범은 지하층을 통해 오래 전에 사용이 중지된 세탁물 슈트를 타고 올라와 아파트 메인 침실에 있는 드레스룸을 통해 아파트 내부로 침입한 여자입니다. 아파트 안에 들어온 범인은 보안 시스템을 해제하고 얼린 보드카 병으로 그를 내리친 다음, 자살로 위장하기 위해 러셀을 발코니 밖으로 밀어 던졌어요. 천만 다행스럽게도 그는 얼굴을 숙인 채로 떨어졌죠. 그렇지 않았다면, 전혀 의심을 못 할 뻔했어요. 말할 것도 없이 범인인 이 여성은 전문가입니다. 그 여자는 러셀의 아파트 내부를 꿰뚫고 있었고, 러셀의 아파트에 설치된 보안 시스템을 포함해서 그 건물의 출입정보를 미리 알고 있었다고 추정되고요. 제 추측으로 그 여자는 팀의 일원이에요. 그리고 러셀을 감시한 것은 그 여자의 동료 팀원들이었을 겁니다."

그레이브스가 몸을 숙이고 팔꿈치를 무릎 위에 올려놓으며 질문했다.

"살해범이 여성이란 것을 어떻게 아시오?"

케이트가 재킷에서 디스크를 꺼냈다. "저희에게 영상자료가 있습니다."

"봐도 되겠소?" 자리에서 일어나며 그레이브스가 말했다. 그는 디스크를 부하 직원에게 건넸고, 부하 직원은 그것을 DVD 플레이어에 넣었다. 윈 파크의 CCTV 카메라에 잡힌 붉은 머리의 살해범 모습이 스크린에 떴다.

"생각보단 건질 게 없습니다." 케이트가 말했다. "범인이 카메라에 얼굴이 잡히지 않도록 용케도 피했으니까요."

"당신이 말한 것처럼 프로군요."

바로 그때 밖에서 누군가가 쾅쾅 거리며 노크를 했다. 레그 클리그가 숨을 거칠게 내쉬며 들어왔다. "늦어서 죄송합니다." 이렇게 말하면서 그는 사무실을 가로질러 와 케이트 옆자리에 앉았다. "마침 졸고 있는데, 덩치깨나 하는 분이 저희 집 뒷문 앞에서 절 찾더군요. 집 사람이 거의 까무러칠 뻔했습니다."

서로 소개인사가 오갔지만 클리크는 건성으로 받아들였다. "교통감시국에서 방금 전 연락이 왔습니다. 윈저에서부터 그 차량이 이동한 모든 경로들을 모조리는 아니지만 거의 대부분 알아냈다고 합니다."

"그날 러셀이 자기 부모 집에서 나와 간 곳이 어디였지?" 케이트가 물었다.

"그가 가는 사교클럽인 슬론 스퀘어입니다. 거기서 한 시간 거리에 있는 곳이죠."

"그렇다면 새벽 1시쯤이었다는 소린데." 케이트가 말했다. "그 다음 행선지는?"

"잠시만요, 보스. 재미있는 이야기가 있습니다. 클럽에서 나와 러셀은 차로 스토레이즈 게이트까지 갔습니다. 그의 차량이 인도에 한 시간 넘게 주차되어 있는 사진자료를 저희가 확보했습니다. 거기서 그가 무엇을 하고 있었는지까지는 모릅니다. 그러니 더 이상은 묻지 말아 주세요."

"스토레이즈 게이트라고? 여기서 별로 멀지 않은 곳인데." 그레이브스가 부하 직원에게 스마트 보드에 런던시 지도를 띄워보라고 했다. 잠시 후에 해당지역을 가리키는 동그라미가 쳐져 있는 시내 지도가 모니터에 떴다. 스토레이즈 게이트는 버킹엄궁과 세인트 제임스파크 방면 동쪽에서부터 서쪽으로 반마일 정도 뻗어 있는 양방향의 좁은 도로였다.

"다들 저랑 같은 생각을 하고 있나요?" 자리에서 일어나 스크린을 향해 걸어가며 케이트가 말을 던졌다.

"무슨 생각이요?" 하고 클리크가 되물었지만, 그레이브스는 이미 고개를 끄덕이고 있었다.

케이트는 스토레이즈 게이트 로드를 끼고 코너에서 돌아 나오는 주요 간선도로까지 손가락으로 쭉 짚어보았다. 밑에는 '빅토리아 스트리트' 라는 지명이 적혀 있었다. "우리가 찾던 빅토리아가 여기 있군요." 그녀가 말했다.

그 말에 그레이브스가 깜짝 놀랄 것이라고 기대했다면 오산이었다. 그는 곰곰이 생각에 잠긴 채 담배를 태우며 꼿꼿한 자세로 가만히 앉아 있었다. "사람 이름이 아니고 지명이라…" 그가 말했다. "그럼 이제부터 어떻게 해야 하나?"

케이트의 이야기는 거기서 끝난 것이 아니었다. 그녀는 빅토리아 스트리트를 짚고 있던 손가락을 미끄러지듯 움직여 일반적으로 정부 청사나 건물을 나타내는 직사각형 모양의 회색지대를 가리켰다. "이곳은 정부 청사 건물입니다. 예전 통상산업부 건물이었던 것으로 알고 있는데. 현재 이곳을 어디서 사용 중인지 좀 알려주겠어요?"

그레이브스는 손가락 마디를 꺾었다. 이어서 그는 부하 직원에서 인터액티브 맵을 열어보라는 지시를 내렸다. 해당 건물의 사진이 뜨고 그 밑에 현재 건물 사용자에 대한 정보가 나와 있었다. "비즈니스 기업 및 규제개혁부, 전 통상산업부."

"비즈니스 기업 및 규제개혁부라." 케이트가 말했다. "B-E-R-R, 그러니까 베어군요."

"베어군." 침착한 목소리로 그레이브스가 말했다.

클리크가 인상을 찌푸리며 말했다. "나라면 브르라고 부를 것 같은데요."

"그리고 만일 당신이 외국인이라면, 그러니까 러셀의 여인에게 단서를 알려준 사람 같은 경우라면?" 케이트가 이렇게 물었다. "베어라는 발음은 제 생각엔 제대로 한 것 같은데요. 빅토리아 스트리트의 베어." 하고 그녀가 덧붙였다. "빅토리아 베어 말이에요."

"놀랄 노자군요." 클리크는 눈을 동그랗게 뜬 채 의자에서 호들갑을 떨었다. 그 방에서 유일하게 거리낌없이 조금이나마 감정표현을 하는 사람은 그뿐이었다.

"저 건물 임차인 리스트를 좀 준비해 주겠나." 그레이브스가 지시했다.

잠시 후 빅토리아 1번가에 위치한 정부 부처들의 리스트가 화면 위에 떴다. 리스트에는 고용부, 경제개발처, 무역국, 과학부가 포함되어 있었다.

"외교 안보 쪽을 살펴보게." 그레이브스가 말했다. "리스트에 있는 기관 중에 타국 고위인사가 방문하기로 되어 있는 곳이 있는지 조사해 봐. 그런 다음 BERR의 보안책임자와 연락을 하게. 우리가 도착할 때까지 지역을 봉쇄하라고 말해 두고. 우리는 십분 내로 그쪽으로 넘어간다."

"차량들은요?" 케이트가 물었다. "건물로 이어지는 모든 교통로를 차단해야 하지 않을까요?"

"위기 때마다 교통통제를 해댔다면 런던은 2주도 안 돼 망했을 겁니다." 그레이브스는 부하 직원을 보며 말했다. "시위진압대를 그쪽으로 보내. 그 정도는 괜찮을 거야." 그는 자리에서 일어나 케이트를 바라보며 말했다. "함께 가시겠소?"

케이트, 그레이브스, 그리고 클리크는 엘리베이터를 타고 일층으로 내려갔다. 그레이브스의 로버는 시동이 걸린 채 문을 열어놓고 일층에 대기하고 있었다. 케이트는 그레이브스의 옆 자리에 앉고 클리크는 뒷좌석에 올라탔다. 폭탄방지벽이 내려가고 그레이브스는 차를 몰아 호스페리 로드까지 달렸고, 거기서부터 본격적으로 차량 정체가 시작됐다. 그들이 탄 차는 느리게 전진하며 매번 신호에 걸려 정차해야 했다. 케이트가 시간을 보니 11시 03분이었다.

"경광등이 있나요?" 케이트가 물었다. 차량용 사이렌을 말하는 것이었다.

"없소. 우리 업무는 주로 사전 예방 쪽이요."

교통신호가 바뀌고 그레이브스는 교차로를 지나갔다. 차는 50미터 정도 달린 뒤 다시 멈춰 섰다. 2킬로미터만 더 가면 빅토리아 스트리트였다. 차량정체만 아니었다면 3분이면 도착할 거리지만 이런 상황이라면 20분은 족히 걸릴 것 같았다.

그레이브스는 부하 직원과 통화 중이었다. "금일 BERR을 방문하는 외국 인사들은 없소." 그는 전화 통화를 하며 들은 내용을 케이트에게 그대로 전달해 주고 있었다. "총리께서는 리즈에 있고 모든 업무는 평소와 다름이 없소."

차가 조금 전진했다.

케이트는 그레이브스가 양 볼이 벌겋게 달아오른 채 손바닥으로 운전대를 두들기는 것을 보았다. "여기서부터는 걸어서 갈까요?" 케이트가 제안했다.

"그럴 필요 없소." 그레이브스는 앞 도로를 살펴봤으나, 그의 푸른 두 눈동자는 더 이상 성스러운 확신에 차 있지 않았다. 갑자기 그가 반대 차선쪽으로 방향을 확 하고 틀었다. 반대편 도로가 30미터 가량 비어 있었다. 그는 손바닥으로 연신 경적을 울려대며 로버를 몰았고, 트럭 한 대가 맞은편에서 오는 바람에 다시 제 차선으로 돌아갔다.

얼마 지나지 않아 그들은 다시 멈춰서야 했다.

시계는 11시 06분을 가리키고 있었다.

5분 뒤에 그들은 빅토리아 스트리트의 교차로에 도착했다. 그레이브스는 차를 돌려 우회전을 했고, 교통상황이 괜찮은 것을 확인하고는 안도의 한숨을 내쉬었다. 그는 시속 80킬로미터를 밟으며 흔들리는 운전석에 앉아 "자, 어서…" 하며 중얼거렸다. 빨간 신호에 걸리자 그는 브레이크를 세게 밟으며 차를 세웠다.

"저기에요." 300미터 떨어진 지점에 있는 현대식 건물을 가리키며 케이트가 말했다.

"주여, 감사합니다." 뒷좌석에 앉아 있던 클리크가 내뱉었다.

파란불로 바뀌었는데도 차량들이 꼼짝도 하지 않았다. 앞에 선 차량의 운전자가 문을 열고 인도에 내려섰다. 케이트는 차에서 내렸다. "임시로 도로를 봉쇄 중이래요." 차 안으로 고개를 들이밀고 그녀가 말했다. "누군가 지나가는 모양인데요. 정부 고위 관리거나 방문 중인 해외 고위 관리 같은데. 이 지역에 아무런 일정이 없다고 말하지 않으셨나요?"

"청사 내에서는 정해진 일정이 없다고 했소." 그레이브스가 문을 활짝 열고 차에서 내렸다. 그는 핸드폰을 귀에 대고 있었지만 케이트는 그가 누구와 통화 중인지 알 길이 없었다.

바로 그때 스토레이즈 게이트에서 나와 그녀 앞에서 돌아 빅토리아 스트리트로 진입하는 모터케이드의 첫 번째 차량이 눈에 들어왔다. 썬팅을 한 검은색 서버번 차량이 지나가고 있었다. 방탄 차량은 빠른 속도로 움직였다.

"누가 온 거죠?" 그녀가 그레이브스에게 물었다. "꼭 미국 대통령이라도 온 것처럼 보이는데요."

그레이브스는 고개를 내저었다. "나도 모르겠는데." 그가 말했다. 그는 평정심을 잃어가고 있었다.

케이트는 멀찌감치 어디선가 한 남자가 고함 지르는 소리를 들었다. 지나가는 차량 행렬 소리 때문에 그 남자가 뭐라고 하는지 알아듣기는 힘들었다. 그 남자는 누군가의 이름을 부르는 것 같기도 했다. 한 가지 확실한 것은 그가 몹시 흥분한 상태라는 것이었다.

"저 소리 들리나요? 뭔가 이상한데요."

"어디?" 그녀의 말에 반만 귀를 기울인 채 그레이브스가 되물었다. 그는 런던을 방문 중인 해외 고위급 인사가 누구인지, 그리고 왜 그러한 사실에 대한 보고를 자기가 받지 못했는지를 두고 사무실 직원과 옥신각신하고 있었다.

케이트는 고함소리가 어디서 들려오는지 알아보려고 발끝을 세운 채 목을 길게 뺐다. 보도 위편으로 약 300미터 정도 떨어진 곳에서 그녀는 짙은색 머리의 남자가 자신들 쪽으로 뛰어오고 있는 것을 보았다. 그의 머리는 위아래로 움직이면서 보였다 사라지기를 반복하고 있었다. 백인 남자였고, 잿빛 머리에 푸른색 재킷을 입고 있었다. 케이트가 본 것은 그게 다였다.

두 번째 서버번 차량이 교차로를 쏜살같이 지나갔고, 뒤이어 메르세데스 벤츠 세단 세 대가 지나갔다. 세단은 모두 검정색이고 비우호적인 인사들이 탑승자를 알아보지 못하도록 창문은 모두 썬팅이 되어 있었다. 맨 앞의 메르세데스 벤츠 차량 안테나에는 의전용 국기가 달려 있었다. 그녀는 적청백 삼색을 보고 러시아 국기임을 단번에 알아보았다.

손목시계를 보니 11시 15분이었다.

그녀는 속으로 '미샤.' 하고 이름을 불렀다.

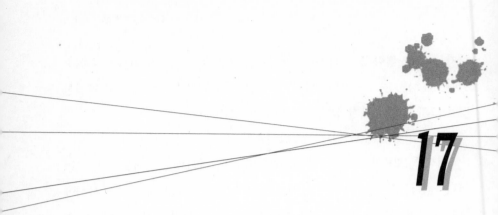

조나단은 택시 뒷좌석에 앉아 엠마
가 BMW에서 내려 걸어가는 것을 지켜보았다. 미리 택시비를 준비해놓고
있다가 엠마가 열 발자국쯤 갔을 무렵 택시기사에게 오십 파운드짜리 지폐
두 장을 건네줬다. 둘 사이에 케이블 선으로 연결이라도 되어 있는 것처럼
그는 시선을 아내에게서 떼지 않은 채 잠시 기다렸다가 바로 문을 열고 택
시에서 내려 길을 나섰다. 아내와 자신 사이에 행인 몇 명을 끼고 이따금씩
걸음을 늦춰가며 보도 옆 건물 쪽에 바짝 붙어 걸었다. 그녀는 자신의 직업
에 대해 설명해 주면서 이런 것을 '자연스러운 위장'이라고 불렀다.

엠마는 스토레이즈 게이트를 따라 정확히 한 블록을 걸어 내려가 빅토
리아 스트리트의 교차로가 있는 지점에서 멈춰 섰다. 신호가 바뀌었다. 횡
단보도 양끝에 서 있던 사람들 모두 길을 건넜지만 엠마는 그 자리에 그대
로 서 있었다.

조나단도 뒤편에 숨어 그녀를 지켜봤다. 언제라도 차가 멈춰서고 엠마
가 올라탈 수 있다. 그것으로 끝나는 것이었다. 그는 아내를 영원히 볼 수
없게 되는 것이다. 시선을 돌려 택시를 찾아보았지만 이번에는 한 대도 눈
에 들어오지 않았다. 그는 맨주먹으로 허벅지를 내리쳤다. 아까 그 택시를
그냥 보내는 게 아니었다.

거의 11시 15분쯤 됐다. 기조연설자인 그가 사라졌으니 지금쯤 블랙번 박사는 그를 찾아 호텔 안을 이리저리 돌아다니고 있을 것이다. 그가 묵는 호텔 객실 문을 두드리며 무슨 문제가 생긴 것이냐고 물어볼 제이미 메도스의 모습도 떠올렸다. 조나단은 그러한 생각들을 머리에서 지워 버렸다. 연설은 내일 해도 괜찮을 것이다.

바로 그때 모터사이클 경찰 경호대가 앞을 지나가는 것을 보았고, 그 순간 컨퍼런스에 관한 모든 생각들이 사라졌다. 경찰은 스토레이즈 게이트와 빅토리아 스트리트 사이의 교차로 지점에서 오토바이를 세우고 동쪽 방면 도로를 차단하며 차량 통제에 들어갔다. 순식간 도로가 텅 비워졌고 주변은 놀라울 정도로 조용해졌다. 조나단에게 이 섬뜩한 침묵은 눈사태가 나기 직전의 상황을 연상시켰다.

그 무렵, 지나가던 사람들 몇몇이 엠마 주위에 몰려들었다. 그는 여전히 핸드폰을 귀에 대고 뚫어져라 앞을 응시하고 서 있는 엠마의 모습을 볼 수 있었다.

뒤편에서 강렬한 엔진소리가 들렸다. 돌아보는 찰나 검정색 무엇인가가 눈에 들어왔고 시보레 서버번 한 대가 앞을 휙 하고 지나갔다. 이어서 같은 기종 한 대가 더 뒤따랐고, 그 두 대 뒤로 검정색 메르세데스 벤츠 세 대가 따라오고 있었다. 그 중 한 차량에 달려 있는 깃발이 그의 눈에 들어왔다. 적청백 삼색이 눈부신 햇살 아래에서 일렁이고 있었다. 어느 나라 국기인지 생각해내는 데에는 불과 몇 초가 걸리지 않았다. 프랑스는 아니고, 네덜란드도 아닌데… 러시아다.

번쩍 하는 생각이 스쳤다. 엠마가 왜 그곳에 서 있는지 이유를 알아낸 것이다.

레바논. 코소보. 이라크. 그녀는 그곳들에서 자신이 하던 일에 대해 그에게 말해준 적이 있었다. 예외 없이 그녀의 임무는 대의와 상충하는 행동을 한다고 생각되는 고위급 인물을 납치 또는 암살하는 일과 관련된 것들이었다. 대의란 바로 미국의 안보를 말하는 것이었다. 런던을 방문한 러시아 측 일행의 차량 행렬이 지나가는 바로 그 특정 시간대에 마침 그녀가 그 특정 거리의 모퉁이에 서 있다는 것은 단순한 우연의 일치가 아닐 것이다.

엠마는 누군가를 암살하기 위해, 엠마식 표현대로라면 '정치적 목적을 수호하기 위해' 런던에 온 것이다.

순식간에 그 모든 것이 조나단의 머릿속을 스치고 지나갔다.

그녀의 이름을 외치며 뛰기 시작했다. 왜 그랬는지는 자신도 몰랐다. 엠마는 그에게 자기가 왜 그런 일들을 해야 하는지를 힘들여 설명해 준 적이 있었다. 그리고 항상 그는 그런 그녀의 설명에 공감해 주었다. 구호업무가 국민들을 자유롭게 만들어 준다는 것은 잘못된 믿음이었다. 극빈국들에서 행해지는 가난하고 병들고 억압받는 자들에 대한 구호활동은 시간이 흐름에 따라 그와 반대되는 영향을 끼쳤다. 조나단은 부패한 권력자들이 국민들을 희생시키며 부를 축적해 가는 것을 참고 볼 수가 없었다. 그게 어느 나라에서 일어나는 일이냐는 중요하지 않았다. 그는 두 번째 기회라는 것도 믿지 않았다. 엠마의 리스트에 오른 대부분의 인간들 모두 스스로 무덤을 판 것이 사실이었다. 그러나 이번은 달랐다. 이번엔 그 자신도 연루되어 있었다. 이번엔 그도 알고 있는 것이다. 바라만 보며 아무런 조치를 취하지 않는 것, 침묵을 지키며 그 자리에 서서 지켜만 본다는 것. 그렇게는 할 수 없었다. 그는 살인에 공모할 생각이 전혀 없었다.

"엠마!"

행렬 맨 마지막 벤츠 차량이 지나갔다. 조나단의 목소리는 타이어 소음과 여러 대의 차량에서 뿜어 나오는 포효하는 엔진소리에 묻혀 버렸다. 차량 행렬은 도로를 막아 버렸고, 주차되어 있는 회색 BMW 차량 옆을 나란히 지나고 있었다.

바로 저 차야.

편리하게 사용할 수 있는 주차 공간.

엠마 핸드폰의 문자 메시지가 그의 뇌리를 스치고 지나갔다. "패키지 준
비완료. 도착예정시간 11:15. 주차는 준비되어 있음. LT 52 OCX Vxhl 차
량. WS에서 17:00에 만날 것."

저 BMW 차량이 바로 그 패키지였다. 공격은 11:15분에 맞춰져 있다.
자리를 내주었던 것은 바로 Vxhl, 복스홀 차량이었다.

"엠마!"

마침내 그녀가 고개를 돌려 그를 보았다. 그리고 폭발 바로 직전 찰나의
순간에 두 사람의 시선이 마주쳤다. 폭발의 충격파가 덮쳐 와 그를 허공으
로 들어 올려 놀라운 힘으로 근처에 주차되어 있던 레인지 로버 차량 앞유
리 위로 내동댕이치는 순간, 그의 눈에 보이는 것은 오직 맹렬한 폭발과 그
속에서 보이는 엠마의 원망이 가득한 두 눈이었다.

여태껏 그녀가 그토록 화낸 모습을 본 적이 없었다.

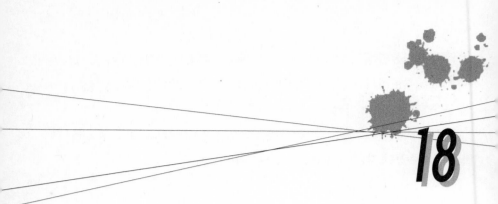

18

케이트가 맨 처음 알아차린 것은 정적이었다. '아, 살았구나!' 라는 느낌보다는 '대체 뭐가 어떻게 된 거야?' 라는 생각이 먼저 들었다. 그녀는 고개를 움직일 수 있는 것을 느끼고는 자기가 아직 살아 있다는 것을 알았고, 옆구리의 날카로운 통증으로 살아 있음을 깨달았다. 그리고 차량 폭발이 있었다는 것도 알았다. 폭발로 인한 충격파로 몸이 보도로 내던져지기 전에 그녀는 보도 위에 번쩍이는 주황색 섬광을 보았기 때문이다. 그러나 이 고요한 정적만은 그녀도 예상하지 못했다. 마치 온 도시가 숨을 멈춘 것 같았다.

서서히 유리 조각들이 바닥에 떨어지며 부딪히는 소리와 부서진 금속의 삐걱거리는 소리가 들리기 시작했다. 마침내 시야가 맑아지고, 제일 먼저 눈에 들어온 것은 불길에 휩싸인 차량행렬이었다. 폭발지점에서 20미터 반경의 모든 차량이 불타고 있었다. 그녀는 그것들이 모두 일순간 동시에 폭발했을 것이라고 생각했다. 그녀가 들은 것은 단 한 번의 폭발음뿐이었기 때문이다. 하지만 자기가 얼마나 오랫동안 의식을 잃었는지는 모르는 일이었다.

가슴의 통증을 참으며 몸을 겨우 일으켜 세웠다. "맙소사." 그녀는 이렇게 중얼거렸다. "우리가 이번엔 제대로 발을 들여놓았군. 이게 믿겨져요,

레그?" 그녀는 뒤로 돌아 클리크를 찾아봤다. 하지만 그는 어디에도 보이지 않았다. "어이, 레그! 괜찮은 거야?"

그는 차량 옆쪽 바닥에 쓰러져 있었다. 마치 하늘을 응시하듯 시선을 고정한 채 두 눈을 뜨고 있었다. 금속 재질의 물체가 이마에 박혀 있었다. 4인치 크기의 볼트였다.

케이트는 무릎을 꿇고 앉아 그의 목에 손을 대고 맥박이 뛰는지 확인했다. 맥이 잡히지 않았다.

가까운 곳에서 그레이브스는 핸드폰을 귀에 대고 부하 직원에게 폭발사고 전담대응반을 당장 빅토리아 스트리트와 스토레이즈 게이트로 보내라는 지시를 내리고 있었다. 그리고 뒤늦게 생각난 듯 "구급차도 여러 대 출동시켜." 하고 덧붙여 지시했다. 전화를 끊은 다음 그녀와 클리크에게로 차례로 시선을 돌리고는 이렇게 말했다. "당신 부하는 이미 늦은 것 같소. 일단 현장 수습부터 도와주시오."

"다쳤군요." 그녀가 그의 뺨 부위를 가리켰다.

그녀의 말에 그레이브스는 못내 성질이 난 것 같았다. 자신의 얼굴을 만져 손에 묻은 피를 보고는 욕설을 내뱉으며 손수건으로 상처 부위를 지혈했다. "SO15에 연락을 좀 해 주시오." 그가 말했다. SO15란 런던 경시청의 15특수부를 말하는 것이었다. "이 지역에 대피령을 내리라고 하시오."

케이트가 몸을 일으켜 세우자 옆구리의 통증이 본격적으로 심해졌다. 조심스럽게 재킷을 헤쳐 보니 입고 있던 블라우스에 핏자국이 길게 나 있었다. 옷감이 찢겨 나가고, 틈새로 깊게 갈라진 상처가 드러나 보였다. 자세히 보니 재킷에 볼트나 대못 같은 것이 뚫고 지나간 자리에 구멍이 뚫려 있었다. 오른쪽으로 몇 센티미터만 더 가까이 박혔더라면 아마도 살아 있지 못했을 것이다.

그녀는 차문에 기댄 채 지옥 같은 광경에 넋을 잃었다. 폭탄이 터진 시점은 마지막 세 번째 차량인 메르세데스가 지날 무렵이었다. 폭발로 인해 그 차량은 근처 건물의 외벽까지 튕겨져 나간 것으로 보였다. 그 벤츠 차량은 뒤집혀 있진 않았지만 차대가 뒤틀리고 불길에 휩싸여 있었다. 그 앞 십 미터도 채 되지 않는 지점에 두 번째 메르세데스가 뒤집혀 있었다. 두 구의 시신이 앞 창유리 밖으로 반쯤 튕겨져 나와 있었다. 차량은 불길로 뒤덮여 있고, 부서진 차량 군데군데에서 뱀의 혓바닥처럼 화염이 날름거리고 있었다.

상처가 아팠다. 케이트는 클리크를 바라보며 폭탄 재료로 쓰인 대못을 생각했다. 놈들은 문제의 차량 안에 자살테러범의 조끼에나 넣을 재료들을 채워 넣은 것이다.

첫 번째 메르세데스는 가로등 기둥과 세게 충돌했다. 에어백이 터진 차량 안에서 움직임이 감지됐다. 뒷문이 열리더니 안에서 피투성이가 된 얼굴을 한 남자가 밖으로 기어 나와 바닥에 쓰러졌다.

가까운 곳에는 차량 호위를 맡은 SUV 차량 두 대가 부서져 있었는데, 차대는 모두 짓이겨지고 타이어가 터지고 유리창은 산산조각 나 있었다. 차량 두 대의 문이 모두 열리면서 검정색 정장 차림에 근육질인 거구의 남자들이 안에서 기어 나왔다. 몇 명은 소형 기관단총을 휘두르며 첫 번째 메르세데스 차량 있는 곳으로 서둘러 달려갔다. 경호원 두 명이 뒷좌석에서 다음 사람을 꺼내고 있었다.

그레이브스는 교차로에서 시보레 서버번이 있는 곳을 지나 그 첫 번째 세단이 있는 곳까지 뛰어갔다. 그는 이름을 대고 자신이 경찰임을 밝히며 경호대 사이를 밀치고 나아갔다. 케이트도 뒤를 따랐다.

"차량 행렬 안에 누가 타고 있었어요?" 그레이브스가 물었다.

"그들이 노린 건 나요." 피투성이가 된 한 남자가 대답했다. 그는 팔꿈치로 몸을 받치고 보도 위에 누워 있었다.

그레이브스는 그 남자 옆으로 가서 무릎을 꿇고 앉았다. "성함이 어떻게 되십니까?"

"이바노프. 내무장관 이바노프요."

얼굴은 모르지만 이름은 케이트도 들어 알고 있었다. 이바노프는 차기 러시아 대권 주자로 점쳐지는 대여섯 명의 후보 가운데 한명이었다. "가만히 그대로 계십시오." 그녀가 말했다. "곧 구급차량이 도착할 겁니다."

이바노프는 그 자리에 몸을 눕혔다.

사이렌 소리가 현장을 가득 채웠다. 30초가 채 지나지 않아 사방에서 다섯 대의 차량이 몰려왔다. 더 이상 정적은 없었다. 러시아 내무장관 옆에 있던 그레이브스는 두 번째 메르세데스 차량으로 다가갔다. 불붙은 차안에는 운전기사가 안전벨트를 맨 채 운전석에 앉아 있었다. 운전기사는 폭발과 동시에 목이 베어 숨진 것 같았다. 뒷좌석에 타고 있던 두 남자는 몸이 뒤 유리 밖으로 튕겨져 나갔고, 축 늘어진 모습으로 보아 그들 역시 이미 사망한 것 같았다. 차 안의 불길 때문에 확실하게 단정 지을 수는 없었다.

말할 것도 없이 세단이 놈들의 공격 대상이었다. 차량 내부는 모조리 파괴되고 차대는 끔찍하게 휘어져 있었다. 좌석 시트 외에는 달리 남아 있는 것이 없었다.

"다른 차에는 누가 탑승해 있었습니까?" 그레이브스가 러시아 경호원 한명에게 물었다.

"미스터 위테와 미스터 케렌스키입니다. 이바노프 장관님의 보좌관들입니다. 그리고 주영 러시아 대사인 미스터 올로프가 탔습니다."

"미샤란 이름을 가진 분은 없나요?" 케이트는 러셀의 비디오 메시지가 생각나 이렇게 물었다.

"미샤란 이름은 없습니다."

"있을 겁니다." 케이트가 말했다. "방문 일행 중 한명이었으니까요."

"아니오, 없습니다." 경호원은 분명하게 대답했다. "미샤란 이름을 가진 사람이 우리 일행과 동행한 적은 없습니다."

제일 먼저 도착한 경찰차에서 경관들이 내려 부상자들을 수습하려고 했다. 그레이브스는 그들에게 자기가 있는 곳으로 오라고 신호를 보냈다. "주변을 봉쇄하고 사람들을 건물 밖으로 대피시키시오. 아무나 밟고 다녀 현장 증거를 망가뜨리는 꼴은 보기 싫으니까. 그런 다음에 부상자들을 챙기시오."

케이트는 그레이브스가 있는 곳에서 떨어져 나와 폭발사고 지점을 지나 스토레이즈 게이트 쪽으로 갔다. 폭탄이 터지기 직전에 그녀는 어떤 남자의 고함소리를 들었다. 그 남자는 무엇인가에 대해 경고를 하는 것 같았다. 이상한 일이었다. 어쨌건 그녀는 그레이브스가 증거 보존을 언급하기 전까지만 해도 그 일을 잊고 있었다. 캡 모자와 잿빛 머리카락, 남색 재킷을 본 기억이 났다.

남녀 할 것 없이 사람들이 도로 양측에 있는 건물들에서 쏟아져 나오고 있었다. 테러 공격 발생 시에는 시법에 따라 해당 지역의 모든 건물과 주거 공간에서 의무적으로 대피하도록 되어 있었다. 대부분의 시민들은 거리로 나와 서둘러 대피하고 있었지만, 일부는 폭발한 차량들과 그 안에 탄 사람들의 생사가 궁금한 듯 사고 현장을 떠나려 하지 않았다.

케이트는 인파를 헤치고 빠른 걸음으로 걷기 시작했다. 폭발 사고 피해자들은 보도에 쓰러져 있었다. 대부분이 경미한 부상을 입은 것 같았다. 폭발로 머리를 부딪치며 코피가 났다거나, 고막 손상, 날아온 유리조각에 찰과상을 입거나 사고로 충격 상태에 빠진 사람들이었다. 그녀는 걸음을 멈추고 사람들에게 구급대가 곧 도착할 것이라고 알려주고 다시 남자를 찾아 나섰다.

잿빛 머리칼, 남색 재킷. 그 인상착의에 맞는 사람은 보이지 않았다.

폭탄이 터진 곳은 분화구처럼 바닥이 움푹 패여 있었다. 문제의 차량은 3미터 앞에서 차체가 뒤틀린 채 화염에 휩싸여 있었다. 그녀는 뜨거운 열기를 막아내기 위해 손으로 얼굴을 가린 채 그곳을 지났다. 먼지와 재가 섞인 시커먼 연기로 인해 두 눈이 화끈거리고, 앞을 자세히 보기 힘들 정도였다. 손수건으로 입을 틀어막아 봤지만 여전히 뜨거운 열기와 그을음으로 인해 숨이 막혔다. 기침을 해대기 시작했다.

십 미터 앞에 다른 메르세데스 한 대가 불이 붙은 채 타고 있었다. 차 안에서 남자가 기어 나오는데 불길이 그 남자의 머리에 붙어 있었다. 양팔과 가슴 부위에는 엉망이 된 옷이 걸려 있었지만 등은 가죽이 벗겨져 뼈까지 드러났다. 누군가 "가만히 누워 있어요." 하고 외치는 소리가 들리더니 어떤 남자가 자기 재킷으로 그 남자의 머리에 붙은 불길을 끄는 것이 보였다. 그 착한 사마리아인은 잿빛 머리칼을 가졌고 불길을 잡기 위해 그가 사용한 재킷도 남색이었다.

케이트가 그레이브스에게 무전을 보냈다. "스토레즈 게이트 가기 전 중간 지점에 있어요. 당장 여기로 와 주세요. 우리가 찾던 자를 지금 발견했어요."

순식간에 그레이브스는 경관 두 명을 인솔하고 그녀 옆에 와 있었다. "어디에 있소?"

"저 사람이에요. 저기 저 부상자 곁에 앉아 있는 사람이요."

그레이브스가 큰 소리로 말하자 경관들 중 한명이 달려가 그 남자를 제압해 바닥에 눕혔다.

"그 사람을 건드리면 안 돼요!" 그 사마리아인이 외쳤다. 그의 말은 명확했고 미국 발음이었다. 얼굴은 피범벅이었지만 목소리는 강했고 정신을 똑바로 유지하고 있었다. "지금 저 사람은 전신 3도 화상을 입었어요. 어서 환자의 몸을 덮어 줄 만한 것을 가져와요. 공기 중에 오염물질이 너무 많아요. 화상 부위의 감염을 막아 주지 않으면 환자는 감염으로 죽게 됩니다."

그에게 다가간 케이트가 무릎을 접고 앉았다. "성함이 어떻게 되십니까?"

"랜섬. 조나단 랜섬입니다. 난 의사입니다."

"왜 그랬습니까?" 그녀가 강한 어조로 물었다.

"뭘 말입니까?"

"폭탄 말이에요." 그녀가 말했다. "당신이 누군가에게 소리치는 것을 봤습니다. 상대가 누구였죠?"

"나는…" 그는 하던 말을 도로 삼켰다.

"당신이 어쨌다구요?"

한동안 그는 아무런 대답을 하지 않았다. 그는 여자 뒤의 허공을 응시했고, 그녀는 그가 쇼크 상태에 빠졌다고 생각했다. 이윽고 그는 여자를 보고 이렇게 말했다. "나는 아무 것도 모릅니다."

그런 다음에 그는 고개를 땅에 떨어뜨리고 두 눈을 감았다.

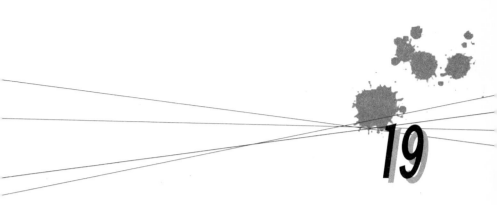

템스강 남쪽 램버스에 있는 디비전 사무실에서 프랭크 코너는 폭발음을 듣고 바로 텔레비전을 켰다. 5분도 지나지 않아 긴급뉴스가 나왔다. 비즈니스 기업 및 규제개혁부 청사를 담은 자료화면이 나오고 리포터가 빅토리아 스트리트 부근 차량 폭파 사건 현장을 중계했다. 폭발 현장 보도와 함께 흥분해서 말을 멈추지 못하는 목격자들의 진술이 이어졌다.

코너는 코카콜라 캔을 따고 간간이 창밖을 내다보면서 뉴스에 집중했다. 얼마 지나지 않아 스카이라인 위로 타오르는 연기 기둥이 보였다. 그는 폭발에 대해 잘 알고 있었고, 이번 폭발은 대형 사건이었다.

비서가 들어왔다. "후버트 로렌츠씨와 연결이 됐습니다." 비서는 이렇게 말했다. "일을 맡겠다고 하는데요. 대신 십만 파운드를 요구하십니다."

로렌츠는 독일인으로 일처리가 정확하고 믿을 만한 자로 정평이 난 현상금 사냥꾼이었다.

코너는 아무 대답도 하지 않은 채 생중계 화면에서 시선을 떼지 않은 채 뉴스를 보고 있었다. 보도 카메라 앵글이 좌우로 움직이며 토막 난 자동차들과 보도에 쓰러져 있는 피해자들의 피에 얼룩진 모습들을 보여주고 있었다. 리포터는 현재까지 집계된 사망자 수는 7명이며, 최소한 20명의 부상자가 발생했다고 했다. 코너는 사상자 수가 의외로 적어서 놀랐다.

"전화 연결이 됐습니다." 여비서는 좀 전보다 더 재촉하는 말투에 북부 영국식 억양으로 말을 이었다. "기다리는 걸 좋아하는 분이 아니신 것 같아 요."

"알았어, 알았으니, 잠시만." 코너는 텔레비전 볼륨을 높였다. 리포터는 테러 대상이 이바노프 러시아 장관인 것으로 보이고, 이바노프 장관은 현 재 근처 병원으로 호송 중이며, 그의 상태에 대한 소식은 곧 전하겠다고 했 다. "그래서?" 코너는 마치 게임에 흥미를 보이며 베팅을 하려는 사람처럼 스스로에게 되뇌듯이 속삭였다. "죽었다는 거야, 아니면 아직 살아 있다는 거야?"

"코너 국장님, 로렌츠씨는 어떻게 할까요?"

코너가 의자를 돌려 바로 앉으며 말했다. "젠장, 그냥 꺼지라고 해. 내가 지금 바쁘다는 게 안 보이나?"

"네?"

"말했잖아. 나가란 말이야. 업무 때문에 바쁘다고 해."

비서는 서둘러 자리를 비켰다.

코너는 자리에서 일어나 창문을 열었다. 그 무렵 연기가 사방으로 시커 멓게 퍼져 빅 벤을 휘감고 상공을 넓게 뒤덮고 있었다. 헬리콥터 몇 대가 출동해 있고 사이렌 소리가 사방에서 들려왔다. 런던이 다시 공격을 받은 것이다.

프랭크 코너는 누가 저지른 일인지 잘 알고 있었다.

예전에는 린넨 창고로 사용되던 사무실에 혼자 앉아 코너의 비서는 전 화기를 내려놓고 독일인 현상금 사냥꾼의 이름에 줄을 그어 미행 전문가 리스트에서 삭제해 버렸다. 그녀는 불현듯 손이 바들바들 떨리는 것을 깨 닫고는 쥐고 있던 펜을 내려놓았다. 지난 5년간 단 한 번도 상사인 그가 욕설을 내뱉는 것을 본 적이 없었다. 그는 언제나 정중하고 친절하며 품위 있게 행동하는 상사였다. 일기장에다 그를 '친절한 그 분'이라고 부르기도 했는데, 그녀와 같은 보조직 직원으로서는 상당히 후한 점수를 준 표현이었다. 감정이 폭발하며 온몸이 떨려왔다. 하지만 그녀가 그처럼 놀란 이유는 그가 내뱉은 상스런 욕설 때문이 아니라 그의 말투에 담긴 흉포함과 두 눈에 담긴 분노 때문이었다. 일순간 그녀는 그가 자신에게 위해를 가할지 모른다고 확신했다. 감정이 극에 달하자 그녀는 울음을 터뜨리며 화장실로 달려갔다.

"몇 명이나 되나요?" 조나단이 물었다.

"현재까지 일곱 명이에요." 런던 경시청 형사계장인 케이트가 대답했다. "부상자는 스물네 명이고 그 중 몇 명은 치명상을 입었어요. 당신이 지금 상당히 난처한 상황에 빠져 있다는 뜻이죠."

"사실은 말이지, 당신이 처한 상황은 방금 말한 것보다도 더 나쁘지." MI5의 대테러 부서 소속이라며 자신을 소개한 그레이브스가 말했다. "당신은 현재 일곱 명의 사망자를 낸 폭발사건의 공모자 혐의를 받고 있고, 영국 영토에서 테러행위를 한 용의자란 말이야."

조나단은 경직된 표정으로 자신에게서 뭔가 나오기를 기대하고 있는 여러 얼굴들을 훑어보았다. 그는 발에 수갑이 채워진 채 빳빳한 시트와 녹색 울 담요가 있는 철재 간이침대에 누워 있었다. 머리맡에는 소형 혈압계가 놓여 있고, 왼팔에는 포도당이나 식염수로 보이는 투명 액체가 든 링거 주사가 꽂혀 있었다. 텔레비전도 다른 간이침대도 없었다. 오직 가슴팍에 기관단총을 맨 군복 차림의 보초만이 출입문을 지키고 서 있었다.

조나단은 불이 하나도 켜지지 않은 깜깜한 앰뷸런스에 실려 런던에서 이곳까지 왔다. 그가 질문을 할 때마다 매번 입을 닥치라고 하던 경찰관을 제외하고 구급차 안에는 조나단뿐이었다. 도착 십분 전에 구급차가 멈춰서더니 운전사가 뒤로 와서 조나단의 머리에 검은색 얼굴가리개를 씌우라는 지시를 내렸다. 조나단을 침대로 옮기고 난 다음에야 그들은 얼굴가리개를 벗겼다.

그게 세 시간 전이었다.

"여기가 어디죠?" 그가 물었다.

"방해할 사람이 없는 조용하고 외딴 곳이지." 그레이브스가 대답했다. "엿듣는 눈들이 없이 우리끼리 오늘 아침에 벌어진 사건에 대해 숨김없이 솔직한 대화를 나눌 만한 장소지."

"사태가 얼마나 심각한지 알아야 될 겁니다." 형사계장인 케이트가 한 말이었다.

"아, 심각하고 말고." 그레이브스가 바짝 다가오며 말했다. "랜섬 박사. 당신은 똑똑한 사람이오. 그 점에 대해서는 의심의 여지가 없지. 자, 그러니 랜섬 박사. 우리가 당신한테서 새롭게 알아낼 정보는 사실 그렇게 많지가 않소. 무슨 말이냐 하면 당신은 나이로비에서 케냐 항공편으로 출발해 어제 오전에 도착했소. 의학회의 참가 차 런던을 방문했고, 현재 도체스터 호텔에서 체류 중이고, 이틀 안에 출국할 예정이요." 그는 잠시 말을 멈추었다가 다시 이렇게 계속했다. "우리가 당신에게 원하는 것은 단지 오늘 오전 스토레이즈 게이트에서 당신이 무슨 짓을 했는지에 대한 솔직한 답변뿐이오."

"폭발 당시의 영상이 담긴 테이프가 우리에게 있어요." 케이트 포드 형사계장이 말했다. "더 정확히 말하자면 폭발 당시의 영상을 각기 다른 각도에서 잡은 테이프를 서너 개 정도 갖고 있단 말입니다."

그레이브스는 휴대용 DVD 플레이어를 조나단이 누워 있는 침대 옆 사이드 테이블에 올려놓았다. 재생 버튼을 누르자 원거리에서 잡은 스토레이즈 게이트 거리의 모습이 화면에 떴다. 조나단이 런던 북부지역에서부터 미행한 회색 BMW 차량이 화면 정 중앙에 보였다. 몇 초가 지나자 운전석 문이 열렸다. 엠마가 차에서 내려 빅토리아 스트리트 교차로까지 걸어갔다. 그녀가 횡단보도로 걸어가고, 신호가 바뀌고, 행인들이 길을 건너는 것을 조나단은 뒤에서 지켜보고 있었다. 오토바이를 탄 의전경찰이 도착해 차량을 통제했다. 첫 번째 SUV 차량이 화면에 잡혔고, 모퉁이 코너를 도는 것이 보였다. 이어서 두 번째 차량이 뒤에 메르세데스 차량들을 이끌고 나타났다. 갑자기 번쩍이는 섬광이 보였다. 화면이 다시 초점을 잡았을 때 BMW에서 피어오르는 연기와 불길이 보였다. 옆에는 메르세데스 차량 중 한 대가 그 옆에 있고 다른 한 대는 가로등 기둥에 박혀 있었다. 그러나 조나단은 사고 후 잔해들을 보는 데 시간을 할애하지 않았다. 그는 자신이 본 사람이 엠마가 맞는지 확인하려고 교차로 쪽만 쳐다보았다.

"여자는 사라졌소." 그의 생각을 읽기라도 한 듯이 그레이브스가 말했다. "당신 아내. 그러니까 엠마 로즈 랜섬 말입니다. 당신이 찾던 사람이 그녀가 맞지요, 안 그런가요?"

올 것이 왔구나. 조나단은 속으로 이렇게 생각했다. 이 말이 맞느냐 아니면 그렇지 않으냐. 자백이냐 부인이냐. 어느 편에 서야 할지를 결정해야만 하는 순간이 온 것이다. '모든 걸 다 말해.' 천년은 지난 것같이 느껴지는 열두 시간 전에 엠마는 그에게 그렇게 하라고 시켰다. '어차피 그들은 다 알게 되어 있어.' 하지만 그게 그렇게 쉽지는 않을 것이다. 그는 자기가 아는 사실들을 놓고 이리저리 저울질 해 보았다. 엠마는 일곱 명의 목숨을 앗아갔고, 그보다 더 많은 수의 부상자를 낸 차량 폭파를 계획하고 실행했다. 그녀는 자신이 영국에 온 원래 목적이 무엇인지를 그에게 숨겼다. 그녀는 아무 것도 모르는 그를 끌어들여 자기가 한 행위에 공범으로 만들어 버렸다. 그것은 남편이 아내에게 건 믿음을 배신하는 행위였다.

"아내는 죽었습니다." 조나단이 말했다. "아내는 육 개월 전 알프스 등반 도중에 사고로 죽었습니다."

"우리도 그렇게 들었습니다. 당신에 관한 확인 조사를 해 보니 지난 2월 스위스 연방경찰에서 구속영장을 발부했다고 나왔습니다. 그쪽에서 당신 파일을 보내왔습니다. 파일에는 당신 아내의 사진과 함께 그녀가 올해 2월 8일경 등반 도중 사고사를 당한 것으로 보인다고 나와 있더군요. 그런 그녀가 며칠 전 런던에 나타났다니 상당히 이상하군요."

며칠 전이라고? 조나단은 그의 말에 반응을 보이지 않으려고 해 봤으나 허사였다. "그건 불가능합니다." 그는 애써 무뚝뚝하게 대답했다. "아내는 이미 죽었습니다."

"그래요? 그럼 이 자료들을 한번 볼까요? 36시간 전 런던 시내에서 찍힌 사진들입니다." 형사계장 포드는 파일에서 여러 장의 사진을 꺼내 조나단의 무릎을 덮고 있는 담요 위에 죽 늘어놓았다. 사진에는 우아하게 잘 차려입은 붉은 머리의 여성이 엘리베이터 안에 서 있었다. 사진의 주인공은 고개를 숙이고 있어서 얼굴을 정확히 볼 수는 없었다. 하지만 조나단의 눈에는 그 여인이 엠마라는 사실이 너무나 분명했다.

경관은 사진 가운데 하나를 뽑아 빅토리아 스트리트 거리에 설치된 CCTV 카메라에 찍힌 사진과 대조해 보았다. "당신 아내 맞지요? 아닌가요?"

"잘 모르겠습니다." 조나단은 이렇게 대답했다.

포드는 런던에서 찍힌 그 사진들 옆에 스위스 당국이 제공한 엠마의 여권사진을 놓았다. 두 사진의 인물이 동일 인물임을 부인하기는 힘들었다. "자, 그럼 이제는?"

"맞는 것도 같네요." 조나단은 이렇게 말했다. 머리가 욱신거렸다. 계속 둘러대기는 너무 힘들었다.

"그렇다면 당신 아내가 아직 살아 있다고 봐도 되겠군요?"

조나단은 아무 말도 하지 않았다.

포드는 사진을 집어 들며 물었다. "로버트 러셀이란 이름을 들어본 적 있나요?"

"아니오." 조나단이 말했다. "내가 알고 있어야 하는 이름인가요?"

"어제 아침에 살해당한 사람입니다. 방금 우리가 당신에게 보여준 당신 아내의 사진은 말이요. 로버트 러셀이 살던 아파트 건물 감시 카메라에 찍힌 사진입니다. 당신 아내가 러셀경의 살해사건에 연루되어 있다는 증거입니다."

DVD 플레이어가 아직 돌아가고 있었고, 화면에는 거리의 다른 각도에서 BMW가 폭발하는 모습을 보여주고 있었다.

"조금 전까지만 해도 그녀는 저기 서 있었습니다." 손으로 스크린을 가리키며 그레이브스가 말했다. "펑 하는 소리와 함께 차량이 사라지고, 이어서 그녀도 사라졌어요. 뭔가 좀 섬뜩하지 않아요? 도대체 어디로 사라졌을까요? 폭발로 인해 날아가 버리기에는 너무 멀리 떨어져 있었고, 저길 자세히 보시오. 포드 계장이 교차로 바로 건너편에 서 있었어요. 포드 계장은 사고 발생 후에도 저곳에 있는 게 보이지요. 하지만 당신 아내는 사라져 버렸어요. 우리는 아직 어떻게 된 영문인지 알아내지 못했습니다." 그는 DVD 플레이어를 끄며 물었다. "랜섬 박사, 당신은 저렇게 길가에서 서성인 이유가 뭡니까?"

조나단은 대답하지 않았다.

"이유가 뭐냐니까?" 그레이브스가 재차 물었다.

"그녀를 막으려고 했습니다."

"그렇다면 폭탄에 대해서 당신도 알고 있었다는 말이네?"

"아니요. 난 단지⋯."

"그만 털어놓으시지." 그레이브스가 말했다. "그녀를 막으려고 했다고 방금 말하지 않았소. 도대체 무슨 일이 있었던 거요? 막판에 가서 마음이 바뀌기라도 한 거요? 맞아요? 이런 일에 익숙하지 않으니까 그런 거 아니요?"

조나단은 그레이브스를 똑바로 응시하며 말했다. "나는 폭탄에 대해 전혀 몰랐습니다."

그레이브스가 바짝 다가서며 말했다. "히드로 공항 입국 당시 당신이 상당히 초조해 하고 있었다는 보고를 받았소. 감시용 경보들이 종류별로 다 울렸다지. 그 여자가 무슨 계획을 꾸미고 있었는지 당신은 정확히 알고 있었다는 말 아닌가?"

"그건 사실이 아니오." 조나단이 말했다. "엠마가 런던에 있다는 사실은 나도 어젯밤에야 알았어요."

"자, 이러지 말자고." 그레이브스는 갑자기 친근한 투로 말했다. "이제 거짓말은 그만 하시지. 당연히 당신도 알고 있었을 거 아니요. 당신은 매번 그녀를 도와줬지 않아요. 폭탄을 몰래 가지고 들어왔소? 아프리카에 있는 당신 반군 동지들에게서 플라스틱 폭탄을 좀 슬쩍한 것 아니요? 그게 당신이 맡은 일이었나? 어떻게 당신이 폭탄을 몰래 가지고 들어올 수 있었는지는 내 부하들이 알아 낼 겁니다. 지금 당장은 당신과 당신 아내가 왜 러시아 내무장관을 살해하려고 했는지가 우리의 관심사요. 정확히 누구를 위해 일하는 거요, 랜섬 박사?"

조나단은 차량 안테나에 달려 있던 백적청 삼색 깃발을 떠올렸다. 내무장관은 목숨이 붙어 있다는 것만으로도 운이 좋았다고 생각해야 할 것이다. 엠마는 실수를 쉽게 저지르는 사람이 아니기 때문이다. "난 러시아나 폭탄에 대해 아무 것도 모릅니다. 의학세미나에서 기조연설을 하기 위해 런던으로 왔을 뿐입니다. 난 누구를 위해 일하는 게 아니요."

"그렇다면 사건 현장에서 무엇을 하고 있었습니까?"

"이미 말씀 드렸지 않아요. 난 그녀를 막으려고 했습니다."

"당신은 폭탄 테러 계획에 대해 전혀 몰랐고, 그러면서도 용케 죽은 걸로 안 아내가 폭탄을 터트리는 것을 막으려고 했다는 말이오?" 그레이브스는 숨 쉴 틈도 주지 않고 따지고 들었다. "부탁이오, 랜섬 박사. 지금 당신이 무슨 말을 하는지 스스로 한번 되새겨 보시오. 우리 정보국을 더 이상 모욕하지 말란 말이오."

바로 그때 조나단은 저 멀리서 쿵 하고 들려오는 소리를 들었고 곧 그 소리는 메아리가 되어 울려 퍼졌다. 익숙하게 들어 온 중포의 포격 소리였다. 그는 거친 모직 담요를 잡았다. 그들은 그를 군사기지로 데려간 것이다. 그들은 그를 조직체계 밖으로 빼낸 것이었고, 그는 그곳에서 어떤 일들이 벌어지는지 잘 알고 있었다. 그곳에서 나가려면 그들에게 협조하는 수밖에 없었다. 엠마가 옳았다. 그들에게 모든 것을 말해 주어야 한다.

"엠마는 미국 정부 소속입니다." 그가 입을 열었다. "그녀는 디비전이라 불리는 기관의 첩보원이었습니다. 그곳은 미 국방부 내의 한 조직이긴 하지만 알아봐도 소용없을 겁니다. 존재하지 않는 조직이니까요. 공식적으로는 그렇다는 말입니다. 지난 2월 스위스에서 일이 터졌습니다. 그들의 작전에 문제가 생겼습니다. 좀 더 정확히 말하자면, 엠마가 작전을 고의로 망쳐놓았습니다. 그들의 리더를 포함해 디비전 소속 요원들 일부가 죽고, 그런 상황에서 우리는 그녀를 사망한 것으로 처리하는 게 낫다고 판단했습니다."

"이유는?" 그레이브스가 물었다.

"엠마는 디비전에서 자기를 추적할 것이란 사실을 알았습니다. 그래서 몸을 숨겨야했습니다. 엠마가 런던에 있다는 사실을 나는 어제 저녁에 알았습니다. 내가 묵는 호텔에서 열릴 세미나 리셉션에 참석 중이었습니다. 엠마는 사람을 보내 자신이 런던에 있다는 사실을 알려 왔고, 우리가 에지웨어 로드에 있는 아파트에서 만날 수 있도록 계획을 세워두었습니다."

케이트 포드는 그 주소지를 받은 다음, 그레이브스와 시선을 주고받았다. "그녀가 왜 당신을 만나려고 했지요?"

"작별인사를 하기 위해서였습니다. 자신의 상황이 점점 위험해지고 있다는 것을 내게 말해주려 했습니다. 앞으로는 내게 연락을 취하는 위험을 무릅쓸 수 없다고 했습니다. 오늘 새벽 4시경에 내 호텔 객실로 찾아왔습니다. 그녀가 방을 나서기 전에 그녀 핸드폰으로 전화 한 통이 걸려왔습니다.

난 뭔가 일이 잘못됐다는 것을 직감했습니다. 내게 뭔가 숨기고 있다는 생각이 들었지요. 이곳에 온 진짜 목적이 뭐냐고 물었더니 그녀는 내가 상관할 바가 아니라고 했습니다. 난 그게 작전이나 러시아와 연관된 일이라는 걸 몰랐습니다. 단지 그녀 자신의 안전과 관련된 일 정도로만 생각했습니다. 자기를 추격하는 자들보다 한 발 먼저 앞서야 하는 일 정도로 말입니다. 어느 쪽이든 내게는 상관없는 일이었습니다. 그녀가 완전히 떠난다는 사실만이 중요했지요. 아내를 다시는 볼 수 없을 거란 생각에 참을 수가 없었습니다. 그래서 오늘 아침 아내가 객실에서 나간 후부터 그녀를 미행했습니다. 아내는 햄스테드에 있는 어떤 집으로 갔고 그곳에서 그 차에 탔습니다."

"그곳 주소는 알고 있나요?" 포드가 물었다.

"몰라요. 하지만 그곳에 데려가 주면, 어딘지 찾을 수는 있을 겁니다."

그레이브스는 포드에게 못 믿겠다는 눈빛을 보내며 말했다. "계속해 보시오."

"스토레이즈 게이트까지 계속 따라갔습니다. 아내는 한동안 차안에서 나오질 않았고 무슨 사연인지 난 전혀 알 수 없었어요. 차량 행렬을 보자마자 정신이 번쩍 들었던 거지요. 엠마의 사전에 '망설임'이란 단어는 없으니까요. 그래서 소리를 쳤던 겁니다. 아내가 하려는 일을 말리려고 한 거지요."

"스토레이즈 게이트에 도착했을 때까지는 이고르 이바노프 장관을 암살하려는 그녀의 계획에 대해 당신은 전혀 몰랐다는 말을 하는 건가요?" 포드는 다그치듯 되물었다.

"그렇습니다. 전혀 몰랐어요." 사실대로 모두 털어놓았고 조나단은 조금 전보다 더 확고하게 대답했다.

"더 이상 들을 필요가 없겠어." 그레이브스는 전혀 믿기지 않는다는 투로 코웃음을 치며 말했다. "미국 쪽에서는 당신 아내에 관해서 들어본 적이 없다고 나왔소. 이미 랭글리에 연락을 해 봤다는 말이지. 그들은 엠마 랜섬이라는 이름은 들어본 적이 없다고 완강하게 부인을 하던데. 이바노프 장관 암살에 관해서도 아는 바가 전혀 없다고 하고. 미국 측도 놀랐는지 나중에는 우리한테 협조하겠다고 나오더군. 난 그 사람들을 믿어. 단 한 번도 우리 영국 영토 내에서 그와 같은 공격을 감행한 적이 없으니까. FBI 측 내 연락책들과도 접촉해 봤는데, 그들 역시 당신 아내의 이름을 듣고 아무런 반응을 보이지 않더군. 당신 진술 중에서 애매모호하게나마 사실인 것은 그 여자가 지난 2월에 스위스에 있었다는 소리요. 하지만 하나 알려줄까? 그녀가 갖고 있던 영국 여권은 위조였다는 거요. 그런데 우리더러 그녀가 무슨 비밀 첩보요원이었다는 말을 믿으라는 건가? 그녀가 소속되어 있던 기관명이 뭐라고 했더라…" 그레이브스는 기관명이 생각 안 나서 잠시 조나단을 바라보며 머뭇거렸다.

"디비전이요." 조나단이 말했다.

"디비전이라." 그레이브스가 말했다. "믿거나 말거나, 미 국방부의 한 부서라고. 그리고 그녀는 유럽에서 활동하는 첩보원이란 말이고? 랜섬 박사. 미안하지만 그런 걸 두고 우리가 뭐라고 하는지 알아요? 바로 개소리라고 하는 거요."

"마음대로 생각하시오." 조나단이 말했다. "나도 할 만큼은 했소."

그레이브스는 속이 뒤틀린다는 듯 고개를 저었다. "그 늑대 무리 속으로 그냥 던져 버리는 건데. 내가 왜 이 고생을 하는지 모르겠군."

조나단은 머리가 지끈거리는 것을 참고 일어나 앉았다. "내가 아무런 연관이 없기 때문이겠지요. 그 큰 머리로도 이해가 안 됩니까?"

그레이브스가 침대 쪽으로 더 가까이 다가오며 말했다. "당신이 입고 있던 셔츠를 우리 쪽 정밀 장비에 넣고 검사했소. 십여 개의 스캐너가 잡아낼 만큼 충분한 폭발물 잔여물이 검출됐어. 그건 지난 24시간 안에 당신이 플라스틱 폭탄과 직접 접촉했다는 말이요."

"말도 안 되는 소리." 하지만 그렇게 말을 하면서도 조나단은 엠마가 한 짓이라면 그럴 수도 있다는 생각이 들었다.

그레이브스는 계속해서 이렇게 말했다. "증거로 볼 때 당신은 살해에 가담했고, 테러 모의에 가담한 죄가 있소. 당신도 우리가 테이프에서 본 게 당신 아내라는 걸 인정했잖소? 테러 공격 직전에 당신이 그 장소에 있었다는 사진도 확보하고 있고. 당신 셔츠에 남아 있는 폭발 잔여물까지 합하면, 당신은 올드 베일리에서 단 하루도 버티지 못할 거라고. 한심한 건 우리가 당신 같은 버러지들을 더 이상 처단할 수 없다는 거야. 그저 우리가 할 수 있는 것이라곤 버러지들을 감옥에서 썩게 만드는 것뿐이야. 그러니 이제 어디 가면 당신 아내를 찾을 수 있는지나 털어놓으라고."

"말 못합니다."

"못하는 건가, 안하겠다는 건가?"

"당신이 알고 있는 이상은 나도 몰라요."

조나단은 침대에 다시 몸을 파묻었다. 모든 것이 끝났다. 꽤 오래 감옥살이를 하게 될 것이다.

한 시간 후 경찰관들이 다시 방으로 들어왔다. 보는 순간 그들의 태도가 바뀌었다는 것을 한눈에 알 수 있었다. 그 여자만 제외하고. 여자는 여전히 딱딱한 자세를 유지했지만 그레이브스는 다소 느긋해 보였다. 여전히 단호한 태도이긴 했지만 마치 조나단을 다룰 확실한 방법이라도 새로 생각해 낸 듯 느긋해 보였다.

"내 말 잘 들으시오." MI5 소속의 이 남자는 말했다. "당신이 한 말을 하나라도 믿는다는 말은 아니오. 그러나 당신이 알 만한 사람과 이야기를 좀 했지. 사실 내 오랜 친군데 말이오. 스위스 정보분석보안국의 마르커스 폰 다니켄이오. 이름이 귀에 익나 보군. 어쨌든 우리 둘은 이러나저러나 같은 일을 하고 있으니, 난 그 친구에게 당신 아내에 대해 아는 것이 있는지 물어봤소. 그녀가 이번 사건에 연루되어 있고, 내가 당신을 잡아두고 있다는 사실을 말했고. 그 친구가 몇 가지를 흘려줬는데, 분명 다른 사람들이라면 말해 주지 않았을 내용이었소. 내가 엘 알 제트기 공격사건이나 디비전이라는 조직에 대해서 뭔가 알고 있다고 말하는 것은 아니요. 공식적으로는 난 아무 것도 모르고 앞으로도 이 사실은 변하지 않소. 그러나 폰 다니켄이 한 가지는 분명히 말해 줬소. 그게 뭔지 알겠소?"

조나단은 고개를 가로저었다.

"그 친구 말로는 당신이 포기를 모르는 작자라고 하더군. 그리고 당신이 아내 일을 알아내기 위해 모든 것을 불사했다는 것도 말이오. 그런 점들과, 알려줄 수 없는 좀 복잡한 사정들을 고려해서 한 가지 당신이 해 줬으면 하는 일이 있소."

"그게 뭐지요?"

그레이브스는 침대 끄트머리에 앉으며 천천히 팔짱을 끼고 편한 자세를 취했다. "우리가 스코틀랜드 야드의 시내 대신 여기 헤리퍼드 촌구석에 나와 있는 데에는 이유가 있소." 그는 이렇게 말했다. "당신이 용의자로 지목된 이상 난 조금이라도 당신 편을 들어줄 수가 없거든. 범죄가 발생했고, 무고한 사람들이 죽었소. 누군가는 대가를 치러야만 하오. 그리고 당신이 연루되어 있지. 이것은 법 집행의 문제요. 간단하고 단순한 사실이요. 지금 우리가 대화를 나누는 순간에도 SO15의 내 친구들은 당신 피를 간절히 바라고 있소. 그러나 내가 보스와 상의하고, 보스는 그 친구들과 상의한 후 모든 정황을 고려한 결과 이번 사건 조사 중 이 부분은 내가 조금 더 맡기로 결정이 났소. 당분간 당신에게는 아무런 혐의도 없소. 기술적으로 보자면 당신은 자유란 말이오."

조나단은 그레이브스의 눈을 쳐다보았다. 능력 있고 영민하며, 무엇보다 동정심 따위하곤 거리가 먼 눈이었다. 조나단은 그가 믿을 만한 사람이 아니란 것을 잘 알았다. "그렇다면 정확히 내게 뭘 원하는 겁니까?"

"당신이 우리를 그녀에게 안내하는 것이오." 그레이브스가 작별의 미소를 지으며 말했다. "우리가 당신 아내 찾는 일을 당신이 돕는 것이지요."

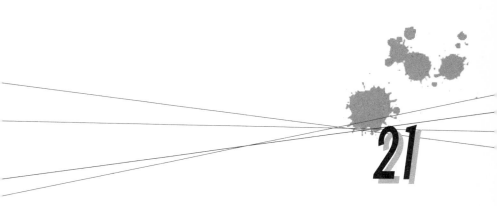

그의 이름은 세르게이 스베츠였다. 그리고 그는 한때 그 위용을 지나치게 과시했으며 또 두려움의 상징이기도 했던 과거 KGB의 후신인 러시아 연방보안국 FSB의 국장이었다. 그는 카모프 헬기의 부조종석에 앉아 저 밑으로 흐르는 흑해의 잔잔한 물결을 초초한 마음으로 내려다보았다. 건장한 체격의 그는 움푹 들어간 검은 눈동자를 가졌고, 불독을 연상시키는 처진 턱살에 흰머리가 희끗하게 나 있었다. 나이는 쉰 살, 러시아에서는 본래의 나이로 봐 주지만, 파리나 뉴욕, 런던에서라면 이야기가 다르다. 그곳에서는 그를 적어도 예순 살쯤은 된 사람으로 봤다. 조종석 안은 시원했지만, 그의 이마와 윗입술 가에는 땀방울이 성글성글 맺혀 있었다.

"얼마나 더 걸리나?" 그가 파일럿에게 물었다.

"5분 남았습니다."

"좋았어." 스베츠가 손목시계를 보며 말했다. 늦어서 좋을 게 하나도 없는 회의들도 있기 때문이다.

저 멀리 앞쪽으로 150킬로미터 길이 초승달 모양의 해안선을 따라 소치 시가 자리를 잡고 있고, 뒤로는 분홍빛 안개 속에서 눈 덮인 코카서스 산맥이 등성이를 드러낸 채 길게 뻗어 있었다. 소치는 과거 공산주의 시절부터 러시아 지도자들의 여름 휴양지로 각광받던 곳이다. 러시아 지도자들처럼 그곳 마을도 따분하고 고리타분한 옛 모습 그대로 남아 있었다. 아열대 기후마저 부르주아적이어서 수치스럽게 생각한다는 분위기였다. 하지만 최근 몇 년간 소치에는 대대적인 변화의 바람이 불어왔다. 러시아의 신흥 엘리트들이 떠들썩하게 입성하고, 화려하게 치장한 무리들이 몰려와 소치의 풍부한 햇살과 야외 카페에 푹 빠졌다. 해안가를 따라 호화 별장과 빌라들이 점점 더 거창하게 경쟁적으로 들어섰다. 질이나 라다 같은 러시아제 승용차들이 다니던 길은 메르세데스, 레인저 로버와 같은 수입 차량들로 북새통을 이루기 시작했고, 얼마 안 가 소치는 러시아의 생트로페라고 불리게 되었다.

러시아 대통령은 최근 러시아인들이 소치로 몰려갈 만한 새로운 이유를 제시했다. 제22회 동계올림픽이 2014년에 소치의 흑해 리조트에서 개최되기로 결정됐기 때문이다.

스베츠는 스카이라인 너머 보이는 건축용 크레인의 수를 열네 대까지 세다가 그만 두었다. 지난 번 방문 때와 다를 게 없었다. 헬리콥터가 고도를 낮추며 도시와 더 가까워지자 그는 방치되어 있거나, 공사 진행을 포기한 것 같은 건축 부지들을 내려다보았다. 러시아가 그렇듯이 소치의 사정도 유가의 흐름에 의해 좌지우지 됐다. 하지만 그런 생각을 할 시간은 얼마 없었다. 마침내 목적지가 보였다. 그는 눈가를 닦고 넥타이를 고쳐 매며 자세를 바로 잡았다.

1950년대에 지어진 러시아 대통령의 여름 별궁인 보차로프 루체이는 시내에서 수 킬로미터 떨어진 소치 남부의 큰 호수 앞에 위치해 있다. 헬리콥터가 집무실이 있는 부속건물 앞 잔디 필드에 착륙했다. 대기 중이던 셔틀 차량이 그를 관저 뒤편까지 데려다 주었다. 입구로 걸어가면서 그는 위에서 드리운 검은 그림자를 의식하지 않을 수 없었다. 고개를 들어 위를 보았다. 내무부에서 보낸 스나이퍼들이 옥상 곳곳에 배치돼 있었다. 대통령이 겁을 먹은 것이었다. 새로운 사태전개였다.

안으로 들어가자 스베츠는 안내를 받으며 엘리베이터를 타고 대통령의 사격장이 있는 지하 2층으로 내려갔다. 대통령 보좌관이 그에게 소음 차단용 귀마개를 주었다. 사격장으로 통하는 유리문을 통과하기 전에 스베츠는 소음마개를 귀에 꽂았다. 그는 벽에 붙어선 채로 대통령이 미국 해병대를 모델로 한 검은 실루엣의 표적에 한 발 한 발 총 쏘는 것을 지켜보았다.

마침내 대통령이 뒤를 돌아보며 가까이 오라는 몸짓을 했다. "어떻게 됐나?" 대통령이 물었다.

"이바노프 장관은 다행히 살았습니다. 현재 중환자실에 있습니다. 진찰 결과에 대해선 아직 보고받은 바가 없습니다. 올로프 대사와 수행원들은 전원 사망했습니다. 현재까지 현지 경찰이 잡아들인 자는 없다고 합니다. 그와 같은 작전을 수행하려면 전문 인력의 조직적 계획과 실행력, 첩보능력이 요구됩니다. 아직 자세한 내막이 드러난 것은 아닙니다만 여러 정황을 감안할 때 영국 내에 있는 세력에 의한 테러가 아닌 것만은 확실합니다."

대통령은 소총의 안전장치와 씨름했다. 전임자의 무기를 다루는 재능과 폭력을 애호하는 기질 중 그 어느 것 하나 그는 가지고 있지 않았다. 그는 천성적으로 나약했지만 반면에 면도날같이 날카로운 이빨을 가진 족제비처럼 교활했다. 그는 매우 지능적인 인물이었다. 러시아인들은 자신들의 리더가 될 사람은 강인한 존재이기를 원했고, 그는 그런 그들의 기대를 저버리지 않겠다고 결심했다.

"올로프는 참 괜찮은 사람이었는데." 그가 말했다. "올로프의 가족과도 안면이 있지. 국장으로 치르도록 해 주게나." 그는 안전장치를 원위치로 채운 다음 방문자를 쳐다보며 물었다. "우리 러시아 쪽에서 진행한 일이라는 조짐은 전혀 없었는가?"

"전혀 없었습니다." 스베츠가 대답했다. "이고르 이바노프는 무수히 많은 적을 두고 있었습니다. 이바노프의 그간 전력만 가지고는 동기를 파악하기가 어렵습니다."

"그렇기는 하네. 허나 난 이 일이 이고르 이바노프와 관련된 것이 아니라고 보네."

"예?"

"이바노프의 정적들이 그를 죽이려고 했다면 모스크바 안에서 일을 처리했을 거야. 그럼 문제도 훨씬 덜 커질 테고." 대통령이 손에 든 권총의 탄창을 뽑았다. 차르 니콜라이 2세 전용 권총으로 만든 1911년식 토카레프 앤틱 모델이었다. 황제와 황제 가족들을 죽일 때 사용된 것이 바로 이 권총이라는 소문도 있었다. 몇 발자국 떨어진 위치에서도 진주 장식이 된 손잡이에 새겨진 로마노프 왕가의 보석 문양이 똑똑히 보였다.

"이바노프를 노리고 벌인 일은 분명히 아니야." 대통령은 이렇게 말을 이었다. "이건 러시아를 노리고 한 공격일세. 우리가 약해진 틈을 노려서 한방 날린 거지."

스베츠는 비행기에서 내려다 본 공사가 중단된 황폐한 건설 현장들을 떠올렸다. 그는 대통령의 말에 반박하지 않았다. 러시아의 현재 상황은 통탄할 만했고, 그것은 누구나 아는 사실이었다.

지난 십년간 러시아의 경제는 연평균 7퍼센트의 성장률을 보였다. 러시아의 경제성장은 오로지 목재, 금, 다이아몬드, 천연가스 그리고 무엇보다 중요한 석유와 같은 광대한 천연자원을 개발한 덕이었다. 알려진 석유 보유분만 80억 배럴에 달하며, 이는 세계 7위에 해당되는 순위였다. 전문가들은 그밖에도 현재까지 발견되지 않은 석유자원이 100억 배럴에 달한다고 확신했다. 2001년에는 일일 생산량이 6만 배럴이었으나 지난 몇 년 간은 그 수치가 10만 배럴로 상승했다. 생산량 증가와 동시에 유가도 기하급수적으로 상승했다. 그야말로 연일 대박의 행진이었다. 그 절정기에 러시아는 석유 수출만으로도 하루에 10억 달러씩 거둬들였으며, 이는 러시아 국내총생산의 65퍼센트가 넘는 액수였다.

하지만 어느 순간 유가는 완전히 무너져 내렸고 회복할 기미를 전혀 보이지 않았다. 주가는 80퍼센트나 하락했고, 외국인 직접투자는 일시에 사라져 버렸다. 달러 대비 루블화의 가치는 지난 3개월 동안에만 반 토막으로 떨어졌다.

러시아 경제는 끝없이 추락하기 시작했다.

"자네는 내가 왜 이고르 이바노프를 런던으로 보냈는지 아나?" 대통령이 물었다.

스베츠는 솔직하게 모르겠다고 대답했다.

"나는 이바노프에게 유럽 석유회사 컨소시엄을 만나보라고 했네. 그들을 잘 설득하면 우리에 대한 투자를 재고해 볼지도 모르니. 과거에는 우리가 오만한 면이 없지 않았지. 사업 파트너들과의 약속을 좀처럼 안 지켰지 않나. 우리의 태도는 약탈자나 다름없었어. 우리 이익만 생각했으니 그들이 발을 뺄 만도 했지. 내 잘못인 걸 인정하네. 허나 지난 일은 지난 일이고. 그런 내 잘못을 짚어 준 사람이 바로 이바노프였지. 서방의 도움이 없이는 석유 생산을 늘리기는커녕 이전의 수준으로 되돌리는 일조차도 힘들다고 말이야. 이바노프는 나의 지지를 배경으로 주요 석유 공급자들에게 화해의 제스처를 보냈지. 물론 인기를 끌 만한 결정은 아니었지만."

"그랬습니까?"

"우리 국내 석유회사를 운영하는 자들은 다른 나라 회사들과 단 한푼이라도 이익을 나누는 것을 달가워하지 않는다네. 그자들은 몸집을 키우면서 게을러졌지. 자신들의 이익보다 조국의 이익을 먼저 생각할 수 있는 능력을 상실한 지 오래야."

스베츠도 그자들을 잘 알았다.

모두들 민간 부문에 뛰어들기 전에 KGB에 몸담은 자들이었다. 한명은 모잠비크 지부장을 역임했고, 다른 한명은 유엔 대표부에서 이등서기관으로 근무했다. 또 다른 자는 마드리드 주재 러시아 대사관에 자리를 잡고 미국의 가장 중요한 정보원인 양 행세하며 이중첩자로 활동했다. 스베츠는 KGB의 S국 수장을 맡아 비밀공작을 담당했는데, 해외 파견 비밀 공작원들을 데리고 러시아를 위해 외국 땅에서 테러를 계획하고 수행하는 산업 스파이 활동을 총괄했다.

한마디로 그들은 스파이 조직이었다.

믿을 만한 자들이 못 되는 것이었다.

스베츠는 대통령이 관저에 스나이퍼들을 배치시킨 이유를 알았다.

"그들 중 하나가 이바노프를 노린 이번 사건과 관련이 있다고 보십니까?" 그가 물었다.

"그런 말을 한 적은 없네만." 그러나 대통령의 시큰둥한 표정은 다른 메시지를 전하고 있었다. "이고르 이바노프는 내 동지였어. 그리고 내가 아는 한 그는 다른 그 누구보다도 애국자였네. 자네는 이바노프를 공격한 자들을 이 나라의 자원을 총동원해서라도 잡아내 처단해야만 하네."

대통령은 스베츠를 껴안으며 러시아인들의 관습대로 세 번의 입맞춤을 해 주었다. "그리고 세르게이…" 대통령은 팔을 뻗으면 닿을 거리에서 그를 다시 붙잡으며 말했다. "만약 놈들이 우리 러시아 국민인 것으로 밝혀진다면 기필코 그놈들을 내손으로 직접 처단하겠네."

22

런던에서 이고르 이바노프 내무장
관은 세인트 캐서린 병원 중환자실 병상에 누워 잠들어 있었다. 팔에는 포
도당 수액 링거가 꽂혀 있었다. 또 다른 링거는 마취제의 일종인 펜토바르
비탈을 시간당 투여량에 따라 주입하면서 환자가 유도 코마 상태를 유지하
도록 했다. 혈압계가 팔목에서 혈압을 측정했다. 손가락 끝에 끼운 집게는
혈액산소포화도를 측정하고 있었다. 붕대 아래로 보이는 얼굴 부분은 보라
색과 자주색으로 흉하게 얼룩져 있었다. 이마와 뺨에 생긴 깊은 자상은 총
99바늘이나 꿰매는 봉합수술을 받아야 했다. 사고 전에도 잘생긴 축은 아
니었지만 퇴원 후에는 더 그럴 것이다. 만약에 살아남는다면 말이다.

　"이 환자가 누군지 아세요?" 담당 간호사가 물었다. 그녀의 이름은 안
나, 나긋나긋한 목소리와 다갈색 머리를 가진 여자였다.

　신경과 과장인 앤드류 하우 박사는 진료 차트에 환자의 생명 징후를 나
타내는 바이털 사인을 측정해서 차트에 적는 일을 마무리해 가던 참이었
다. "이바노프 환자 말인가요? 무슨 외교관 같던데?"

　"이 인간은 괴물이에요."

　"뭐라고 했어요?" 간호사의 목소리에 서린 독기에 놀란 하우 박사가 되
물었다.

"고향에서는 사람들이 이 인간을 검은 악마라고 불러요."

하우 박사는 차트를 내려놓고 간호사의 이름표를 한번 자세히 봤다. 안나 바카레바.

"고향이 어디죠?"

"체첸, 그로즈니예요." 간호사가 말했다. "여러 해 전에 고향을 떠나왔어요. 제가 열한 살 때였죠. 그래도 이바노프는 기억해요. 군인들이 마을을 약탈했는데, 그때 이 사람이 그 부대를 지휘했어요."

군인 출신으로 한때 영국 근위대인 로열 스코트 가드 소속 군의관이었던 하우 박사도 1990년대 중반 러시아 군대가 체첸의 수도를 공격하면서 자행한 흉악한 일들에 대해 들은 기억이 있다. 참으로 음산한 사건이었다.

간호사는 검고 큰 두 눈을 이바노프에게서 떼지 않으며 말을 이었다. "그의 부하 병사들이 저항군 지도자를 색출하러 제 이웃마을까지 왔어요. 사람을 찾아내지 못하자 그들은 제가 살던 집과 주변 건물 안에 있는 모든 남자들을 모아 축구장으로 몰고 갔어요. 나이든 노인들, 젊은이들 할 것 없이 말이에요. 전부 칠백 명이나 됐어요. 저희 오빠도 데려갔어요. 오빠는 그때 겨우 열 살이었는데도 말이죠." 간호사는 말을 멈추고 이바노프를 손으로 가리켰다. "저 인간이 한명 한명씩 전부 직접 쏴 죽였죠."

"그런 일이 있었군요." 하우 박사가 말했다.

"살아날까요?" 그녀가 물어보았다. 환자를 돌보는 사람으로서는 뭔가 적합하지 못한 말투였다.

"아직은 일러요. 자상이나 타박상을 제외하고 별다른 외상은 없는 것 같고. 골절을 입은 부위도 없고 내출혈도 아니니. 우리가 걱정하는 건 아무래도 뇌손상 부분인데. 차 안에서 환자가 받은 충격이 굉장히 심했을 테니 말이죠."

하우 박사는 대뇌 외상에 대해 알고 있었다. 몇 년 전 이라크 남부의 바스라를 방문한 적이 있었다. IED라 불리는 급조폭발물로 부상을 당하는 사람들이 부지기수였다. 그곳에 있는 동안 그는 이바노프와 비슷한 케이스를 2백 건도 넘게 봤다. 초기 트라우마 직후에는 어떻게 될지 정확한 예후를 진단하는 것이 불가능했다. 기능을 온전하게 되찾는 환자들도 더러 있었고, 어떤 환자들은 식물인간 상태가 몇 주 혹은 몇 달간 지속됐다. 결코 다시 일어나지 못하는 환자들도 있었다. 그러나 대부분은 그 두 가지 경우의 중간에 머물렀고, 다양한 형태의 신체적 혹은 정신적 장애, 단기 기억상실 증세, 후각과 미각의 상실이나 심각한 신경성 질환 등으로 고통을 받았다.

"MRI 결과는 큰 탈이 없는 것으로 나왔는데." 하우 박사가 말했다. "부기가 가라앉으면 그때는 좀 더 정확하게 알 수 있겠죠."

체첸 출신의 그 간호사는 고개를 끄덕였다. 그가 전하는 소식이 마음에 들지 않는 것이 역력했다.

하우 박사는 병실에서 나오자 곧바로 간호사 대기실로 가서 안나 바카레바가 검은 악마 이고르 이바노프의 간호를 맡는 일이 없도록 하라고 지시했다. 환자에게 눈에 띄는 해를 입히지는 않을 것이라고 믿지만 실수로 진통제 투여를 잊어버린다거나 부주의로 약을 잘못 투여할 가능성은 있기 때문이었다. 그런 위험을 방치할 수는 없었다.

23

찰스 그레이브스가 모는 로버 차량
뒷자리에 기대앉은 조나단은 헤리퍼드의 시골길이 2차선 도로로 바뀌고,
경사진 언덕길이 평평한 아스팔트로 변해가는 것을 지켜보고 있었다. 마침
내 그들은 M4 고속도로에 올라 런던까지 직선으로 달리기 시작했다. 경찰
차 한 대가 사이렌은 죽인 채 경광등을 켜고 앞쪽에서 호위하고 있었다. 또
다른 한 대는 그들이 탄 차량 범퍼에 거의 올라탄 것이나 다름없을 정도로
바짝 붙어 뒤따르고 있었다. 오후 여섯 시가 넘었는데도 강렬한 햇살은 좀
처럼 수그러들 기세가 아니었다. 모두들 차 안에서 나오는 뜨뜨미지근한
에어컨 바람을 쐬고 있었다.

엄밀히 따지면 조나단은 죄수가 아니었다. 그레이브스도 그 점은 인정
했다. 그러나 조나단은 현실을 직시했다. 자신은 죄수였고, 엠마의 머리를
그들에게 갖다 바치기 전까지는 계속 죄수로 남아 있을 것이었다. 다른 생
각을 해 볼 것도 없이 양쪽에 붙어 앉아 있는 제복 차림의 경관과 발목에
채워진 전자발찌만 보더라도 그 사실은 분명했다.

"군대에서 쓰는 거요." 그레이브스는 전자발찌를 조나단의 발목에 일부
러 꽉 조여 채우며 말했다. "파키스탄의 부족민 지역에 있는 나쁜 놈들한테
쓰기 위해 개발한 거요. 이게 보내오는 신호로 우리는 당신이 지구상 어디

에 있다 하더라도 반경 1미터 안으로 정확하게 위치를 잡아낼 수가 있지. 그리고 행여나 벗어던지려고 하는 날에는 그게 당신 다리를 두 동강 내버릴 거요."

그렇게 말하며 그레이브스는 싱긋 웃어 보였다. 그의 두 눈동자만 봐서는 그 말이 농담인지 진담인지 전혀 알 수가 없었다.

심문은 병원에서부터 시작됐다. 골절이나 뇌상의 흔적이 있는지 확인하기 위한 두개골 엑스레이 촬영이 진행되는 동안, 조나단이 평상복으로 갈아입는 동안에도 심문은 계속되었다. 두개골에는 아무 이상이 없는 것으로 나왔다. 앞좌석에 탄 그레이브스와 포드가 번갈아가며 조나단에게 질문세례를 퍼부었다. 칵테일파티에 간 게 몇 시였나? 가짜 블랙번 박사가 접촉해온 게 언제였나? 블랙번은 전에 만난 적이 있었나? 그레이브스는 엠마와 함께 블랙번을 만난 적이 있느냐고 재빨리 덧붙였다. 어떤 경로로 도체스터에서부터 지하철역까지 이동했나? 그가 찾아갔다는 에지웨어 로드의 아파트 주소는? 엠마가 도착하기 전에 다른 사람을 보았나? 그를 호텔까지 데려다 줄 때 엠마가 몰던 차량의 차종은? 그리고 가장 중요한 질문이 남았다. 엠마가 누구를 위해 일하는지 알 만한 단서를 가지고 있나?

조나단은 성실한 자세로 질문에 응답했지만 점차 사적인 질문들로 옮겨갈수록 조심스러워졌다. 엠마가 자란 곳은 어디인가? 부모는 살아 있나? 살아 있다면 어디에 살고 있는가? 그녀의 학력은 어떻게 되는가? 아는 지인들이 런던에 있나? 조나단도 정확한 답을 모르는 질문들이었다.

5개월 전까지만 해도 그는 그녀가 태어나고 자란 곳은 영국 서남쪽 끝자락에 위치한 펜잔스이고, 옥스퍼드의 브라스노스 칼리지를 졸업한 것으로 알고 있었다. 엠마의 어린 시절은 그녀가 키우던 충성스러운 강아지들, 팔꿈치가 깨져 다친 기억, 돌아가신 부모, 그리고 조나단이 세 번 만난 적이 있는 베아라는 이름의 골치 아픈 친언니 등등의 이야기들로 채워져 있었다. 하지만 그 이야기들은 모두 철저하게 날조된 허위였다. 그것들은 거짓으로 짠 고블랭 태피스트리, 영화 '포템킨'의 등장인물 같은 인생이었다.

엠마는 펜잔스가 아닌 뉴저지 호보켄에서 태어났다. 그녀의 부친은 끔찍한 교통사고로 목숨을 잃은 학교 선생님이 아니라 50세의 나이에 심장마비로 급사한 미합중국 공군 대령이었다. 흠잡을 데 없는 영국식 억양은 서포크의 레이큰히스 주둔 미 공군기지로 발령을 받아 8년간 근무한 아버지 덕이었다. 3년간 캘리포니아 롱비치 주립대에서 공부했고, 어느 모로 봐도 옥스퍼드하고는 거리가 멀었다. 본명도 엠마가 아니었다. 하지만 조나단은 내내 그렇게 알고 지냈기 때문에 엠마라는 이름을 계속 쓰기로 했다.

그럼에도 불구하고 그는 최선을 다해서 대답했다. 사실이건 아니건 상관없이 그는 어쨌든 자신이 아는 대로 대답했다.

심문에 응하는 내내 속으로 조나단은 자신을 상대로 취조를 하고 있었다. 자기가 먼저 엠마를 찾아내지 못할 경우에 그녀의 운명이 어떻게 될지 뻔했다. 곧바로 MI5에 의해 취조를 당할 것이며, CIA나 국방정보국과 같은 정보기관으로 위장한 디비전으로 넘겨져 다시 취조를 받을 것이고, 그런 다음 사라질·것이다. '사라진다'는 말은 총살, 교수형, 아니면 그레이브스가 앞서 능청스럽게 말한 것처럼 '익사 후 토막난 채 까마귀밥으로 던져지는 것'을 의미했다. 전에도 디비전은 엠마를 제거하려고 했다. 이고르 이바노프 테러 사건 이후라면 더욱 더 그럴 것이었다. 이 게임에는 오직 두 편만이 존재했다. 엠마는 그들과 같은 편에서 일하거나, 아니면 그들의 적을 위해 일을 한다는 말이다.

런던 시내로 다시 들어오자 낯익은 정경이 눈에 들어왔다. 그들이 탄 차는 빅토리아 앤 알버트 박물관과 해로즈 백화점을 지나 파크 레인 방면으로 가고 있었다.

자기한테 보인 거짓과 가식, 이중생활에도 불구하고 조나단은 자신이 여전히 엠마를 사랑한다는 것을 알았다. 그들은 지난 8년을 함께했다. 자신의 이런 감정에 대한 보답으로라도 한때 그와 인생을 함께했던 그녀 역시 그를 사랑했을 것이라고 확신했다. 증거는 없지만 그는 그저 그렇게 믿었다. 어차피 남은 것이라고는 그것밖에 없었다.

그는 앞자리에 꼿꼿한 자세로 앉아 있는 그레이브스를 쳐다보았다. 조나단은 그자를 경계해야 할 사악한 적이라고 생각했다.

사형집행인이나 다름없는 그런 자들에게 엠마를 넘겨 줄 생각은 추호도 없었다.

그렇다고 남은 인생을 영국 교도소에서 보낼 생각은 없고, 순교자가 될 생각도 없었다.

엠마를 위해서라도 그렇게는 되지 않을 것이라고 생각했다.

6시 정각, 로버 차량은 도체스터 호텔로 들어선 다음 출입문 앞에 멈춰섰다. 사복경관 한명이 차 문을 열고 내리는 조나단 옆에 서 있었다. 로비에는 경관들이 더 많았고, 모두 엘리베이터 앞까지 나란히 정렬해 있었다. 그레이브스가 앞장서고, 포드는 바로 그 뒤를 따랐다.

"환영 나온 사람들 같군요." 조나단이 말했다. "도대체 어디로 가는 거요?"

엘리베이터가 내려오자 그레이브스는 조나단의 한 팔을 잡고 엘리베이터 안으로 밀어넣으며 말했다. "시키는 대로만 하면 되는 거요."

그의 객실 문 앞에는 사복 경관 한명이 보초를 서고 있었다. 그레이브스를 보자 "오셨습니까?" 하며 낮은 목소리로 조용히 인사를 했다.

객실 안에 들어서자 이미 한바탕 일을 치른 흔적이 느껴졌다. 수색 작업은 진작 끝내고 물건들을 모두 제자리로 돌려 정리해놓은 것 같았다. 그레이브스는 객실 안에 마지막으로 남아 있던 경관을 내보내고 방문을 닫았다. 조나단은 옷장을 열어 보고 옷가지들이 전보다도 더 잘 정돈되어 있는 것을 발견했다. "뭘 좀 찾았나요?" 뒤를 돌아보지도 않은 채 물었다.

"어서 샤워하고 옷이나 깨끗한 걸로 갈아입으시오." 그레이브스는 명령

조로 말했다. "정확히 십분 주겠소."

"어디로 갈 겁니까?"

"그건 차차 알게 될 거요."

"엠마를 찾는 데 협조해 달라는 것 아닌가요."

"하! 협조해야 하고말고. 그러니 지금부터라도 내가 시키는 대로 하시오."

조나단은 화장실로 걸어 들어가 문을 닫고 샤워기를 틀었다. 뿌연 수증기가 욕실을 가득 메우기 시작했다. 셔츠를 벗고 발목에 달린 전자발찌를 응시했다. 그는 다시 문을 열고 몇 발치 앞에 서서 무언가 열띤 토론 중인 그레이브스와 포드를 보았다.

"또 뭐요?" 조나단에게 시선을 돌려 그레이브스가 말했다.

조나단은 발찌를 가리키며 물었다. "이거 방수는 되나요?"

그레이브스는 고개를 가로저으며 다가갔다. "본래는 한발을 밖으로 내놓고 씻는 거요." 그는 주머니를 뒤져 열쇠를 꺼내더니 무릎을 접고 앉아 발찌를 풀어줬다. 조나단은 이렇게 말했다. "이걸 너무 오래 차고 있으면 피부가 철과 함께 녹아들어 간다던데. 그러면 잘라내야 하고. 그런 이야기 들어본 적 있어요?"

"못 들어봤소."

그레이브스는 풀어낸 발찌를 한 손에 들고 서서 이렇게 말했다. "당신 아내를 잡아서 데려오기 전에 발찌가 당신 몸에서 풀려나는 건 이번이 마지막일 거요."

"고맙군요." 조나단은 문을 닫으려다 반쯤 연 채로 멈춰 섰다. "그레이브스 대령, 엠마가 아직 영국에 있다고 확신하는 근거가 대체 뭡니까?"

그레이브스는 포드를 쳐다본 다음 이어서 조나단을 다시 응시하며 대답했다. "곧 알게 될 거요 랜섬 박사. 그러니 먼저 씻기나 하시오."

"엠마 랜섬은 우리가 맡은 로버트 러셀경 살해사건의 주요 용의자입니다." 케이트 포드가 말했다. "우리에게는 엠마 랜섬이 범죄현장에 있었다는 증거가 있습니다. 그녀 외에 러셀경의 아파트에 들어간 사람은 없었습니다. 이 사건은 강력계에서 담당할 사건입니다."

"이건 이제 대테러 관련 문제요, 포드 계장." 그레이브스가 대답했다. "여러 명의 고위 외교관을 포함한 외국인들이 죽음을 당했소. 러시아 측에서는 우리더러 즉각 수사에 나서라며 핏대를 세우고 있고 말이오. 이고르 이바노프는 2년 뒤에 있을 대통령 선거의 가장 유력한 후보요. 만약 그가 이대로 죽는다면 향후 수년간 두 나라 관계는 악화될 게 분명하단 말이오. 그러니 이 사건은 더 이상 단순 살인사건이 아니라 엄연한 국가 차원의 사건이란 소리요."

"그렇다고 하더라도 살인사건 전담반이 수사에 계속 참여할 필요가 있습니다."

"말도 안 되는 소리. 정 마음에 안 든다면 총리께 직접 얘기해 보시오. 지금 각료회의가 열리고 있소. 화이트홀에서 매우 가까운 위치에서 폭탄테러가 벌어졌소. 지금 각료회의에서는 이번 사건이 영국 정부를 대상으로 한 공격인지, 아니면 단순히 이바노프를 제거하기 위한 일회성 공격이었는지를 두고 고심하고 있소. 게다가 내무장관은 웨스트민스터의 모든 정부 사무실에 대피령을 내릴지 여부를 고심하고 있는 중이오. 그러니 이 사건은 이미 단순 살인사건을 넘어섰단 말이오."

"이번 사건을 대령께 가져다 준 사람이 바로 나였어요." 케이트는 천천히 그리고 분명하게 말했다. "나는 당연히 이 사건에 관여할 권한이 있습니다."

"내 기억으론 당신과 접촉했던 건 바로 나였는데. 오늘 아침 당신 집 부엌에 서 있었던 사람은 바로 나였다는 말이오."

"우리 팀이 해낸 일 때문이었죠. 내가 뭔가를 알아냈다는 것을 대령께서 알았고, 그래서 내 도움이 필요했던 게 아니었나요?"

"지난 열두 시간 동안 상황이 상당히 바뀌었다는 말을 해 주고 싶은데."

"어쨌든 조나단 랜섬은 당신을 도울 수가 없어요. 그가 사실을 말하고 있다는 게 대령 눈에는 안 보이나 보죠?"

"그렇소. 내 눈에는 보이지 않소. 그가 입고 있던 옷가지들에서 나온 플라스틱 폭발물의 잔흔이 내 두 눈을 멀게 한 게 틀림없나 보군. 일단 랜섬이 씻고 나오는 대로 그를 데리고 자기 아내를 만났다고 주장하는 장소들로 가 볼 생각이오. 그가 더 솔직하게 말을 하지 않는다면 난 그자를 헤리퍼드로 도로 데려가서 부대 사람들과 함께 솔직하고 충분한 의견을 교환할 생각이지."

"폭력을 쓰겠다 이 말씀이죠? 그런다고 나오는 것은 아무 것도 없을 텐데요."

"그자 몸에 손을 대진 않을 것이오. 그건 그쪽에서도 알고 있을 텐데? 다만 우리는 그자가 겁을 먹도록 하기 위해서 최선을 다할 생각이오." 그레이브스는 창문의 커튼을 젖혔다. "이봐요 포드 계장. 내가 보기에 우리 의사 나리께서 거짓말을 하고 있는 것 같단 말이오." 하이드파크를 내다보며 그는 말했다. "난 그자가 아내가 어디로 도주했는지 알고 있다고 확신한단 말이오. 내 의견은 이렇소. 랜섬이 그의 아내를 향해 달려갔던 이유는 그녀가 폭발물을 터트리는 것을 막기 위해서가 아니라 예정보다 빨리 터트리도록 하기 위해서였을 거요."

"그건 또 무슨 소리죠?"

"이바노프는 메르세데스 차량 중에서 세 번째가 아니라 맨 앞 첫 번째 차에 탑승해 있었소. 지나가다 이를 본 랜섬이 아내에게 예정보다 빨리 폭파시키라고 일러주려고 했던 거요."

"그 차량의 창문은 모두 시꺼멓게 코팅이 되어 있었다고요." 케이트가 이렇게 쏘아붙였다. "아무도 안을 들여다 볼 수 없었을 거란 말이죠. 랜섬도 어느 차량에 누가 탔는지 알 길이 없었을 겁니다."

그레이브스는 돌아서서 팔짱을 끼며 말했다. "더 이상 이야기해 봐야 내 입만 아프겠군."

하지만 케이트는 물러서지 않았다. "랜섬이나 당신이 거느린 정보원들보다 먼저 당신을 엠마 랜섬에게 데려다 줄 수 있는 것은 이 사건을 살인사건의 관점에서 보는 거예요."

"과연 그럴까?" 그레이브스는 문을 향해 걸어가며 어깨너머로 대답했다.

"러셀에게 동영상을 보낸 그 여자의 정체부터 먼저 파악해야 해요. 빅토리아 스트리트에서 벌어질 일에 대한 정보를 러셀경에게 제보한 자도 바로 그 여자의 인맥 중 하나였을 거예요. 그 말은 그 정보가 바로 테러를 계획한 조직에서 나왔다는 소리죠. 틀림없이 그 조직 상층부에서 나온 정보일 거예요. 이게 다 그 보안정보네트워크TINs인지 뭔지 하는 헛소리와 관련된 것이라고요. 그 여자가 어디로부터 그 정보를 얻었는지 알아내면 엠마 랜섬에게 지시를 내린 자가 누구인지도 알 수 있을 거예요. 그 여자가 이 사건의 열쇠를 쥐고 있는 거라고요."

"허나 우리는 그 여자를 찾는 데 실패했소. 메시지의 출처를 추적할 수 있는 확률은 제로에 가깝소. 그러니 나는 이제부터 랜섬이란 놈을 족칠 거요. 잡은 양키 놈을 그냥 풀어 줄 수야 없지 않소." 그레이브스는 문고리에 손을 대려다가 멈춰서며 말했다.

"원한다면 당신은 당신대로 수사를 계속하도록 하시오. 하지만 우리와는 별개로 독자적으로 진행해야 할 거요. 그리고 조나단 랜섬은 어디까지나 우리 소관이요." 그레이브스는 그만 나가 보라는 듯 사무실 문을 열었다. 복도 코너에 서서 대기 중이던 사복경찰관 두 명이 고개를 내밀고 사무실 쪽을 쳐다봤다. 그레이브스는 별 일 없다는 손짓을 해 보였다.

"그럼 레그 클리크는요?" 케이트가 물었다.

"그게 누구요?" 그제야 기억이 난 듯 그레이브스의 얼굴 표정이 굳어 버렸다. "아! 당신 파트너 일은 정말 유감이오."

"여기서 나가면 난 곧장 그 사람 집으로 가서 개인이건 조직이건, 아니면 정부기관이건 간에 범인이 누군지 반드시 찾아낼 거라는 말을 그 사람 아내에게 해 줄 겁니다. 파이브에서 협조해 준다면 이번 수사에 무지하게 큰 도움이 될 겁니다."

"잘 가시오, 포드 계장."

"레그를 잊지 마세요." 케이트가 맞받았다.

그레이브스는 자신의 푸른 두 눈동자에 있는 갈색 반점과 그 뒤에 숨은 강한 신념까지 보일 정도로 케이트에게 얼굴을 바짝 갖다 대며 이렇게 대꾸했다. "여기는 암흑의 세계요, 케이트 포드 계장. 누구에게도 온정 따위는 베풀지 않아."

그레이브스가 문을 확 열어젖히며
어서 나오라고 소리칠 때까지 조나단은 샤워 물줄기 아래 서 있었다. 그레
이브스는 가까이 붙어 서서 조나단이 옷 입는 것을 지켜보았다. 그는 위치
추적용 발찌를 이 손에서 저 손으로 옮겨 쥐며 "꾸물대기는." 하고 중얼거
렸다. 조나단은 최대한 시간을 끌며 천천히 속옷과 바지를 챙겨 입었다. 면
도를 하고 머리를 말끔하게 빗은 다음 화장실에서 나와 깨끗한 셔츠를 찾
았다.

조나단은 그러는 동안 계속해서 자신에게 반문을 던졌다. 엠마는 일을
마친 게 아니었다. 폭탄은 그저 하나의 과정에 불과했다. 엠마가 누구를 위
해 일하고 있는 것인지, 그런 짓을 할 만한 정당한 목적을 가지고나 있는
지, 혹은 그것이 정당화 될 수 있기나 한지 등의 질문은 중요하지 않았다.
조나단은 알고 있었고, 그것으로도 충분했다. 그녀의 범죄행위는 곧 조나
단 자신의 범죄행위가 돼 버렸다. 법의 시각에서뿐만 아니라 스스로 생각
해 보더라도 그는 이미 엠마와 공범이었다. 자신이 누명을 벗는 길은 오직
하나밖에 없었다. 그것은 바로 그녀를 막는 것이었다. 그러기 위해서는 당
국보다 먼저 엠마를 찾아내야만 한다.

순간 호텔 객실 안에 두 사람 외에 아무도 없다는 사실을 깨달았다.

"포드 계장은 어디에 있습니까?" 고요함과 적막함에 마음이 불편해진 조나단이 물었다.

"포드 계장은 호출을 받고 나갔소."

"그렇다면 여기서 갈아입어도 괜찮겠군요?"

"진작 그럴 것이지." 그레이브스가 중얼거렸다. "자, 어서 셔츠와 재킷부터 챙기시오."

"이곳으로 다시 올 겁니까?"

"그거야 당신이 하기에 달렸지."

조나단은 그레이브스를 쳐다보았다. 왼팔 아래 볼록하게 튀어나와 있는 물체는 권총임이 분명했다. 한 손에는 전자발찌를 쥐고 있었다. 조나단은 그레이브스가 자신보다 키가 작고, 갑옷처럼 차려 입은 양복만 아니면 자기보다 체격이 왜소하다는 것을 눈치 챘다. 그레이브스의 손은 여자 손처럼 매끈하고 손질도 잘 되어 있었다. 눈 밑에는 다크서클이 보이고, 꼿꼿하던 자세는 흐트러져 있었다. 조나단이 너무나 잘 아는 모습이었다. 과거 밤낮으로 시술 일정이 잡혀 있던 시절 거울을 통해 수십 번도 넘게 보아온 자신의 모습이었기 때문이다. 그레이브스는 지쳐 있었다.

조나단은 정신을 가다듬고 어떻게 할지 따져보았다. 방안에는 두 사람만 있고 밖에는 몇 명이 더 있을 것이다. 들어올 때 문 앞에는 두 명이 있었다. 아래층에는 대여섯 명이 더 지키고 있었다. 그가 이동하게 되면 인원은 더 보강될 것이다. 하지만 지금 당장은, 그리고 앞으로 몇 분 동안 방안에는 두 사람뿐이었다.

조나단은 옷장에서 버튼다운 셔츠를 꺼내 입었다. 바람막이용 점퍼도 꺼내 의자에 걸었다. 아직 바깥 날씨는 따뜻했지만 지금 당장이 문제가 아니었다. 그는 앞으로 여섯 시간 혹은 열두 시간 뒤, 그리고 행운이 따라준다면 그보다 더 오랜 시간이 될 수도 있는 나중을 염두에 두고 있었다. 옷장에서 지갑을 집어 바지 뒷주머니에 찔러 넣은 다음 그는 서랍에서 양말한 켤레를 꺼냈다.

그레이브스는 핸드폰을 귀에 대고 경비견처럼 좌우로 오가며 서성이고 있었다. "긴급대응팀이 헴스테드에서 뭘 찾았나? 아무 것도 없다고? 그럴 리가! 차가 분명히 그곳에 주차되어 있는 것을 두 눈으로 똑똑히 봤다는 사람이 있는데. 분명 차고에 흔적이 남아 있을 거야. 길가에 있는 감시카메라는? 그럼 인근에 사는 주민들에게 한번 물어보지 그래. 분명히 뭐라도 본 사람이 있을 거야. 집주인은 휴가 중이라니? 뭐, 이밍햄에? 도대체 이밍햄으로 휴가 가는 사람이 어딨어?"

화가 나서 전화를 탁 끊으며 그레이브스는 조나단을 노려보았다. "당신 진술에 문제가 있는 것 같아. 당신 와이프가 차에 타는 것을 봤다는 그 북쪽 동네 집에 문제가 있어. 당신을 당장 조사실로 데리고 갈지, 아니면 내 신성한 규정에 따라 당신에게 주 예수를 영접할 두 번째 기회를 줘야 할지 고민이 되는군."

그러나 그레이브스의 엄포에도 조나단은 아무런 반응을 보이지 않았다. 그는 등을 돌리고 고개를 푹 숙인 채 신음소리를 내고 있었다.

"이봐, 내 말 들리나?" 그레이브스가 말했다.

아무 대답이 없었다. 조나단은 장님처럼 손을 뻗어 더듬거리며 의자를 찾아 앉았다.

"도대체 왜 그러는 거야?" 궁금하기보다는 짜증스러운 투로 그레이브스가 물었다.

"문제가 생겼어요." 조나단은 착 가라앉은 목소리로 말했다.

"그렇지." 주위를 서성거리며 그레이브스가 말했다. "당신 진술에 문제가 생겼어. 뭐가 잘못된 것인지 당장 따져봐야겠어."

"두통이. 머리가 깨질듯이 아파요."

"그건 또 무슨 소리야?"

"뭔가 잘못됐어요. 원인은 나도 모르겠습니다. 통증이 너무 심해요." 조나단은 겨우 말을 이었다. "앞이 잘 안 보입니다. 단순 탈수증세가 아니면 뇌진탕일 수도 있습니다."

"맑은 공기를 쐬면 앞은 다시 보일 거요. 물을 좀 마시면 바로 멀쩡해질 테고." 그레이브스는 무릎을 꿇고 조나단의 발치에 앉아 위치추적 발찌를 만지작대고 있었다. "한쪽 다리를 이리 뻗어 보시오. 어느 쪽이든 줘 봐요."

조나단은 신음소리를 내며 왼쪽 다리를 뻗었다. 그레이브스는 금속 발찌를 발목에 채운 다음 잠갔다. 제대로 채워졌는지 확인하기 위해 발찌를 한번 잡아당겨 보고는 웅크린 자세로 몸을 약간 뒤로 젖혔다. "이제 눈을 한번 떠 보시오. 어때, 이제는 제대로 보이겠지?" 그는 조나단의 눈을 똑바로 쳐다보기 위해 턱을 쳐들었다.

바로 그때 조나단은 그를 힘껏 걷어찼다.

오른 발로 강하고 정확하게 두개골과 아래턱뼈가 이어지는 지점인 귀 일 인치 아래 부분을 후려찼다. 그레이브스는 뒤로 벌렁 나자빠졌다. 미쳐 대응자세를 취하기도 전에 조나단은 그를 올라타고 팔뚝으로 목을 카펫바닥에 짓누르고는 오른손으로 경동맥을 눌러 피가 뇌로 올라오지 못하게 막았다. 그레이브스는 버둥거리며 조나단의 얼굴을 향해 몇 번 헛 주먹질을 날리다 이내 정신을 잃고 말았다. 눈동자가 위로 말리며 숨을 한 번 내쉬더니 그대로 몸이 축 늘어졌다.

6초가 흘렀다.

조나단은 확실히 의식이 없어질 때까지 그레이브스의 동맥혈을 누르고 있었다. 그런 다음 가까스로 두 발을 딛고 일어나 벽에 붙어 있는 거울을 보았다. 거울 속에 비친 것은 야수처럼 번들거리는 눈으로 거친 숨을 내쉬는 자신의 모습이었다. 달리 방법이 없었다고 스스로를 타일렀다.

도로 꿇어앉은 다음 그는 전자발찌 열쇠를 찾아 그레이브스의 재킷을 뒤졌다. 그리고 열쇠를 찾아 족쇄를 풀었다. 그레이브스가 차고 있는 권총 손잡이가 손에 스쳤지만 권총은 챙기지 않기로 했다. 총은 범죄자들이나 잡지 결백하다면 총은 건드리지 않는 법이다. 자리에서 일어나 서둘러 문가로 달려가서는 문구멍으로 밖을 재빨리 훔쳐보았다. 한명이 아닌 두 명의 사복 경찰관이 문 양쪽에 서 있었다.

그때 그레이브스의 핸드폰 벨이 울렸다. 조나단은 화장실로 뛰어 들어가 문을 닫았다. 핸드폰 화면에 뜬 이름은 알램 국장이었다. 그는 이름의 주인공이 MI5의 국장일 것이라고 생각했다. 수건걸이에 걸린 타월을 확 잡아당겨 핸드폰을 감싸 둘둘 말았다. 핸드폰 벨은 네 번 정도 울리다 그쳤다. 다시 문가로 달려가서 보니 경찰관들은 그대로 있었다. 그레이브스는 여전히 꼼짝 않고 뻗어 있었다. 3분에서 10분 정도는 기절한 채로 있을 것이다. 질식사시키지 않는 한 그 시간을 늘릴 수 있는 방법은 없었다. 하도 미운 나머지 목을 졸라 버릴까 하는 생각도 없지 않았다.

조나단은 방을 가로질러 미닫이문을 열고 발코니로 나갔다. 난간 쪽으로 가서 고개를 숙여 밑을 내려다보았다. 지상 8층, 호텔 정문에서 대략 60미터쯤 돼 보이는 높이였다. 발코니는 모두 차양으로 덮여 있고, 바로 아래 발코니는 그가 서 있는 테라스에서 길어야 1미터 정도 아래 위치해 있었다. 기술적인 면에서 내려가는 것은 그렇게 어렵지 않았다. 그는 경험이 풍부한 등반가였다. 식탁용 나이프 칼날 정도 되는 넓이의 잡을 곳만 있는 가파른 암벽을 타고 내려온 경험도 셀 수 없이 많았다. 물론 암벽에서는 어떤 형태로든 몸을 고정시키기 위해 로프와 벨트를 착용하고 있었고, 몇 번 정도는 미끄러진 적이 있었다는 사실도 기억해냈다. 하지만 이곳에서는 실수가 용납되지 않았다.

황혼이 지며 하늘은 보랏빛을 띠고 있었다. 파크 레인의 차량들은 빽빽이 들어찬 채 천천히 움직이고 있었다. 저 아래 현관 쪽에는 택시와 차량이 꾸준히 지나다니고 있었다. 지나가는 사람들의 머리는 셀 수 없이 많았다. 제발 위만 올려다보지 마라. 그는 마치 명령하듯 속으로 되뇌었다.

바람막이 점퍼를 껴입고 그레이브스의 핸드폰과 지갑을 주머니에 넣었다. 뒤늦게 생각이 나서 그는 그레이브스의 바지 아랫단을 치켜 올리고 전자발찌를 발목에 감았다. 발찌의 열쇠는 변기 물에 내려 버렸다. 그리고는 다시 발코니로 돌아가 능숙하게 난간을 올라탔다.

일단 꿇어앉았다.

그런 다음 양손 끝으로 테라스 가장자리를 잡았다.

먼저 한쪽 다리를 내려 차양막 위에 올려놓았다.

행동이 점차 신속하고 날렵해졌다. 한 손을 떼면서 차양막을 지지하는 쇠기둥의 위치를 찾아 손을 뻗었다. 팔을 펴 손가락을 차양 아래쪽으로 미끄러지듯 집어넣은 다음 차양막의 수평축을 형성하고 있는 기둥을 감아쥐었다. 그리고 최대한 재빠르게 그는 다른 손을 떼고 같은 행동을 반복했다. 드디어 열손가락 모두 기둥을 단단히 움켜잡았다. 그런 다음 다리를 걷어차면서 반동을 이용해 몸을 바깥쪽 아래로 흔들었다. 차양막이 흔들렸지만 그래도 버틸만했다. 드디어 두 발이 7층 발코니 난간에 닿았다.

창문 안을 뚫어지게 보았지만 안에는 아무도 없었다. 호흡을 고르며 테라스로 내려갔고 이어서 같은 동작을 반복해 6층까지 내려갔다. 땀이 흘러 들어가 눈이 따갑고 양손바닥 모두 쭈글쭈글해졌다. 그 정도로 덥거나 체력이 소모된 것은 아니었지만 아주 작은 실수라도 용납하지 않기 위해서는 정신적인 스태미나가 필요했다. 걱정이나 두려움이라고 부를 만한 어떤 감정도 없었다. 온 세상이 머리 위 2미터, 발 아래 2미터로 줄어들었다.

팔을 뻗고, 잡고, 다리를 내리고, 착지하고, 호흡을 고르고.

중력의 법칙을 무력화시키기 위해 몸과 마음의 균형을 절묘하게 조율하는 일에 모든 에너지를 쏟아 부었다. 자신감이 생기면서 그는 더욱 재빠르게 움직였다. 5층에서 다시 4층으로, 그리고 마침내 차를 대는 포르트 코셰르의 자갈 깔린 지붕까지 내려갔다. 4분이 흘렀다. 그는 지붕의 한쪽 끝으로 달려가 허리 높이의 난간을 넘은 다음 지붕 가장자리를 잡고 지상으로 뛰어내렸다.

조나단이 착지한 곳은 프록코트를 입은 도어맨 바로 옆이었다. 도어맨은 깜짝 놀라 몸을 움찔했다. 상기된 얼굴로 조나단은 도어맨의 어깨를 두드리며 말했다. "투숙객이요. 택시 좀 잡아 주시겠소."

"예, 선생님. 행선지가 어디시죠?"

"히드로 공항."

2파운드짜리 동전 한 닢이 모든 문제를 덮었다. 도어맨은 휘파람을 불어 줄지어 대기 중이던 택시 한 대를 불렀다.

"히드로 공항으로 모실까요?" 택시 운전기사가 물었다.

"아니오. 생각이 바뀌었어요." 조나단이 말했다. 그는 밤중인 그 시간에 런던에서 가장 번화한 곳을 택했다. "피카딜리 서커스로 가십시다. 섀프츠베리 애비뉴에서 내려주시오."

"옛-썰." 택시는 도로에서 벗어나 파크 레인 방면으로 방향을 틀었다. 반마일쯤 갔을 무렵에 그레이브스의 핸드폰이 울렸다. 이번에는 전화를 받았다. "예?"

"랜섬." 그레이브스가 부드럽게 말했다. "당신 큰 실수 한 거야."

"그럴지도 모르지."

"단 한 번의 기회를 주겠다. 지금 당장 돌아온다면 우리의 거래는 계속 유효한 것으로 해 주지. 당신 아내 찾는 일에 협조만 잘 해준다면 당신은 자유를 되찾을 수 있어. 그렇게 하지 않겠다면 더 이상 협상의 여지는 없는 거요."

"무슨 그런 협상이 있어요? 나는 그 폭파사건과 아무 관계가 없소. 당신이 하는 이야기는 그저 협박일 뿐이오."

"당신이 뭐라고 하든. 결과는 내 말대로 될 거야."

"분명 당신도 디비전에 대해 들었다고 하지 않았소. 엠마에 대해 내가 말한 게 모두 사실이란 것도 잘 알지 않소."

"난 그저 들리는 소문을 들었을 뿐. 그렇다고 달라지는 건 없어."

"그렇다면 당신에게 그 소문을 전해 준 사람이 누구요? 코너란 사람이오? 프랭크 코너?"

"말할 수 없소."

"내 도움을 받고 싶다면 말하는 게 좋을 거요."

그레이브스는 조나단이 방금 한 말을 바로 물고 늘어졌다. "그렇다면 엠마 랜섬이 어디 있는지 알고 있다는 소리군."

"알고 있다고 말한 적은 없소."

잠시 침묵이 흐른 다음 그레이브스는 이렇게 말했다. "이미 말한 것처럼 그건 FBI에 있는 내 동료한테서 들은 말이오. 미안하지만 이름은 밝힐 수가 없소. 허나 코너는 아니요. 그래서 당신 아내가 한 일이 정확히 뭐였다는 거요?"

"존 오스틴 소장이라는 자가 디비전을 이끌었소. 지난 2월 스위스에서 교통사고로 사망한 미군 장군에 관한 기사를 당신도 봤을 거요."

"본 것 같기도 하군. 오스틴 외에도 그의 부하 여러 명이 같이 죽었다고 했지. 어딘가 테러 냄새가 나는 사건이었어."

"테러 음모나 교통사고가 아니었소. 오스틴은 중동과의 긴장상황을 부추기고자 엘 알 여객기를 격추시키려 했고, 엠마가 그것을 막았던 거요."

"당신 말은 그녀가 오스틴을 죽였다는 소리군."

"오백 명의 목숨을 구한 거요." 조나단은 자세한 뒷이야기는 하지 않았다. 방아쇠를 당겨 오스틴 소장의 목숨 줄을 끊어놓은 것은 바로 자신이었다. "그녀가 취한 조치 덕분에 전쟁을 막을 수 있었음에도 불구하고 아무도 그런 사실에는 관심을 기울이지 않았소. 오로지 그녀가 명령에 불복종했다는 것과 하극상을 저질렀다는 사실만 문제를 삼았소. 워싱턴의 어느 누구 하나 그녀에게 치하의 말을 건네지 않았소. 오히려 그녀를 죽이려 들었소."

"터무니없는 소리같이 들리는데."

"그래요?"

이번에는 그레이브스도 아무 대꾸를 하지 않았다.

"내 아내가 오늘 끔찍한 일을 저질렀다는 것은 사실이오. 하지만 우리 모두 그녀가 다른 사람의 명령에 따라 움직였다는 것을 알고 있소. 그것 외에는 달리 할 말이 없소. 미안하오, 그레이브스 대령. 난 당신이 그녀를 찾는 걸 도와줄 수가 없소."

"어떻게 하면 자네 마음을 돌릴 수 있지? 돈. 원하는 게 돈인가?"

"아무 것도 없소…." 조나단은 내뱉던 말을 다시 삼켰다. 그레이브스는 그가 돈 때문에 아내를 배신하지 않을 것이라는 정도는 알고 있는 것이 틀림없다. 그의 제안은 터무니없을 뿐만 아니라 심지어 모욕적인 것이었다. 그레이브스는 그가 전화 통화를 계속하도록 붙잡아 두려는 심산이었다.

조나단은 택시의 뒷 유리를 흘깃 보았다. 1백여 미터 뒤에 경찰차 한 대가 보였다. 피카딜리 서커스에 진입하자 또 다른 경찰차 한 대가 레겐트 스트리트 쪽에서 사이렌 없이 경광등을 번쩍이며 접근해 오는 것이 보였다. 갑자기 경찰차의 경광등이 꺼졌다. 조나단의 주의를 끌지 않도록 하라는 지시를 받은 게 틀림없었다. 두 대가 있다면 앞쪽에도 경찰차가 더 있을 게 분명했다. 휴대폰 때문이다. 조나단은 MI5라면 휴대폰을 추적하는 것이 그의 위치추적 발찌를 추적하는 것만큼이나 쉬운 일이라는 사실을 잊고 있었던 것이다. 스스로 함정을 판 것이다.

그는 휴대폰을 손바닥으로 감싸 쥐며 말했다. "여기서 세워 주시오."

"섀프츠베리 애비뉴까지 가시는 줄로 알았는데요."

"당장 세워요!"

"랜섬, 듣고 있나?" 그레이브스가 느긋한 말투로 물었다.

"잘 가시오, 대령."

"네 놈은 이제 죽은 목숨이나 다름없다!"

"아직은 아니지."

저녁 8시 피카딜리 서커스. 따사로운 여름 밤, 피카딜리 서커스 거리는 새해 전야 뉴욕 타임스 스퀘어만큼이나 북적였다. 주변 건물에 걸려 있는 거대한 네온사인들은 거리를 온통 무지갯빛 조명으로 적셨다. 조나단은 택시비를 지불하고 인도에 발을 내디뎠다. 빠르게 걷는 행인들이 즉각 그를 에워쌌다. 그는 사람들 틈에 끼어 경찰 차량 두 대가 혼잡한 광장으로 모여드는 것을 지켜보면서 코벤트리 스트리트를 지나 북쪽으로 향해 갔다. 그 순간 또 다른 경찰차가 옆으로 다가왔다. 내려진 경찰차의 차창을 통해 무전기 잡음과 요란스레 명령을 내리는 목소리가 들렸다. "용의자가 택시에서 내려 배회중이다. 코벤트리, 피카딜리와 섀프츠 베리를 전면 봉쇄하라. 인근 대기 병력은 모두 피카딜리 서커스로 집결할 것. 용의자는 백인, 38세, 키는 대략 183센티미터, 회갈색 머리, 마지막 목격 당시 착용 복장은 하얀 셔츠에 청바지 차림이다."

조나단은 더 이상 지체하지 않고 슬그머니 사람들 무리 속으로 들어가 반대 방향으로 걷기 시작했다. 그리고 지나는 길에 있는 첫 번째 가게로 들어가 몸을 숨겼다. 티셔츠에서부터 죽은 다이애나 왕세자비를 본떠 만든 얼큰이 인형에 이르기까지 없는 게 없는 대형 관광용품점이었다. 상점 안은 의류 선반들로 가득 차 있었다. 그는 검은색 티셔츠와 레미즈 야구 모자를 골랐다. 계산을 마친 즉시 셔츠와 모자를 걸쳤다. 입고 있는 청바지는 달리 어쩔 수가 없었다.

그가 상점에 머문 그 짧은 시간 동안 어느새 경찰관들이 사방에서 떼지어 몰려들었다. 도로방벽이 골목마다 설치되고 피카딜리 서커스에서는 사람 수가 줄어들고 있었다. 레겐트 스트리트에 밴 차량 한 대가 등장하더니 제복 차림의 경찰관들이 차 안에서 쏟아져 나왔다. 경적이 요란스럽게 울리고 차량들이 멈춰 섰다.

다시 보도로 나온 그는 행인들 틈에 섞여 건물 쪽에 바짝 붙어 걸었다. 탈출로를 찾으며 그는 무리를 이리저리 헤집고 지나갔다. 멈춰선 차들을 보며 무슨 일인지 궁금해진 행인들의 발걸음이 느려졌다. 군중들 사이에서 긴장감이 맴돌았다.

형광 주홍색 조끼를 걸친 경찰관 두 명이 지나가는 행인들의 얼굴을 일일이 확인하며 점점 그를 향해 다가오는 것이 보였다. 어깨너머로 확인해 보니 네 명 이상의 경관이 보였다. 달리 방법이 없다고 느낀 그는 걸음을 멈추고 가장 가까이 있는 상점의 쇼윈도 쪽으로 몸을 돌렸다. 환전 사무소였고 출납원 한명이 일하고 있었다. 고객 창구에는 줄이 이어져 있었다. 손을 주머니에 넣고 시선을 앞으로 한 채 줄 뒤에 섰다. 경찰관들이 가까이 다가오는 모습을 머릿속으로 그리며 그는 뒷덜미의 털이 곤두서는 것을 느꼈다.

바로 앞에는 나이가 있어 보이는 남자가 서 있었다. 남자는 동전지갑에 든 동전을 세고 있었다. 조나단은 한 발 내디디며 일부러 남자와 세게 부딪쳤고 남자는 동전을 바닥에 주르르 떨어뜨리고 말았다.

"죄송합니다." 이렇게 말하며 조나단은 노인이 동전 줍는 것을 도와주려고 함께 몸을 쭈그리고 앉았다. "제 잘못입니다. 도와드리겠습니다."

"고맙구려." 남자는 영국 억양으로 대답했다.

흩어진 동전을 주우며 조나단은 길 쪽을 살펴보았다. 곁눈질로 힐끗 보니 광이 나는 검은 부츠 두 켤레가 지나가는 게 보였다. 경찰관들이 지나가자 그는 일어나 노인에게 주운 동전들을 건네주었다. "전부 다 찾으셨나요?"

남자는 동전을 세어 보고는 고개를 끄덕였다.

줄이 줄어들었다. 조나단은 창구로 가서 1백 달러를 파운드로 바꾸었다. 환전이 끝나자 다시 건물 옆에 바짝 붙어 가던 길을 계속 갔다.

앞쪽에 지하철역 표지판이 보였다. 층계를 따라 내려가 지하철역 안으로 들어갔다. 안은 바깥보다 더 북적댔다. 역은 위쪽의 교차로 너비만큼 이어져 있었다. 경찰관 두 명이 185cm 정도의 키에 회갈색 머리, 하얀 티셔츠와 청바지 입은 남성을 찾기 위해 회전문 앞에서 두리번거리고 있었다.

그는 승차권을 산 다음 경찰관들이 역 반대편 쪽에서 몰려나오는 사람들 때문에 바빠지는 때를 노려 회전문을 지나갔다.

회전문을 통과해 가장 가까운 곳에 있는 터널로 직행했다. 북쪽으로 향하는 베이컬루 라인. 전날 밤에 탔던 라인이었다. 타일 깔린 통로를 통해 나아가는 동안 사람들이 점점 줄어들었다. 갑자기 그는 혼자가 되었고 울리는 발소리만 자기 뒤를 따라오고 있었다. 그는 마지막 계단을 날듯이 뛰어내려 플랫폼에 도착했다. 90초 뒤에 열차가 도착했다.

5분 뒤, 조나단은 메릴리번 역에서 내렸다.

다시 자유의 몸이 된 것이다.

26

노팅힐 25번지에는 에드워드시대
풍의 청록색 이층 주택이 한 채 있었다. 이층에는 지붕창이 있고, 검게 칠
을 한 정문은 황동 문고리로 장식되어 있었다. 9시 30분, 조나단이 낮은 층
층 계단을 올라가 육중한 문고리로 문을 세 번 노크했을 무렵, 밤은 이미
깊어 있었다. 문이 바로 열리는 바람에 조나단은 흠칫 하고 놀랐다.

"누구세요." 검은 머리를 땋아 올린 작은 꼬마 소녀가 말했다.

"아버지는 집에 계시니?"

"제니, 침대에 가 있어야지. 거기서 뭘 하는 거니?" 검은 머리에 트레이
닝복 바지와 스웨터 카디건을 걸친 수수한 차림의 여자가 서둘러 다가왔
다. 조나단이 전날 저녁 칵테일파티에서 만났던 프루던스 메도스였다.

"안녕하세요." 그는 이렇게 물었다. "제이미는 혹시 집에 있나요?"

"아, 안녕하세요, 조나단. 아니요, 제이미는 아직 병원에서 안 돌아왔어
요. 들어와서 기다리시겠어요?"

"곧 옵니까?"

"금방 올 거예요. 어서 들어오세요. 거실에서 잠시 기다리시면 곧 올 거
예요."

조나단이 안으로 들어가고 프루던스 메도스는 뒤에서 문을 닫았다. 그

녀는 딸아이를 침대로 돌려보내고 그에게 잠시 기다리라고 했다. 그리고는 위층으로 사라졌다. 조나단은 현관을 가로질러 거실 앞에 서서 고개만 내민 채 안쪽을 들여다보았다. 사이드 테이블 위에는 제이미와 그의 가족사진이 여럿 놓여 있었다. 가죽 카우치 소파와 손 뜨게 담요가 얹어져 있는 오토만 테이블이 있고, 바닥에는 장난감과 동물인형들이 흩어져 있었다.

"마실 것 좀 드릴까요?" 아래층으로 내려오며 프루던스가 말했다. "커피나, 차? 아니면 좀 더 센 걸로 드릴까요?"

"그냥 물이면 됩니다. 고맙습니다."

그의 얼굴을 보고 그녀는 멈춰 섰다. "무슨 일이 있었나요? 얼굴에 상처 자국이 있네요."

"오늘 사고가 좀 있었습니다."

프루던스 메도스는 까치발로 서서 마치 자신이 수간호사라도 되는 것처럼 손으로 그의 뺨을 만졌다. "이런, 세상에나. 지금은 괜찮으세요?"

"몸이 아직 좀 놀란 것 같은데 괜찮습니다."

"그래서 연설도 못하셨던 거로군요? 그이가 호텔에서 전화를 했었어요. 그 때문에 한바탕 소란이 있었다고요. 연락을 하고 싶어도 번호를 모른다고 하더라고요."

"네, 그랬겠죠. 일이 좀 복잡합니다." 조나단은 그녀를 따라 부엌으로 가 카운터 앞 의자에 앉았다. 프루던스가 물 한잔을 건네자 그는 단숨에 마셔 버렸다. 그녀는 묻지도 않고 비스킷과 신선한 과일 한 접시를 내놓은 다음 곧바로 브랜디 한잔을 갖고 왔다. "안주거리가 좀 있어야 할 것 같아서요." 그녀는 이렇게 말했다. "좀 많이 피곤해 보이시네요."

"예, 조금." 그녀가 준 독한 술을 한 모금 마시자 긴장이 풀리는 것을 느꼈다. "집이 참 좋은데요."

프루던스는 미소를 지었다. "그쪽은요? 결혼은 하셨고 아직 한 곳에 정착하신 건 아니라고 들었어요."

"일 때문에 이곳저곳 옮겨 다녀야 해서요. 한 곳에 뿌리를 내릴 여유가 없었습니다."

"재미있겠어요." 그녀가 말했다. "해외 여러 곳을 가보는 일이잖아요."

"뭐, 가끔은요."

"아직 아이는 없으시고요?"

"네, 아직요." 조나단은 시간을 확인했다. 열 시가 다 되어가고 있었다. 그는 브랜디를 모두 마시자 자리에서 일어났다. "너무 늦었네요. 이만 가봐야 할 것 같습니다."

"그런 소리 마세요. 그이를 보지도 않고 그냥 가시도록 한 걸 알면 제게 엄청 뭐라고 할 거예요. 브랜디 한잔 더 하시는 동안 그이한테 전화해서 지금 어디인지 물어볼게요." 그녀는 잔을 채워 주고 미소를 지어 보이고는 부엌에서 나갔다.

조나단은 부엌을 한 바퀴 둘러보았다. 냉장고에는 아이들이 직접 그린 그림이 붙어 있고 다이어리가 펼쳐져 있었다. 프루던스가 남편과 통화하는 소리가 들렸다. 그는 다이어리를 힐끗 한번 보고 한 페이지를 넘기고, 다시 다음 페이지로 넘어갔다. 줄이 박박 그어져 있는 페이지에서 시선이 멈췄다. 그 전날 약속인 '크리스와 세레나 부부와 저녁식사'에 줄이 그어져 있고, 대신 밑에다 '도체스터, 저녁 6시. 오후 4시 시술 취소할 것'이라고 적혀 있었다.

"오고 있는 중이래요." 프루던스가 저쪽에서 말했다. "곧 도착할 것 같아요. 어머, 벌써 온 것 같은데요."

후문에서 차 소리가 들렸다. 시동 끄는 소리가 들리더니 차문 닫는 소리가 들렸다. 잠시 후에 제이미 메도스가 집안에 들어왔다. "이런, 친구. 꼴이 그게 뭔가? 무슨 일이 있었던 거야?"

"얘기 좀 하세." 조나단이 말했다.

제이미는 아내에게 키스를 하고는 말했다. "여보, 우리 서재에 가 있을

게. 뭐 좀 가져다 줘요. 햄 샌드위치가 좋겠는데. 머스터드 팍팍 뿌려서 아
주 매콤하게."

제이미는 조나단을 우드 패널로 꾸며진 안락한 서재로 데리고 가 등받
이가 높은 안락의자를 가리켰다. "앉게." 그는 이렇게 말했다. "자, 어서 말
해 봐."

한숨을 내뱉으며 조나단은 의자에 앉았다. "잠시 머물 곳이 필요해."

"도체스터에 묵는 거 아녔어?"

"맞아. 하지만 지금은 아니야. 이미 체크아웃 했어."

"진심이야? 그리고 우리 집에서 지내고 싶다고? 걱정 말게. 자네라면 언
제든 환영이야. 원하는 만큼 있으라고. 하지만 아이들 방에 있는 서랍침대
를 써야 하니 불편은 감수하게."

"일이 좀 생겼어."

제이미는 조나단의 잔을 더 채웠다. 그리고는 디캔터 병을 내려놓으며
조나단의 얼굴에 난 상처를 가리키며 말했다. "주먹싸움하다 맞고 온 모습
인데."

"이야기가 길어."

"참나 원, 나야 제이미. 어서 다 털어놓으라고. 말하기 부끄러운 비밀 이
야기라라면 나도 자네 못지않게 많거든." 그는 위로삼아 짓궂은 미소를 지
어 보이며 물었다. "여자 문제는 아니겠지, 그렇지? 내가 아는 구호의사들
중에는 임지마다 현지처를 숨겨두고 다니는 인간들도 있기야 하지만."

"그런 건 아니야."

"엠마 일이지? 그런 거야? 자네 와이프에게서 도망친 건 아니겠지?"

"도망친 건 맞아. 하지만 엠마로부터가 아니라 경찰로부터."

"그만 놀리고. 도대체 무슨 일이야?"

조나단은 친구의 눈을 똑바로 쳐다보며 말했다. "농담하는 게 아니야."

제이미의 표정이 굳어졌다. "정말이야? 경찰이라고?"

"오늘 있었던 폭파사건에 대한 소식은 좀 들었지?"

"피에 굶주린 놈들이지." 제이미가 말했다. "런던도 이젠 더 이상 안전한 동네가 아니라니까."

"나도 거기 있었어. 거기서 다친 거야. 유리 파편, 폭파 잔해. 사실, 나도 그 사건과 연루돼 있는 셈이야."

"농담이지?" 그러나 제이미의 목소리에 장난기는 없었다.

"나도 농담이었으면 좋겠어."

"거기서 뭘 하고 있었던 거야?" 제이미가 물었다. "그러니까 왜… 어쩌다가?"

"말할 수 없어. 믿어 줘, 자네가 모르는 편이 더 나아. 그 편이 더 안전할 거야."

"안전이라고? 자네는 경찰을 피해 도주 중이라고. 그리고 내 아이들이 자고 있는 우리 집으로 왔고. 그러니 내 앞에서 안전 운운하진 말게. 자네가 날 끌어들일 생각이라면, 난 그게 무슨 일인지 알아야겠어."

"말 못해. 단순히 경찰로부터 도망치는 이유뿐만이 아니야. 그것보다는 이야기가 더 길어." 조나단은 일어났다. "자네한테 와서 미안해. 그러지 말았어야 했단 걸 이제 알겠어. 내 생각이 짧았어."

제이미는 느릿느릿 걸음을 옮기며 말했다. "잠깐 기다려 봐. 체포됐던 건 아니지, 그렇지?"

"아니야." 조나단이 말했다. "공식적으로 체포된 적은 없어."

"그 폭발물, 자네가 터트린 건 아니지, 그렇지?"

"당연히 아니지."

"내가 피비린내 나는 연쇄살인범을 숨겨 주고 있는 건 아니란 거지?"

조나단은 웃지 않을 수가 없었다. "그래, 아니야. 그런 거라면 걱정 마."

"그렇다면 좋아. 제안은 유효하네. 자네가 원하는 만큼 여기서 지내도록 하라고. 그래도 아내한테는 말을 해야겠어. 전부는 아니더라도 뭐 대충 어떻게 된 건지만. 우리 프레니의 방을 써. 요정이나 유니콘 인형이 좀 많지만 상관없겠지? 딸아이가 한창 요정나라에 빠져 있거든. 자네한테는 침대가 약간 짧을 텐데. 뭐, 그래도 푹신하긴 해."

"아래층에 있는 카우치 소파면 충분해." 조나단은 선 채로 말했다.

"그건 말이 안 되는 소리지. 내가 아는 최고의 외과전문의를 그런 곳에서 자게 할 순 없지. 내겐 자네의 그 마법의 손을 잘 보살필 의무가 있어. 자네가 앞으로 더 많은 생명을 구해낼 수 있도록 말이야."

"고마워, 제이미. 고맙다는 말을 정말 어떻게 해야 할지 모르겠어."

"그나저나 당장 뭘 어떻게 할 작정이야?" 제이미가 물었다.

"지금 당장? 일단 좀 자야겠어."

"내일은 어쩌고 그 다음날은 어떻게 할 거냐는 말이야. 평생 도망만 다닐 순 없잖아."

"그건 자네 말이 맞아."

"그럼 어떻게 할 거냐고?"

조나단은 제이미의 퉁퉁한 어깨에 한 손을 얹고 어깨를 토닥였다.

'마법의 손.'

제이미가 한 이 말을 듣고 조나단은 망치로 한방 얻어맞은 기분이었다. 어젯밤 엠마가 그의 의술 실력에 대해 했던 말과 정확히 똑같은 표현이었기 때문이다.

그는 제이미의 두 눈을 바라보며 우연일거라고 생각했다. 흔히들 쓰는 표현이니까. 하지만 아무리 듣기 좋으라고 하는 말이라도, 아무리 친한 친구 사이에 하는 말이라 해도 조나단을 속일 수는 없을 것이다. 외과의는 타고난 손이라던가 유연한 손, 아니면 치유의 손을 가지고 있을 수는 있지만 '마법의 손' 이라니? 그런 표현은 한 번도 들어본 적이 없었다.

조나단은 제이미를 뚫어지게 쳐다봤다. 이제 생각해 보니 제이미가 마법의 손이라고 한 말은 우연하게 나온 말이 아니었다. 제이미가 처음 일한 국립보건소는 콘월에 있다. 엠마가 꾸며낸 이야기 속 어린 시절의 엠마는 펜잔스에서 자랐고, 펜잔스는 콘월 근처에 있었다. 제이미는 옥스퍼드를 다녔다. 엠마도 거기를 졸업했다고 했다.

그리고 아래층에서 봤던 다이어리는 또 어떤가? 프루던스 메도스는 의학회의에 참석할 계획을 미리 짜뒀다고 분명히 말했다. 하지만 다이어리에 적혀 있는 걸 보면 본래는 크리스와 세레나와 저녁식사 약속이 있었다. 그건 분명 막판에 약속을 취소했다는 소리였다.

우연이란 건 없어. 엠마가 늘 주문처럼 하던 말이었다.

"요정의 나라는 이쪽일세." 제이미가 말했다. "요정의 왕 오베론이시여, 이리로 오시게나."

조나단은 그를 따라 침실로 갔다. 인사를 하고 그는 잠시 몇 분간 기다렸다 복도로 몰래 나왔다. 복도는 어두컴컴하고 고요했다. 제이미는 아래층으로 내려가고 없었다. 부엌에서 다급히 누군가와 통화하는 그의 목소리가 들렸다. 엠마 랜섬의 남편인 그를 데리고 있다는 보고를 하고 다음 지시를 받고자 디비전에 연락을 취한 게 틀림없었다.

조나단은 급히 제이미의 서재로 갔다. 데스크 램프에 의지해 무기가 될 만한 것을 찾아봤다. 편지봉투 개봉하는 데 쓰는 칼에 시선이 멈췄다. 상아로 된 손잡이에 길고 날카로운 칼이었다. 사무용품이라기 보다는 단검에 가까웠다. 그것을 집어 들었다.

조용히 계단을 내려갔다.

부엌 식탁에 앉아 있던 제이미가 황급히 고개를 들었다. "깜짝이야, 간 떨어지는 줄 알았네."

조나단은 편지봉투 칼을 쥔 손을 다리 뒤에 대고 조심스럽게 다가갔다. "누구랑 얘기하고 있었어?"

제이미는 애써 미소를 지어보이며 말했다. "아, 방금… 별 거 아냐."

"제이미, 말해. 누구였지?"

"간호사. 내일 아침 특별한 수술이 있거든. 의사가 추가로 필요하다는 게 갑자기 생각이 나서."

"아까 날 보고 마법의 손이라고 했지."

제이미는 잠시 기억을 더듬더니 혼란스러운 표정으로 대답했다. "내가 그랬나?"

"어제 엠마도 똑같은 표현을 썼었어. 두 사람이 어떻게 그렇게 같은 표현을 썼는지 궁금하군."

제이미는 얼떨떨한 표정으로 조나단을 뚫어지게 쳐다봤다. "두 사람이라고 했나? 나와 자네 아내, 엠마? 난 모르는 일이야. 자네 아내를 만나 본 적도 없잖아."

"난 그게 이상한 우연이라고 막 생각했던 참이네. 그런 식의 표현은 전에 들어본 적이 없거든. 그리고 여기서 자네는 전화로 나에 대한 얘기를 하고 있었고. 나에 대한 이야기였지, 그렇지 않아, 제이미?"

"전혀 그렇지 않아. 말했잖아. 간호사라고."

조나단이 말을 이었다. "지금 워싱턴은 몇 시지? 어디 보자… 오후 다섯 시쯤 됐겠는데. 다들 아직 업무 중이겠군. 엠마가 말하길 디비전은 24시간 내내 일한다고 하더군. 사무실 등이 항상 켜져 있다고."

제이미는 고개를 설레설레 저었다. "워싱턴에다 전화한 게 아냐. 내 사무실로 걸었다고."

"밤 11시에?" 조나단은 믿지 않는다는 뜻을 분명하게 보였다. "자네 이야기에 후한 점수를 주지는 못하겠어, 제이미. 디비전 요원으로서의 기준에서 본다면 더더욱."

제이미는 마지못해 불편한 웃음을 지었다. "자네가 지금 무슨 말을 하는 거야? 디비전이란 건 또 뭐고?

"자네가 말해 봐. 자네야말로 거기 꽤 오래 있었을 테니. 궁금해서 묻는 건데, 디비전에서 자네를 끌어들인 게 옥스퍼드 전이었나, 아니면 그 후였어? 자네가 엠마를 내게 보낸 거였나? 그 부분이 늘 궁금했거든."

"말도 안 되는 소리 좀 그만해. 조나단, 무섭게 왜 이러는 거야?"

"그자들이 자네한테 무슨 지시를 내렸지? 그들이 올 때까지 날 잡아두라고? 나를 죽이라던가? 아니면 미행하라고 시키던가?"

"내가 자네를 죽인다고?" 제이미는 두 눈을 동그랗게 뜨고 말했다. "그만 떠나 주는 게 좋겠어. 자네 말이 옳아. 이건 너무 위험해."

"자네 콘월에서 일했지?" 조나단이 물었다.

"더치 병원에서. 근데 뭐?"

"거긴 엠마가 자기 고향이라고 했던 펜잔스에서 가까운 곳이잖아. 옥스퍼드에서도 자네는 메디컬 스쿨 전에 브라스노스 칼리지를 다녔지. 엠마와 마찬가지로. 그리고 카우치 이야기도 그렇고?"

"카우치 소파가 뭘?"

"스파이다운 술수였다고. 내가 거기서 자도록 할 수는 없었을 테지. 현관문에 너무 가깝거든. 일어나자마자 네가 모르는 사이에 떠나 버릴 수도 있으니. 그래서 나보고 이층에 자라고 한 거지. 네 동료들이 오기 전까지 날 감시할 수 있도록 말이야."

제이미의 이마에 땀이 맺혔다. "동료라고? 동료는 무슨! 세상에, 조나단. 정신 차려! 나라고, 제이미. 지금 나랑 얘기하고 있는 거라고."

그러나 조나단은 듣지 않았다. 그는 엠마가 받은 훈련에 대해서 알고 있었다. 결국 모두 위장이었다. 정문으로 눈길을 한 번 준 다음 말했다. "놈들이 지금 오고 있는 건가?"

바로 그때 제이미는 편지봉투 칼을 보았다. "이러지 말게." 제이미는 격양된 소리로 말했다. "자네가 지금 무슨 생각을 하고 있는지는 모르지만. 이러지 말게. 난 디비전이 무엇 하는 곳인지도 모르고. 엠마를 만난 적도 없어. 내 아이들을 걸고 맹세하는데 내가 자네더러 마법의 손이라고 떠든 건 순전히 우연일 뿐이야. 내가 어디선가 그냥 주워들은 거겠지. 순전히 우연이라고." 그는 의자에서 일어나 양손을 앞으로 내밀었다. 땀이 솟아나기 시작하면서 수북한 눈썹에 고이더니 분홍빛 뺨을 타고 미끄러져 내렸다. "프루!" 제이미가 소리를 지르려고 했지만 조나단은 테이블을 돌아 그가 미처 말을 내뱉기 전에 그의 몸 위에 올라탔다. 그는 제이미의 입을 손으로 틀어막고 목에 편지봉투 칼을 들이대며 말했다. "조용히 해."

제이미는 미친 듯이 고개를 끄덕였다.

조나단은 칼날을 내리고 제이미의 입을 막은 손을 풀며 말했다. "돈이 좀 필요해."

"내 지갑에 있어. 카운터 옆 열쇠 바구니에 있어. 마음대로 가져 가. 1백 파운드짜리가 꽤 들었을 거야. ATM 카드도 챙겨가. 카드 비밀번호는 1-1-1-1. 제발 헛소리는 그만 하라고. 말하지 않아도 다 알아. 내 차도 가져가도 좋아. 재규어야. 속력은 끝내주지. 경찰에 연락은 안 할게. 당장은 말이야. 하지만 나중에는 해야 해. 보험처리를 해야 하니까 말이야. 돈 꽤나 들인 차거든."

조나단은 지갑을 찾아 지폐를 세어 보았다. 전부 570파운드가 있었다. 차 열쇠도 챙겼다. "뒤편에 세워져 있는 거지?"

제이미는 고개를 끄덕였다. "자네가 굳이 이럴 필요까진 없었다고, 알아? 그냥 부탁만 했어도 됐다고."

"어쩌면, 하지만…" 조나단은 하던 말을 갑자기 멈췄다. 제이미의 눈빛 속에 뭔가 마음에 걸리는 게 있었다. 그는 말 그대로 겁에 질려 있었던 것이다. 그제야 그가 연기를 하는 게 아니라는 확고한 느낌이 들었다. "자네 정말로 디비전과 일하는 게 아니군, 그렇지?"

제이미 메도스는 고개를 저었다.

"엠마도 모르고?"

"아직 그럴 기회가 없었지."

조나단은 한숨을 내쉬었다. 갑자기 피로감이 몰려왔다. "도난신고는 내일까지만 기다렸다가 해 주겠어?"

메도스는 고개를 내저으며 말했다. "일주일 뒤에 할게."

"나중에 현금으로 갚을 게."

"아무 때나. 서두를 것 없어."

조나단은 고개를 끄덕이고는 뒷문 쪽으로 뒤돌았다. 한 걸음 내딛고는 곧 멈춰 섰다. 아무리 생각해도 영 꺼림칙한 점이 한 가지 남아 있었다. "의학회의 참석은 어떻게 된 거야? 왜 나한테 오랜 전부터 회의에 참석할 계획이었다고 말했던 거야?"

"그건 내 생각이었지." 프루던스 메도스의 목소리가 들려왔다. "네 놈이 런던에 왔다는 소식을 최근에 알았다고 말하면 행여나 우리를 의심할지도 모르니. 전보다 경계심이 늘었더군."

그녀는 층계 아래 서 있었다. 그녀는 실크 잠옷을 입고 오른 손에는 권총을 들고 서 있었다.

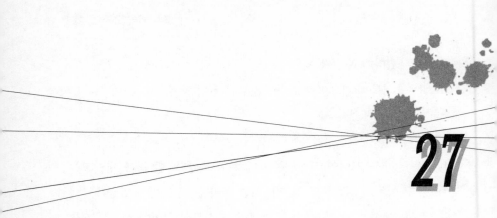

"여보, 당신 지금 뭐하는 거야?" 제
이미 메도스가 놀란 목소리로 물었다.

"쉿, 아이들 깨요. 조용히 하세요." 그녀는 총구에 소음기를 장착하고 팔
을 쭉 뻗은 다음 정확히 조나단의 가슴을 겨냥했다. "그 말은 내가 제이미
에게 해 준 거야. 네 그 마법의 손에 대한 말을 한 사람은 바로 나라고. 몇
년 전 엠마가 내게 했던 말이거든. 엠마는 네놈 칭찬하는 걸 멈출 줄 모르
더군."

"무슨 소리 하는 거야?" 제이미의 목소리가 좀 전보다 더 커졌다. "당신
지금 손에 뭘 들고 있는 거야?"

"어때, 조나단. 직접 말할 텐가? 그래, 아무래도 네가 제이미에게 직접
말하는 게 좋겠어."

"자네 아내 프루던스는 디비전에서 보낸 사람이야." 조나단은 프루던스에
게서 시선을 떼지 않은 채 말했다. "그들이 엠마를 찾아내서 제거하려고 해."

"말도 안 돼." 반자동 권총을 들고 있는 아내의 모습에 아랑곳하지 않은
채 제이미는 항변하듯 대답했다. "여보? 이 친구한테 말해 줘. 이건 오해라
고. 그나저나 그 디비전이란 곳은 도대체 뭘 하는 곳인데?"

"미국 정부에서 운영하는 정보국이지." 프루던스가 말했다. "영국에는

MI6가 있고 미국에는 CIA가 있는 것처럼. 디비전은 그보다 조금 더 규모가 작고 좀 더 비밀스러운 곳일 뿐이야."

"무슨 말인지 도통 모르겠군." 제이미가 말했다.

"엠마가 일했던 조직에서 자네 아내도 일을 한다는 소리야." 조나단이 말했다. "미국의 안보를 위해 전 세계를 다니며 기밀작전을 수행하는 자들이야. 주로 하는 일은 암살이고."

"나보다 설명을 잘하는데." 이렇게 말하며 프루던스는 한발자국 앞으로 다가왔다. 그녀는 남편을 쳐다보며 말했다. "한 가지 덧붙이자면 우리는 없애야 할 인간들만 죽여."

"전에 당신을 본 기억이 없는데, 안 그렇소?" 조나단이 물었다.

"원래 데스크 업무가 내 일이거든. 런던지부를 맡았지. 더 정확히 말하면 맡은 적이 있었던 거지. 엠마가 그 짓거리를 하고 나서 본부에서 우리 런던지부를 없애 버렸어. 그리고 사무실은 램버스로 옮겼지. 램버스로 말이야! 그래, 우리는 전에 한 번도 마주친 적이 없어. 우리 모두가 당신 아내와 같은 소질을 가진 건 아니거든. 난 언어라면 젬병이니까. 영국 억양은 곧잘 따라하지만. 그건 그나마 잘하는 편이니까."

"당신이 영국 억양을 흉내 낸다고?" 당황한 소리로 제이미가 물었다. "당신 고향이 슈롭셔잖아. 영국식 억양을 쓰는 게 당연한 거 아냐."

"믿지 않는 게 좋을 거야." 조나단이 말했다.

프루는 손목시계를 내려다보더니 다시 말을 이었다. "어제 아침 누군가가 네놈이 입국하는 것을 목격했지. 보스가 내게 전화를 해 네놈을 데려오면 복직을 시켜 준다더군. 봉급도 올려 주겠다네. 그만큼 우리는 네 아내를 몹시 찾고 있거든."

"프루, 당신이 뭔가 잘못 이해한 거야. 조나단은 그저 영국에서 벗어나고 싶은 것뿐이라고." 조나단을 대신해 제이미가 나섰다. "빨리 프루한테도 말해. 경찰에서 이 친구를 찾고 있긴 한데, 다 오해라잖아."

"제이미, 그냥 가만히 있어." 조나단이 말했다. "프루와 나눌 말이 있어."

"엠마는 만났나?" 프루던스 메도스가 물었다. "어제 칵테일파티에서 빠져나가 간 곳이 거기였나?"

조나단은 대답하지 않았다. 프루던스가 재차 시간을 확인하는 것을 보고는 디비전 요원들이 오고 있다는 것을 직감했다. 가능한 한 서둘러 그곳을 벗어나야만 했다.

"그래서 다음 계획이 뭐지?" 프루던스가 계속해서 질문을 던졌다. "어디선가 엠마와 다시 만나기라고 하실 건가? 첩보기관과 경찰들에게 쫓기는 상황에서는 쉽지가 않을 텐데. 여기서 벗어나는 편도 티켓이 당신에게는 별 도움이 안 될 텐데. 그러니 이제 그만 우리 쪽으로 넘어오라고. 조나단, 당신에게 보내는 메시지가 있지. 디비전은 당신을 돕고 싶어 해."

"그들이 당신에게 시켰소? 그렇게 전하라고?"

"프랭크 코너가 시켰지. 그 사람에게 직접 물어 봐. 곧 이곳으로 올 테니."

그녀는 불안정하게 발걸음을 옮기며 그와의 간격을 좁혔다. 조나단은 공격의사가 없다는 점과 항복의 표시로 두 손을 들었다. 조명이 비치는 곳까지 오자 그는 그녀가 말하는 목소리와는 달리 냉정하고 침착한 상태가 아니라는 것을 눈치 챘다. 끊임없이 눈을 깜박였고 매 호흡마다 그것이 마지막 호흡이라도 되는 냥 크게 들이쉬고 있었다. 자기 입으로 말한 것처럼 그녀는 사무직원이었다. 현장에서 뛴 엠마와는 달랐다.

"당신 말이 맞소." 조나단이 말했다. "편도 티켓은 그다지 도움이 안 될지도 모르지. 그렇지만 당신 보스와 대화를 나누는 것도 그다지 좋은 방법은 아닌 것 같은데."

"그렇게 해." 제이미가 애원하듯 말했다. 마치 이 모든 것이 친구들 간의 오해에 지나지 않는다는 듯, 그는 자리에서 일어나 고개를 내저으며 식탁을 끼고 돌아 조나단 곁으로 왔다. "대화를 하면 도움이 되지 않겠어."

"거기 가만히 있어요, 여보." 프루가 말했다.

그러나 제이미는 프루 곁으로 계속해서 다가갔다.

"가만히 있으라니까!" 프루던스가 외쳤다.

"이런, 망할, 조나단." 제이미는 멈춰 서서 말했다. "그저 자네와 대화하고 싶다고 하잖아."

"아니야, 제이미. 그들은 그렇지 않아. 그들은 내가 아내가 있는 곳을 털어놓길 원하고, 아마도 우리 부부를 둘 다 죽이고 말거야."

"프루, 그게 사실이야?" 제이미가 물었다.

"아니에요, 제이미. 우리는 조나단을 해칠 의도가 전혀 없어요. 우리는 그저 대화를 나누고 싶을 뿐이라고요."

"그것 봐, 조나단! 프루던스가 하는 말을 믿어."

"제이미, 미안해. 하지만 난 정말 떠나야 해." 조나단은 프루던스를 정면으로 응시했다. "내 아내가 어디 있는지는 나도 모르오. 코너에게 그렇게 전하시오. 나도 물어 봤지만 아내가 말해 주지 않았소."

"그럴 순 없지." 프루가 말했다. "거기 그대로 가만히 있으라고. 그리 오래 걸리진 않을 테니."

제이미는 부엌과 거실을 나누는 기둥 옆에 서 있었다. 이 상황을 감당해 내기가 몹시 힘든 표정이었다. 권총, 아내가 비밀첩보원이라는 사실, 냉랭한 분위기가 주는 압박감. 그에게는 오직 분노만이 남아 있었다. "여보, 멈춰." 그가 말했다. "당신 정말로 조나단을 쏠 거야?"

"맞아요, 제이미. 당신은 나서지 마."

"그렇게는 못하겠어." 분노에 찬 그가 용기를 내 말했다. "조나단은 내 친구야. 당신이 하는 일이 뭔지, 누구를 위해서 일을 하는 건지는 나도 상관 안 해. 그런 건 나중에 얘기하자고. 당장은 그 총부터 내려놓고 조나단을 그냥 보내 주라고."

권총이 풀썩하더니 기둥의 회반죽 한 뭉텅이가 제이미 메도스의 머리 한 뼘 위쯤에서 떨어져 내렸다.

"그대로 있어. 그리고 그 입 좀 다물어요, 여보. 나중에 얘기하자고요."

그러나 그녀가 쏜 총은 메도스를 더 자극했다. "그딴 건 겁 안 나." 그는 화를 내며 말을 이었다. "정말 이 친구를 쏠 거야? 나도 쏠 건가? 바보같이 굴지 좀 마."

"제이미, 좀 그만하라고!" 그녀가 소리쳤다.

"당신이나 이제 좀 그만해."

프루던스는 남편을 향해 총구를 돌렸다. "이런 젠장, 그만하라니까."

제이미는 조나단을 밀치며 총구를 향해 달려들었다. 철컥 하는 소리가 들리더니 제이미가 무릎을 꿇으며 쓰러졌다. "프루." 그는 우연한 사건의 희생자처럼 힘없이, 그리고 아무런 원망도 없이 말했다. "당신이 날 쐈어."

"여보!" 그녀가 소리쳤다.

제이미는 바닥에 엎어졌다. 입가에서 피가 흘렀다. 조나단은 무릎을 꿇고 앉아 제이미의 몸을 돌려 뒤로 눕힌 다음 우선 숨을 쉬도록 호흡 기도를 확보했다. 셔츠를 열어젖히자 흉골 일 인치 윗부분에 깨끗한 검은 구멍이 나 있는 것이 보였다. 탄환이 심장을 뚫고 나간 것이 아니라면 관상동맥이 다쳤을 것이다. "타월을 가져와요." 그가 말했다. "구급차도 불러요."

프루가 남편을 내려다보며 말했다. "난 방아쇠를 당기지 않았어." 그녀는 이렇게 중얼거렸다. "내가 그럴 리가 없잖아요." 이번에는 조나단을 보며 말했다. "어떻게 좀 해 보라고요!"

"일단 구급차부터 불러요!"

프루는 부엌으로 달려가 긴급구조대에 전화를 했다.

조나단은 오토만 위에 있던 담요로 피를 닦아내고는 검지를 구멍에 집어넣고 지혈할 수 있는 동맥을 찾았다.

"계속해." 제이미가 힘겹게 고개를 들고 말했다. "아픈 건 걱정 말라고. 아무 느낌이 없어. 총알이 척수에 맞았나 봐."

"조금 미끄러워." 조나단이 검지를 세워 근막을 지나 흉곽 안쪽으로 집어넣으며 말했다. "자, 다시 해 볼게."

"찾았어?"

"아직."

"포기하지 마."

조나단이 몸을 앞으로 기울이며 눈을 가늘게 떴다. "참아. 내가 금방 지혈할 게."

"참을 수 있어." 제이미는 갑자기 발작을 일으키며 온몸이 들썩거렸다. 그리고 머리를 앞으로 숙이더니 검붉은 동맥혈이 입에서 뿜어져 나왔다. "존…살려 줘."

"가만히 있어, 제이미. 우린 할 수 있어." 조나단은 메도스를 바닥에 눕히고 호흡을 고른 다음 보이지 않는 곳의 찢어진 동맥을 다시 찾기 시작했다.

"내 애들 어떻게 해." 제이미가 말했다. "아직 어린 것들을."

"지금은 자네 생각만 해. 조금만 참아. 곧 병원으로 옮길 거야. 알겠지?"

"아냐 이건…" 목소리가 차츰 잦아들었다.

"정신 차려!" 손가락을 오른쪽으로 약간 움직이자 혈류가 느껴졌다. 손가락을 조금 더 깊게 찔러 넣으면서 내출혈을 일으키고 있는 곳을 찾았다. "이거야." 조나단이 소리쳤다. "찾았어. 자, 이제 가만히 있어 봐."

"주여, 감사합니다." 제이미는 조나단과 시선을 맞추며 속삭였다. "랜섬, 자넨 훌륭한 녀석이야. 그게 사실이군."

"뭐가?"

"마법의 손. 자넨 정말 마법의 손을 가졌어." 말을 마친 그는 숨을 헉 하고 쉬더니 그대로 멈췄다.

조나단은 친구의 동공이 퍼지고 안색이 창백해지는 것을 지켜보았다. 변화는 곧바로 극적으로 이루어졌다. 그는 조심스럽게 손가락을 빼내고 무릎을 꿇은 채 뒤로 주저앉아 움직이지 않는 형체를 응시했다.

프루가 거실에서 돌아왔다. 그녀의 시선은 조나단과 죽은 남편 사이를 부지런히 오갔다. "어떻게 된 거지? 어떻게 된 거야? 제이미?"

"늦었소." 조나단이 말했다.

"뭐라고? 하지만 구급차가 오는 중인데. 3분이면 도착한다고 했는데. 이럴 순 없어." 프루던스는 권총을 사이드테이블 위에 올려놓고 무릎을 꿇고 앉아 한 손으로 남편의 뺨을 어루만졌다. "제이미." 남편의 귓가에 대고 이렇게 속삭였다. "어서요. 조금만 더 버텨. 구급차가 거의 다 왔단 말이야. 디비전에서도 이해해 줄 거야. 당신은 내 남편이잖아. 아무 문제없어."

"유감이오." 조나단이 말했다.

"아니, 이건 말이 안 돼." 그녀가 따지고 들었다. "죽었을 리가 없어. 난 안 그랬어…이건 사고였어."

방 안은 다시 조용해졌고 탄약냄새가 공기를 더럽혔다.

"네 놈 짓이야." 잠시 후에 프루던스가 말했다. 두 눈은 눈물로 얼룩져 있었지만 냉랭한 목소리만은 그대로였다. "네가 죽인거야. 엠마랑 네놈이."

"그건 사실이 아니오." 조나단은 지쳐서 아무 기력도 없이 대답했다.

순간 그녀는 자리에서 일어나 권총 있는 쪽으로 손을 뻗었다.

조나단은 본능적으로 반응했다. 은빛 섬광이 번쩍하더니 쿵하는 소리가 들리고 날카로운 신음소리가 들렸다. 그는 권총을 집어 들고 한발자국 뒤로 물러섰다.

프루던스 메도스는 공포에 질린 눈으로 테이블 위에 놓인 자신의 손에 편지봉투 칼이 꽂혀 있는 것을 보고 있었지만 아무 소리도 내지 않았다. 두 사람의 시선이 마주쳤다. 저 멀리서 구급차의 사이렌 소리가 들려왔다.

"제니." 그녀는 이층에 있는 큰 아이의 이름을 불렀는데, 그런 침착함이 오히려 불안해 보였다. "어서 일어나! 나쁜 사람이 우리 집에 몰래 들어와서 아빠에게 총을 쐈어!"

조나단은 문 쪽으로 달려갔다.

5분 뒤, 그는 제이미 메도스의 재규어를 몰고 런던 외곽 A4를 달리고 있었다.

28

공식적으로 그곳은 런던 경시청의
텔레폰 인포메이션 유닛이라는 이름을 갖고 있지만, 사람들은 그곳을 아쿠
아리움이라고 불렀다. 아쿠아리움은 화이트홀의 정부청사 지하 3층에 위
치해 있었다. 붉은 벽돌과 회반죽이 어울려 위엄을 더하는 아쿠아리움 건
물은 17세기경 영국의 건축가 이니고 존스의 제자들 손에 설계되고 건축되
었지만 건물 내부는 완전히 21세기의 것이었다. 붉은 벽돌 대신 스테인리
스 스틸, 회반죽 대신 광섬유 케이블선이 깔려 있다. 수천 마일에 이르는
케이블선은 벽을 통과하고 바닥을 지나 좁은 방과 넓은 사무실, 그리고 방
음장치가 되어 있는 회의실들이 빽빽하게 들어선 축구장만한 크기의 공간
으로 이어졌다. 텔레폰 인포메이션 유닛에서 하는 일은 전화 통화를 도청
하고, 영국 정부에 의해 '요주의 인물'로 간주된 5천여 명의 이메일 트래픽
을 감시하는 일이었다.

케이트 포드는 아쿠아리움 뒤쪽 끝까지 지면보다 높게 설치되어 있는
보행자 통로를 서둘러 지나갔다. 통로를 따라 설치된 방음 판유리가 통로
와 업무지역을 분리해놓고 있었다. 20미터 간격으로 통로에서 업무지역 아
래로 내려갈 수 있는 출구와 층계가 설치되어 있었다. 밤 11시를 넘긴 시각
이었지만 건물 안은 분주했다. 디지털 세계에는 밤낮의 구분이 없었다.

세 번째 출입구에서 걸음을 멈추고 카드 판독기에 신분증을 넣었다. 초록색 핀라이트 불빛이 켜지자 생체측정 스캐너에 왼쪽 엄지를 갖다 댔다. 이곳에서는 건물 출입 허가를 받고 난 후에 더 많은 보안검사가 뒤따랐다. 층계를 따라 내려가자 업무지역은 거대한 바닥을 열십자로 가로지르는 통로들마다 각기 이름을 써서 붙여놓아야 할 정도로 복잡했다. 벨그라비아, 코벤트가든이라고 쓴 깃발들을 지나 핌리코라고 쓰인 깃발에서 멈췄다.

토니 셰퍼는 데스크 앞에 웅크리고 앉아 무릎 위에 키보드를 올려놓고 컴퓨터 안에 명령어를 쳐 넣고 있었다. "어, 오셨어요?" 사람이 온 것을 알아보고는 이렇게 말했다. "하던 거 금방 끝낼 게요."

"서둘러 줘." 주위에 빈 의자를 찾아 끌어오며 케이트가 말했다.

아직 젊은 셰퍼는 헝클어진 검은 머리에 면도도 하지 않은 모습이었다. "주신 정보로 알아보고 있어요." 그가 말했다.

"뭐 좀 건졌어?"

"별로요."

케이트는 인상을 찌푸렸다. 도체스터를 떠나기 전에 셰퍼에게 전화를 걸어 어제 아침 러셀에게 비디오 메시지를 보낸 여인의 IP 주소와 위치를 추적해 보라고 했던 것이다. "이름이랑 주소는 확인해 봤고?"

"거기까진 별 문제가 없었어요." 미안하다는 투로 셰퍼가 말하자 그녀는 긴장했다. "예상대로 로버트 러셀의 이름이 브리티시 텔레콤과 보다폰에 등록되어 있었습니다. 저한테 원 파크에 있는 그의 아파트로 들어가는 모든 전화와 케이블선의 번호가 있어요. 이론상으로는 러셀의 전화선을 통과하는 트래픽을 추적하기만 하면 되는 문제죠."

"그런데 왜 시큰둥한 표정을 짓는 거야?"

"러셀 관련 정보는 블로킹 돼 있어요. 접속할 수가 없단 말입니다."

"어째서? 오늘 아침 파이브에 들렸는데, 그쪽에서는 러셀의 번호를 일주일 동안 감시하고 있던데. 심지어 통화내역까지 복사해 두었던데."

"파이브가 문제에요.. 그자들이 시내 해당 지역으로 들어가는 노드에 필터를 설치해놓고 있거든요. 영장이 있건 없건 그들이 메이페어 지역의 모든 통신을 파악하고 있다는 겁니다. 러셀의 경우는 빙산의 일각에 불과한 셈이죠."

"러셀의 아파트로 들어가는 트래픽을 복사해 달라고 요청해 봤어?"

셰퍼는 고개를 끄덕였다. "해 봤죠. 정보 공유를 거절당했어요. 국가안보가 지방당국의 조사보다 우선한다는 말을 계속 늘어놓던데요."

"참나, 이건 살인사건 조사라고."

"저도 그렇게 말했지만 먹히지 않았어요."

케이트는 손으로 콧날을 꼬집듯 집으며 몸을 앞으로 숙였다. "그 여자가 바로 사건의 열쇠야. 핵심 연결고리. 빅토리아 베어에 대한 정보를 러셀에게 넘긴 것도 그 여자였어. 그 여자야말로 이번 폭탄테러의 배후가 누군지 우리에게 알려줄 수 있는 인물이야."

"정보국 보안부에 정식으로 요청을 하셔야 할 겁니다. 하지만 저 같으면 별로 큰 기대를 하지는 않을 겁니다."

"협력의 시대라고 떠들어댈 땐 언제고."

"많이 나아진 게 이 정도인걸요. 정말이라니까요. 예전 같았으면 파이브에서 제 전화 따위는 아예 받지도 않았을 걸요." 셰퍼는 머리를 긁적이며 말했다. "그 정체불명의 여자를 찾아낼 다른 방법은 없는 건가요? 비디오 메시지라고 하셨죠? 엠비언트 사운드 분석법은 시도해 보셨나요? 가끔 그 방법으로 정말 놀라운 걸 찾아내기도 하거든요. 가까이서 들리는 라디오 소리나 몇 마일 떨어진 곳에서 들리는 교회 종소리같이 메시지를 보낸 곳의 위치를 짚어내는 데 도움이 될 만한 단서들 말이에요. 그 단서를 가지고 역으로 하나하나 되짚어 나가는 것입니다. 해당 지역을 몇 평방미터 정도로 좁힌 다음 지역 케이블 노드를 확인하고, 그 지역의 누가 러셀에게 메시지를 보냈는지를 알아보는 방법이죠."

"그렇게 하는 데 얼마나 걸리지?"

"며칠, 어쩌면 일주일 정도요. 단서가 쉽게 잡히는 경우에 말입니다. 그렇지 않으면 60일은 잡아야 할 겁니다."

"그래. 알려줘서 고마워, 토니."

"도움을 못 드려서 죄송해요."

"괜찮아." 케이트는 그의 등을 토닥여 주고 층계로 걸어갔다. 엠비언트 사운드 분석법이라고. 속으로 뭔가 더 쉬운 길이 있겠지 생각하며 그녀는 고개를 저었다. 하필 교회 종소리가 뭐야.

그 순간 비디오 메시지에 대한 생각이 하나 퍼뜩 떠올랐다. 지푸라기라도 잡고 싶은 심정이었던 그녀가 다급한 마음에 잠시 간과해 버린 일이었다. 걸음을 멈췄다. 어쩌면, 아무 도움이 안 될지도 모른다. 하지만…

그녀는 부랴부랴 층계를 뛰어 올라가 문을 열어젖혔다. 뛰지 말라고 자신을 타일렀다. 절대로 조바심 내는 모습을 보여서는 안 돼.

세상을 향해 턱을 한껏 치켜세우고 그녀는 통로를 당당하게 걸어 나가 건물에서 빠져나왔다. 비디오 통화 복사본을 다시 확인해 볼 생각이었다. 그녀는 템스하우스로 다시 돌아가고 있었다. 그레이브스, 그 망할 인간이 있는 곳으로!

29

"불 켜지 말란 말이야!" 만취한 목소리의 주인공이 외쳤다.

케이트는 템스하우스 1층에 위치한 사무실 구석으로 다가갔다. 눈을 가늘게 뜨고 보니 널찍한 데스크 뒤에 엎어져 있는 검은 형체가 보였다. "괜찮으신가요?"

"뭘 원하는 거야?" 갈라진 목소리에서 불분명한 발음으로 단어들이 세어 나왔다.

케이트는 손으로 벽을 더듬어 전등 스위치를 켰다. 사무실 안이 환하게 밝아졌다. 그레이브스는 불빛을 피하려고 한 손을 들어 올리고는 핏발 선 두 눈으로 그녀에게 증오에 찬 시선을 던졌다. 그의 데스크 위에는 위스키 한 병과 술을 가득 따라 넣은 컷글라스 텀블러 잔이 놓여 있었다.

"전화를 받지 않아서요. 부하 직원이 여기 계실 거라고 말해 주더군요."

"내가 혹시 기억 못하거든 잊지 말고 그놈을 해고하라고 말해 주시오."

"이게 무슨 꼴이에요?" 케이트는 위스키 병과 글라스 잔, 그리고 한심하기 그지없는 그의 모습을 보고 물었다.

"뭘 말이요? 아무 문제없소, 포드 계장. 모든 게 다 더할 나위 없이 만족스러운 걸. 서부전선 이상 없음. 즉시 소속 부대로 복귀하라."

"지금쯤 머나먼 팀북투에 가 계실 줄 알았는데요. 당신의 그 충직한 사냥개 양키 블러드하운드랑 말이죠."

"랜섬 때문에 왔나? 아직 못 들었나 보군?" 그레이브스의 쉰 소리 섞인 웃음소리가 방안을 가득 메웠다. 뭔가 쓸쓸함이 느껴지는 울부짖음에 가까웠다.

케이트는 망설이다 조심스럽게 데스크 앞으로 다가갔다. "무슨 소식 말이죠?"

"놈은 사라졌소."

"사라지다니요? 당신이 그를 미국 놈들에게 넘겨 버렸다는 소린가요? 그자들이 결국 랜섬의 정체에 대해 시인을 한 거냐고요?"

"미국 놈들한테 넘겨? 그럴 리가 있나."

"그럼 어떻게 된 거죠?"

"놈이 도주했소."

"도망쳤다고요?" 케이트가 정색을 하고 말했다. 그레이브스가 짓궂은 농담을 하는 것이라고 생각했다.

"재빨리 도망쳤소. 벽을 타고. 이제 경찰 손에 없단 말이오. 빌어먹을, 그런 표정 좀 짓지 마시오. 내가 무슨 말을 하는지 못 알아듣겠소?"

케이트는 그레이브스의 데스크 앞에 있는 의자에 앉았다. 몹시 화가 났다. 경찰에 구금된 피의자가 탈출하도록 놔둔 어처구니없는 무능함에 분통이 터졌다. "내가 떠날 때만 해도 당신은 교황을 호위하고도 남을 만한 인원을 데리고 랜섬과 그 방안에 있었는데. 도대체 어떻게 된 거죠?"

"건물 벽을 타고 내려갔소. 발코니에서 뛰어내려 바로 밑에 있는 건물 정문을 통해서. 알고 보니 그렇게 어려운 일도 아니었더군." 그레이브스는 의자를 뒤로 밀어젖히고 자리에서 일어났다. "왜 내게 놈이 전문 등반가였다는 사실을 일러주지 않았소." 그는 위협적인 자세로 데스크를 돌아 다가오며 말했다. "그러한 사실을 이제야 전해 들었소. 미리 알고 있었더라면,

어쩌면 미연에 방지했을 수도 있었을 텐데. 위층에 있는 놈들 보기에 이렇게 우스운 꼴이 되지는 않았을 수 있었다는 말이요."

"그래서 지금 날 탓하는 건가요?"

"아니오." 그레이브스가 대답했다. "모두 내 잘못이오. 수갑을 풀어 주고 놈이 무슨 영국 왕세자라도 되고 나 자신은 놈의 시종인 양 방안을 휘젓고 다니도록 놔두었으니 내 자신 외에 다른 누구를 탓할 수는 없지. 전적으로 내 잘못이요." 그는 손가락으로 그녀를 가리키며 말했다. "날 거만하고 한심한 놈이라 해도 할 말이 없소. 내가 터트린 폭죽에 내가 놀란 꼴이라고 놀려대겠지. 사건은 이제 경찰, 바로 헨던 놈들에게 넘어갔소."

"내 방식은 아닌데요." 케이트가 대답했다.

"웃기는 소리. 하기야 그건 내 방식이지." 그레이브스는 재미있다는 듯 대답했다. "한때 내 방식이었다고 해야 하나?"

"파면됐다는 말인가요?"

전혀 잘못 짚었다는 듯 그레이브스는 고개를 저었다. "그건 아니지. 위에서는 이런 종류의 일에 대해서는 오히려 차분하게 나오는 경향이 있지. 결국은 언제고 닥칠 일이지만. 아무튼 국장은 필요 이상으로 남의 주의를 끌지 않도록 하기 위해서라도 일주일 정도는 가만히 두고 보려고 할 거요. 당신이라면 정말 중요, 혹은 정말 비열한 러시아 외교관 몇 놈을 포함해 일곱 명의 목숨을 앗아간 차량 폭탄 사건의 최우선 용의자가 그렇게 손가락 사이로 빠져나가듯 사라지도록 놔두었을 것 같소. 수갑까지 채워놓고 말이오. 파면이라고? 십자가형만 면해도 난 운이 좋은 거요."

"그거 참 안됐네요."

그레이브스는 눈동자를 굴렸다. "이런, 농담이 아니오." 그는 글라스 잔을 집어 들고 위스키를 한 모금 쭉 들이켰다. "그나저나 여긴 어쩐 일로?"

"러셀과 연락했던 그 여자를 추적 중이에요."

"가망 없는 일이오. 아쿠아리움에 있는 당신 친구 토니 셰퍼한테서도 같은 소리를 들었을 텐데?"

여전히 그레이브스는 자신이 그녀보다 한 발 앞서 있다는 점을 인식시켜 주려고 했다. "셰퍼 말로는 파이브에서 협조해 주지 않는다더군요."

"그렇게 말하는 게 그나마 위안이 될 테지." 그레이브스가 말했다. "러셀은 그 메시지를 전 세계 ISP를 통해 우회해서 받았소. 영국으로 들어오기 전에 프랑스, 러시아, 그리고 인도를 거쳐 왔다는 말이지. 그걸 추적하려면 한 달은 걸릴 거요." 갑자기 그는 껄껄거리며 웃었다. "어쩌면 그 여자도 꾼이었을지 모르지. 아기는 위장용이고 말이오."

그의 느긋한 발걸음에 맞춰 케이트도 의자를 돌리며 물었다. "그 영상 복사본을 혹시 갖고 있나요?"

"물론이오. 하지만 내 직원들 중 최고로 실력이 좋은 자들이 몇 번이고 봤지만 아무 것도 나온 게 없소."

"한번 보여주시겠어요?"

그레이브스는 영상기기 보관함을 열고 DVD 플레이어를 켰다. 잠시 후에 영상이 흘러나오기 시작했다.

"거기 정지해 보세요." 영상 중간쯤에서 케이트가 말했다.

그레이브스는 화면을 정지시켰다. 스크린 위의 여인은 아기를 달래기 위해서 몸을 일이 인치 수그린 자세를 하고 있었다. 한 손은 아기의 뺨을 쓰다듬고 있었다.

"저 반지를 보세요." 여인의 손가락을 가리키며 케이트가 말했다.

"반지가 어쨌다는 거요?"

"문장이 새겨져 있어요. 대학 졸업 반지인 것 같아요."

그레이브스가 화면을 확대하자 여인의 모습이 확대되며 손가락이 화면의 정중앙에 놓였다. 케이트는 모니터 앞으로 바짝 다가갔다. "내가 잘못안 게 아닌 이상 저건 틀림없이 옥스퍼드 반지예요."

"당신이 그걸 어떻게 알지?"

"한때 나도 옥스퍼드에 무지 들어가고 싶었으니까요."

그레이브스는 몇 초간 화면 속 이미지를 자세히 살펴보더니 뒤로 돌아 다시 데스크로 걸어갔다. "이런, 당신이 뭔가 건진 것 같기도 해."

십 초쯤 뒤에 그의 걸음걸이는 다시 예의 그 권위를 되찾았다. 원래의 꼿꼿한 자세로 돌아온 그는 수화기를 집어 들어 귀로 가져갔다. "로버트!" 안 좋은 기억은 모두 잊었다는 듯이 태연스레 말했다. "자료실로 내려가서 옥스퍼드 졸업앨범을 좀 찾아보게. 연도는…" 그레이브스는 수화기를 내리 며 물었다.

"지난 이십년 간 앨범이요." 케이트가 말했다.

"지난 이십년 간 앨범이네. 바로 찾아 가져오게." 수화기를 내려놓으며 그가 말했다. "한잔 하겠소?"

케이트는 고개를 내저었다. "안 마시는 게 좋겠어요. 아직 회복 중이라."

그레이브스는 책상 가장자리에 걸터앉았다. "큐 스트랭글러 체포 건을 망친 게 당신이었지? 그간 힘들었겠군."

"평생토록 감옥에서 썩게 만들 충분한 증거를 가지고 놈을 체포하러 갔 었죠. 우리 프로파일러는 놈이 발작을 일으키는 경우를 빼고는 고분고분한 타입이라고 했죠. 그래서 여느 범인들을 다룰 때처럼 놈의 집 정문으로 걸 어 들어갔어요. 초인종을 누르고 정중하게 우리 소개까지 했으니까요. 아 무 문제가 없을 거라고 생각했죠. 그동안 이십 명의 살인범을 체포해 봤는 데 다들 연행되는 동안은 군말 없이 양처럼 순하게 굴었으니까요. 우리가 너무 안이했던 거죠."

"그때 총경 하나가 목숨을 잃은 걸로 아는데, 그렇지 않소?"

"빌리 도노반이요. 내 약혼자였죠."

그레이브스는 움찔하고 놀라며 말했다. "참으로 유감이오."

"경시청에서는 나를 퇴직시키려고 했어요." 케이트는 말을 계속했다. "그런 수모를 당하고 가만히 있지는 않으니까요. 난 말도 안 되는 소리 집어치우라고 했고요. 그런 식으로 물러서진 않겠다고요. 날 야간 근무조로 박아두기로 했지요. 그리고 죽 그렇게 된 겁니다. 이제 내게 두 번째 기회가 온 거죠."

"여기 국장은 쉽게 용서할 인간이 아니오."

"아직 일주일이란 시간이 있어요. 서류작업이 시작되려면 그 정도의 시간은 걸린다고요. 우리 두 사람 모두 보스들이 틀렸다는 것을 증명할 수 있을 거예요."

그레이브스가 잔을 들었다. "포드 계장, 당신의 그 감동적인 발언에 축배를. 그리고 당신의 고약한 운명에 엿 먹일 날이 오기를!"

케이트는 그의 팔에 손을 얹으며 말했다. "그 정도면 오늘 밤 축사로는 충분하군요."

그레이브스는 한 손을 홱 잡아 빼고는 케이트를 한번 노려보고 돌아서서 데스크 위에 글라스 잔을 내려놓았다. "랜섬에게는 구린 구석이 있소. 폰 다니켄도 같은 소리를 하더군. 아마추어라고 하기엔 지나차게 실력이 좋단 말이야. 그리고 놈이 겁을 먹어서 그랬다는 말은 하지 마시오."

"난 그렇게 생각 안 해요. 그는 폭발지점에 너무 가까운 위치에 있었어요. 그리고 왜 자신의 아내를 향해 미친 사람처럼 소리를 질러대며 달려 나갔던 걸까요? 만약에 진짜 전문가라면 좀 더 은밀히 경고할 방법을 생각해냈을 거예요. 전문가라면 자신이 카메라에 잡힐 거란 정도는 알았을 거라고요."

"나도 그 점이 마음에 걸리긴 해." 그레이브스가 말했다. "하지만 아무래도 그 여자의 행동이 맘에 걸린단 말이야."

"어떻게요?"

"미국 정부와 일했는지 여부를 떠나서 알다시피 그 여자가 프로라는 건 러셀의 아파트 침입 건만 봐도 알 수 있소. 누군가가 보안 시스템을 해제시키는 법을 가르쳐 줬을 테고. 그리고 자동차 폭탄테러가 발생했소. 그런 종류의 폭발 장치를 가지고 눈에 띄지 않게 런던 중심부로 잠입하는 일은 쉬운 임무가 결코 아니오. 하지만 오랜 훈련과 경험을 가진 우리의 엠마 랜섬 여사는 어떻게 했소? 그 여자는 신호가 두 번이나 바뀌는 내내 뻔히 보이게 길모퉁이에 서 있었고, 폭탄을 터트리는 순간에는 카메라를 응시하기조차 했단 말이오. 그녀는 우리한테 자신을 드러내 보이려고 한 거요." 그레이브스는 좌절의 표시로 자신의 다리를 철썩 내리쳤다. "솔직히 말하자면 두 사람의 행동 모두 앞뒤가 전혀 맞지 않소."

"랜섬은 이해가 가요." 케이트가 대답했다. "그 여자가 호텔로 몰래 찾아왔다고 말했잖아요. 그는 여자가 과거에 한 일들을 알고 있었어요. 그래서 지난 일로 미루어 그녀가 런던에서 뭔가 일을 꾸미고 있다는 것을 알아챈 거죠."

"그럼 지금은?"

"지금은 자기 아내를 구하려고 하겠죠."

"농담할 때가 아니오!"

"만일 그 여자가 당신 아내라면 어떻게 하시겠어요?"

"애초에 좀 더 신중히 골랐을 거요." 그레이브스가 말했다.

바로 그때, 로버트가 노크를 하고 사무실 안으로 들어왔다. 다른 직원 한 명이 그의 뒤에서 따라 들어오고 있었다. 두 사람은 그레이브스가 가져오라고 한 졸업앨범들을 들고 있었다. 그레이브스가 맨 위에 놓인 앨범을 집어 들고 책등에 찍혀 있는 문양과 화면을 서로 비교해 보았다. 그 둘은 일치했다. "책상 위에 올려놓게." 그는 이렇게 지시했다.

"또 뭐 다른 건 없으신가요?" 로버트가 물었다.

"커피 두 잔만 좀 준비해 주겠나? 두 잔, 설탕, 크림, 전부 다 챙겨서. 또 뭐 생각나는 게 없으신가요, 포드 계장?"

"근처에 피시 앤 칩스 가게 연 데가 있으면 좀 사다 주면 좋겠는데요."

"뜨끈하게 신문지에 싸서 주는 곳 말이오?" 이렇게 묻는 그레이브스 입가에 미소가 희미하게 번졌다.

"신문에 싼 것도 괜찮아요." 케이트가 딱딱한 말투로 대답했다. 그레이브스의 장난에 맞춰 노닥거릴 기분이 아니었다.

"숙녀 분께서 하시는 말 못 들었나?" 그레이브스가 소리를 질렀다. "피시 앤 칩스 말이야. 내 것도 좀 사와. 배가 많이 고파. 자, 그럼 어서 나가 보게."

"예, 알겠습니다." 로버트는 고개를 한 번 까딱 해 보이며 대답했다.

"좋아." 데스크에 걸터앉으며 그레이브스가 말했다. "준비는 다 됐고. 자, 그럼 일을 시작합시다. 들여다봐야 할 사진이 한두 장이 아니야."

30

"바닥까지 *샅샅이* 살펴보도록." 런던 경찰국 증거 복구팀장 덴 백스터는 스토레이즈 게이트를 걸어 올라가며 소리쳤다. "증거가 될 만한 것들은 여기 다 있다. 다 찾아낼 때까지 집에 갈 생각은 아예 안 하는 게 좋아."

밤 11시. 해는 90분 전에 지평선 너머로 사라졌다. 런던 전역에 밤의 장막이 드리웠지만 스토레이즈 게이트만은 예외였다.

스토레이즈 게이트 주변은 대낮처럼 환했다. 서쪽 빅토리아 스트리트에서부터 동쪽 그레이트 조지 스트리트까지 5백 미터에 이르는 보도를 따라 높다란 할로겐 작업 램프들이 열두 시간 전 차량 폭탄이 폭발한 이 지역을 밝히고 있었다. 아스팔트 위에 줄지어 늘어선 150와트의 눈부신 램프들은 1백 개가 넘었다. 그 수의 절반 가량 되는 인원이 현장에 있었는데 이들은 ERT로 더 잘 알려진 증거 복구팀원들이었다. 하나같이 머리부터 발끝까지 타이벡 보디수트를 입고 군대개미 무리처럼 일사불란하게 길 위를 떼 지어 오르내리고 있었다.

"팀장님, 여기 좀 보십시오!"

백스터는 불에 타 뼈대만 남은 차량 한 대를 돌아 부하가 손짓하고 있는 보도블록 쪽으로 급히 걸음을 옮겼다. 그는 딱 벌어진 체격에 불타는 붉은 머리와 권투선수같이 뭉개진 코를 하고 있었다. 경찰 경력 30년의 베테랑인 그는 부상자들을 치료하고 시신을 처리하기 위해 급파된 경찰관과 소방관, 긴급의료진들의 뒤를 이어 바로 현장에 도착했다. 폭발과 관련된 어떠한 증거라도 모두 찾아내 보존하고 분류하는 것이 임무였는데, 거의 광적이라고 불릴 만큼 열정적으로 임무를 수행하고 있었다.

"뭘 찾았어?" 그가 물었다.

부하는 담뱃갑 크기의 날카롭게 찢어진 금속 조각 하나를 집어 들었다. "제대로 건졌습니다. 폭발한 차에서 떨어져 나온 조각인데 폭발 잔여물이 꽤 묻어 있습니다."

백스터는 금속 조각을 살펴보고는 금방 한쪽 모서리에 검게 그을린 표면을 발견했다. 손톱으로 긁어내자 그을림 아래서 하얀 분말로 덮인 표면이 드러났다. 그는 빅토리아 스트리트 코너에 위치한 지휘센터 차량으로 걸어갔다. 뒷문이 열리고 차에 올랐다. "선물을 가져왔네."

정교한 기구들이 들어찬 차량 안에는 두 사람이 타고 있었다. 그 중 하나가 면봉을 사용해 미량의 폭발물을 떼어내 검사 준비에 들어갔다. 차량에 탑재된 기구 중 하나는 톰슨 가스 크로마토그래프였다. 상업적으로 만든 모든 폭발물의 성분과 대부분의 사제 폭발물의 성분을 분석해 낼 수 있는 질량 분광계였다.

어떤 결과라도 나오는 즉시 알려달라는 지시를 내리고 백스터는 밴 차량에서 훌쩍 뛰어내린 다음 자신을 필요로 하는 곳이 없나 찾기 시작했다. 현장에 도착한 지 12시간이 지났지만 그는 여전히 싸움닭처럼 에너지가 넘쳤다.

백스터가 현장에 도착한 시각은 11:35, 폭발이 일어난 지 20분도 채 지나지 않아서였다. 그의 첫 번째 임무는 사상자들을 옮기고 주변을 보안상 제한 구역으로 지정하는 일이었다. 이 경우 흔히 가장 방해가 되는 것은 동료 경찰관들이다. 부상자들을 돕기 위해 서두르다 보니 증거 따위에는 신경 쓸 겨를 없이 현장을 헤집고 돌아다니기 때문이다. 현장에서 모든 사상자들이 정리된 것은 세 시간 전이었고, 마지막 정복 경찰관이 현장 밖으로 안내되어 나간 것은 두 시간 전이었다. 그제야 비로소 백스터는 본 임무를 시작할 수 있었다.

폭발 현장의 보안지역은 폭발이 미친 범위 전체에 걸쳐 설치되었다. 대부분의 차량 폭탄에는 한두 가지 형태의 플라스틱 폭발물이 사용되는데, 이 경우 거의 초당 5마일의 속도로 폭발력이 팽창한다. 백스터는 영화 속에서 주인공이 폭탄이 터지면서 발생하는 불덩이보다 더 빨리 달아나는 장면이 나오면 화가 치밀었다. 말도 안 되는 설정이기 때문이다. 다행히도 스토레이즈 게이트는 폭이 좁은 거리였다. 폭발 충격파가 건물들 사이에서 반사되면서 급속히 소멸되어 대부분 길을 따라 길게 남았다.

백스터는 보안지대를 사방 20미터 단위의 격자로 나눈 다음 각 범위를 5인 1조가 맡아 조사하도록 지시했다. 매 평방인치 마다 현장사진을 찍고, 모든 파편들을 육안으로 검사하여 증거물 여부를 판단했다. 증거물로 판단되면 표시를 하고 다시 사진을 찍은 다음 목록을 만들고 증거수집 봉투에 담았다.

ERT가 찾는 것은 특히 두 가지였다. 하나는 폭발물 자체, 다시 말해 기폭장치와 서킷보드, 휴대폰 같은 것들이고, 다른 하나는 폭발 잔여물이 묻은 물질들이었다. 폭탄의 구조를 알면 폭탄 제조자에 대해 여러 사실들을 알 수 있다. 경력이나 교육, 그리고 무엇보다도 국적이 이에 해당한다. 테러용 장치들의 90퍼센트는 군 경력이 있는 개인에 의해 제조되고, 피카소 작품의 밑그림에 그의 필체가 남는 것만큼이나 확실하게, 많은 폭탄 제조자들이 의도하지 않더라도 자신만의 특징을 남긴다.

폭발 잔여물은 사용된 폭발물의 종류와 더불어 종종 폭발물이 어디서 언제 제작된 것인지도 알려준다. 폭탄에 사용된 것이 셈텍스인지, C-4인지, 아니면 십여 가지가 넘는 구식 폭발물 중 하나인지 밝혀내는 것은 폭파범의 정체를 추적하는 데 있어 가장 중요한 첫 단계이다.

"보스!" 밴 차량 안에서 들려오는 고함소리에 그는 정신이 번쩍 들었다.

백스터는 순식간에 차량으로 다가갔다. "뭐 좀 나왔나?" 숨 쉴 틈도 없이 그가 물었다.

"셈텍스입니다." 기술요원이 말했다. "셈틴 지역의 본사 공장에서 제조된 것입니다." 셈텍스는 체코공화국 셈틴 지역에서 제조되는 일반적인 플라스틱 폭발물이었다.

"타간트의 상태는 좋은가?"

타간트는 폭발물에 사용되는 식별용 화학물질로 제조지역과 제조일자를 알려준다.

"좋습니다. 인터폴에 보내 분석을 의뢰했습니다."

"그랬더니?"

"폭탄에 사용된 셈텍스는 이탈리아군에 판매되어 배송된 물품에서 나온 것이라고 합니다. 흥미로운 점은 그 배송품이 지난 4월 말 로마 외곽의 군부대로 배송되는 도중에 탈취 당했다고 이탈리아군이 보고했다는 것입니다."

일반에 알려지지 않은 사실이지만 인터폴이 맡고 있는 일 가운데 하나는 전 세계 합법적인 폭발물 관련업체에서 제조된 모든 폭발물의 배치상황에 대해 실시간으로 데이터베이스를 유지하는 것이다.

"배송품의 규모는?"

"5백 킬로그램입니다."

"인터폴에 연락해서 혹시 같은 배송품에서 나온 물건이 다른 장소에 출현한 적은 없는지 물어보게. 아, 그리고 잘했네."

백스터는 차량에서 나와 조명이 밝게 비추고 있는 거리로 다시 향했다. 셈텍스는 퍼즐의 한 조각에 불과했다. 폭탄의 정체와 무엇보다 폭파범의 정체를 알아내기 위해서는 더 많은 정보가 필요했다.

"증거를 찾아!" 그는 팀원들에게 소리쳤다. "뭔가 확실한 증거를 찾아내야 해!"

시간은 자정에 가까웠지만 덴 백스터의 하루는 이제 막 시작되고 있었다.

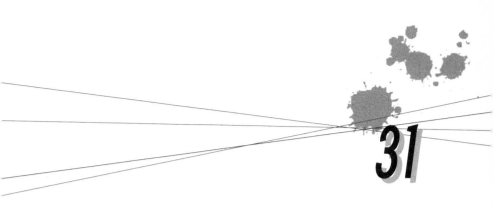

세 시간이 걸려 케이트와 그레이브스는 결국 그녀를 찾아냈다.

이름은 이사벨 로렌이고, 1997년부터 2000년도까지 옥스퍼드 베일리얼 칼리지를 다녔다.

"웃기는데요." 케이트가 말했다. "이 여자가 학생인 동안 로버트 러셀은 옥스퍼드 근처에도 없었군요."

"강의를 했다고 하지 않았소?"

"그건 2001년도 이후였어요."

그레이브스가 어깨를 으쓱해 보였다. "그들이 어떻게 만났는지는 그리 중요한 것 같지 않소만. 실제로 만났다는 게 중요하지."

"음." 케이트도 그 점은 인정했다. "그래도 난 궁금한데요. 두 사람이 어떻게 만났는지."

그레이브스는 졸업앨범을 접고 부하 직원에게 전화를 걸어 이사벨 로렌의 이름을 대며 30분 내에 현 주소지, 전화번호부터 시작해서 그녀와 관련된 모든 인적사항을 알아내 책상에 올려놓으라고 지시했다. 통화를 마친 그는 수화기를 내려놓고 케이트를 올려다보며 말했다. "사과를 하기엔 너무 늦은 것 같소만."

"무슨 사과를 한다는 건가요?"

"오늘 아침 일을 말하는 거요. 당신에게 무례하게 군 점은 사과를 드리오. 내가 좀 쉽게 흥분하는 경향이 있어서 그랬을 뿐이오."

"맞아요, 당신 매너는 향상시킬 여지가 좀 많긴 하더군요." 케이트가 말했다. "하지만 내 신경을 건드린 건 당신의 그 매너가 아니었어요."

"그렇다면, 뭐였소?" 그레이브스가 바로 되물었다. "내가 협조를 하지 않았던 점이었소?"

똑똑하다는 인간이 어쩜 저렇게 둔할 수가 있을까? 그녀는 속으로 의아해했다. 질문과 동시에 해답은 나왔다. 남자들. 저 열등한 종족들. "아직 모르겠나 보죠, 안 그래요?"

그레이브스가 미처 대답하기 전에 전화벨이 울렸다. 손짓으로 잠시 기다려 달라고 한 다음에 그는 수화기를 들었다. "이번엔 또 뭐지?" 갑자기 그의 표정이 굳었다. "아, 왓킨스 형사. 이런, 실례가. 다른 사람에게 걸려올 전화랑 착각했소. 랜섬 말이오? 그자가 뭘 어쨌다고? 이런, 맙소사!"

"뭐죠?" 케이트는 통화 내용을 들으려고 그레이브스 쪽으로 고개를 숙였다. 하지만 그는 재빨리 걸어가며 고개를 끄덕이며 뭔가를 중얼거리다가는 다시 툴툴거리면서 "알겠소."라는 대답만 반복적으로 내뱉고 있었다. 그러더니 이렇게 말하는 것이었다. "지금 경시청의 포드 계장과 함께 있소. 방금 알려준 소식을 계장에게도 알려야 할 것 같소. 스피커폰으로 연결할 테니 말씀하시죠."

"신고한 여성의 이름은 프루던스 메도스입니다." 스피커를 통해 굵은 목소리가 흘러나왔다. "조나단 랜섬이 쏜 총에 맞고 남편이 두 시간 전에 사망했습니다."

그레이브스는 자신의 생각이 내내 옳았음을 인정해 달라는 듯이 케이트와 시선을 주고받았다.

"뭐, 상황은 뻔합니다." 왓킨스 형사는 계속해서 말을 이어갔다. "랜섬과 여자의 남편은 수년 전 대학동기였습니다. 여자와 그녀의 남편이 랜섬을 다시 만난 것은 어젯밤 도체스터 호텔에서 있었다는 그 리셉션 파티에서였습니다. 신고 여성, 그러니까 미시즈 메도스에 의하면, 대략 9시 30분경, 노팅힐에 위치한 그들 부부의 자택으로 랜섬이 직접 찾아왔답니다. 랜섬은 그녀 남편과 만나고 싶다고 했답니다. 랜섬이 불안정해 보이긴 했지만 어쨌든 집안으로 들어오게 했답니다. 두 남자는 위층으로 올라가 한 시간 정도 있었고, 그 시간 동안 그녀는 아이들을 재운 뒤에 안방 침실로 가서 책을 읽었다고 합니다. 10시 45분, 아래층에서 언성을 높이며 다투는 소리가 들려 무슨 일이 있나 하고 내려와 봤더니 랜섬이 현금과 차 열쇠를 내놓으라고 윽박지르며 권총을 쥔 채 남편을 겨누고 있었답니다. 메도스 박사, 그러니까 그녀의 남편이 싫다고 거절하자 한바탕 옥신각신하더니 랜섬이 그를 쏴 죽였다고 합니다."

"계속 말하시오." 그레이브스가 말했다. "랜섬은 그 다음에 어떻게 했소?"

"메도스 부인이 경찰을 부르려고 하자, 랜섬은 신고를 못하게 단검으로 그녀의 손을 내리찍어 테이블에 고정시켰다고 합니다."

"메도스 부인도 죽이려 하진 않았소?" 그레이브스를 노려보며 케이트가 물었다.

"아뇨. 그냥 내버려두고 차 열쇠만 챙겨 도망갔습니다."

케이트는 당혹스러운 듯 그레이브스를 힐끗 쳐다봤다. "메도스 부인과 좀 이야기를 하고 싶은데요?" 그녀가 말했다.

"아직은 안 됩니다." 왓킨스 형사가 대답했다. "부인은 손에 부상을 입어 현재 수술 중입니다. 내일 아침에는 가능할 겁니다."

"알겠소." 그레이브스가 말했다. "랜섬이 훔쳐 달아난 차량에 대해서는 뭐가 좀 나왔나요?"

"아직 없습니다. 현재 수배 중입니다."

"인근 해안의 모든 항구와 공항을 봉쇄하시오."

"벌써 그리 해두었습니다."

"잘했소. 즉각 연락을 주어서 다시 감사드리오." 이렇게 말한 다음 그레이브스는 전화를 끊었다. 케이트가 입을 떼기도 전에 그는 손을 들어 아직 말을 말라는 시늉을 했다. "당신이 무슨 말을 하려는지 알고 있소. 랜섬이 메도스 부인의 남편을 정말 죽인 거라면, 왜 부인은 살려두었는지가 의문 이라 이거겠지?"

"사고였을 거예요. 랜섬은 살인을 저지를 타입이 아닌 걸요."

"계속 그렇게 말하지만, 그의 주변인들이 하나 둘 죽어나가고 있잖소."

전화벨이 또 울렸다. 이번에는 그의 부하 직원인 로버트였다. 로버트는 이사벨 로렌의 주요 거주지역이 영국 북동부에 위치한 헐이라고 했다. 그 레이브스는 전용기를 준비시키라고 지시한 뒤에 케이트에게는 출발 전에 브리핑을 할 테니 내일 아침까지 템스하우스로 와달라고 했다.

그녀가 문을 향해 걸어가자, 그가 외쳤다. "뭐가 그리 당신의 신경에 거 슬렸는지 아직 말을 안 해 줬는데."

케이트가 뒤를 돌아보며 말했다. "정말 알고 싶은가요?"

"알 때까지 눈 감고 잠을 자지 못 할 정도로."

"제 신경을 건드린 건 말이죠, 그레이브스 대령님."

"그냥 찰스라고 부르시오."

"제 신경을 건드린 건요, 찰스. 당신이 아무 예고도 없이 내 집에 찾아와 멋대로 내 부엌 안을 돌아다녔다는 사실이 아니에요."

그레이브스가 손을 허리에 올려놓으며 물었다. "그럼 대체 뭐요, 포드 계장?"

"케이트예요."

"알았소… 케이트."

"어제 오전 당신의 로버 차량을 원 파크에서 봤어요. 정말 열 받는 건 당 신이 나보다도 먼저 현장에 도착해 있었다는 거죠. 그런데도 당신은 내게 그 사실을 말하지 않았고요. 거긴 내가 맡은 사건 현장이었어요. 난 누구에 게도 뒤지고 싶지 않거든요."

32

길이 179미터, 수면에서 굴뚝까지 높이 40미터, 선폭 33미터에 적재량 2만 2000톤으로 유료 승객 2000명과 함께 승용차는 500대, 트럭은 180대까지 승선이 가능한 페닌슐라 앤드 오리엔트사의 프린세스 오브 켄트 호. 배는 바로 옆에 위치한 창고에 걸린 커다란 디지털시계가 가리키는 대로 12분 37초 후 승선 시작 준비를 한 채 도버-칼레 여객 터미널 부두에 정박해 있었다. 오전 6시였다. 해가 뜬 것은 삼십 분 전이고 기온은 화씨 75도 정도였지만, 바람 한 점 없고 습도는 불쾌할 정도로 높았다.

조나단은 공회전하며 정차하고 있는 트럭들 사이사이를 지나갔다. 운전 기사들은 운전석에서 나와 담배를 피거나 서로 사업 정보를 주고받고, 아니면 그저 기지개를 켜면서 서성거리고 있었다. 조나단은 차량들의 크기, 운전석 문에 기입되어 있는 소유주의 주소지, 그리고 트럭의 국적, 번호판 등을 살펴보았다. 운전자가 페리 승선 준비를 하든, 매표소 쪽을 향하든, 차를 몰고 나갈 준비를 하고 있는지 여부를 확인하는 것도 중요했다.

피터빌트 트럭 한 대를 주시했다. 화물선 발송업체인 단차스 소속이고 운전자는 네덜란드 로테르담에 거주하는 M. 포라우스라는 사람으로 등록되어 있었다. 유럽 대륙에 들어가고 싶은 도망자에게 넉넉한 숨을 공간을 제공할 수 있는 완벽한 트럭이었다. 무엇보다도 트럭은 공인된 화물 운송회사에 소속되어 있었다. 프랑스 기항지에서는 세관 및 이민 검사가 이루어진다. 검사는 무작위로 이루어질 테지만 인정받는 회사에 등록되어 있는 차량이 검사 대상으로 선택되는 경우는 매우 드물다는 사실을 조나단은 알고 있었다.

포라우스로 생각되는 남자는 트럭 발판 위에 서서 담배를 피우는 중이었다. 옆에서 머리를 그의 어깨에 기대고 있는 곱슬머리 여자는 청바지에 검은 가죽 재킷을 입고 해골 모양 반지들을 손가락에 끼고 있었다. 하지만 로테르담은 그다지 좋은 지역이 아니었다. 게다가 세 사람은 너무 많다.

11분 전.

캣 굴착기를 실은 스위스 바젤 번호판의 볼보 FH16 트럭을 보고 조나단은 잠시 희망을 가졌다. 운전석 뒤편에 휴식공간이 있고, 스위스 번호판은 국경에서 자유통과를 뜻했다. 모범생 스타일에 은 목걸이를 하고 있는 운전자도 괜찮아 보였다. 트럭 옆면을 보니 성경구절이 에어브러시로 쓰여 있었는데 그게 문제였다. 상황이 다급해지면 운전자는 기도를 올리며 경찰을 소리쳐 부를 게 틀림없었다. 게다가 스위스는 그렇게 남쪽이 아니다.

바로 그때 조나단의 눈에 들어온 것이 있었다. 매표소 위쪽에 고속도로 표지판 크기의 전광판이 있었는데 전광판에 닥터 조나단 랜섬의 컬러사진이 나오고 있었던 것이다. 사진 아래에 나오고 있는 글귀는 '이 남자를 목격하신 분은 연락 주시기 바랍니다. 이름은 닥터 조나단 랜섬, 7월 26일 런던 차량 폭파 공모 혐의로 수배 중인 자. 키 6피트, 몸무게 약 180 파운드에 무장하고 있는 것으로 추정됨. 발견 시 독자적으로 접근하지 말 것. 이 남자의 소재를 아시는 계신 분은 다음 전화번호로 연락주기 바람.' 런던 전화번호가 뒤에 이어졌다.

더운 날씨였지만 목덜미에 한기가 느껴졌다. 위장을 위해 한 일이라고는 잿빛 머리카락을 숨기기 위해 쓴 경비원 모자와 신형 선글라스뿐이었다. 충분한 변장은 아니지만 그래도 잠시 동안은 전광판의 사진과 그를 동일인물로 여기는 사람은 없을 것이다. 그는 자신의 사진을 바라보았다. 컨벤션 브로셔에 사용했던 것과 같은 사진이었다. 돈을 쥐어 주고 트럭에 합승할 수 있는 가능성은 더 이상 없었다. 몰래 배로 숨어드는 수밖에 없었다.

시계가 가리키는 시간은 10분으로 줄어들었다.

영국을 빠져 나가는 방법을 찾는 데 남은 시간은 10분.

조나단은 눈가의 땀을 비벼 훔치며 계속 나아갔다.

주차장은 긴 뿔 수소들과 풀 먹인 젖소들 대신 18륜 대형트럭들이 들어찬 현대의 가축 수용소였다. 기계가 뿜어내는 강한 경적이 제멋대로 요란스럽게 울려대는 소리는 1만여 마리의 겁먹은 소떼가 울부짖는 소리와 다를 바 없이 사람을 불안하게 만들었고, 피어오르는 배기가스는 유독하기 짝이 없었다. 주차장의 삼면을 내려다보고 있는 영국해협만 아니라면, 누구도 그곳이 바다에서 불과 1백 마일 떨어진 곳이라고는 상상도 못 할 것이다.

조나단은 한 열의 끝에 다다르자 다음 열로 옮겨갔다. 그는 제이미 메도스의 재규어에 몸을 싣고 런던을 떠났다. 제이미가 일러준 대로 집 뒤편에서 차를 찾아서 탔다. 모험이었지만 그때는 모든 것이 모험이었다. 새벽 세 시까지 차를 몬 다음 휴식을 취하려고 켄터베리에서 고속도로를 벗어났지만 초조한 나머지 잠은 오지 않았다.

페리에 도착한 것은 새벽 다섯 시였다. 아침 스케줄을 확인한 다음 마을 외곽으로 차를 몰아 장기 주차장 4층에 차를 주차시켰다. 근처의 메르세데스 벤츠에 씌워 있는 방수포를 벗겨 재규어를 덮어 놓기까지 했다.

또 경적이 울렸다. 이번엔 소리가 더 길고 컸다. 주차장 뒤편에 쿵 소리를 내며 방책이 내려와 차량 진입이 더 이상 불가능하도록 만들었다. 조나단은 펜스에 기대 선 채 모여 있는 트럭 군단을 살펴보았다. 독일, 벨기에, 프랑스, 스웨덴, 그리고 스페인에서 온 트럭들이 있었다. 대체 이탈리아 차는 어디 있는 것일까?

조나단이 생각한 논리는 타당성 여부를 떠나 일단 명확했다. 엠마는 로마에서 공격을 받았다고 했다. 흉터로 봐서 상처는 병원에 입원할 정도는 아니더라도 즉시 병원에서 치료를 받아야 했을 것이다. 로마 어딘가에는 그녀가 병원에 나타난 기록이 있을 것이다. 물론 진짜 이름을 쓰지는 않았을 것이 분명하다. 하지만 엠마의 사진을 보여주고 병원 사무원들을 잘 구워삶으면 결과가 좋을 수도 있을 것이다. 그리고 또 하나 더 있었다.

그가 하는 일이 화살 통에 남은 마지막 화살 하나 역할을 해 주었다. 수년 전 어떤 이탈리아 외과의가 아프리카의 뿔에 위치한 에리트레아에서 국경없는의사회에 참여해 석 달간 근무한 적이 있었다. 그처럼 짧은 기간 동안 근무하는 것은 예외적이라기보다는 많은 의사들이 그렇게 했다. 근무 기간은 대개 3개월에서 6개월 정도였다. 그 의사의 이름은 루카 라치오였고, 조나단의 기억이 틀리지 않다면 그가 일하는 병원은 로마 근교에 있는 보르게세 가든과 가까웠다.

한 가지 작은 문제가 남아 있었다. 조나단과 라치오가 서로 좋은 관계로 헤어지지는 않았다는 점이었다. 누군가 코뼈가 부러진 정도였다. 그러나 라치오는 그에게 신세를 진 게 있었다. 그것도 아주 큰 신세였다.

둘 중 하나였다. 로마로 가거나 아니면 아무 짓도 하지 않고 가만히 있거나.

경적에 이어 날카로운 쇳소리가 울렸다. 운전자들이 엔진을 점화하고 1단 기어를 넣자 우레 같은 소리가 무릎을 흔들었다. 차례차례 트럭들이 널따란 쇠 경사로를 올라 어두운 지하세계로 사라져 가면서 90분간의 횡단을 위해 페리에 승선했다.

다급해진 조나단은 트럭들 사이를 뛰기 시작했다.

그때 기회가 왔다.

후미 열 쪽에서 한 화물차 운전자가 그제야 차에서 내려 매표소로 서둘러 뛰어가고 있었다. 남자는 전화기를 귀에 대고 있었고, 표정과 목소리로 미루어 누군가와 언쟁을 벌이는 것이 틀림없어 보였다. 트럭에 가까이 다가갔다.

251 룰스 오브 벤전스

번호판은 잘 보이지 않지만 그런 것은 이제 문제가 되지 않았다. 어디라도 영국보다는 안전할 것이다. 천연가스를 싣고 있는 괴물 같은 크롬 탱크 뒤편으로 돌아 멈춰 섰다. 운전자는 매표소 안으로 사라져 버렸다. 그의 트럭은 조나난이 있는 곳에서 12미터 떨어진 곳에 있었다. 아침 해가 트럭 앞 유리에 반사되고 있어 조수석에 사람이 타고 있는지 여부는 확인할 수가 없었다. 트럭 번호판이 눈에 들어온 것은 그때였다. 검은색의 직사각형 판 위에는 일곱 자리 번호가 흰색으로 쓰여 있고, 제일 앞에 MI라는 약자가 적혀 있었다.

밀라노를 뜻하는 MI였다.

드디어 자기가 탈 마차를 찾은 것이다.

조나단은 잽싸게 트럭으로 다가가서는 조수석 쪽 발판에 올라 차문을 당겼다. 문이 열리자 차 안으로 몸을 날리면서 문을 세차게 닫았다. 안에는 아무도 없었다. 차 키는 점화 스위치에 매달려 있었다. GPS 화면이 계기판을 가득 메우고 있고, 재떨이는 담배꽁초로 넘쳤다. 라디오는 감상적인 이탈리아 팝송으로 차 안을 가득 채우고 있었다.

좌석 뒤쪽에는 커튼이 달려 있었다. 커튼을 젖혀 보니 싱글 침대 두 개가 나란히 놓여 있었는데 정돈되지 않고, 모포 위로 옷가지들이 널려 있었다. 도색잡지가 있어야 할 곳에는 대신 프랑스어, 이탈리아어, 영어 신문들이 쌓여 있고, 슈피겔과 일 템포 같은 잡지와 함께 '스토이시즘의 역사' 라는 제목의 책도 놓여 있었다. 운전자가 그만큼 지적인 사람이라는 말이다. 잘 되었다고 생각했다. 어깨너머로 살펴보니 운전자가 매표소에서 나와 트럭으로 급히 발걸음을 옮기고 있었다. 전화기는 여전히 귀에 바짝 갖다 댄 채였다.

얼른 좌석 사이로 비집고 들어가 커튼을 닫았다. 옷가지를 둥그렇게 모아 시야를 가린 다음 침대 끝 쪽에 가 모포를 덮어 쓰고 누워 땀에 절어 구겨진 옷가지들로 몸을 가렸다. 머리를 막 눕히는 순간 차 문이 열리고 운전자가 올라타면서 트럭이 흔들렸다.

차가 앞으로 나아갔다. 라이터 불이 번쩍 하더니 담배에 불을 붙여 담배

향이 퍼졌다. 운전자는 계속 말을 하고 있었다. 억양으로 봐서 남부 이탈리아 사람 같았다. 아내인 듯한 여자와 이야기 중이었다. 심각한 분위기였다. 아내가 온수기 새로 살 돈을 매트리스 바꾸는 데 써 버린 것 같았다. 내전이 발발하기 직전이었다.

트럭이 덜컹 하더니 경사로를 내려갔고 곧이어 페리 갑판을 지나가면서 쿵 하는 울림이 전해졌다. 트럭이 멈췄다. 조나단은 운전자가 차에서 내려 배 안에 마련된 수많은 즐길 거리들로 시간을 보내기를 기다렸다. 해협을 건너는 데 걸리는 시간은 1시간 33분이고, 브로셔에는 배 안에 다양한 면세점을 비롯해 여러 개의 바와 레스토랑, 심지어는 인터넷 카페도 준비되어 있었다.

하지만 운전기사는 꼼짝도 하지 않았다. 90분 동안 내내 그는 아내와 전화를 해댔다. 아내의 이름은 로우라였고, 운전기사에게는 최소한 세 명의 남자형제가 있는데, 형편이 안 좋은 형제들 때문에 꽤 많은 액수의 돈을 빚지고 있는 모양이었다. 그는 전화하는 내내 담배를 피워댔다.

페리는 스케줄대로 8:30에 항구에 도착했다. 십분이 흐른 뒤 트럭이 조금 앞으로 나아갔고, 다시 십분이 지나자 바퀴가 단단한 땅 위를 굴러갔다. 그러고는 다시 멈춰 섰다. 세관 및 입국심사대일 것이다. 조나단은 자신이 세계적인 화물운송 회사에 소속된 크롬 파이프가 달린 갓 뽑은 18륜 트럭에 몸을 싣고 있다는 사실을 떠올렸다. 수색을 당하는 것은 다른 차들이었다. 개인사업자들, 신생 화물운송 회사, 그리고 상태가 좋지 않은 차량의 운전자들이었다. 줄은 고통스러울 정도로 천천히 움직였다. 운전기사는 계속해서 "제기랄, 대체 뭐가 문제인거야?" 하고 투덜거리고 있었다.

60분이 흘렀다.

트럭이 덜컹 하고 앞으로 나가더니 다시 멈춰 섰다. 이번에는 기사가 에어브레이크를 채우면서 마치 뼈가 통째로 흔들거리는 것 같은 떨림이 전해졌다. 운전석 창문이 내려지고 대화 오가는 소리가 들렸다.

"어디서 오는 길입니까?" 세관원이 물었다.

"버밍햄이요." 운전기사는 유창한 영어로 대답했다.

"면허증과 화물목록 좀 보여주십시오."

기사는 두 개의 서류를 건넸다. 세관원이 서류를 검토하고 다시 돌려주기까지 짧은 시간이 흘렀다.

"오는 길에 태운 사람이 있습니까?"

"없습니다. 회사 규정상 금지입니다."

"해안가 근처에서 차를 잡아타려는 사람을 본 적은 없습니까?"

"어두워서요. 아무도 못 봤습니다."

"확실합니까? 키가 6피트 정도에 약간 잿빛 나는 짙은 머리카락을 가진 미국인입니다만."

"확실합니다."

"운전석 뒤편에는 아무도 없다는 말씀이시죠?"

"보시겠습니까? 원하시면 보여드리지요."

세관원은 아무 대답도 하지 않았다. "트럭을 세워놓고 자리를 뜬 적도 없고요?"

"절대 없습니다!"

그 진심 어린 거짓말에 조나단은 자신이 제대로 된 운전기사를 만났다는 희망을 더 북돋울 수 있었다.

"어디로 가십니까?" 세관원이 계속해서 물었다.

"베를린과 프라하, 그리고 이스탄불입니다. 서류에 그렇게 쓰여 있지 않습니까. 이보쇼. 선생님. 제가 좀 바쁩니다."

세관원이 차 문을 툭 치면서 트럭에게 잘 가라는 인사를 건넸다. "가도 좋습니다."

감히 움직일 생각은 하지 않은 채, 조나단은 컴컴한 야영지 속에서 트럭이 속도를 올리며 점차 부드럽게 달리기 시작하는 소리를 들었다. 그는 북부 프랑스의 비옥한 토지를 지나 베를린과 이스탄불을 향해 실려 가고 있었다.

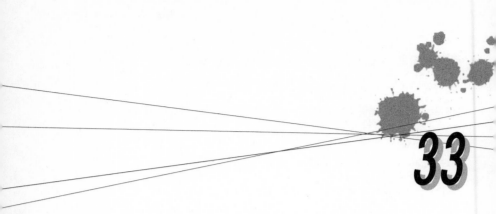

프랭크 코너는 정확히 오전 11시 정각에 패딩턴 프레이드 스트리트에 위치한 세인트 메리 병원에 나타났다. 꽃다발과 포트넘 앤 메이슨에서 파는 초콜릿, 그리고 질리 쿠퍼의 신간 소설을 사고 신용카드로 결제했다. 아픈 친지를 방문하는 데 어울리는 차림을 하고 있었다. 뛰어난 담력을 숨기지 않고 여실히 드러내 보여주는 브룩스 브러더스의 회색 슈트는 어깨 품은 넉넉하고 등 뒤는 꼭 맞았다. 엄청나게 습한 날씨 때문에 약간 헝클어지긴 했지만 굵은 회색 머리칼은 여전히 단정하게 빗겨져 있었다.

그런 겉모습과 달리 코너는 그 전날 밤부터 술을 마셨다. 90초라는 간발의 차이로 조나단 랜섬을 놓치고, 게다가 프루던스 메도스가 자기 남편을 총으로 쏴 죽였다는 사실을 알게 된 다음부터였다. 샤워를 하고 옷을 갈아입고, 아쿠아벨바 스킨을 한 움큼 덜어 축 처진 양 볼에 발랐음에도 불구하고 그는 술내와 담배냄새를 푹푹 풍겼다.

엘리베이터를 타고 4층으로 올라갔다. 엘리베이터 안에는 에어컨 바람이 나오지 않았다. 그가 영국을 혐오하는 또 한 가지 이유였다. 간호사 대기실까지 성큼성큼 걸어갈 즈음 이미 셔츠는 땀으로 흠뻑 젖어 있었다. 스탠디시라는 대외용 이름을 대고 환자의 친척이라고 했다. 담당 간호사는 가족 명단에서 그의 이름을 확인하고 프루던스 메도스를 취조하기 위해 대기 중이던 런던 경시청 소속 경관 두 명을 지나 병실로 안내했다.

개인병실에 들어서자마자 부아가 치밀었다. 이틀 전 호텔에서 랜섬을 놓쳤다는 소식을 들은 후로 그는 툭하면 성질을 부렸는데, 부상을 입고 무기력하게 누워 있는 부하 직원을 보자 또 다시 욱하고 화가 치밀어 올랐던 것이었다.

"여자는 어디 있지?" 협탁 위에 꽃다발을 올려놓고 책을 병원 식판 위에 던지듯 내려놓으며 물었다.

"조나단도 모르더군요." 정면을 똑바로 응시하며 프루던스 메도스가 대답했다.

"헛소리하고 자빠졌네." 코너가 소리를 질렀다. 욕설을 내뱉지 않겠다는 결심을 하고 왔지만 금방 포기해 버렸고, 자신이 그런 결심을 했다는 것조차 기억하지 못했다. "조나단은 엠마와 전날 밤 두 시간 동안 같이 있었고, 어제 오전만 해도 둘은 호텔 방 안에서 비비적대고 있었다고. 둘이 무슨 얘기를 했겠나? 날씨?"

"내가 아는 것이라고는 조나단이 경찰보다 먼저 그 여자를 찾아내려고 하고 있다는 거예요."

"놈이 여자를 찾아내려고 한다고? 그럼, 어떻게 찾는다고?" 프루던스는 대답을 못했고 코너는 손으로 탕 하고 쟁반을 내려쳤다. "어떻게!"

프루던스는 잠시 코너를 쳐다보았지만 곧 시선을 돌렸다. "놈에게 물어보세요. 전에도 그런 적이 있잖아요."

"놈이 어디로 갔는데? 자네한테 뭔가 단서를 남겼을 거 아닌가?"

"전 몰라요."

"확실해? 자네 남편 일로 내게 고분고분하게 나오질 않는가 본데. 누구에게 충성을 바쳐야 할지 아직 모르는 건 아니겠지, 안 그런가?"

프루던스는 코너를 향해 고개를 돌렸고, 두 뺨이 달아오르기 시작했다.

"충성스런 내 마음은 3개월 전 당신이 날 해고했을 때 다 사라졌어요!"

"그건 아니지." 코너가 맞받아쳤다. "우리는 벨파스트에 있는 얼간이들이랑 다를 바가 없어. 한번 발을 들인 이상 마음대로 나갈 수는 없지. 항시 유념하고 있는 게 좋을 거야."

프루던스는 고개를 돌려 먼지 낀 창밖을 응시했다.

코너는 침대 반대 방향으로 걸어가 그녀의 시야를 가렸다. "수술은 어떻게 됐나?"

"성공적이래요. 제가 아는 한은요."

"그래, 무슨 수술들을 했지?"

"골절된 뼈를 접합하고 신경을 회복시키는 시술 같은 거요. 마취에 취해 제대로 기억은 못해요.

코너는 팔을 뻗어 그녀의 손을 올려 잡고 유심히 살펴보았다.

"이러지 마시라고요!" 프루던스가 소리쳤다.

"많이 아픈가?"

"그만! 봉합 부위가 터진단 말이에요."

코너는 여자의 손을 다시 침대에 내려놓았다. "어젯밤에 있었던 일을 모두 털어놓지 않는다면 더 심한 짓도 할 수 있어. 허튼소리가 아니라 이건 실제상황이야."

프루던스는 다친 손을 가슴 위에 올려놓으며 눈물을 보였다.

"준비될 때까지 기다리지." 코너가 말했다.

두려움이 역력한 눈빛으로 그녀는 물을 한잔 마신 다음 어젯밤 사건에 대해 자신이 기억할 수 있는 한 가장 정확하게 설명을 하기 시작했다. 머리가 좋은 여자였기 때문에 군더더기 없이 알아듣기 쉽게 설명했다.

"한 가지 사항을 빠뜨렸군." 설명이 끝나자 코너가 말했다. "자네 남편에게는 총을 겨누면서 왜 랜섬에게는 그렇게 하지 않았지?"

"생포하라는 지시를 내리셨잖아요. 난 지시를 따랐을 뿐이에요."

"사격도 할 줄 알잖아. 놈의 한쪽 다리나 엄지발가락이라도 쏴 맞추지. 빌어먹을, 허겁지겁 앰뷸런스나 불러대지 말고 놈의 어느 부위라도 쐈더라면 우리가 지금쯤 놈을 잡고 있을 거 아니냔 말이야."

"나는 그때 무지하게 충격을 받은 상태였다고요." 그녀는 이렇게 대꾸했다.

"훈련도 아무 소용이 없군." 링거와 혈압 및 심호흡 측정기를 살펴보며 코너가 말했다.

"남편이 죽었다고요. 나보고 그 상황에서 뭘 어떻게 했길 바라는 거죠?"

"내가 명령한 대로 했어야지. 5분만 참고 기다렸다면 우리가 뒷수습을 해 주었을 거란 소리야. 경찰 앞에서 허튼소리를 하진 않았길 바라는데."

"안 했어요."

"그런 짓은 앞으로도 안 하는 게 좋을 거야."

코너는 침대 앞으로 바짝 다가와 허리를 숙여 그녀와 얼굴을 마주했다. "단 한 번이라도 허튼소리를 흘리거나, 단 한 번이라도 자네가 누굴 위해 일하는지 불었다가는 내 귀에 바로 들어올 테니까. 그들이 자네의 그 영국 여권을 철저히 조사하도록 내가 반드시 조처를 해놓겠어. 당국에서 자네의 과거 행적을 조사토록 할 거고. 그럼 자네는 90일 안에 강제추방을 당할 거야. 자네의 그 죽은 남편 가족들이 자네가 딸아이들을 데리고 가도록 놔둘 리가 없지. 자네가 떠나온 그 게딱지만한 나라는 그리 살기 좋은 곳이 아니잖아. 늘 전쟁이 터지는 곳이지 아마."

"나가 주세요." 프루던스 메도스가 말했다.

하지만 코너는 꿈쩍도 하지 않았다. "아버지를 죽인 게 바로 자네였단 걸 알면 딸아이들이 어떻게 나올지가 궁금한데."

"나가라고요!" 그녀가 외쳤다.

간호사가 병실 안으로 들어왔다. 환자가 흥분한 모습을 본 간호사는 코너에게 병실에서 나가달라는 요청했다. 그는 간호사의 팔을 밀어젖히고 욕설을 해대며 엘리베이터까지 끌려 나갔다. 대기 중이던 경찰관들도 자리에서 일어나 도움이 필요하냐고 물었지만 다행히 코너도 그 무렵 진정을 되찾았다. 반면 수상하게 여긴 경찰관은 사건을 상관에게 보고했고, 그 보고서는 다음날 오전 찰스 그레이브스의 책상 위에 놓여 있었다.

간호사 역시 이러한 사실을 보고서로 작성해 병원기록에 남겼다.

거리로 나온 코너에게서 조금 전에 보았던 호전적인 모습은 사라지고 없었다. 그는 필요한 일을 했을 뿐이었다. 그 이상도 그 이하도 아니었다.

34

경감으로 승진하기 전, 케이트 포드는 3년간 무장강도 예방이 임무인 경시청의 엘리트 잠복수사대 플라잉 스쿼드에서 근무했다. 플라잉 스쿼드란 이름은 영국 왕립비행단인 로열 플라잉 부대에 속해 있던 크로슬리 텐더 차량 두 대가 1918년 이 부서에 배치되면서 붙여진 이름이다. 런던 토박이들 사이에서 '플라잉 스쿼드'는 '스위니 토드'라는 은어로 불리었고, 요즘은 관련자들 사이에서 흔히 그냥 '스위니'라고 불리기도 한다.

흥미진진하던 시절이었다. 밤에는 무장강도를 기다리며 야간 잠복을 했고, 낮에는 은행과 보석상 앞을 감시했다. 고속 추격전도 있었다. 무모한 짓도 많이 했지만 체포 건수는 많았다. 종종 총격전도 있었지만 케이트가 사람을 실제로 쏜 적은 없었다. 그런데 그녀가 몇 번이고 반복해서 목격한 것은 어떤 집이나 건물에 숨어 있든지 범죄자들은 탈출하겠다는 일념으로 무조건 위로만 올라가 숨는 습성이 있다는 사실이었다. 어떤 자들은 다락방에 숨었고 또 어떤 자들은 지붕 끝까지 타고 올라갔다. 그들에게 어디로 가고 있는지는 중요하지 않았다. 다만 계속해서 위로 올라가는 게 중요했던 것이다. 그러한 행동을 통해 그들은 일순간이나마 아직 도망갈 기회가 있다는 착각에 빠질 수 있었던 것이다. 희망은 쉽게 버려지지 않는 법이다.

트윈 엔진인 호커 비즈니스 제트기 안에서 그레이브스는 케이트 옆에 앉아 "저게 스카이 섬인가?" 하고 말했다. "한 번도 와 본 적이 없는데. 이 제 그 이유를 알겠군."

"저도요." 케이트도 말했다. "좀 음산하죠. 안 그래요?"

그레이브스는 대답하지 않았다. 그는 핸드폰을 만지작거리느라 한창 바빴다. 비행 내내 그는 십분 간격으로 조종석으로 성큼 걸어 들어가 템스하우스에서 연락이 왔는지 몇 번이고 물어보며 랜섬의 소재에 관한 보고를 기다렸다. 활주로가 보이기 시작했기 때문에 이제 얼마 안 있으면 자신이 직접 알아볼 수 있게 될 것이다.

제트기가 최종 착륙시도를 하자 케이트는 황량하고 적막한 창밖의 풍경을 바라봤다. 바람이 쓸고 지나간 상처투성이의 평평한 대지가 보였다. 가시덤불과 황야에 자라는 야생화인 헤더를 제외하고는 아무 것도 자라는 것이 없었다. 저 멀리 북쪽으로는 평평한 모래사장이 있었고, 그 너머에는 지평선 너머 끝없이 뻗어 있는 바다 외에 아무 것도 없었다.

이사벨 로렌 역시 다른 이들과 마찬가지였다. 헐에 있는 자신의 집 처마 지붕 아래 몸을 웅크리고 숨어 지내는 대신에 그녀는 자신의 나라 영국의 처마지붕인 북쪽지방, 스코틀랜드 북서부 연안인 스카이 섬으로 숨어들었다.

불쌍한 이사벨. 케이트는 속으로 생각했다. 여기에서조차 그녀가 숨을 곳은 없었다.

비행기가 착지하고 바퀴가 아스팔트를 세게 내리쳤다. 승객용 사다리가 준비되자마자 그레이브스는 서둘러 계단을 밟고 내려가며 핸드폰을 귀에 다 댔다. 바로 뒤에서 따라 내리던 케이트는 그가 욕설을 내뱉는 것을 얻어들었다. "무슨 일인데 그래요?" 어깨를 툭 치며 그녀가 물었다.

그레이브스는 손을 들어 조용히 해달라는 신호를 보냈다. "프랑스 경찰에는 연락해 봤나?" 그가 물었다. "인터폴에도 연락해서 유럽 내 모든 연방, 주, 지역 경찰 병력에게 이메일을 뿌리라고 해. 놈이 멀리는 못 갔을 거야." 그는 통화를 마치고 케이트를 돌아보며 말했다. "랜섬이 메도스의 집에서 훔친 차량이 도버 페리항 근처 장기 주차장에 주차되어 있는 것을 발견했다네. 부두를 수색 중인데 아직까지 별다른 성과는 없는 모양이오. 배표를 산 승객 중에는 그자의 인상착의와 들어맞는 사람이 없다고 하는데. 현재 그곳 CCTV 필름을 수거해서 조사 중이오."

"도버에서 페리로 갈 수 있는 곳이 몇 군데나 되죠?"

"너무 많지." 그레이브스가 말했다. "불로뉴, 칼레, 던키르크. 세 군데로 향하는 배편 모두 오늘 오전 9시에 출항했다는군."

"런던에서부터 꽤 빨리 운전을 했네요. 내가 랜섬이라면 그리 오래 돌아다니고 싶지는 않았을 거예요. 오늘 제일 빠른 배편이 뭐였죠?"

"칼레행 P&O, 6시 15분 편이오." 그레이브스가 말했다. "다음 편은 7시 불로뉴행이고. 혹시 타 본 적 있소? 꽤 타 볼 만하지. 트럭이나 개인 차량만도 수백 대가 되니. 그 중 한 대를 얻어 탔을 수도 있고. 그가 어디로 향하는지 누가 알겠냐는 거요?"

"난 알아요." 케이트가 말했다. "랜섬은 아내를 찾으러 가고 있다니까요."

스카이 터번 앤드 인까지는 20분이 걸렸다. 케이트와 그레이브스는 안으로 들어가 리셉션 카운터에서 신분증을 제시하고 이사벨 로렌에 대한 정보를 제공해 줄 것을 요청했다. 이사벨 로렌이 3층, 33번 객실에 묵고 있다는 대답이 돌아왔다. 그레이브스는 해당 지역에서 나온 경관들에게 로비에서 기다려 달라고 말하고 케이트와 함께 계단을 따라 3층으로 갔다.

이사벨 로렌을 찾아내는 데 그리 힘이 들지는 않았다. 전화번호부에 그녀의 이름이 등록돼 있었기 때문이다. 헐에 있는 그녀의 집에 전화를 걸었더니 그녀의 모친이 전화를 받았다. 그 모친은 딸이 아직 갓난아기인 손녀를 자기한테 맡겨놓고는 어디론가 사라져 버렸고, 그래서 마지못해 아기를 돌보고 있다는 사실을 기다렸다는 듯이 털어놓았다. 두 번째로 전화를 건 곳은 국세청이었다. 국세청에서는 이사벨 로렌의 사회보험번호를 성실히 제공해 주었다. 세 번째로 전화를 건 곳은 전국신용평가기관이었으며 그곳에서 미스 로렌이 신용카드회사들과 네 개의 거래계정을 소유하고 있다고 알려주었다. 네 번째로 전화를 건 곳은 아메리칸 익스프레스였고, 그곳으로부터 그녀의 최근 신용카드 사용내역을 이메일로 받아보았다. 가장 결정적인 것은 아무래도 영국 국유 철도의 인버네스행 열차 이등석 티켓, 자동차 렌탈 전문업체인 헤르츠의 비용청구서, 그리고 스카이 터번 앤드 인이란 곳에 맡긴 보증금 200파운드였다. 다섯 번째로 전화를 건 곳은 스카이 터번 앤드 인이었고, 그곳에서는 미스 로렌이 객실에 숙박하고 있는 것이 맞으며, 현재 객실 안에서 인 하우스 케이블 영화를 시청하고 있다고 대답했다.

다섯 번의 통화를 했고, 걸린 시간은 47분.

케이트는 객실 문을 노크한 다음 한 발자국 뒤로 물러섰다. "미스 로렌, 경찰입니다." 이어서 이렇게 말했다. "말씀 좀 나눌 수 있을까요?"

갈색머리에 예쁘장하게 생긴 여자가 문을 열었다. 샤워를 하고 깨끗한 옷으로 갈아입고 안경 대신 콘택트렌즈를 낀 여자의 모습을 보고 이 여인이 바로 칙칙한 갈색머리를 한 아이엄마와 동일인물이라는 걸 깨닫는 데 잠시 시간이 걸렸다. "제가 벨라 로렌인데요." 그녀가 말했다. "신분증부터 좀 보여주시겠어요?"

케이트는 그녀가 확인하도록 경찰신분증을 내밀었다. "런던에서 왔습니다."

"당신들이라서 기뻐요." 벨라가 말했다.

"다른 누구를 기다리고 계셨나요?" 케이트가 물었다.

"오히려 정반대의 상황을 예상했었거든요. 어서 들어오세요."

케이트와 그레이브스는 호텔 객실로 들어갔다. 창문을 통해 바다가 보이는 정경에 널찍하고 깔끔하게 정돈돼 있는 방이었다. 케이트는 카우치 소파에 자리를 잡고, 벨라는 그녀의 옆에 앉았다. 그레이브스는 이리저리 방안을 서성이고 있었다.

"절 어떻게 이토록 빨리 찾아냈는지 여쭤 봐도 될까요?" 벨라가 물었다.

"당신이 마지막으로 연락을 남겼을 당시에 우리는 로버트 러셀경의 아파트에 있었습니다."

"하지만 로비는 우리가 주고받는 메시지들은 아무도 추적할 수 없게 하겠다고 했었거든요."

"그가 한 말은 사실이었습니다." 케이트가 말했다. "최선을 다해 봤지만 그 메시지가 어디서 발신된 것인지는 추적할 수 없었어요. 러셀경의 웹 보안망은 매우 정교했습니다."

"그렇다면, 절 어떻게?"

"로렌 양의 졸업반지요." 케이트는 설명했다. "영상을 살펴보며 옥스퍼드의 인장이 찍힌 당신 반지를 본 거죠. 졸업앨범을 통해 당신 사진을 찾아냈고요."

"그리고 거기서부터는요? 저희 엄마였겠죠, 그렇지 않나요?"

"모친께서 도와주신 것은 아닙니다." 그레이브스가 말했다. "하지만 다음에 몸을 숨기실 일이 생긴다면, 신용카드를 사용하시는 것은 자제하실 것을 권합니다."

"하지만 그런 정보는 넘겨주면 안 되는 거 아닌가요? 개인정보잖아요."

그레이브스는 사실은 전혀 그렇지 않다는 뜻을 비치는 표정을 그녀에게 지어보였다.

"그렇다면 날 보호하기 위해 오신건가요?" 그녀가 물었다. "아시겠지만 자살일 리가 없잖아요."

"우리는 러셀경의 죽음을 타살로 보고 있습니다." 케이트가 그녀의 의견에 동의해 주며 말했다. "그러나 로렌 양이 위험에 처했다고 볼 만한 이유는 없었습니다. 만약의 경우를 대비해서 앞으로 며칠 동안 경관 두 명을 배치해 놓겠습니다."

그레이브스가 말을 끊고 끼어들었다. "괜찮으시다면, 질문 몇 가지를 드리고자 이렇게 먼 길을 왔습니다만."

"물론이죠." 벨라는 협조하겠다는 뜻으로 손뼉을 쳤다. "무엇을 도와드릴까요?"

"우선, 어제 있었던 이고르 이바노프 장관 사건에 대해 무엇을 알고 계시나요?"

"누구요?" 벨라는 당황한 표정으로 두 사람을 번갈아 쳐다봤다.

"이고르 이바노프요." 그레이브스가 다시 한 번 말했다. "어제 런던에서 테러 공격을 받은 러시아 내무장관 말입니다."

"아, 그래요. 이제 알겠네요." 짜증나는 말투로 대답이 돌아왔다. "왜 그 사람에 대한 걸 내게 물으시나요?"

"로렌 양이 영상 메시지를 통해서 그 테러공격에 대한 언급을 했으니까요." 하고 케이트가 말했다. "러셀경에게 미샤라는 이름을 가진 사람이 어제 오전 11시 15분에 있을 회의 참석차 런던에 왔다는 것을 알려준 사람이 당신이었죠. 위치에 대한 실마리까지 주셨죠. 빅토리아 베어 말이에요. "

"하지만 난 빅토리아 베어가 무슨 의미인지 몰랐어요. 나는 내가 아는 만큼만 로비에게 말했을 뿐이에요."

"그는 이미 알고 있었어요." 케이트가 말했다. "살해되기 직전에 그가 현장에 직접 다녀왔으니까요. 빅토리아 베어는 빅토리아 스트리트에 위치한 비즈니스, 기업 및 규제개혁부의 본부 건물을 가리키는 것이었죠. 어제 이바노프 장관 테러 사건이 일어난 바로 그 장소 말이에요."

"하지만 미샤는 러시아 사람이 아닌데요." 벨라가 말했다.

"미샤라는 남성이 러시아인이 아니라고요?" 그레이브스가 말했다.

"남자가 아니라 여자예요. 그녀의 본명은 미카엘라 디브너에요. 독일인이고요. 국제원자력기구 IAEA의 직원이죠. 로비와 내가 걱정했던 대상은 바로 그 미샤였어요. 이고르 이바노프 장관이 아니라요."

그레이브스는 케이트를 쳐다보았는데 그녀 역시 실망한 기색이었다. "처음부터 다시 시작하는 편이 더 좋을 것 같습니다." 그가 말했다. "러셀 경과는 어떻게 알고 지내게 되셨습니까?"

"우리는 친구였어요." 벨라가 대답했다. "동창이죠. 6년 전, 런던에 있는 싱크탱크인 채텀하우스의 행사장에서 만났죠. 채텀하우스는 주로 국가안보 문제에 대해 논의하는 곳이죠. 학술지 발행, 토론회와 심포지엄 개최 같은 일들을 해요. 나는 당시 브리티시 페트롤리엄에서 석유굴착기를 비롯해 여러 전력사용설비들을 설계하는 엔지니어로 일하고 있었어요. 그날 토론 주제는 전 세계 석유매장량이었어요. 그가 제게 마실 걸 가져다주었고 우리는 잠시 담소를 나눴죠. 그는 매력이 넘치는 사람이었어요."

"그가 무엇을 알려고 했나요?"

"아무 것도 없었어요. 사실은 그가 내게 약간의 정보를 건네줬죠. 북해에 탐험조사를 할 만한 가치가 있는 새로운 영역이 있다는 말을 했어요. 그걸 어떻게 알아냈는지는 내게 말하지 않았지만, 공해에 그만한 양이 매장되어 있다는 주장은 살펴볼만한 가치가 있는 것이었죠."

"정말 있었나요?"

"거기 석유가 있었냐고요? 네, 꽤 많이 있었어요. 하지만 당시 유가는 배럴당 40달러 수준이었죠. 까다로운 장소인데다 유가까지 낮았으니 이득이 별로 없었어요. 그래서 석유탐사팀에서 나설 생각을 안 했죠."

"하지만 그 뒤 유가가 올랐는데요." 케이트가 말했다.

벨라는 다 알고 있다는 뜻으로 미소를 지어보이며 말했다. "그래서 브리티시 페트롤리엄에서 정확하게 바로 그 좌표에서 시추작업을 시작했죠."

"그렇다면 결국은 아주 엄청난 정보가 된 셈이군요." 그레이브스가 말했다.

"50억 유로 가치가 있는 정보였죠."

그는 혀를 내두르며 말했다. "그래서요?"

"그래서." 이어서 벨라가 말했다. "로비가 제게 도움을 청했고, 전 도움을 주었죠."

그레이브스는 심문관의 자세를 취하듯 팔짱을 끼며 질문을 던졌다. "그가 알고자 했던 게 정확히 뭐였습니까?"

"그는 IAEA에 있는 내 지인들을 자기와 연결시켜 주기를 원했어요." 벨라 로렌은 자신을 빤히 쳐다보는 그의 시선을 피하지 않고 마주보며 대답했다. "나는 몇 해 전에 브리티시 페트롤리엄을 그만 두었어요. 지금은 발전소 설계를 해요. 그곳 사람들에게 알려줄 정보가 있다고 했어요."

"어떤 정보였는데요?"

"그 사람은 발전소에 사고가 날까 봐 걱정했어요. 원자력발전소였어요. 어디서 어떤 종류의 사고가 난다는 것인지는 그 사람도 정확히 알고 있진 않았어요. 하지만 곧 뭔가 일이 터질 거라고 믿는 것 같았어요."

"영상 메시지를 통해 당신은 '7일 가지고는 작은 단서 하나도 찾기 빠듯한 시간'이라고 했어요." 기억을 되살려내 보라고 다그치기라도 하듯이 케이트는 질문을 던졌다. "그렇게 빨리 진행되는가요?"

벨라는 고개를 끄덕였다. "예, 무서운 일이죠. 그 사람은 내게 보안대책이나 그런 것들에 대해 엄청나게 많은 질문을 했어요. 나는 내가 들은 것을 이것저것 종합해서 제 나름대로 추측했을 뿐이에요. 로비는 곧 일어날지 모르는 그 '사고'에 관해 IAEA 사람들과 얘기를 나누고 싶어했어요. 또 발전소 보안 시스템이 제대로 돌아가는지, 아니면 얼마나 허술한지에 관심을 가졌고요. 그래서 나는 그가 뭔가 안 좋은 일이 생길 것이란 낌새를 챘다고 생각했어요. 어둠속에서 빛이 환하게 퍼지고, 머리가 한줌씩 빠지는 그런 나쁜 일말이에요."

"그래서 러셀경이 IAEA와 접촉할 수 있도록 해 줬습니까?"

"네."

케이트는 수첩을 보며 말했다. "러셀경에게 당신도 피신을 해야 하느냐고 물어 보셨지요? 그 사고가 영국 영토 안에서 발생할 거라는 시사를 한 적이 있나요?"

"전혀 없었어요. 그랬다고 보긴 힘들어요. 혹시라도 그랬다면 나한테 분명히 경고를 해 줬을 거니까요."

"미샤에 대해 좀 이야기를 나눌 수 있을까요?" 그레이브스가 물었다. "IAEA에서 미샤란 사람은 정확히 무슨 일을 합니까?"

"비엔나에 있는 본부의 S&S 과장이에요. S&S란 원자력안전보안과를 말하는 거예요. 그녀가 런던을 방문한 이유는 영국 안전조치 사무소와 회의를 갖기 위해서였어요. 그들은 EU가 보안 프로토콜을 관리하는 일을 도와요."

그레이브스는 숨을 크게 한번 내쉬더니 뒤돌아 창가로 가서는 자리를 잡고 창밖의 바다를 응시했다. "원자력안전보안과라." 피곤에 지친 목소리로 그가 말했다. "IAEA에서 감시를 담당하는 곳이지요."

"구체적으로 어떤 일을 하는데요?" 케이트가 물었다.

"많은 일을 해요." 벨라가 말했다. "우선 발전소들에 보안시설을 설치하는 일을 하죠. 직원관리나 발전소 근무자들의 교육을 감독하는 일도 합니다."

"방사능 물질의 불법 거래와 밀매를 감시하는 일도 하지요." 조금 떨어져 있던 그레이브스가 이렇게 덧붙였다. "암거래 시장에서 우라늄 매매가 이루어지지 못하도록 막는 일도 그들의 몫이라는 말이요."

"러셀경이 우려했던 게 그런 것이었나요?" 케이트가 물었다. "무기 거래 말이에요?"

"무기거래에 관한 일이었다면 바로 경찰에 알렸을 거예요. 저도 그 정도는 안답니다. 이번 일은 뭔가 달랐어요."

"어떻게요?"

"그 사람은 주로 발전시설 출입절차나 방법에 관심을 가지고 있었어요. 어떤 사람들이 출입허가를 받는지, 어떤 사람들이 허가를 받지 못하는지,

모든 차량은 검문을 받는지, 원자력발전소에 보안을 책임지는 군부대 같은 것이 있는지 등등이요. 전 그가 던지는 질문들에 절반도 대답하지 못했어요. 그는 그 점을 아주 못마땅해 했어요. 미샤 디브너와의 면담을 그토록 원한 이유도 그래서였죠."

그레이브스는 방을 가로질러 다가와 벨라의 맞은 편 자리에 앉으며 말했다. "러셀경은 사건이 곧 터진다는 것을 어떻게 알았습니까?"

"그게 그 사람이 하던 일인 걸요. 정보를 수집했으니까요."

"하지만 누구로부터 정보를 얻었다는 말입니까?" 그레이브스가 물었다.

"그에게 빅토리아 베어에 대해 알려준 사람이 누구인가요?" 케이트가 재촉하듯 질문을 던졌다.

벨라 로렌은 천장을 쳐다보며 대답했다. "그건 저도 모르겠어요. 물어보지도 않았고요. 로비가 내게 말해준 것이라고는 자기를 반기지 않는 곳에도 찾아가 껄끄러운 질문들을 했다는 사실 정도에요. 자기 걱정은 하지 말라고 했죠. 자기 안전을 확보하기 위해 할 수 있는 모든 조치를 취해두었다고 했어요. 하지만 그런 사람들과 엮이면 늘 위험이 따르기 마련이잖아요."

"그런 사람들이라면 어떤 사람들을 말하시는 겁니까?" 그레이브스가 다그치듯 되물었다.

"그건 저도 모릅니다." 무릎에 시선을 떨구며 벨라가 말했다. "하지만 그들이 누구든, 그 사람들이 그를 죽였어요."

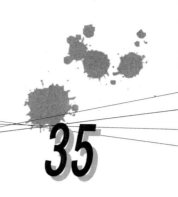

35

덴 백스터는 또 하루를 시작하고
있었다.

오전 9시, 폭약을 실었던 BMW의 차량 등록번호가 적혀 있는 차축 부분
이 발견되었다. 차량 등록번호는 전날 밤 엔진룸에서 복구된 또 다른 등록
번호와 함께 독일 뮌헨 소재의 BMW 본부로 보내졌다. 엔진룸에서 나온
번호는 아마도 가짜일 가능성이 높을 것이다. 등록번호를 조회해 보면 그
차가 언제 어디서 제조되고 판매되었는지 알아낼 수 있다. 두 번호 모두 룩
셈부르크에 본부를 둔 인터폴에도 제공되었는데, 세계 전역에서 도난등록
된 차량과 대조가 이루어질 것이다.

오전 10시, 레이저 트랜지트 서베이 팀이 범죄현장에 대한 일차 측량을
마쳤다. 수평축과 수직축을 사용한 망원경인 전자디지털 씨어돌라이트
theodolite를 이용해 측량 팀은 모든 증거물에 격자점을 찍어 범죄현장의 3차
원 입체사진을 만들었다. 전자디지털 씨어돌라이트는 특히 폭발로 생긴 구
멍의 크기를 재고, 여기저기 널린 시체의 잔해들을 비롯한 파편의 위치와
떨어진 거리를 용적과 비교해 폭발장치에 사용된 폭약의 무게와 배합비율
을 밝혀냈다.

일차 측량에 따르면 20kg의 폭약이 BMW 차량에 탑재되어 있었고, 폭

발 충격이 지나가는 차량에 가해지도록 상당한 양의 혼합하지 않은 시멘트가 충전재로 사용되었다. 결론적으로 말해 폭발장치는 주변 행인들이 부상당하지 않게 제한을 가하면서 특정 목표물을 파괴할 수 있도록 만든 맞춤형 장치였다.

오전 11시, 인터폴에서 전화가 왔다. BMW는 이탈리아 페루자에서 석 달 전에 도난당한 차량이라고 했다. 차는 이탈리아에서 마르세이유까지 배로 이동한 뒤 포츠머스를 통해 영국에 들어왔다고 했다. 도난차량은 2주 전에 바르톤 앤 배틀 LLC이라는 정식으로 등록된 자동차 수입회사를 통해 세탁된 다음 맨체스터에 사는 K. 오하라 부인에게 인도되었다.

그리고 12시, 백스터는 송수신용 무전기를 통해 사건조사의 속도와 방향을 현저히 바꿀 만한 소식을 들었다.

"보스, 맥입니다. 지금 시간 돼요?" 알라스테어 맥킨지는 백스터의 부하 중 제일 똘똘한 신예로 콜라병처럼 생긴 안경을 쓴 스물 네 살의 샤냥개 블러드하운드였고, 타고난 직관력의 소유자였다. "현장에서 뭘 좀 찾아냈습니다."

"이미 조사 끝내고 덮지 않았나." 백스터가 일부러 심드렁하게 말했다. "증거 부스러기 하나 나온 게 없었잖아."

"그래도 제가 한 번 더 확인해 봤습니다." 맥킨지가 말했다. "마이크로바이퍼로 한번 확대해서 살펴봤는데요."

"당연히 그래야지, 이 친구야. 내가 그래서 자네를 좋아한다니까. 거기서 기다려. 곧장 그리 가겠네."

백스터는 미지근한 커피를 쓰레기통에 부어 버리고 서둘러 길을 내려갔다. 맥킨지는 허리 깊이의 폭파 구멍 안에 서 있었다. 후리후리한 키의 그는 발아래 열어놓은 알루미늄 케이스로 연결된 금속 케이블을 들고 있었다. 케이블의 한 쪽 끝에는 케이스 안에 설치된 하이콘트라스트 모니터에 이미지를 전송하는 소형 카메라가 달려 있었다. 마이크로바이퍼라고 불리는 장비로 사실상 영상을 1천 배까지 확대할 수 있었다. 거의 부서질 염려도 없는 휴대용 현미경이었다.

"한번 보시죠." 멕킨지가 말했다. "아스팔트 아래쪽에 눌어붙어 있는 것을 찾아냈습니다. 모니터에 띄워놓았습니다."

백스터는 구멍으로 뛰어 들어가 마이크로바이퍼 옆에 구부리고 앉았다.

"서킷 보드입니다." 맥킨지가 화면을 채우고 있는 들쭉날쭉한 하늘색 플라스틱을 가리키며 말했다. "폭탄을 터뜨릴 때 사용했던 전화기에서 나온 겁니다. 여기저기 흩어져 있는 부분들도 찾아내 모두 스캔해서 조각들을 맞춰 보았습니다. 아직 찾지 못한 부분들이 있긴 합니다만 제 생각에는 단서가 될 만한 것 같습니다."

"시리얼 넘버가 있던가?"

"4-5-7-1-3입니다." 맥킨지가 말했다. "앞에 붙은 몇 자리는 못 찾아냈습니다. 폭발 때 완전히 증발해 버린 것이 확실합니다. 그 부분은 죄송합니다."

"제조사는 알아냈나?"

"아직입니다. 실험실로 보내야 할 것 같습니다. 거기서 보유한 샘플들과 유사성 검사를 해 보겠습니다."

핸드폰 하나에 서킷 보드가 하나씩 들어가고, 모든 서킷 보드는 고유의 시리얼 넘버를 가지고 있다. 서킷 보드의 구조를 좀 더 연구해 보면 제조사를 알아낼 수 있을 것이었다. 그러고 나면 유포된 끝자리가 45713인 서킷 보드가 들어 있는 모든 핸드폰의 배포처를 추적하면 된다. 목표는 그 핸드폰이 어디에서 팔렸고, SIM 카드나 전화번호는 어디에서 등록을 시켰는지, 그리고 운이 좋다면, 핸드폰을 구매한 악당의 이름까지도 알아내는 것이다. 그것은 상처 입은 야생동물이 제 소굴로 돌아가는 것을 뒤쫓는 것과 다를 바 없다고 백스터는 생각했다.

"인식표를 붙이고 수거한 부분을 몽땅 실험실로 보내. 뭔가 나올 때까지 실험실에 붙어 있다가, 시간은 몇 시가 되어도 상관없으니, 내게 전화를 주게.”

백스터는 이동식 본부로 재빨리 돌아갔다. 24시간 만에 처음으로 백스터의 얼굴에 미소가 번졌다. 피로에 찌들고 흐릿한 미소였지만 그럼에도 불구하고 분명한 미소였다.

덴 백스터는 자기가 뒤쫓는 먹잇감의 냄새를 맡은 것이다.

놈들을 찾아내는 것은 시간문제였다.

36

트럭이 멈춰 섰다. 조나단은 차량 브
레이크에서 공기가 빠져나가는 소리와 엔진이 멈춰 서면서 낮게 털털거리
는 소리를 들으며 가만히 누워 있었다. 창문이 내려지고 승용차와 트럭들
이 오가며 시끄럽게 내는 소리가 들렸다. 운전기사가 차에서 내리기를 기
다렸지만, 남자는 운전대를 잡은 채 자리에 앉아 화물주와 행선지를 바꾸
는 문제를 놓고 전화로 언쟁을 벌였다. 행선지는 베를린보다 한참 더 북쪽
인 함부르크로 정해졌다.

조나단은 담요 위로 얼굴을 내밀었다. 밝은 빛에 눈이 부셔 눈을 깜박이
면서 바깥세상이 어떻게 돌아가는지 보기 위해 고개를 들었다. 자신이 지
도상 어디쯤에 와 있는지 알고 싶었다. 차는 느끼기에 꽤 빠른 속도로 두
시간 이상 달려왔고, 추정컨대 최소한 200킬로미터는 더 온 것 같았다. 운
전석 뒤에 숨어서 그는 셸 주유소 모퉁이에 걸린 표지판과 그 너머에 있는
고속도로 표지판을 훔쳐보았다. 브뤼셀까지 16킬로미터. 독일 아헨까지는
거기서 다시 74킬로미터, 그리고 쾰른까지는 201킬로미터였다. 거리를 알
고 나자 조바심이 더해졌다. 어디로 가든지 목적지와 너무 멀어지기 때문
이었다. 기름을 가득 채운다고 했을 때는 운전기사가 다음 주유소까지 600
내지 700킬로미터는 더 운전해갈 수 있다는 소리였다.

움직여야 할 필요성이 느껴지자 조바심이 나 손가락이 꼼지락거렸지만, 억지로 조용히 자리를 지켰다. 그에게는 운전사와 맞설 만큼의 여유가 없었다. 여기서 분란을 일으킬 경우 수십 명의 사람들과 근처에 있을지도 모를 경찰의 주목을 끌 가능성이 농후했다. 조금 더 숨어 있을 필요가 있었다.

그때 운전기사가 전화를 끊었다. 그러나 운전석에서 내리는 대신 그는 좌석에서 몸을 돌리더니 뒤쪽의 침상으로 불쑥 몸을 뻗었다. 조나단은 재빨리 담요를 머리 위로 덮었고, 남자가 두 손으로 침대 위에 늘어져 있는 책과 잡지, 그리고 신문들 사이에서 무엇인가를 거칠게 찾아 뒤지는 동안 숨을 멈추고 있었다. 마침내 그가 원하는 물건을 찾아내면서 만족어린 소리를 냈다. 조나단의 머리에서 기껏해야 1인치 정도 떨어진 곳에 놓여 있던 지도책이었다.

운전석 문이 열리고 남자가 트럭에서 내렸다. 조나단은 담요를 걷어 제치고 일어나 앉았다. 거칠게 숨을 내쉬며 그는 침상을 건너 조수석 문으로 갔다. 사이드 미러를 통해 보니 남자는 주유구 마개를 열고 연료 노즐을 집어넣은 다음 트럭 뒤편으로 가더니 무릎을 굽히고 타이어 공기압을 점검했다.

지금이다.

조나단은 앞좌석으로 이동해서 조수석 문을 열고 지상으로 뛰어내렸다. 바로 옆 2미터도 채 떨어져 있지 않은 곳에 푸조 세단 한 대가 주차되어 있었는데 오렌지색과 파란색 휘장을 보니 벨기에 경찰차였다. 경찰관 한명이 운전석에 앉아 있었다. 또 다른 경찰관은 차 옆에 서서 기름을 넣으며 트럭 앞쪽으로 가는 길을 막고 있었다. 조나단은 문에서 손을 떼지 못하고 머뭇거리다가 반대 방향으로 걸어갔다. 잠시 후 운전기사가 그를 제대로 가로막아서면서 트럭 뒤쪽에서 돌아 나왔다. 그는 조나단을 보더니 이탈리아어로 큰 소리로 말했다. "어이, 여기서 뭐하는 거요?"

조나단은 미소를 지으며 다가갔다. 경찰관이 자신을 응시하고 있다는 것을 잘 알고 있었고, 그들의 시선이 모두 자신에게 집중되어 있다는 것도 알았다. 운전기사는 반백이 된 머리에 오십대 혹은 그보다 좀 더 됨직한 중년의 남자였으며, 아내나 상사와의 통화내용으로 미루어 유머감각이 영 부족한 사람이었다. 조나단은 학문적인 책들과 신문들을 떠올렸다. 운전기사는 똑똑한 사람임이 분명했다. 이런 사람에게는 오직 진실만이 먹힌다.

"선생님 트럭에 히치하이킹을 했습니다. 영국에서부터요." 그는 노동자 말투를 흉내내며 유창한 이탈리아어로 대답했다. "죄송합니다. 먼저 여쭤봤어야 하는 건데, 거절하실까 봐 겁이 나서요. 그리고 전 거절을 받아들일 상황이 아닙니다. 무일푼인데 여자 친구를 보러 로마까지는 가야겠고 해서 말입니다. 선생님 트럭의 번호판을 보고 그냥 올라탔습니다."

"난 함부르크로 갈 거요."

"예, 들었습니다. 그래서 여기서 내리려는 겁니다." 조나단은 경찰이 있는 곳으로 시선을 돌리며 말했다. "제발 부탁드립니다, 시뇨르."

"어디 출신이시오?" 이탈리아인은 좀 전보다 차분한 목소리로 질문을 던졌다.

결정적인 질문이었다. 실질적으로 돌아갈 나라가 없는 셈인 조나단은 대답을 하면서도 우스웠다. "아메리카요."

곁눈질로 조나단은 경찰관이 다가오는 것을 보았다. "괜찮으신가요, 무슈?" 하고 경찰관은 운전기사에게 물었다.

운전기사는 조나단에게서 시선을 떼지 않은 채, 쿵 하고 콧방귀를 한 번 뀌었다. 그러더니 불어로 대답했다. "뚜 바 비엥." 별일 아니라는 뜻이었다.

"부제뜨 쎄흐땅?" 정말 그러냐고 경관이 재차 물었다.

"위." 운전기사는 무릎을 접고 앉아 타이어 공기주입기를 풀며 그렇다고 대답했다. 옆에 선 조나단을 올려다보며 운전기사는 말했다. "미국인치고는 이탈리아어 실력이 꽤 쓸 만하군." 이번에는 영어였다. "그만 가보시오."

"고맙습니다."

조나단은 키오스크를 향해 계속해서 걸어갔다. 매번 걸음을 옮길 때마다 뒤에서 경찰관이 부를 때를 대비해 마음의 준비를 하고 있었다. 그렇게 되면 신분증을 보여 달라고 할 것이고, 그가 여권을 소지하고 있지 않다는 것을 알아낼 것이다. 그러면 여권 대신에 운전면허증을 달라고 할 것이고, 조회하는 동안 경찰차 안에서 기다리라고 할 것이다. 그것으로 끝인 것이다.

그러나 경찰관들은 아무런 말도 하지 않았다. 그는 아직 자유인이었다. 적어도 당분간은.

조나단은 키오스크에 들어가 면도기와 면도용 크림, 오렌지 두 개, 살라미 샌드위치, 미네랄워터, 그리고 칫솔과 치약을 구입했다. 키오스크는 고속도로를 따라 뻗어 있는 대형 쇼핑몰의 여러 상점 가운데 하나였다. 그곳에는 뫼벤피크 레스토랑과 옷가게, 몇몇의 관광상품 가게들, 전자제품점, 그리고 담배 가판대들이 여러 군데 보였다. 가게마다 들르며, 바지 한 벌, 버튼다운 셔츠 한 벌, 바람막이 점퍼와 야구 모자를 샀다. 일인용 화장실로 들어가 십분 만에 그는 머리를 자르고 까칠하게 자란 수염도 밀었다. 마침내 잿빛 머리카락이 사라졌다. 셀프태닝 로션을 얼굴에 바르고 조심스럽게 목과 가슴팍에도 고루 발랐다. 준비를 마치자 이번에는 공중전화 부스로 가서 택시를 불렀다.

그레이브스의 손아귀에서 탈출한 지 15시간이 지났다. 유럽 전역에 걸친 모든 수배자 명단마다 그의 이름이 우선순위 목록에 올라 있을 것이라고 확신했다. 그러나 법집행기관, 특히 정부기관과 관료주의에 대해서라면 충분히 알기에 크게 걱정하진 않았다. 호텔, 차량 렌탈 회사, 항공사 등에 그의 신상정보가 전달되기까지는 꽤 시간이 걸릴 것이었다. 조만간 그레이브스는 그의 신용카드를 정지시킬 것이다. 하지만 아직은 모두 미래에 일어날 일이었다.

앞으로 24시간 내에 목적지에 도착해야 한다고 조나단은 생각했다.

한 시간 후에 브뤼셀 공항에 도착했다. 그로부터 30분 후, 그는 중형 아우디 세단을 대여하는 확인서류에 서명하고 있었다. 점원이 자동차 키를 데스크 위에 올려놓으며 말했다. "손님, 마지막으로 여쭤볼 게 하나 있습니다."

"네?" 하고 조나단이 대답했다.

"이탈리아까지 이 차로 가실 생각은 아니시지요?"

"그러면 안 됩니까?"

"상관은 전혀 없습니다만, 그럴 경우에는 보험료가 좀 더 비싸집니다. 이탈리아에는 차 도둑이 워낙 많아서요. 렌탈 차량은 그야말로 도둑들의 주요 타깃이지요."

"렌탈 차량인지 어떻게 알아봅니까?" 하고 조나단이 물었다.

"차량 번호판 번호로 압니다. 벨기에 같은 경우 모든 렌탈 차량의 번호판이 67로 시작합니다. 어느 나라나 마찬가지입니다."

조나단은 나중을 대비해 점원이 알려준 정보를 기억해두기로 하고, 이어서 점원의 질문에 대답했다. "아니요, 이탈리아까지 갈 계획은 없습니다." 그것은 사실이 아니었다. "실은 독일 함부르크로 갈 계획입니다. 무척 아름다운 곳이라고 들었습니다."

"안전한 여행이 되시기 바랍니다, 랜섬 박사님." 점원이 말했다.

조나단은 고개를 끄덕여 보인 다음 자리를 떠났다. 엠마가 그를 제대로 잘 가르친 것이다.

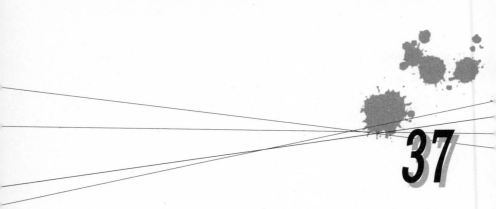

37

"닷새 남았소. 어디서, 언제, 그리고 어떤 일이 벌어질지 우리는 전혀 모르고 있소. 아는 것이라고는 로버트 러셀이 원자력발전소를 대상으로 한 모종의 공격이 있을 거라는 우려를 했다는 사실과 그가 미래를 보는 예언자에 가까운 사람이었다는 사실뿐이오." 찰스 그레이브스는 호주머니에 손을 넣고 대기 중이던 제트기를 향해 아스팔트 활주로를 성큼성큼 걸어갔다. 변덕스러운 바람이 불어와 바닷물을 흔들어 파도거품을 일으켰다. 오후 2시 무렵이었고, 맑은 하늘과 밝게 빛나는 햇살에도 불구하고 기온은 쌀쌀했다.

"적어도 한 가지는 분명하군요." 케이트가 말했다.

"그게 뭐요?"

"초반부터 내내 우리가 잘못 짚었다는 거죠."

"정확히 뭘 잘못 짚었다는 거요?"

"모두 다요."

그레이브스는 멈춰 섰다. "당신이 그동안 한 걸음 뒤쳐져 있었다는 것은 인정하지만, 우리가 내내 헛다리짚었다고 할 순 없소."

"그런가요? 그렇다면, 말해 보세요. 엠마 랜섬은 누굴 노린 걸까요? 이바노프, 아니면 미샤 디브너?"

"당연히 이바노프요. A급 셈텍스 20킬로로 무장한 폭탄차량이 그 증거가 아니겠소?"

"하지만 러셀은 공격 대상을 미샤 디브너라고 생각했잖아요? 내 말은 그 문제로 대화를 나눴던 사람도 바로 그 여자라는 거죠."

"그의 정보가 불완전했던 것뿐이오. 늘 있는 일 아니겠소? 이번만큼은 그가 틀렸던 거지. 그게 뭐 어쨌다는 거요?"

"만약 우리 둘 다 틀렸다면요? '빅토리아 베어'를 생각해 보시라고요. 어쩌면, 그곳이야말로 목표대상이었는지도 모르죠. 비즈니스, 기업 및 규제개혁부 청사 말예요. 청사 안에 영국 안전조치 사무소가 있어요. IAEA와의 긴급회의 장소도 그곳이었죠."

"그렇다면, 이바노프 내무장관은? 이바노프 장관이 하필이면 왜 그 순간에 때맞춰 현장에 도착했을까요? 그건 어떻게 설명할 거지?"

"당장은 못해요." 케이트가 말했다. "거기까진 아직 모르겠으니까. 미샤 디브너에 대해서나 마저 이야기하죠. 폭발 당시 그 여자는 청사 안에 있었어요. 하지만 청사 안에 계속 있었던 건 아니죠. 그럴 수가 없었으니까요."

그레이브스가 고개를 끄덕였다. 두 눈은 케이트의 추론이 어디로 향하고 있는지를 깨닫기 시작했음을 말하고 있었다. "어째서 말이오?"

"규정이에요. 폭발사건이나 테러사태가 벌어질 경우 정부 청사와 인근의 건물에는 강제 소개령이 내려지죠. 차량이 폭발한 지 5분 뒤에 빅토리아 스트리트의 상황이 어땠는지는 직접 보셔서 알잖아요?"

"대참사였지. 런던의 인구 절반이 그 건물에서 일하던 것처럼 보일 정도였으니."

"맞아요. 장담하건데 미샤와 그녀의 일행도 그 가운데 섞여 있었을 거고요."

"확실히 그랬을까?" 이렇게 말하는 그레이브스도 실제로 의심쩍어 그런 건 아니었다. 선의의 비판자 노릇을 하기 위해 일부러 반대 입장을 취해 본 것이었다.

"확실한 건 아니에요." 케이트는 천천히 아주 조심스럽게 말을 이어갔다. 젖은 모래 위를 걷는 것처럼 헤어나기 힘든 상황을 그녀는 마주하고 있었다. 그녀 자신도 그런 사실을 알고 있었다. "엠마 랜섬이 만약에 미샤와 그의 일행을 청사 밖으로 유인해내기 위해 일을 저질렀다면요?"

"이바노프 장관을 대상으로 한 공격은 그들을 유인해 내기 위한 수단이었다?"

"바로 그거에요."

"엠마가 손에 넣고 싶어 한 상당히 가치 있는 뭔가가 거기에 있었던 게 틀림없군."

"미샤와 IAEA 일행이 가져온 그 무엇인가겠죠."

그레이브스는 재킷에서 핸드폰을 꺼내 전화를 걸었다. "K본부, 에번스 소령과 연결해 주게."

케이트는 그레이브스의 곁에 서 있었다. MI5의 K본부는 영국 수도 및 대도시의 모든 정부 관련 기관 및 단체의 방호 보안을 맡고 있었다.

"어이, 친구. 날세, 찰스 그레이브스. 스피커 기능을 사용 중이네. 밖에 바람이 좀 센 편이니 큰 소리로 말해주게. 지금 경시청 포드 계장과 동행중인데. 어제 그 폭탄테러 사건에 대한 단서를 추적 중에 있다네. 한 가지만 물어보겠네. 빅토리아 스트리트 테러 사건 직후 사람을 소개시킬 당시 혹시 특이한 사건 같은 게 있었나? 비즈니스, 기업 및 규제개혁부 청사 내에서 무슨 도난 사건 같은 것 말이야?"

"그렇다고 할 수 있지." 딱 부러지는 어조에 상류층 특유의 말투가 들려왔다. "지옥문이 열린 것 같은 상황이었으니. 모두들 대피 중이던 틈을 타 누군가 안전조치 사무국 사무실로 들어가 중요한 물건을 슬쩍해 갔지."

"좀 더 자세한 정보를 줄 수 있겠나?"

"대외적으로는 3층 회의실에서 서류가방과 여행가방 몇 개가 사라진 것으로 알려져 있지."

"IAEA 일행 소유의 물건들이었나?"

"자네가 그걸 어떻게 알았지? 극비회의였는데."

"계속 말해 보게, 친구. 서류가방 안에 뭐가 있었나?"

"스피커부터 끄게." 에번스가 말했다.

그레이브스는 스피커 기능을 껐다. 얼굴이 점점 굳어갔고, 케이트는 긴장을 늦추지 않은 채 그를 쳐다보고 있었다.

"뭔데요?" 케이트가 물었다. "유령이라도 본 표정인데요."

"누구도 분실된 서류가방이나 여행가방 따위에는 신경을 쓰지 않지. 문제는 그 가방들 안에 뭐가 들어 있느냐는 것이지. 누군가가 IAEA의 안전보안국 소속 일행의 노트북 컴퓨터들을 챙겨 급히 달아났소."

"엠마 랜섬이군요."

"그 여자 말고 누구겠소?"

"뭐가 그리 걱정이죠? 그 노트북 컴퓨터 안에 대체 뭐가 들었는데요?"

그레이브스는 서글픈 표정으로 그녀를 바라보며 말했다. "모든 게 다 들어 있소."

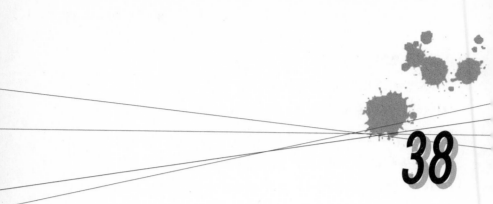

38

레프 팀켄은 성관계 하는 장면을 남들에게 보여줄 만한 남자가 못 되었다. 무엇보다 그는 뚱뚱했다. 키도 작고 못생긴 외모에 메그렐 곰처럼 온 몸이 털로 뒤덮여 있었다. 그러나 유쾌하지 못한 이런 신체적 특징도 그가 내는 특유의 킁킁거리는 신음소리에 비하면 아무 것도 아니었다. 한참 열을 내는 그는 발정 난 코끼리도 뒤돌아설 만큼 구역질나는 신음소리를 토해내고 있었다.

"이봐 소리 좀 줄이지?" 세르게이 스베츠가 말했다.

BMW 세단 뒷좌석이 앉아 스베츠는 아무런 방해 없이 계기판에 장착된 최첨단 통신망을 즐기고 있었다. 모니터의 고화질 화면 속에서는 팀켄의 침실을 중계 중이었다. S국에서는 이를 두고 '사운드와 조명'이라고 불렀다. 스베츠는 이와 유사한 장비를 도시 내 1백여 개의 아파트에 설치해 놓았다. 적의 일거수일투족을 지켜볼 필요가 있기 때문이다.

그의 지시대로 운전기사는 두말없이 볼륨을 낮췄다.

"이런, 저 자식 좀 봐." 스베츠가 소리쳤다. "저 자식을 보니 모스크바 여자들은 내게 감사를 해야겠구먼. 저 인간 몸에 붙은 지방덩어리면 마을 하나가 겨울을 넘길 만한 기름이 나오고도 남겠어."

"털 코트도 족히 열두 벌은 나오겠는데요."

그가 탄 차는 쿠투조프스키 프로스펙트에 있는 레프 팀켄의 아파트 건물 맞은편에 서 있었다. 그 건물의 역사는 스탈린이 모스크바의 서구화를 추진하던 1930년대로 거슬러 올라가며, 파리의 에투알이나 베를린의 쿠르퓌르스텐담 지역에서나 볼 수 있을 법한 건물이었다.

팀켄은 비교적 평온한 시기였던 90년대에 대령 계급으로 KGB의 무기 조달 및 생산 담당자로 활동하며 재산을 불렸다. 공산당이 해체되자 그는 총알에서부터 폭격기에 이르는 각종 무기 생산 공장 여러 개의 소유권을 챙겼다. 그는 공장에서 생산한 무기들을 주로 최고입찰자인 동시에 경쟁세력보다 힘의 우위를 가지고자 하는 아프리카의 폭군들에게 팔기 시작했다. 군복에서 양복 정장으로 재빨리 바꿔 입은 팀켄은 우중충한 민스크시에 위치한 남부사령부를 떠나 민간 기업으로 무대를 옮겼다. 러시아인들이 수도를 이야기할 때 흔히들 쓰는 표현인 '센터', 즉 모스크바에서 활동하기 시작했다.

재산을 모으자 그는 슬그머니 옆길을 통해 정계로 진출했다. 상트페테르부르크 출신에 전직 유도 챔피언인 팀켄은 북부 도시가 배출한 또 한명의 인재인 블라디미르 푸틴과 손을 잡았고, 이 전직 스파이의 옷자락을 잡고 더 큰 권력을 거머쥐었다. 일약 승천에 해당하는 승진이었다. 하원인 두마의 의원석을 꿰찬 것이었다. 그런 다음 러시아 정부의 각료에 임명됐고, 곧이어 중대한 결정을 내릴 때 발언권을 행사하는 대통령 보좌관에 올랐다.

지난 3년간 팀켄은 대통령의 수석보좌관 노릇을 해왔으며, 그의 주된 역할은 러시아의 낙후된 인프라 시설을 현대화시켜 줄 여러 서방 석유회사들과 손잡고 러시아의 방대한 석유자원을 뽑아먹는 것이었다. 그의 업적은 가위 성공적이었으며, 그는 대통령이 임기에서 물러나는 시점인 2년 뒤에 그 뒤를 이을 가장 유력한 대권 후보가 되었다.

"저 여자에게 준 게 뭔가?" 모니터를 뚫어져라 쳐다보며 스베츠가 물었다.

"청산가리입니다."

"아직도 그런 걸 쓰나?"

"그것만큼 효과가 빠른 게 없습니다. 냄새만 날아가고 나면 혈액 내에서 발견될 가능성도 거의 없고 말입니다. 팀켄이 심장마비를 일으킨 것처럼 보일 겁니다. 누가 의심하겠습니까?"

스베츠는 한 몸으로 엉켜 있는 그들을 더 잘 보기 위해서 고개를 비스듬히 기울였다. "그걸 어떻게 먹인다고?"

"모르시는 편이 나을 겁니다."

"말해 보게."

운전기사는 간략하게 방법을 설명했다. 스베츠는 아무 말도 하지 않았다.

11세기부터 조국 러시아는 특정 집단에 의해 지배되고 분리되어 왔다. 11시간의 시차를 아우르며, 오십 개가 넘는 소수민족들로 구성된 러시아는 일인 또는 일가가 지배하기에는 지나치게 광대했다. 이반 뇌제는 자신의 뜻을 실현하는 데 봉건영주들을 이용했고, 피터 대제는 '보야르' 라 불리던 귀족계급을 내세웠다. 차르들은 자신을 따르는 세력들에게 충성의 대가로 넓은 영토를 하사했다. 그렇게 함으로써 자신의 목적과 그들의 목적을 일치시켰고, 이를 통해 그들의 충성을 계속 보장받았다.

21세기에 와서도 사정은 마찬가지였다. 표면상으로 러시아는 여전히 하나의 단일체였다. 현대화 된 새로운 러시아는 대통령 선출제와 양원제 의회를 자랑하는 서구식 민주주의 국가가 되었다. 그러나 겉모습은 속임수에 지나지 않았다. 한 꺼풀만 벗기면 러시아는 상반된 이익을 가진 집단들 간의 경쟁이 끊임없이 벌어지는 가마솥 같았다. 과거 군벌의 자리는 마피아 두목들이 대신 차지했다. 보야르의 자리에는 기업 총수들이 앉았다. 이제는 토지가 아니라 현금이나 석유, 천연가스, 그리고 목재와 같은 러시아의 광대한 천연자원을 강탈해 세운 대기업들의 주식이 선호하는 자산이 됐다. 그리고 이 모든 것의 깊은 저변에는 대통령을 위해 나머지 모두와 싸우는 러시아의 정보국 FSB가 있었다.

러시아는 특정 집단에 의해 다스려지는 나라였고, 앞으로도 늘 그럴 것이었다.

탐욕스러운 자들만이 수장의 자리에 오른다고 한다면, 그 탐욕에 있어서 러시아 연방보안국의 국장인 세르게이 스베츠를 따라올 자는 없을 것이다. 오래 전부터 스베츠는 크렘린궁의 왕좌를 눈여겨봐 왔다. 그는 대통령직을 원했다.

그날 모스크바에는 비가 내렸고 날씨 또한 쌀쌀했다. 현재 세 명의 남자가 그의 앞길을 가로막고 있었다. 한명은 혼수상태에 빠진 채 런던의 한 병동에 누워 있었다. 다른 한명은 카자흐스탄으로 천연가스 시설을 둘러보러 가서 그날 오후쯤 돌아올 예정이었다. 그리고 세 번째 인물인 대통령의 보좌관 레프 팀켄은 이제 곧 죽을 운명이었다.

스베츠는 그가 보낸 요원이 팀켄에게서 몸을 떼고 그의 다리 사이로 고개를 내리는 것을 지켜봤다. 팀켄의 입이 벌어졌고, 스베츠는 그가 울부짖기 시작하자 볼륨을 꺼버렸다. 팀켄의 허리가 뒤로 젖혀졌고 두 눈은 황홀경에 빠진 채 휘둥그레졌다. 여자가 고개를 들고 일어나며 그의 뺨을 어루만지더니 그의 입에 키스를 했다.

스베츠는 청산가리 캡슐이 자기 입안에 털어 넣어지고, 여자가 캡슐을 씹어 안에 든 청산가리를 자기 몸 안에 밀어 넣는 것을 상상하고는 몸서리를 쳤다.

팀켄은 전라의 여인을 밀어젖히며 자리에서 일어나려고 몸부림을 쳤다. 여자는 무릎을 접고 앉은 자세로 팀켄이 바닥에 쓰러지는 것을 지켜봤다.

세르게이 스베츠는 운전기사의 어깨를 두드리며 말했다. "야세네보로 가."

차가 달리는 동안 그는 창밖을 내다보았다.

한 놈 보냈고.

이제 두 놈 남았군.

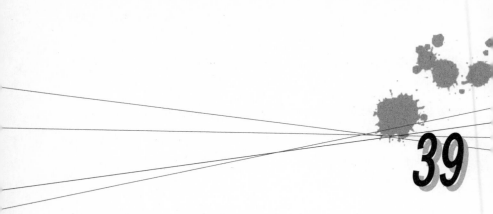

구름 한 점 없는 로마의 밤하늘 아래서 리스토란테 사바티니는 보석처럼 반짝였다. 머리 위로 매달려 있는 장식용 전구의 따스한 불빛 아래 새하얀 식탁보로 장식한 테이블이 줄지어 있었다. 산타마리아 광장 너머로는 바실리카 디 산타마리아 대성당이 정면으로 우뚝 솟아 있었다. 밤 11시, 옥외 레스토랑은 손님들로 꽉 차 있었다. 식기와 수저 부딪치는 소리와 어우러져 활기 넘치는 대화가 오가고, 웨이터들은 앞뒤로 분주히 오가며 유쾌하고도 분주한 분위기를 더했다.

식사를 하러 온 레스토랑 손님들 중에서도 유독 한 그룹이 다른 이들보다 더 즐거운 시간을 보내고 있는 것 같았다. 모두 여덟 명이었는데 남자 세 명과 여자 다섯 명이었다. 남자들은 하나같이 잘 그을린 피부에 우아한 차림을 하고 있었고, 연령대와 처신으로 보아 성공한 전문직들로 보였다. 그중 가장 젊은 사람의 나이가 마흔다섯 살이었고 제일 많은 사람이 예순 살이었다. 모두들 이탈리아 남성 특유의 청년 같은 혈기와 활력 넘치는 태도를 보였다. 여자들은 그들보다 한참이나 더 어렸다. 갓 십대를 넘어선 나이로 하나같이 아름다웠고, 뾰족한 코끝과 전혀 로마인답지 않은 콧날을 가졌으며, 너나할 것 없이 자랑스럽게 가슴을 뽐내고 있었다.

웨이터가 사람들 무리를 비집고 나와 테이블 상석에 앉은 남자 손님에게 메모지를 건넸다. "라치오 박사님, 바에 계신 손님께서 보낸 메모입니다."

메모를 받은 루카 라치오 박사는 안경 없이 메모를 읽어 보려고 했지만 잘 안되자 실크 재킷에서 돋보기안경을 꺼내 메모지를 다시 읽었다. 지나치게 짙은 검은 머리에 단단한 턱 선을 가진 라치오는 가히 50대의 아폴로라 불릴 만한 외모의 소유자였다. 초록빛 두 눈은 재빨리 메모지에서 떠나 손님들로 가득 찬 레스토랑 바의 내부 인테리어로 시선을 돌렸다. 일행들에게 양해를 구하며 그는 자리에서 일어나 레스토랑 안으로 걸어 들어갔다.

바에 앉아 조나단은 라치오가 다가오는 것을 지켜봤다. 몹시 피곤했지만 엠마에게 한 발자국 더 다가갈 수 있게 해 줄지도 모를 라치오의 등장과 함께 엄청난 흥분감이 자신의 몸을 훑고 지나가는 것을 느꼈다. 그가 스툴 의자에서 일어서자 라치오는 걸음을 멈췄다.

"기대했던 사람이 아니라 실망했겠소." 조나단이 말했다.

라치오가 손에 쥐고 있던 메모를 구겨 버리며 대답했다. "오랜 지인이라고 하기에는 조금 그런 감이 없지 않군요."

"일은 아직 하시나." 라치오에게 과거에 자기한테 진 빚을 되새겨 주기 위한 발언이었다.

라치오는 과거에 진 빚을 인정한다는 듯 어깨를 으쓱해 보였다. "우리가 마지막으로 본 날 이후로 술을 입에 댄 적은 없답니다." 라치오는 조나단에게 뒤늦은 인사로 포옹을 하고 양 볼에 키스를 했다.

라치오는 국경없는의사회에서 운영하는 봉사활동에 참여하던 의료단 의사들 중 한명이었다. 6년 전 에리트레아 캠프에서 활동할 당시 그는 조나단의 밑에 있었다. 라치오가 담당한 환자들이 여러 명 사망했다. 의심스러운 마음에 사망 원인을 조사해 본 결과, 조나단은 그 이탈리아 출신 의사가 술에 취한 상태로 수술을 감행했다는 사실을 알아냈다. 조나단은 조사하기 전까지 우선 그에게 정직 처분을 내렸다. 그 사이 현지 부족민들에게 말이 새어나갔다. 현지인들은 분개했고 라치오는 그들에게 붙잡혔다. 자신이 한 일에 대한 처벌을 받기 일보 직전에 조나단이 나서서 중재를 했고, 라치오가 무사히 로마행 비행기를 탈 수 있도록 직접 데려다 주었다. 목숨을 건졌다는 사실에 감사하며 라치오는 다시는 술을 마시지 않겠다고 다짐했다. 주어진 모든 상황들을 고려할 때 그것은 조나단이 기대했던 최선의 결과였다.

"회복 중이라니 다행이군." 조나단이 이렇게 말했다.

"로마에는 무슨 일로?" 라치오는 바 주위를 둘러보며 말했다. "그리고 엠마는 어디에 있나요? 휴가철이면 두 사람이 늘 산행 가는 걸로 알고 있었는데."

"다른 일을 할 때도 종종 있지." 조나단은 이렇게 대답했다. 엠마에 대해서는 더 이상 이야기를 덧붙이지 않았다.

"이런 말 해도 될지 모르겠습니다만, 지금 박사에겐 신선한 산 공기가 필요한 것 같은데요."

조나단은 바 뒤편 거울 속에 비친 자신의 모습을 흘깃 보았다. 몇 시간 동안 운전을 한 때문인지 두 눈은 움푹 들어가고 눈 주위도 어두운 그림자가 짙게 드리워져 있었다. "난 괜찮소."

"그래서." 라치오가 말했다. "이렇게 만난 게 우연인가요?"

조나단은 맥주잔을 비운 다음에 고개를 내저으며 말했다. "집에 전화를 걸어 아내한테 긴급상황이라고 했더니 여기 가면 만날 수 있을 거라고 하더군. 아내는 병원의 동료 의사들과 함께 있는 것으로 알고 있던데."

라치오는 뒤로 고개를 돌려 동석한 사람들을 힐끗 쳐다보았다. "맞습니다." 그는 어깨를 으쓱해 보이며 이렇게 말을 이었다. "박사께선 요즘 어떻게 지내셨나요? 아직도 가난한 자들을 위해 일하고 계신가요?"

"이번엔 동아프리카 케냐로 갔소."

"그 일로 여기까지 오신 건가요? 과거에 있었던 일을 내게 되새겨 주시려고?"

"부탁할 게 있어서 온 거요."

라치오는 조나단의 대답에 흥미를 느꼈다. "위대하신 조나단 랜섬 박사님, 제가 무엇을 어떻게 도와드릴까요?"

조나단은 라치오가 뿌린 향수냄새가 진동하고, 그의 머리 뿌리 부분에 보이는 회색 머리칼이 보일 정도로 라치오에게 가까이 다가갔다. "엠마에 관한 일이오. 몇 달 전 엠마가 이곳 로마에서 사고를 당해 수술을 받았소. 엠마가 수술받은 병원이 어딘지를 알아내야만 하오."

"어쩌다가 그런 사고를?"

"강도를 만나 칼에 찔렸소."

"엠마가? 자기 자신쯤이야 거뜬히 지켜낼 사람인 줄 알았는데요."

"맞소. 대부분의 상황에서는 그렇소."

라치오는 목에 건 체인 목걸이를 만지작거리며 말했다. "이런 부탁을 내게 하시는 이유가 뭔가요? 자기가 치료받은 곳이 어딘지를 그녀가 기억 못할 리가 없지 않나요?"

"난 지금 엠마와 함께 있지 않소."

잠시 고민하던 라치오가 대답했다. "좋습니다. 엠마를 치료한 의료시설이 어딘지 내가 알아봐 드리죠. 그리 어려운 일도 아니군요. 오전에 몇 군데 전화를 돌려 보겠습니다." 그는 테이블로 되돌아가려다 말고 말했다. "우리와 합석하시겠어요? 이곳 가자미 요리가 환상이랍니다."

"엠마가 치료받은 곳이 어딘지 지금 당장 알아내야 하오." 조나단이 이렇게 말했다. "당신 친구들에게는 긴급한 일이 생겼다고 하시오. 의사들이라니 이해해 줄 거요."

"요구가 지나치신데."

"이건 시작일 뿐이오."

라치오는 크게 한숨을 내쉬고는 말했다. "좋습니다. 우선 화장실부터 좀 다녀와야겠는데요."

"좋소." 조나단이 라치오의 어깨에 손을 올려놓으며 말했다. "하지만 가기 전에 지갑은 내게 맡기시오."

"지갑을 말입니까?" 라치오가 따져 물었다. "그건 좀 곤란한데."

조나단의 손가락이 그의 부드러운 살집을 파고들었고, 조나단의 증오가 그에게 전해졌다. 라치오는 인상을 쓰며 악어가죽 지갑을 조나단에게 건네줬다.

"2분 주겠소." 조나단이 말했다. "정문으로 나오시오." 그는 라치오가 우아하고 훌륭한 매너를 선보이며 사람들 무리 속을 빠져 나가는 것을 지켜보았다. 이어서 조나단의 머릿속에 방금과는 전혀 다른 라치오의 모습이 떠올랐다. 마체테와 곤봉으로 무장한 성난 군중들에 의해 진흙길로 끌려나오던 한 의사의 모습이었다. 세련되게 손질한 머리는 마구 헝클어지고 얼굴은 긁히고 군데군데 찢겨져 나간 셔츠 바람으로 도와달라며 외쳐대던 그의 모습을 떠올렸다. '당시 저 이탈리아 의사는 지금처럼 부드럽고 세련된 모습이 아니었지.' 라고 조나단은 생각했다.

지갑을 열어 운전면허증 사진을 유심히 보았다. 교활한 눈빛, 헤퍼 보이는 미소, 가벼워 보이는 표정. 바로 사기꾼의 모습이었다.

조나단은 스툴 의자에서 벌떡 일어나 팔꿈치로 사람들 무리를 헤치며 서둘러 화장실로 향했다. 화장실 입구에서 걸음 멈춘 그는 조심스럽게 화장실 문을 열어보았다.

"그자가 여기 있습니다. 정말입니다." 칸막이 너머로 라치오의 목소리가 들렸다. "그 랜섬 박사란 자 말입니다. 런던 폭파 사건으로 경찰에서 수배 중인 사람입니다. 아니요, 내가 미친 게 아니라 그자와 개인적으로 아는 사이입니다. 나도 의사란 말입니다. 함께 일한 적이 있습니다. 뉴스에 나온 자와 동일인물이란 말입니다."

조나단은 화장실 칸막이 문을 걷어차고 라치오의 손에서 핸드폰을 낚아챈 다음 통화연결을 끊어 버렸다.

"날 그냥 내버려두란 말이야." 라치오가 소리쳤다. "날 당신 맘대로 잡고 흔들려고 하지 마. 내가 왜 당신을 도와야 해. 도대체 무슨 짓을 한 거야? 테러범 주제에."

조나단은 그를 벽으로 밀어붙였다. 라치오의 머리가 타일에 쿵 하고 부딪혔고 그는 몹시 놀라 눈이 동그래졌다. "잘 들어." 라치오의 셔츠 깃을 움켜쥐고 조나단이 말했다. "난 런던 폭파 사건과 아무런 관련이 없어. 아무 상관이 없다고! 알아들었소? 당신은 관련된 일이 많지. 당신 책임 하에 다섯 명의 환자가 목숨을 잃었어. 그건 당신이 그들을 치료하기엔 너무 취해 있었기 때문이지."

"벌써 여러 해 전 일인데." 라치오가 대꾸했다. "아주 오래된 이야기란 말이지. 그 후로는 술을 입에 댄 적이 없단 말이오. 고발하거나 보고한 사람은 아무도 없고, 이제 와서 새삼스럽게 그럴 리도 없지. 아프리카 원주민들을 한 무리 끌고 와서 따지기라도 하겠다는 건가? 증거자료는 가지고 계신가? 나야, 뭐 아니라고 우겨대면 그만이고 그것으로 끝이지. 당신이 뭔데 나한테 이래라 저래라 명령하는 거지? 텔레비전에 당신 사진이 나오더군. 당신은 지명수배자란 말이야."

조나단이 움켜쥔 손을 내려놓자 라치오는 벽으로 물러섰다. 물론 그의 말이 옳았다. 아무도 조나단을 돕지 않을 것이다. 그 순간 조나단은 이제 자신은 결코 국경없는의사회나 다른 그 누구에게도 돌아갈 수 없다는 사실을 깨달았다. 제3세계 국가, 어느 외딴 마을 한구석에서 과실 의료사고를 저지른 것과는 차원이 달랐다. 일곱 명의 목숨을 앗아갔고, 정부 고위관료를 목표로 저지른 테러 행위였다. 죄가 있건 없건 상관없이 사건에 연루되었다는 사실만으로도 그는 평생을 오명 속에서 보내야 할 것이다.

범죄자 취급을 받는 처지가 된 이상 범죄자처럼 구는 편이 나을지 모른다는 생각이 들었다. 손을 뒤로 가져가 프루던스 메도스로부터 빼앗은 권총을 꺼내 라치오의 배에 쿡 찔렀다. "자 마지막 기회를 준다."

이번에는 라치오도 제대로 겁을 먹은 것 같았다. "알았소. 도와주겠소." 그는 이렇게 말했다.

조나단은 그의 배에 권총을 박아 넣듯 찔렀다. "경찰에게 내가 여기 있다는 것을 말했소?"

라치오는 고개를 저었다. "그럴 시간이 없었잖소."

"사실이겠지?"

라치오는 격렬하게 고개를 끄덕였다.

"좋아. 그렇다면, 이제 여기서 나와 함께 걸어 나가는 거요." 조나단은 이렇게 말했다. "당신 자동차 있는 곳까지 함께 갑시다. 차를 몰고 당신 사무실로 갈 거요. 순순히 도와준다면 아침까지는 일을 마칠 수 있을 테고. 그렇게만 된다면 당신 인생에서 나는 사라질 테고, 나를 다시 볼 필요도 없어지는 거요. 어떻소?"

"좋소."

조나단은 한 손으로 라치오의 팔을 잡은 채, 그와 함께 레스토랑에서 벗어났다. 한 무리의 젊은이들이 길가에 서서 담배를 피우며, 웃고 떠들고 있었다. 오토바이 폭주족들이 시끄럽게 지나갔다. "차는 어느 쪽에 있소?"

라치오가 망설이는 눈빛으로 양 방향을 번갈아 쳐다봤다.

"어느 쪽이냐고 묻잖소?" 조나단이 다그쳤다.

라치오는 십 미터 떨어진 길가에 불법주차 해둔 은색 페라리를 가리켰다. "저 차요."

"물론 그러시겠지." 그 순간 사이렌 소리가 들렸다. 조나단은 어깨너머로 뒤를 보았다. 이탈리아 경찰의 피아트 한 대가 광장 저편에 도착했고 행인들이 차를 피해 길에서 이리저리 흩어지고, 경찰차는 행인들이 피해 주기를 기다리며 느릿느릿 움직이고 있었다. 조나단은 라치오를 쳐다보았다. 아니나 다를까 그가 속인 것이었다.

라치오는 조나단이 잡은 팔을 뿌리치고 길가로 뛰어 내려갔다. 조나단은 자갈길 위에서 휘청 하다가 곧바로 중심을 되찾고 그를 쫓아 뛰기 시작했다. 그는 열 발자국도 못 가 조나단에게 붙잡혔다. 조나단은 그를 바실리카의 담벼락 쪽으로 힘껏 밀어 던지며 소리쳤다. "맘대로 해 보시지. 그래. 소리 질러 봐. 지금이 바로 기회야. 당신이 저지른 일을 어느 누구도 신경 쓰지 않을 거라는 확신이 선다면 소리쳐. 어서 경찰을 부르란 말이야!"

라치오는 시선을 분주히 움직이고 있었지만 입 밖으로 말을 꺼내지는 않았다.

"차에 타." 조나단이 말했다. "그렇지 않으면 쏜다. 지금 당장. 이 자리에서 바로 쏘겠단 말이야."

"알았어, 알았어요." 라치오는 이렇게 말했다. "이렇게 된 바에야 서두릅시다."

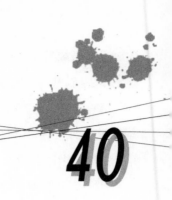

40

루카 라치오의 개인병원은 보르게
세 공원 근처 빠리올리 지구에 위치한 3층짜리 석조 빌라였다. 번쩍거리는
트라스테베레의 나이트라이프와는 다르게 조용하고 평화로운 동네였으며,
구불구불하게 펼쳐진 낙엽 길을 중심으로 상업구역과 주거구역이 나뉘어
져 있었다.

라치오는 현관문을 열고 조나단에게 안으로 들어오라고 했다. "어떻게
된 일이였지요? CNN에서 쓸데없이 박사의 사진을 내보내진 않았을 텐
데?"

"착오가 있었소." 조나단이 말했다.

"꽤나 큰 착오였나 보군."

조나단은 라치오를 따라 리셉션 데스크를 지나 미로와 같은 복도를 따
라갔다. 라치오는 피부과 전문의로 일하고 있었다. 그가 운영하는 의료센
터는 진료소라기보다는 피부 관리 스파 같아 보였다. 화분에 담긴 식물들
과 함께 탄력 있고 환한 피부의 남여 모습을 담은 레이저 치료와 각종 미용
치료의 홍보 광고물이 곳곳에 붙어 있었다.

라치오는 복도 끝까지 가서 개인 사무실의 전등 스위치를 켰다. "그녀와
관련된 일인가요?" 책상 위에 열쇠를 던지며 그가 물었다. "엠마 말이오."

"그런 셈이오." 조나단은 라치오와 시선을 주고받으면서 그가 뭔가 숨기고 있음을 감지했다. "당신도 알고 있었소?"

"알다니, 뭐를?"

"엠마에 대해서. 그녀가 하던 일에 대해서 말이오."

"당신과 같이 일하잖소. 아닌가요?"

조나단은 라치오의 표정에서 뭔가 수상한 기색이 없는지를 살펴보았지만, 아무 것도 보이지 않았다. "이 일엔 관여하지 않는 편이 당신에게 좋을 거요."

"그렇게 말하신다면, 그렇게 따를 수밖에." 라치오는 의자에 앉아 컴퓨터 전원을 켰다. "자, 친구여. 그래서 우리가 뭘 알아봐야 한다는 거요?"

조나단은 책상을 반 바퀴 돌아 그의 옆으로 갔다. "엠마는 최근에 이곳에서 일을 당했다고 했소."

"칼에 의한 자상이라고 했던가요?"

"그렇소. 그랬다면 분명히 응급실로 갔을 거요. 어디서 누구에게 어떤 수술을 받았는지 알아봐 주시오. 병원의 진료기록을 조회해 볼 수 있소?"

"병원 진료기록을 한꺼번에 관리하는 곳은 없지만 이곳 큰 병원들의 외과과장들과 내가 친분이 좀 있소. 그 사람들에게 엠마의 이름을 대면 진료받은 사실이 있는지 금방 답변이 올 겁니다. 응급실로 갔다… 어디 한번 찾아볼까…"

"엠마가 본명을 쓰지는 않았을 거요."

라치오는 키보드를 치다 멈추고 그를 올려다보았다. "방금 뭐라고 했소?"

"엠마 랜섬이라는 이름으로 등록하지는 않았을 거라고 했소." 조나단은 이렇게 말을 이었다. "다른 이름을 댔을 거요. 에바 크루거나 캐슬린 오하라로 찾아보시오."

에바 크루거란 이름은 엠마가 스위스에서 활동하던 무렵에 사용하던 이름이었다. 당시 그녀는 우라늄 농축용 고속 원심분리기를 비밀리에 제작해 이란으로 빼돌리던 엔지니어링 회사의 간부 행세를 하고 있었다. 캐슬린 오하라란 이름에 대해서는 조나단도 훨씬 모르는 게 많았다. 그 이름은 엠마가 가지고 다녔던 위조여권 상의 이름이었다. 그녀는 그 여권에 대해 '감방 탈출용 카드' 중 하나라는 말을 했다.

자판을 두드리다 말고 라치오는 의자를 뒤로 밀친 다음 아무 말 없이 조나단을 물끄러미 쳐다봤다.

"엠마는 정보 요원이었소." 조나단은 이렇게 설명했다. "첩보원이란 말이오. 미국 정부를 위해 일했소. 엠마는 본명이 아니오. 그녀의 기록을 찾아내는 일이 쉬울 거라고 말한 적은 없소. 그랬다면 굳이 당신을 찾지도 않았을 거요."

"그녀가 런던의 그 사건에 연루된 거요? 그 폭탄테러 사건 말이오."

이번에는 조나단이 침묵을 지킬 차례였다. 침묵은 곧 긍정을 의미했다.

"그래서 당신이 직접 나서서 그녀를 찾아내겠다는 거요?" 라치오가 물었다. "경찰에서 찾아내기 전에 말이지?"

"어서 자료나 찾으시오."

라치오는 의자를 책상 가까이 다시 끌어 당겼다. 관심이 되살아난 말투로 그가 말했다. "그렇다면, 어디 자상 입은 외국인 여성 환자라고 해볼까…."

"등 아래였소." 조나단은 자신의 왼쪽 골반 바로 윗부분을 가리키며 말했다. "신장 부위가 다쳤다고 들었소. 그러니 흉부외과의를 불러야했을 거요. 상처 부위를 내가 직접 봤소. 외래 진료로는 안 될 거요. 환자에게 페니실린 알레르기가 있다는 사실도 적어 넣으시오."

"스캔해서 이메일과 함께 보낼 만한 사진이 있소?"

조나단은 사진 두 장을 지갑에서 꺼냈다. 하나는 그가 아는 엠마의 사진이었다. 사진 속의 그녀는 청바지에 흰 티를 입고 빨간색 반다나 스카프를 목에 두르고 선글라스로 붉은 머리카락을 뒤로 넘긴 모습이었다. 다른 사진 속의 그녀는 전혀 다른 모습을 하고 있었다. 에바 크루거가 소지하던 운전면허증 사진 속에서 그녀는 단호한 표정에 머리를 반듯하게 뒤로 올려 묶었으며, 두꺼운 마스카라와 진한 립스틱을 바르고 첨단 유행의 안경을 쓴 모습이었다. 그가 잘못 알아본 것이 아니었다. 그녀 역시 엠마였던 것이다.

라치오는 군소리 없이 사진을 데스크톱에 스캔해서 옮기고 메모를 쓴 다음 로마 메트로폴리탄 내 일곱 개의 주요 병원에서 일하는 동료 의사들에게 이메일을 보냈다. "보냈어요." 그가 말했다. "아침에 이 사람들한테 전화를 돌려 이메일을 잘 받았는지 확인해 보겠어요."

"지금 당장 전화를 돌리시오." 조나단이 말했다. "그 여자가 당신의 친척이거나, 아니면 애인이라고 둘러대시오. 한 시간 내에 답을 들어야겠소."

"내게 총을 다시 들이댈 셈이신가?"

조나단은 그 이탈리아인의 옷깃을 부여잡으며 말했다. "아니." 그의 옷깃을 거칠게 잡아당기며 말했다. "총을 들이대는 일은 없을 거요. 대신 내 말대로 하지 않는다면 당신 목구멍에 총구를 밀어 넣고 방아쇠를 당기고 말겠소."

"알았소. 그 정도면 알았어요."

라치오는 여러 곳에 전화를 돌리기 시작했다. 그는 상대방에게 일단 사과의 말을 건넨 뒤 병원 응급실에 연락해 진료기록을 확인해 달라는 부탁을 했다. 조나단은 잠자코 그의 대화를 엿듣고 있었다. 라치오는 의사들이 지나치게 즐겨 사용하는 의학 관련 속어들을 마구 써가며 기관단총을 발사하듯 속사포 같은 말투로 대화를 이어나가고 있었다. 그들의 대화를 모두 따라가기는 힘들었다. 조나단은 몹시 지쳐 있었고, 대화 내용을 따라가려 하면 할수록 더 피곤해졌다.

어느 정도 시간이 지나자 라치오가 말을 걸었다. "에스프레소 한잔 어떻소? 졸음이 달아나게 해줄 텐데요."

"좋소." 조나단이 말했다. "그럽시다."

라치오가 자리에서 일어나자 조나단도 서둘러 일어섰다.

"괜찮아요." 라치오가 말했다. "복도 옆 창고로 가는 거니까. 냉장고도 그곳에 있으니, 먹을 것도 좀 내오겠소."

"에스프레소만 갖다 줘요." 조나단이 말했다. "얼른 갖고 오시오."

"얼마 안 걸릴 거요."

"알겠소." 조나단은 그를 따라 창고 방으로 갔다. 방에 다른 출구가 없다는 것을 확인한 다음 조나단은 복도를 오가며 다리의 긴장을 풀고 졸음을 쫓으려고 했다. 금세 에스프레소 두 잔을 가지고 라치오가 나타났다. 조나단은 잔을 받아 단숨에 들이켰다.

"한잔 더하시겠소?" 라치오가 물었다.

"좋소." 조나단이 말했다. "고맙소."

"별 말씀을."

사무실 방으로 돌아온 다음 라치오는 다시 전화를 돌리기 시작했다. 십분 뒤에 조나단은 원하는 답을 얻었다.

"당신 말이 맞았어요." 라치오가 말했다. "여기 엠마를 찾았어요. 4월 19일 산 카를로 병원에 입원해서 치료를 받았다는군."

조나단은 의자의 끄트머리에 걸터앉았다. "산 카를로 병원은 위치가 어디요?"

"바로 근방이오. 그곳도 빠리올리 지구에 속해 있어요."

"계속 말해 보시오."

라치오는 몸짓으로 그에게 진정하라고 했다. "밤 9시 45분, 당신이 말한 것과 일치하는 외국인 여성 부상자가 구급차에 실려 병원으로 호송됐고, 그로부터 한 시간 뒤에 신장파열 봉합수술을 받았다고 나와 있어요. 그리고 이틀간 입원해 있던 환자는 담당의의 충고를 따르지 않고 퇴원했고, 환자에게는 신분증이 없었으며, 자신의 이름을 '라라'라고만 했다는군요."

"라라?"

"그렇소."

라라. 조나단으로서는 전혀 아무런 감이 잡히지 않는 이름이었다. "그렇다면, 성은?"

"성은 말하지 않았다고 합니다. 그래서인지 불량환자 리스트에 올려놓았고. 박사에게는 참으로 다행인 게, 그녀를 담당했던 간호사가 마침 오늘 저녁 당직 중이라는군요. 그 간호사가 우리가 보낸 사진을 보고 당신 아내를 기억해낸 거요."

"어느 사진 말이오?" 조나단이 물었다.

"어느 사진인지 그건 모르겠소." 라치오가 말했다. "그게 중요한가요?"

조나단은 중요하지 않다고 대답했다. 머리가 욱신거리며 아파 잠시 두 눈을 감았다. 라라. 어디서 써먹던 이름일까? 엠마가 아닌, 아예 다른 사람일지도 모른다는 생각이 들었다. "그렇다면, 페니실린은? 기록에 그녀가 페니실린 알레르기가 있다고 적혀 있었소?"

"여기 프린트를 해두었으니 직접 한번 보시구려." 라치오는 조나단에게 서류 한 뭉치를 건네준 뒤 의자의 팔걸이에 걸터앉았다. 라치오가 서류상의 입원날짜와 시간, 환자의 신장과 몸무게를 한 줄, 한 줄 짚으며 읽어 내려갔다. 엠마는 나이를 스물여덟이라고 밝혔다. 사실 그녀의 나이는 서른 둘이었다. 왠지 그녀다웠다.

라치오가 수술 관련 세부사항에 대해 읽기 시작하자, 조나단은 천천히 읽어 달라고 했다. 부상의 정도가 어땠는지 알고 싶은 나머지 마음이 다급해졌다. 엠마는 복부에 3인치의 자상을 입었다고 했다. 신장을 관통한 칼날에 의해 위벽에까지 손상이 갔다고 했다. 보고서에는 환자의 혈액형은 AB-형이며, 수술 중 6파인트의 혈액을 수혈했다고 적혀 있었다.

6파인트라니. 그건 혈액 공급치의 3분의 2에 해당하는 양이었다.

조나단은 종이 뭉치를 내려놓았다. 의사가 되기 위해서는 감정을 배제

한 채 듣는 연습을 해야 했다. 그렇지만 아내에 관한 진술을 들을 때조차도 굳이 냉정함을 유지할 필요는 없을 것이다. "성을 대지 않은 게 정말 확실하오?"

"그렇소. 확실하오."

"의사의 만류에도 불구하고 퇴원했다면 입원비는 어떻게 처리했다고 나와 있소?"

"누군가가 대신 지불했다고 나와 있소."

"누가 말이오?"

"그 정보는 없소. 병원이 요구한 모든 비용의 결제가 완료됐다고만 나와 있소."

조나단은 라치오의 손에서 낚아챈 서류를 맨 마지막 장까지 재빨리 넘겼다. 엠마의 입원비용은 총 2만 5천 유로였다. 3만 달러가 넘는 금액이었다. 조나단은 숨을 깊게 들이마셨다. 갑자기 몸에서 열이 솟구치며, 목구멍이 갑갑하고 불편했다. 그만한 비용을 대신 내준 자가 누구란 말인가?

라치오는 걱정스러운 시선으로 그를 지켜봤다. "괜찮은 거요? 에스프레소라도 한잔 더 하시겠소?"

"좋소." 조나단이 귀찮은 듯 건성으로 대답했다. 에스프레소보다 더 중요한 뭔가를 발견한 것이었다. 페이지 아래 부분에서 그녀의 퇴원 수속을 해준 '보호자' 명단을 발견했던 것이다. 라치오가 말했던 대로 이름은 없지만 이니셜이 적혀 있었다.

VOR S.A.

라치오가 에스프레소 한잔을 더 가져왔다. 조나단은 서류에서 눈을 떼지 않은 채 단숨에 들이켰다. VOR S.A.라. S.A.는 프랑스어로 주식회사의 약칭이다. 그렇다면 비용을 낸 측은 개인이 아닌 단체라는 말이다. 그는 커피 잔을 내려놓고 종이를 넘기며 맨 첫 장을 다시 찾았다. 뭔가 정보가 더 있을 것 같았다. 상황을 이해하는 데 도움이 될 만한, 그리고 청구비용을 지불한 그 회사에 대한 뭔가가 더 있을 것 같았다.

'입원기록 세부사항'에 엠마, 그러니까 라라는 구급차에 실려 병원으로 호송됐다고 기재돼 있었다. 그러면 어디서 실려 왔다는 말인가? 육필로 쓴 글씨체를 알아보기 위해 손끝으로 문장들을 하나하나 짚어가며 눈을 가늘게 뜨고 서류를 읽었다.

'20시 30분, 치비타베키아에서 환자 후송.'

"치비타베키아." 그는 큰소리로 읽었다.

조나단은 고개를 가로저었다. 치비타베키아는 로마에서 대략 80킬로미터 떨어진 곳에 있는 오래된 항구도시였다. 엠마와 신혼여행을 다녀왔던 곳이기에 그는 그곳을 잘 알았다. 공항으로 가기 전에 그곳에서 하룻밤을 묵는 일정이었다. 어릴 적 책에서 그곳에 대한 글을 읽었으며, 늘 가보고 싶었다면서 그녀는 그 역사적인 항구도시에 가자고 마구 우겨댔던 것이다.

치비타베키아.

엠마의 친구들이 있는 곳이다. 분명 조나단과 연애를 하기 전부터 알던 친구들일 것이다.

그는 램프의 거친 불빛으로부터 눈을 가리며 라치오를 올려다보았다. 조금 전보다 얼굴에 열이 더 오르고 호흡이 가빠졌다. 손을 손목에 대고 맥박이 마구 뛰는 것을 확인하고는 놀랐다. 피로 때문일 것이라고 생각했다. 몹시 지쳐 있었기 때문이다. 통증을 참으려고 두 눈을 질끈 감았다.

"산 카를로 병원보다 더 나은 응급시설을 갖춘 병원이 치비타베키아 부근에도 있지 않소?" 하고 라치오에게 물어보았다.

"그렇기는 하지요."

"그게 어디요?"

라치오는 대답하지 않았다.

"그게 어디냐고?" 조나단이 다시 물었다. 그 순간 척추를 타고 전율이 느껴졌고 눈꺼풀이 스르륵 감겼다. 일어섰더니 귀속이 울리고 어지러웠다.

호흡곤란마저 느껴졌다. 5초간 기도가 막혔다. 과민성 쇼크에 의한 반응이 틀림없었다. 빈 에스프레소 잔을 보며 "네놈이!" 하고 외쳤다. 힘겹게 숨을 몰아쉬며 라치오가 서 있는 곳까지 겨우 다가갔다. "나한테 무슨 짓을 한 거야?"

라치오는 문가 쪽으로 뒷걸음쳤다. "페니실린." 그는 이렇게 말했다. "당신도 페니실린 알레르기가 있지. 예전에 당신이 아팠을 때 우리가 아주 조심해서 항생제 처방을 했던 적이 있거든. 걱정 마시오. 죽도록 내버려두지는 않을 테니. 저쪽 다른 방에 가면 에피네프린이 있으니 당신이 의식을 잃으면 곧바로 투여해 주지. 경찰이 도착하기 전까지 호흡을 유지할 정도로만 말이야."

"당장 그걸 가져와!" 조나단은 권총을 뽑아들었지만 곧바로 바닥에 떨어뜨리고 말았다. 숨 쉬기가 힘들어졌다. 의식을 잃기까지 1, 2분 정도 남았을 것이다. 쓰러지면서 몸이 책상에 부딪쳤고 그 바람에 램프가 바닥에 쓰러졌다. "의자…" 겨우 숨을 내뱉으며 말했다.

라치오는 잠시 망설이다가 의자를 얼른 집어 조나단의 등에 받쳐주었다. 바로 그때 조나단이 몸을 던져 그의 가슴을 들이받아 벽으로 밀어붙였다. 충격으로 조나단의 폐에 공기가 들어갔고, 라치오가 반응하기 전에, 손을 들어 방어하기 전에 조나단이 그의 턱에 주먹을 날렸다.

라치오는 의식을 잃고 바닥에 쓰러졌다.

조나단은 몸을 비틀거리며 복도로 나왔다. 순식간에 가슴이 철렁하는 고통이 온몸에서 느껴졌다. 진료실 문을 밀어젖히고 들어가 캐비닛을 뒤졌다. 서투른 손놀림으로 항페니실린제를 찾았다. 프레드니손. 베나드릴. 에피네프린. 라치오가 말한 그 망할 에피네프린은 대체 어디 있는 거야? 쓸 만한 게 아무 것도 집히지 않았다. 방안이 어두침침해지기 시작했다. 무릎을 꿇고 주저앉았다가 온힘을 다해 다시 일어나 복도로 나가 옆방으로 갔다. 떨리는 손으로 캐비닛을 뒤졌다. 아는 글귀가 보였다. 아드레날린. 상자를 움켜잡았다. 상자 뒤에 쌓여 있던 여러 개의 상자들도 모두 카운터로 쏟아졌다. 약상자를 만지작거리다 포장을 뜯고 안에서 유리병을 꺼냈다. 프레드니손이었다.

주사바늘, 주사기가 필요했다.

위에 있는 서랍을 열자 안에 주사기 바늘이 여러 개 들어 있었다. 종이 포장을 뜯고 병뚜껑을 열었다. 그는 기계적으로 움직이고 있었고, 그 와중에 의식은 점점 멀어지며 꺼져가고 있었다.

애써 졸음을 참으며 정신을 추스르고 약병과 주사바늘에 정신을 집중했다. 거기! 됐어! 그는 필요한 호르몬의 양을 정확히 맞추기 위해 필사적으로 노력하면서 주사기의 피스톤을 당겼다. 기회는 오직 한번뿐이다. 너무 적은 양의 아드레날린은 페니실린을 중화하지 못할 것이다. 너무 많은 양의 아드레날린은 심장발작을 일으켜 대동맥 파열을 일으킬 것이다. 문제는 앞이 잘 보이지 않는다는 것이었다. 눈앞에 있는 모든 것이 처음에는 두 개, 나중에는 세 개로 겹쳐보였다. 주사기에 약물을 얼마나 빨아들였는지 전혀 감이 오지 않았다.

온 세상이 깜깜해지기 시작했다.

몸이 미끄러져 내려갔다. 가라앉는 기분이었다…

셔츠 소매를 끌어올려 한쪽 팔뚝을 끄집어냈다.

시간이 없어…

넘어지면서 바닥에 머리를 부딪쳤다. 시력이 잠시 돌아온 듯했고 다시 앞이 보였다. 바로 그때 바늘을 경정맥에 꽂아 넣고 주사기의 피스톤을 밀었다.

눈앞이 온통 백색으로 환해졌다.

순간 빛이 번쩍였다. 경련으로 인해 몸이 뒤틀렸고, 척추로 고통이 전달되며 폐호흡이 힘들어졌다. 가슴에서 시작된 타는 듯한 고통이 머리로 치고 올라갔다. 눈알이 활활 타들어가는 듯했고 곧 두개골이 깨질 것 같은 두

통이 몰려왔다. 모든 근육이 경직됐다. 심장이 미친 듯이 쿵쾅거리고 뇌가
부풀어 올라 귓구멍과 눈구멍 틈으로 터져 나올 것만 같았다. 신음하며 입
을 벌렸지만 아무런 소리가 나오지 않았다. 일그러진 얼굴로 그 자리에 그
대로 얼어붙은 듯 쓰러졌다.

그리고 모든 것이 지나갔다.

머리를 짓누르던 두통이 사그라졌다. 심장박동이 서서히 느려졌고 다시
앞이 보였다. 심장이 뛰는 것을 느끼며 그는 크게 숨을 들이마셨다. 심장박
동이 다시 정상으로 돌아올 때까지 그렇게 가만히 누워 있었다. 그는 다시
일어섰다.

자신이 처한 난국을 해결하기 위해 할 일들이 다시 생각났다.

서둘러 복도를 지나 라치오의 사무실로 되돌아왔다. 사무실 안은 비어
있고, 라치오는 사라지고 없었다. 병원기록을 집어 들고 리셉션 홀을 지나
정문을 통해 밖으로 나왔다. 밖으로 나서자마자 끼익 하고 타이어 마찰음
이 들렸다. 목을 빼고 보니 한 쌍의 자동차 미등이 멀어져가는 게 보였다.

조나단은 따스한 저녁공기를 들이마셨다. 양방향을 둘러보았다. 이어서
그는 그곳을 벗어나 왼쪽 길로 내달리기 시작했다.

치비타베키아를 향해.

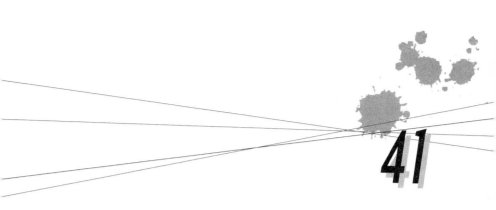

오스트리아에 있는 국제원자력기구
IAEA의 원자력안전보안과장 미샤 디브너는 템스하우스의 지하 묘실 깊숙
한 곳에 위치한 회의실 테이블에 홀로 앉아 있었다. 양손은 꼭 움켜쥔 채 책
상 위에 놓여 있고, 흠잡을 데 없는 자세였다. 갈색 헤나로 염색한 짧은 머리
와 가부키 분장을 떠올리는 하얀 피부 톤, 그리고 짙게 마스카라를 바른 외
모는 당차면서도 어딘가 픽시 요정을 연상시키는 분위기였다. 기록에 따르
면 그녀는 56세에 헝가리 태생으로 독일에서 결혼했다. 미국식 영어를 사용
하는 것으로 보아 미국에서도 꽤 오랜 세월을 보냈음을 짐작할 수 있었다.

그레이브스는 차분하게 조사를 시작했다. 건강은 어떤지 물어 본 다음
늦은 밤에 호텔에서 어려운 발걸음을 해 주어서 고맙다고 감사를 표하고
본론으로 들어갔다. "이렇게 촉박하게 런던을 방문하기로 결정하신 이유가
뭔지 여쭙겠습니다."

"우리의 보안 네트워크에 문제가 생긴 것을 감지했습니다."

"어떤 문제입니까?"

"우리 원자력안전보안 쪽 일에 대해 좀 아시나요?"

"전에 불법 방사능 물질과 관련해서 그쪽 분들과 같이 일한 적이 있습니
다. 우라늄, 플루토늄 같은 것 말입니다. 도둑맞은 노트북에 대해서 알기

전까지는 그런 방사능 물질 때문에 일행 분들이 런던에 오신 거라고 생각했습니다."

"불행히도 아닙니다. 우리의 방문 목적은 그보다는 우리가 맡은 다른 임무 가운데 하나인 핵 설비의 안전, 즉 운영과 보호 양 측면에 대한 안전 보장 쪽에 있습니다."

케이트는 그레이브스를 쳐다보았고 그는 냉정한 시선으로 응대했다.

"우리가 걱정하는 것은 물리적인 공격이 아닙니다." 디브너는 말을 이어 갔다. "누군가가 보잉 747기를 유럽 어떤 지역에 있는 격납고에 충돌시킨 다고 하더라도 대개는 그냥 튕겨져 나가고 말겁니다. 절대적으로 아무런 사고도 발생하지 않습니다. 군의 레이저 유도탄에 의한 집중 포화 정도가 아닌 이상 안전합니다. 그런 경우라 하더라도 민간인에게 유해할 만한 대규모 방사능 유출은 쉽게 일어나지 않습니다. 우리가 온 이유는 사이버 보안 쪽과 관련이 있습니다."

"발전소의 제어시스템에 대한 해킹을 말씀하시는 건가요?" 케이트가 물었다.

"그 부분이 가장 위험성이 큽니다. 각각의 발전소가 네 겹의 동심원 방어망을 갖춘 성이라고 생각해 보세요."

"바깥쪽 원에서 다음 원으로 들어가기 위해서는 방화벽을 통과해야 하는데 중심에 가까워질수록 방화벽을 뚫는 게 점점 더 어려워집니다."

"가장 바깥쪽 원은 인터넷이죠. 두 번째 원은 LAN이라고 부르는 근거리 통신망으로 외부의 침입으로부터 발전소를 보호하는 방화벽입니다. 그 다음 원이 가장 중요합니다. 발전소 제어시스템, 즉 PCS라고 부르는 부분이지요. 모든 방사능 물질은 원자로 용기 내부에 머무르고 있다는 것을 기억하시는지요. 증기로 터빈을 돌리고 에너지를 생산하는 것도 용기 내부에서 이루어집니다. PCS는 그 과정이 안전한 범위에서 가동될 수 있도록 하는 제어시스템을 관리합니다. 모든 시스템은 네 대의 독립적인 컴퓨터, 다시 말해 4중 시스템을 통해 모니터링 됩니다. 만일 그 중 두 대의 컴퓨터에서 작동오류가 발생하면 안전시스템이 작동하게 됩니다.

"그러면 세 가지 방어망뿐이지 않습니까?" 그레이브스가 조심스럽게 의견을 꺼냈다.

"네 번째는 RPS, 즉 원자로 보호 시스템입니다. 그리고 만일 이 모든 시스템이 실패할 경우에도 ESS라 불리는 엔지니어드 세이프가드 시스템이 있습니다. PCS가 실패할 경우 원자로 내부에 있는 기계장치를 통해 물리적으로 사고를 차단하는 것입니다. 그러나 우리가 걱정하는 것은 PCS 부분입니다.

"그 시스템에 침입이 있었던 건가요?" 케이트가 물었다.

"그런 것은 아니지만 침입 시도가 있었어요. 누군가가 원자력발전소 세 군데에서 방화벽을 뚫었다는 사실이 중요합니다."

"어디까지 뚫린 거죠?"

"제법 깊숙이 뚫렸어요. 침입은 우리가 곧바로 감지했습니다. 명령을 하나라도 내릴 수 있을 만큼 가까이 접근해 들어오지는 못했습니다. 우리가 설치한 안전장치가 너무 많기 때문입니다. 최후의 보루로 우리는 모든 시스템을 수동으로 조작해 어떤 침입자든 막아낼 수 있습니다."

"혹시 해커가 어디서 공격을 감행했는지 추적할 수 있었습니까?" 그레이브스가 물었다.

"아니요."

그는 계속해서 물었다. "그 말은 영국에 오신 이유가 침입을 당한 원자로 중 하나가 이곳에 있기 때문이라는 말인지? 아니면 다른 이유가 있는 것입니까?"

"그 발전소 중 하나가 셀라필드에 있습니다. 물론 우리로서는 이런 정보가 밖으로 새나가지 않기를 바라지만 말이죠."

"알겠습니다." 케이트가 말했다. "그래서 로버트 러셀이 당신과 연락을 취한 것과 이번 방문하고는 아무 상관이 없다는 말씀이신가요?"

러셀의 이름을 듣는 순간 미샤 디브너의 얼굴이 굳어졌다. "누구에게서 그 사람 이야기를 들으신 거죠?"

"그자가 살해당한 사실은 알고 계시나요?" 케이트가 물었다.

"신문에서 봤습니다. 놀랐습니다."

케이트가 계속해서 말했다. "그 사람의 죽음을 조사하는 과정에서 그가 당신과 연락을 취하고 있다는 정보를 알아냈습니다. 사실인가요?"

"우리 시스템이 침입 당한다는 사실을 제게 경고해 준 사람이 러셀이었습니다."

"좀 더 구체적으로 말씀해 주시겠습니까?" 그레이브스가 물었다.

"그는 어떤 국가 차원에서 원자력발전소에 침투해서 피해를 입히려는 계획이 있다는 사실을 알아냈다고 했습니다. 목표물은 유럽 대륙일 것이라고 추측하면서 매우 가까운 시일 안에 공격이 감행될 것이라는 주장을 강하게 제기했습니다. 하지만 계획의 배후가 누구인지에 대해서는 어떤 힌트도 주지 않았습니다."

"그러면 그 사람의 말을 신뢰한 이유는 무엇입니까?"

"지난 3개월간 우리 쪽 원자력발전소들에 대해 1백여 건 이상의 사이버 공격이 이루어졌는데 그 사람이 거의 모든 공격에 대해 알고 있었기 때문입니다. 그 정도면 충분히 제 신뢰를 얻을 만했습니다. 나는 그 사람과 발전소의 보안강화 방안을 논의하기 위해 어제 아침 만나기로 되어 있었습니다."

"빅토리아 스트리트 1번가에서 말입니까?" 그레이브스가 물었다.

디브너는 고개를 끄덕여 보이며 말했다. "이바노프에 대한 폭탄테러가 발생하기 전까지는 그가 살해당한 사실을 알지 못했습니다."

"이바노프는 미끼였습니다." 그레이브스가 말했다. "그 공격은 당신과 당신 팀이 건물에서 나오도록 만든 다음 그 틈에 노트북을 훔쳐가기 위해 계획된 것입니다."

"그건 불가능합니다. 우리 팀원 여섯 명을 제외하고 그 미팅에 대해 알고 있는 사람은 아무도 없었습니다."

"윗선은 알고 있겠죠?" 케이트가 물었다. "이번 방문에 대해 국장급의 승인이 필요했을 거라고 생각되는데요."

"이런 일을 국장의 승인 없이 하지는 않습니다."

케이트는 이해한다는 듯 웃음을 띠었다. "이번 미팅에 관한 기안을 올린 지 얼마나 되셨나요?"

"일주일입니다." 디브너는 제자리에서 꺼지는 것처럼 움츠러들며 한숨을 내쉬었다. "무슨 말씀을 하시려는지 압니다. 이번 방문에 대해 알고 있는 사람은 꽤 됩니다. 두 분께 확실히 하자면 저는 러셀의 경고를 윗선에 보고했지만 사고가 임박했음을 알려주는 특이한 움직임은 어디서도 나타나지 않았습니다."

"노트북이 사라지기 전까지는 말이죠."

디브너는 정곡을 찔린 듯 침을 거칠게 삼켰다.

그때 문 두드리는 소리가 들렸다. 비서가 커피를 가지고 들어왔다. 그레이브스는 기꺼운 마음으로 커피로 입술을 축였다. "그렇다면 대체 노트북에 무엇이 들어 있기에 그토록 정교한 작전의 목표물이 되었던 것입니까?"

디브너는 유감스럽다는 듯 미소를 지어 보이며 말했다. "공문, 현장 사찰 보고서, 비밀 국가평가서, 개인정보 등입니다. 들어 있는 내용을 일일이 다 생각해 낼 수는 없습니다."

"특별히 민감한 것이라도?"

"아, 있습니다." 디브너는 고개를 들며 말했다. 그녀의 검은 두 눈이 깊숙이 가라앉았다. "노트북 중 몇 개에는 비상코드들이 들어 있는데 IAEA가 제가 조금 전 설명했던 각각의 사이버 보안장치들을 피해 접근할 수 있게 해 주는 코드입니다."

"그 코드들을 손에 넣으면 무슨 짓을 할 수 있는 겁니까?"

"이론적으로는 그 코드들을 가지고 있는 사람이라면 누구든 유럽연합

내에 있는 어떤 원자력발전소의 제어실에도 알람을 울리지 않고 접근할 수 있습니다. 그 코드들은 비상시 전문가들이 안전한 거리에서 발전소를 조종할 수 있도록 고안된 것입니다. 그렇지만 그렇게 우려할 만한 일은 아니라고 생각합니다. 노트북이 사라진 것을 알게 된 즉시 킬 스위치를 작동시켜서 하드 드라이브를 제대로 삭제하도록 명령을 보냈기 때문입니다."

"조치를 취하는 데 시간이 얼마나 걸렸습니까?"

"건물 안에 다시 들어갈 수 있었던 것이 오후 5시였습니다."

"여섯 시간이 걸렸군요." 그레이브스가 말했다.

"하드 디스크를 충분히 복제하고도 남는 시간이네요." 케이트가 말했다.

"코드가 있더라도 사고를 일으키는 것은 불가능합니다. 각 발전소는 세계 최고의 훈련을 받은 기술자들이 운영하고 있습니다. 무엇인가 이상 징후를 발견하는 즉시 수동으로 발전소를 제어하게 됩니다. 최종 결정은 언제나 제어실에서 이루어집니다. 기계가 아니라 사람의 손에 의해서 말입니다."

그레이브스는 의자를 뒤로 밀고 자리에서 일어났다. 그는 미샤 디브너가 코트 입는 것을 도와 준 뒤 문으로 안내했다. 케이트는 그녀와 동행해서 복도를 따라갔다. "디브너씨, 그 코드를 가지고 사실상 아무런 피해도 가할 수 없다면 코드를 탈취하려고 그렇게 많은 노력을 쏟은 이유가 뭐라고 생각하시나요?"

"정보 획득이 목적 아니었을까요?" IAEA 원자력안전보안과장은 이렇게 대답했다. "어쩌면 그 코드들을 훔쳐서 현 보안장치들에 대한 정보를 확보하려고 한 것일 수도 있습니다. 그저 우리의 안전장치가 취약하다는 사실을 경고해 주려는 것인지도 모르지요."

세 사람은 엘리베이터 앞에서 멈춰 섰다. 문이 열리자 미샤 디브너는 엘리베이터 안으로 들어섰다. "이것은 기억하세요. 만일 원자력발전소를 장악하려 한다면 외부에서는 절대로 불가능합니다. 내부에 반드시 누군가를 심어놓아야만 합니다. 제어실에 말입니다. 그리고 그건 물론 불가능한 일입니다."

42

엠마 랜섬은 차이스 야간투시 쌍안경을 눈에 대고 무성하게 자란 해안의 헤더 관목 위에 엎드려 있었다. 사암 절벽 끝에 자리 잡은 그녀는 800미터 정도 떨어진 곳에서 바다 쪽으로 면한 커다란 빌딩 단지를 내려다보고 있었다. 빌딩들은 50미터 간격으로 세 동으로 나뉘어져 있었다. 외부에서 보면 각동은 흡사 복제해 놓은 것처럼 똑같은 모양을 하고 있었다. 각 동은 두 개의 주요 건물로 구성되어 있는데 하나는 바다에 제일 가까이 접해 있는 직사각형 모양의 4층짜리 검은 강철 구조물이고, 다른 하나는 그 뒤에 붙은 거대한 콘크리트 건물로 꼭대기에는 튼튼해 보이는 돔형 실린더와 기다란 굴뚝이 자리 잡고 있었다.

단지의 이름은 라헨느, 여왕이란 뜻이었다.

전문용어로 설명하자면 라헨느는 발전량 1600 메가와트의 EPR, 즉 가압경수로 발전소였다. 간단히 말하면 그것은 세계에서 가장 진일보한 원자력발전소로 4백 만 명 넘는 거주자에게 하루 24시간 내내 전기를 공급할 수 있는 현대과학의 정수였다.

그러나 엠마에게 그것은 '목표물' 그 이상도 이하도 아니었다.

야간투시 쌍안경을 1000밀리미터 망원렌즈를 장착한 카메라로 바꿔 든 다음 10여 장의 사진을 찍었다. 건물 그 자체는 그녀의 관심사가 아니었다.

발전소 사진이라면 프랑스 국영전력회사 엘렉뜨릭시떼 드 프랑스의 홈페이지에서 언제든지 다운로드할 수 있다. 그녀의 카메라는 단지 주변을 둘러싸고 있는 철책을 향하고 있었다. 철책 사진은 인터넷 어느 곳에도 올라 있지 않았다. 20미터 간격의 동심원으로 설치된 철책들에는 전류가 흐르고 윗부분에는 레이저와이어가 달려 있었다. 스테인리스 강철 상자가 철책 기둥 두 개 건너 하나씩 붙어 있었다. 그것들이 자가 발전되는 보안 계전기이며, 발전소의 반경 3킬로미터 주변 바닥에 고른 간격으로 설치된 수백 개의 압력센서를 감지하고 있다는 것을 그녀는 알고 있었다. 그 압력센서를 피해 갈 길은 위아래 어디에도 없었다.

카메라를 배낭에 넣으면서 그녀는 발전소 단지 주변을 둘러보았다. 그녀가 입고 있는 것은 머리부터 발끝까지 검은색이었다. 마이크로 섬유 소재의 모자는 머리카락을 숨겨주고, 얼굴에는 무반사 위장 페인트가 칠해져 있었다. 바깥 철책에서 100미터의 거리를 신중하게 유지하면서 그녀는 발전소로 들어가는 도로까지 다가갔다. 몸을 굽히고 차량이 지나다니는 소리에 귀를 기울였다. 공기는 고요하고, 밤은 귀뚜라미 울음소리로 시끄러웠다. 조금 떨어진 곳에서 차량 시동 걸리는 소리가 들렸다. 기어를 넣으며 들리는 덜컹거림으로 미루어 트럭인 것 같았다. 경적 소리가 고요한 공기를 깨트렸고, 입구의 문이 삐걱거리며 옆으로 열리는 소리가 들렸다. 잠시 후 트럭이 문을 지나갔다. 평상형 대형 트럭이었는데 발전소의 연료인 우라늄 연료봉을 배달하는 데 쓰이는 차량이었다. 엠마는 트럭의 후미등이 눈앞에서 사라지기를 기다린 다음 뒤편 발전소 쪽을 확인하고 앞으로 나아갔다. 바로 그때 모터사이클 한 대가 커브 길을 돌아 반대편에서 다가왔다. 그녀는 풀숲으로 몸을 급히 던지며 바닥에 엎드려졌다.

"젠장." 그녀는 욕설을 내뱉었다.

모든 원자력발전소가 그렇듯이 라헨느는 항상 근무하는 직원이 있고, 발전용량 측면에서도 하루 24시간 완전가동 방식으로 운영되고 있었다. 발전소 내에는 총 다섯 개 팀이 있었다. 항상 한 번에 두 팀이 근무에 투입되고, 한 팀은 훈련을 받았다. 근무시간은 2교대로 나눠져 있었다. 선발 조는 오전 6시에서 오후 6시, 후발 조는 오후 6시에서 오전 6시를 맡았다. 발전소는 밤낮을 가리지 않고 계속해서 윙윙 소리를 내며 돌아갔다. 엠마가 보기에 조금이라도 방심할 여지 따위는 없었다.

다시 호흡을 가다듬으며 그녀는 풀숲에 엎드린 채 양쪽 방향을 살폈다. 다가오는 차량이 없다는 것을 확인한 다음 아스팔트 길 위를 잽싸게 가로질러 반대편 해초 덤불에 몸을 숨겼다. 낮게 허리를 굽힌 채로 몇 걸음마다 고개를 들어 위치를 확인하면서 몇 분 동안 앞으로 나아갔다.

얼마 지나지 않아 독립된 철책 안에 낮게 자리 잡은 건물 한 채가 눈에 들어왔다. 올리브 그린색 지프차 몇 대가 건물 앞에 주차되어 있었다. 군대 막사였다. 모든 원자력발전소에는 7명에서 많게는 15명 정도의 준군사 부대가 주둔하고 있다. 대부분 군인 출신으로 자동화 무기와 대전차포뿐만 아니라 휴대용 지대공 미사일을 능숙하게 다루었다.

엠마는 막사 여러 채를 그냥 지나쳐 계속 앞으로 나아갔다. 막사는 그녀의 전술적 고려 대상이 아니었기 때문에 관심 밖이었다. 자기보다 전력이 우위에 있는 적과 접전을 벌일 생각은 없었다.

발전소 반대편 끝 쪽에 다다르자 단지의 전경이 완전히 드러났다. 달빛 속에서 격납용기의 상부 돔들이 고대 사원처럼 은은하게 빛을 내고 있었다. 라헨느는 9.11테러 이후에 지어졌다. 그 말은 가장 엄격한 보안 세칙에 따라 지어졌다는 뜻이다. 돔은 실제로 두께 1미터의 강철에다 앞뒤 두 겹으로 콘크리트를 강화해 만들어졌다. 연료를 가득 채우고 시속 700마일 이상으로 비행하는 여객기가 충돌해도 견딜 수 있는 설계였다. 돔 안쪽에 원자로 용기가 자리하고 있는데 이 용기들은 세계 최고의 강도를 자랑하는 스테인리스 강화철로 만들어졌다. 이런 강도의 강철을 제작할 수 있는 것은 세계에서 단 한 곳, 홋카이도 일본제철소였다. 바로 세계 최고의 사무라이 일본도를 만들던 곳이다. 무슨 수를 써도 라헨느를 파괴하는 것은 불가능했다.

적어도 외부에서는 난공불락이라는 말이다.

원자력발전소는 하나의 단순한 논리 위에서 작동한다. 증기가 터빈을 돌리고 터빈은 전력을 생산한다. 이때 필요한 것은 대량의 증기인데, 바로 여기에 원자력의 역할이 있다. 증기를 생산하기 위해 필요한 연료는 우라늄 235이고, 이 우라늄 동위원소는 핵분열을 한다. 즉, 핵 연쇄반응이 일어날 수 있는 적합한 환경이 주어지면 우라늄 235는 빛의 속도를 가진 고열의 원자를 방출한다. 이 우라늄을 물속에 집어넣으면 순식간에 물이 미친 듯이 끓어오르면서 각종 증기를 뿜어낸다. 그렇게 되면 그 증기가 터빈 발전기를 돌려 전기가 생산되는 것이다.

원자력 발전의 원리는 이처럼 간단한 듯하면서도 사실은 엄청나게 복잡한 것이기도 하다.

이런 점에서 우라늄 235는 화석연료를 태우는 전통적인 화력발전소에 이용되는 원료인 석탄, 가스, 석유의 대용품이라고 할 수 있다. 오늘날 우라늄은 대규모로 공급되어 그만큼 가격이 낮아졌다. 석유보다 훨씬 저렴해진 것이다. 전 세계적으로 갑자기 많은 수의 원자력발전소가 건설되고 있는 이유도 바로 이 때문이다.

모든 사람이 원자력 발전을 좋아하지는 않는다.

사실 원자력발전소를 막고자 사력을 다하는 사람들도 있었다.

엠마는 주머니에서 손바닥만한 금속 재질의 노란색 기기를 꺼냈다. 한편에는 뷰파인더가 달려 있고 반대편에는 렌즈가 달려 있었다. 기기는 휴대용 씨어돌라이트였는데, 공격 대상의 해발 고도를 측정하는 것이었다. 뷰파인더를 눈에 대고 두 지점에 시선을 집중했다. 한쪽은 원자로 건물의 제일 뒤쪽, 그리도 다른 쪽은 원자로에서 15미터 정도 떨어진 사용후 연료 저장시설이었다.

원자로에 사용되는 연료는 길쭉하고 가는 봉 형태의 우라늄으로, 실제로는 차곡차곡 쌓여 있는 수백 개의 우라늄 펠레이다. 이 핵연료봉은 길이 16피트, 지름 1인치에 샤넬 립스틱이나 파나텔라 시가 정도의 두께이다. 연료 집합 유닛 하나에 핵연료봉들이 가로 세로 17개씩 정사각형 다발로 들어간다. 연료봉은 4년간 발열상태, 즉 융합상태에 있게 된다. 그 이후에는 원자로 용기에서 제거되어 소형 열차에 실려 터널을 지나 사용후 연료봉 저장시설로 짧은 거리를 이동하게 되는데, 그곳에서 사용후 연료봉들은 냉각수조에 담긴 채 함유된 방사능과 열이 거의 모두 방출이 될 때까지 저장된다.

엠마는 두 곳의 높이를 측정한 뒤 머릿속으로 계산을 했다. 결과는 만족스러웠다. 계획이 제대로 돌아갈 것 같았다.

임무를 마친 다음 그녀는 왔던 길을 따라 들판을 지나 경사진 언덕을 올라갔다. 타고 온 차는 어린 오크나무 숲 속에 나뭇가지를 덮어 숨겨놓았다. 잠시 후 그녀는 파리로 향하는 고속도로 위에서 속도를 내고 있었다. 정찰임무에 걸린 시간은 45분이었다.

숨어 들어가는 것은 쉬운 일에 속했다.

43

MI5의 국장은 앤서니 알램경이었다. 직업장교인 알램경은 리즈 대학을 졸업했고, 졸업 후에 곧바로 영국 국내 정보국 MI5에 입사했다. 그는 모든 주요 부서, 이를테면, 북아일랜드, 중범죄단체, 과격단체를 거쳐 최근에는 대테러작전 등을 담당하는 부서에서 근무했다. 야윈 체구에 그다지 매력적이지 않은 외모를 가진 사내였고, 깔끔하게 빗어 넘긴 회색머리에 한결같은 매너와 늘 몸에 안 맞아 어색해 보이는 양복을 입고 있었다. 성경에서 뭐라고 하던 이 세상을 물려받을 가망성은 없어 보이는 온순한 부류 중 하나였다.

그러나 외견은 속임수에 지나지 않았다. 탁월한 지략과 웨일스 출신 인그의 어머니가 투지라고 부르던 것 이상의 무언가가 없이는 MI5의 수장이 될 수 없을 것이다. 은밀한 푸른 두 눈과 공손한 미소 뒤에는 불같이 격한 기질이 숨겨져 있었다. 템스하우스 내에서는 토니경으로 통하는 그가 성질을 부리면 그 고함소리가 멀고 먼 팀북투까지 들린다는 소문이 돌았다.

"이고르 이바노프가 목표물이 아니었다고?" 토니경은 찰스 그레이브스를 뚫어져라 노려보며 말했다.

"폭발은 연막전술용이었습니다. 청사에 강제 소개령을 발동시켜 IAEA 측 인사들이 방문 당시 가져온 노트북 컴퓨터를 훔쳐내기 위해서 한 짓으로 여겨집니다."

"확실한가?"

그레이브스는 케이트를 쳐다봤고, 두 사람 모두 고개를 끄덕였다. "예, 확실합니다." 그녀가 대답했다.

"재미있군. 아주 재미있는 이야기야." 알램경은 의자에 등을 기대며 말했다. "이 건을 총리께 보고할 생각이라면 뭔가 확실한 증거가 있어야 할 거야. 총리께서는 이번 일을 체첸이나 러시아의 민주개혁을 주장하는 집단의 소행이라고 믿고 있네. 나도 그런 이야기에 더 마음이 가는데. 내 생각에는 왠지 그 편이 총리께도 편할 것 같고."

"증거물도 있습니다." 케이트가 말했다. "보시겠습니까?" 그녀는 리모콘을 집어 들고 재생 버튼을 눌러 DVD 플레이어를 틀었다.

그레이브스가 화면 속 상황을 설명했다. "빅토리아 스트리트 1번가에 위치한 청사에서 가져온 자료영상입니다. 3층, 7번 복도 동쪽 구역입니다. IAEA팀과 저희 측 안전조치 담당 인사들이 모여 있던 회의실 바로 앞 복도 쪽에 카메라가 설치돼 있었습니다."

알램경이 안경을 걸치며 "카메라 포커스는 잘 맞춰져 있나?" 하고 물었다. "대개 화면이 뿌옇던데."

"아주 선명합니다." 그레이브스가 말했다. "11시 18분. 한 여성이 사무실로 들어갑니다. 이 여자는 11시 20분에 다시 사무실에서 나옵니다."

"2분 걸렸군. 꽤나 민첩한 걸." 알램경이 말했다.

"그렇습니다." 케이트가 말했다. "저 여성은 자신이 노리는 목표물이 무엇인지를 정확히 알고 있었습니다."

화면을 통해 복도가 보였다. 리놀륨 바닥과 벽에 붙은 게시판, 전형적인 정부청사 건물이었다. 비록 화면은 거친 편이었지만 그레이브스가 말한 대로 해상도는 선명했다. 우측 상단에 타임코드가 찍혀 있었다. 11시 15분. 화면이 심하게 흔들렸다.

"폭탄이 터진 시점입니다." 그레이브스가 말했다.

몇 초 후에 청사 내에 있던 사람들 중 몇몇이 사무실 바깥으로 뛰쳐나오기 시작했다. 소수였던 인원이 곧 엄청난 수로 바뀌며, 사람들이 물밀듯이 밖으로 쏟아져 나왔다. 11시 18분, 복도가 텅 비었다.

"저기 저 여자가 우리 용의자입니다. 화면 아래를 지켜보십시오. 곧 나타날 겁니다."

11시 18분 45초, 한 인물이 화면 좌측 하단에 모습을 드러냈다. 그녀는 다른 인파들과 반대 방향으로 이동하고 있었으며, 곧바로 3층 회의실로 직행했다. 여성은 카메라에 얼굴이 잡히는 것을 피하며 신속하게 움직였다. 하지만 여자가 입은 복장만은 식별이 가능했다. 청바지에 검은색 티셔츠 차림이었고 머리카락도 보였다.

11시 20분 15초, 회의실 문이 열리고 문제의 여성이 복도로 나왔다. 일부러 고개를 숙인 자세를 유지하며 붉은색 머리카락으로 인해 생긴 음영에 얼굴이 가려진 채 카메라를 향해 걸어오고 있었다. 어깨에는 여행용 가방을 걸치고 있었다.

"필시 용의자의 가방 속에 노트북 컴퓨터들이 들어 있을 겁니다." 케이트가 말했다. "접어서 부피를 최소화 할 수 있는 동시에 펼치면 크기가 커지는 그런 종류의 가방입니다."

알램경은 두 손끝을 모아 턱을 받친 채 아무 말도 하지 않았다.

"이번에는 다른 영상을 보시겠습니다." 그레이브스는 빅토리아 스트리트의 폐쇄회로 카메라에 찍힌 영상이 담긴 디스크를 꺼내고 이번에는 스토레이즈 게이트의 길가 코너 영상이 담긴 테이프를 넣었다. 영상자료 속에는 한 여성이 검은색 티셔츠에 청바지를 입고 핸드폰을 귀에다 댄 채 횡단보도 앞에 서 있었다. 이바노프 장관의 차량행렬 중 선두에 있던 SUV 차량이 화면에 나타났고, 이어서 두 번째 차량이 보였다. 문제의 여성은 자리에서 한 발 뒤로 물러나 발길을 돌렸다. 바로 그 순간 화면이 하얗게 바뀌었다. 2, 3초간 뿌연 화면이 나왔고 카메라가 자동으로 노출방식을 조절했다. 화면이 다시 정상으로 돌아왔을 때 그녀는 사라지고 없었다.

"동일 인물입니다." 그레이브스가 말했다. "노트북을 훔친 범인이 바로 저 여성입니다. 내기를 해도 좋습니다."

"용의자의 신원은 파악했나?" 알램경이 물었다.

"용의자의 이름은 엠마 랜섬입니다."

"랜섬이라고 했나? 자네가 놓친 그 의사의 아내란 말이지?"

그레이브스는 알램경과 눈을 마주쳤다. 알램경의 핀잔과 분풀이는 24시간째 이어졌고, 그레이브스는 감히 당황한 내색을 내비칠 생각을 하지 못했다. "그 여자 남편 말에 의하면 여자는 디비전이라 불리는 미국의 첩보기관 소속 요원이었습니다. 펜타곤과 연관성이 있는 조직이라는 소리도 했습니다. 하지만 랭글리의 제 동료들이 하는 말에 의하면 사실무근입니다. 디비전이나 엠마 랜섬이라는 이름은 모두들 들어본 적이 없답니다."

"그놈들이 하는 소리야 늘 그렇지, 안 그런가?"

"한 가지 더 있습니다. 우리가 조나단 랜섬을 연행했을 당시, 랜섬은 자기 아내가 지난 2월 경 스위스에서 무슨 테러 공격을 막았다는 말을 했습니다. 베른에 있는 마르커스 폰 다니켄이란 친구에게 연락해 봤습니다. 오프더레코드 사항입니다만 폰 다니켄, 그자의 말로는 엘 알 제트기를 격추시키려는 한바탕의 소동이 있었는데 랜섬과 그의 아내도 그 사건에 휘말렸다고 합니다. 사건과 관계된 민간인이 없었던 관계로 다행히 조용히 덮어둘 수 있었다고 합니다. 그 이상은 언급을 피하더군요."

알램경은 잠시 생각하더니 이렇게 말했다. "뭐, 그렇다면, 엠마 랜섬이 체첸 놈들과 한 통속인 것만은 확실하군."

그레이브스가 인상을 찡그렸다. "그래서 초반에 떠올렸던 질문을 다시 되짚어보게 됐습니다. 이바노프가 런던을 방문한 목적이 무엇인지를 알고 싶습니다. 다들 그 사안에 대해서는 입을 다물고 있더군요."

"이유야 있지. 석유산업 쪽 사람들과 만나기 위해 온 것일세. 예전에 중 단했던 합작투자 사업을 재개해서 시베리아 얼음벌판 밑에 남아 있는 석유 를 퍼올리고 러시아의 인프라 시설을 현대화하는 일이라던가, 하여간 그런 것을 어떻게 좀 다시 해 보려는 심산들이지. 수년 전에 우리 기업들을 몰아 내고 이윤은 모조리 자기들이 챙겼던 일을 생각하면 상당히 민감한 사안이 아닐 수 없지. 따라서 우리 외교부는 이바노프의 이번 행보가 러시아의 주 요한 정책변화를 의미하는 것으로 보고 있네. 러시아의 석유산업이 붕괴 직전이고, 따라서 놈들이 정부 수입을 메우기에 급급한 것이거나, 아니면 다시 국제사회의 일원이 되기로 결심을 한 것이거나, 둘 중에 하나라고 보 는 거지."

알램경은 한숨을 쉬며 말했다. "문제는 엠마 랜섬이 과연 누굴 위해 일 하고 있냐는 거지."

"지금까지는 아무런 단서를 찾지 못했습니다."

"노트북 안에 뭐가 들었는지 말해 보게." 알램경이 말했다.

그레이브스는 미샤 디브너의 말을 빌어 그 노트북들을 가지고 있는 자 가 누구이든 이론적으로는 원격수동제어 코드에 접근할 수 있게 되고, 따 라서 유럽 어딘가에 있는 원자력발전소를 제어할 수 있게 된다는 점을 설 명했다. "시간상으로도 매우 촉박합니다." 그는 이렇게 덧붙였다. "우리는 48시간 내에 사건이 발생할 것으로 보고 있습니다."

"그렇군." 알램경은 간략하게 대답했다. "한 가지 공통점이 있구먼."

"그게 뭡니까?" 케이트 포드가 물었다.

"에너지 말일세." 알램경이 대답했다. "이바노프는 석유에 관한 논의를 하기 위해 런던에 왔지. 그리고 자네들의 말에 의하면, 이번 폭탄 테러는 그들이 48시간 내에 원자로를 공격하려는 자신들의 계획을 보다 앞당기기 위해서 핵 코드를 훔치려고 벌인 술책이라는 것 아닌가. 단지 우연의 일치 라고 보기는 힘들지." MI5의 국장은 안경을 벗으며 콧등을 문질렀다. "지금 우리는 이게 다 무슨 소리인지 말해 줄 단 한 사람이 누구인지 알아. 바로 엠마 랜섬이지. 그녀에 대해 아는 게 또 있나?"

"없는 거나 다름없습니다." 그레이브스가 대답했다. "그녀가 누구를 위해 일하는지, 어디서 왔는지, 혹은 어디로 사라졌는지 전혀 아는 바가 없습니다. 우리가 아는 것이라고는 그녀가 로버트 러셀경을 죽인 범인이며, 어디서 뭘 했는지는 모르지만, 아무튼 이곳 런던에 있었다는 사실뿐입니다."

"두 사람이 한통속이라고 생각하나? 랜섬 박사와 엠마 랜섬 말이야."

"그렇습니다." 그레이브스가 대답했다. "하지만 포드 계장의 경우에는 저와 의견이 다릅니다."

"이유는?" 알램경이 물었다.

케이트는 폭탄 테러 현장에서 보여준 랜섬의 행동에 대해 설명했다. "조나단 랜섬은 현장에서 쉽게 도망칠 수도 있었지만, 사고 피해자 중 한명을 돕기 위해 그대로 남아 있었습니다."

"그래서 그가 피해자의 목숨을 구했나?"

"아닙니다. 피해자는 결국 사망했습니다."

알램경이 눈썹을 치켜 올렸다. "랜섬이 그 사람을 죽이지 않았다는 것을 포드 경감이 어떻게 장담하겠소? 그가 피해자의 목을 졸랐을지도 모르지. 어젯밤, 또 다른 사람에게도 총을 쏘았다고 들었소." 알램경은 책상 위에 놓인 서류를 보며 말했다. "죽은 자도 의사였다더군. 제임스 메도스. 할리 스트리트에서 일하던 외과의 말이오. 랜섬이란 자가 내게는 전형적인 냉혈 살인마로 보이는데."

"저도 확신하지는 못합니다." 케이트는 계속해서 말했다. "하지만 전 랜섬이 폭탄 테러를 주도한 것도, 그렇다고 노트북을 훔친 범인이라고도 생각지 않습니다. 그랬다고 보는 것이 논리에 맞지 않는다는 대답 외에는 달리 설명할 길이 없습니다."

"무고한 자가 경찰로부터 도망을 치고 있다는 것도 말이 안 되긴 마찬가지요, 안 그런가, 포드 경감?" 알램경이 힐난하듯 날카롭게 되물었다. 그는 양 볼에 홍조를 띤 채 의자 가장자리에 걸터앉아 있었다.

"제가 생각하기에는 랜섬이 직접 아내를 찾아 나섰습니다." 그녀는 확고한 어조로 말했다.

"아내를 찾아? 나라면 반대로 도망갈 수 있는 한 최대한 빨리 뛰겠는 걸." 알램경은 헛기침을 하더니 이내 성질을 누그러뜨리고 의자에 도로 앉았다. "엠마 랜섬이 로마로 갔다는데. 그 이유가 뭔지 혹시 아나?"

"로마라고요?" 그레이브스가 눈살을 찌푸렸다. "저희가 가장 최근에 접수한 정보에 의하면 랜섬은 벨기에에 있습니다. 브뤼셀 공항에서 차량을 렌트했다고 합니다."

알램경은 앞에 놓인 분홍색 노트 패드를 볼펜으로 툭툭 두드리며 말했다. "이탈리아 경찰청으로부터 방금 연락을 받았어. 당신이 말하는 그 랜섬 박사란 자가 그곳에서 폭행, 납치에 이르기까지 온갖 문제를 일으켰다더군."

"납치라고 하셨나요?" 케이트가 물었다.

"그렇소." 알램경이 말했다. "게다가 이탈리아 측에서는 이 사태를 매우 불쾌하게 받아들이고 있지."

그레이브스는 국장의 책상에 몸을 기댔다. "그들이 랜섬을 데리고 있습니까?"

알램경이 고개를 저었다. "그건 아니지만, 랜섬이 납치했다는 자를 데리고 있긴 하지. 이 사람도 의사더군. 듣자하니 랜섬은 자기 아내에 대한 걸 묻기 위해 그자를 심문했다더군. 그 여자도 몇 달 전에 로마에 머물렀던 것으로 보이는데. 그다지 즐거운 시간을 보낸 건 아니었다지."

"네?"

"강도인지, 뭔지로부터 습격을 받아 현지 병원에서 치료를 받았다고 하네. 랜섬은 그 병원이 정확히 어디였는지를 알고 싶어 했다네."

"엠마 랜섬이 습격을 받은 게 언제였답니까?" 케이트가 물었다.

알램경은 책상 위의 서류를 보며 대답했다. "4월."

케이트는 그레이브스를 힐끗 쳐다보고 말했다. "차량 폭발에 사용됐다는 셈텍스 폭발물이 로마 근교에 있는 이탈리아군 병영에서 같은 시기에 도난당했습니다."

"엠마 랜섬은 그 BMW 차량을 페루자에서 슬쩍했을 겁니다." 그레이브스가 덧붙였다.

"꽤나 바쁜 여자군." 알램경은 케이트에게로 시선을 돌리며 말을 던졌다. "거기 가 본 적이 있소? 로마 말이오."

"몇 해 전에 휴가 차 다녀왔습니다."

"어서 가방을 꾸리게. 자네 둘 다. 난 그동안 외교적으로 일을 처리해 보지. 이번 일의 작전권은 전적으로 이탈리아에 있다는 것을 명심하게. 그들의 영토에서 일을 해야 하니 말이야. 찰스, 호커 제트기도 한 대 부르게. 제트기 비용은 내 예산에 포함시키고." 알램경은 서류 꾸러미에 시선을 쏟았다. 그만 물러가라는 뜻이었다. 그레이브스와 케이트는 문을 향해 걸어갔다. 갑자기 알램경이 외쳤다. "그리고 찰스, 자네 좀 더 효과적으로 움직이길 바라네. 난 다우닝 스트리트에 이 사실을 보고 드려야 하네. 총리께서 화를 내실 거야. 계란세례를 즐기는 사람은 없네. 특히 정치인들은 말이야."

"계란세례라니, 무슨 말씀이십니까?" 문고리를 잡은 채 그레이브스가 물었다.

"지금까지 우리는 두 번 실패를 저질렀어. 첫 번째는 우리를 방문한 외국의 고위관리를 보호하지 못했고. 두 번째는 절도범으로부터 민감한 정부 소유 장비를 지키지 못했어. 게다가 원자력 관련 기밀을 말이야. 세 번째 실패를 저질러서 원자력 관련 사고가 터지기라도 하는 날에는 어떻게 되는지 알지? 내가 자네라면 영원히 이 나라를 떠나는 걸 심각하게 생각해 볼 거야. 농담이 아니야."

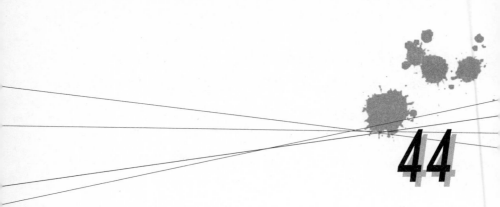

앤서니 알램경은 사무실에 홀로 앉아 애지중지하는 아스프레이 사의 앤틱인 오르몰루 시계가 쉬지 않고 똑딱이는 소리를 듣고 있었다. 그 시계는 아버지한테서 물려받은 것이지만, 아버지의 아버지, 그리고 그렇게 거슬러 올라가 1835년 지금의 메트로폴리탄 경찰을 창설한 로버트 필경이 알로이시우스 알램 경감에게 근속 50년을 기념하여 수여한 것이었다. 그 로버트경의 애칭을 따라 지금도 경찰관을 바비라고 부르게 된 것이다. 6대가 지난 뒤에도 알램 가문은 대서양을 가운데 둔 양쪽에서 경찰 가문으로 이름을 날리고 있고, 토니경으로 불리는 앤서니가 바로 산 증인이었다.

그는 데스크 밑에 붙은 버튼을 눌렀다. 어떤 상황에서도 방해하지 말라는 지시를 내릴 때 사용하는 버튼이었다. 뒤돌아 앉아 그는 최신 보안기술을 갖춘 국장 전용회선 전화가 놓여 있는 서랍을 열었다. 요즘에는 적들 못지않게 내부에서도 전화를 도청할 가능성이 있었다. 그는 전화번호부를 검색한 다음, 워싱턴 근교로 전화를 걸었다.

"어이, 토니." 걸걸한 미국인의 음성이 들려왔다.

"잘 지냈나, 프랭크. 그래, 요샌 좀 어떤가?"

"그럭저럭." 프랭크 코너가 대답했다. "자네는? 거긴 좀 늦은 시각이지,

안 그런가?"

"몰라서 묻나? 자네가 다녀간 걸 내가 모를 거라 생각했나 보군? 그래, 머무는 내내 즐거운 시간을 좀 보냈나?"

코너가 툴툴거리며 대답했다. "그곳 음식은 왜 항상 그 모양이야."

"그 여자 찾는 일에 별 소득이 없었나 보군."

"누구?"

"누군지 알잖나. 그 여자가 자네 통제에서 벗어난 지 오래라는 소문이 들리던데."

긴 정적에 이어 항복의 뜻을 내비치는 한숨소리가 들렸다. "망할 필드 요원들. 몇 놈이 완전히 맛이 가서 자폭했어."

"내가 보기에는 그 여자 아주 치밀하고 제정신인 것 같던데." 알램경이 말했다. "엠마 랜섬이 이고르 이바노프를 노리고 차량 폭탄을 터트리는 장면이 담긴 영상자료가 우리한테 있어."

"끔찍한 일이야." 코너는 담담한 투로 말했다.

"자네와는 관련이 없을 테지."

"이봐, 토니. 날 모르나. 알면서 왜 이래."

알램경은 코너의 말에는 아무런 대꾸도 하지 않은 채 이렇게 물었다. "자네 혹시 누가 엠마 랜섬을 고용했는지 알고 있나?"

"알면 내가 거기까지 가서 자네들이 먹는 그 눅눅한 베이컨을 처먹고 있었겠나. 이바노프에게는 본래 적이 많았지. 살육을 일삼던 자 아닌가. 그로즈니의 괴물이라고 부른다고 하지 않나. 게다가 전범이고. 소문에 의하면 손에 피 묻히는 걸 좋아한다더군. 그것도 자기 손에 직접 말일세. 지난 번 그 기자도 그 인간이 직접 창밖으로 던진 거라더군. 자네도 알잖나? 상트페테르부르크에서 있었던 사건 말이야."

"나도 그 이야기는 들었어. 악마 같은 놈이라고." 알램경은 헛기침을 하며 대꾸했다. "허나 문제는 말이야, 우리 요원들은 엠마 랜섬이 노린 게 이바노프가 아니라고 본다는 거야. 이번 폭발테러가 자네 나라의 원자력규제 위원회와 맞먹는 우리 영국의 원자력 관련 기구 사무실에 잠입해서 중요한 코드들이 저장돼 있는 노트북 컴퓨터를 빼내기 위한 연막작전이었다는 거야. 우리는 엠마 랜섬이 48시간 안에 핵시설 공격을 감행할 것이라고 믿고 있네."

"영국에서?"

"아마도. 어쩌면 다른 나라에서일 수도 있고."

"그런 종류의 일을 능히 해낼만한 인물이 있다면 바로 엠마 랜섬이기는 하지. 자네 지금 한창 바쁘겠군. 나야 뭐 인사고과 기록이나 어떻게 좀 메워 볼까 하는 참이지만."

"오늘 오전 병동에서 자네가 한바탕 소란을 피웠다는데. 프루던스 메도스도 완전히 맛이 간 자네 요원들 중 하나인가? 아니면 그녀 남편이?"

"거기에 대해선 할 말이 없네."

"프랭크, 조심하라고. 알지, 우리는 사촌지간 아닌가."

"알았어. 앞으론 좀 더 신중하게 행동하겠네."

"고맙네." 알램경은 진지한 말투로 대답을 했다. "사실 안부나 한번 물으려고 전화한 건데 말이지. 조나단 랜섬이 로마에 있다는 연락을 받았는데. 우리는 그가 아내를 찾으러 간 거라 보고 있어. 가는 곳마다 흔적을 남기고 다니는 걸 보니, 그자는 당신 요원이 아닌 것 같고. 랜섬이란 자를 잡으려고 이탈리아 경찰청과 같이 움직일 팀원을 파견해 놓았지. 그자가 뭔가 알고 있을 거란 예감이 드는데, 혹시 추가로 덧붙일 말이라도 있나?"

또 한 번 침묵이 이어졌다. 늙다리 뚱보 프랭크 코너가 의자에 앉아 초조함에 온몸을 비틀어 대고 있을 것이라고 알램경은 확신했다. 머릿속으로 그런 프랭크 코너의 모습을 떠올리자 알램경은 기분이 몹시 흡족해졌다.

"내일 점심에 시간이 되나?" 코너가 그에게 물었다.

"시간을 낼 수도 있을 것 같은데."

"좋아." 코너가 말했다. "시나몬 클럽에서. 오후 1시. 참, 그리고 한 가지 더 있는데…"

"그래, 뭔데?" 코너가 장황하게 떠드는 동안 알램경은 잔뜩 귀를 기울이고 들었다. 그것이 흥분을 가라앉히기 위해서 그가 할 수 있는 전부였다. 코너가 말을 마치자 그는 대답했다. "그래, 알았네." 그런 다음 이렇게 말했다. "그럼 1시에 보지. 근데 프랭크? 프랭크?"

그러나 수화기 반대편에는 아무도 없었다. 코너는 이미 전화를 끊고 가버렸다.

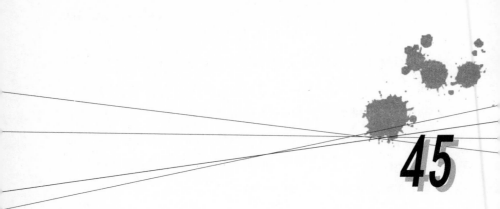

45

조나단은 성당 나무문에 어깨를 기대며 밀었다. 문이 열려 있어 다행이었다. 안으로 들어선 그는 흐린 불빛에 시야를 적응시키느라 잠시 멈춰 서 있었다. 성당 내부에는 곳곳에 촛불이 깜빡이고 있었다. 신도석을 끼고 나란히 펼쳐져 있는 스테인드 글라스 창문을 통해 달빛이 흘러나오고 있었다. 통로를 지나 그는 살며시 신도석에 앉았다. 무릎을 꿇지는 않았지만, 앞 의자 등받이 위에 팔꿈치를 대고 기도 자세를 취했다. 성당 안은 정적이 감돌고 들리는 건 그의 거친 호흡뿐이었다. 마음이 서서히 진정돼 가는 것이 느껴졌다. 그는 안전했다. 적어도 몇 분간은.

왼편에는 벽 안쪽으로 소성당이 마련되어 있었다. 제단은 양단을 씌워 간소하게 꾸며져 있었다. 그 뒤쪽 벽에는 기다란 대리석 그리스도상과 함께 투박한 나무 십자가가 걸려 있었다.

성당 문밖에서는 이탈리아 경찰이 조나단 랜섬 박사를 찾아 거리를 샅샅이 뒤지고 있었다. 자기가 로마에 있다는 사실은 런던 측에도 전달되었을 것이라고 조나단은 생각했다. 동시에 인근 지역 경찰병력들에게도 그러한 사실이 전달되었을 것이다. 밀라노에서 시칠리아에 이르는 모든 이탈리아 경찰관들은 그를 체포하는 것을 최우선 과제로 올려놓고 있을 것이다.

반쯤 어둠에 잠긴 자리에 앉아 조나단은 자신이 지금 놓인 처지를 곰곰이 생각해 보았다. 도망자의 삶은 그에게 맞지 않았다. 그는 '토끼굴'로 숨어들어 세상으로부터 자취를 감출 수 있는 사람이 아니었다. 토끼굴은 엠마가 비상용 은신처를 말할 때 쓰던 표현이었다. 조만간 자신은 잡히고야 말 것이다. 잡히는 건 시간문제였다. 시간을 끌더라도 결국은 잡히고 말 것이었다.

그는 루카 라치오의 사무실에서 가져온 서류뭉치들을 펼쳤다. 조명이 어두웠지만 글씨를 알아볼 만했다. 신장파열로 인해 엠마는 무려 6파인트의 피를 흘렸다. 병원으로 이송되어 올 당시 의식은 혼미했을 것이다. 어쩌면 죽음에 임박한 상황이었을지도 모른다. 극도의 고통 속에서 의식이 잃었다가 다시 간간이 정신을 되찾고는 했을 것이다. 그리고 그때 그녀가 내뱉은 이름이 바로 라라였다. 에바 크루거나 캐슬린 오하라같이 내내 써먹던 가명이 아니었다. 병원에서 성이 무엇이냐고 묻자 수술을 마친 그녀는 대답을 거부했다.

조나단이 생각하기에 이유는 오직 한 가지뿐이었다.

라라가 그녀의 본명인 것이다. 꾸며낼 가명이 없었을 것이다. 진실만이 존재했기 때문이다. 그녀가 어떤 희생을 치르더라도 숨겨야 하는 진실이었을 것이다.

조나단은 자리에서 일어나 중앙 통로로 갔다. 잠시 제단을 바라보다 고개를 들어 인류의 타락, 그리스도의 부활과 재림에 관한 내용이 담긴 천장 유화들을 바라보았다.

그런 다음 등을 돌려 정문을 향해 갔다. 밖에서는 바람이 불어대고 있었고, 성당의 벽 틈 어디선가 바람이 새어 들어와 날카로운 쇳소리를 냈다. 날카로운 울부짖음 속에서 내면에서 울려나오는 두려움의 소리를 듣기 위해 멈춰 섰다. 갑자기 바람이 멎고 불안한 마음도 같이 사라지는 것을 느꼈다.

그는 문을 열고 거리로 나섰다.

46

프랭크 코너는 택시비를 내고 런던의 고급주택 지구 벨그레이비어에 있는 다이아몬드 클럽의 도어맨을 보고 말했다. "당코씨에게 가서 캘리포니아에서 온 빌이 기다리고 있다고 전해 주게. 위층 테이블에 앉아 기다리겠네."

엄청난 입장료를 지불하고 코너는 위층으로 올라갔다. 다이아몬드 클럽은 지난 십년간 런던으로 대거 건너온 동유럽계 부유층을 위한 전용 카지노였다. 클럽은 세 개 층으로 나뉘어져 있었다. 1층에는 격조 있는 분위기의 바와 레스토랑, 2층에는 카지노가 있었다. 그리고 3층은 특정 고객을 위한 프라이빗 게임 장소였다.

코너는 룸 중앙에 있는 블랙잭 테이블에 자리를 잡고 앉았다. 새벽 한 시, 한풀 꺾인 분위기에 기껏해야 스물 네댓 명이 룸 여기저기에 흩어져 앉아 있었다. 위스키를 주문하고 게임을 하기 시작했다. 세 판 만에 그는 이백 파운드를 잃었다. 플로어 캡틴에게 신호를 보냈고 그에게 당코씨를 만나고 싶다고 전했다. 플로어 캡틴은 정중하게 고개를 끄덕이고는 하던 순찰을 계속했다. 십분 뒤, 이백 파운드를 더 잃었다. 여전히 당코는 나타나지 않았다.

그는 이만 하면 충분하다고 스스로에게 말했다. 더 이상 예의를 차릴 생각이 없었다.

위스키를 추가로 주문한 다음 넥타이를 느슨하게 풀고 본격적으로 게임에 임했다. 십분 만에 1천 파운드를 거둬들이고, 한시간만에 5천 파운드를 거둬들였다. 시가 한 대를 시켰다. 캡틴이 코이바 시가를 가지고 돌아오자, 코너는 캡틴에게 당코씨에게 가서 밤새 돈을 잃고 싶은 게 아니라면, 그 보스니아 궁둥짝을 끌고 당장 이리로 내려오는 게 좋을 거라는 말을 전하라고 했다.

캡틴이 자리를 떠났다. 자신의 말이 사실임을 증명하려는 듯 코너는 다음 판에 가진 칩을 올인 했고 이어서 킹 카드 위에 에이스 카드를 뽑았다. 블랙잭.

60초 뒤에 당코가 모습을 드러냈다. 이마 뒤로 말끔하게 넘긴 검은 머리와 보기 좋을 정도로 알맞은 길이로 기른 슬라브인 특유의 턱수염에 어울리는 화이트 색상 디너 재킷을 매우 편안하게 소화해낸 당코는 큰 키에 호리호리한 체격의 사나이였다.

"프랭크, 오랜 만이군."

"그래, 좀 앉게."

당코는 딜러를 내보낸 다음 코너 옆자리에 앉았다. "여긴 어쩐 일로?"

"자네 도움이 필요해서지."

"주변을 좀 둘러보고 말을 하시지. 난 이미 은퇴했네."

당코에게 다시 시선을 돌리기 전에 코너는 카지노를 한 번 둘러봤다. "내가 보기에 자넨 예전 그대로야. 로마라면, 자네가 좀 알지. 자네가 날 위해 거기서 뭘 좀 해 줘야겠어. 여권은 아직 가지고 있나? 아니면, 내가 손을 좀 써줄 수도 있고."

당코는 미소를 지어보였지만 표정은 더 이상 편안해 보이지 않았다. "프랭크, 들어 봐. 자네가 잊지 않고 날 찾아준 건 고맙네. 그래, 알아. 과분한 찬사야. 하지만 난 손을 씻었다고. 내 나이도 이제 마흔 줄이야. 그런 일을 하기엔 너무 늙었다고. 이봐, 그러니 좀 봐주게."

"봐주긴 뭘 봐줘. 오늘밤에는 봐주고 그런 거 없어. 내가 무슨 말을 하고 있는지 알지? 자, 어서. 짐부터 꾸리라고. 자네의 그 끝내주는 라이플 총은 아직 위층에 보관 중이지? 자네 사무실로 가자고. 자세한 건 거기서 들려주겠네. 보수는 일만 달러일세."

"그 정도 금액은 여기서도 하루면 버는데." 당코는 코너의 코에 향수냄새가 베길 정도로 몸을 바짝 기울이며 말했다. "이봐, 난 자네에게 칠년을 바쳤어. 자네가 약속한 그 미국 시민권은 어디 있지? 캘리포니아에 정착하게 해 준다던 말은 또 어디로 갔고? 용케 날 속여 이용해먹더니, 필요가 없어지자 바로 내친 게 바로 자네였잖아."

"네놈 몸무게가 43킬로밖에 안 나갈 때, 네놈의 그 앙상한 궁둥짝을 포로수용소에서 빼내 준 사람이 바로 나야. 자넨 내게 큰 빚을 진거라고."

"그건 고마워, 프랭크. 하지만 말이야. 난 그 빚을 이미 다 갚았다고 생각하는데."

코너는 잠시 생각을 해보더니 이어서 말했다. "이만 달러까진 가능한데."

"프랭크, 그만 여기서 나가주게."

코너는 당코를 잡아끌려다가 위스키 잔을 건드려 쏟아 엎질렀고, 말끔하던 그의 재킷을 위스키로 흠뻑 적셨다. "제거 대상도 자네가 아는 사람일 걸." 그는 포기하지 않고 계속해서 말했다. "엠마 랜섬이야, 그녀를 기억하나?"

"아니. 난 아무 것도 어느 누구도 기억나는 게 없는데. 자네가 그렇게 가르쳤잖아."

당코가 손을 들자 두 명의 도어맨이 그들의 앉은 테이블 앞으로 다가왔다. "코너씨를 아래층으로 모셔드려라." 그가 말했다. "택시도 잡아드리고."

"난 아직 게임 중이야, 이 배은망덕한 슬라브 쓰레기 같은 놈아."

"그만 일어나시죠."

코너가 난폭하게 자리에서 일어나자 도어맨 중 한명이 그의 어깨를 낚아채듯 잡았다. 코너는 그를 뿌리치고 앞에 있는 칩을 긁어모았다. 떠나면서 그는 오백 파운드짜리 칩을 당코에게 집어던졌다.

칩은 당코를 빗나갔다.

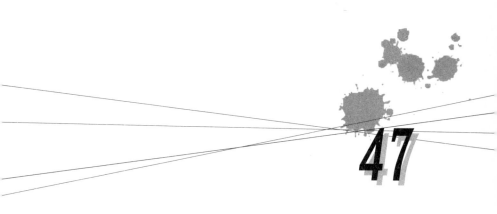

47

골칫거리들이었다. 엠마는 단번에 알아챘다.

저 앞쪽 골목 모퉁이에 모여 있는 무슬림계 불량배들이 그녀를 노리고 있었다. 그들은 휘파람을 불어대며 욕지거리를 내뱉고 있었다.

"어이, 아가씨. 조심하는 게 좋을 거야." 한 놈이 아랍어로 뭐라고 외쳐 댔다. "서양 아가씨가 혼자 다니기에는 안전한 곳이 아니라고."

"보호자가 필요하실 것 같은데." 곁에 있던 다른 놈이 말했다. "진짜 사나이 말이야."

"야, 이 년아!" 말장난을 끝맺기라도 하듯 마지막 놈이 외쳤다.

모두 여섯이었다. 그리고 헐렁한 베기 바지, 엑스트라라지 사이즈 농구 유니폼 저지, 그리고 골드 체인 목걸이, 하나같이 사회에 불만을 품은 프랑스 비행청소년들 사이에서 유행하는 옷차림을 하고 있었다. 발길을 돌릴 곳도, 도망쳐 피해 갈 곳도 없었다. 화가 치밀었다. 맞붙어 싸울 기분이 아니었다. 오늘 밤은 아니다. 임무를 앞두고는 아니다. 예비 테러리스트 무리는 고사하고, 가장 우호적인 미소에 조차 신경이 곤두서는 지금은 아니다. 그녀는 속으로 본부에 있는 인간들을 저주했다. 은신처를 이런 암흑가에 마련해놓다니. 어떤 일이 벌어질 줄 뻔히 알면서도 이런 짓을 하다니.

파리 북부 외곽 지방인 센생드니는 이민자들의 거주 지역이었다. 가난한 자들이 오가는 동네, 경찰도 피하는 동네였다. 24시간 영업을 하는 팔라펠 가게의 네온 간판. 담배를 피며 모여 서 있는 남자들. 새벽 두 시를 넘긴 시각이었음에도 거리에는 여전히 사람들의 움직임이 있었다. 엠마는 어깨에 멘 가방을 몸에 바짝 붙여 좀 더 단단히 매고 불량배 패거리들에게서 주의를 떼지 않으며 계속 걸어갔다. 가방 속에는 작업복, 카메라, 지갑, 그리고 물론 무기도 들어 있었다.

따라온 패거리들이 주위를 에워쌌다.

"이봐, 아가씨. 우리가 지금 너한테 말을 하고 있잖아." 또 다른 한 놈이 프랑스어로 말했다. "잠시 동네에 들리신 건가, 아니면 새로 이사를 오셨나? 틀림없이 처음 보는 얼굴이란 말이야."

걸음 속도를 유지하며 엠마는 길모퉁이를 돌았다. 패거리들의 야유에도 그녀는 아랑곳하지 않았다. 어리고 제멋대로인 나이에 돈은 없고 시간은 남아돈다는 게 어떤 건지 그녀는 알았다. "비켜 주세요." 그녀가 말했다. 자신의 목적지를 발견하고는 길을 건너려고 했다.

"아직은 안 돼지." 무리의 대장인 놈이 말했다. 열아홉에서 스무 살 정도 되는 나이에 볼품없이 생긴 소년이었다. 매부리코와 그늘진 눈가로 보아 알제리계가 틀림없었다. 녀석이 그녀의 앞길을 막아섰다. 탱크톱 셔츠를 입은 녀석의 팔뚝은 꽤 두꺼웠다. 녀석의 목덜미에 단검 문양의 문신이 있었다. 전과자로군. 팔이 왜 두꺼운지 알겠다. 시간이 남아돌 때마다 교도소 앞마당에서 아령을 들었을 것이다.

"내가 분명히 비켜달라고 했는데." 엠마는 그를 옆으로 피해 돌아서 가려고 했지만, 녀석은 그녀를 또 다시 가로막고 섰다. 불과 일분 전 만해도 없었던 긴장감이 감도는 것을 느끼고 그녀는 몸을 꼿꼿이 세웠다. "원하는 게 뭐지?"

"얘기나 좀 나누자는 거지."

"늦어서 그럴 시간이 없는데."

"내가 사는 곳으로 좀 모실까?" 그녀 쪽으로 바짝 다가서며 대장인 놈이 말했다. "아가씨와 나, 단둘이서만. 걱정 말라고. 새벽기도 시간까진 댁으로 다시 모셔다 줄 테니."

"그럴 필요 없으니, 딴 데 가서 놀아." 오히려 그들의 화를 돋운 셈이었지만 어쩔 수가 없었다. 그녀는 임무를 앞두고 있었다. 오늘밤 누구도 그녀를 방해해선 안 된다.

다른 놈들도 곁으로 다가왔다. 어깨너머의 상황을 곁눈질로 확인했다. 거리는 텅 비어 있었다. 팔라펠 음식점도 담배가게도 없었다. 불 꺼진 가게들뿐이었다. 저 멀리서 병 깨지는 소리와 참다못해 터뜨리는 여인의 신경질적으로 웃음소리가 들렸다. 속에서 뭔가가 툭 하고 터졌다.

"너무 뻣뻣하게 굴지 말라고." 대장인 놈이 말했다. "우리랑 좀 놀아볼까?"

"노는 동안 가방은 우리한테 맡기라고." 다른 놈이 말했다. "우리가 아가씨 방에 갖다 줄 게."

가방을 뺏으려 손을 뻗자 그녀가 뿌리쳤다. "가방은 안 돼. 건드리지 마."

"그건 내가 결정할 일이지." 대장 격인 놈이 말했다. 놈은 반은 갈색이고, 반은 녹색을 띤 눈동자 빛깔까지 보일 정도로 가까이 그녀에게 바짝 붙어 섰다. 그때 놈이 실수를 저질렀다. 손을 뻗어 힘껏 잡아당기는 대신 자신의 의도를 전하기 위해 손을 뻗어 그녀의 팔을 꾹 잡았다.

그것만으로 엠마를 도발하기에는 충분했다.

주먹을 뻗어 놈의 콧잔등을 후려쳤다. 너무 빨라서 놈은 주먹이 날아오는 것을 미처 보지도 못했다. 주먹은 제대로 꽂혔고, 연골 주저앉는 감촉과 동시에 코의 가로막이 부러지는 소리가 났다. 그는 한 발 뒤로 휘청거리더니 강타당한 힘으로 무릎이 꺾였고, 부러진 코에서 피가 펑펑 흘러나왔다. 그녀는 이어서 뒤에 서 있던 무리들 중에서 가장 세 보이는 녀석의 가슴팍에 발차기를 날렸다. 발은 흉골에 정통으로 맞았다. 놈은 감자자루처럼 쓰러지면서 숨을 헐떡거렸고, 눈은 마치 두개골에서 금방이라도 튀어나올 것처럼 보였다.

그렇게 상황은 마무리됐다. 다른 놈들은 이미 뒷걸음질을 치고 있었다. 구겨진 기분으로 그녀는 길 건너 건물 안으로 들어갔다.

40년 전 완공된 이후 단 한 번도 손을 본 적이 없는 10층짜리 HLM, 즉 저소득자용 주택인 건물은 익명으로 지내기에는 최적의 소굴이었다. 숨 막힐 듯한 로비에서는 하시시 냄새가 진동했다. 엠마는 엘리베이터 앞으로 가서 승강기가 내려오기까지 5분을 기다렸다. 현관 저편에 층계도 있었지 만 5층까지 걸어 올라갈 엄두도 내지 않았다. 약에 취한 거주자들과 마주 칠 게 겁나서가 아니었다. 무엇보다 끔찍한 것은 찌든 퀴퀴한 지린내였다. 떠나온 과거를 되새기게 하는 냄새였기 때문이다. 그리고 그녀가 제일 두 려워하는 것이 바로 그 과거였다.

엘리베이터가 도착했다. 5층까지 타고 올라갔다. 5호실은 복도 맨 끝에 있었다. 한 손에 열쇠를 들고 있었고, 시그사우어 P238 소총을 쥔 다른 한 손은 가방 안에 감춰 넣고 있었다.

방안으로 들어가서는 이중잠금 볼트가 제대로 작동하는지 확인하며 문을 잠갔다. 부엌바닥에 가방을 내려놓고 무릎을 접고 앉아 권총을 꺼내 총탄과 안전장치를 확인한 다음 부엌 카운터 위에 올려놓았다. 전날 밤 루앙에서 묵 은 곳과 마찬가지로 이곳 역시 쓰레기장 같은 곳이었다. '다른 세계에 오신 걸 환영합니다.' 혼자서 이렇게 중얼거렸다. 디비전이라면 절대로 이런 장 소를 택하진 않을 것이다. 예산 문제가 아니라, 이건 보안의 문제였다. 동네 폭력배들로 인해 작전을 위험에 노출시키는 것은 무모함 이상이었다.

자신이 한 짓은 또 어떤가? 피해 가야 될 상황에 싸움질이나 하다니. 무 모했다. 하지만 그건 약과였다.

냉장고를 열자 깜박거리는 전구 불빛 아래로 곰팡이에 뒤덮인 치즈 한 접시와 4분의 1쯤 남은 우유 한 팩이 있었다. 상한 우유 냄새가 냉장고 문밖까지 풍겼다. 자기도 모르게 욕설을 내뱉으며 냉장고 문을 닫았다. 최소한 냉장고 안에 먹을 거라도 좀 넣어 놓을 것이지. 요구르트나 피클 병조림, 마실 물이라도. 그것도 아니면 와인이라도 한 병 넣어두던지. 어쨌거나 이곳은 프랑스가 아닌가.

배에서 요란한 소리가 나고 허기로 인해 복부근육이 움츠러드는 게 느껴졌다. 망치로 얻어맞은 듯 옛 기억이 되살아났다.

낡아 헤진 모직 드레스를 입은 지저분한 몰골에 키가 크고 몹시 여윈 여자아이. 짧은 붉은 머리는 빗질을 안 해 마구 엉켜 붙어 있었다. 습진 자국으로 뒤덮인 얼굴에 반항적인 초록빛 두 눈동자는 정면을 응시하고 있었다. 여자아이는 학교 조리실에서 손을 쳐든 채 벌을 서고 있었다. 발치에는 깨진 자기그릇이 떨어져 있고, 그릇 바닥에는 그녀가 긁어먹던 한 움큼의 귀리죽이 말라붙어 있었다. 검은색 벨트가 손바닥을 내리치더니 이어서 몸의 다른 부분도 내리쳤다. 온몸이 아팠다. 그러나 그 무엇보다 고통스러운 것은 움츠러들며 불평을 해대는 뱃속 굶주림이었다.

그녀는 자신의 감상주의를 비웃었다. 다른 이들은 나보다 더한 것도 겪었다. 그러나 마음 속 어딘가에서 '라라' 라는 이름이 들려오자, 그녀는 재빨리 그 기억들을 닫아 버렸다.

방마다 들어가 벽에 대고 소리를 들으며 아파트 내부를 한번 둘러보았다. 벽은 그냥 형식만 갖춘 것에 지나지 않았다. 흠집이 난 낡은 콘크리트 벽은 굳이 귀를 가져다 대지 않아도 이웃의 말소리가 다 들렸다. 소음은 괜찮지만 정적은 그렇지 못하다. 정적은 두려움이고, 두려움은 경찰을 의미한다.

그녀는 부엌으로 돌아가 혹시라도 먹을 게 남아 있는지 가방을 뒤졌다. 껌 한 조각과 조나단을 만나러 가던 길에 런던에서 산 잡동사니들이 들어 있었다. 리커리쉬 젤리를 손에 모두 털어놓고 하나씩 먹었다. 누굴 탓하랴. 많은 직업 중에서 하필 이 일을 택했단 말인가.

그때 문 두드리는 소리가 들렸다. 얼른 권총을 집어 들고 부엌에서 나왔다. 세 번의 노크소리가 났다. 문구멍을 통해 밖을 내다보니 문밖 맞은편에서 있는 시무룩한 표정에 부스스한 차림을 한 인물이 누구인지 바로 알아보았다. 문을 열었다. "파피, 장소 한번 제대로 고르셨군요."

"아파트는 우리 것이 아니다." 그녀를 치고 지나가며 그가 말했다. " 테헤란에서 온 친구들 집이니 불평하려거든 그 친구들에게 하도록."

"누구의 아파트건 그런 건 관심 없어요. 이런 지저분한 동네에 은신처를 두는 것 자체가 위험부담이잖아요."

"위험부담이라고?" 파피는 군 장교답게 자세를 똑바로 하며 대꾸했다. "이 근방에서 경찰차량을 본 적 있나? 염탐하는 자라도 있었나? 못 봤겠지. 자네를 환영하던 그 동네 꼬맹이들한테 한 수 가르쳐 주기야 했다지만, 그래도 여기보다 안전한 곳은 없어."

"저를 지켜보고 있었나요?"

"당연히 보고 있었지. 그럼 내가 여기 가만히 있었을 것 같나?" 그는 가죽가방을 카운터 위에 아무렇게나 내려놓은 다음 고개를 돌려 목 근육을 풀었다. "뭘 기대했나? 분석전문가들이 데스크에 붙어 앉아 있고 3미터짜리 스크린 화면이 벽에 붙어 있는 번쩍번쩍 거리는 작전본부? 자넨 이제 내 팀의 일원이야. 우리는 감시망을 피해 움직인다. 우리 쪽 야심이 좀 더 크다는 것 외에는 우리가 전에 일하던 곳과 크게 다를 것도 없어."

"노트북은요?" 엠마가 물었다. "그들이 킬 스위치를 내리기 전에 암호해독은 마친 건가요?"

파피의 창백한 입술이 미소로 일그러졌다. 두 손으로 전화번호부만큼이나 두터운 종이뭉치를 가방에서 꺼냈다. "자, 측근들만 볼 수 있는 여왕의 모습을 한번 봐." 툭 하고 종이뭉치를 내려놓으며 이렇게 말했다. "기술 감독관이 직접 서명한 최종 건축설계도야. 놈들의 가장 은밀한 성소에서 곧바로 다운로드 받았지. 모든 통로, 창문과 문. 1백 퍼센트 정확한 거야."

엠마는 그것이 자신이 같은 날 밤 직접 가 본 원자력발전소의 약도임을 확인하며 설계도의 세부 사항들을 읽어 내려갔다. "애 좀 쓰셨군요." 읽으면서 그녀가 말했다.

"별 말씀을." 파피가 혼잣말처럼 중얼거렸다.

두 시간 동안 그들은 작전 예행연습을 하며 현장설계도에 온 신경을 쏟아부었다. 엠마가 부지 안으로 들어가기 위해서 통과해야 하는 보안건물을 살펴보고, 격납고로 가는 동선을 계획하고, 그리고 무엇보다 중요한 사용 후 연료봉 건물 안에 들어갔다가 다시 빠져나오는 방법을 연구했다. 두 사람은 파피의 노트북으로 엠마가 그날 밤 찍은 사진들을 주의 깊게 살펴보았다. 파피의 노트북은 신형 맥북 프로였다. 다른 러시아인들처럼 그도 미국제를 몹시 좋아했다.

마지막으로 그는 폭발물의 위치에 대해 이야기했다.

"네가 터트릴 폭발물은 모두 두 개다." 파피가 말했다. "첫 번째에는 RDX 2킬로그램과 폭발력을 가중시켜 줄 니트로 소량이 같이 들어 있다. 그것을 제 위치에 부착해 놓으면 벽 바깥쪽에 직경 3미터의 구멍을 낼 수 있어. 그 정도면 우리 목적을 이루는 데 충분하다. 두 번째 폭탄은 더 크다. HMX 3킬로그램이야. 최신형이고 위력이 제일 세다. 1평방센티미터당 위력이 셈텍스의 10배는 되거든. 대신 조금 불안정하긴 하지. 그러니 터지지 않게 조심하라고. 타이머를 맞출 때는 두 번째가 첫 번째보다 6분 늦게 터지게 맞추도록. 물이 다 빠지려면 그 정도의 시간이 필요해." 파피는 사용 후 연료봉 건물 설계도 쪽으로 돌아서면서 엠마에게 말했다. "건물에서 빠져나오기에 충분한 시간을 확보해라. 일단 물이 냉각수조에서 빠져나가면 연료봉들은 태양 표면보다 더 많은 감마선을 쏘아댈 것이다. 나라면 HMX가 터질 때는 그 근처 어디에도 얼씬대지 않을 거야. 질문 있나?"

"사찰관 신분증은요?"

"자, 이거야." 그는 팔을 뻗어 가방 안에서 봉투 꾸러미를 꺼내 부엌 카운터 위에 쏟아 부었다. 신분증과 오스트리아 여권, 운전면허증을 집어 들며 그가 말했다. "자네 이름은 안나 숄이야. 1975년 잘츠부르크 태생이고 스위스의 생갈대를 졸업했어. IAEA에서 2년간 근무했고 관리 부서에서 시작해서 9개월 전에 사찰국 안전보안과로 옮겼어."

엠마는 여권 속 사진을 살펴봤다. 짧게 자른 머리. 무테안경. 진한 메이크업. 전문 커리어우먼으로 활동할 때 그녀가 즐겨 쓰던 모습이었다.

"국제원자력안전공사INSC의 사무실은 프랑스 라데팡스에 있다. 출입구에서 IAEA 데이터베이스에 있는 네 사진을 가지고 신원조회를 할 것이다. 오전 10시, 피에르 베르텔이란 자가 널 만날 거다. 그가 자격인증부서의 담당자야."

엠마는 서류 한 장을 자세히 봤다. 서류에는 '국제원자력안전공사, 애버뉴 드 라르슈 14가, 라데팡스 6번지, 파리.' 라고 적혀 있었다.

"진짜 안나 숄은 어떻게 된 거죠?"

파피의 회색빛 눈동자가 경고하는 눈빛으로 번뜩였다. "그 여자는 문제될 게 없으니 신경 쓰지 말도록." 그는 냉담하게 말했다.

"알겠어요." 엠마도 냉정한 말투로 대답했다. "베르텔이란 자가 비엔나에 연락해 확인해 볼 수도 있지 않나요? 뭘 믿고 확신하시는 거죠?"

"IAEA와 INSC는 직속관계가 전혀 아니야. INSC의 주요 고객은 바로 전력 회사들이지 규제기관이 아니란 말이다. 일을 처리하는 데 한 시간 이상은 안 걸릴 테니 아무 걱정 말도록. 자, 여기 입을 옷을 좀 가져왔어."

파피는 가방에서 의상 한 벌을 꺼내 식탁 위에 펼쳐 놓았다. 세탁소의 비닐커버에 쌓여 있는 의상은 호리호리한 체구에 맞을 검은색 투피스였다.

엠마는 의상을 집어 몸에 가져다 대 보며 말했다. "다리라도 꼬았다가는 다 보이겠네."

파피는 가까이 다가와 손을 그녀의 허리에 얹으며 말했다. "내가 직접 골랐어. 한번 입어 보지 그래."

"나중에요."

"잘 맞는지 보고 싶은데."

"명령이신가요, 대령님?"

"이젠 대령이 아니라 장군이다." 파피는 주위를 한 바퀴 돌면서 손으로 그녀의 허리를 만지다가 아래로 미끄러지듯 내려와 엉덩이를 어루만졌다. "상관 말에 잘 복종하는 줄 알았는데?"

"그런 거라면 아주 오래 전에 끝났어요."

"내가 끝났다고 해야 끝나는 거지."

엠마가 몸을 돌려 그의 손을 잡고 손목을 비틀어 꺾었다. 그러나 파피는 힘이 셌고 체구에 비해서 민첩했다. 발을 옮겨 잡힌 손목을 풀더니 반대로 그녀의 손목을 휘어잡고 왼손으로 뺨을 내리쳤다.

"제법 세졌네." 그녀를 풀어 주며 그가 말했다.

손목이 아려왔지만 그녀는 만지지 않았다. "다시는 이러지 마세요."

파피는 코웃음을 쳤다. "그리고 한 가지 더. 발전소에 도착하자마자 RFID 칩이 장착된 방문객용 카드를 발급받을 거야." RFID는 무선주파수 인식장치를 뜻한다. "네가 가는 곳마다 센서에 잡힐 거란 소리지. 발전소의 보안실장만이 유일하게 본부 허가 없이 네 위치를 파악할 수 있다. 잠입하려면 그 전에 그자부터 먼저 처리하도록."

"그자의 이름은요?"

파피는 인상을 찡그렸다. "모르지. 원자력발전소의 직원들은 모두 발전 시설의 운영사인 엘레프릭시떼 드 프랑스에서 고용한 자들이다. 너와 마찬 가지로 그자도 심사를 거쳤을 테니, 베르텔에 그자의 파일이 있을 게다. 잠 입할 방법을 알아내는 것은 전적으로 너한테 달렸어." 파피는 천천히 문쪽 으로 걸어가며 이렇게 덧붙였다. "별로 큰 문제는 없을 거라 믿는데. 이러 자고 우리가 나이팅게일을 열심히 훈련시킨 것 아니겠어?"

실실 웃으며 그는 그곳을 떠났다.

"개자식." 엠마는 이렇게 내뱉었다.

48

"난 이탈리아로 가지 않겠소. 여기
서 해야 할 일이 있소."

찰스 그레이브스는 템스하우스 1층에 위치한 자기 사무실의 옅은 색 카
펫바닥을 성큼성큼 걸어가 책상에 미끄러지듯 앉았다. 뒤따르던 케이트
포드가 문을 닫고는 등을 문에 기대었다.

"토니경이 좋아할 리가 없는데요." 그녀가 말했다.

"토니경은 결과를 원하오."

"토니경의 명령을 어기는 일이어도 말인가요?"

"그렇다면 더 가지 않을 거요."

케이트가 그의 맞은편에 앉으며 물었다. "대체 무슨 생각이죠?"

"그 핵시설들은 IAEA가 믿는 만큼 안전하지 못하오. 그렇지 않다면 그
노트북 사건 때문에 그토록 초조해하지도 않았을 거요." 그는 책상 서랍을
열고 경시청 직원 주소록을 찾아 서랍을 뒤졌다. "한번 생각해 봐요." 그는
금발 머리카락이 흔들리도록 고개를 저으며 말했다. "러셀의 자택 보안 시
스템도 뚫리지 않았소?"

"IAEA는 자기네들이 무슨 소릴 하는지조차 모르고 있단 말을 하시는 거
로군요."

직원 주소록을 넘기던 그레이브스가 하던 일을 멈추고 말했다. "내 말은 엠마 랜섬이 그 노트북을 얻기 위해 위험을 감수했다는 것은 분명 그럴 만한 이유가 있을 거란 소리요. 뭔가 일이 벌어지고 있어요. 로버트 러셀은 그걸 알았고, 이제는 우리도 그걸 알고 있소."

"그래서요?"

"난 요전에 당신이 내게 제안했던 일을 해 볼 생각이오. 러셀경의 소스가 누구였는지 찾아내겠소."

"차량 폭발에 대해 그에게 알려주었던 사람을요?"

"달리 또 누구겠소?"

"그 사람의 통화나 인터넷 교신 내역에 대해 통신담당부서에서 연락 온 건 없고요?"

"자기가 남긴 흔적을 지우는 데 있어서 러셀은 테러리스트들보다도 한 수 위였소. 우리가 확보한 유일한 전화번호는 그가 가족이나 지인들과 연락할 때 쓰던 것뿐이오. 얼마나 철두철미한지 사적인 통화 때 사용할 SIM 카드를 가방에 한 묶음 넣어 다녔을지 모른다는 생각까지 들 정도요. 그런 카드 하나라도 찾아내지 않는 이상 달리 손 쓸 도리가 없소. 러셀의 이메일도 사정은 마찬가지고. "아, 여기 있다!" 교통감시국의 연락망이 있는 페이지를 찾은 그레이브스는 수화기를 들고 내선번호를 돌렸다.

"G부서의 그레이브스요. 사흘 전, 23시 30분에서 01시 15분 사이 슬론 스퀘어에서 얻은 자료를 전부 보내주시오. 그곳에서 4블록 근방을 중점적으로 조사해 주시오. 내 개인 사서함으로 보내 주고. 얼마나 걸린다고? 한 시간 내에 해 주시오. 그럼 기네스 맥주 한 박스 내가 쏘지."

"살해당한 날 밤 러셀은 부모 집에 들렀다가 슬론 스퀘어로 갔죠." 케이트가 말했다.

"맞아. 바로 그거요" 그레이브스는 자리에서 일어나 차 열쇠를 집어 주머니에 넣으며 책상에서 돌아 나왔다. "윈저클럽. 상원에 의석을 가진 영국의 세습귀족들, 명문 귀족들, 그런 것들 말이오. 말한 대로 내가 참 우둔했소."

"우둔하다니, 뭐가요?" 케이트가 되물었다. 그녀는 그를 따라 사무실 밖으로 나왔다.

"뻔하지 않소? 러셀은 클럽에서 누군가를 만났을 거요. 그리고 그자가 그에게 '빅토리아 베어'가 무슨 뜻인지 흘려주었을 거요." 그레이브스는 문가에서 걸음을 멈춰 섰고 케이트는 그의 바로 코앞에 서 있었다. 그녀의 콧잔등에는 주근깨가 약간 있고, 그제야 그녀가 타고난 금발의 소유자라는 것을 알아차렸다. 눈매도 보기 좋았다. 강철과 같은 눈빛 뒤에 도사리는 온화함이 엿보였다.

"이탈리아에서 행운을 비오." 그가 말했다. "그자를 꼭 찾아내시오. 랜섬 말이오."

그런 다음 그는 뒤도 돌아보지 않고 서둘러 복도를 따라 내려갔다.

혼자 지내는 것. 그것이 문제였다. 차를 몰고 웨스트민스터 거리를 지나가며 그레이브스는 한 가지 결심을 했다. 너무 많은 시간을 일에 쏟아 부었고 자신에게는 너무 적은 시간을 들였다. 마흔 살의 그는 단 한 번 2년 동안의 결혼생활을 경험해 봤다. 91년 첫 이라크 전쟁기간에 9개월간의 이라크 복무를 마치고 집으로 돌아오자 아내는 그를 집밖으로 내쫓았다. 여행가방과 축구시합 수상 트로피, 그리고 그의 애완용 앵무새인 잭도 함께 내보냈다. 그는 자신이 최선을 다해 살았다는 것을 증명해 줄 훈장과 영광의 상처를 가지고 있었지만, 아내는 그 이상을 원했다. 그를 원했던 것이다.

과거 그의 삶의 중심은 공군특수부대 SAS 복무기간 동안 소속되어 있던 공중강습대대였다. 현재는 MI5에 그 열정을 쏟고 있었다. 둘 다 인생의 가장 소중한 시간까지 바쳐야 하는 곳이었고, 그는 기꺼이 열정적으로 자신의 인생을 내주었다. 다른 길은 알지 못했다. 모든 것을 뒤로 하고 떠날 생각을 해 본 적도 있었다. 최근 들어서는 사설 보안 분야에서 같이 일하자는 의뢰가 많이 들어왔다. 업계 거물들과 어울리고, 사기꾼이나 사기꾼과 다름없는 은행들로부터 보험회사를 보호해 주는 일을 하는 직장들에서 많은 수입을 보장해 주고 최고의 보안 전문가를 선발했다. 하지만 그저 한두 번 생각만 해 보고, 그것으로 끝이었다. 결국 돈 따위에는 별 신경을 쓰지 않았다. 생활비를 충당하고 가끔 즐길 거리들을 구입할 만큼의 돈은 벌고 있었기 때문이다. 일이 우선이지 돈이 전부가 아니었다. 그렇지 않은가? 돈보다는 더 큰 그 무엇인가가 있었다. 빌어먹을, 뭐라고 할지 적절한 표현이 생각나면 좋겠지만. 쉽게 말하면 그것은 놈들이 일을 저지르기 전에 한 발 앞서 놈들을 일망타진했을 때 느끼는 기분 같은 것이었다.

거울에 비친 자신과 시선이 마주치자 그는 스스로를 노려보았다. 잊어버려. 그는 스스로를 꾸짖었다. '거창한 생각은 집어치워. 이 시점에 에드먼드 버크 흉내라도 내겠다는 거야. 지금 하는 일에나 정신을 집중해. 엠마 랜섬이 무슨 일을 꾸미는지 알아내는 게 급선무야. 최대한 서둘러야 해.'

턴을 해서 슬론 스퀘어로 들어서자 찾던 곳이 눈에 들어왔다. 하지만 갑작스럽게 밀려온 우울한 기분은 쉽게 떨쳐낼 수가 없었다. 자기를 이해해 줄 사람은 아무도 없을 것 같았다.

케이트라면 모르지만.

윈저 클럽은 슬론 스퀘어 16번지에 있었다. 그곳에 정말로 클럽이 있다는 사실을 알려줄 만한 것이라고는 겨우 알아볼 정도로 조촐한 황동 문패가 전부였다. 그레이브스는 윈저 클럽의 버저를 눌렀다. 여자 목소리가 나오자 이름과 직업을 대며 말했다. "긴급한 일입니다. 문을 열어 주십시오."

버저가 울리자 그는 문을 밀고 안으로 들어갔다. 로비는 온통 목재로 장식돼 있었고, 넬슨 제독 시절부터 그 자리를 지켜온 샹들리에가 은은하게 빛을 발하고 있었다. 바닥은 흠집이 많아 왁스로 좀 닦아야 할 것 같았다. 한마디로 껄끄러운 것을 싫어하는 갑부들을 위해 안락한 쉐비쉬크 풍으로 꾸며져 있었다.

"그레이브스 대령님, 클럽 매니저인 제임스 트위덴이라고 합니다. 어떻게 도와드릴까요?" 큰 키에 다부진 체격을 가진 그는 감색 정장에 타이를 두른 지극히 보수적인 차림새를 하고 있었다. 악수를 한 손에서는 강철과 같은 힘이 느껴졌다. 트위덴이 아무도 없이 텅 빈 라운지로 그를 안내하는 동안, 그레이브스는 그가 군인 출신인 게 분명하다는 생각을 했다.

"항상 늦게까지 영업을 하시나요?" 재킷 단추를 풀고 자리에 앉으며 그레이브스가 물었다.

"정해진 시간은 없습니다. 저희는 오전 11시에 문을 엽니다. 직원들은 필요할 때까지 남아 있도록 합니다."

웨이터가 불쑥 나타났고, 트위덴은 그레이브스가 차를 부탁하기도 전에 손짓을 해서 보내 버렸다.

"여기 온 것은 로버트 러셀경 때문입니다. 이틀 전 늦은 오후에 그 사람이 여기에 있었습니다. 그가 누구를 만났는지 알고 싶은데요."

"저희는 회원 분들의 활동에 대해 일체 말을 하지 않습니다." 트위덴이 말했다. "이곳이 비공개 회원제 클럽인 이유도 그래서 입니다."

"전 회원에 대해서라면 어떻소? 러셀경은 사망했으니."

"그래도 달라질 게 없습니다. 러셀 가문의 회원 분들도 배려해 드려야 하기 때문입니다."

"알겠습니다. 보통은 나도 이 정도로 끝냅니다만, 이번에는 자료도 있어서 말입니다. 자료사진입니다. 러셀경의 차가 클럽 바로 앞에 주차되어 있습니다."

"러셀경의 살인사건과 관련이 있는 일입니까?"

"실은 그 이상입니다." 그레이브스는 그의 쪽으로 바짝 붙어 고개를 숙인 채 조심스럽고 낮은 목소리로 말을 이었다. "트위덴씨, 당신은 워낙 늦게까지 일을 하시나 본데, 본래 나는 이 시각까지 일을 하지 않습니다. 새벽 한 시 반이 다 된 시간에 이곳에 찾아왔다는 것은 그만큼 심각한 일이 있어서가 아니겠습니까? 이건 국가안보에 관한 문제입니다. 원한다면 우리 국장과 직접 통화해 보셔도 좋습니다." 이렇게 말하며 그레이브스는 핸드폰을 꺼내들었다.

"그러실 필요까지는 없습니다."

"그나저나 어디 소속이었습니까?" 하고 그레이브스가 물었다.

"근위보병 제1 연대였습니다만."

"난 공중강습대대를 나왔소." 그레이브스도 지지 않고 맞서 대답했다.

"밥맛없는 놈들입니다."

"누가 할 소리. 호모가 아니고서야 그런 곰 가죽 모자를 누가 쓴다는 말이오?"

두 사람은 웃음을 주고받았다. 트위덴은 그레이브스에게 가까이 오라고 손짓을 했다. "대령님. 이곳은 꽤 좋은 일자리랍니다. 보수도 나름 짭짤하고요. 회원들도 좋은 분들이십니다. 러셀경의 부친, 그러니까 공작께서는 우리 아들을 이튼 학교에 입학시켜 주기까지 했습니다. 그분들이 우리에게 요구하는 것은 오로지 충실함과 신중함뿐입니다. 저기 저 바깥세상이 이 문을 통해 같이 따라 들어오는 것을 원치 않는다는 뜻이죠."

그레이브스는 무슨 말인지 알겠다며 말했다. "이건 당신과 나 둘만 알면 됩니다. 이 일이 당신을 괴롭힐 일은 없을 겁니다. 그건 내가 보장하겠습니다."

"그렇다면, 좋습니다." 트위덴이 말했다. "잡담 좀 했다고 크게 나쁠 건 없겠죠. 하지만 분명 이 일은 저와 당신 둘만 알아야 합니다. 러셀경은 이곳에 들린 게 맞습니다. 도착한 시각은 자정이었습니다. 내가 그분을 맞이했습니다. 개인 전용실을 원하시더군요. 손님 한 분이 오실 건데 후문으로 들어오실 거라고 했어요…." 뒷편 문가에서 발자국 소리가 들리자 앉아 있던 트위덴이 급히 돌아봤다. 그레이브스는 어깨너머로 그를 쳐다봤고 두

살을 넘긴 영국인이라면 누구에게나 친숙한 길쭉하고 앙상한 얼굴을 볼 수 있었다. HRH, 즉 전하라는 말을 들을 자격이 주어진 몇 안 되는 사람 중 한 명이었던 것이다. 그는 그레이브스를 위아래로 내려다보고는 몹시 못마땅하다는 듯한 표정을 지었다. 그리고는 곧바로 사라졌다.

그를 본 트위덴은 즉각 반응을 했다. "이만 가 주셔야겠습니다. 대령님." 클럽 매니저는 냉정한 말투로 말했다. "더 이상은 도움을 드리기 힘들 것 같습니다."

그레이브스는 자리에서 일어났다. "누구였습니까?" 나직이 재차 물었다. "러셀경이 누구와 만났습니까? 이름을 말해 주시오."

"외국인입니다." 트위덴이 말했다. "스포츠 란의 축구 관련 기사에 자주 거론되는 이름입니다." 이어서 그는 모두가 들을 수 있게끔 큰 소리로 말했다. "만나 뵙게 되서 영광입니다, 대령님. 저희 직원이 입구까지 모시도록 해드리겠습니다."

"이러지 말고 조금만 더 말해 보시오." 그레이브스는 트위덴의 팔꿈치를 잡으며 말했다. "이름만이라도 대 봐요. 그 정도는 해줄 수 있지 않소."

트위덴은 팔을 뿌리치며 말했다. "안녕히 가십시오, 대령님."

그레이브스는 로버 차에 올라타 문을 쾅 하고 닫으며 중얼거렸다. "젠장, 망할 놈들." 그자의 이름을 알아내기 직전에 그 많은 사람들 중 하필 그가 나타나다니! 합리주의자여서 망정이지 안 그랬다면 하느님을 원망했을 것이다. 당장 집으로 달려가 짐을 꾸려 케이트와 합류할 생각도 해 봤다. 그녀가 탈 비행기는 5시에 출발하니 그 전에 한두 시간 눈도 붙일 수 있을지 모른다.

핸드폰 진동이 울렸다. 교통감시국에서 보낸 메시지였다. 행운을 비는 마음으로 손가락을 십자로 꼬았다. "주여, 부디 일이 잘 풀리게 해 주시길…."

이메일 개인 사서함의 메시지를 차량 커맨드 센터로 다운로드 받았다. 제임스 본드 영화와는 거리가 멀고, 요즘 여느 경찰 차량에서나 볼 수 있는 낡아 흠집이 난 컬러 모니터였다. 차례차례 감시 카메라에 잡힌 슬론 스퀘어에서 4블록 근방의 현장사진들이 모니터에 나타났다. 계속해서 살펴봤더니 지금 자신이 차를 세워둔 곳과 동일한 위치에 세워져 있던 러셀의 에스턴 마틴 DB12 차량을 찍은 사진이 눈에 들어왔다.

그레이브스는 계속해서 사진 몇 장을 좀 더 천천히 살펴보았다. 하단 모서리에 있는 타임 스탬프를 보니 각 사진마다 2분 간격의 시차가 있었다. 보통 운이 좋지 않고서는 뭔가를 찾아내기 힘들 것 같았다. 람보르기니 한 대가 지나갔다. 이어서 BMW, 벤츠, 이어서 눈에 확 띄는 롤스로이스 팬텀 한 대가 지나갔다. 런던에서는 이제 십만 파운드 이하짜리 차를 몰고 다니는 사람은 없나 싶은 생각이 들었다.

사진의 출처가 클럽 뒤에 있는 카메라로 바뀌었다. 불현듯 트위덴이 했던 말이 떠올랐다. 러셀을 만나러 왔던 자는 후문을 통해 클럽 안으로 들어갔다고 했다. 스크롤을 내려 사십 장의 이미지 사진들을 넘기다 갑자기 손동작을 멈췄다.

아까 본 그 롤스로이스였다. 블랙 색상의 롤스로이스 팬텀, 롤스로이스의 야심작. 그 롤스로이스는 클럽의 후문 입구 맞은편에 서 있었다. 자동차의 조수석 문이 열려 있었지만 안에 탄 인물은 보이지 않았다. 창문이 코팅이 되어 있어 차량 안이 보이지 않기 때문이다.

그레이브스는 사진을 확대해 보았다. 장식 번호판의 차량번호는 ARSNL 1이었다. 런던에 사는 축구팬이라면 그 차의 주인이 누군지 알고 있었다. 로버트 러셀의 아파트에서 본 스포츠 잡지 더미들이 떠올랐다. 수수께끼 하나가 더 풀린 셈이었다.

교통감시국에 연락해 차량 번호판을 불러주며 등록된 모든 관련 정보를 알려달라고 했다. 9분 뒤, 템스하우스에 도착했을 때는 이름, 연락처, 현주소지가 준비돼 있었다. 차량 주인은 왕족은 아니지만, 그렇다고 평민도 아니었다. 적어도 일반적인 의미에서는 그렇다는 말이다. 영국인이건 아니건 불문하고, 개인자산이 십억 파운드가 넘는 남성이나 여성은 자기들끼리 계급을 형성하기 때문이다.

정의는 그 어느 누구도 기다려 주지 않는다. 그레이브스는 속으로 그렇게 생각했다. 수화기를 들고 차량 등록정보에 나온 자택 전화번호를 눌렀다. 억만장자들은 새벽 두 시에 걸려온 전화로 잠이 깼을 때 과연 어떤 반응을 보일지 궁금했다. 일곱 번째 전화벨 소리에 누군가가 성난 목소리로 전화를 받았다.

"다?" '위대한 화이트'라는 별명을 가진 그 남자가 전화를 받았다. 러시아어로 '예?'라는 말이다.

그레이브스의 궁금증이 풀렸다. 썩 달가운 답이 아니었다. 그들도 결국은 우리와 크게 다르지 않았다.

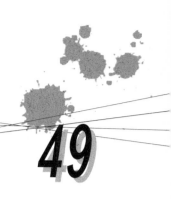

밝아오는 빛 속의 유령들처럼 사람
들은 그물을 모으고, 어구를 챙기고, 로프를 감는 등 배를 출항시킬 채비를
하면서 부두를 떠돌고 있었다. 아직 새벽 다섯 시도 안 된 이른 시간이었지
만, 치비타베키아 항구는 모두 깨어 있었다. 부두를 따라 느릿느릿 걸으며
조나단은 부둣가는 잠드는 법이 없다고 생각했다. 그는 지치고 굶주렸으며
바지는 마을 밖 잔디밭 위에서 잠을 잔 탓에 눅눅하게 젖어 있었다. 북쪽으
로는 드문드문 낀 아침안개 사이로 간간이 거대한 원양 페리가 첫 동이 틀
때 승객들을 태우고 코르시카, 프랑스, 그리고 스페인의 항구로 실어 나르
기 위해 기다리며 정박하고 있는 모습이 보였다. 남쪽으로는 방파제 안쪽
으로 어선의 무리가 또 하루의 일을 준비하며 모여 있었다.

조나단은 따끈한 구운 밤 한 봉지를 산 다음 앉을 곳을 찾아 앉았다. 그
는 지나가는 선원들 사이에서 눈에 띄지 않게 앉아 있었다. 부둣가는 친숙
하지도 낯설지도 않았다. 예전에 이곳에 와 본 이후로 8년이란 시간이 흘렀
다. 당시는 7월이 아닌 2월이었고, 거리는 춥고 텅 비어 있었다. 울적한 느
낌을 주는 마을이었다. 다시 들러 보고 싶은 마음이 드는 장소는 아니었다.

그런데도 엠마는 이곳에 꼭 가야한다며 우겼다.

"요즘에 누가 로마를 가." 그녀는 이렇게 말했다. "거긴 너무 비싸. 치비

타베키아야말로 진짜라고. 골목마다 마치 네로황제랑 마주칠 것만 같은 느낌을 주는 곳이라니까."

그녀가 댔던 이유들이 변명거리에 지나지 않았다는 것을 이제는 알겠다. 엠마는 높은 물가나 관광객들 무리로부터 벗어나고자 이곳에 오려 했던 것이 아니었다. 어차피 2월에는 관광객도 별로 없었다. 3개월 전 이곳을 찾았던 것과 같은 이유로 그녀는 당시 이곳으로 오자고 한 것이다.

누군가를 만나기 위해 이곳을 찾았던 것이다. 그리고 그 누군가는 아마도 S.S.라는 이니셜을 가진 사람일 것이라고 그는 믿었다.

알밤을 씹으며 두 사람이 이곳을 방문했을 때의 기억을 다시 떠올렸다. 8년은 오랜 세월이었다. 그리고 당시 그는 막판에 발령지가 변경되는 바람에 신혼여행 관광일정도 모두 줄여야 할 정도로 거기에 온통 정신이 쏠려 있었다. 어깨너머로 해안가에 줄지어 있는 카페와 커피숍들을 힐끗 한번 쳐다보았다. 모든 것이 음울했다. 차양은 접혀 있고 의자는 문가 옆에 쌓여 있으며, 훔쳐 가는 것을 막기 위해 사슬로 묶어 놓았다.

바로 그때 그게 눈에 들어왔다. 아주 오랜 전, 그해 2월 이후로 변한 게 없는 큼지막하고 다채로운 굵은 글씨체를 본 것이다. 그 글씨들을 보자 모든 것이 한꺼번에 밀려왔다. 혼란, 불안, 그리고 분노가 마구 뒤섞인 감정이었다.

간판에는 '호텔 론도'라고 쓰여 있었다.

어쩌다가 이곳을 잊고 있었을까?

엠마는 카메라를 테이블 위에 툭 내려놓고는 침대 위로 쓰려져 누웠다. "어때? 내 말대로 여기 오길 잘 했지?"

오후 네 시였다. 조나단은 그날 오후 갑작스럽게 바다 쪽에서 밀어닥친 스콜 때문에 온몸이 흠뻑 젖은 상태였다. 두 사람은 아무리 열성적인 여행광이라도 뻗을 만큼 부지런히 고대 항구도시인 치비타베키아를 한 바퀴 둘러보고 막 돌아온 길이었다.

"도리아식 기둥이라면 내 나이 마흔이 될 때까지는 더 이상 안 봐도 될 것 같은데."

엠마는 그의 팔을 주먹으로 툭 하고 치며 말했다. "제일 유명한 곳만 골라서 데려가 준 것만으로도 감지덕지하셔. 고작 세 시간 걸린 걸 가지고 뭘 그래."

"세 시간이라고? 난 한 사흘 걸린 줄 알았네." 조나단은 엠마가 젖은 옷을 벗는 것을 지켜봤다. 처음에는 재킷을, 이어서 블라우스와 바지, 그리고 양말을 벗었다. 그녀는 속옷만 입은 채 뒤를 돌아보았다. 실용적인 디자인의 조키스 속옷이었지만, 엠마가 걸치면 종이봉지라도 섹시해 보였다.

"지금 뭘 보는 거야?"

"당신."

"왜?"

"왜냐하면 난 보상을 받을 만하거든. 당신이 여행책자 속 그 많은 내용들을 죄다 읽어대는 동안 열심히 경청해 준 대가로."

"지금 받고 싶다고?"

"그래 지금 당장. 고대 야외 화장실이 아니라 시스틴 성당을 감상할 수도 있었는데 하는 사실을 단숨에 잊게 해 줄 보상을 받고 싶다고."

"그저 벗은 여자만 보면 무조건 좋은 거 아니고?"

"왜 이래. 나도 심미안으로 치면 미켈란젤로 급이라고."

"과연 그럴까?" 엠마는 그의 오만함을 꼬집는 듯 눈꼬리를 흘기며 말했다. "좋아. 그럼 어디 한번 확인해 볼까?" 엠마는 그의 말투에 장단을 맞추며 그를 일어나 앉게 만들었다. "그렇다면 당신이 원하는 로마 시내 관광도 시켜 줄 수 있어."

"재미있겠는데. 궁금한데."

"침대에 앉아 봐. 너무 가까이 앉지는 말고. 안내원을 만지면 안 되죠."

조나단은 침대에 뛰어올라 베개를 등 뒤에 받치며 편한 자세를 잡았고, 엠마는 욕실로 사라졌다. 3분 후 돌아왔을 때 엠마는 맨 어깨 아래로 촉촉하게 젖은 긴 머리카락을 늘어뜨리고 있었다. 타월로 가슴을 가리고 한 손을 허리 뒤로 숨기고 그녀가 말했다. "눈을 감아요."

조나단은 시키는 대로 했다.

"좋아. 이제 눈 떠 봐."

눈을 뜨자 엠마는 아무 것도 걸치지 않은 채로 침대 발치에 서 있었다. 한 손으로는 치골을 가리고 윤기 나는 새빨간 사과를 든 다른 한 손을 그를 향해 내밀어 보였다. 시스틴 성당의 이브였던 것이다.

"아담도 어쩔 수 없었겠군." 그가 말했다. "원죄가 시작되는 구절이 어디였더라?"

엠마는 손가락을 딱 하고 튀기며 말했다. "눈을 다시 감아 봐."

조나단은 시키는 대로 했다. 다시 눈을 떴을 때 그녀는 의자에 앉아 다리 위로 곱게 펼쳐놓은 조나단의 젖은 순찰대 재킷을 애절한 표정으로 바라보고 있었다. 그녀의 두 눈동자 속에 담긴 감정은 불시에 그를 덮쳤고, 가슴 속 깊은 곳을 뒤흔들어 놓았다. "성모 마리아네? 피에타상의 성모 마리아." 그가 말했다.

"잘하는데." 엠마는 의자에서 불쑥 일어나 앉으며 말했다. "한 번 더 있어."

조나단은 세 번째로 눈을 감았다. 다시 눈을 떠 보라고 말했을 때, 그녀는 조금 전의 의자 위에서 양손으로 머리카락을 올려 쥔 채 한쪽 다리를 건방진 자세로 팔걸이에 올리고 서 있었다. "비너스의 탄생." 조나단은 탄성을 질렀다.

"틀렸어. 그건 루브르에 있잖아."

"카라밧지오. 이 마을에도 그가 그린 작품이 있지 않나?"

"투 스트라이크!"

"몰라. 난 의사라고. 미술사가 아니라 해부학 책이나 읽으며 평생을 지내온 사람이라고. 기권!"

엠마는 침대로 뛰어들어 그의 품으로 파고들었다. "그건 엠마 로즈 랜섬이야. 미스 2월. 당신의 개인소장용 걸작."

두 사람은 서로 팔베개를 하고 누워 있었다. 비가 다시 내리기 시작했고 창가를 격렬하게 두드리는 빗소리가 들렸다.

"왜 하필 베오그라드야?" 엠마가 물었다. "다른 곳도 많은데. 이건 불공평해."

"베오그라드는 그냥 지나가는 것뿐이야. 우리가 갈 곳은 코소보라고. 거긴 세르비아야. 몇 달만 있을 거야."

"하지만 거긴 너무 위험하단 말이야. 총알과 수류탄이라면 이제 지긋지긋하지도 않아?"

"전쟁은 끝났어." 자신의 한쪽 팔로 머리를 받치며 조나단이 말했다. "사람들이 자립할 수 있도록 돕는 게 우리 일이잖아. 의사들 절반이 벌써 임지에서 떠났다고 들었어. 우리는 거기서 3개월만 있을 거야. 그 다음에는 계획했던 대로 인도네시아로 갈 거고."

"그럼 적어도 신혼여행이라도 제대로 즐기고 가게 해 주던가. 맨날 위기 상황이래. 우리 아니라도 잘 굴러갈 거라는 생각은 안 해?" 엠마는 침대에서 굴러 내려와 욕실로 들어가 버렸다. 잠시 후 욕실에서 다시 나왔을 때, 그녀는 이미 옷을 다 갖춰 입고 있었다. "나갔다 올 게." 그녀가 말했다. "뭐 필요한 거 있어요?"

"이 빗속에?"

엠마는 창밖을 내다보며 말했다. "그렇게 심하지도 않은데, 뭘."

"뭐랑 비교해서 안 심하다는 거야. 대홍수?"

"이제 성경 얘기는 좀 그만 하시지?"

"이브께서 직접 하신 말씀이니, 받아들여야지." 조나단은 낄낄대고 웃었고, 이어서 담요를 걷고 자리에서 일어났다. "기다리시오. 랜섬 부인. 내가 부인과 함께 가리다."

엠마는 가까이 다가와 그에게 입맞춤을 했다. "그냥 여기 있어요. 당신 피곤해 보여. 낮잠이라도 좀 자지 그래?"

"아니, 괜찮아. 나도 바람 좀 쐬지 뭐."

"정말 괜찮아." 그녀가 말했다. "지루할 거야. 차라리 도움이 될 만한 다른 일을 좀 처리해 줘요. 항공편 예약 확인도 해야 하고, 저녁식사를 할 만한 멋진 데를 알아봐 주면 더 좋고."

조나단은 엠마를 쳐다봤다. 그녀의 눈빛에는 전에 본 적이 없는 뭔가가 담겨 있었다. 그가 동행하는 것을 원치 않았던 것이다. "그것도 괜찮은 생각인데. 그럼 나는 항공편 예약을 확인하고, 이 동네에서 제일 잘 한다는 식당에 테이블이나 잡아놓지 뭐."

"뭔가 데카당트 한 게 먹고 싶네. 따끈따끈한 빵과 버터가 있는 스파게티 카르보나라, 그리고 디저트로는 자발리오네." 그녀는 표정을 찡그리며 말했다. "그나저나 코소보 사람들은 뭘 먹지?"

엠마가 나간 다음 조나단은 샤워를 하고 옷을 입었다. 그녀가 부탁한 대로 항공편 예약을 확인했다. 호텔 안내 데스크에서 알려주기를 그 고장에서 가장 잘하는 레스토랑은 트라토리아 로돌포였다. 조나단은 레스토랑의 음식값이 지나치게 높다고는 생각했지만 '까짓거 뭘!' 이라고 생각했다. 세르비아 촌구석으로 가면 엠마와 함께 별 세 개짜리 식당에 갈 일도 없을 거라는 생각이 들었기 때문이다.

엠마가 시키는 일은 제대로 다 처리했다고 자신하며 그는 책을 꺼내 읽었다. 15분마다 시간을 확인했다. 한 시간이 지나자 그는 책을 내려놓고 창가로 갔다. 비는 조금 전보다 더 심하게 내리치고 있었다. 그야말로 대홍수 상황이었다. 그는 속으로 웃었다. 또 성서 생각을 했기 때문이다. 재킷을 대충 걸쳐 입고 아래층으로 내려갔다.

프론트 데스크로 갔다. "실례합니다. 혹시 내 아내를 보셨나요? 시뇨라 랜섬 말입니다."

호텔 직원은 보았다고 대답하고는 호텔 밖까지 나와 그녀가 간 방향을 손으로 가리키며 알려주었다. 조나단은 야구 모자를 쓰고, 모자 위로 외투에 달린 후드를 썼다. 거리를 서성이다가 건물 옆에 바짝 붙어 차양 밑으로 비를 피하며 언덕을 따라 항구까지 내려갔다. 비는 엄청나게 퍼부었고, 자갈길은 미끌거렸다. 엠마를 찾아 두리번거리다가 5분 만에 포기하고 말았다. 잠시나마 비를 피할 생각으로 근처 키오스크에 들렀다. 엽서 진열대를 구경하다가 그날 아침 다녀온 고대 원형극장의 사진엽서와 카타콤 지하묘지의 사진엽서를 하나씩 골랐다.

"3유로입니다." 매점 점원이 말했다.

조나단은 호주머니를 뒤져 동전을 꺼냈다. 거스름돈을 기다리며 서 있던 그는 창밖을 내다봤다. 길 건너에 호텔로 들어가는 문이 열려 있었던 탓에 로비 안이 한눈에 들여다보였다. 조명 등이 은은하게 켜져 있는 그곳에는 반질반질하게 닦인 우드 리셉션 카운터가 보였고, 희한하게도 한쪽 구석에는 영국 풍 전화 부스가 있었다. 로비 저편에는 엠마가 어떤 남자와 대화에 열중해 있었다. 한눈에 보기에도 두 사람은 서로 잘 아는 사이인 게 분명했다. 엠마의 한쪽 손이 남자의 팔에 올려져 있었고, 그녀는 온통 그에게 집중을 하고 있었다. 남자는 조나단을 등지고 앉아 있었다. 조나단이 볼 수 있었던 것은 오로지 그 남자의 녹색 트윌 소재의 레인코트와 챙이 큰 중절모였다.

잠시 후, 호텔 문이 닫혔다.

방금 목격한 상황에 몹시 당황한 조나단은 잠시 멍하니 서 있었다. 그와 동시에 엠마가 호텔 방에 남아 있으라고 고집을 피웠던 사실을 떠올렸다. 엽서를 주섬주섬 챙기고 그는 허겁지겁 서두르는 것처럼 혹은 어떻든 화가

난 것처럼 보이지 않도록 신경을 쓰며 길을 건넜다. 엠마가 호텔에서 빠져 나와 남몰래 다른 남자와 만난 데에는 충분히 그럴 만한 이유가 있을 것이라고 확신했다. 그러나 막상 로비에 들어섰을 때, 엠마와 그 남자는 사라지고 없었다.

조나단은 로비 한쪽 구석에 딸려 있는 펍뿐만 아니라 전화 부스가 있는 호텔 라운지, 호텔의 독서 룸을 모두 다니며 확인해 봤지만 헛수고였다.

엠마는 어디에도 보이지 않았다.

조나단은 알밤 봉지를 쓰레기통에 버리고 호텔 론도로 이어지는 좁은 길로 걸어갔다. 뭔가를 찾는 사람처럼 빠른 걸음걸이로 걷고 있었다. 시간은 그렇게 지나갔고, 그는 더 이상 그날 자신이 목격했던 것을 정확히 기억해 내지 못했다.

호텔로 돌아왔을 때 엠마는 객실에 있었다. 그는 최대한 차분한 말투로 혹시 호텔 로비에 있지 않았냐고 물어봤다. 그녀는 그곳에 있지 않았다고 대답했다. 항구를 따라 산책했다는 것이었다. 몇 번이고 추궁했지만 그녀는 화를 내거나 사실이 아니라고 우기지도 않았다. 그저 그가 착각을 한 것이라고만 했다. 그에게 고대 로마시대 군용선 모양의 문진을 주었다. 그 문진을 호텔 론도 반대 편, 그들이 관광을 다녀온 곳에 있는 상점에서 샀다고 했다.

그렇게 사건은 마무리 됐고, 조나단은 그녀를 믿었다. 로비의 조명등은 흐릿했고, 비도 많이 내렸으니 사람을 잘못 본 것으로 생각하고 말았다. 이후 오랜 세월동안 단 한 번도 그녀가 한 말을 의심할 생각은 해 보지 않았다.

지금까지도 그랬다. 8년이 지난 지금, 바로 그 주소 치비타베키아, 비아 뽀르또 89번지에서 엠마가 구급차에 실려 갈 때까지 그랬다.

바로 호텔 론도의 주소지이다.

50

현지시각 8시 33분. 호커 비즈니스 제트기가 로마의 레오나르도 다빈치 공항에 착륙했다. 연한 푸른색 하늘 아래 비행기는 2백 에이커에 달하는 공항단지 남쪽에 따로 떨어져 있는 터미널을 향해 천천히 이동했다. 경찰 차량 여러 대가 제트웨이 근처에서 반원으로 에워싸고 있었다. 케이트 포드는 승강용 계단을 내려와 로마시의 치안정감과 이탈리아 연방경찰청에서 로마로 보낸 파견대를 이끄는 경감과 악수를 나누었다. 의례적인 인사를 건넨 후 그녀는 조나단 랜섬의 수배와 관련한 최근 상황을 들었다.

검거 당시에 찍은 랜섬의 사진들이 해당 관할 지역 경찰들에게 전달됐다. 랜섬의 사진은 로마 시내의 관광지역인 콜로세움, 포럼, 성베드로 대성당, 그리고 바티칸 지역을 담당하는 순찰 경관들에게도 배포됐다. 시 경계 안에서 그가 목격됐다는 소식은 로마의 주요 열차 터미널 네 곳의 사무소에도 전해졌다. 레오나르도 다빈치 공항과 시내에서 동쪽으로 15킬로미터 떨어진 대순환도로 외곽에 위치한 로마시 소형 항공기 전용 공항인 참피노 공항의 순찰 병력은 두 배로 늘어났다.

"도로봉쇄나 검문수사는 시작됐습니까?"

"지금이 여름철이라서 말입니다." 치안정감은 미안하다는 기색도 없이 대답했다. "관광시즌이란 말씀입니다. 특정 지역의 현장에서 확실한 보고가 들어오지 않는 한 달리 우리가 손을 쓸 길은 없습니다."

"그렇겠군요." 케이트는 분위기를 진정시키기 위해 미소를 지으며 대답하고는 터미널을 가리켰다. "목격자가 저곳에서 대기 중인가요?"

"안에서 기다리고 있습니다. 이쪽으로 오십시오."

케이트는 흐느적거리며 걷는 치안정감을 따라 계단을 타고 건물 안으로 들어갔다. 공항은 해안가에 위치해 있고, 소금기 밴 바다 냄새와 상쾌한 바람 덕에 활력이 살아나는 듯했다. 문가에 다다르자 그녀는 걸음을 멈추고 넓게 트인 푸른 바다를 쳐다보았다. 랜섬이 가까이 있다는 생각이 들었다. 신기하게도 그게 느껴졌다. 필사적인 처지에 놓여 있는 그의 심정까지 느껴지는 듯했다. 케이트와 랜섬 두 사람 모두 빠르게 움직이고 있었다.

케이트는 템스하우스에서 히드로 공항으로 쏜살같이 달려가기 전, 먼저 집에 들려 샤워를 하고 갈아입을 옷을 챙긴 다음 양치질을 했다. 그레이브스로부터 브리핑을 듣고 이탈리아 경찰 측으로부터 현황 통보를 받는 사이에 그녀는 객실 뒤편 긴 의자에서 두 시간 정도 겨우 눈을 붙였다. 머리카락 한줌이 바람에 흩날리자, 한 손으로 재빨리 머리가 헝클어지는 것을 막았다. 그러한 행동은 그녀로 하여금 예쁜이로 통하는 케니 렉스톤을 떠올리게 만들어서 곧바로 팔을 내렸다. 자살로 추정되는 원 파크 레인의 사건현장으로 출동하라는 전화를 받고 수사에 들어간 지 고작 사흘이 지났을 뿐이었다. 그동안 사건은 자살이 아닌 살인사건으로 판명됐고, 차량폭발 사건으로 인해 그녀의 소중한 벗이었던 레그 클리크를 비롯한 많은 이들이 목숨을 잃었으며, 뭔가 엄청나게 더 무서운 일이 조만간 벌어질 예정이었다.

사람들은 터미널 안 에어컨이 작동 중인 회의실에 모여 있었다. 루카 라치오 박사는 테이블의 상석에 홀로 앉아 미친 듯 담배를 피워대고 있었다. 케이트는 자기소개부터 했다. 라치오가 영어에 능통하다는 것을 알게 되자, 그녀는 치안정감을 제외한 전원에게 회의실에서 나가줄 것을 요구했다.

"참으로 용기 있는 행동을 하셨는데요. 조나단 랜섬과 맞서려고 하신 것 말입니다." 그가 여성 앞에서 편안함을 느낀다는 것을 눈치 채고 케이트는 그의 옆 자리를 골라 앉으며 말했다.

"용기 있는 행동까지는 아니고, 불가피한 행동이었을 뿐입니다."

"당신을 해치지는 않을까 두렵지 않으셨나요?"

그녀의 친근한 태도에 우쭐해진 라치오는 지나치게 단호히 고개를 내저었다. "나는 랜섬이란 자를 압니다. 내게 총을 몇 번 휘두르기는 했지만 총을 쏠 사람이 아닙니다."

케이트는 랜섬이 무기를 소지했을 것이라고는 예상하지 못했다. 신기하게도 그녀는 실망감을 느꼈다. "그렇다 하더라도." 라치오의 말에 장단을 맞춰주며 말을 이어나갔다. "그가 해달라는 대로 해 주고 그냥 돌려보낼 수도 있었을 텐데요. 어디서 그런 용기를 얻으셨나요?"

"런던에서 무슨 일이 벌어졌는지 알고 있었습니다. 그것만으로 충분하지 않나요?"

케이트는 속으로 그 이상의 사연이 있다고 생각했지만 일단 그의 말에 동의해 주었다. "폭파사건에 대해 그가 시인하던가요?"

"자기는 그 일과 아무 관련이 없다고 말했습니다. 물론 거짓말이겠지요."

"그가 어디로 갈 계획인지 말해 준 건 있나요?"

"전혀 없어요. 불행히도 나는 그가 내 사무실에서 나가는 것을 보지 못했답니다. 그는 내가 자기한테 위해를 가하려 한다는 것을 알고는 바로 나를 공격해서 바닥에 때려눕혔습니다. 그러고는 내 사무실에서 나갔고, 나는 그가 알레르기 반응을 억제할 약물을 찾으러 갔다고 생각하고는 바로 도망쳐 나왔습니다. 말씀드렸듯이 결코 제가 용감했던 게 아닙니다."

잠시 후 직원 한명이 에스프레소 잔이 든 쟁반을 들고 나타나 그들에게 커피를 건넸다. 국장과 라치오는 여유롭게 에스프레소에 설탕과 크림을 넣고 새로 꺼낸 담배에 불을 붙이며 늑장을 부렸다. 케이트는 조바심이 나는 것을 애써 숨기며 그들을 바라보았다.

"조나단 랜섬이 당신을 찾았던 이유가 자기 아내에 관한 정보를 알아내기 위해서였다고 진술하셨는데요?" 하고 그녀가 물었다. "두 분이 원래부터 친구 사이셨나요?"

"친구는 아니고 동료였던 적은 있습니다." 라치오가 대답했다. "몇 해 전 아프리카에서 같이 근무했습니다. 그가 로마에 아는 의사라고는 나밖에 없다는 생각도 드는군요. 그의 아내가 지난 4월에 이곳에서 공격을 받아 부상을 입었다는 말을 하더군요. 그는 아내가 자상을 입고 응급시술을 받았던 곳이 산 카를로 병원이었다는 사실을 나를 통해 알아냈죠."

알램경이 언급했던 지난 4월의 사건을 말하는 것이었다. "생명을 위협하는 그런 정도의 부상이었나요?"

"그렇습니다." 라치오는 부상의 정도, 그에 따른 수술, 그리고 회복에 필요한 시간에 관해 잠시 늘어놓았다. "병원을 찾아내는 일이 쉽지는 않았습니다." 그는 이렇게 덧붙였다. "그 여자가 본명을 대지 않았으니까요. 터무니없는 소리지만, 랜섬은 그녀가 비밀 첩보원이라고 하더군요. 그래서 다른 이름들을 대며 확인해 보라고 했습니다."

"그 이름들을 기억하시나요?"

"캐슬린 오하라, 그리고 에바 크루거였습니다. 하지만 아무 소용이 없었습니다. 웃긴 건 막상 병원에 진료등록을 할 때 그녀가 댔던 이름은 전혀 다른 이름이었다는 겁니다."

"무슨 이름이었는데요?"

"라라였습니다. 라라라는 이름만 댔죠. 성은 말하기를 거부했다는군요. 왜 그랬는지는 모르겠지만 아무튼 그 이야기를 듣고는 그가 무척이나 성질을 부리더군요."

치안정감은 흉기 위협 사건이나 그와 비슷한 사건에 대한 기록이 문제의 그 기간 동안에는 전혀 없다고 설명했다. 그리고 랜섬이 정보를 더 캐고자 그곳을 찾을지도 모르니, 이를 대비해 인원 세 명을 해당 병원에 파견했다고 했다. 미소를 지어보이며 케이트는 알아봐 줘서 고맙다는 말을 하고는 다시 루카 라치오에게로 관심을 돌렸다. "누가 자기 아내를 공격했는지 랜섬도 알고 있던가요?"

"전혀 몰랐어요." 이탈리아 의사는 이렇게 대답했다. "그는 아내를 찾는 일에 골몰하는 것같이 보였습니다. 그리고 내가 별 도움을 못 주자 화를 내기 시작했습니다. 내 생각에는 그 여자가 살아 있는 것만으로도 감사해야 할 일입니다. 피를 그렇게 흘리고도 구급차에 실린 채 한 시간이 걸려서야 병원에 도착했다면 대개는 살아남기 힘들기 때문이죠."

"이곳 로마에서 병원까지 가는 데 한 시간이나 걸리는 게 흔한 일인가요?"

"물론 그렇지 않습니다." 불쾌한 심기를 드러내며 라치오가 대꾸했다. "하지만 로마에서 일을 당한 게 아니었습니다."

"그렇다면, 어디서죠?"

"해안 부근이었습니다. 기억이 안 나는군요. 입원수속 서류에 적혀 있었습니다."

"지금 갖고 계신가요?"

"랜섬, 그자가 가져갔습니다."

케이트는 자신이 입은 바지 주름을 매만졌다. 그녀는 라치오에 대해 이미 알고 있었다. 착륙 전에 그녀는 제네바 소재 국경없는의사회에 연락을 취했고, 라치오와 랜섬이 함께 일한 에리트레아 사절단을 감독했다는 여성과 이야기를 나눴다. 몇 번을 추궁한 끝에 드디어 그녀는 라치오에 관한 꽤 놀라운 정보를 제공해 주었다. 그 정보는 라치오가 왜 랜섬을 잠시 의식을 잃게 만들기보다는 페니실린을 고의로 과잉 투여해 죽이려 했는지 그 이유를 알아내는 데 큰 도움이 되었다. 그리고 그가 왜 랜섬이 체포되기를 별로 바라지 않는 눈치인지도 설명이 되었다.

"물론 서류를 컴퓨터에 저장해 두셨겠죠." 케이트가 말했다. "괜찮으시다면 여기서 한번 확인을 해 보고 싶습니다." 그녀는 자신에 대한 모든 것을 이미 다 알고 있다는 느낌이 전달되도록 그의 두 눈을 똑바로 마주보며 말했다.

"치비타베키아입니다." 루카 라치오가 대답했다. "구급차가 그 여자를 수송하기 위해 갔던 곳입니다. 내가 아는 것은 그게 다입니다."

십분 뒤에 케이트 포드는 고속도로를 질주하는 이탈리아 경찰 소유 알파 로메오의 앞좌석에 앉아 있었다. 구급차 회사에서 엠마 랜섬, 혹은 라라를 픽업한 장소의 주소를 제공해 주었다. 비아 뽀르또 89번지. 구급차 회사는 가장 가까운 거리에 위치한 시설이 어딘지도 알려주었다. 바로 호텔 론도라는 곳이었다.

"도착 지점까지 30분 걸릴 예정입니다." 서른다섯 살의 올리브 빛깔 피부를 가진 잘생긴 이탈리아 경감이 말했다. "교통 상황에 따라 한 시간이 소유될 수도 있겠습니다. 여름 시즌이라 알 수가 없습니다."

"소집 가능한 병력부터 먼저 그곳으로 보내 주십시오." 케이트가 말했다. "그리고 호텔에 이르는 모든 도로를 봉쇄해 주십시오. 그들이 랜섬의 인상착의를 전달받았는지 확인해 주십시오."

"위험인물입니까? 총기 소지는요?" 위험인물이란 한마디로 발견 즉시 랜섬을 저격하라는 명령을 내릴지 여부를 묻는 것이었다.

"용의자를 생포해 주십시오." 케이트가 말했다. "그자가 인명을 구할만한 정보를 가지고 있을 가능성이 있습니다."

이탈리아 경감은 치비타베키아의 관할 경찰부서에 전화를 걸어 이틀 전 런던에서 있었던 폭탄테러 사건의 용의자가 호텔 론도 안이나, 혹은 그 근방에 머물 것으로 추정된다고 했다. "지역경찰 병력을 동원했습니다." 전화를 끊으며 그는 자신 있게 말했다. "30분 내에 1백 명의 경찰 병력이 집결할 겁니다. 그리고 이 근방을 봉쇄할 예정입니다. 랜섬이란 자가 그곳에 있는 한 반드시 붙잡히고야 말 겁니다."

케이트는 아무 말도 하지 않았다. 그녀는 창밖을 응시했다. 하얀 파도와 푸른 바다를 가로지르며 오가는 돛단배의 풍경이 보였다. 곧이어 길은 두 갈래로 나뉘어졌다. 알파 로메오 차량이 속도를 늦추고 멈춰 섰다. 양 차선 모두 정체돼 있었다. 손가락을 튕기며 그녀는 창밖을 내다보았다. 길 건너편, 출입구에 글귀가 새겨져 있었다. '라디스폴리 지역 병영: 제 20 포병대대. 이탈리아 국방부.' 케이트는 그곳이 어딘지를 기억하고는 흠칫 놀랐다. 세 달 전에 엠마 랜섬이 셈텍스를 털었던 군 병영이 바로 이곳이었다.

바로 그때 차량이 속력을 내기 시작하더니 곧이어 다시 빠른 속도로 달리기 시작했다.

케이트는 손을 내린 다음 손가락을 십자로 꼬며 속으로 행운을 빌었다.

랜섬이 가까이에 있다.

그게 느껴졌다.

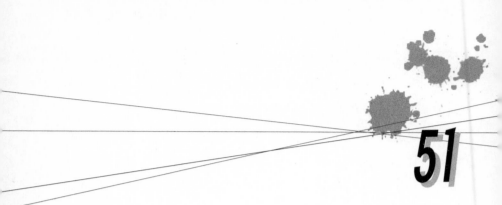

51

호텔 론도는 영업을 하고 있지 않았다.

조나단은 정문 앞에 서서 8년 전 엠마를 보았던 로비 안을 들여다보았다. 빨간색 영국 풍 전화 부스는 사라지고 없었다. 가구들과 화분에 심은 식물도 마찬가지였다. 리셉션 데스크도 뜯겨 나가고 없었다. 호텔은 빈껍데기만 남아 있었다.

어떻든 문을 열어 보려고 했으나 잠겨 있었다.

실망한 채 그는 뒤돌아 길가를 따라 걸어 내려갔다. 길가 코너에 있는 한 카페에서는 막 그날의 영업을 개시하던 중이었다. 그는 창가 근처의 테이블에 자리를 잡았고 매니저가 오자, 엠마와 그가 함께 찍은 사진을 보여주며 최근 몇 달 동안 그녀를 본 적이 있느냐며 물었다. 매니저는 공손하게 사진을 유심히 보더니 미안하지만 본 적이 없노라고 대답했다.

"커피와 롤빵을 주시오." 조나단이 말했다.

"알겠습니다."

잠시 후, 카페의 심부름하는 버스보이가 아침식사를 내왔다. 조나단은 테이블 위에 내려놓은 사진을 쳐다보며 커피를 마셨다. 5개월 전, 스위스 아로사로 등반가서 찍은 사진이었다. 엄청난 재난으로 끝난 여행이었다. 스키장 언덕 위에서 그는 엠마와 다정하게 붙어 서 있었다. 그녀는 밝게 웃으며 그의 어깨에 머리를 기대고 있었다. 아무리 뚫어져라 쳐다봐도 눈에 가식이라고는 보이지 않았다. 그는 사진 속 아내의 모습을 손으로 매만졌다. 바로 이 여인이 그때 여객기를 격추시켜 전쟁을 일으키려는 시도를 막을 책임을 짊어지고 있었다. 그럼에도 불구하고 사진 속의 그녀는 스키여행을 온 틴에이저 소녀처럼 얽매인 데 없이 마냥 자유분방해 보이기만 했다.

그녀를 이길 수 없다는 생각이 들었다. 도저히 그녀의 간계를 당해낼 수 없었다. 그녀를 찾겠다고 나선 것부터가 멍청한 짓이었다. 더 끔찍한 것은 엠마도 그렇다는 사실을 안다는 것이다. 그녀는 내내 알고 있었다.

손가락으로 사진을 움켜쥐었다. 그녀를 찾는 일을 이제는 끝내야 한다. 이제 더 이상 갈 곳이 없었다. 더 이상 따라갈 단서도 없었다. 추적할 만한 오래 된 흔적조차도 없었다. 엠마의 소원대로 된 것이다. 그녀는 사라지고 없다.

조나단은 계산을 마치고 나왔다. 어떻게 할지 고민하며 하늘을 올려다 보았다. 국경없는의사회로 돌아가는 것은 불가능했다. 케냐의 난민 캠프도 마찬가지였다. 불현듯 다시는 의사 일을 못 할지도 모른다는 생각이 들었다. 지금과는 다른 모습으로 살아가야 할 것이다. 하지만 무슨 일을 하지? 그리고 어디서? 어깨를 으쓱하고는 다시 걷기 시작했다.

"시뇨레, 뻬르 파보레." 이탈리아어로 부르는 소리가 들렸다.

반사적으로 조나단은 걸음을 빨리했다.

"잠깐만요, 선생님!"

어깨너머로 힐끗 돌아보니 좀 전의 그 카페에서 아침식사를 가져다 준 버스보이였다. 그는 걸음을 멈추고 뒤돌아서 그를 쳐다보았다.

"선생님께서 물어보셨던 그 여자 분이요. 아름다운 머릿결을 가지신 여자 분이요. 제가 그분을 봤어요."

조나단은 사진을 꺼내들었다. "이 여자 말이오?" 얼굴 표정을 펴고 물었다. "확실해요?"

"그 여자 분께서도 이곳에 계셨어요. 4월에요. 매일 아침마다 저희 카페에서 아침식사를 드셨어요. 제 생각으론 독일 분이셨는데요. 이탈리아어를 참 잘하셨어요."

"이곳에 얼마나 머물렀는지 기억하나요?"

"사나흘 정도요."

"다른 사람과 같이 왔었나요?"

"아뇨. 늘 혼자 계셨어요. 그분의 남편이나 아무튼 그런 사이이신가요?"

"남편 같은 사이라." 조나단이 말했다. "하여튼 그녀를 꼭 찾아야만 해요. 중요한 일이에요."

"호텔에는 여쭤 보셨나요? 그 여자 분은 드라빌에 묵으셨어요. 이 길을 따라 몇 블록만 가시면 나온답니다." 버스보이는 수줍고 어색한 미소를 지었다. "하루는 제가 그분을 따라가 봤는데요. 차라도 한잔 사드려도 될지 여쭤보고 싶었거든요." 소년은 시선을 내린 채 말을 이었다. "차마 그분께 이름을 여쭤볼 용기는 내지 못했어요."

조나단은 젊은이의 어깨를 토닥여 주며 말했다. "당신이 잘못한 건 없어요. 도와줘서 고맙군요."

"그 여자 분이요. 친절한 분이셨어요. 예의바른 숙녀이셨죠. 그분의 눈만 봐도 알 수 있었죠. 오랜만에 만난 진짜 숙녀셨죠. 가시기 전에 뭐 한 가지만 여쭤 봐도 될까요?"

"내가 답할 수 있는 거라면, 뭐라도." 조나단이 말했다. "물론이죠."

"그분의 이름이 어떻게 되나요?"

"라라."

스키장에서 찍은 엠마와 조나단의 사진을 들여다보며 드라빌 호텔의 매니저는 말했다. "물론입니다. 바흐 부인을 기억합니다." 호텔 로비의 누추한 실내장식과 대조를 이루는 티 하나 없이 말끔한 회색 정장을 차려입은 그는 작은 키에, 뭔가 깔끔을 떠는 인상을 풍기는 남자였다. "선생님께서는 이분과 어떻게 되시는지요?"

"남편입니다."

"부군이 되신다고요?" 의심이 섞인 대답이었다. "그렇다면 미스터 바흐가 되시는군요?"

바흐라고. 또 다른 신분에 어울릴 또 다른 가명인 것이다. "그렇습니다. 내가 미스터 바흐입니다."

"프랑스에서 오셨나요?"

"아닙니다." 당황해하며 조나단이 말했다. "나는 미국인입니다만 아내와 나는 여러 곳에서 살았습니다. 최근까지 우리 부부가 지낸 곳은 제네바였죠."

매니저는 그를 잠시 쳐다보더니 리셉션 데스크로 돌아들어가 컴퓨터 자판을 바쁘게 두드렸다. "사모님께서는 4월 15일에 체크인을 하셨습니다. 저희 호텔에 사흘간 계셨고요. 그리고 갑자기 사라지셨습니다. 아무런 말씀도 없었고, 떠난 뒤 전화도 한 통 없었습니다. 경찰에 제가 연락을 취했습니다. 하지만 그분의 소식을 들은 이가 없더군요. 사모님께서는 괜찮으신 거죠?"

"예, 괜찮습니다. 이곳에 있는 동안 사고를 당했어요. 그래서 한동안 병원에 입원해 있었습니다. 혹시 아내가 남기고 간 소지품을 아직 보관하고 있는가요?"

"죄송합니다만 어떤 남자 분께서 오셔서 사모님에 대해 묻기에 소지품은 이미 그분께 건네 드렸습니다."

어떤 남자? 보나마나 그녀를 병원에서 퇴원시켰던 자와 동일인일 것이다. "키가 큰 남자였지요?" 한번 낚아 보려는 심정으로 조나단이 말했다. "검은 머리에."

"아닙니다. 사실 저처럼 작은 키였습니다. 그리고 백발에 가까운 나이가 좀 있으신 분이셨습니다. 그분도 자신이 미시즈 바흐의 남편이라고 소개를 했습니다. 물론 그분이 하는 말을 믿지는 않았지만요. 바흐 부인은 그토록 거친 남자와 결혼하셨다고 보기에는 너무 빼어난 미인이시니까요."

"거칠다니, 그게 무슨 말이지요?"

"친절한 분은 아니었습니다. 외국인인데 선생님과는 사뭇 달랐습니다. 그분께서 비용을 지불하셨습니다. 현금으로요." 매니저는 팔짱을 끼고 두 눈썹을 치켜 올리며, 미안함과 동정심, 그리고 동지애가 뒤섞인 지중해인 특유의 표정을 보이며 말을 이었다. 마치 속으로 '여자들이란 결코 믿을 수 없는 존재들이죠.' 라고 말하는 듯한 표정이었다.

"그 남자가 어디서 왔는지 아시나요?"

"그 남자는 이탈리아어를 모르고, 억양이 강한 영어로만 말했습니다. 아마도 영국이나 독일 억양이었던 것 같습니다. 확실히는 저도 모르겠군요."

쓰라린 실망감에 조나단은 한숨을 내쉬었다. "그렇군요. 아무튼 고맙습니다." 그렇게 말하며 그는 매니저와 악수를 했지만, 이내 바보 같은 짓을 했다는 생각을 했다. 어떤 이유에서인지 모르지만 그 사람과 악수하고 싶은 마음이 들었던 것이다. 선글라스를 끼고 그는 정문을 향해 갔다.

"그렇지만 그분의 주소지는 있습니다." 매니저가 말했다.

조나단은 뒤돌아 리셉션 데스크로 갔다. "정말인가요?"

"그 남자 분은 선생님의 사모님에 대해 걱정을 많이 하시더군요. 사모님에 대해 묻고 다니는 사람들이 있을 것이라고 생각하셨습니다. 전 그 남자 분이 사모님을 그다지 신뢰하지 않는다는 느낌을 받았습니다. 어쩌면, '의심하고 있다' 는 게 더 적절한 표현일 수도 있겠습니다. 호텔로 찾아와 사모님에 대해 묻는 자가 있으면 연락해 달라는 부탁을 제게 하셨습니다."

"그리고 그렇게 하겠다고 대답했나요?"

"오백 유로를 주는데 선생님께서는 안 그러시겠습니까?" 매니저는 심각한 표정을 지으며 덧붙였다. "걱정 마십시오. 그분에게는 아무 연락을 드리지 않겠습니다."

"고맙습니다." 이렇게 대답하면서도 조나단은 그자의 말을 단 일초도 믿지 않았다.

매니저는 컴퓨터로 다가가 전화번호와 '후트 드 라 투르비에 4, 이즈, 프랑스'라는 주소지가 적힌 페이지를 프린트했다.

프랑스의 이즈. 모나코에서 몇 킬로미터 떨어진 곳에 위치한 지중해 연안의 휴양지인 코트다쥐르 지역의 산자락에 위치한 중세풍의 작은 마을이었다. 조나단은 차로 지나가 본 적은 있지만, 한 번도 그곳에 들린 적은 없었다. 엠마를 고용했을 비밀첩보기관의 본부가 있을 만한 곳은 아니었다. 하지만 그건 놀랄 일도 아니었다.

주소지 바로 위에 회사 이름이 찍혀 있었다.

VOR S.A.

병원청구서에 적어 넣은 것과 같은 이름이었다.

52

"휴대전화기를 추적해 냈습니다."

"확실한가?" 증거회수팀의 덴 백스터가 물었다.

"아, 네. 제대로 잡았습니다. 다른 것도 있습니다. 최대한 빨리 이쪽으로 와 보시는 게 좋을 것 같습니다."

백스터는 런던 메트로폴리탄 경찰의 법의학 연구실 계단을 뛰어 오르면서 손목시계를 보았다. 아홉 시가 채 못 된 시각이었다. 경찰 기술팀이 빅토리아 1번가에서 회수한 서킷 보드 조각들을 복구하고 러시아 내무장관 이고르 이바노프가 탑승한 차량을 겨냥한 차량 폭탄을 기폭시키는 데 사용된 휴대전화기의 모델과 회사를 알아내는 데 채 하루가 걸리지 않았다.

정확히는 21시간 41분 걸렸다.

백스터는 그런 증거물들을 계속 추적해 나갔다.

알라스테어 맥킨지가 연구실 문 앞에서 기다리고 있었다. 백스터는 맥킨지가 어제와 같은 옷을 입고 있다는 사실에 주목하며 뿌듯함을 느꼈다. 일주일 된 쓰레기 같은 냄새가 나지만 그러면 어떤가? 청결함은 경건함 다음으로 중요한 덕목이지만 사건을 푸는 데는 아무 도움이 안 된다.

"올라오는 데 숨 차 죽는 줄 알았네." 백스터가 맥킨지의 손을 부서져라 잡으며 말했다. "힘들 게 올라온 보람이 있겠지?"

맥킨지는 긴장어린 미소로 대답하며 그를 따라 갔다.

회의실로 들어가자 하얀 가운을 입은 팀원들이 기다리고 있었다. "자, 좋아." 그가 말했다. "한번 들어보자고."

"시작부터 골칫거리가 있었다는 것은 새겨두고 계십시오." 법의학 반장 에반스가 말했다. "맥킨지씨가 친절하게도 저희에게 가져다 준 것은 두 개의 너덜너덜한 서킷 보드 조각입니다. 그리고 그게 다지요. 에폭시를 조금 사용해서 두 조각을 붙인 다음 가압 멸균 처리기에 집어넣고 복구를 시도했습니다. 이게 바로 그 결과입니다." 에반스는 권총 모양으로 구부러진 하늘색 플라스틱 조각을 백스터에게 건넸다. "액정이 있던 자리가 보이실 겁니다. 그리고 여기는 마이크로폰이 들어가는 곳입니다. 안테나 피드 패드가 들어가는 자리가 있습니다. 안테나 피드 패드를 여기에 장착하는 것은 노키아뿐입니다. 노키아의 매뉴얼을 찾아보고 이 휴대폰이 9500S 기종이라는 것을 확인할 수 있었습니다."

"도입 기종입니다." 에반스의 조수 한명이 끼어들었다.

"2년 약정으로 무료 배포하던 제품입니다." 또 다른 조수가 거들었다.

에반스가 계속해서 말했다. "제일 중요한 것은 9500S가 최신 기종이라는 점입니다." 그는 복구된 서킷 보드 조각을 다시 받아든 다음 불빛에 비춰 살펴보며 말을 계속했다. "문제는 일련번호가 완전하지 못하다는 것입니다. 모든 서킷 보드가 고유의 일련번호를 가지고 있습니다. 제조사에게는 비용이 더 들기는 하지만 위조를 방지하고 불법 판매를 막는 데 도움이 되지요. 이 서킷 보드에는 4-5-7-1과 3 하나가 있습니다. 번호를 시제품과 대조해 보았더니 처음 두 자리가 빠져 있다는 것을 알아냈습니다. 우리가 운이 좋았습니다. 헬싱키에 있는 법의학반 담당자와 통화하고 노키아 사람들과 협의해 본 결과, 이 신형 서킷 보드를 사용하는 휴대폰은 극소수에게만 판매되었다는 사실을 알아냈습니다. 사실상 유일한 구매자는 보다폰 그룹입니다. 보다폰 친구들은 폭탄을 설치한 자가 자신들의 고객 중 하나라는 사실만 비밀에 붙여 준다면 기꺼이 조사에 협조하겠다고 하더군요."

백스터는 회사 이름이 뉴스에서 거명되지 않도록 최선을 다하겠지만, 법정에 가게 되면 그 서킷 보드는 증거물로 제출될 것이라고 말했다.

"그 정도면 많이 봐 주는 것이지요." 에반스가 대답했다. "얘기는 여기서부터 재미있어집니다. 보다폰은 그 기종을 지난 2주 동안 오직 영국에서만 판매했습니다. 회사 기록에 따르면 일련번호가 4571로 끝나는 서킷보드가 탑재된 휴대폰이 배포된 곳은 대도시 세 곳, 즉 맨체스터, 리버풀, 그리고 런던뿐입니다. 팀원들이 어제 오후부터 지난 밤 내내 모든 판매점에 전화를 걸어 문제의 일련번호를 가진 휴대폰의 소유자들이 누구인지 조사를 벌였습니다. 조사결과 맨체스터와 리버풀에서는 해당되는 휴대폰을 아직 판매대에 진열조차 하지 않은 상태였습니다. 남은 곳은 런던인데, 런던에는 12번부터 42번으로 시작하는 제품들이 배포되었다고 합니다. 이 제품은 신제품이기 때문에 보다폰 측은 소위 '소프트 롤아웃'이라는 것을 실시하고 있었는데, 이것은 판매대 여기저기에 제품 몇 개를 전시해놓고 사람들의 반응을 살펴보는 것입니다. 창고 매니저가 매장을 확인한 후 12번부터 42번으로 시작하는 제품들 중에서 아직 28번부터 42번까지의 제품이 남아 있다는 것을 확인해 주었습니다. 그 말은 12번부터 27번까지의 제품만 출고되었다는 뜻입니다. 이런 식으로 계속 전화를 돌려 폭탄 기폭에 사용된 휴대폰의 판매처를 세 곳으로 압축할 수 있었습니다. 런던 히드로 공항 제5 터미널, 옥스퍼드 서커스의 보다폰 매장, 그리고 워털루 역의 개인 대리점입니다.

"그 매장들에는 제품이 그대로 남아 있던가?" 기다리다 거의 미칠 지경이 되어 이제는 의자 끝에 겨우 걸터앉은 백스터가 물었다.

"옥스퍼드 서커스의 매장은 문제의 일련번호를 가진 제품을 모두 가지고 있었고, 워털루 역 매장도 마찬가지였습니다."

"그렇다면 문제의 휴대폰이 히드로 공항에서 팔렸단 말이네." 백스터가 말했다.

"정확히 닷새 전입니다." 에반스가 말했다. "유감스럽지만 현금 송금을 통해 구입했더군요."

"이름은? 이름은 있던가?" 이미 답을 아는 질문이었다. 이름은 기록되어 있어야만 했다. 휴대폰을 구입하는 사람은 이름과 신분증명을 제출해야 한다는 것이 법으로 규정되어 있었기 때문이다.

"그런데 이름이 순 엉터리입니다. 주소도 마찬가지입니다."

"이런 젠장." 백스터는 크게 낙담해 소리쳤다.

"그래도 쓸 만한 소식이 몇 가지 있습니다." 에반스가 계속해서 말했다.

"전화번호인가?" 백스터가 주먹을 불끈 쥐고 의자에서 일어나며 말했다. "그 피비린내 나는 휴대폰에 심 카드를 끼워 팔았군, 그렇지?"

'심' SIM은 가입자 인증 모듈을 뜻한다. 휴대폰에 전화번호를 부여하고, 그 휴대폰으로 걸거나 걸려온 전화에 대한 모든 기록을 저장하는 것이 바로 심 카드였다.

"심 카드 한 개가 아닙니다, 세 개입니다." 이렇게 말하며 에반스는 백스터에게 종이 한 장을 건넸다.

덴 백스터는 마치 생명줄이라도 잡은 것처럼 종이를 움켜쥐었다. 그는 에반스에게 정말 감사한다는 인사를 전한 다음 맥킨지에게 시선을 돌렸다. 그러나 백스터는 기쁜 표정 대신 끔찍하다는 듯 얼굴을 찌푸리며 퉁명스럽게 말했다. "이봐, 이제 여기 볼일은 끝났네. 얼른 집에 가서 샤워나 좀 하게. 자네 몸에서 쓰레기통 냄새가 나."

53

조나단은 드라빌 호텔 건너편 상
점에 들어가 현지 일간신문 꼬리에레 델라 세라와 인터내셔널 헤럴드 트
리뷴을 한 부씩 샀다. 영자신문 일면에 런던 폭탄테러 사건에 관한 후속기
사가 실려 있었다. 테러 사건의 공범으로 조나단을 언급하고 있었지만, 다
행히 사진은 실려 있지 않았다. 이탈리아 신문에는 안쪽 면에 테러 사건에
관한 짤막한 기사가 실려 있었다. 최근에 터진 이탈리아의 정계 스캔들 기
사가 일면을 장식하고도 남을 만큼의 화제거리였기 때문이다. 기사를 확인
한 후 그는 신문을 쓰레기통에 툭 내던지고, 중심가인 쁠라르고 레비시또
를 향해 걸었다.

　호텔 안에 머문 그 짧은 시간 동안 해변마을에는 생동감이 넘쳐 있었다.
치비타베키아는 사람들이 유적을 보러 오는 관광지로서뿐만 아니라 로마
를 방문하는 지중해 크루즈 여객선의 주요 기항지이기도 했다. 몇 시간 전
여객선 네 척이 항구에 정박해 있었는데 지금은 세 척이 더 늘었다. 거리에
몰려 있는 남녀의 절반이 크루즈 여객선 로고가 붙은 여행용 가방을 들고
있었다. 불을 피해 달아나는 생쥐들처럼 그들은 호텔, 투어버스, 그리고 택
시에서 쏟아져 나와 서둘러 부두 쪽으로 몰려갔다.

　사람들 사이를 이리저리 피해가며 조나단은 예리한 눈초리로 경찰이 없

는지를 살폈다. 라치오가 엠마의 병원 입원등록서 사본을 그들에게 건넸을 가능성이 컸다. 노련한 수사관이라면 조나단의 다음 행동을 예측하고는 이곳으로 경찰병력을 보내 샅샅이 수색하게 할 것이다. 잠시 걸음을 멈추고 거리를 훑어보았다. 뭔가 미심쩍은 것이 없는지를 살피기에는 지나치게 번잡한 곳이었다.

앞쪽에 론도 호텔 간판이 보였다. 호텔을 지나가며 그는 로마 시내 병원에서 엠마를 빼내고 입원비도 대신 지불했던 그 프랑스에서 온 남자의 주소가 적힌 종이를 꽉 쥐었다. 이즈에 있는 VOR S.A. 그자는 과연 누구란 말인가? 몇 해 전, 이곳 론도에서 자신이 얼핏 목격했던 남자와 동일 인물일까? 엠마와 그자의 관계는 직업상의 관계인 것이 분명하다고 조나단은 생각했다. 그렇지 않고서야 그자가 왜 엠마의 병원비를 부담했겠는가?

프랑스의 그 주소지를 제외하면 조나단이 그자에 대해 아는 것이라고는 나이가 좀 들고, 은발머리에 영국식 혹은 독일식 억양이 섞인 영어를 구사한다는 것뿐이었다. 그 이상은 아무 것도 아는 게 없었다. 그녀에게 차량 폭탄 테러를 사주한 자일까? 만약 그렇다면 디비전에서 그녀를 제거하려던 이유가 바로 그런 행동을 막기 위해서였을까? 만일 그자가 그녀가 애초에 만나러 왔다는 그 '친구'라면, 그자 역시 디비전의 적일 것이라고 조나단은 추정했다.

다른 모든 질문들의 열쇠 노릇을 해 줄 질문이 아직 하나 남아 있었다.

라라는 누구인가?

좀 떨어진 곳에서 타이어의 마찰음이 나더니 문이 세차게 닫히는 소리가 들렸다. 랜섬은 즉시 멈춰 서서 거리를 위 아래로 살폈다. 자기를 난처하게 할 만한 일은 보이지 않았지만 신경이 곤두섰다. 앞이마 머리를 쓸어 올렸다. 앞쪽에 기차역을 가리키는 표시가 보였다. 이즈로 가기 위해서는 기차를 타고 니스 역에서 내려야 하는데, 일곱 시간 걸리는 거리였다. 밀폐된 공간에 그렇게 오래 갇혀 있는 것은 너무 위험했다. 분명 다른 방도가 있을 것이다.

그는 선착장의 인파 속에 몸을 숨길 수 있기를 바라며 언덕길을 계속 걸어 내려갔다. 렌터카는 안 된다. 히치하이킹도 선택지에서 제외했다. 그렇다면 유일한 방법은….

바로 그때 가까이 다가오는 사이렌 소리가 들렸다. 소리가 너무 가까이서 들린 나머지 소스라치게 놀랐지만 거리를 가늠하기도 전에 사이렌 소리는 멈췄다. 어깨너머로 보니 두 블록 아래 갓길에 소란이 있었다. 감색 제복에 감청색 승마바지를 입은 남자 하나가 보행자들 사이로 뚫고 지나가고 있었고, 두 명의 남자가 그 뒤를 따라가며 폭동용 방책을 세우고 있었다. 이탈리아 경찰이었다. 그들 뒤로 경찰 1개 분대가 반자동 소총을 가슴팍에 걸치고 경찰모를 눈 아래까지 눌러쓴 채 위압적인 동작으로 다가왔다.

조나단은 길에서 벗어나 커피점 부근으로 자리를 옮겼다. 문밖까지 길게 줄이 서 있었고, 그는 기다리는 사람들 뒤쪽으로 슬며시 끼어들었다. 그리고는 경찰이 길을 가로질러 방책을 세우고 있는 것을 속수무책으로 바라보았다. 지휘관으로 보이는 사람이 무전기에 대고 계속 말을 하고 있는 것으로 보아 다른 팀과 합동으로 움직이는 것이 분명했다. 가게 앞으로 바짝 붙어 길을 따라 되돌아갔다.

다시 웅성거리는 소리가 들리더니 경찰관들이 나타났다. 남자의 날카로운 명령 소리가 들리더니 이내 감색 제복들이 시야에 들어왔다.

목구멍까지 공포가 밀려 올라왔다. 어디로 가야할지 결정을 못 내리고 머뭇거렸다. 그러다 이내 돌아서서 다시 언덕길을 뛰어 내려가기 시작했다. 본능은 그에게 군중 속으로 몸을 숨길 수 있는 선착장으로 가라고 일러주고 있었다. 언덕길 아래까지 거의 도착했을 때, 경찰 휘장이 표시된 파란색 알파로메오 한 대가 20미터 앞에 멈춰 섰다. 경찰차 몇 대가 뒤이어 그 뒤쪽으로 정차했다. 어깨너머로 흘깃 살펴보니 제복 입은 한 무리가 그를 향해 다가오고 있었다. 되돌아가는 것은 불가능했다.

　그곳에는 좌우 어느 쪽으로도 곁길이 나 있지 않았다. 언덕 아래쪽을 내려다 봤다. 경찰차들 바로 뒤편으로 해안고속도로가 뻗어 있었다. 그리고 그 4차선 건너편에서부터는 선창가였고, 그 뒤로 쭉 뻗은 해변이 시야 끝까지 남북으로 펼쳐져 있었다. 고속도로는 정체되어서 승용차와 버스들이 습한 아침공기 속으로 배기가스를 내뿜으며 천천히 움직이고 있었다. 경찰관들이 차에서 쏟아져 나와 이리저리 움직이는 동안 그는 자리에 얼어붙은 듯 서 있었다. 관광객과 보행자들이 물밀듯이 몰려와 그를 지나쳐갔다.

　엠마라면 어떻게 했을까?

　조나단은 바로 답을 찾았다. 사실상 다른 방도는 없었다.

　숨을 고르면서 그는 경찰 쪽으로 계속 걸어갔다. 고개를 숙이지 않았고, 눈길도 돌리지 않았다. 선글라스와 야구 모자를 쓰고 있었고, 그게 전부였다. 알파로메오 차량의 앞문이 열리면서 날씬한 금발 여성이 차에서 내렸다. 검은 정장 바지에 흰색 티셔츠 차림의 그녀는 짙은 색 조종사 선글라스를 쓰고 있었지만, 시선이 닿자마자 조나단은 그녀가 누구인지 알아봤다. 경시청의 포드 계장이었다.

　그는 군중을 훑어보는 그녀의 시선이 그의 바로 옆을 막 지나치는 것을 보았다. 그녀가 고개를 멈추더니 다시 그가 있는 쪽으로 시선을 돌렸다. 그녀는 선글라스를 벗었고, 약 20미터의 거리를 사이에 두고 조나단과 시선이 마주쳤다.

　어깨너머로 흘깃 시선을 날려 보니 푸른 제복 무리가 보였다. 그런 뒤 그는 케이트 포드를 보고 달리기 시작했다. 최소한 세 명의 경찰이 대화를 나누느라 모여 있었지만 그나 포드에게 아무런 주의도 기울이지 않고 있었다. 그는 그녀를 향해 알파로메오 차량 있는 곳으로 곧장 달려갔다.

　"랜섬." 그녀가 이렇게 외쳤지만 너무 놀란 나머지 목소리가 약하게 나오는 바람에 아무런 주의를 끌지 못했다.

　조나단은 그녀를 스치며 지나갔다. 그러면서 그의 내면에 통제되지 않는 분노가 치밀어 올랐다. 그는 그녀를 보는 순간 격분했고, 그녀의 예상치 못한 등장에 분개했다. 왜 이렇게 집요하게 자기를 뒤쫓는지 이해할 수가 없었다. 그는 자신이 폭탄 건과 아무 관련이 없다는 점을 그녀에게 설명했다. 대체 왜 기를 쓰고 자기 말을 안 믿는 것일까? 그는 깊게 생각하지도 않고 단단한 팔뚝을 내질러 그녀의 가슴팍을 정통으로 후려쳐 차량 후드 위로 내동댕이쳤다.

그 다음 무슨 일이 벌어질지는 알 바 아니었다. 어떻게 되는지 알아보려고 멈출 생각은 추호도 없었다. 그녀의 상태가 걱정되어 다른 경관들이 그녀 주위로 몰려들면서 그에게 귀중한 몇 초, 귀중한 몇 미터를 벌어주었다. 날린 주먹이 제대로 꽂힌 것 같았다.

"랜섬!" 이번에는 부르는 목소리가 더 컸다.

그는 가속을 붙여 콘크리트 방책을 뛰어넘은 다음 도로 위로 뛰어올라가 천천히 움직이는 차량들 사이를 재빨리 움직이며 도로 반대편으로 달려갔다. 승용차와 트럭의 긴 행렬이 유인 게이트를 지나 넓게 뻗어 있는 부두 단지로 들어서기 위한 심사를 기다리고 있었다. 그는 오른쪽으로 꺾어 차량 행렬의 옆을 바싹 따라 뛰어 위병소를 지나갔다. 길고 큰 뱃고동 소리가 요란하게 퍼졌다. 1백 미터 전방에서는 여객선 하나에서 승객들이 뒤죽박죽 섞여 하선을 시작하고 있었다. 바로 옆 부두에서는 차량 한 소대가 우레 같은 소리를 내며 적재 램프를 따라 올라 배 안으로 들어가고 있었다. 그 너머에서는 열차 한 량이 컨테이너들을 높이 싣고서 천천히 배 위로 오르고 있었다. 온통 사방이 배송 트럭이고, 모터 달린 자전거와 택시들이 앞뒤로 지나다녔다.

사이렌 소리가 길게 울렸다. 그의 앞쪽에서, 그리고 뒤쪽에서도 들렸다. 숨이 너무 가빠 그는 심장이 미친 듯이 뛰고 있다는 사실 말고 다른 일에 대해서는 아무 생각도 할 수가 없었다. 뒤쪽에서 재빠르게 움직이는 그림자 하나가 눈에 들어왔다. 곁눈질로 그는 경찰관 한명이 바싹 뒤를 쫓아 뛰고 있는 것을 보았다. 푸른 제복을 입은 자였다. 젊고 마르고 탄탄한 몸매의 남자였다. 홀쭉한 볼과 완벽한 달리기 자세로 봐서 단거리 선수 출신 같았다. 조나단은 다리에 더 힘을 주어 몇 걸음 만에 둘 사이의 거리를 벌려놓을 수가 있었지만 그것이 해답이 될 수는 없었다. 결국은 잡히고 말 것이다.

그럴 바에야 차라리 빨리 잡히는 편이 낫다.

조나단이 발을 헛디디는 사이 경찰관이 그의 어깨 부근까지 접근해서 옷깃을 잡아채려고 팔을 뻗쳤다. 조나단은 빠져나가려는 것처럼 몸을 앞으로 숙였지만 바로 다음 순간 등 뒤로 몸을 휘며 뒤쪽을 향해 팔꿈치를 날렸다. 팔꿈치가 이탈리아 경관의 목 앞쪽에 정통으로 꽂혔다. 경관은 멈추지 못하고 목을 부여잡으며 아스팔트 위로 머리부터 그대로 고꾸라졌다.

훨씬 앞쪽에서 경찰차 두 대가 커브 길을 돌더니 곧장 부두 위로 올라갔다. 차가 조나단의 앞길을 제대로 막아서면서 멈췄다. 경찰관들이 차 문 앞으로 나와 총을 뽑아 들었다. 조나단은 왼쪽으로 몸을 피하고 팔다리를 휘저으며 북적대는 길을 뚫고 나가 양편으로 크루즈 배 두 대가 정박해 있는 넓은 선착장에 올랐다. 마치 태풍의 눈에 들어선 것처럼 그는 황량한 부두에 다다랐다. 그곳엔 사람이 거의 없었다. 뒤쪽으로는 1백 명이 넘는 군중이 지나다니고 있었다. 앞쪽에는 사람들이 더 많았다. 그러나 그 순간만큼은 어디에도 푸른 제복은 보이지 않았다.

엠마가 그에게 했던 말이었다. 걸으면 누구도 당신을 두 번 쳐다보지 않는다. 하지만 뛰면 당신은 목표물이 된다.

온몸의 본능이 시키는 것과는 반대로, 조나단은 속도를 늦춰 걸었다. 왼편에는 배에서 내려진 트랩이 놓여 있고, 남녀의 무리가 줄지어 땅으로 내려오고 있었다. 오른편에서는 부두의 짐꾼들이 배의 짐칸에서 가방들을 내려 촘촘히 정렬시키고 있었다. 지게차 한 대가 경적소리를 내며 큰 상자를 싣고 털털거리며 지나갔다.

선창 끄트머리로 나갔다. 예상했던 대로 2미터 정도 아래쪽에 또 다른 바닥이 길게 나 있고, 간격을 두고 놓여 있는 사다리들을 통해 내려갈 수 있었다. 그는 이 바닥은 부두 인부들이 배를 수리할 때 이용한다는 것을 알고 있었다. 부두에 한 손을 집고 아래쪽 바닥 위로 뛰어내린 다음 머리를 숙여 부두 바닥 아래로 숨어들었다. 격자 모양의 나무 기둥들이 부두를 받치고 있었다. 바닷물이 따개비로 뒤덮인 기둥에 찰싹거렸다. 컴컴한 어둠 속 어딘가에서 쥐 한 마리가 그를 노려보고 있었다. 그는 계속해서 뒤를 살피며 다시 달리기 시작했다.

바로 그때 그것이 눈에 들어왔다. 자기한테 필요한 물건임을 직감했다.

자동차 타이어처럼 육중한 검은 고무로 만든 커다란 사람 크기의 부표들이었다. 해양 여객선이 정박할 때 선체를 보호하는 쿠션 역할을 하는 물건들이었다. 부표는 길이가 6미터, 높이가 3미터에 달했고, 완전한 원형 모양에다 가운데가 비어 있었다. 제일 가까이 있는 부표의 한쪽 끝을 잡고 몸을 흔들어 뛰어 올랐다. 그런 다음 한발 한발 움직여 가운데로 나아갔다. 그곳에 한 시간을 그대로 앉아 있었다.　사이렌 소리가 다가왔다 멀어지고를 반복했고, 자포자기한 경찰관들의 웅성거림이 코앞까지 들렸다. 그러다가 갑자기 모든 것이 조용해졌다.

그래도 한동안 그는 부표 위로 머리를 내보일 생각은 감히 하지 않았다.

대신 부표에서 조용히 빠져나와 바닷물 속으로 몸을 낮게 담갔다.

물은 따뜻하고 더러웠다.

그는 숨을 한번 크게 들이쉰 다음 물속으로 잠수했다.

케이트 포드는 양손을 엉덩이에 걸치고 팔꿈치를 양 옆으로 편 채, 부둣가에 서 있었다. 랜섬이 고속도로를 가로질러 선창 쪽으로 도주한 지 30분이 지났다. 오십여 명이 넘는 경찰 병력의 노력에도 불구하고 그의 흔적은 발견되지 않았다. 여전히 정박 중인 모든 크루즈 선박 내부에 대한 수색작업이 진행되고 있었다. 순찰선이 항만을 이리저리 오가고 있었지만 그녀는 그다지 기대하지 않았다.

"랜섬은 이곳에 없습니다." 그녀가 말했다.

이탈리아 경찰청의 총경은 고개를 저었다. "그럴 리가 없습니다." 그가 말했다. "완전히 독안에 든 쥐나 다름없는데요."

"헤엄쳐 갔을 겁니다." 케이트가 말했다.

"하지만 선박들이 있어서." 경찰관은 양옆으로 보이는 4층 높이의 거대한 건조물을 응시하며 말했다. "그러기엔 너무 위험한데요."

'달리 선택의 여지가 없을 땐 얘기가 다르지.' 케이트는 속으로 이렇게 생각했다.

그녀는 뒤돌아 중심가 거리로 다시 향했다. "이쪽으로 오시죠." 그녀는 이렇게 말했다. "랜섬은 우리보다 먼저 이곳에 와 있었습니다. 자기 아내를 찾고 있었어요. 누군가가 그를 목격했을 겁니다. 그와 대화를 나눈 사람도 있을 수 있고요."

"어디서부터 시작할까요?"

케이트는 병원 입원수속 목록을 펼치고, 이름을 그저 라라라고만 밝힌 부상 당한 여자를 구급차가 호송해 간 병원이 적혀 있는 항목을 손가락으로 짚었다.

"호텔 론도부터 해요." 그녀는 이렇게 말했다.

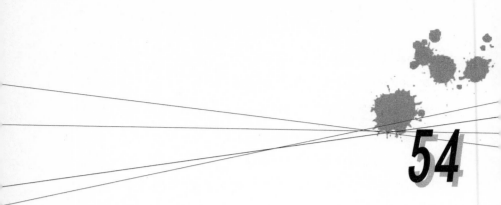

54

센강을 경계로 하는 라데팡스는 파리의 번화한 상업지구로, 국제원자력안전공사 사무실은 라데팡스에 있는 한 고층빌딩 27층에 위치해 있다. 그들은 민간기업과 정부시설, 군사기지 등을 대상으로 '모든 종류의 보안 솔루션'을 원스톱으로 제공한다고 자신을 소개한다. 그러나 이름이 말해 주듯 이들의 전문분야는 한 가지, 바로 원자력시설의 안전과 보호를 책임지는 일이었다.

원자력발전소와 관련해 국제원자력안전공사에서는 경보시스템, 감시카메라 작동, 생체측정, 검문 등 발전소 출입통제와 사이버 보안, 발전소 내 직원들의 위치, 무력방어, 그리고 마지막으로 사용후 연료의 저장을 포함해 주요 운용 시스템 감시업무에 이르기까지 전반적인 보안조치를 담당했다. 보안조치의 설계와 실행계획에서부터 최종 건설까지 전반적인 업무를 책임지는 것이었다. 서방 세계의 거의 모든 주요 원자력 에너지 공급사들이 원자력 시설의 안전한 무사고 운용을 보장받기 위해서 국제원자력안전공사에 의지하고 있다고 해도 과언이 아니었다. 지금까지 국제원자력안전공사는 그런 신뢰를 받을 자격이 있었다. 국제원자력안전공사에서 보증한 발전소에서 공급중단이나 가동정지와 같은 사고가 발생한 적이 없었기 때문이다.

　본사 건물 앞 광장을 가로질러 가며 엠마 랜섬은 이와 같은 사실에 대해 곰곰이 생각해 보았다. 입구 가까이 다다르자 재킷을 매만지며 매무새를 가다듬고 스커트의 주름을 폈다. 그녀가 입은 검정색 정장 스커트는 옆트임이 허벅지까지 올라오고, 재킷은 가슴골까지 패였는데 크리스찬 디올 디자인을 흉내 낸 싸구려 모조품이었다. 파피의 취향이었다. 그는 결코 세련된 방식을 선호하는 사람이 아니었다. 애당초 세련된 나라 사람이 아니었다.

　그녀는 머리를 스트레이트로 펴고, 어깨 길이로 싹둑 자른 다음 칠흑같이 검게 염색했다. 갈색 콘택트렌즈를 끼고 4인치 높이의 힐을 신었다. 안나 숄은 179센티미터의 키에 갈색 눈동자를 가졌기 때문이다. 유리문을 열고 에어컨이 가동 중인 이층으로 걸어 올라가면서 엠마는 위조 신분이 발각될까보다는 성층권 높이만큼이나 아찔한 힐에 걸려 싸구려 정장 차림으로 엉덩방아찧는 일이 벌어지지 않을지가 더 두려웠다.

　"안나 숄입니다." 국제원자력기구인 IAEA 소속 사찰국 안전보안과 직원임을 증명해 줄 위조 신분증 카드를 내밀며 말했다. "피에르 베르텔씨를 만나러 왔습니다."

　본인 확인을 한다며 그녀의 가슴을 충분히 훔쳐본 경비원이 방문자 명단에 있는 그녀의 이름을 찾아 위층 사무실로 전화를 걸었다. "잠시만 기다리십시오. 곧 내려오실 겁니다. 우선 이 배지를 착용해 주십시오."

　엠마는 출입증 배지에 끈을 끼워 넣어 목에 건 다음 옆으로 비켜섰다. 1분, 2분, 그렇게 10분이 지나갔다. 드디어 큰 키에 어깨가 딱 벌어진 남자가 회전문을 통과해 다가왔다. "미스 숄, 피에르 베르텔이라고 합니다. 처음 뵙겠습니다."

　엠마는 한눈에 어떤 사람인지 판단을 내렸다. 값비싼 남색 정장. 의상과 대조를 이루는 거울처럼 광택을 낸 갈색 구두. 프렌치 커프스 아래로 보이는 금팔찌. 최신 유행으로 깎은 짧은 머리에는 지나치다 싶을 정도로 헤어젤을 덕지덕지 바르고 있었다. 한때는 나름 근사했을 체격인데 지금은 몸무게가 9, 10킬로 정도가 더 붙은 것 같았다. 그는 다리를 살짝 저는 것을 애써 숨기려고 했다. 스쿼시나 치다 코트에서 나가떨어지는 바람에 입은 부상이겠지만, 전장에서 입은 영광의 상처인 것처럼 은근슬쩍 넘기려들지도 모른다. 왼쪽 약지에 갓 생긴 선명한 자국이 있었다. 파일과 함께 들어 있는 안나 숄의 사진을 감상한 뒤에 결혼반지를 빼 버린 게 틀림없다고 그녀는 확신했다. 한마디로 십년 전에 이미 인생의 절정기를 떠나보내야 했던 이 발정 난 황소는 자신에게 아직도 힘이 있다는 것을 증명해 보이려는 것이었다. 눈 깜빡할 사이에 그녀는 모든 것을 파악해 버렸다.

"시간이 없습니다." 그녀가 말했다. 그의 계산된 환호에 찬물을 끼얹는 대답이었다. "두 시간 내에 샤를 드골 공항에 도착해야 합니다. 어서 안내하시죠?"

베르텔의 얼굴에서 미소가 사라졌다. "따라오시겠습니까?"

엘리베이터 안에서 그는 대화를 나눠 보려는 시도를 한 번 더 했다. "프랑스에서 시간을 좀 보내실 예정이라고 알고 있습니다. 특별히 가 보고 싶으신 지역이 있나요?"

"알고 계시리라 믿습니다만, 그건 기밀사항입니다. 저희는 불시점검을 앞두고 여기저기 광고를 하진 않습니다. 이틀 전에 있던 런던 사건 이후로는 더더욱 그렇죠."

"런던이라고 하셨나요?"

엠마는 헛기침을 하며 고개를 돌렸다. 코드번호 누출사고에 대한 소문이 아직 퍼지지 않았음이 확인된 것이다. 예상했던 대로 그들은 이번 도난 사건에 대해서 IAEA와 관련 기업들, 그러니까 프랑스의 경우에는 엘레프 릭시떼 드 프랑스와의 내부 문제로 취급하고 있었다. 즉, 어떤 외부 기업과도 이 문제를 논의하지 않고 있었다. 그렇게 하기에는 지나치게 중대한 기밀사항이었던 것이다.

"런던에서 무슨 일이 있었습니까?" 베르텔이 물고 늘어졌다. "이바노프 장관 차량폭파 사건에 관한 겁니까? 그 일로 종일 전화가 걸려왔죠."

"말씀 드릴 수가 없군요. 조만간 사태의 진전에 관해 설명을 들으실 수 있을 겁니다."

엘리베이터 문이 열렸다. 검은색 유리문이 사무실 입구를 통제하고 있었다. 베르텔은 바이오매트릭 생체 측정기 위에 손바닥을 갖다 댔다. 핀 라이트 불빛이 빨간색에서 녹색으로 바뀌자 자신의 이름을 댔다. 두 번째 핀 라이트에서 녹색 불빛이 깜박였다. 찰칵 하고 잠금이 해지되는 소리가 들렸다. 베르텔이 문을 열며 말했다. "이쪽입니다."

엠마는 보안조치가 강화됐음을 알아차렸다. 음성분석기와 결합된 생체인식 스캐너는 새로운 것이었다. 새로운 것은 늘 골칫거리다. 베르텔을 따라 사람들이 분주하게 오가는 복도를 지나갔다. 임원 사무실은 에펠탑과 그 뒤로 마르스 광장, 앵발리드, 그리고 노트르담 대성당이 보이는 곳으로 전망이 널찍하고 깔끔하게 꾸며져 있었다.

"비엔나에서 숄 양의 신체검사보고서는 받았습니다." 크롬글라스 데스크 뒤에 놓인 의자에 앉으며 베르텔이 말했다. "오시기 앞서 미리 양식에 맞게끔 서류를 작성해 두었습니다. 한번 읽어 보시며 혹시나 내가 잘못 기입한 곳이 있는지 확인해 보시겠어요?"

엠마는 안경을 꺼내며 서류폴더를 무릎 위에 내려놓았다. 서류에는 프랑스 원자력 발전시설의 운영사인 엘레뜨릭시떼 드 프랑스의 로고가 찍혀 있고 '직원신분증 카드신청서' 라는 레이블이 붙어 있었다. 업계 내에서는 이 카드가 '원자력 여권' 이라고 알려져 있다. 이것만 있으면 사전 통보나 안내자 없이도 어느 시설이건 드나들 수 있기 때문이다. 원자력 산업은 고도로 전문화가 되어 있다. 특정 전문기술을 가진 엔지니어들은 종종 여러 시설들을 오가며 자신의 기술을 선보여야 했다. 발전소 가동을 좌지우지하는 기술을 가진 엔지니어는 연간 10곳의 원자력발전소로 출장을 가는 게 보통이다. IT기술과 관련된 소프트웨어를 책임지는 엔지니어는 그보다 더 많이 다녀야 한다. 원자력발전소를 방문할 때마다 매번 개별적으로 자체 신원조사를 하기에는 시간과 돈이 너무 많이 들었다. 그래서 프랑스 국내의 원자력업계에 종사하는 사람은 누구나 국제원자력안전공사로부터 사전점검을 받은 다음 국내 원자력발전소의 입장을 허용받는 일종의 포괄적 허가증인 블랭킷 클리어런스를 발행받았다. '여권' 이란 표현은 그런 의미에서 붙여진 것이었다.

그녀는 손을 들어 관자놀이에 대고 안경테를 두드렸다. 한 번 누를 때마다 나사로 위장한 초소형 카메라가 사진을 찍었고, 그것은 그녀도 알지 못하는 곳에 있는 서버로 무선 전송됐다. 그와 동시에 그녀는 서류를 훑어보며 자신의 성명, 주소, 연락처, 사회보장번호와 세부 신체기록들을 읽어 내려갔다.

"한 가지 정보가 누락돼 있을 겁니다." 베르텔이 말했다. "최근에 추가된 항목입니다."

"그런가요?" 엠마는 고개를 들지 않은 채 대답했다. 그녀의 심장박동이 빨라졌다. "부모님의 성함과 그분들의 현주소지입니다."

"두 분 다 살아 계시지 않는데요." 그녀가 대답했다. "제 인적사항 기록에 그렇게 적혀 있었을 텐데요."

베르텔은 서류를 찬찬히 읽어 내려갔다. "파울, 그리고 페트라…맞습니까?" 엠마는 예리한 눈초리로 그를 올려다보며 말했다. "부모님의 성함은 알리스와 쟝입니다." 베르텔의 시선과 그녀의 눈빛이 만났다. "그렇군요. 미스 숄." 엠마는 자기 컨트롤러와 함께 인터뷰 사전연습을 몇 번이나 반복해서 준비했다. 그런 질문은 신원조사를 위한 정식 절차에 들어 있는 게 아니라 순전히 베르텔이 자신의 권한을 과시해 보려는 것에 지나지 않는다는 것을 알았다. 그녀는 서류 읽기를 마치자 서류 종이들을 한데 모아 데스크 위에 올려놓으며 말했다. "그럼 시작할까요? 말씀드렸듯이 몹시 빠듯한 일정이라서 말입니다."

"여기 서명만 해 주시면 됩니다."

"물론이죠." 엠마는 서명을 하고는 곧바로 자리에서 일어나 사무실을 둘러보았다.

베르텔이 그녀가 사진을 찍고 지문을 채취하도록 안내했다. 지문채취가 모두 끝났다. 엠마는 음성인식 시스템에 대해 질문했다. 그 시스템은 최근 국제원자력안전공사 사무실에 우선적으로 설치된 것이며, 여타 다른 시설에서는 기본적으로 손바닥 스캔만 필요로 하고 있다는 답변을 들었다.

두 사람은 베르텔의 사무실로 다시 갔다. "신분증이 완성되기까지 잠시 시간이 걸립니다. 커피라도 한잔 드릴까요? 공항에 가시기 전에 간단하게 뭐 드실 거라도?"

"됐습니다."

엠마는 베르텔에게서 등을 돌린 채 사무실 캐비닛에 붙어 있는 사진들을 훑어보기에 바빴다. 여러 열대지역을 배경으로 기관단총을 옆에 매고 얼룩무늬 군복 차림을 한 베르텔의 사진도 여러 장 있었다. 갑자기 엠마가 휴 하고 숨을 내쉬며 말했다. "카탕가에 계셨나요?"

"네, 그랬습니다만?" 하고 베르텔이 말했다.

"제 친오빠인 얀도 거기에 있었답니다. 외인부대 레종 에트랑제 소속, 얀 솔 병장이요. 듀프리 대령님 밑에 있었죠."

베르텔은 그녀 옆으로 재빨리 다가와 사진을 보며 말했다. "그래요? 나 역시 91년도부터 92년도까지 그곳 공수부대에 있었습니다. 얀 솔이라? 죄송합니다만, 만난 적은 없군요. 듀프리 대령은 물론 압니다. 오빠께서도 그분 밑에서 싸운 것을 자랑스럽게 여기시리라 믿습니다."

"얀은 전사했어요."

"콩고에서 말입니까?"

그녀는 고개를 끄덕이고는 아주 살포시 고개를 숙였다.

"유감입니다." 베르텔이 그녀의 어깨에 손을 얹었고, 그녀는 그대로 내

버려두었다.

"커피 한잔쯤은 마셔도 괜찮겠네요." 엠마가 말했다. "신선한 과일도 있으면 좋겠네요."

베르텔은 비서에게 그대로 주문했고, 곧 커피와 과일이 준비됐다. 두 사람은 오붓하게 차와 과일을 먹었다. 베르텔은 프랑스, 독일, 스페인의 원자력발전소 무력공격 방어 시뮬레이션 지휘 등 자기가 하는 일에 대해 장황하게 떠들었다. 국제원자력안전공사의 또 다른 주요임무는 발전시설 내에 주둔하며 모든 종류의 공격에 대응할 준군사 병력을 훈련시키는 일이었다. 베르텔은 그들을 위한 무기 제공과 훈련, 그리고 작전 행동 계획을 책임지고 있었다.

엠마는 열심히 들어 주면서도 직업상 적절한 자세만은 계속해서 유지했다. 베르텔은 말을 하는 도중에 엠마의 팔에 손등을 댔고, 엠마는 싫다는 표현으로 그의 손등을 피해서 자신의 팔을 치웠다. 그녀의 무관심은 베르텔과 같은 류의 남자의 관심을 증폭시킬 뿐이었다. 그런 사실을 그녀는 경험상 잘 알고 있었다. "이번 일 때문에 그쪽에서 하시는 업무가 더 쉬워지거나 하지는 않을 것 같네요." 그녀가 말했다.

"무슨 말씀이신지요?"

"비밀을 지켜 주실 것을 믿어도 될까요?"

"스핑크스처럼 굳게 다물겠습니다."

엠마는 그의 대답에 짐짓 고민하는 척했다. "그렇다면 좋아요." 그녀가 말했다. "런던 차량 폭파 사건 당시, 모든 영국의 정부청사 건물에 대피령이 떨어졌죠. 당시 우리 쪽 사람들은 영국 관계 당국자들과 회의 중이었어요. 그들이 건물 밖으로 대피한 사이에 누군가가 우리가 가져간 노트북 몇 대를 훔쳐 달아났습니다. 아직까지는 그 일로 인해 뭔가 일이 터진 것은 아니지만, 그렇다고 가만히 있을 수만은 없죠. 그 노트북들 안에는 비상시를 대비한 비상 명령 원격수동제어 코드가 있으니까요."

"설마 원격수동제어 코드가… 정말입니까?"

엠마는 매우 심각한 표정으로 고개를 끄덕였다. "제가 말씀을 드리는 이유는 베르텔씨가 하시는 일을 존중하기 때문입니다." 그리고 처음으로 그녀는 그와 눈을 똑바로 마주쳤다. "전 베르텔씨가 신뢰할 만한 분인 걸 믿어요."

베르텔은 잠시 아무런 말도 하지 않았지만, 마치 여왕의 명을 받들듯이 턱을 약간 쳐들고 어깨를 뒤로 빼며 쭉 펴는 게 엠마의 눈에 보였다. "방금 하신 말씀은 기필코 비밀을 지켜드리겠습니다."

"끔찍한 일이 벌어졌죠." 엠마가 털어놨다. "저희 측에서 신속하게 처리해야만 할 사안입니다."

"코드 자체를 아예 바꿔야겠군요."

"보안 시스템 전체도 다시 프로그래밍 해야 하고요. 다행히도 발전소의 운영을 정지시킬 필요까지는 없습니다."

"급작스럽게 방문하신 이유도 그래서였군요." 베르텔이 말했다. "침입 여부를 확인해 보시려는 거로군요."

"거기에 대해서라면 달리 제가 대답을 드리기가 곤란해요, 베르텔씨." 엠마는 이렇게 말했다. 그녀의 말투는 이제 그를 동료로 보고 동등하게 대하는 말투로 바뀌어 있었다. "하지만 출장일정이 너무 급작스러웠던지라 제가 방문하려는 원자력발전소 보안실장들의 이름을 엘레뜨릭시떼 드 프랑스 측에 문의할 시간조차도 없었다는 사실 정도는 말 해도 되겠죠."

조사 방문 전에 보안실장들에게 방문 사실을 미리 알리는 것은 규정이었다. 보안은 독립 기관에서 맡아 운용했는데, 그것은 안이한 근무 자세를 막고, 발전소들이 규정을 철저히 따르도록 하기 위한 여러 견제와 균형 정책 가운데 하나였다.

"그렇다면, 불시점검이군요. 엄청 놀라겠는걸요."

엠마는 그와 시선을 마주쳤지만 아무 말도 하지 않았다.

베르텔은 그녀가 무엇을 원하는지 단번에 알아들었다. "각 시설별 보안 실장들의 명단이라. 문제없습니다." 그는 즉시 자리에서 일어났다. "어느 발전소죠?"

"엘레뜨릭시떼 드 프랑스의 승인 없이는 입장이 난처해지실 텐데요."

"이름만 주십시오."

엠마는 국내 다섯 군데 핵시설의 이름들을 읊었다. "그리고 라헨느도요. 하지만 이 사실을 누군가 알아낸다면…"

"불시사찰만이 유일한 길입니다." 베르텔은 이의를 용납하지 않는 어조로 말했다. "당신의 방문을 그들이 전혀 예상 못할 것이란 걸 약속드립니다. 그들에게도 유익한 경험이 될 것입니다. 사전 점검만이 근무태만을 방지하는 유일한 길입니다."

"서로 맘이 통해서 정말 다행이네요." 엠마가 말했다.

십분 후, 모든 원자력발전소 보안소장들의 이름과 그들의 업무용 연락처, 이메일 주소, 그리고 자택 주소와 정보가 갓 구워낸 CD 파일로 완성됐다. "다른 건 더 없습니까?" 하고 피에르 베르텔이 물었다.

"제 신분증을 갖다 주시면 좋겠는데요." 그녀가 사근사근한 말투로 대답했다.

"물론입니다." 베르텔은 성큼성큼 사무실 밖으로 나가서 빨간색 매듭 줄에 국제원자력안전공사의 로고가 찍힌 신분증을 가지고 돌아왔다. "이제 정식으로 허가를 받으신 겁니다."

"제가 상상한 것보다 더 효율적인 시간이었습니다." 엠마는 이렇게 말한 다음 손목시계를 보고 시간을 확인하며 불안해하는 척했다. "이만 가 봐야 겠어요. 일주일 뒤에 파리로 다시 돌아올 예정인데요. 그때는 저녁에 시간이 좀 날 것 같군요. 이번 조사방문 결과에 대해 이야기를 좀 나누고도 싶어요."

"그래만 주신다면 더 없이 좋지요." 베르텔이 이렇게 말했다.

"저 역시도 무척 그럴 것 같은데요." 엠마도 말했다. "혹여나 그곳 지인들이나 동료들에게 미리 귀띔을 해 주시는 날에는 제가 바로 알아낼 겁니다. 전 직감이 꽤 뛰어난 편이랍니다."

피에르 베르텔은 사전허가 없이 그들 직원의 신원정보를 그녀에게 제공한 것을 엘레뜨릭시떼 드 프랑스에서 알아낸다 할지라도 그가 다 알아서 처리해 놓겠노라며 비밀을 지키겠다고 거듭 맹세했다. 그는 자기 연락처를 주며 도착 전 날 연락을 달라고 했다. 엠마도 그렇게 하겠다며 약속했다. "또 봐요."

"예, 또 봅시다." 베르텔이 대답했다.

건물에서 나와 그녀는 라데팡스의 산책로를 지나 센강이 내려다보이는 울타리에서 걸음을 멈췄다. 안색이 잿빛으로 창백했다. 베르텔과 끈적끈적한 악수를 나눈 일을 떠올리니 구역질이 날 것만 같았다. 태양을 향해 고개를 들고는 길고 천천히 호흡을 들이마셨다. 파피의 말이 그녀의 마음속에서 울려 퍼졌다. 결국, 나이팅게일 자네가 최고로 잘하는 게 바로 그런 일들이지.

핸드백을 다시 제대로 메고 에투알을 향해 출발했다. 행진하듯 걸음을 내딛자 찝찝하던 기분이 사라졌다. 그녀는 훈련된 첩보요원의 모습으로 다시 되돌아가 자신만의 보호막을 쳤다.

엠마는 원자력발전소 운용을 방해하기 위해 그 코드들을 훔친 것이 아니었다. 안전한 운용을 보장해 주는 무수히 많은 안전보장조치들을 모두 무력화시키는 것은 사실상 불가능했다. 그녀는 IAEA의 시스템 안에 침투해서 '원자력 여권'을 얻기 위해서 코드를 훔친 것이었다.

주머니에 손을 밀어 넣어 신분증 카드를 매만졌다.

들어가기는 쉬웠다.

55

그레이트 스미스 스트리트에 있는 시나몬 클럽은 카레 요리와 그곳을 찾는 고객들로 유명한 곳이다. 올드 웨스트민스터 라이브러리 인근에 자리한 이 레스토랑은 담벼락 바로 뒤의 정신없이 바쁘게 돌아가는 세상으로부터 격리된 곳으로, 풀을 먹인 빳빳한 테이블보와 숨죽여 속삭이는 대화의 오아시스였다. 화이트홀에서 가깝다는 거리상의 이점 덕에 그곳은 하원의원들과 주머니가 두둑한 공무원, 그리고 각계 고위급 인사들이 자주 애용하는 곳이었다.

"위치가 정말 제대로네." 코너는 배가 닿지 않도록 의자를 뒤로 빼며 말했다. 그는 자리에 맞게 자기 옷 중에서 최고로 좋은 정장으로 골라 입고 나왔다. 산 지 3년 된 회색 소모사 정장으로 단추 한 개가 달아나고 없는 게 흠이었다. 반면 셔츠는 새 것으로 하늘색상의 최고급 폴리에스테르와 면 혼방 제품이었다.

"요즘에는 뭘 쓰는지는 모르지만, 화약 냄새가 아직도 진동하는군." 앤서니 알램경이 말했다. "코너만 돌면 바로 빅토리아 1번가가 나오지. 아직도 엉망일세. 부근 세 블록까지 건물마다 창문이 죄다 날아갔더군. 그나마 다행인 게 놈들이 성형폭약을 사용했다는 사실이지. 그렇지 않았더라면 상황은 더 안 좋았을 텐데 말이야. 그 점은 놈들에게 감사해야 할 일이야."

"그래 놈들을 위해 퍼레이드라도 열어 주지 그래." 처진 눈으로 메뉴판 윗부분을 유심히 살펴보며 코너가 대꾸했다.

웨이터가 주문을 받았다. 음료는 진 토닉을 시키고, 알램경은 마드라스 치킨 커리를 맵게, 아주 맵게 해달라고 주문했다. 코너는 별 고민 없이 그저 같은 걸로 달라고 했다.

"이렇게 시간을 내줘서 고맙네. 급작스레 잡은 약속이었는데도 말이야."

알램경은 정중하게 미소를 지었다. "뭐, 기꺼이 그래야지. 나라면 이런 곳에서 만날 생각은 안 했을 것 같지만 말일세. 보는 눈과 듣는 귀가 너무 많아."

"그렇긴 하지." 코너는 좌우를 둘러보며 자신의 선택이 맘에 안 드는 듯한 표정을 지었다. "그래도 비우호적인 얼굴들은 안 보이는 것 같은데."

"걱정 말게. 그자들도 있네." 알램경은 테이블 위의 두 손을 포개며 말했다. 그는 바쁜 사람이었다. 굳을 대로 굳은 그의 표정은 더 이상 지체하지 말고 서둘러 본론으로 들어가자고 재촉하는 듯했다.

코너가 바짝 고개를 숙이며 말했다. "그래, 엠마 랜섬 건으로 골머리 썩히고 있다고 들었네만."

"뭐, 그렇다고 할 수 있지."

코너는 다섯 달 전, 스위스 알프스에서 있었던 일을 변조된 버전으로 들려주었다.

"그 뒤로 그 여자의 행방에 대해 소식을 들은 게 이번이 처음인가?"하고 알램경이 물었다.

"그 여자에 대해 뭔가 단서를 남길지도 모른다는 생각에 그 남편을 예의 주시해 왔네. 하지만 나흘 전까지만 해도 그자는 아프리카에서 '세상 구하는 일'에 바빴네. 전형적인 알버트 슈바이처였지."

"자네 지금 그 여자의 거취에 대해서 그동안 내내 모르고 있었다는 소리를 하는 건가?" 알램경이 추궁하듯 물었다.

"꼭 그런 것은 아니지만." 코너가 머뭇거리며 대답했다.

알램경은 코너가 하는 그 말을 듣고는 바로 물고 늘어졌다. "아, 그래?"

"말했듯이 우린 조나단 랜섬을 예의주시해 왔다네. 몇 달 전에 그자가 그 여자의 옛날 번호로 전화를 걸었지. 상사병에 걸릴 정도로 아내가 보고 싶었던 거지." 이렇게 말하며 코너는 어깨를 으쓱해 보였다. "그런 아마추어에게 뭘 기대하겠나? 아무튼 핸드폰 위치추적 결과 로마에 있는 것으로 판명이 났고 재빨리 그곳으로 팀을 파견했지. 그러나 엠마는 우리 팀원들보다 실력이 뛰어났고, 우리 요원 하나가 되레 목숨을 잃었지. 그 후로는 건진 게 없네."

"지금껏 말이지."

코너는 움찔하며 대답했다. "그래, 지금껏."

"어쩌다가 그토록 통제불능이 될 때까지 놔뒀나?" 알램경이 언성을 높이며 따져 물었다. "어찌 그리 무책임할 수가 있어."

"말했잖아. 그 여자 혼자서 독자적으로 움직였던 거라고. 지금 그 여자가 하는 일은 우리와 상관없네. 누굴 위해 움직이는지 전혀 모른단 말일세."

"그게 누구든 간에 그자들은 이고르 이바노프를 제거하려 했고, 그 짓거리를 내 영역에서 저질렀다는 걸세. 우리보고 도와달라고 하는 자네의 그 배짱이 정말 놀라워. 이번 테러사건만 보더라도 자네가 남긴 흔적들이 사방에 남아 있더군."

"뭐?" 코너는 분노로 상기된 얼굴로 음료를 삼키며 대답했다. "그럼 자네는 이게 다 우리 미국이 꾸민 일이라고 보는 건가? 자네 지금 제정신이 아니군?"

"자네 꼴을 한번 보게, 프랭크. 자넨 지금 자제력을 잃었어. 응징하고자 하는 욕망에 눈이 먼 나머지 자네 자신과 자네의 조직을 위험에 빠뜨리고 있어. 맨 처음에는 의례를 무시한 채, 내게 통보 한마디 없이 이 나라로 날아오더니, 프루던스 메도스를 만나겠다며 병원에서 한바탕 소란을 피웠지. 그리고 어젯밤에는 당코, 그 괴물 같은 녀석을 찾아가 자네의 그 허드렛일들을 대신 처리하라고 윽박지르며 협박까지 했지. 새벽이 되기도 전에 소문이 온 동네에 다 퍼졌다 이 말이야. 자네의 지금 행동거지들을 나는 도저히 눈 감고 모른 척해 줄 수가 없어. 지금이야말로 우리 두 조직 사이의 관계를 공식적으로 끊을 때라고 생각하네. 듣자 하니, 디비전도 그리 오래 가진 못할 거라던데."

코너는 무슨 말을 해야 할지 생각해 내기 위해서 몹시 애를 쓰며 두 눈을 마구 깜빡였다. "그러니까 엠마 랜섬을 잡아내는 일을 못 도와주겠다는 소릴 하는 건가?"

"자네가 이제야 영국 영어를 제대로 알아듣는군."

코너는 냅킨을 바닥에 내던지고 의자가 바닥에 뒹굴도록 자리에서 벌떡 일어났다. "빌어먹을 애당초 사촌이라고 찾아와 부탁을 한 내가 미쳤지." 그는 알램경의 면전에 삿대질을 하며 소리쳤다. "이 망할 라이미 영국새끼야! 지 궁둥이에 파묻힌 벼룩 한 마리도 못 잡을 주제에!"

"잘 가시게, 속이 다 후련하군." 알램경도 같이 소리쳤다. 프랭크 코너가 화를 내며 레스토랑에서 뛰쳐나가는 동안 알램경은 그 자리에 그대로 앉아 있었다. 레스토랑에 있던 사람들이 저마다 고개를 돌려 자기를 쳐다보는 와중에도 그는 엄청난 자제력을 발휘해 자리에 그대로 앉아 있었다.

'걱정 말게, 프랑크.' 그는 속으로 생각했다. '비우호적인 얼굴들은 여기 그대로 있네. 자네가 못 볼뿐이지.'

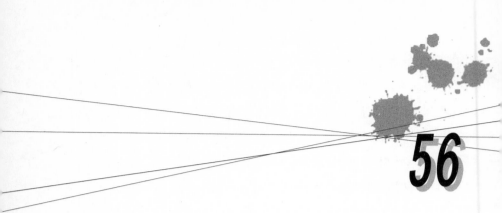

싱글 엔진에 터보프롭 엔진을 장착하고 최대 순항속도 200노트, 항속거리 900킬로미터의 시러스 SR22 6인승 경비행기였다. 러시아의 가장 큰 알루미늄 생산회사인 러살룸의 회장이자 단독 소유자이며, 러시아 10대 상업은행 중 여섯 개 은행의 대주주이고, 키로프발레단 수석무용수 세 명의 개인 후원자로 최대 개인 후원자이며, 러시아 대통령의 수석고문인 미하일 보르조이는 비행에 앞서 사전 점검을 마쳤다. 피토관은 이상 없었다. 감속 플랩은 부드럽게 작동했다. 오일 레벨은 충분하고도 남았으며 연료탱크도 가득 차 있었다.

"출발해도 좋아." 그는 부조종사에게 이렇게 외친 다음 좌측 조종석에 올라 안전벨트를 맸다.

보르조이는 무릎 위에 지도를 펼치고 비행계획서 상의 좌표를 가민 GPS 컴퓨터에 입력했다. 쉰다섯 살의 그는 표준 키에 표준보다는 다소 작은 체구를 가졌다. 아주 오래 전에 누군가가 그를 보고는 먹는 배처럼 생겼다는 소리를 한 적이 있었으며, 그 표현은 지금까지도 유효한 듯했다. 만약에 그가 배라면 그것은 가시로 뒤덮인 품종일 것이다. 미하일 보르조이는 호인이 아니었다. 호인은 세계 최대 알루미늄 생산을 통제하지 못한다. 호인은 2백 억 달러에 이르는 재산을 축적하지도 못한다. 주식시장이 붕괴된 이후에 재산이 그 정도였다. 호인은 불우한 어린 시절을 딛고 일어나 대통령의 측근이 될 수 없을뿐더러, 차기 대선 유망주 세 명의 후보에 들 수도 없다. 적어도 러시아에서는 그렇다. 러시아에서 호인은 짓밟히고 잘근잘근 씹혀 내뱉어질 뿐이다.

보르조이는 관제탑에 무전을 보내 이륙허가를 받았다. 그는 늘 군 조종사가 되는 꿈을 키워 왔다. 어린 시절에 그는 붉은광장에서 행해지는 연례 노동절 퍼레이드에 참가하고는 했는데, 미그기와 수호이기, 그리고 투폴레프기 편대가 머리 위로 비행하는 모습을 바라보며 감탄하곤 했다. 그는 성층권까지 올라가 다시 지구로 질주해 내려오는 자신의 모습을 속으로 그렸다. 그의 장래 희망은 열 살이 됐을 무렵 안과의사가 그의 콧잔등에 흉물스런 뿔테 안경을 걸어 주면서 끝나고 말았다. 전투기 조종사가 될 수 없다면 차선책을 택하기로 했다. 스파이가 되기로 한 것이다.

보르조이는 비행기를 활주로 끝까지 천천히 몰고 가서 방향을 돌려 이륙 태세를 갖추었다. 오늘의 비행 계획은 모스크바 세레메체보 공항에서 출발하여 자신이 소유한 제련공장 중에서 가장 큰 공장이 위치한 노릴스크까지 300킬로미터를 재빨리 다녀오는 것이었다. 총 비행시간은 1시간 30분이 소요될 것으로 계산됐다. 시정은 10킬로미터로 맑은 날씨였다. 비행하기에 더없이 완벽한 날이었다.

보르조이는 엔진에 동력을 넣었다. 이어서 브레이크를 풀고 활주로를 달렸다. 120노트에 이르자 바퀴를 접어 올렸다. 시러스 경비행기의 기수가 들려올라가더니 마치 바람에 날리는 잎사귀처럼 놀랍도록 가볍게 날아올랐다. 보르조이는 미소를 지었고, 부조종사 쪽을 바라보며 말했다. "이 작은 악마가 엄청 잘 난단 말이야, 안 그런가?"

부조종사는 아무 대답을 하지 않았다.

시러스 기가 고도 1000미터에 다다르자 50그램의 고성능 플라스틱 폭발물질을 내장하고 연료탱크 바로 옆에 장착되어 있던 폭탄이 자동적으로 폭파되었다. 시러스 경비행기에는 총 50갤런의 고옥탄가 항공유 또는 테스트유가 들어간다. 연료탱크는 앞서 보르조이가 확인했던 대로 가득 차 있었다. 뒤이은 폭발은 가공할 만큼 무시무시했다. 일순간 비행기는 분당 2백 미터의 속력으로 솟구쳤다가 다음 순간 격렬한 불길이 되어 떨어져 내렸다.

시러스 기는 옆으로 한 바퀴 돌며 지상으로 떨어져 지면에 부딪혔다.

생존자는 없었다.

추락은 사고로 간주됐고, 나중에 '조종사 실수'로 처리됐다. 자세한 사고내용은 알려지지 않았다.

5분도 채 안 지나서 보르조이의 사망소식이 스베츠에게 전해졌다. 당시 FSB는 자신들 정보망의 월등함을 자랑하며 의기양양해했고, 스베츠는 자신이야말로 러시아 내 최고의 정보통이라고 떠벌리고 있었다. 사고 소식을 접한 스베츠는 우울한 얼굴을 하고 유감을 표명했다. 보르조이는 오랜 동지였으며, 또한 동료 스파이였다고 했다.

그러나 속으로 그는 웃고 있었다.

두 놈 보냈고. 이제 한 놈 남았다.

그와 차기 대통령직 사이에는 오직 이고르 이바노프 하나만 있었다.

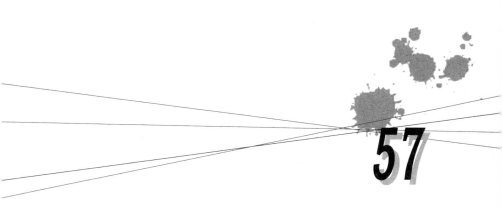

조나단은 한쪽 팔을 뱃전에 걸치고 소형 보트 위로 몸을 끌어 올렸다. 두 시간 동안 쉬지 않고 헤엄친 다음이라 목이 결리고 어깨가 타는 듯 아팠다. 하지만 그보다도 막 시작된 메스꺼움에 위장이 뒤틀리고 있다는 것이 더 안 좋은 상황이었다. 두 번 수면 위로 떠올랐는데 모두 근처에 지나가는 순시선을 찾기 위해서였다. 두 번 다 급히 수면 아래로 사라지느라 바닷물을 한가득 삼켜 버렸다. 기름과 소금기와 폐수로 한 꺼풀 씌워진 얼굴을 손으로 쓸어내렸다. 머리를 따뜻한 나무 바닥에 누이고 얼굴 위로 햇빛이 쏟아지도록 놔두었다. 휴식이 필요했다. 하지만 그에게 그것은 더 이상 누릴 수 없는 사치였다.

푸념 소리를 내며 일어나 앉아 멀리 해변 쪽을 내다보았다. 일광욕을 하는 커플, 개를 산책시키는 남자 등이 여기저기 보였다. 해변 가까이에는 어린아이 셋이 열심히 모래성을 쌓고 있었다. 어림짐작으로 6~7킬로미터 정도 헤엄쳐 나온 것 같았다. 대부분은 잠수를 했다. 해류를 따라 떠가는 대신 거센 조류와 내내 싸워가며 해변을 따라 북쪽으로 헤엄쳤다. 일단 항구를 벗어난 다음에는 도시의 공업지역을 지나 더 헤엄을 쳐서 풀이 허리 높이까지 자라고 듬성듬성 보이는 소나무 사이로 꽤 쓸 만해 보이는 별장들이 있는 해변이 펼쳐진 곳까지 갔다. 해변에서 50미터 정도 떨어진 곳에 드문드문 모터보트가 정박해 있기는 했지만 모두 캐노피로 덮여 있었다. 근처에서 물위에 까딱거리고 있는 소형 보트를 발견한 것은 결코 작은 기쁨이 아니었다.

위에 경련이 일면서 조나단은 바닷물에다 구역질을 했다. 기분이 좀 나아지자 그는 보트 바깥에 달려 있는 엔진을 관심 있게 살펴보았다. 소형 머큐리 75 엔진이었는데 젊은 시절 메릴랜드 동부 해안을 따라 항해할 때 탔던 16피트짜리 아발론에 실려 있던 보조 모터와 비슷했다. 연료마개를 풀고 탱크가 반쯤 차 있는 것을 확인했다. 남의 보트를 훔치려면 어두워질 때까지 기다리는 게 상책이겠지만 그럴 여유가 없었다. 그 순간에도 케이트 포드가 이탈리아 경찰들과 함께 호텔 론도 주변의 관광구역을 돌아다니면서 상점과 식당 주인, 그리고 호텔 매니저들에게 그의 행적을 캐묻고 다닐 게 뻔했기 때문이다. 그들이 호텔 드라빌에 들르는 것은 시간문제였다. 이미 다녀갔을 가능성이 많았다.

뱃머리로 간 조나단은 보트를 정박해놓은 줄을 풀고 닻을 올린 다음 모터 옆에 자리를 잡고 앉았다. 엔진의 줄을 한번 홱 잡아당기자 엔진이 털털거리며 살아났다. 도망자인 처지라 그 소음이 수류탄 터지는 소리보다 더 크게 들렸다. 그는 보트를 몰아 만에서 빠져나와 해변을 주시하며 해안을 따라 북쪽으로 올라갔다. 예상으로는 머지않아 보트 주인이 성냥갑 같은 집들 가운데서 튀어나와 배를 돌려달라고 소리칠 것이 틀림없었다. 하지만 당장은 이쪽을 바라보는 사람도 하나 없었다.

몇 분이 채 지나지 않아 옷가지들이 마르고, 태양이 이마에 뜨겁게 내리쬐는 뱃머리에는 추가 달린 그물이 놓여 있었는데, 그는 지갑 안에 있던 지폐들을 말리기 위해 벤치 위에 늘어놓고 그물추의 납덩이로 꼭꼭 눌러놓았다.

점차 해안가의 모양새가 바뀌어갔다. 해변이 사라지고 그 자리를 끝없는 방파제가 채웠다. 산악 지형으로 변해가면서 바다로 깎아지른 듯 떨어지는 경사면과 하늘 빛 만을 휘감고 있는 암석투성이 절벽들이 이어졌다.

조나단은 들어갈 만한 곳을 찾으며 해안 지대를 살폈다. 보다 공격적으로 사고를 해야만 했다. 법을 지키고 법을 수호하는 사람들을 존중하는 것은 더 이상 생각지 않기로 했다. 자기와 같은 처지에 놓인 사람에게 법은 장애물일 뿐이었다. 케이트 포드나 찰스 그레이브스 또는 치비타베키아에서 부두를 가로질러 그를 추격하던 푸른 제복이 바로 법을 지키는 사람들이었다. 엠마 찾는 일을 방해하는 것이 바로 법이었던 것이다.

혼란스러운 감정을 억누르며 그는 얼굴을 찡그렸다. 이제는 더 이상 엠마를 자기 아내, 심지어는 친구로도 생각할 수가 없었다. 지난 48시간 동안 벌어진 사건들은 그녀를 냉정하고 객관적인 관점에서 바라보도록 해 주었다. 이번만큼은 그녀가 한 행동을 가지고 그녀의 본 모습을 그려볼 수 있었다. 그렇게 그린 그녀의 초상화는 호의적인 모습이 아니었다. 그는 머릿속에 그린 그림을 억지로 응시하면서 그 폭력적인 모습들을 바탕으로 그녀에게 적합한 이름을 붙이고자 애를 썼다. 라라나 에바는 아니었다. 그렇다고 엠마도 아니었다. 그것보단 훨씬 더 혐오스러운 이름이어야 했다.

그녀는 적이었다. 그리고 이제는 그녀를 막아야만 했다.

하지만 그 다음에는?

그 다음은 어떻게 될지 알 수 없었다.

다음 돌출부에서 방향을 돌려 반달 모양의 만 안쪽으로 몰고 갔다. 그곳에는 해변은커녕 방파제도 하나 없고, 20미터의 높이의 바위투성이 수직 절벽만 물속으로 곤두박질치듯 솟아 있었다. 몇몇 지점에는 개인 소유 선착장에서 암벽 사이로 올라가는 계단이 보였다. 그 위쪽으로는 바다를 바라보고 있는 집들이 줄지어 세워져 있었다. 궁전처럼 지은 집들도 있고, 반듯한 현대식 집들도 있었는데, 몇 채는 관리를 하지 않아 거의 허물어져 가고 있었다.

보트를 타고 다시 한 바퀴 돌아 암벽 아래 움푹 들어간 곳에 닻을 내렸다. 돈과 지갑을 챙긴 다음 하의 속옷만 입고 모두 벗고 지갑과 벗은 옷을 공처럼 둘둘 말아 한 손에 쥐고 물에 젖지 않게 높이 쳐든 채 선착장까지 헤엄쳐 갔다.

선착장에 올라 머리 위 30미터에 위치한 집을 쳐다보았다. 겉보기에 낡아 보이는 단층집이었는데 창문은 금속판으로 가려져 있고, 깃대 하나가 쓸쓸히 집을 지키고 있었다. 버려진 집이거나, 아니면 최소한 사람이 없는 집 같았다. 옷을 재빨리 입고 계단을 올라갔다. 집 앞마당에는 물 빠진 수영장이 있었다. 수영장을 돌아 낮은 문을 뛰어넘어 차고로 갔다. 벽에 높이 달린 창문으로 창고 안이 들여다보였다. 창고는 비어 있었다. 차도 없고 자전거도 한 대 없었다.

길을 따라 뛰었다. 먼 곳에서 차들이 속력을 내며 내달리는 소리가 들렸다. 몇 분 후 고속도로에 다다랐다. 남북을 번갈아 쳐다보았다.

북쪽으로 뛰어갔다.

그것은 광폭 타이어와 번쩍이는 크롬 머플러를 장착한 10년 된 노란색 두카티 350 오토바이였다. 코니아일랜드라는 해변 식당에 딸린 주차장을 가득 메운 차들 한가운데 그 두카티가 세워져 있었다. 지글대는 아스팔트 위에 다닥다닥 붙어 주차해 있는 차들 사이를 지나가며 조나단은 희한하다는 생각이 들었다. 미국에는 하나 건너 하나씩 이탈리아 도시 이름을 딴 식당들이 있었다. 카페 로마나 포르토피노, 피렌체 등 그가 가 본 곳만 해도 셀 수가 없을 정도였다. 그런데 정작 이탈리아 식당들은 되레 미국 이름을 사용하고 있는 것이다.

곧장 오토바이 옆으로 걸어가 무릎을 굽히고 몸을 숙였다. 옆의 차는 몸에 닿을 만큼 가까이 세워져 있었다. 식당 안에서는 이쪽이 보이지 않았다. 문제는 오토바이 주인이 올 것이냐 안 올 것이냐로 아주 간단했다. 하지만 어떤 결과가 벌어질지 신경 쓰지 않기로 했다.

가지고 있던 스위스 군대 칼로 오토바이 차대에서 원통형 점화장치 덮개를 뜯어낸 다음 점화 플러그로 이어지는 초록색과 빨간색 전선 껍질을 벗겼다. 오토바이의 점화장치는 자동차의 점화장치와 다르다. 이런 구형 모델 오토바이에서 키는 그저 점화 플러그와 마그네토를 연결시켜 주는 역할만 수행한다. 조나단은 전선 두 개를 같이 꼰 다음 시동 버튼을 눌렀다. 소리를 내며 시동이 걸렸다. 오토바이에 올라 후진한 뒤 속력을 높여 통로를 따라 내려가다가 고속도로로 올라갔다. 걸린 시간은 모두 2분. 엠마가 있었다면 뿌듯해 했을 것이다.

현재시각 12시 15분. 프랑스 국경까지는 580킬로미터 거리였다. 추월 차선으로 미끄러져 들어간 다음 머리를 낮추고 두카티 엔진에 연료를 약간 분사하자, 오토바이는 마치 지옥에서 나온 박쥐처럼 튀어나갔다.

7시까지 이즈에 도착할 생각이었다.

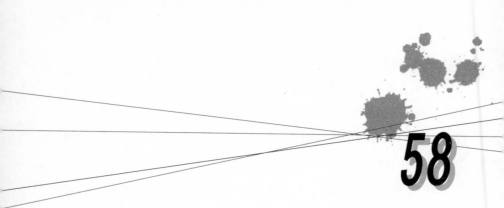

케이트 포드는 길가 카페 바깥에 놓인 의자에 털썩 하고 주저앉았다. 혼잣말처럼 "이건 말도 안돼."라고 되뇌고 있었다. "조나단 랜섬이 유령이 아닌 이상 그렇게 흔적도 없이 사라질 수는 없어. 분명 무슨 목적을 가지고 이곳에 왔을 거야. 그렇다면 누군가와 이야기를 나눴을 거고."

이탈리아 경감도 옆에 앉았다. 잘생긴 외모에 정중한 태도를 보였지만, 그녀가 보기에는 일보다 거창한 제복에 더 신경을 쓰는 사람 같았다. "뒤질 만한 곳은 전부 뒤져 봤습니다." 그는 우아한 어깨를 축 늘어뜨리며 말했다.

"전부 다 뒤져 본 건 아니겠죠." 케이트가 말했다. "저 뒤쪽으로 몇 블록은 아직 확인해 보지 못했으니까요."

"그곳은 안전한 구역이 아닙니다." 그가 말했다. "선원들이나 가는 곳입니다. 술집도 많고, 거친 동네입니다. 좀 있다 가 보도록 하죠. 일단은 커피라도 한잔 하죠."

케이트는 재킷을 벗으며 거세게 부채질을 했다. "저는 사양하겠습니다." 이어서 그녀가 말했다. "나한텐 좀 덥군요." 이탈리아 경감은 멋적은 미소를 지어 보이고는 웨이터에게 손짓해 에스프레소 한잔을 주문했다. 안 되겠다 싶은 마음에 케이트는 혼자 일어나 거리를 향해 나섰다.

랜섬이 그들을 따돌리고 도주한 지 네 시간이 지났다. 그동안 최소한 육십 명에 이르는 경찰 병력이 엠마 랜섬이 구급차에 실려 간 곳을 중심으로 열여섯 개 블록을 샅샅이 뒤졌다. 이탈리아 경찰들은 매우 집요했다. 그녀가 보기에도 그들은 상점, 호텔, 술집, 카페 단 한 곳도 놓치지 않고 샅샅이 수색했다. 런던에서도 이 이상 열성적이길 기대할 수 없을 정도였다. 랜섬이 이번에도 런던에서처럼 쉽게 걸려들까 하는 생각이 들었다.

언덕 위에 도달할 때까지 그녀는 길가 건물들이 드리우는 그늘이 주는 시원함을 만끽하며 좁다란 자갈길을 쉬지 않고 따라 걸었다. 대부분 손질이 제대로 안 된 낡은 아파트 건물들이었다. 문을 한 번씩 잡아당겨 봤지만 모두 잠겨 있었다. 모두 수색하려면 한두 시간 가지고는 턱 없이 부족할 것 같았다. 며칠이 걸릴 만한 곳이었다. 술집이 즐비했고 대부분 이름도 없는 불법 주거시설들이었다. 아직 이른 시간이라 술집들은 모두 문을 열지 않았다. 작은 가게로 들어가 조나단 랜섬의 사진과 런던에서 찍힌 엠마의 흑백 사진을 보여주었다. 하지만 몇 번이고 시도해 봤지만 그때마다 돌아오는 건 돌덩이처럼 싸늘한 시선뿐이었다.

케이트는 벽에 기댄 채 퉁퉁 부은 발을 주무르려고 한쪽 신발을 벗었다. 한숨이 나왔다. 달리 자기가 할 수 있는 일이 없는 듯했다. 이탈리아 경찰들에게 수색을 맡기고 기다려야 할 것 같았다. 낙관적인 생각은 들지 않았다. 기억이란 빨리 흐려지고, 특히 낯선 얼굴은 무엇보다도 빨리 잊혀진다. 신발을 다시 신고 그녀는 해안가 쪽으로 걸어 돌아가기 시작했다. 걸어가는 길에 순간적으로 간판 하나가 힐끗 눈에 들어왔다. 30미터쯤 떨어진 곳에 보이는 골목 입구에 달려 있었다. 호텔 드라빌.

그녀는 고개를 가로저으며 계속해서 걸었다. 그러다 갑자기 자신의 비관적인 자세에 한심한 생각이 들어 그 자리에 멈춰 섰다. 목표의식을 새롭게 다지며 그녀는 오던 길을 되돌아가 호텔 문을 밀고 들어갔다.

프론트 데스크에서 호텔 매니저에게 조나단과 엠마 랜섬의 사진을 제시하며 혹시 한 사람이라도 본 적이 있는지 물었다. 매니저는 즉각 대답하지 않았지만, 케이트는 그의 커피색 눈동자 속에서 뭔가 많은 일들이 벌어지고 있음을 알아챘다. "영어 할 줄 아시나요?" 그녀가 물었다.

"체르또." 그는 모욕이라도 당한 듯 이탈리아어로 대답한 다음 이어서 영어로 "물론입니다."라고 대답했다.

"이 사람들을 본 적이 있군요. 그렇죠?" 그녀가 되물었다.

매니저는 고개를 앞뒤로 천천히 흔들면서 한 손으로 턱을 받치고는 뭔가 불만족스러운 듯이 입술을 오므렸다.

"왜 그러시죠?" 그녀가 물었다. "이 남자를 아시나요?"

"확실하진 않습니다."

케이트는 그의 손목을 움켜쥐며 말했다. "사실대로 말해요. 그렇지 않으면 십초 안에 이탈리아 현지 경찰을 데리고 와서 당신 직원들이 작성한 문서들을 모조리 살펴볼 테니까."

"이 남자는 오늘 오전에 이곳에서 봤습니다."

케이트의 심장이 두근거리기 시작했다. 그녀는 계속하라는 뜻으로 고개를 끄덕여 보였다. "네, 그리고요…."

매니저는 사진을 데스크 위에 탁 하고 내려놓으며 말했다. "이 남자는 이 여성의 남편입니다." 그런 다음 그녀가 잘못 알고 있는 사실을 지적이라도 해야겠다는 듯이 자신 있게 말했다. "프랑스에서 온 것도 아니고요!"

60분 후, 에어로스페시알 에큐레일 헬리콥터가 치비타베키아 언덕 위에 있는 경찰본부에서 출발했다. 케이트는 헤드폰을 머리에 맞게 조절해 쓰고 승객 좌석의 안전벨트를 꽉 조여 맸다. 헬리콥터가 날아오르자, 그녀는 이탈리아 경찰관들을 향해 손을 흔들었다. 앞부분이 기울면서 헬기가 좌측으로 급히 방향을 틀며 날아올랐고, 잠시 후에 그들은 바다 위를 날고 있었다.

파일럿을 보며 물었다. "얼마나 걸리죠?"

"직선코스로 비행하면 600미터 거리입니다. 세 시간 안에 도착할 것 같습니다. 바람만 따라 준다면 덜 걸릴 수도 있습니다."

케이트는 랜섬이 이즈의 주소지로 간 게 틀림없다고 판단했다. 프랑스 경찰에 연락해 이즈의 주소지로 인력을 보내 은밀히 감시해 줄 것을 요청했다. 최정예 요원들을 보내달라고 부탁했다. 랜섬이 자기보다 먼저 그곳에 도착했다가 겁을 먹고 달아나는 일이 생겨서는 안 된다.

"랜섬을 발견했는데 그자가 도망치기라도 하면요?"

"그럼 제압하세요." 케이트는 이렇게 말했다. "하지만 굳이 염려하실 필요는 없습니다. 우리보다 그자가 먼저 도착할 가능성은 없습니다."

말을 마친 그녀는 그레이브스와 핸드폰으로 통화했다. "찰스, 랜섬을 찾았어요."

59

찰스 그레이브스는 정문에서 차를
세운 다음 차창 밖으로 손을 내밀어 벨을 눌렀다. 소용돌이무늬 장식의 검
은색 쇠창살과 중앙에 화려한 문장이 박힌 정문은 거대하고 웅장했다. 중
세시대 성문을 장식하던 내리닫이 쇠창살문에서나 보일 매력이 느껴졌다.
세심한 정성을 들여 만든 것으로, 훈족의 침입을 막아 낼 성문 같은 분위기
가 느껴졌다. 덜컹 하는 소리와 함께 문이 움직이더니 곧 드르륵 하고 열렸
다. 아이비로 뒤덮인 담벼락 너머 어딘가에 감시 카메라가 숨겨져 있고, 자
신의 출입은 신원조회를 통해 사전 승인되었을 것이다.

그레이브스는 양옆에 화려한 화단과 값비싼 잔디밭이 잘 손질되어 있는
길을 따라 달렸다. 커브를 돌자 집이 보였다. 위압감을 줄 정도로 거대한
팔라디오풍의 건축물을 유심히 살펴보았다. 집이라기보다는 '궁전'이란
표현이 더 잘 어울릴 것 같았다. 실제로도 한때는 빅토리아 여왕의 여름 별
궁이었다는 사실을 그는 알고 있었다. 3년 전, 러시아의 억만장자에게 이
곳이 팔렸다는 소식을 가지고 언론이 연일 시끄럽게 떠들었다. 사람들은
러시아 황제 행세를 하는 자가 영국 여왕의 재산을 훔쳐갔다고 흥분했다.

자갈 깔린 앞마당에 주차된 것은 그레이브스가 보안 카메라 화면 속에
서 포착했던 바로 그 문제의 롤스로이스 팬텀이었다. 벌써 계단에서 내려

오며 손을 들어 인사를 건네는 이가 있었으니, 늘 그렇듯이 트레이드마크인 놀랍도록 우아하면서도 자연스럽게 헝클어진 숱 많은 은빛 금발의 주인공인 피터 샤갈이었다.

"조심하십시오." 러시아 담당 데스크 직원들이 그에게 경고했다. "상어처럼 쩍 벌리고 웃는 미소 뒤에 상어만큼이나 날카로운 이빨을 감추고 있는 자입니다."

러시아 데스크 담당자들이 건네 준 피터 샤갈 관련 파일을 굳이 볼 필요도 없었다. 자신이 이미 다 파악하고 있는 내용들이었기 때문이다. 그리고 그가 다섯 살 되던 해부터 매년 9월부터 이듬해 5월까지 매주 토요일마다 응원하던 북런던의 프로축구팀 아스널을 샤갈이 매입한 날부터 그의 동향은 쭉 파악하고 있었다.

50년 전, 시베리아에서 태어난 표트르 샤갈린스키는 일찍이 고아가 됐고 조모 밑에서 성장했다. 장학생으로 모스크바 국립대학에 다니고, 최우수 성적으로 졸업했다. 군에서 병역의무를 마친 다음에 그는 구소련의 가장 큰 석유회사 중 한 곳에 취직했다. 27세에 부회장 자리에 올랐고, 공산당 입당을 거부했던 점을 감안하면 그런 파격적인 출세는 보통 놀랄 일이 아니었다. 베를린 장벽이 무너지고, 기력이 다한 러시아 정부가 붕괴되자 샤갈린스키는 그런 정세 변화를 기회로 활용하기에 완벽한 위치에 서 있었다. 이름도 이미 샤갈로 바꾼 다음이었다. 그는 잔챙이 라이벌들을 순식간에 먹어치웠고, 새로 사기업이 된 회사의 주식 대부분이 자신의 주머니로 들어오게끔 만든 다음 정유회사를 현대화하고 정유생산을 늘렸다. 눈부신 은빛 금발과 라이벌들을 먹어치우는 능력으로 인해 그에게는 '위대한 화이트'라는 별명이 붙여졌다.

그런 다음 5년 전, 샤갈은 1백 억 파운드에 회사를 러시아 정부에 되팔았다. 예고 없이 이뤄진 이와 같은 움직임은 그가 은퇴를 단행한 진정한 이유가 무엇인지를 두고 여러 사람들로부터 궁금증을 자아냈다. 다음 날 그는 영국행 비행기에 올랐다. "나는 러시아와 더는 볼일이 없으며, 러시아 역시 나와 더는 볼일이 없다." 이것이 그가 남긴 유명한 말이었다. 샤갈에 관련된 다른 모든 것들과 마찬가지로 그 말도 거짓이었다. 그는 뼛속까지 러시아 사람이었다. 그는 절대로 조국 러시아를 저버릴 사람이 아니었다. 그리고 로버트 러셀경과의 관계가 그러한 사실을 증명해 주었다.

그레이브스가 차 시동을 끄기도 전에 차 문을 열어주며 샤갈은 특유의 러시아 억양이 밴 굵직한 목소리로 소리쳤다. "어서 오십시오! 그레이브스 대령. 만나서 반갑습니다."

"그쪽에서 날 만나기로 한 건 잘하신 겁니다." 그레이브스는 일부러 그를 낮추는 투로 대답을 했다. 샤갈이 곤란한 상황에 처해 있다는 것은 이미 눈치 챘다. 억만장자들이 경찰에게 공손하게 인사하는 법은 없기 때문이다. 러시아이건 영국이건 그건 어디에서도 마찬가지였다.

"보안국의 요청을 제가 어찌 거절할 수가 있겠습니까? 이제는 나도 어엿한 영국 국민인데 말입니다. 여왕 폐하의 신민이 된 거죠."

"뭐, 그렇다면 축하합니다." 그레이브스는 그가 영국 여권을 얻기까지 돈을 얼마나 들였을지 궁금했다. 이 저택만 해도 3천만 파운드는 들었을 것이고, 축구팀에도 2억 파운드는 들어갔을 것이다. 돈이 얼마나 들건 샤갈이 못 할 일은 없었다.

"제 친구 러셀의 일로 오셨다구요?" 슬픔이 가시지 않은 듯한 말투로 러시아인이 말했다. "솔직히 말씀드리자면, 저는 선생으로부터 연락이 오길 기다리고 있었습니다."

"그렇다면 내게 뭔가 하실 말이 있다는 뜻인가요?" 그레이브스에게는 사실상 샤갈이 협조하도록 만들 법적 수단이 없었다. 피살자가 살해당하기 두 시간 전에 그를 만났다는 것은 위법행위라고 하기 힘들기 때문이다. 샤갈로부터 뭔가를 깨내려면 그와 거래를 하는 수밖에 없었다.

"그럴지도 모르죠." 샤갈이 말했다. "사실 난 선생이 먼저 내게 해 줄 말이 있을 것이라고 기대하고 있었습니다만."

"한두 가지는 해 줄 수 있지요."

샤갈은 그의 팔을 꾹 잡고 저택 옆길로 안내하며 물었다. "범인 일당이 어떻게 그의 집으로 들어갔나요?"

"지하실을 통해서입니다." 그레이브스가 대답했다.

"하지만 그의 아파트는 5층이잖습니까? 갖가지 보안장비가 있는데. 그리고 출입문을 지키는 도어맨은 어떻게 된 거죠?"

"놈들은 옛날에 사용하던 건물 내 세탁물 슈트를 통해 들키지 않고 잠입했습니다."

"도대체 어떤 자들입니까? 정말 궁금합니다."

"그 부분에 대해서는 정보를 공유해 드리기가 힘들군요. 아직 수사가 진행 중에 있어서죠."

"그런가요?" 샤갈은 뇌물이 필요한지 여부를 무심코 따져보는 듯한 눈빛을 그에게 보냈다. 이 자는 얼마를 바랄까? 1만 파운드? 5만 파운드? 아니면 1백만?

"체포하는 즉시 알려드리지요." 그레이브스가 말했다.

"그렇다면, 얼마 안 걸릴 것이라는 소리군요?"

"그렇게 되길 바랄뿐입니다."

코끼리, 사자, 춤추는 곰. 샤갈은 서커스 동물 모양으로 완벽하게 손질된 장식 정원을 지나 길을 안내했다. 사저를 둘러싼 높은 벽돌 담장 주변여기저기에 무장 경비원들이 기관단총을 끼고 순찰을 돌며 모습을 드러냈다. 5분 만에 그레이브스는 2인 1조로 구성된 경호팀 세 팀과 여섯 대의 감시카메라를 보았다. 궁전은 저택이라기보다는 요새에 가까웠다. 그가 먼저말을 꺼냈다. "샤갈씨, 묻겠습니다. 러셀경과는 오랜 친구 사이였나요?"

"그렇다고 할 수 있죠. 내게 도움을 주는 친구였으니까요."

"어떤 면에서 말입니까?"

"그 친구는 남을 믿지 않았죠. 당신네들과 달리 그는 절대로 남에게 속아 넘어가질 않았습니다."

"뭐에 속아 넘어가지 않았다는 거죠?"

"주위를 둘러보십시오. 총포가 보이시죠. 제 개인용 소규모 군대입니다. 진짜 같아요? 그 친구는 이런 것들에 넘어가지 않았습니다."

그들은 장식 정원을 빠져나왔다. 커다란 녹색 대문이 달린 농가의 대형 헛간이 그들 앞에 우뚝 서 있었다. 안쪽에서 자동차 엔진소리가 들렸다.

"러셀경이 살해되기 전날 밤, 그가 찾은 클럽 앞에 당신 자가용이 주차되어 있는 사진이 우리한테 있습니다. 두 사람이 만나고 난 다음에 러셀경은 직접 차를 몰고 이바노프 내무장관이 차량 폭탄 테러를 당한 빅토리아 스트리트로 갔습니다. 그 야밤에 러셀경이 왜 그곳으로 갔는지 혹시 아시나요?"

"악귀 같은 놈들." 샤갈은 이렇게 독설을 내뱉었다. "사악한 놈들입니다. 당신네들은 짐작도 못하실 겁니다. 그놈들은 비싼 정장을 입고 완벽한 영어를 구사하죠. 당신네들이 보기에 멀쩡한 인간들이라고 여기도록 말입니다. 20년 전에 대처 여사가 고르바초프를 두고 상대할 만한 인간이라고 말했던 것처럼 말입니다. 허나 그건 당신네들이 순진해서입니다. 그놈들은 다릅니다. 상대할 수 없는 인간들입니다. 러시아는 늪에서 태어났습니다. 지난 10세기 동안 우리는 그 늪에서 벗어나려고 기를 쓰고 싸웠습니다. 우리는 늘 유럽의 가난한 나라였죠. 무식하고 미신을 믿는 나라였습니다. 그런데 이제 우리를 구할 기적이 찾아왔습니다. 그 기적이란 게 뭘 말하는지 아십니까?

"석유 말입니까?" 그레이브스가 물었다.

"그렇습니다. 석유죠." 샤갈이 말했다. "러시아의 석유 매장량은 2천억 배럴로 세계 2위입니다. 한때 하루에 9만 배럴씩 뽑아 올리기도 했죠. 하지만 지금은 아닙니다. 석유회사를 장악한 놈들은 이윤을 다른 이들과 나누는 것보다는 자기들이 전부 챙기려고 했죠. 서방의 파트너들과 힘을 합쳐 우리의 석유시추 시설을 현대화하는 대신에 그자들은 석유굴착기들이 녹슬도록 내버려 두었습니다. 새로운 자원을 발굴하는 대신 질투심 많은 암탉들처럼 갖고 있는 것을 지키기에만 정신이 없었죠. 문제는 러시아의 천연자원을 손아귀에 넣은 자들이 사업가 출신이 아니라는 겁니다. 그자들은 스파이들이고, 편집증에 걸린 멍청이들이죠. 끊임없이 어깨너머를 흘겨보면서도 앞을 똑바로 바라보는 일은 절대로 없는 자들이지요. 자기들은 스스로를 조국 러시아를 위해 피 흘린 애국자들이라고 부르지만, 그레이브스 대령, 세상에 애국자보다 더 웃기는 말이 어디 있습니까."

두 사람은 농가 헛간에 도착했다. 엔진소리는 이제 더 크게 들렸다. 러시아어로 무슨 지시가 내려지자 누군가가 액셀을 밟았다. 샤갈은 쪽문을 열고 안으로 들어갔다. 농가 헛간은 차고로 개조돼 있었다. 그레이브스가 세어 보니, 적어도 스무 대 가량 되는 자동차들이 견고하게 설치된 투광 조명등 아래 주차되어 있는 것이 보였다. 페라리 스카글리엣티와 람보르기니 미우라가 한대씩 있었다. 그 외에도 마세라티 콰트로포르테, 메르세데스-벤츠 SLR 맥라렌, 포르쉐 911 GT, 그리고 벤틀리 뮬산느 터보가 보였다.

샤갈은 날렵한 디자인의 그레이 색상 투도어 스포츠카 앞에서 걸음을 멈췄다. "부가티 베이론이죠. 세상에서 제일 비싼 차입니다. 이 녀석에게 얼마를 들였을지 아시겠어요?"

그레이브스는 정중하게 미소를 지어보이며 대답했다. "그야 뭐, 내 봉급보다야 더 들었겠죠."

"미화로 2백만 달러입니다. 로버트 러셀경을 죽인 자가 누구인지 내게 알려주신다면 이 녀석을 기꺼이 드리겠습니다. 다른 조건 따윈 없습니다. 내가 드리는 선물이니까요. 어떻습니까?"

"솔깃한 말이군요."

"그렇다면 녀석은 이제 대령의 것입니다!" 샤갈이 선언하듯 말했다.

"받을 수 없습니다." 그의 후한 처사에 놀란 표정을 지으며 그레이브스는 고개를 저었다.

"하!" 하고 샤갈이 외쳤다. "애국자가 한분 더 계셨군."

그레이브스는 심각한 표정으로 바꾸며 물었다. "러셀경이 선생과 만나고 난 그 즉시 빅토리아 스트리트 1번가로 갔던 이유가 뭡니까? 그곳에서 벌어진 테러 사건에 대해 선생이 아는 게 뭡니까?"

샤갈은 샤무아 천으로 검은색 빈티지 페라리 데이토나의 후드를 닦는 일에 몰두해 있었다. "당신네와 마찬가지로 우리도 조사를 진행하고 있는 중입니다." 고개를 내린 채 그가 말했다. "좀 더 신뢰할 만한 정보가 모이면, 그때는 우리가 여왕 폐하의 정부에 알려드릴지도 모르겠군요."

그레이브스는 그에게 바짝 붙어서며 말했다. "이바노프 내무장관을 공격한 것은 인근 정부청사에 강제 대피령을 내려지게끔 하기 위한 유인책이었습니다. 건물 안에 잠입해 기밀정보를 훔쳐내기 위한 것이었단 말입니다."

"어떤 종류의 기밀정보를 말하는 것이죠?"

"대단히 중요한 기밀입니다." 그레이브스가 말했다.

떠오르는 의심들로 인해 샤갈의 표정이 흐려졌다. "애당초 이바노프를 제거할 생각이 없었다는 건가요? 말이 되지 않습니다. 모두가 이바노프의 죽음을 바라고 있습니다."

"난 우리가 가진 증거를 토대로 말씀 드릴 뿐입니다."

"그들이 그토록 원하던 기밀정보란 게 도대체 뭔가요?" 샤갈이 물었다.

"선생께서 모른다는 말씀인가요?"

"내가 이미 알았더라면, 내 좋은 벗, 러셀경과 그 밤늦은 시각에 굳이 밖에서 만날 필요가 있었을까요? 우리도 뭔가 벌어지고 있다는 것은 알았습니다. 어디서 일어날 것이라는 위치에 관해서는 들었지만, 무슨 일이 벌어질지는 몰랐습니다. 러셀은 우리를 이용했고, 우리도 러셀을 이용했습니

다. 종종 그 사람은 나보다도 러시아에 더 괜찮은 연줄들을 가지고 있었으
니까요. 우리도 그가 뭔가를 알고 있었다고 확신합니다. 내가 해드릴 수 있
는 말은 이겁니다, 대령. 하지만 이 모든 일들의 배후에는 그자들이 있습니
다. 아주 사악한 놈들이죠."

　물어볼 것도 없이 그레이브스는 그들이 누구를 뜻하는 말인지 알았다.
바로 FSB를 말하는 것이었다.

　"내 말을 들어보십시오, 그레이브스 대령." 샤갈은 이렇게 말을 이었다.
"대령과 내 정보원을 만나게 해 주겠습니다. 그자 역시 그들 중 하나이긴
하지만 좋은 사람입니다. 일대일 만남입니다. 그가 아는 것들을 대령께 말
해 줄 것입니다. 대령을 실망시킬 일은 없을 겁니다. 답례로 로버트 러셀의
살해범에 관한 증거들을 내게도 보여 주셔야만 합니다."

　"런던에 있는 사람입니까?"

　"그렇습니다." 샤갈은 요리조리 지나 차고 뒤로 갔고, 그곳에서 차량 한
대가 밴에 실리고 있었다. 메탈릭 블루 색상의 1964년형 포드 쉘비 코브라
가 미끄러지듯 다가오는 동안 그레이브스는 화물 적재용 계단 한 쪽에 서
있었다. "가장 최근에 얻은 녀석입니다." 샤갈이 말했다. "1964년 르망에서
엔초 페라리를 이겼던 차입니다. 내가 구입한 첫 미국 차죠. 어떻게 생각하
십니까?"

　그레이브스는 저런 차를 몰아볼 수만 있다면 오른 팔이라도 팔아 버릴
생각이라고 말하고 싶었다. 하지만 그는 "굉장히 멋있군요." 정도로만 대
답했다.

　코브라의 운전석에 올라타며 샤갈은 "그러고요?" 하고 물었다. "당신이
범인의 이름을 알려줄 것이라고 그 사람한테 일러줘도 될까요?"

　그레이브스는 차의 새 가죽 냄새를 맡았다. 그것은 권력의 냄새였다.
그는 마침내 결심한 듯 대답했다. "좋습니다."

　샤갈에게서 불안해하던 모습이 순식간에 사라졌다. 거의 아첨에 가깝던

열성적인 태도는 사라지고, 그는 다시 본래의 거만한 모습으로 돌아와 있었다. "그에게 직접 들으시는 편이 나을 겁니다. 그렇지 않으면 대령께서 믿기 힘들 겁니다. 바로 연락을 해놓겠습니다. 오늘 저녁에 혹시 약속이 있으신가요?"

"시간을 비워두겠습니다."

"좋아요." 샤갈이 그를 쳐다보았다. "마지막으로 한 가지 질문이 하나 더 있습니다. 러셀의 살해범이 지하를 통해 그의 아파트 안으로 잠입했다고 하셨는데요. 하지만 지하실 쪽도 보안이 상당한데요. 저도 그 아파트를 하나 장만할 뻔 했죠. 그래서 압니다만, 어떻게 된 건지 자세히 말해 주실 수 없습니까?"

그레이브스는 손가락으로 차 문을 두드리며 쉘비 코브라의 주변을 돌았다. "놈들은 러셀의 자동차 트렁크에 숨어서 들어 왔습니다."

피터 샤갈의 두 눈이 휘둥그레졌다.

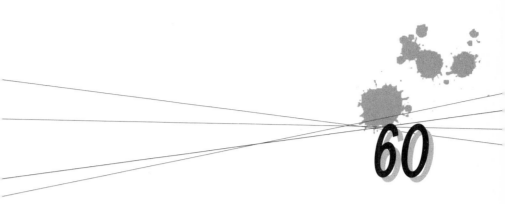

60

프랑스 국경-앞으로 *2 km*

프랑스 국경이 다가오자 조나단은 모터사이클의 속도를 늦추었다. 고속도로가 양 갈래로 갈라졌다. 서쪽으로 가는 차선은 언덕을 타고 오르는 완만한 오르막길이고, 반대편 차선은 해안가와 맞붙은 평평한 지형이었다. 이른 저녁인데도 교통량이 많고 1킬로미터를 더 가서부터는 아예 멈춰서야 했다. 왼 다리로 모터사이클의 무게를 떠받치며 그는 바다를 바라보았다. 일곱 시간 동안 동반자 노릇을 하며 그를 목적지까지 인도해 준 넓고 푸른 바다였다. 머리 위로는 가파른 비탈이 있었다. 테라스가 있는 집들과 정원, 그리고 올리브나무들에 걸린 빨랫줄이 보였다. 산들바람이 바다로부터 불어왔고, 짠 바다 내음과 자동차 매연, 그리고 진한 솔향이 전해져 왔다.

차량 줄이 조금 줄어들었다. 모퉁이를 돌자 입국 통관 수속 사무소가 자리 잡고 있는 조가비 모양의 널찍한 건물이 보였다. 연푸른색 튜닉과 수비대 모자를 쓴 수비대원들이 여권과 신분증 검사를 하고 있었다. 그들은 신분증을 대충 살펴본 다음 손짓으로 검사를 마친 차량을 앞으로 보내며 차량들 사이를 이리저리 헤집고 다니고 있었다. 조나단은 유럽 내 국경을 수백 번은 넘어 다녀 보았다. 다급한 마음에 주위를 둘러보니 모든 것이 고요하고 한가로워 보였다. 평상시와 다를 바가 없었다. 흰색 밴 차량 한 대가 심사를 받기 위해 보조차선에 멈춰 서는 것이 보였다. 수비대원이 밴 차량을 향해 정지신호를 보냈다. 사복 차림을 한 남녀 한 팀이 난데없이 불쑥 나타나서 밴 차량을 둘러쌌다.

흔히 있는 일이었다.

서둘러 고속도로의 출구지점을 확인했다. 출구는 없었다. 1킬로 전 지점에 하나 있던 게 마지막이었다. 어깨너머 뒤를 힐끗 쳐다봤더니 출구 안내문 뒤에 경찰 차량이 잠복해 있는 모습이 보였다. 오토바이의 스로틀을 조금 당겨 20미터 가량 더 앞으로 나아갔다. 빠져나갈 길이 없었다.

재빨리 대형 건물 현관 지붕 그늘 아래로 오토바이를 댔다. 신분증은 있었다. 루카 라치오 박사의 신분증이었다. 신분증 사진은 7년 전에 찍은 것으로 빛이 바래고 긁힌 자국투성이였다. 수비대원 한명이 조나단을 위아래로 훑어보며 다가왔다. 수비대원은 손가락을 까닥이며 조나단에게 모터사이클을 몰고 가까이 오라는 신호를 보냈다. "어이, 당신." 그가 말했다. "멈추시오."

조나단이 신분증을 제시하자 수비대원은 두 손가락으로 신분증을 받아들었다.

"어디서 오는 길입니까?"

"밀라노요." 조나단이 말했다. 모터사이클 번호판이 이탈리아 북부에서 등록한 것으로 되어 있기 때문이었다.

"방문 목적이 어떻게 되시나요?"

조나단은 가방도 메고 있지 않았으며, 입고 있는 옷 외에는 다른 옷가지도 없었다. "모나코에 사는 친구를 만나러 갑니다."

국경수비대원은 조나단의 얼굴을 유심히 살피더니 이어서 신분증의 사진을 다시 내려다보며 말했다. "라치오씨, 맞죠?"

"네."

"의사시죠?"

조나단은 다시 "네."라고 대답했다.

수비대원은 고개를 저으며 신분증을 돌려줬다. "그렇군요. 하긴 의사들이나 헬멧이나 부츠도 없이도 고속도로를 누비고 다니겠죠." 그는 손짓을 해 보이며 말했다. "다음에는 주의하십시오."

조나단은 그에게 엄지를 세워 보인 다음 액셀을 밟고 프랑스 영토로 들어섰다.

"다음!" 하고 수비대원이 외쳤다.

61

다른 밤 다른 준비물. 엠마는 작업 도구들을 침대 위에 올려놓았다.

군용 나이프

덕 테이프

페퍼 스프레이

테이저 건

플라스틱 수갑(두 벌)

거즈(저자극성 한 상자)

지그 자우어 9mm 권총과 소음기

탄창 두 개

한발 물러서서 그날 밤 필요한 도구들을 다시 점검해 보니 빠진 물건이 무엇인지 금방 알 수 있었다. 가방을 뒤지자 손가락에 직사각형 금속 물체가 부딪혔다.

자물쇠 따개 록 픽.

그것으로 준비물은 다 갖춰졌다.

다음에는 자리에 앉아서 준비물들이 제대로 작동하는지 일일이 점검했다.

먼저 칼날을 날카롭게 갈았다.

덕 테이프는 떼어내기 쉽게 끝을 접어두었다.

다음으로 페퍼 스프레이의 보호비닐을 벗겨내고 노즐을 눌러 보았다. 수증기 같은 구름이 약간 뿜어져 나왔다. 살짝 코로 들여 마시자 눈가에 눈물이 고였다. 스프레이 통을 내려놓았다.

테이저 건은 1만 볼트에 맞춰놓고 배터리가 충전되어 있는지 확인했다.

플라스틱 수갑은 언제나처럼 상태가 좋았고, 거즈도 마찬가지였다.

권총에 소음기를 장착하고, 손잡이 부분에 탄창을 밀어 넣은 다음 장전했다. 그녀는 방 곳곳에 가상의 목표물을 조준하며 손이 권총의 무게에 익숙해지도록 했다. 이어서 탄창을 뽑고 소음기를 떼어냈다.

록 픽에는 기름칠을 하고 필요한 만큼 날을 갈아두었다.

그런 다음 똑바로 앉아 거울 속의 자신을 바라보았다. 일분 정도 숨을 멈추고 눈도 깜빡이지 않았다. 이것도 통과해야 하는 테스트였다.

발코니의 문은 열려 있었다. 바다에서부터 불어오는 소금기 섞인 시원한 바람에 머리카락이 나풀거렸다. 일어나 발코니로 나갔다. 노르망디 해안 근처 브릭퀘벡에 위치한 벨에어 호텔의 3층에 위치한 방에서 보면 목초지와 생울타리, 그리고 그 너머로 프랑스에서는 라망슈, 영국에서는 잉글리시 채널이라 불리는 해협의 장관이 멀리 수평선까지 펼쳐져 있었다.

안으로 들어와 모든 도구들을 작업 키트에 다시 집어넣은 다음 침대 밑으로 밀어 넣었다. 핸드백에서 그 지역의 지도를 꺼낸 다음 브릭퀘벡과 라헨느 사이 지역을 살펴보았다. 지도 위를 훑던 그녀의 손톱이 생 마르탱로에서 멈췄다. 브릭퀘벡과 이웃 마을 브레던쉘을 잇는 곧게 뻗은 길이 4킬로미터의 지방도라고 표시되어 있었다.

책상 위의 노트북을 집어 들어 침대 위로 가져왔다. 국제핵안전협회의 피에르 베르텔이 일전에 제공해 준 CD에 접속해서 재빨리 라헨느의 보안 소장인 장 그레구아르의 주소를 찾아보았다. 구글 지도에서 찾은 주소인 프랑스 브레던쉘, 생 마르탱가 12번지를 검색해 보았다. 짙푸른 시골이 화면에 나타나자 고도 1백 미터까지 화면을 확대했다. 사진이 흐리기는 했지만 슬레이트 지붕에 두 개의 굴뚝이 있고, 뒤뜰에는 보체 코트가 있는 전형적인 노르망디 농가라는 것을 알 수 있었다. 스트리트 뷰 모드로 전환하자 집 앞 도로에서 찍은 매우 선명한 사진이 화면에 떴다.

위성사진 모드로 다시 전환한 후, 생 마르탱가 12번지로부터 반경 2백 미터 이내에 다른 집이 하나도 없다는 것을 확인했다. 기쁜 소식이었다. 2백 미터는 공식적으로 '소리치면 들리는 거리'로 정의된다.

엠마는 청바지와 티셔츠로 갈아입고 세수를 했다. 아래층으로 내려가기 전에 머리에 스카프를 두르고 선글라스를 썼다. 문으로 가면서 카메라를 집어 망원렌즈를 장착했다. 프런트데스크의 직원은 호텔을 나서는 엠마를 관심 있게 지켜보지 않았다.

생 마르탱까지는 차로 20분이 걸렸다. 표지판들에는 바이외, 캉 같은 역사적인 도시명이 쓰여 있었다. 더할 나위 없이 깔끔한 작은 공동묘지를 최소한 한 번 이상 지나갔는데, 묘지에는 수백 개의 하얀 묘석들이 있고 모든 묘석의 하단에는 미국 성조기가 놓여 있었다. 그녀는 이 지역에 대해서, 그리고 이 지역에서 치열하게 벌어졌던 전투들에 대해서 아는 바가 거의 없었다. 제2차 세계대전에 대한 그녀의 지식은 스탈린그라드, 레닌그라드, 칼리닌그라드와 같은 이름의 도시들을 중심으로 이루어져 있었다.

어디에도 도로명이나 거리명이 표시되어 있지 않았다. 그녀는 차에 내장되어 있는 내비게이션 시스템에 의지해서 운전했다. 생 마르탱 거리의 분기점에 다다르자 속도를 시속 30킬로미터로 늦추고 차 양쪽 창문을 다 내렸다. 도로가에는 집이 단 한 채 있었다. 컴퓨터에서 본 그 집이었다. 정문은 새로 칠해져 있었지만 그밖에는 본 것과 똑같았다. 집을 지나가면서 카메라를 들어 연사로 10여 컷을 찍었다. 그대로 몇 킬로미터를 더 지나간 다음 차를 돌려 왔던 곳으로 되돌아갔다. 이렇게 도로표지가 없는 차선에서 길을 잘못 든 여행자가 그녀가 처음은 아닐 것이다.

이번에는 더 빠르게 운전했다. 집 근처까지 다다랐을 때 집 앞에서 무엇인가 움직이는 것이 보였다. 빨간 머리 소녀가 타고 온 자전거를 잔디밭에 내팽개치고는 현관 앞으로 달려가고 있었다. 많아야 세 살 정도 되어 보이는 금발의 사내아이가 신이 난 듯 소리를 지르면서 소녀를 따라갔다.

엠마는 속도를 늦추지 않았다. 목구멍이 타들어가는 와중에도 계속해서 전방을 주시했다. 그 집에 아이들이 있다는 사실은 미처 몰랐던 것이다. 어떤 목소리가 그녀가 누구이고, 왜 이곳에 왔는지를 상기시켜주었다. 파피의 목소리였다. 그리고 그 목소리는 그녀의 심장을 다시 강철처럼 차갑게 만들었다.

두 개의 추가 목표물. 그녀는 파피가 기특하게 여길 만한 냉정한 마음으로 상황판단을 내렸다.

플라스틱 수갑 네 벌이 필요하게 되었다.

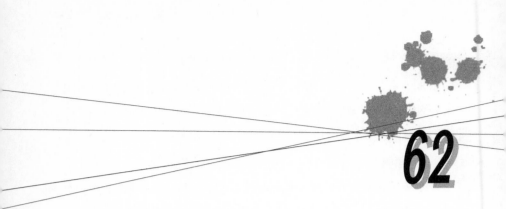

62

밤이 찾아왔다. 해안의 공기는 따스하고 솔향과 재스민 향이 어우러져 있었다. 조나단은 바위 뒤로 몸을 피해 흩날리는 흙먼지와 자갈을 피하며 언덕을 미끄러져 내려갔다. 저만치 아래쪽 산자락에는 점토 지붕과 시골 양식의 집들이 어우러진 중세풍 마을인 이즈가 내려다보였다. 교회의 첨탑이 단검처럼 하늘을 가르고 있었다. 더 내려가면 산허리에 두른 리본같이 펼쳐져 있는 것이 있었으니, 바로 카프 페라와 지중해의 천연항구인 빌프랑슈만으로 이어지는 무아멘 코르니슈 고속도로였다. 아홉 시 정각을 알리는 교회 종이 울렸다.

조나단은 배낭을 바닥에 내려놓고 안에서 쌍안경을 찾아 꺼냈다. 이탈리아 국경 근방에 있는 휴양지인 망통의 한 대형 슈퍼마켓에서 쌍안경과 함께 핸드폰, 생수를 포함한 필수품 몇 가지들을 루카 라치오의 신용카드로 결재했다. 쌍안경을 눈가에 가져다 대고 언덕 급경사면 위에 있는 빌라 한 채를 유심히 들여다보았다. 하얀색 벽돌로 지어진 작고 오래된 빌라였으며, 지중해 연안의 휴양지인 코트다쥐르의 여느 지붕과 마찬가지로 그 빌라의 타일 지붕도 햇빛에 색이 바랜 황토색이었다. 빌라의 한쪽에는 철 재난간으로 둘러싸인 테라스가 있었다. 길 앞에는 흰색 페인트로 '58 후트드 라 투르비에'라고 적힌 우체통이 있었다.

테라스에서 뭔가가 움직였다. 조금 전까지 만해도 닫혀 있던 프렌치 도어가 열려 있었다. 집 안에서 그림자가 움직이는 게 보였다. 남자인지 여자인지는 알 수 없었다. 본능적으로 바위 사이에 몸을 숨겼다. 얇은 커튼이 바람에 나부끼는 열린 문에서 시선을 떼지 않은 채, 그 자리에 가만히 있었다. 밖에서 어슬렁거리던 큰 얼룩고양이 한 마리가 연철 테이블에서 뛰어내렸다. 몇 분이 흘렀고, 더 이상 아무런 움직임이 보이지 않았다.

조나단은 새로 산 핸드폰을 주머니에서 꺼냈다. 핸드폰 메모리에는 단 한 개의 번호만이 입력돼 있었다. 스피드 다이얼을 누르고 핸드폰을 귀에 댔다. 통화 연결이 되며 연결음이 들렸다.

그 순간, 누군가가 집 안에서 테라스로 나왔다. 조나단 연령대의 남자였다. 호리호리한 체격에 중간 키, 검은 머리에 햇빛을 보지 못한 지 꽤 오래된 것만 같은 창백한 안색을 하고 있었다. 어두운 색상의 정장에 오픈칼라 셔츠를 입고 있었다. 복장과 태도는 프랑스 리비에라로 여름을 즐기러 온 사람치고는 지나치게 경직되어 있었다.

"알로." 그가 전화를 받았다. 외국인의 억양이 섞인 프랑스어였다.

"VOR S.A.입니까?" 조나단도 프랑스어로 말했다. "세르주 스므농씨와 통화하고 싶습니다."

조나단은 프랑스 동남부 이탈리아에 접한 지역인 알프마리팀에 소재한 기업들의 온라인 정보란에서 VOR S.A.의 전화번호를 찾았다. 온라인 정보란에는 회사가 십년 전에 설립됐고, 파리와 베를린에 사무실을 두고 있으며, 회사 자산규모는 10만 유로라는 정보와 함께 사장의 이름도 올라 있었다. VOR S.A.의 주요 사업 활동은 '국제무역'이라고 적혀 있었다. 스파이 활동을 둘러대기에 적당한 어휘적 표현이라고 그는 생각했다.

"누구십니까?"

"조나단 랜섬이라고 합니다. 시므농씨께서도 나를 알 겁니다."

"플리즈 홀드 더 라인." 티t를 약하게 발음하고 에스s는 강하게 발음하

는 중유럽 특유의 억양이었다. 하지만 중유럽 어디일까? 독일? 폴란드? 헝
가리? 저 멀리서 조나단은 쌍안경을 통해 그가 전화를 통화중 대기상태로
돌려놓고 누군가에게 전화하는 것을 지켜봤다. 몇 마디 대화를 나누더니
곧 전화를 다시 연결했다. "시므농씨께서는 그쪽을 모른다고 하십니다."

"시므농씨에게 내가 로마에게 방금 돌아오는 길이고, 그 사람이 엠마
랜섬의 병원비를 지불했다는 것을 안다고 전해주시오."

침묵이 흘렀다.

이어서 조나단은 테이블 위로 마지막 남은 칩을 던져놓는 사람처럼 될
대로 되라는 식으로 덧붙여 말했다. "그리고 엠마가 무슨 일을 꾸미고 있는
지도 내가 잘 알고 있다는 말도 전해주시오."

다시 대기통화로 넘어가는 소리가 들렸다. 방금 전보다 대화가 길어졌
고, 남자는 테라스를 걷기 시작했다. 그의 태도가 조금 전보다 경직돼 있었
다. 그가 다시 전화를 받았다. "랜섬 박사, 지금 어디서 연락을 하는 건지
물어봐도 되겠소?"

"난 지금 모나코에 와 있소. 15분 뒤에 카지노궁 근방에 있는 카페 드 파
리에서 만납시다. 바깥 테이블에 앉아 있겠소. 청바지에 파란 티셔츠를 입
은 사람을 찾으시오.

"그럴 필요 없소. 우린 당신이 누군지 이미 알고 있으니까."

"잠깐." 하고 조나단이 말했다. "당신은 누구요?"

"알렉스라고 부르시오."

통화가 끝났다. 조나단은 창백한 피부에 검은 머리를 한 알렉스라는 이
름의 남자가 시므농과 통화하는 것을 지켜보았다. 통화는 간략하게 끝났지
만, 멀리서 지켜봐도 상황이 심각하다는 것을 알 수 있었다. 파블로프의 조
건반사 실험처럼 알렉스란 남자는 몇 번이고 고개를 끄덕였다. 뭔가 지시
를 받고 있는 것이었다. 마침내 그는 통화를 마치고 전화기를 주머니에 집
어넣었다.

그 자리에 서서 조나단은 그가 재킷 안에서 권총을 꺼내 탄환을 점검하고 다시 제자리에 넣는 것을 보았다. 남자는 몸을 숙여 고양이를 쓰다듬어 주고는 집안으로 사라졌다.

잠시 후, 빌라로부터 50미터 아래 부근에서 바위와 덤불에 반쯤 가려진 대형 차고의 문이 열렸다. 하얀색 푸조 쿠페 한 대가 후진하더니 언덕을 향해 달려 나갔다.

조나단은 차가 눈앞에서 사라지고 나서 2분 정도를 더 기다렸다. 알렉스가 그와 만나자고 한 약속장소로 떠난 것이 분명하다고 여겨지자, 그는 언덕으로 기어 올라가서 물건들을 배낭에 챙겨 새들백에 넣은 다음 모터사이클에 올라타고 속력을 높여 바람을 가르며 빌라를 향해 달렸다. 골목에 모터사이클을 세웠다. 계단을 오르는 대신에 그는 테라스 앞 돌 담벼락을 향해 뛰어가 재빠르게 올라탔다. 전화를 끊고 5분 후, 그는 빌라의 테라스에 서 있었다.

빌라 내에 정교한 동작 감지 센서 시스템이 설치되어 있다는 사실을 깨닫지 못한 채, 조나단은 집 안으로 들어갔다. 그가 들어서자 도난 경보 시스템이 작동했다. 프랑스 경찰에게 연락이 가는 대신 알렉스의 핸드폰으로 문자 메시지가 전송됐다. 문자 메시지는 한 곳 더, 빌라에서부터 1천 킬로미터 이상 떨어진 어떤 지점으로도 전송됐다.

빌라는 언덕 위에서 보이는 것보다 더 컸다. 한눈에 보기에도 남자가 사는 집이었다. 가구는 몇 점 없고 집안은 소박하게 꾸며져 있었다. 최첨단 음향시스템이 거실 한가운데를 자랑스럽게 차지하고 있었다. 플라즈마 스크린 텔레비전과 가죽으로 만든 안락의자, 그리고 액자에 담긴 2010년 월드컵 포스터가 한 점 있었다. 주방은 티 하나 없이 깔끔한 것으로 보아 아예 사용하지 않는 것처럼 보였다.

조나단은 방을 오가며 서랍들을 열어 보고, 선반을 검사하고, 옷장을 열어 보았다. 복도 끝에 잠겨 있는 문이 하나 있었다. 망설이지 않고 한두 발 뒤로 물러섰다가 문고리 아래 부분을 세차게 걷어찼다. 문은 꿈쩍도 하지 않았다. 주방으로 돌아가 뭔가 도움이 될 만한 것을 찾아 서랍을 뒤지다가 스테인리스 스틸로 된 연육기인 미트 텐더라이저를 발견했다. 다시 복도로 돌아가 그걸로 자물쇠가 있는 부분을 인정사정없이 내려치자 문고리가 부서졌다. 상인방이 쪼개지며 문이 열렸다.

검소하게 꾸며진 개인 서재였다. 한쪽 벽에는 금속 캐비닛들이 나란히 늘어서 있었다. 책상 앞에는 유럽 지도, 협탁에는 오래된 독일 리복스사의 단파 라디오가 한 대 놓여 있었다. 맥북 프로 노트북이 책상 위에 있었는데, 다른 것들과 달리 새 것이었다. 노트북은 열려 있었는데 화면보호기 속의 사진은 우주에서 바라본 평화로운 지구의 모습이었다.

조나단이 앉아서 키보드 키를 하나 치자 본 화면이 켜지고, 아이콘 여러 개가 나타났다. 화면 속 글자들은 라틴문자가 아니라 키릴문자였다. 알렉스의 억양은 헝가리나 폴란드인의 것이 아니라 러시아인의 억양이었던 것이다.

처음에는 그 기호들이 무슨 뜻인지 알 수가 없었다. 2003년 겨울에 미국이 아프가니스탄을 침공한 직후, 카불과 아프가니스탄에서 활동하며 6개월간 배운 게 고작인 조나단의 러시아어는 관광용 기본회화 수준이었다. 25년 전 러시아 점령기에 많은 아프가니스탄 의사들이 러시아어를 익혔다. 러시아어와 파슈토어를 배울 기회가 주어지자 그는 러시아어를 택했다.

조나단은 맥 컴퓨터의 OS X 운영시스템에 대해서는 좀 더 자신이 있었다. 지정 키워드를 입력하여 하드디스크의 내용을 검색해 주는 스포트라이트 바에 커서를 갖다 댄 다음 '라라', '엠마', 그리고 '랜섬'을 입력했다.

윈도우 창이 열리며 키워드들에 해당하는 모든 파일들의 파일명이 떴다. '보고서 15'나 '커뮤니케이션-2월 12일' 같은 애매한 제목들도 있었다. 그러나 다섯 번째로 뜬 파일명은 라리사 알렉산드로브나 안토노바라는 이름이 붙어 있고, 대문자로 입력되어 있었다.

조나단은 그 파일을 더블클릭했다.

창이 열리며 타자 입력된 인사 보고서의 스캔 파일이 떴다. 페이지 상단에 라리사 알렉산드로브나 안토노바라는 이름이 기입돼 있었다. '1976년 8월 2일생.' 오른쪽 상단에는 흑백 사진이 첨부돼 있었다. 사진 속 젊은 여성은 나이는 열여덟 살 정도로밖에 안 보였다. 도자기처럼 매끄럽고 창백한 피부를 가진 그녀는 도전적으로 카메라를 응시하고 있었다. 머리를 뒤로 바짝 올려 묶고, 군복 깃을 목에까지 바짝 세우고 있었다.

엠마였다.

아무런 감정도 느껴지지 않았다. 실망감보다도 오히려 더 끔찍한 감정이었다.

페이지 한가운데에 로고가 찍혀 있었다. 낯익은 글씨였다. 그럼에도 불구하고 글씨를 제대로 읽기까지 1분 정도가 소요됐다.

페드랄라야 슬루쉬바 베조빠스노스치.

러시아 연방보안국 FSB를 가리키는 것이었다.

조나단은 빽빽하게 적혀 있는 본문의 단조로운 글씨들에 집중하며 계속해서 읽어 내려갔다. 대부분 알아들을 수 없는 단어들이었지만, 그래도 그가 읽을 수 있는 단어들만으로도 충분했다. 읽는 동안 시계가 15분이 지났음을 가리켰다. 누군가 푸조 차량을 차고에 주차하고 집 안으로 들어와 계단을 오르는 동안에도 그는 읽기를 계속했다. 아무 것도 듣지 못하고 아무 것도 눈치 채지 못했다. 현재는 더 이상 존재하지 않았다. 그는 자신이 발견한 경악스런 과거의 사실에 푹 빠져 있었던 것이다. 과거 속으로 들어가 사라져 버린 사람 같았다.

페이지마다 차례로 읽어 내려가는 동안 모든 계략이 벗겨지고, 모든 거짓이 노출되고, 모든 비밀이 밝혀졌다. 그것은 엠마의 비밀스런 과거였고 어떤 면에서는 자신의 과거이기도 했다. 세부적인 사실들이 차곡차곡 머릿속에 쌓여가며 정신이 멍해지는 것을 느꼈다. 날짜, 장소, 이름, 학교, 교장, 수업, 시험, 추천서. 이어서 학생에서 군인으로의 신분 전환. 더 많은 학력 자료, 이수과목들, 체력보고서, 정치적 신뢰성, 감시기록용 보고서, 승급, 그리고 드디어 가장 흥미로운 부분인 작전 활동이 차례로 이어졌다.

사진들도 있었다.

학생 시절 엠마의 사진. 삐쩍 마른 체구의 그녀는 한 팔에 깁스를 하고 피부 습진을 앓고 있었는데, 증세가 조나단이 여태껏 본 것 중에 가장 심했다. 군복 입은 엠마의 입대식 사진. 언제 무렵일까? 열다섯 살? 열여섯 살? 입대하기에는 너무 어린 나이인 것만은 틀림없었다. 군복 입은 엠마의 다른 사진. 옷깃에 계급장을 달고 있고, 깨끗해진 피부에 턱을 살짝 젖히고 있었다. 성숙해진 얼굴선과 더 당당한 시선. 좀 더 컸을 때의 사진이다. 열여덟 살 무렵으로 보였다.

상관과 악수하며 대학 졸업장을 받는 민간인 복장의 엠마. 상관은 살집 있는 체구에 잿빛 머리를 한 남성으로 그녀보다 스무 살쯤 위로 보였으며, 눈가에 다크서클이 심하게 깔려 있었다. 벽에는 FSB의 상징인 칼과 방패 문장이 걸려 있었다. 그 사진에는 날짜도 찍혀 있었다. 1994년 6월 1일.

다른 사진들은 엠마 모르게 찍은 것들이었다.

연병장에서 라이플 소총을 어깨에 메고 여성 생도들과 사열을 받는 엠마.

번화가에서 쇼핑 중인 엠마와 그녀의 여자 친구들.

아파트에서 입술을 와인 잔에 대고 있는 엠마.

이밖에도 많았고 기밀 사진들도 있었다. 협박을 목적으로 한 임무 수행 때 찍은 사진들. 역겨운 사진들도 있었다. 모두 하단에 검은색 작은 글씨체로 '나이팅게일' 이라는 압인이 찍혀 있었다.

나이팅게일. 그것은 디비전에서 활동할 때 그녀에게 붙여진 코드명이기도 했다.

"놀랐나?" 나긋나긋하고 점잖은 남자의 목소리가 들렸다.

조나단이 벌떡 일어났다. 뒤를 돌아보니 알렉스가 오른손에 권총을 쥔 채 문가에 서 있었다.

"그 여자가 누굴 위해 일한다고 생각했지?"

"그건 모르지만 당신은 아닐 거라고 생각했지." 조나단이 대답했다.

"그 여자는 시베리아에서 왔어." 알렉스는 손에 든 총을 흔들며 말했다. "일어나. 나와 함께 가 줘야겠어. 걱정 마. 당신을 해칠 생각은 없어. 라라 에게 잘해 줬으니. 우린 고마움도 모르는 그런 인간들이 아니거든."

"고마움을 표현하고 싶다면 그 총부터 치우시지."

"예방수단일 뿐."

알렉스는 조나단의 몸수색을 하고 무기가 없는 것을 확인하자 복도로 나가라는 신호를 보냈다. "마실 물이라도 줄까? 치즈나?"

"필요 없소." 조나단이 말했다. "한 가지만 말해 주시오. 엠마가 하는 일 과 당신은 무슨 연관이 있지?"

"라라를 말하는 건가? 아는 줄 알았는데. 그걸로 날 모나코로 꾀어낸 게 아니었나?" 알렉스가 거실을 가리키며 고개를 끄덕였다. "경보 시스템이 사방에 깔려 있지. 출발한 지 십분 만에 연락이 오더군."

"그녀의 퇴원비로 2만 5천 유로를 냈더군. 아무런 이유 없이 그러진 않 았을 텐데."

알렉스는 대답 대신 수수께끼 같은 미소를 지어 보였다.

주방에서 그는 전화를 걸었다. 매우 빠르게 말을 하고 있었고, 조나단은 한마디도 알아들을 수 없었다. 통화를 마친 그는 얼굴이 굳어 있었다. "컴 퓨터에서 뭘 훔쳐봤지?"

조나단은 들은 체도 않고 하고 싶은 질문을 던졌다. "스므농이란 사람은 어디 있지?"

"이봐, 랜섬 박사. 당신은 지금 내 집에 와 있다고. 내가 질문을 할 차례 란 말이야. 컴퓨터에서 뭘 봤지?"

"아무 것도 안 봤소. 난 러시아어를 할 줄 모르오."

"정말인가? 그렇다면, 대답해 보시지. 카불에서 의사들은 어떻게 가르쳤지?"

조나단은 속으로 생각했다. 그렇다. 그들은 나에 대해서 알고 있다. 그들은 옥스퍼드 시절부터 그를 감시해 왔을 것이다. "그녀의 인사 파일." 하고 그가 대답했다. "사진 몇 장을 봤을 뿐이오."

"그게 다라고? 확실한가?"

"그걸로 충분했소."

"그렇다면 우리가 걱정할 건 없군. 정말 뭐라도 안 먹겠나? 이 오렌지라도 맛보게. 이스라엘산 블러드 오렌지야. 이제 차를 타고 나가야 하거든." 러시아인은 주머니에서 차 열쇠를 꺼냈다. "층계는 복도 끝에. 자, 자네 먼저…"

"경찰이다. 문 열어라." 거세게 문 두드리는 소리와 함께 위압적인 목소리가 들려왔다.

알렉스는 문가에 시선을 고정시킨 채 조나단 앞으로 갔다.

"꼼짝 말고 여기 있어." 이렇게 말하고 알렉스는 문가로 다가갔다.

경찰이 다시 문을 두드렸다. 이번에는 좀 더 세게 두드렸다.

주방을 힐끗 보고 조나단은 눈에 잡히는 중에서 무기로 쓸 만한 것을 집어 들었다. 과일을 담는 대형 크리스탈 그릇이었다. 앞으로 돌진하며 그것으로 러시아인의 옆머리를 세게 휘둘러 내리쳤다. 알렉스는 휘청하더니 주방 카운터에 부딪치며 쓰러졌다. 조나단은 다시 크리스탈 그릇으로 그의 두개골 후면을 내려쳤고 알렉스는 바닥으로 나가떨어졌다. 이어서 동물적인 분노가 이끄는 대로 한 번 더 때렸다. 숨이 꺼지는 소리가 들렸다. 경련을 한 번 일으키더니 그대로 멈췄다. 러시아인은 죽었다.

"경찰이다! 당장 문을 열어라!" 다급하게 문 두드리는 소리는 점점 더 거세졌다.

조나단은 갈등하며 권총을 쳐다봤다. 프루던스 메도스로부터 빼앗은 총은 로마에 두고 왔다. 다시는 총에 손을 대지 않겠다고 다짐했었다. 그건 성급한 결정이었다는 생각이 들었다. 권총을 주워 복도로 갔다. 계단실로 이어지는 문은 열려 있었다. 한 줄로 이어진 계단은 어두운 지하로 이어졌다. 몇 발 달려 내려가던 그가 갑자기 멈춰 섰다. 위를 올려다보았다. 서 있는 위치에서 사무실 문이 반쯤 열려 있는 게 보였고 그 뒤로 노트북 컴퓨터가 보였다.

"경찰이다! 어서 문 열어!"

조나단은 잠시 더 망설이다 움직이기 시작했다.

63

케이트 포드는 활주부가 땅에 닿자마자 에큐레윌 헬리콥터에서 뛰어내렸다. 고개를 숙인 채 길 건너 파견대가 모여 있는 곳으로 달려갔다. "인원들은 다들 어디에 있습니까?" 하고 물었다.

"현장에 있습니다." 파견대원 중 한명이 그녀를 프랑스 경찰의 형광 주홍색 줄무늬가 있는 흰색 르노 차량으로 안내하며 말했다. "늦으셨군요. 저를 따라 오시죠. 현장으로 모셔다드리겠습니다. 나는 클라우드 마르탱이라고 합니다."

케이트는 그와 악수를 하고 자신을 소개했다. "늦었다니, 무슨 뜻이시죠? 저희를 기다리기로 한 게 아닌가요?"

"저희 서장님께서 상당히 신경을 쓰고 계십니다. 랜섬을 놓쳐서는 안 된다고 단단히 벼르고 계십니다."

말에 돋힌 가시가 날카로왔다. 랜섬은 영국을 빠져나갔고 이탈리아에서도 용케 달아났다. 이곳 경찰서장은 프랑스만은 그들보다 유능하다는 것을 증명해 보이기로 작정한 것이었다. 역사의 축소판이다. "그럼 랜섬은 현재 어디 있습니까?"

"현재로선 저희도 정확히는 모릅니다만, 그가 길가에 세워둔 모터사이클은 찾았습니다."

케이트는 고개를 끄덕이며 실망감을 애써 감추기 위해 시선을 돌렸다. 이탈리아에서 이곳까지 비행해 오는 내내 외교적 언쟁을 한바탕 치른 그녀였다. 런던 경시청에서 프랑스 경찰청으로 연락이 갔고, 다시 MI5가 프랑스의 국토감시국과 특공대로 연락을 취했다. 이어서 그 네 개 기관들끼리 서로 전화를 주고받았다. 프랑스 측에서는 조심스러운 입장을 보였다. 그들은 프랑스 내에 있을 가능성이 희박한 해외탈주자를 잡아들이는 일을 도망나간 거위를 잡는 일처럼 쓸데없는 헛수고로 보고 있었다. 조나단 랜섬이 그토록 단시간 내에 장거리 도주를 했을 가능성을 두고 논쟁을 벌이는 데 꼬박 한 시간이 지나갔다. 이어서 또 한 시간 동안 이번 작전의 비용을 누가 처리할 것인지, 영국 측인지, 프랑스 측인지를 두고 논쟁을 해야 했다. 마침내 논쟁은 마르세유에서 항공기 편으로 오게 될 국토감시국의 지방 기동대와 함께 프랑스 알프마리팀의 지역 경찰당국에서 이번 작전을 맡는 것으로 일단락 됐다. 예산문제는 차후에 합의하기로 했다.

"지금 현장에 몇 명이나 있습니까?" 이탈리아에서 오는 내내 느꼈던 불안감이 온몸을 조여 오는 것을 느끼며 케이트가 물었다.

"5분 전에 우리 측 정예요원 둘을 그곳으로 보냈습니다." 견장을 보아하니 경위로, 얼굴에 난 솜털과 으스대는 어깨를 봐서 대학을 갓 졸업한 신출내기인 게 분명한 마르탱이 대답했다. "열두 명 정도 되는 인원이 현장 주변을 지키고 있습니다."

케이트는 자신이 잘못 들었을 수도 있다고 생각했다. "전 프랑스 국토감시국의 작전팀을 요청했습니다. 그렇게 합의한 걸로 알고 있는데요."

"그건 나도 모릅니다. 우리도 15분 전에 막 도착했습니다."

"그러니까 현지 경찰병력뿐이라는 거죠?"

"현재로선 네, 그렇습니다."

케이트는 놀란 자신이 우스웠다. 런던에서처럼 은행털이범을 잡겠다며 불러내 잠복시킬 자기 팀원들과 함께 있는 것이 아니었다. 이것은 국제공조 수사였다. 국제공조가 순조롭고 민첩하게 돌아가는 법은 없었다.

"현장까지 얼마나 걸리나요?" 그녀가 이렇게 물었다.

"5분 거리입니다만 더 빨리 모셔다 드리지요."

케이트는 앞좌석에 올라탔다. 마르탱이 모는 차량은 긴 타이어 자국을 남기며 눈앞의 도로가 마치 포뮬러 원 대회의 경주 트랙이라도 되는 냥 질주하기 시작했다. "길가에 세워진 모터사이클을 발견했다고 하셨는데요. 랜섬을 직접 본 사람이 있다는 소린가요?"

"확실하진 않지만 없는 것 같습니다. 언덕 반대편에 감시조를 꾸려 놓았습니다만 날이 저물고 있어서요."

그들이 탄 차는 마지막 급커브를 돌아 급브레이크를 밟으며 멈춰 섰다. 앞쪽 비탈진 도로변에 주차되어 있는 것은 한 무리의 차량들이었다. 밴 차량 한 대, 경찰 차량 두 대, 사복경찰들이 타는 세단 한 대, 그러나 국토감시국에서 나온 것으로 보이는 차량은 단 한 대도 보이지 않았다.

케이트는 차에서 내려 서둘러 제복 입은 경찰들이 집결해 있는 곳으로 갔다. 그녀는 경찰서장과 그와 함께 나온 경감에게 간략하게 자신을 소개했다. 무리 사이에 여자는 단 한명도 없었다.

"5분 전에 경찰관 두 명을 정문으로 보냈습니다." 서장이 말했다. "아무 응답이 없습니다."

"그자가 보이나요?"

"아닙니다." 서장이 대답했다. "그러나 문제없습니다. 가택 주변을 포위하라는 조치를 취해뒀으니. 그자가 저 안에 있는 거라면 우리가 꼭 체포하고 말 겁니다."

케이트는 그의 말에 아무런 대답을 하지 않았다. 자신도 그런 말을 한 적이 몇 번 있었다. 지금 같은 일이 다시 반복되는 기분이었다. "전화연결이 가능한가요? 전화를 받는다면 대화를 시도해 보죠."

서장이 얼굴을 찌푸리며 그녀를 쏘아봤다. "그러기엔 이미 늦었습니다." 이렇게 말하며 그는 언덕을 가리켰다. 그곳에서는 방탄조끼를 입은 여섯 명의 경찰요원들이 집 주위를 포위하고 있었다. 그 중 네 명은 정문 근처에 대기 중이고, 다른 두 명은 테라스를 통해 잠입을 시도하는 중이었다.

바로 그 순간 날카로운 휘슬 소리가 들리며 팀원들이 일제히 공격해 들어갔다. 계단에 있던 요원들이 현관으로 달려갔다. 다른 요원들은 테라스 문을 통해 안으로 들어갔다. 잠시 후에 윙마스터의 쿵 하는 폭발음과 함께 현관문의 경첩이 뜯겨져 나갔다. 두 번의 낮은 폭발음이 이어졌다. 집안에 있는 자에게 순간적인 충격을 주기 위해 고안된 소형 폭탄인 섬광 수류탄이었다. 테라스에서 연기가 피어올랐다.

3분 뒤에 경찰관 한명이 난간 앞으로 나왔다. "안에 아무도 없습니다." 하고 그가 외쳤다.

"무슨 말을 하는 건가요?" 사람들의 얼굴 사이를 두리번거리며 케이트가 물었다. "뭐라고 하는지 모르겠군요."

"안에 사람이 없답니다." 서장이 통역을 자청했다. "제길! 도대체 어떻게 된 거야?"

케이트는 고개를 돌리고 하얗게 되도록 입술을 악물었다. 그녀는 조나단 랜섬이 다재다능한 인간이라는 것을 경험으로 알고 있었다. 런던에서 그레이브스의 감시로부터 빠져나와 영국을 벗어나 국제 수배자 신세로도 유럽 대륙 여기저기를 마음대로 헤집고 다닌 자였다. 그럼에도 불구하고 이번만은 믿기지 않았다. 유령이라도 된단 말인가?

"저기 봐요! 저기 한 놈이 빠져나가고 있다!" 요원 중 한명이 외쳤다.

50미터 앞, 차량 여러 대가 세워져 있는 곳 뒤편에 무심결에 지나쳤던 대형 차고의 문이 열려 있는 것이 보였다. 케이트가 돌아선 바로 그 순간 하얀색 푸조 차량이 차고에서 튀어나와 언덕 아래로 내달렸다. 운전자의 얼굴이 스쳐지나가듯 아주 잠깐 보였다. 짧게 자른 검은 머리와 태양에 그을린 구릿빛 얼굴, 그리고 검은색 티셔츠를 입은 사내였다.

아주 짧은 순간 동안 그가 그녀를 정면으로 쳐다봤다.

랜섬.

케이트는 가장 가까운 곳에 세워진 차량으로 달려가 앞좌석에 올라탔다. 차 열쇠가 꽂혀 있었고 그녀는 곧바로 시동을 걸었다. 복숭아 빛 뺨을 가진 마르탱 경위가 옆자리에 올라탔다. "운전하실 수 있나요?" 하고 그가 물었다.

그렇다. 그녀는 운전을 할 수 있었다. 2년 간 스위니에서 쌓은 경력이 이를 증명해 주었다. "직접 타 보면, 알겠죠. 안 그런가요?"

그녀는 기어를 낮추고 급히 차를 돌리며 유턴을 했다. 차는 르노 세단 V6급이었다. 아마도 250마력짜리일 것이다. 최대 속도로 밟는다면 그를 잡을 수도 있다. 랜섬은 5백 미터 앞에서 달리고 있었고 점점 속력을 높이고 있었다. 커브 길에서 사라지기 전에 그의 차량에서 브레이크 등이 들어오는 것이 보였다.

"이곳 지리를 좀 아세요?" 그녀가 물었다.

"전 보로쉬르메르에서 자랐습니다."

"거기가 어디죠?"

그 순간 급히 커브 길을 돌아야 했다. 케이트는 너무 빨리 달리고 있었다. 뒷바퀴가 아스팔트에서 미끄러지면서 매우 좁은 갓길로 올라갔다. 그곳에는 안전 레일이 없었다. 몇 센티미터만 더 나가면 해안도로까지 이어지는 200미터 낭떠러지였다.

"저 아래 쪽입니다." 하고 창밖을 가리키며 마르탱이 말했고, 그녀는 그의 낯빛이 늘 이렇게 창백한지 속으로 궁금했다.

"어디로 갔을까요?"

마르탱은 도로가 동쪽으로 모나코를 향해 이어져 있으며 도중에는 옆으로 빠지는 도로가 거의 없다고 설명했다. 이어서 그는 랜섬이 곁 도로 중 하나를 택해 들어선다면 1킬로미터 내에 막다른 골목에 다다를 것이며, 주도로를 계속 따라간다면 산간오지로 이어지는 고속도로와 모나코의 몬테 카를로로 이어지는 주간선도로 중에서 하나를 택해야 하는 교차로에 도착할 것이라고 말했다. 이곳 사람들은 폭스바겐의 비틀즈 두 대도 비켜 가기 힘들 것 같은 이 좁은 아스팔트 길을 두고 굳이 주도로라고 불렀다.

"그 교차로까지는 얼마나 걸리죠?" 하고 케이트가 물었다.

"8킬로미터 거리입니다."

백미러에서 불빛이 번쩍이는 게 보였다. 고개를 돌려 뒤를 힐끗 돌아보았다. 여러 대의 경찰 차량이 사이렌을 울리며 따라오고 있었다. 오토바이 경찰대원 두 명이 대열에서 벗어나 반대 차선으로 넘어가 그녀의 차량을 추월했다. 속으로 '그럼 안 되지.' 하고 말하며 그녀는 좌측으로 급히 방향을 틀어 창밖으로 팔을 뻗어 투지에 불타는 경찰관들에게 뒤로 물러서라는 신호를 보냈다.

"미리 전화를 걸어 도로를 봉쇄하라고 하세요."

"시간이 안 됩니다."

"무슨 뜻이죠?"

"교차로는 모나코 공국 소관 지역에 있습니다. 모나코 경찰청장과 통화해야 하는데 그렇게 하려면 적어도 한 시간은 걸릴 겁니다."

"그럼 헬기를 보내세요. 헬기 조종사에게 북쪽 분기점 차선을 차단하라고 하세요. 랜섬이 고속도로로 진입하도록 놔둬서는 안 됩니다."

마르탱이 그의 상관에게 무전을 보냈다. "이쪽으로 오고 있답니다."

조나단 랜섬은 여전히 5백 미터 앞에 있었다. 도로가 경사 없이 평평해지자 앞쪽으로 활강하듯 굴곡이 심한 산길 도로 코스를 내다볼 수 있었다. 이번만큼은 그녀가 유리했다. 액셀러레이터를 끝까지 밟자 속도계가 시속 140킬로미터를 가리켰다. 두 차량 사이의 간격이 좁아졌다.

랜섬이 브레이크를 밟더니 커브 길을 돌면서 시야에서 사라졌다. 경위가 양손으로 계기판 쪽을 짚으며 소리쳤다. "속도 줄여요!"

케이트는 브레이크를 밟고 핸들을 좌측으로 급히 꺾었다. 커브길이 길게 이어지면서 그녀는 차 뒤쪽이 중심에서 멀어지는 것을 느꼈다. 뒷바퀴가 아스팔트 도로를 벗어나 흙바닥을 따라 미끄러지면서 차가 덜컹하고는 흔들거렸다. 먼지가 공중으로 피어올랐다. "이런, 망할." 이렇게 내뱉으며 그녀는 기어를 재빨리 2단으로 바꾸고 가속페달을 밟아 엔진에 연료를 주입했다. 다시 차가 차선 안으로 돌아왔다. 타이어 고무가 포장도로에 닿자 차가 로켓처럼 앞으로 튀어나갔다. 마르탱의 낯빛은 창백하다 못해 이제 투명해 보였다.

"저깁니다." 산 정상 밑에 있는 교차로를 가리키며 그가 말했다. "저기가 고속도로로 가는 분기점입니다."

케이트는 차를 더 빨리 몰려는 마음에 몸을 앞으로 숙이며 가속페달을 끝까지 밟았다. 랜섬의 지략이 뛰어나다는 점은 의심의 여지가 없었다. 하지만 그녀의 운전 실력은 조나단보다 뛰어났다. 또한 길 안내를 해 줄 현지 사람이 그의 곁에는 없었다. 그녀는 단호하고 과감하게 자신이 탄 르노와 하얀색 푸조 사이의 간격을 좁혀나갔다.

반대편 차선은 한적했다. 랜섬은 앞 쪽에 차가 나타날 때마다 겁 없이 추월해 나갔다. 케이트는 랜섬의 방식을 따랐다. 어느 순간부터 그녀는 이유가 무엇이든 간에 속력을 늦추지 않기로 결심했다. 한 번 더 급커브를 돌자 언덕 위로 고대 로마 신전 유적이 눈에 들어왔다. 잠시 후 그녀는 도로 위에 살아 있는 모든 생물들에게 갓길로 비켜서라고 알리기 위해 한 손으로 경적을 내리누르며 라투르비에 마을을 지나가고 있었다.

교차로 앞의 녹색과 흰색 도로 표지판이 눈에 들어왔다. 랜섬이 고속도로에 진입하고 나면 무슨 일이 벌어질지 모른다. 랜섬 자신과 다른 사람들이 부상을 입을 위험성이 극적으로 높아질 것이다. 머리 위에서 헬리콥터의 프로펠러 돌아가는 소리가 들렸다. 몇 초 뒤 헬리콥터가 산 능선에 착륙하는 것이 보였다. 멀리서 봐도 헬기가 오른쪽 차선을 막고 있다는 것을 알 수 있었다. 랜섬은 고속도로로 진입하지는 못하겠지만 언덕 밑으로 내려가 모나코로 향하는 도로로는 얼마든지 갈 수 있었다.

케이트는 차 네 대 정도까지 거리를 좁혀, 백미러를 쳐다보는 랜섬의 시선과 그의 뒤통수가 보일 정도로 바짝 따라잡았다. 랜섬은 교차로에 다다르자 산마루를 향해 질주하기 시작했다. 헬기 주변의 빠져나갈 길을 모색하면서 푸조는 브레이크 등을 번쩍이며 속도를 늦췄다. 그러나 곧바로 차는 다시 속도를 높이면서 신속하게 오른 쪽으로 꺾어 몇 킬로미터 아래 위치한 몬테카를로의 좁고 구불구불한 거리까지 이어지는 산길을 따라 내려가기 시작했다.

케이트는 몇 초 후 교차로를 빠른 속도로 통과했다. 창밖을 흘깃 보니 커브길 아래쪽으로 지나가는 푸조 지프의 지붕이 보였다. 운전대를 쥔 그녀의 손가락에 힘이 들어갔다.

"총을 쏠 줄 아나요." 그녀가 클라우드 마르탱에게 물었다.

"대충요."

"타이어를 맞추세요. 바짝 붙을게요."

마르탱이 권총을 꺼내 두 손으로 받치고 몸을 창밖으로 내어 팔을 뻗었다. 연속해서 네 발을 날렸다. 케이트는 랜섬이 탄 차의 왼쪽 타이어에서 연기가 피어오르는 것을 보았다. 푸조는 방향이 오른쪽으로 급히 틀어지면서 도로 끝 가까이 아슬아슬하게 붙다가 다시 제 위치로 돌아왔다. 마르탱이 차 안으로 다시 몸을 끌어들이며 말했다. "맞았어요?"

"예, 맞았습니다."

도로 상태가 바뀌었다. 표면이 유지보수가 잘 되어 매끄러웠다. 매번 180도로 돌아야 하는 커브길이 연달아 이어지기 시작하면서 바깥쪽 차선을 따라 가드레일이 설치되어 있었다. 아래쪽으로는 언덕에서 바다에 이르기까지 빽빽이 들어서 있는 모나코의 건물들이 보였다.

"다음에는 그자를 직접 맞출 수 있을 겁니다." 경위는 의욕적으로 말했다. "일단 시내로 들어가면 놓칠 수도 있습니다."

케이트는 자신이 선택할 수 있는 방안들을 생각해 보았다. 한편으로 그녀는 랜섬이 엠마가 하고 있는 일에 대해 생각보다 더 많은 것을 알고 있을 것이라고 확신했다. 어쩌면 그녀가 어떻게 유럽의 핵 시설을 공격하려고 하는지에 대해 알고 있을지도 몰랐다. 그가 죽는다면 그가 아는 정보들이 그와 함께 몽땅 사라져 버린다. 하지만 그럼에도 불구하고 결국 그는 도망자였다. 그것도 위험한 도망자였다. 항복할 기회가 여러 번 주어졌는데도 그는 매번 다른 길을 선택했다. "쏘세요." 그녀가 말했다.

그녀는 다음 커브를 향해 돌진하면서 귀중한 몇 미터를 더 따라잡기 위해 금속 페달에 놓인 발에 힘을 주었다. 랜섬이 앞쪽의 커브를 도는 게 보였다. 꽤 오랫동안 푸조가 시야에서 사라졌고 그녀는 숨을 죽였다. 십초 후에 차가 다시 나타났다. 이번에는 그녀의 차 바로 아래쪽의 직선 길을 따라 속도를 내고 있었다.

"여기 세워요." 마르탱이 말했다.

케이트가 브레이크를 밟자 차가 미끄러지며 멈춰 섰다. 경위가 차에서 뛰어내렸다. 그는 이미 가드레일 쪽으로 가까이 다가가며 총을 쏘고 있었고, 탄피가 도로 위에 떨어졌다. 랜섬이 탄 차의 앞 유리가 산산조각나면서 운전석 안쪽으로 깨져 들어갔다. 앞바퀴 하나가 폭발했다. 차량의 뒤편이 흔들거리더니 다시 제 위치를 찾았다. 케이트가 차에서 나와 르노의 앞쪽으로 돌아가며 물었다. "사람을 맞췄어요?"

마르탱이 총구를 낮추며 말했다. "모르겠습니다."

"이런, 무슨 말이에요."

"저건 또 왜 저래요?"

케이트가 차를 손으로 가리키며 소리쳤다.

푸조는 커브를 향해 달려가면서 브레이크를 밟아야 할 시점에 속도가 더 빨라지고 있었다. 차량이 본격적으로 흔들거리기 시작하는 것이 마치

만취한 사람이 운전대를 잡고 있는 것 같았다. 아니면 심각한 부상을 입은 사람이 모는 차라고 하던가.

"속도를 낮춰." 케이트가 낮게 속삭였다.

푸조 차량은 시속 1백 킬로미터 이상의 속도로 가드레일을 들이받았다. 차는 금속 난간을 마치 달리기 경주의 결승선 리본이라도 되는 것처럼 뚫고 지나갔다. 차는 마치 끝없는 공간으로 돌진하는 것처럼 날아올랐다. 그러다 갑자기 차량 앞부분이 아래로 쏠리더니 암석투성이의 언덕 밑으로 추락했다. 차는 지붕부터 떨어져 계속해서 굴러 내려가더니 골짜기 아래쪽에 이르러 똑바로 멈춰 섰다.

화염이 천천히 유희를 즐기듯 차량 섀시에서 혀를 날름거리며 악의 없는 한 줄기 연기와 함께 피어오르기 시작했다.

"차에 타요." 케이트는 운전석에 뛰어 올라 속력을 높이며 도로를 따라 내려갔고, 커브 두 개를 돌아 랜섬이 가드레일을 뚫고 나간 지점에 도착했다. 경사길을 미끄러져 내려가는 동안 그녀의 두 눈은 랜섬이 살아 있는지 여부를 살폈다. 갑자기 차량의 연료탱크가 폭발하면서 섬광과 함께 귀가 먹먹해지는 폭발음이 들렸다. 열기가 파도처럼 밀려오면서 그녀는 땅바닥에 쓰러졌다.

그녀는 천천히 바닥에서 일어나 불길 때문에 더 이상 다가갈 수 없는 곳까지 가까이 다가갔다. 바퀴 위에 쓰러져 있는 남자의 모습이 또렷이 보였다. 남자는 심하게 불에 타 있었지만, 짙은 셔츠와 짧게 깎은 머리는 분명히 알아볼 수 있었다.

그녀는 불길을 등지고 언덕 위로 올라갔다. 사고현장을 내려다보며 재킷에서 핸드폰을 꺼내 그레이브스에게 전화를 걸었다.

"예." 하고 그가 대답했다. "새로운 소식이라도?"

"조나단 랜섬이 죽었어요."

64

냉전 종식도 동서간의 첩보전을 종결시키지는 못했다. 초창기에 잠시 지속됐던 화해의 분위기 이후, 미국과 나토 동맹국들, 그리고 구 소련 사이의 관계는 그 어느 때보다도 냉랭해졌다. 러시아의 민주개혁 시도는 수포로 돌아갔다. 1998년 늦은 여름, 루블화가 붕괴되며 러시아의 경제개혁도 처참한 상황에 이르렀다. 빈털터리에 체면은 구겨지고, 국제사회에서 힘을 잃기 시작하자 러시아는 보복을 다짐했다. 새로 선출된 러시아 대통령은 정보부 출신으로, 그는 역사를 통해 영감을 얻고자 했다. 러시아는 언제나 강력한 통치력을 필요로 했으며, 자신이야말로 이를 보여 줄 존재였다. 국내적으로 그는 반대세력을 철저히 짓눌렀고, 해외에서는 러시아의 위신을 회복할 방법을 모색했다. 그러나 이번에는 뭔가 달랐다. 타국과의 관계에 있어서 과거에는 없던 날카로운 날이 서 있었다. 어떤 미국인은 이를 두고 "이번에는 개인적인 오기가 섞여 있다." 라고 표현했다.

　찰스 그레이브스와 그의 MI5 동료들은 이런 분위기를 다른 누구보다도 잘 알고 있었다. 1988년 러시아 대사관에서는 직원 2백 명을 등록시켰다. MI5에서는 그들 2백 명 중 70명은 야세네보에 있는 FSB 아카데미 졸업생들일 것이라고 추측했다. 그 바닥에서는 이들을 '모스크바 센터 친구들'이라고 불렀다. 2009년에는 켄싱턴 가든스로 이전한 러시아 대사관의 직원 수가 8백 명 이상으로 급증했고, 그들 중 4백여 명이 전문 첩보원들인 것으로 추측됐다. 급격히 늘어난 직원 수로 인해 그들 중 누가 고위직이고 실세인지를 파악하는 것도 사실상 불가능해졌다. MI5도 인력이 거의 세 배 가까이 늘었지만, 이들의 주요 관심사가 국내 대테러활동에 집중되는 바람에 과거의 적국에 대해 철저한 감시활동을 펴는 일은 점점 뒤로 밀려났다.

따라서 그레이브스는 러시아 대사관의 문화홍보 담당 2등 서기관으로 등록돼 있는 데이비드 켐파라는 이름을 처음 들어본다는 점, 그리고 그자가 실제로는 런던지부로 발령을 받아 온 FSB의 고위급 첩보원이라는 사실을 뒤늦게 알게 된 것도 놀랄 일은 아니었다. 프린스즈 뮤즈 131번가에 있는 고풍스러운 타운하우스가 사실은 FSB의 안전가옥이라는 것도 새로운 사실이었다.

"마실 거라도?" 러시아인이 물었다.

"괜찮소." 그레이브스가 말했다. "시간이 없으니 사양하겠소."

켐파는 자신을 위해 스톨리치나야 보드카를 큰 잔에 따라 붓고, 무슨 이유에서인지 레드불스 음료 반 캔을 잔에다 추가로 넣어 굳이 술맛을 망쳐 놓았다. 정면을 노려보는 듯한 눈동자와 텁수룩한 갈색머리의 소유자인 그는 동안의 외모에 운동으로 다져진 체구의 소유자였다. 섹스 피스톨의 빈티지 티셔츠와 몸에 딱 붙는 펜슬레그 팬츠를 입은 그는 정보요원이라기보다는 열혈 록 가수처럼 보였다. 잔을 들어 건배를 해 보이며 그가 말했다. "샤갈린스키 말로는 당신이 폭탄테러의 범인이 누군지 안다던데요."

샤갈린스키라. 구체제의 반유대주의도 제자리로 돌아왔나 보군.

"그렇소." 그레이브스가 말했다.

"이름을 알려주면 감사하겠소."

"곧 알려주겠소. 그런데 빅토리아 스트리트에 관한 메시지를 러셀에게 전달한 이유가 무엇이었소? '빅토리아 베어'도 당신으로부터 나온 것이잖소, 안 그렇소? 당신이 아는 것부터 말해 주시오."

"나도 당신이 아는 것 이상은 모르오. '빅토리아 베어'는 스베츠의 쓰레 기통에서 건진 메모 속 내용이오. 서유럽지역에 있는 원자력발전소의 리스 트도 같은 메모에서 발견되었소. 거기서부터 시작해서 몇 가지 소문을 확 인한 다음 스베츠와 그의 부하들 간의 무전교신을 감청한 결과, 그자가 원 자력발전소를 공격할 모종의 계획을 준비 중이라고 확신했소. 모든 암시들 로 보아 조만간 일이 터질 것이오. 사실 난 당신네들이 이미 한발 늦었다고 생각하오. 그들이 이바노프를 공격하기 전에 당신네들이 막았더라면 사정 이 달라졌을 수도 있었지만."

"그들이라고 했소? 방금 전만해도 스베츠 일당의 소행인 것처럼 말하지 않았소? 더구나 당신도 스베츠 일당의 범주에 속하는 인물이 아니오?"

"그렇기도 하고 아니기도 하지. 난 FSB 소속이기는 하나 그 작전과는 아 무런 관련이 없소. 이번 작전은 스베츠가 직접 기획했소. 작전 수행을 맡은 곳은 그가 관리하는 조직 내 분파요. S국이라고 부르는 곳이오."

"한 번도 들어본 적이 없소."

"그럴 거요."

"그들이 어디를 노리고 있는지 알고 있소?"

"굳이 추측해 보자면 프랑스라고 말하고 싶소. 지난 며칠간 파리에서 많 은 활동들이 일어났으니 말이오. 현금. 차량. 별도로 빼돌린 사옥들. 나도 몇 가지 캐내려고 해 봤지만 스베츠의 부하들이 막았소." 켐파는 보드카를 한 모금 더 마신 다음 얼음조각을 씹었다. "내가 스베츠라면 뭔가 새로운 것을 선보이려 들긴 할 거요. 모두들 절대적으로 안전하다고 믿는 어딘가 에서 전 세계가 경악할 만한 일을 벌일 것이란 말이오."

"그자가 그렇게 하려는 목적이 뭐요?" 그레이브스가 물었다.

"스베츠 말이오? 그가 대통령직에 눈독을 들이고 있다는 것은 이미 모 두가 다 아는 사실이요. 내가 볼 때 스베츠는 행동에 들어가기로 결심을 한 것 같소. 어제 레프 팀켄이 죽었소. 침대 위에서 정부와 그짓을 하다 심장 마비로 급사했다더군. 오늘 오후에는 미하일 보르조이가 탄 비행기가 추락 했소. 이제 대통령직을 이을 유일하고도 강력한 도전자로는 이바노프와 스베츠 두 사람만 남았다는 소리요."

"그것이 스베츠의 장기적인 목적일지는 모르지만, 나는 현재의 일을 말하는 거요. 지금 당장 무엇을 얻겠다고 그가 굳이 그런 일을 벌이냐는 말이오."

"황금알을 낳는 거위를 보호하기 위해서요."

"석유?"

"유가요. 유가는 이미 하락할 대로 하락했소. 그리고 서방국들이 원자력 에너지 쪽으로 다시 눈길을 돌리지 않을까 하고 모두들 걱정하고 있소. 스베츠는 그런 움직임을 중단시키고 싶은 거요. 한 곳에서만 일이 터져도 서방국에서는 원자력발전소를 다시 건설하려 들지 않을 테고, 그렇게 되면 모든 문제가 다 해결되는 것 아니겠소."

"한 번 더 체르노빌 사태라 이거요?"

"당신네들의 운이 좋다면 그럴 거요." 켐파는 이렇게 말했다. "운이 안 좋으면 체르노빌보다도 훨씬 더 끔찍한 일이 벌어질 거요."

"유쾌한 소식도 좀 들려주는 게 어떻겠소?" 하고 그레이브스가 말했다.

"유쾌한 소식을 듣겠다고 러시아를 찾는 사람은 없소." 켐파는 세상살이에 지쳤다는 표정으로 어깨를 으쓱하더니 그레이브스에게 가까이 다가오라며 손짓을 했다. "내가 당신이라면 그들이 어떻게 잠입하려고 하는지부터 알아볼 것이오. 일을 터뜨리려면 원자력발전소 내부로 직접 침투해야 할 거요."

"요원 하나를 발전소 내부로 잠입시킨다는 뜻이오?"

"바로 그거요."

"하지만 애초에 이바노프의 차량을 공격한 이유는 원격수동제어 코드를 훔쳐낼 방법을 찾기 위해서가 아니었소?"

켐파는 그의 의견을 비웃었다. "그 코드로는 아무 것도 할 수 없소. 발전소에 경계가 삼엄하다면 더 그렇소. 스베츠가 원자로 제어 시스템을 조작한다 해도 사고 발생을 조작하는 데 적어도 한 시간은 걸릴 거요. 그 사이 제어실은 크리스마스트리처럼 환해질 거요. 명령을 되돌릴 시간은 충분하고도 남는다는 소리지."

"그래서 무슨 말을 하려는 것이오?" 그레이브스가 질문을 던졌다.

"나 같으면 더 빠른 방법을 택할 거요. 폭탄을 사용하겠지. 한꺼번에 모두 날려 버리는 편이 훨씬 더 깨끗하잖소? 일단 사고가 나면 대략 향후 20년간은 그 어느 누구도 사건의 진상을 조사하겠다고 발전소 안에 발을 들이지 못할 테니."

"하지만 고성능 폭발물을 가지고 발전소 근처에도 가지 못할 것이오. 발전소 측에서 1마일 밖에서도 폭발물을 감지해낼 것 아니오."

러시아인은 고개를 저었다. 그렇지 않다는 것이었다. "길은 항상 있는 법이오."

그레이브스는 그의 말이 옳다는 것을 알았다. 모든 이들이 피해갈 수 없도록 고안된 보안 시스템이라고 여겼지만, 엠마 랜섬은 러셀의 시스템을 뚫고 빅토리아 스트리트 1번가로 잠입할 방법을 고안해냈다. 그것만으로도 이미 투 스트라이크를 먹인 셈이다. 그레이브스는 원자력발전소의 직원심사 절차를 알아볼 것을 목록에 적어 넣었다. 켐파의 말이 옳다면, 도난당한 노트북의 하드드라이브에는 그러한 잠입을 가능하게 할 뿐만 아니라, 들키지 않고 들어갈 수 있게 해주는 뭔가가 들어 있었을 것이다.

"자, 이제 당신이 말할 차례요." 켐파가 말했다. "누가 폭탄을 터트렸소?"

"이름은 엠마 랜섬이오. 한때 미국의 첩보요원이었고 디비전이라 불리는 조직에 속했다고 들었소." 그레이브스는 빅토리아 스트리트와 스토레이즈 게이트 사이에서 포착된 엠마 랜섬의 사진들을 그에게 건네주며 물었다. "이 여자가 러셀의 살인범이오. 이 여자를 아시오?"

"당연히 모르오."

이 러시아인이 거짓말을 하는지 진실을 말하는지는 확실하지 않았다. 다만 디비전이란 말을 듣자 그가 잠시 동요를 보인 것만은 확실했다. "러셀은 7일 안에 사건이 터질 것이라고 생각했소. 그 외에 또 아는 것이 있다면 말해 주시겠소?"

이 말에 켐파는 열을 올리며 대답했다. "알았다면 샤갈을 통해 러셀에게 연락을 취했을 거요. 러셀은 나를 실망시켰소. 난 그가 스베츠의 측근과 연줄이 있다고 들었소. 내가 잘못 안 것이었소."

그레이브스는 냉소적인 웃음을 지으며 말했다. 러시아 첩보원이 다름 아닌 러시아 정보기관인 FSB의 기관장인 자신의 상관을 감시하기 위해서 영국 민간인과 접촉한 것이었다. 철의 장막 시절에는 모든 것이 이렇게 복잡하지 않았다. "그렇다면, 이바노프는?" 그가 물었다. "폭탄이 터질 당시 그가 현장을 지나간 게 그저 우연이었다고 할 수만은 없잖소."

"그건 나도 같은 생각이오. 스베츠의 사무실에서는 모든 외교적 방문을 감시하기 때문에 그가 사전에 미리 손을 썼을 가능성도 있소. 아마도 돌멩이 하나로 새 두 마리를 잡을 생각이었을 거요."

그레이브스는 자신도 모르게 손으로 입을 턱 막았다. 프랑스에 있는 원자력발전소를 공격할 목적으로 파리에서 사전 물밑작업 중인 스파이들이라. 그는 마치 두 발 정도 앞으로 나갔다가 다시 뒤로 크게 한 발 물러선 기분이었다. 목표에 아슬아슬하게 다가가긴 했지만, 막상 실행에 옮길 수 있는 부분에 있어서는 한 시간 전의 상황과 비교해 크게 나아진 것이 없었다. 그는 켐파에게 감사의 말을 전하며 앞으로 서로 대화 채널을 열어놓자고 했다.

"행운을 비오. 대령." 켐파가 말했다. "부디 서둘러 주시오. 그리고 기억하시오. 내가 러셀과 접촉한 뒤로 벌써 엿새가 지나갔다는 사실을 말이오."

65

자정. 생 마르탱 거리에 있는 그 집은 이층 창문에서 새어나오는 희미한 불빛을 제외하고는 깜깜했다. 엠마는 아이들 방에 있는 야간등 불빛일 것이라고 짐작했다. 장 그레구아르의 집 돌담벼락 뒤에서 몸을 웅크리고 앉아 그녀는 얼굴까지 다 덮는 방한모를 쓰고 방한모의 눈가와 입가 부분을 손으로 잘 정리했다. 무릎이 욱신거렸다.

전등불이 차례차례 꺼지고, 그레구아르가 정원을 마지막으로 한 번 둘러보고, 낙엽갈퀴를 챙긴 다음 뒷문 계단 앞에서 담배를 한 대 피우기 전에 딸아이의 자전거를 똑바로 세워놓는 동안 그녀는 같은 자세로 한 시간을 버텨야했다. 비록 좁은 어깨에 뱃살이 붙기 시작했지만 전체적인 체격은 다부져 보이는 사람이었다. 군 경력이 있음을 보여주는 꼿꼿한 자세를 제외하고는 침착하고 온순한 사람같이 보였다. 싸움을 할 줄 아는 사람이라고 판단한 그녀는 그부터 먼저 제압하기로 했다. 귀뚜라미 우는 소리가 들렸다. 어디선가 가까운 곳에서 물줄기가 빠르게 흐르는 소리가 들렸다. 뒷문 닫히는 소리와 문고리 잠기는 소리가 들렸다. 잠시 후 그레구아르가 방 안의 열기를 식히기 위해서 옆 창문을 열었다.

시간을 확인했다. 마지막 전등불이 꺼진 지 40분이 지났다. 이제부터는 스무고개 게임이나 마찬가지였다. 어떤 사람들은 자리에 눕자마자 곯아떨어지고, 또 어떤 사람들은 몇 시간이고 잠을 자지 못한다. 두 경우 모두 경계해야 하는 것은 마찬가지였다.

단 한 번의 부드러운 몸동작으로 담벼락을 뛰어넘었다. 반경 1킬로미터 내에 개미새끼 한 마리도 보이지 않는데도 불구하고 그녀는 집을 향해 뛰어가 벽을 등지고 몸을 숨겼다. 훈련받은 대로 하는 것이었다. 집을 한 바퀴 돌아본 결과 보안 시스템의 흔적은 없고, 뒷문이 잠겨 있었다.

록 픽으로 문을 따는 대신 열려 있는 창가로 갔다. 창틀의 높이는 어깨까지 오는 정도였다. 창살 망을 떼어내 옆에 기대 세워두고 집안을 들여다보았다.

거실에는 가구 몇 점이 놓여 있고, 공간은 막힘없이 널찍했다. 가장 가까운 곳에 텔레비전과 긴 소파, 그리고 의자 두 개가 있었다. 오른쪽에는 식탁과 식탁의자가 있었다. 층계는 방 한가운데에 있어 시야를 가로 막았다. 그 뒤로 그레구아르가 담배를 피우고 들어간 뒷문으로 연결된 부엌이 있을 것이라고 추측했다.

숨을 죽이고 귀를 기울였다.

집안은 고요했다.

숨을 내쉬며 창틀에 올라가 다리를 빙 돌려 안으로 들어갔다. 바닥은 오래되고 뒤틀린 목재 마루였다. 체중을 왼발에서 오른발로 옮겼더니 마룻바닥에서 끼익 하고 소리가 났다. 신발을 벗어 창가에 내려놓았다. 비결은 재빠르게 움직이는 것이다. 모든 것을 순식간에 끝내야 한다. 머뭇거릴 때가 아니다. 두 번 생각할 여유 따위란 없었다.

거실을 지나 뒤꿈치를 들고 한 번에 두 계단씩 올라갔다. 오른손에는 테이저 건, 왼손에는 플라스틱 수갑을 들고 있었다. 미리 잘라놓은 덕 테이프 조각들을 팔뚝에 가로질러 붙여놓고 등 뒤로는 가방을 바짝 고정시켜 메고 있었다.

계단 끝까지 와서도 멈추지 않고 움직였다. 천장은 낮았고, 복도는 폭이 좁고 짧았다. 문은 양쪽 다 열려 있었다. 집의 동쪽, 그러니까 복도에서 오른 편에 야간등이 켜져 있었다는 사실을 기억했다. 그레구아르와 그의 아내는 왼쪽 방에 있을 것이다.

문가에 서서 고개를 내밀고 방안을 들여다보았다. 그레구아르는 바로 누워 입을 벌린 채 조용히 코를 골며 깊은 잠에 빠져 있었다. 그의 아내는 남편으로부터 몇 인치 떨어진 옆자리에 누워 있었다. 엠마는 남자가 누운 자리로 다가가 테이저 건을 맨가슴에 갖다 대고 1만 볼트의 전기충격을 가했다. 그레구아르의 몸이 전기충격에 마구 흔들리다 그대로 멈췄다. 살이 타들어가는 냄새가 방안에 퍼졌다. 입에 테이프를 붙인 다음 움직이지 못하도록 몸을 묶었다. 왼손으로 담요를 잡아당겼다. 테이저 건을 내려놓고 두 손으로 축 늘어진 남자의 양팔을 잡고 손목에 플렉시커프스를 채웠다. 그 다음 한쪽 팔은 등 뒤로 돌려 묶었다. 남자를 들어 올리려고 끙끙대는 사이에 잠에서 깬 그의 아내가 침대에서 벌떡 일어났다. 엠마는 잡고 있던 남자의 양팔을 내려놓고 테이저 건을 잡기 위해 팔을 뻗었다. 방금 전까지도 이불 아래 놓여 있던 전기충격기가 없었다. 여자가 비명을 내지르기 시작했다. 팔을 뻗어 손으로 여자의 입을 틀어막았다. 그리고 침대 위로 뛰어올라 여자를 쓰러뜨리고 입을 테이프로 막았다. 여자는 쉽게 물러서지 않았다. 모성본능을 발휘해 온 힘을 다해 저항했다. 거칠게 밀어내는 바람에 이번에는 엠마가 바닥으로 나가 떨어졌다. 재빨리 일어섰지만 앞이 핑 돌고 현기증이 났다. 그레구아르의 아내는 입을 막은 테이프를 떼어내려고 기를 쓰고 몸을 뒤틀며 침대 아래로 미끄러져 내려갔다.

'죽여 버려야 돼.'

엠마는 가방 안에 손을 찔러 넣어 손가락으로 권총을 감싸 쥔 다음 엄지로 안전장치를 풀었다. 하지만 부부의 딸아이 생각이 나 총을 도로 내려놓았다. 고양이처럼 민첩하게 팔을 뻗어 여자의 머리채를 낚아챘다. 세게 한번 바닥에 내려찍어 정신을 잃고 바닥에 쓰러지게 만들었다. 무릎을 접고 앉아 여자가 당분간 못 움직이도록 팔꿈치로 여자의 콧등을 찍었다.

엠마는 다시 일어섰다. 호흡이 가빴다.

테이저 건을 집어 여자의 어깨에 재빨리 갖다 댔다. 여자는 눈이 뒤집히고 입가에 침을 흘리며 경련을 일으켰다.

숨을 헐떡이며 엠마는 일어섰다. 등에서 땀이 마구 흘러내렸다. 그레구아르에게로 시선을 돌려 보니 다행히 아직 정신을 잃고 쓰러져 있었다. 그의 옆으로 다가가 양 손목에 수갑을 채우고, 발목도 테이프로 감아 고정시켰다. 여자도 움직이지 못하도록 같은 방법으로 묶었다.

아이들은 자기 방에서 곤히 자고 있었다. 남자아이의 곁으로 다가갔다가 이내 멈춰 섰다. 야간등 조명이 아이의 얼굴을 비추고 있었다. 아이의 길고 우아한 속눈썹과 티 없이 맑은 두 뺨을 바라보았다. 아이의 금발머리를 보며 천사의 머리카락 같다는 생각을 했다. 세 살배기. 오늘 일은 금방 잊을 것이다.

부모의 방에서 끙끙 대는 신음소리가 새어나왔다. 포박을 풀려고 애쓰고 있는 남자의 신음소리였다. 그때 그레구아르가 침대에서 바닥으로 쿵 하고 떨어지는 소리가 들렸다.

엠마는 다시 꼬마에게로 시선을 돌렸다. 재빨리 움직였다. 테이프와 수갑을 챙겼다. 아이의 겁에 질린 눈빛은 외면했다.

여자아이도 잠에서 깼다. 아이는 일어나 엠마를 뚫어지게 쳐다봤다. 최악의 악몽 속 한 장면일 것이다. 검은 옷을 입은 유령. 여자아이의 눈동자에서 눈물이 뚝뚝 떨어졌다.

몇 살일까? 여섯, 아니면 일곱 살? 결코 잊지 않고 모든 걸 기억할 만한 나이였다. 엠마는 뭔가 말을 해 주고 싶었다. 두려워 할 필요 없다고. 다 괜찮을 거라고. 어리석은 생각이었다.

여자아이의 입에 테이프를 눌러 붙이고 양손을 플라스틱 수갑으로 묶었다.

그런 다음 문을 닫으며 방에서 나갔다. 아이들의 부모가 있는 방으로 걸어 들어갔다. 그레구아르가 가까스로 몸을 일으키고 있었다.

실수가 있어서는 안 돼.

조용히 안방 문을 닫고 권총을 집어 들었다.

66

사무실로 돌아온 찰스 그레이브스는 잔뜩 흥분해 있었다. 책상에 미끄러지듯 앉으며 부하 직원에게 전화를 걸었다. "파리에 있는 들라크루아와 연결해 주게." 이렇게 말하며 프랑스 해외정보방첩부인 SDEC에서 그레이브스와 대등한 위치에 있는 자에게 전화 연결을 하라는 지시를 내렸다. "집에 자고 있으면 비상사태라고 하고 당장 깨워."

"예, 알겠습니다."

그레이브스는 수화기를 내려놓고 넥타이를 느슨하게 풀었다. 예고도 없이 동료를 단잠에서 깨우려니 마음이 편치는 않았다. 쓰나미가 몰려오고 있지만, 정확히 프랑스 연안 어디인지 모르는 상황이었다.

프랑스 내에만 70개의 핵시설이 있다. 켐파는 그들이 새로 설립된 시설을 노릴 것이라고 추측했다. 만약 켐파의 말이 맞다면 숫자는 10곳으로 줄어들긴 했다. 피난 명령은 공포심리만 불러일으킬 것이다. 프랑스 정부가 소문만 믿고 전력 시스템을 차단할 리도 없었다. 자존심이 강하면서 실용주의자들인 사람들이라 깐깐하게 나올 것이 뻔했다.

전화벨이 울리자 그레이브스는 수화기를 들고 말했다. "잘 지냈나, 베르트랑."

"죄송합니다, 대령님. ERT의 덴 백스터입니다."

"아, 백스터, 무슨 일인가?"

"저희가 놈들의 허점을 찾아냈습니다. 꽤 큰 건입니다. 폭파에 사용된 핸드폰 회로판 조각 일부를 찾았습니다. 그걸 가지고 핸드폰의 제조사와 제조 모델을 알아냈고, 판매처도 추적해낼 수 있었습니다."

"번호를 알아냈소?" 그레이브스가 물었다.

"번호가 세 개입니다. 구매자는 핸드폰을 사면서 심 카드 세 개를 샀다고 합니다."

"번호를 지금 불러 주겠소?" 그레이브스는 각각의 번호들을 받아 적었다. 심장이 목구멍에 박힌 듯 뛰기 시작했다.

세 개의 전화번호. 그 번호들은 노다지이자 자신에게 남은 마지막 기회였다. 그레이브스는 좀 더 확실한 단서를 찾겠다는 각오로 전화번호들을 훑어보았다. 통화기록을 역추적하면서 번호를 하나씩 확인해 나가는 것은 간단한 문제였다. 잘하면 그런 식으로 용의자들의 연결망을 재구성할 수 있고, 세르게이 스베츠이건 아니면 그 아래 부국장급들 중 하나이든 테러 작전을 계획한 인물까지 추적해 낼 수도 있다. 가능성이 더 높은 경우이기는 하지만 최악의 경우에도 세 개의 번호끼리 주고받은 통화내역은 추적해 낼 수 있을 것이었다.

그레이브스는 보다폰 사의 보안사무실에 전화를 걸었다. 그곳 사람 몇몇과 좋은 관계를 유지하고 있었는데, 마침 SAS 시절 함께 식사를 하곤 했던 동료가 전화를 받자 기분이 좋아졌다. 그레이브스는 그 동료에게 세 개의 전화번호를 넘기면서 각 번호의 완전한 통화기록을 요청하고, 특히 이틀 전 그리니치 표준시로 11:12에 송수신된 번호를 알아봐 달라는 구체적인 요구도 곁들였다.

대답은 금방 돌아왔다. 첫 번째 번호는 전체 사용기간 중에 단 한 번 수신을 했다. 수신 시간은 정확히 그리니치 표준시 11:12였다. 게다가 그 번호는 이후 기술적으로 작동불능상태라는 판정을 받았다. '작동불능상태'란 산산조각이 났다는 뜻이다. 그레이브스는 그 번호 옆에 별표를 쳐놓았다. 폭탄을 터트린 휴대폰 번호였던 것이다.

두 번째 번호는 폭발에 사용된 휴대폰에 전화를 건 심 카드였다. 테러작전에서 보면 그 심 카드는 폭파범의 전화기에 들어 있었다. 빅토리아 스트리트에 설치된 CCTV에 잡힌 엠마 랜섬이 폭파 시점에 쥐고 있던 바로 그 휴대폰이었다.

"이 번호는 통화기록이 얼마나 되나?" 하고 그레이브스가 물었다.

"제법 많은데. 사오십 통 정도."

그레이브스는 놀라면서 물었다. "어디로 건 건가?"

"런던, 로마, 더블린, 모스크바, 니스, 그리고 소치로도 걸었군."

"잠시만. 자네 방금 모스크바라고 했나?"

"러시아로 여러 번 걸었는데. 사흘 전에 모스크바로 몇 번 걸었어. 상대방 휴대전화로. 그리고 폭탄테러 사건 당일에는 소치로 전화를 걸었군."

바로 이것이다. 데이비드 켐파의 말이 사실임이 증명된 것이다. 그레이브스는 엠마가 자신의 담당 관리책인 세르게이 스베츠, 혹은 FSB 내의 다른 고위급 간부에게 연락을 취한 게 틀림없다고 확신했다. "위성위치확인 시스템으로 발신자와 수신자의 위치를 알아볼 수는 있나?"

"그거야 문제없지."

"그럼 좀 알아봐 주게."

"프랑스 파리로는 몇 번 걸었다고 나오나?"

"파리 지역번호가 찍힌 건 모두 네 건인데. 모두 다 지상통신선을 사용하는 일반 전화로 건 것이라네."

"일반 전화라고? 확실한 거지?"

퉁명스러운 대답이 되돌아왔다. "기다려 봐. 주소를 줄 테니."

그레이브스는 손가락으로 책상을 탁탁 두드렸다. 혼란스러웠다. 추적이 거의 불가능기 때문에 폭탄테러에 사용한 심 카드를 가지고 반복해서 전화를 걸었다는 것은 작전수칙을 명백히 위반한 것이다. 부주의할 뿐만 아니라 아마추어 냄새가 물씬 풍겼으며, IAEA의 컴퓨터 코드를 훔칠 당시 보여 준 정교하고 수준 높은 작전능력과는 전혀 어울리지 않았다.

"그 번호는 장 마티유가 84번지에 위치한 G. 바라니란 사람 앞으로 등록돼 있어." 잠시 침묵이 흘렀다. 다시 돌아왔을 때는 목소리 톤이 좀 전보다 높고, 불안감이 배어 있었다. "찰스, 아직 듣고 있지? 잠시만. 이럴 수가… 그래, 찾았어."

"무슨 일인가?" 그레이브스가 물었다.

"자네가 말한 심 카드 중 하나의 등록지로 지금 누군가가 전화연결을 시도했어. 현재 양측이 통화를 하는 중이라고."

그레이브스는 엠마 랜섬이 틀림없다고 생각했다. "통화 내용을 엿듣는 방법은 없나?"

"그건 힘들어. 내겐 그만한 능력이 아직 없어."

그레이브스는 답답한 기분에 울화가 치미는 것을 참았다. "최초 발신지점은?"

"그것도 대답해 줄 수 없어. 통화는 프랑스 텔레콤의 송신탑을 통해 이루어지고 있으니 수신 신호는 파리나 그 근처 어딘가일 것이 틀림없네. 잠깐… 통화가 방금 종료됐어. 통화시간은 31초."

"프랑스 텔레콤에 연락 좀 해 주게. 그 번호의 통화내역을 모두 뽑아서 가능한 빨리 발신자의 위치를 추적해 달라고 하게. 영장은 내가 점심 때까지 준비해 놓겠네. 빅토리아가의 폭탄테러와 관련된 것일세. 그야말로 최고로 긴급한 사안이야."

"알겠네."

"아, 그리고 마지막 번호는 어때?"

"아, 세 번째 번호 말이지. 깨끗하던데. 한 번도 사용한 적이 없는 번호야."

불현듯 불길한 예감이 들었다. 아직 사용한 적이 없다고? "혹시 번호를 못 쓰게 만들 수는 있나? 아예 사용 못하도록 번호를 정지시켜 버리는 것 말이야."

"기술부에 맡기면 가능할 걸세. 하지만 시간이 좀 걸릴 거야."

"얼마나 걸리지?"

"늦어도 오전 12시까지는 걸릴 텐데."

또 열두 시간을 기다려야 하다니. 그래도 아무 것도 안 하는 것보다는 나을 것이다. "고맙네. 자네한테 신세를 졌군." 그레이브스는 통화를 끊고 케이트 포드에게 걸었다. "지금 어디요?" 하고 물었다.

"프랑스 이즈에요. 랜섬이 들어갔던 집을 조사 중이에요."

"집의 소유자는 알아냈소?"

"서류상으로는 VOR S.A.라는 이름의 작은 기업 소유로 되어 있더군요. 회사는 세르주 스므농이라는 사람의 단독 소유로 돼 있고요."

"세르주 스므농과 세르게이 스베츠. 같은 이니셜에 비슷한 이름인데, 어떻게 생각하시오?"

"무슨 소릴 하는 거예요?"

그레이브스는 케이트에게 보다폰 사를 통해 방금 얻은 정보와 러시아 스파이인 켐파와의 만남을 통해 들은 이야기를 모두 들려줬다. "그 테러분자들은 아직 활동 중이고, 활동 근거지는 파리에 있소."

"세상에."

"혹시 러시아와 관련지을 만한 뭔가가 거기서는 나오지 않았소?"

"러시아어로 된 공식 서류들, 그리고 러시아 가수의 음반 몇 개가 나왔어요. 이게 다 우연일 리는 없겠죠?"

"우연이 아닐 거요. 타고 온 제트기는 아직 대기 중이요?"

"네, 니스 공항에서 대기 중이에요."

"파리까지 도착하는 데 얼마나 걸리겠소?"

"지금부터 서두르면 서너 시간 정도 걸리겠네요. 무슨 계획이죠?"

"현장을 급습할 거요." 그레이브스가 말했다. "동이 트면 바로 움직일 생각이오."

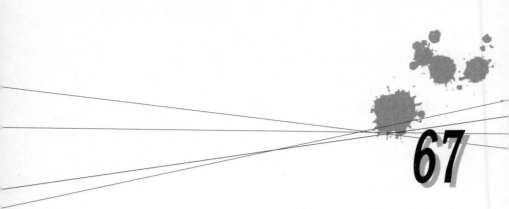

오전 5시 42분, 파리의 태양이 솟았
다. 샤를 드골 공항을 출발하여 시내로 향하며 케이트 포드는 첫 햇살이 몽
마르트 언덕 위에 우뚝 솟은 사크레 쾨르 대성당의 돔에 내리쬐는 것을 지
켜보았다. 그녀가 탄 차량이 퐁네프 다리를 덜컹이며 지나갔다. 센강에서
날아온 시원하고도 산뜻한 향기가 차안으로 흘러들어오고 노트르담 앞에
펼쳐진 강가의 풍경이 창밖을 통해 언뜻 보였다. 잠시 후, 이런 전망은 차
츰 사라지고 자동차는 단조롭고 버림받은 미로 같은 거리를 달리고 있었
다. 파리의 또 다른 얼굴이었다. 루브르 박물관과 개선문의 고향이 아니라
알제리아인의 커피하우스와 중동인의 카페, 서아프리카의 의상들을 가득
진열해 놓은 옷가게들이 줄지어 있는, 식민지 교두보처럼 외지고 허물어져
가는 곳이었다. 교외로 나갈수록 도시 분위기는 어둡고 적대적이었다. 전
날 밤에 타고 남은 연기와 그을음이 하늘로 올라가고 있는 기름통은 흔히
볼 수 있는 풍경이었다. 불에 탄 자동차가 인도에 그대로 내버려져 있었다.
골목마다 쓰레기통에는 쓰레기가 넘쳐흐르고, 사방이 낙서로 시선이 어지
러웠다.

모퉁이를 돌자 차량이 갑자기 멈춰 섰다. 바로 앞쪽에서 경찰차량들이
도로를 봉쇄하고 있었다. 열두 명 정도 되는 남자들이 헬멧을 쓰고 방탄조

끼를 입고 탄약을 확인하며 무기를 점검하고 있었다. 차를 운전한 파리 지구대의 경사가 그녀를 길 건너 카페에 설치한 이동 본부로 안내했다. 검은색 유니폼 차림의 경찰병력 여럿을 양옆에 두고 테이블 앞에 서서 청사진들을 살펴보고 있는 그레이브스가 보였다.

경찰들은 블랙 팬더스 소속이었다. 블랙 팬더스란 정확히 지금과 같은 상황에 대비해 24시간 항시 대기 중인 부대로, 스물 네 명의 최정예 대원으로 구성된 프랑스의 엘리트 경찰특공대 RAID의 별칭이었다.

"놈들은 10층에 침실 한 개짜리 아파트에 있습니다." 검은 복장의 무리 중 하나가 군용 나이프의 날 끝으로 가리키며 설명했다. "복도 끝입니다. 복도 양쪽으로 집들이 있습니다. 입구 하나에 출구 하나입니다. 건물 엘리베이터가 두 대이지만, 그 중 한 대만 작동 중입니다. 다른 한 대는 4층과 5층 사이에서 멈춰 서 있습니다. 층계는 두 군데에 있습니다. 옥상을 통해 대원들을 투입시킬 수도 있지만, 헬기 소리에 용의자들이 겁을 먹고 도주할 가능성이 있습니다."

"층계를 이용합시다." 그레이브스가 말했다. "생포해야만 합니다. 놈들이 중요한 정보를 가지고 있을 겁니다."

"알겠습니다."

그레이브스는 케이트를 발견하고 자리에서 빠져나왔다. "제때 와 주셨군."

"관제탑에서 소리를 질러대긴 했지만 그래도 일이 잘 풀렸어요. 병력을 꽤 모으셨는데요."

"토니경의 입김 덕을 본 거요. 연달아 터진 사건들로 화가 단단히 나셨소. 그분의 목소리가 해협 너머까지 들렸을 정도요."

"그 여자가 저 안에 있나요?"

"직접 보시구려." 그레이브스는 케이트를 밖에 주차돼 있는 위장 밴 차량 있는 곳으로 안내했다. 밴 차량 뒷칸에는 여러 대의 모니터와 각종 장비들이 있고, 두 명의 경관이 모니터 앞에 앉아 있었다. "도로 건너편 건물 안에 감시국을 설치했습니다. 창가에 적외선 카메라 여러 대와 레이저 마이크도 설치했습니다. 현재 현장 안에서 두 명의 움직임이 포착됐습니다. 둘다 아파트 내부를 돌아다니며 움직이고 있습니다."

"아침형 인간들인데요, 안 그래요?" 케이트는 가장 큰 스크린 모니터를 응시했다. 모니터 상에는 거친 화면 속 회색빛 배경 뒤로 방 안을 서성거리는 두 명의 실루엣이 보였다. "그자들인가요?"

그레이브스는 마치 그렇게 하면 열적외선 카메라에 감지된 물체의 모습이 자세히 보이기라도 하는 듯 눈을 가늘게 뜨고 보았다. "아직은 시야가 확보되지 않았소. 놈들이 스톰 블라인드를 쳐놔서 말이야. 허나 그럴 가능성은 있소. 그자가 이곳에 와 있소. 그렇다면 여자도 마찬가지겠지."

"스베츠가 파리에 와 있다고요?" 케이트가 물었다. 그녀는 니스로 오는 도중 전체 브리핑을 전해 듣고 임시 특별 승진과 함께 일급기밀 열람권을 부여받았다.

"놈들은 그를 '파피'라고 부른다지. 나는 모르는 사실이오. 아버지 인품과는 거리가 먼 것 같은데. 부하직원 중 어여쁜 여성 요원들이 그의 주된 관심사라는 소문은 들었소."

스베츠가 빅토리아 스트리트의 차량 폭탄 테러 사건과 노트북 도난 사건의 주모자라는 사실을 알고 나서 그레이브스가 제일 먼저 한 일은 그러한 사실을 앤서니 알램경에게 알리는 것이었다. 스베츠를 해당 범죄와 연결 짓는 모든 자료가 포함된 외교문서가 작성됐다. 총리, 외무장관, MI6의 수장과 경시청 외에도 해당 문건은 MI5내에서 레드 하우스라 알려진 R 섹션에 전달됐다.

"R 섹션에서 스베츠의 위치를 계속해서 추적 중이오." 그레이브스는 이렇게 말을 이었다. "그의 항공기 식별번호를 어제 밤 파리 오를리까지 추적했소. 그리고 또 있소. 같은 항공기가 폭탄 테러가 있기 전날 밤 런던 외곽

루턴 공항에 착륙했소."

"그렇다면, 그가 이 일을 직접 지휘하고 있는 거군요?" 하고 케이트가
말했다.

"물론이오. 이 일은 스베츠의 작품이오. 그는 이 일을 S국이라고 불리는
조직을 통해서 진행하고 있소. 모스크바, 소치, 파리. 엠마 랜섬이 핸드폰
을 이용해 전화를 걸었던 곳들과 그의 위치들도 일치했고, 엠마 랜섬이 칼
에 찔려 부상당한 날로부터 이틀 뒤에는 스베츠의 전용기가 로마에 착륙해
있었다고 했소. 우리는 지금 그가 병원비를 지불하기 위해 사용한 신용카
드의 사용내역을 추적하고 있는 중이오."

"그 여자의 본명은 라라에요." 케이트가 말했다. "그 여자도 러시아인이
겠죠."

"그렇지 않겠소?"

"랜섬도 알았을까요?" 하고 그녀가 물었다.

"그건 내가 상관할 바 아니오."

케이트가 모니터를 가리켰다. "도청장치는요? 엿들을 순 없나요?"

"블라인드 때문에 적외선 레이저가 먹히질 않습니다. 깨끗한 소리를 얻
을 만큼 큰 유리창을 찾을 수가 없습니다." 그레이브스가 담당 경찰관의 어
깨를 두드리며 말했다. "소리를 다시 한 번 들어 보지."

경관이 음량 스위치를 올리자, 밴 차량 안은 텔레비전 뉴스 소리로 시끄
러워졌지만, 뉴스의 내용은 알아들을 수 없었다. 음량 스위치를 조절하자
뉴스의 소음은 줄어들고, 이번에는 클래식 음악이 불규칙적으로 흘러나왔
다. 스위치를 다시 조절하자 이번에는 소리를 지르는 여자의 목소리가 들
렸고, 그 말에 대꾸하는 남자의 목소리도 들렸다.

"어느 나라 말로 이야기하는 거죠?" 케이트가 물었다. "러시아어?"

"모르겠소. 전혀 알 수가 없어요."

그때 프랑스 경찰 분대장이 밴 차량 문 앞으로 왔다. "준비됐습니다." 그

는 케이트를 보며 말했다. "저희와 같이 가시겠습니까?"

케이트는 고개를 끄덕였다. 그 프랑스 남자가 일련의 지시를 내렸고, 잠시 후에 부하 한명이 방탄조끼를 들고 달려왔다. 케이트는 재킷을 벗고 방탄조끼를 입었다. 그레이브스가 그녀의 뒤로 옮겨와 조끼의 고정끈을 단단히 매는 것을 도와주었다. "원한다면 여기 남아 있어도 좋소. 그 편이 더 안전할 테니."

"됐어요." 하고 케이트가 말했다. 남아 있을 생각은 추호도 없다는 뜻이었다.

"이 정도면 됐소?" 마지막으로 끈을 한번 잡아당겨 주고 등을 가볍게 치며 그가 물었다.

"네, 됐습니다. 대령님."

옆에서는 닌자처럼 입까지 가리고 완전무장을 한 블랙 팬더스 부대원들이 최종 준비를 마치고 있었다. 그레이브스도 자신이 입은 방탄조끼의 끈을 몸에 맞게 조절한 다음 어깨띠에 차고 있던 권총을 꺼내 장전했다. "이거 아시오?" 하고 그가 말했다. "난 단 한 번도 실전에서 이걸 쏴 본 적이 없소."

"군대에 있을 때도 말인가요?"

"그렇소. 그때도 그렇소."

케이트는 총알을 장전하고 안전장치를 풀었다. "그렇다면 제가 한 수 위네요. 악당 두 놈을 쓰러뜨려 봤으니까요."

"죽였소?"

"부상만 입혔어요."

그레이브스는 놀랍다는 듯 감탄의 눈길로 그녀를 쳐다보았다.

분대장이 대원들을 소집했다. "모두 준비됐나?"

68

정확히 5시 45분에 엠마 랜섬은 생
마르탱 가에 있는 집에서 나왔다. 창문을 내리고 천천히 운전하며 시골길
을 따라 내려갔다. 열린 창문을 통해 바람에 실려 온 비옥한 토양과 싱싱한
풀 냄새가 났다. 진회색 정장바지에 검은색 재킷과 하얀색 티셔츠로 갈아
입고 있었다. 그날의 작전을 위해 차분하고 얌전한 의상으로 골라서 입은
것이었다. 머리는 한 가닥으로 바짝 묶고 화장도 아주 연하게 했다. 무기는
지니지 않았다. 그나마 이번 작전을 위해 어쩔 수 없이 챙긴 것은 손가방
안에 들어 있는 니들 노즈 플라이어와 필립스 스크루드라이버, 그리고 악
어 집게가 전부였다. 어느 것 하나 국제원자력기구의 조사관이 지녀도 특
이하게 여길 물건들은 아니었다.

5분 뒤에는 D23번 도로에 진입해 플라망빌 방향으로 향하고 있었다. 날
씨는 화창했고 그녀는 얼른 선글라스를 썼다. 라디오를 켜고 잠시 록음악
을 듣다 이내 꺼 버렸다.

D4-발마누아 행 구간에서 고속도로를 빠져나와 고속도로와 평행으로
이어진 지선도로를 탔다. 오른 편에 펼쳐진 밀밭이 이른 아침의 산들바람
에 일렁이고 있었다. 10킬로미터를 더 가자 표지판이 보였다. '라헨느 1 &
2. 출입제한구역. 관계자 외 출입금지.' 표지판의 표시를 따라서 해안을 향

해 뻗은 좁다란 2차선 도로를 지나갔다. 이틀 전에 차를 세워두었던 언덕 쪽을 보며 그날 자신이 갔던 길을 되짚어보았다. 눈앞에 지평선을 둘로 자르듯 외곽을 에워싼 경계 울타리와 길 한가운데 있는 경비초소가 보였다. 곧바로 뭔가 잘못 돌아가고 있음을 눈치 채고는 액셀러레이트에서 발을 뗐다. 도로 양쪽에 세워져 있는 것은 회전포탑 위에 50구경 기관총이 장착된 병력수송용 장갑차였다. 군인들이 해치에 앉아 매처럼 날카로운 눈초리로 도로를 지켜보고 있었다.

훈련을 통해 힘들게 얻은 경험을 토대로 그녀는 왜 보안이 강화되었을까에 대해 가능한 이유들을 곰곰이 따져보았다. 국제원자력안전공사의 피에르 베르텔이 그녀가 안나 숄을 사칭한 가짜인물이라는 것을 알아차렸을지 모른다. 영국 경찰이 러셀의 정보원을 추적하는 데 성공했을지 모른다. 크렘린 내부에서 파피의 계획을 알아냈고, 그가 모든 것을 자백했을 수 있다. 결국 결론은 하나였다. 정보 누출에 의한 작전 실패였다.

마찬가지로 냉정한 논리를 적용해 분석한 다음 가능성이 적은 것을 하나하나씩 제외시켜 나갔다. 자기한테 어떻게든 수작을 붙여 보려고 집적대던 피에르 베르텔이 한시라도 그녀의 정체에 대해 의심을 품었을 가능성은 매우 희박했다. 그렇다면 안나 숄의 정체는 안전하다. 둘째, 영국 경찰이 러셀의 정보원을 추적하는 데 성공했다고 하더라도 그것은 어디까지나 러셀이 아는 정보들을 입수한 정도에 지나지 않았다. 다시 말해, 공격이 임박하다는 것은 알아도, 어디서 일어날지 장소는 모른다는 소리였다. 공격 장소는 전 세계 어느 곳이든 가능하다. 모스크바에 있는 파피의 적들이 그의 계획을 알아냈다고 하더라도, 대응 방법을 놓고 우왕좌왕 하다가 결국에 가서는 아무 조치도 취하지 못할 것이다.

군 차량들을 살펴보던 엠마는 이내 이 모든 조치들이 노트북 도난사건 이후로 강화된 방지대책의 일환에 지나지 않는다는 결론을 내렸다. 지원부대 없이 배치된 장갑차량들은 작전이 아직 안전함을 알려주는 증거였다.

라헨느가 목표대상이라는 사실을 누군가가 알아챘다면, 혹은 의심이라도 했다면, 경비초소 앞에 병력수송 장갑차가 스무 대는 있었을 것이며, 단 두 명이 아니라 일개 여단이 무장 대기하고 있었을 것이다.

엠마는 좀 더 세게 액셀을 밟았다.

장갑차들을 지나 경비초소 앞에서 차를 세웠다. "안나 숄, IAEA에서 왔습니다." 신분증명서를 건네며 말했다.

"어느 분과 약속하셨나요?"

"불시점검입니다. 그레구아르 보안실장께 연락해 보십시오."

"여기서 기다리십시오." 경비병은 예상 외로 강한 경계심을 보이며 대답했다. 그는 엠마가 그 전날 국제원자력안전공사에서 발급받은 신분증을 가지고 초소로 돌아가 중앙 보안초소에 연락했다. 엠마는 왼편을 쳐다보았다. 반사경 선글라스를 낀 장갑차의 사수가 그녀를 뚫어지게 응시하고 있었다. 고개를 끄덕이며 인사를 건넸지만 상대방은 미소로 답례를 해 주지 않았다. 사수의 시선은 그녀에게서 잠시도 떠나지 않았다.

몇 분이 흘렀다. 엠마는 변속기어를 쥐고 있던 손을 1인치 정도 뗐다가 다시 기어를 꼭 쥐었다. 손가락을 조금도 움직이지 않고 기어 핸들을 꼭 쥐고 있었다.

드디어 경비병이 돌아왔다. "3백 미터 직진하셔서 좌측 방문객용 주차장에 주차하시면 됩니다. 중앙처리시설 건물로 가십시오. 그레구아르씨는 아직 출근 전이시지만, 다른 분께서 안내를 맡아 주신답니다."

"네, 그래 주시길 바랍니다." 엠마는 신분증을 받아 손가방에 넣고 문이 열리길 기다렸다가 느긋하게 천천히 차를 몰며 주차장 쪽으로 갔다. 가는 도중에 왼편에 있는 보안을 담당하는 준군사 병력의 막사가 힐끗 보였다. 지프 차량들과 트럭 옆에 지역경찰이 보낸 차량 한 대가 세워져 있었다. 자신이 이곳 라헨느를 노리고 있다는 사실을 아직 모르고 있다는 또 하나의 증거였다.

주차를 하고 서둘러 중앙처리시설 건물로 걸어 들어갔다. 안에 들어가자 그녀는 국제원자력안전공사의 '여권'인 신분증을 제시하고 바이오매트릭 스캐너 위에 손을 얹었다. 스캐너로 안나 숄의 신원조회를 마치자 이번에는 금속탐지기를 통과해야 했고, 동시에 그녀의 손지갑을 엑스레이로 검사했다. 엑스레이 검사 후에 경비병은 손지갑을 열어 안에 든 플라이어와 스크루드라이버, 클립과 함께 아이팟, 휴대전화기, 립스틱과 화장품을 조사했다.

"기술 엔지니어신가요?" 경비병은 플라이어를 집으며 물었다.

"사찰관입니다." 엠마가 대답했다.

경비병은 플라이어를 제자리에 넣고, 손가방도 돌려주며 좋은 하루가 되길 바란다는 인사말을 덧붙였다.

테 없는 안경을 쓰고, 1950년대 스타일로 머리를 바짝 깎은 강한 인상의 중년 남자가 통행 장벽 반대편에서 기다리고 있었다.

"굿모닝, 미스 숄. 전 그레구아르씨를 대신해서 나온 보안차장 알레인 로얄이라고 합니다. 그레구아르씨께서는 아직 사무실에 도착하시진 않았지만 곧 오실 거라 믿습니다. 평소에는 늦게 출근하는 분이 아니십니다. 출입 배지와 키 카드를 준비하는 동안 그분 사무실에서 잠시 기다려 주시겠습니까?"

엠마는 그를 따라 위층 그레구아르의 사무실로 갔다. 사무실에는 넓은 책상, 방문객 용 의자 몇 개, 그리고 긴 소파가 있었다. 그의 책상 뒤편에는 발전소 내 스물 네 곳의 현장을 보여주는 모니터가 여러 대 있었다. 엠마는 모니터 속의 중앙 출입구, 관제실, 원자로 용기, 실외 하역장, 그리고 특히 사용후 연료 수조를 유심히 보았다.

"바로 시작했으면 합니다." 하고 그녀가 말했다. "왜 그런지는 잘 아실 겁니다."

로얄은 고개를 끄덕이며 말했다. "오늘 새벽 세 시에 연락을 받았습니다. 혹시 더 추가된 소식이 있습니까?"

"없습니다. 하지만 연락이 오는 대로 이쪽에 제일 먼저 연락을 드릴 겁니다." 엠마가 사무적인 어조로 대답했다. "이 일은 저희 보안팀에서 우선적으로 처리할 겁니다. 각 발전소에서도 합당한 조치를 취해 주는 것이 중요합니다. 실제 검사를 시작하기 전에 서류작업 할 게 좀 있습니다. 그레구아르씨의 사무실을 좀 써도 되겠지요?"

"그야 물론입니다."

엠마는 그레구아르의 책상 위에 손가방을 내려놓았다. "시작하려면 우선 지난 정기 가동 중단 기간에 원자로에 삽입된 핵연료 집합체와 배출된 사용후 연료집합체의 전체 배송목록이 필요합니다. 그리고 사용후 연료의 배송지 목록과 서명된 수령증도 필요합니다."

로얄은 의심스러운 시선을 그녀에게서 떼지 않으면서도 다시 고개를 끄덕였다. "커피라도?"

"고맙지만 사양하겠습니다."

또 다시 강한 의심의 눈길을 보냈다. "자료준비는 10분이면 됩니다."

엠마는 고개를 끄덕였고 로얄은 사무실을 나갔다. 그녀는 책상을 마주보고 있는 손님용 의자에 앉아 핸드폰을 꺼냈다. 속으로 30초를 셌다. 정확히 시간에 맞춰 로얄이 사무실 문을 열고 짧게 깎은 머리를 문틈으로 내밀며 말했다. "사용후 연료봉이 해외로 배송된 경우, 세관 신고서도 필요하신가요?"

"그럴 필요는 없습니다. 배송 시간과 일자를 보여주는 수령증만 보여주시면 됩니다. 고맙습니다, 무슈 로얄."

엠마는 다시 핸드폰으로 관심을 돌렸다. 문이 닫히자마자 엠마는 문에 귀를 대고 복도에서 들리는 로얄의 발소리가 복도를 따라 멀어져 가는 것을 들었다. 손가방을 열어 플라이어, 스크루드라이버, 클립을 꺼낸 다음 조심스럽게 복도로 나갔다. 오른편 사무실 문에 '영상보안실' 이란 표지판이 붙어 있었다. 머리칼에 숨겨둔 그래파이트 록 픽을 거내 잠긴 문을 땄다.

안쪽에는 시청각 장치와 DVD 녹화기가 놓여 있는 선반들이 겹겹이 자리 잡고 있었다. 그 방은 장비들이 과열되는 것을 막기 위해 에어컨을 계속 틀어놓기 때문에 유난히 시원했다. 양쪽 벽에는 원자로 단지 내부의 150개 장소에 대한 실시간 영상을 보여주는 모니터들이 모여 있었다. 자세히 살펴보니 양쪽 벽의 모니터들은 서로 똑같은 영상을 보여주고 있었다. 똑같은 것이 아니라면 거의 똑같은 영상이라고 할 수 있었다. 사실 각각의 장소에는 두 대의 카메라가 설치되어 있었다. 하나는 원자로를 운영하는 회사인 엘렉뜨릭시떼 드 프랑스에 속해 있고, 다른 하나는 IAEA의 소유로 독립적으로 작동하는 예비용 카메라였다. 원자력 발전소가 안전하게 운용되도록 관리하는 다른 모든 시스템과 마찬가지로 중복 체크야말로 가장 중요한 좌우명이었다.

핸드폰을 사용해서 엠마는 중앙처리시설로 들어가는 영상신호들을 보여주는 도면에 접속했다. 광케이블 하나는 IAEA 소유의 카메라로부터 모든 영상을 전달했다. 다른 광케이블은 발전소 자체 카메라로부터 영상을 전달했다. 핵심은 그녀가 발전소 단지 내부를 돌아다니는 동안 누구도 그녀를 볼 수 없도록 하는 것이었다. 이를 위해 그녀는 발전소 자체 카메라로부터 신호를 전송하는 케이블을 잘라 IAEA 카메라로부터 신호를 전송하는 케이블과 연결했다. 그런 다음 모니터들을 살펴보고 양쪽 화면들이 서로 완벽하게 일치하는 것을 확인했다.

다음으로는 영상처리장치를 멈춰 화면이 실시간 방송되는 것을 멈추고, 그 대신 정지화면 하나를 보여주도록 만들었다. 시선을 움직여 화면이 정지화면임을 알려주는 명백한 징표가 있는지 찾아보았다. 사람이 보이는 모니터는 단 두 대였다. 그 중 카메라 한 대는 외곽 울타리 초소에서 보초를 서는 보안요원을 향하고 있었다. 대개 그러하듯 보안요원은 초소 안에 앉아 있었다. 그는 같은 자세로 계속해서 오랫동안 그렇게 앉아 있을지 모른다. 특별히 이상하다고 느낄 장면은 아니었다.

　다른 화면은 원자로 제어실을 보여주는데, 네 명이 잔뜩 쌓여 있는 기계들 앞에 서 있었다. 그 화면은 문제의 소지가 있었다. 10초 정도만 화면을 지켜봐도 사람들이 왜 움직이지 않고 가만히 있는지 의아하게 생각될 수 있었다. 네 명이나 되는 사람들이 마네킹처럼 움직이지 않고 가만히 서 있다는 것은 자연스럽지 못하기 때문이다. 이 두 대의 모니터 말고도 살펴봐야 하는 모니터는 148개나 더 있었다.

　시간이 얼마 없었다. 두 화면을 다시 설정하는 위험을 감수할 수는 없었다. 그대로 놔두는 수밖에 없었다.

　문을 열고 나가 그레구아르의 사무실로 돌아갔다. 서둘러 도구들을 다시 손가방에 집어넣었다. 곧바로 문이 열리고 알레인 로얄이 필기노트 하나를 겨드랑이에 낀 채 돌아왔다. "여기, 배송목록들입니다." 하고 그가 말했다.

　"테이블에 올려놓으세요." 엠마가 말했다.

　로얄은 그녀가 시키는 대로 했다.

　"그레구아르씨한테서는 아직 아무런 연락이 없습니까?" 엠마가 물었다.

　로얄이 고개를 저었다.

　"더 이상 기다릴 입장이 아니라는 것을 이해해 주시기 바랍니다." 충분히 권위적인 목소리로 엠마가 말했다. "작업 교대시간 전에 서둘러 사찰을 시행하고 싶습니다. 현장에 제가 와 있다는 사실이 소문으로 퍼져서는 안 됩니다."

　"조만간 오실 거라 믿습니다. 분명 그레구아르씨께서도 미스 숄을 직접 만나 뵙고자 하실 겁니다."

　"사찰을 마치는 대로 조사결과에 대해 논의할 충분한 기회를 드릴 겁니다. 조사하는 동안에라도 그레구아르씨께서 원하시면 제가 있는 곳으로 찾아오실 거라 믿습니다."

알레인 로얄은 엠마에게 현장 배지를 건네며 항상 목에 차고 있어야 한다는 설명을 덧붙였다. "그리고 이것이 선생님의 키 카드입니다. 카드를 넣고 밑으로 빠르게 그으면 문이 열립니다. 또 뭐 궁금하신 게 있으십니까?"

"아니요. 고맙습니다." 엠마는 키 카드를 주머니에 넣으며 대답했다. 창밖으로 거대한 원자로 돔과 그 뒤에 펼쳐진 대서양이 선명하게 보였다. "이 정도면 충분합니다."

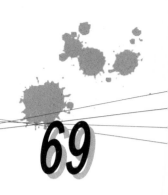

69

런던의 해는 2분 전 그리니치 표준
시로 5:40에 떴다. 세인트 캐서린 병원 중환자실 619호, 한 줄기의 첫 햇살
이 창문 커튼을 피해 잠을 자는 환자의 이마 위로 정확하게 내리 떨어졌다.
환자의 검은 머리카락은 헝클어져 있고, 까칠하게 자란 짙은 턱수염으로
인해 얼굴은 더욱 움푹 패여 보이고, 전체적으로 냉엄한 인상을 풍겼다. 누
워 있는 동안에도 그는 마치 똬리를 틀고 있는 동물처럼 어느 순간에라도
침대에서 뛰어올라 상대를 덮칠 것 같은 긴장감이 느껴지는, 그런 가공할
만한 존재감을 풍겼다. 중환자실의 모두가 그 남자와 그의 명성에 대해 알
고 있었으며, 그는 그만큼 두려운 존재였다.

　　그러나 환자는 움직이지 않았다. 몇 분이 흐르고 더 강해진 햇살이 눈
가에 드리워져도 그는 조금도 움직이지 않았다. 러시아의 내무장관 이고르
이바노프는 그렇게 거의 96시간을 혼수상태로 누워 있었다. 눈에 보이는
외상은 없었지만, 검사를 담당했던 신경과 의사들은 그의 부하 직원 여럿
을 죽음에 이르게 한 폭발파에 의한 뇌진탕으로 심각한 정신적 외상을 입
었다는 데에 모두 동의했다. 그의 바이털 사인은 정상수치로 돌아와 있었
다. 혈압수치는 120~70으로 매우 양호했고, 심장박동은 58비트로 운동선
수 수준이었다. 혈액검사 결과 콜레스테롤 수치는 평균치 이하였고, 테스

토스테론 수치는 평균보다 한참 위였다. 의사들은 그토록 끔직한 부상에도 살아남았고, 아직 살아 있는 것은 환자의 뛰어난 체력 덕분이라는 데 모두 의견을 같이했다.

간호사가 병실로 들어와 환자를 돌보기 시작했다. 간호사는 커튼을 젖히고 환자의 머리를 들어 베개를 받혀 준 다음 소변 주머니를 확인하고, 카테터가 제자리에 있는지 확인했다. 평소와 마찬가지로 그녀는 이 마지막 과제에 필요 이상으로 시간을 일이 분 정도 더 끌었다. 독실한 가톨릭계 아가씨였고, 병원에서 일 년 넘게 일했지만 이토록 타고난 물건은 생전 본 적이 없었다. 그녀는 살짝 수줍음을 느끼며 미소를 지었다.

바로 그때 무서울 정도로 억센 손으로 그가 그녀의 팔을 쥐어 잡았고, 그녀는 작은 비명소리를 내뱉었다.

"다음부터는." 이고르 이바노프가 말했다. 오랜 수면에도 불구하고 그의 목소리는 놀라울 정도로 강했다. "들어오기 전에 노크를 하시오. 그리고 보고 싶거든 보여 달라는 부탁부터 하시오."

간호사는 손으로 입을 가린 채 병실에서 달아났다.

이바노프는 머리를 베개에 대고 눈을 감았다. 약간의 자극에도 두통을 느꼈고 몹시 피곤했다. 그럼에도 그는 온몸에 기운이 돌아오는 것을 느꼈다. 몇 시간 뒤에 그는 조바심으로 안달이 났다. 저녁 6시까지는 모스크바행 비행기에 오르기로 결심했다.

그를 죽음에서 살아남게 해 주고, 영원한 혼수상태의 늪에 빠지지 않게 해 준 이유에 대한 의사들의 생각은 틀렸다. 그것은 그의 체력 덕분이 아니라 분노 때문이었다.

이고르 이바노프는 누가 자신에게 그런 짓을 했는지 매우 잘 알고 있었다. 그리고 그는 보복을 다짐했다.

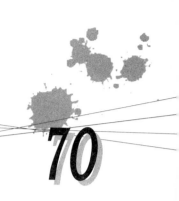

70

그들은 복도 양쪽에 열을 지어 서 있었다. 방탄복을 입은 경찰대원 여섯 명이 각각 한조로 양쪽 벽에 등을 대고 대기 중이고, 그레이브스와 포드는 열의 뒤쪽에 위치하고 있었다. 블랙팬더스 대원들은 각자가 선택한 무기를 휴대하는 것이 허용됐다. 행렬 맨 앞의 대원은 베넬리 12-게이지 반자동 샷건을 들고, 두 번째 대원은 헤클러 & 코흐 MP5 기관단총을 들고 있었다. 폭파 후 총알세례를 퍼붓는 전술이었다. 당하는 사람은 누가 되었건 지옥 같은 경험을 맛보게 될 것이다. 나머지 병력은 좀 더 정밀한 타격을 위해 권총을 들고 사격태세를 갖추고 있었다.

분대장이 전진 신호를 보냈다. 레밍턴 윙마스터 샷건을 든 부대원이 복도를 달려 나와 문을 조준했다. 분대장이 장갑 낀 손을 들고 손가락으로 숫자를 세기 시작했다. 5··· 4··· 3··· 2···

"준비됐어요?" 하고 케이트가 속삭였다.

그레이브스는 고개를 끄덕였다.

귀청이 찢어질 것 같은 폭음이 복도에 울려 퍼졌다. 경첩이 뜯겨지며 문짝이 떨어져 나갔다. 빛이 번쩍이면서 섬광 수류탄이 터지자 폭발로 인한 기압변화로 충격파가 밀려닥쳤다. 섬광 수류탄이 하나씩 차례로 터졌다.

연기가 복도를 가득 메웠다. 그레이브스는 총을 쥔 채로 연기로 인해 눈물이 나는 것을 참으며 아파트 안으로 달려 들어갔다. 누군가가 처음에는 프랑스어로, 그 다음에는 그가 알아듣지 못하는 언어로 외쳐대고 있었다. "아흐레떼! 아흐레떼! 부우제 빠!"

샷건의 탄알이 빠른 속도로 연사됐다. 그레이브스는 귀청이 찢기는 듯한 고통을 느꼈다. 그는 액자 속의 사진을 보듯 아파트 내부를 눈에 집어넣었다. 허름한 부엌과 낡은 가구들이 놓인 거실. 기관총들이 담긴 상자. 그리고 그 옆의 좀 더 큰 상자. 상자에는 '이탈리아 군용품, 셈텍스-H, 50kg'이라고 쓰여 있었다. 엠마 랜섬이 로마 근교의 군부대에서 훔친 바로 그 셈텍스였다. 코너를 돌자 검정색 전투복장의 대원들이 누군가를 바닥에 쓰러뜨리는 것이 보였다. 그자는 잿빛 머리를 하고 있었고, 강렬하게 저항하면서 그레이브스가 잘 알아들을 수 없는 언어로 무슨 소리를 지르고 있었다.

자동화기에서 내뿜는 짧고 날카로운 총성이 한 발 울리면서 그레이브스는 몸을 돌려 뒤를 보았다. 벽에서 깨져 나온 석고조각들이 공기 중에 흩날리면서 얼굴과 목을 때렸다. 그는 본능적으로 몸을 숙였다. 옆에 있던 경찰대원 한명이 얼굴 절반이 날아간 채 바닥에 쓰러져 있었다. 그레이브스는 자신을 향해 AK-47 소총을 들고 서 있는 여자에게 총을 겨눴다. 방아쇠를 마구 당겼고, 탄창을 채 다 쓰기도 전에 또 다른 총성이 연이어 터지고 여자는 방 반대편으로 벽에 날아가 강하게 내동댕이쳐졌다. 그레이브스가 보니 프랑스 경찰 분대장이 베넬리 샷건을 자기 옆얼굴에 대고 있었다.

그런 다음 이전의 모든 총성을 압도하는 정적이 흘렀다.

7초의 시간이 흘렀다.

그레이브스는 여자에게로 걸어 다가갔다. 여자는 일제사격을 맞고 토막난 채 죽어 있었다. 총알이 이마 한가운데를 관통했다. 그러나 여자는 엠마 랜섬이 아니었다.

그는 침실로 걸어 들어갔다.

남자 한명이 얼굴을 바닥에 대고 수갑이 채워진 양손을 뒤로 한 채 바닥에 누워 있었다. 회색 정장 차림이고, 머리카락은 강철을 연상시키는 잿빛이었다. 그레이브스는 바로 '이 자다'라고 생각했다. '스베츠야.'

"돌려 봐." 하고 그가 말했다.

부대원 한명이 그의 몸을 돌려 눕히자 그레이브스는 거칠게 욕설을 내뱉었다.

한눈에 보기에도 중동계였다. 그자는 갑자기 귀에 익은 언어로 강력한 항의를 쏟아내기 시작했다. 파르시어였다.

"자기들은 이란 외교관들이라고 하는데." 그레이브스가 통역을 했다. "침실에 자기들 여권이 있다고 하는군."

잠시 후에 대원 한명이 이란회교공화국의 관용여권 두 장을 쥔 채 안쪽 방에서 나왔다. 그레이브스는 일단 첫 번째 여권을 살펴보았다. 여권의 주인은 파샤 가즈히였고 재외공관직원이라고 쓰여 있었다. "가즈히씨." 하고 그가 말했다. "기관단총 한 상자와 플라스틱 폭발물을 댁에 숨겨둔 이유가 뭡니까?"

"대사와 만나게 해 주시오." 그가 말했다. "내게는 면책특권이 있소. 이렇게 함부로 침입할 권리가 당신들에게 없다는 말이오. 내 아내는 어딨지? 아니샤, 여보! 괜찮은 거야?"

그레이브스는 케이트를 쳐다봤다. "믿을 수가 없군." 하고 그가 말했다. "이거 아주 된통 당하게 생겼는데."

케이트가 그의 팔에 손을 얹으며 말했다. "어쩌면 엠마 랜섬이 지난밤 전화를 건 위치에 대한 정보를 알아낼 수 있을지도 몰라요."

"그래요." 기대하지 않는 투로 그레이브스가 대답했다. "어쩌면 그럴 수도 있겠지."

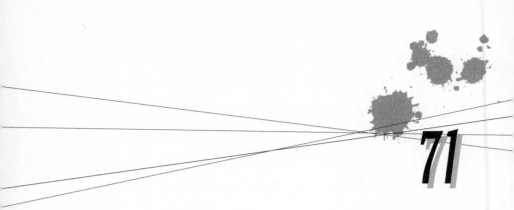

71

반 블록 떨어진 곳에 위치한 4층 자신의 아파트에서 세르게이 스베츠는 프랑스 경찰특공대 블랙 팬더스가 자신이 이틀 전에 사용했던 이란인들의 안전가옥을 덮칠 준비를 하는 것을 지켜보며 충격을 금치 못했다. 그들이 어떻게 그 집을 알아냈는지 알아 볼 시간 따위는 없었다. 정보가 새나간 것이다. 일이 꼬이고 있었다. 바로 자기 심장부에 스파이가 똬리를 틀고 있는 것이다. 나중에 분석해 보면 정보 누출의 소스가 어딘지 찾아낼 수 있을 것이다. 하지만 당장은 모든 일을 무조건적으로 실행에 옮길 때이다. 지난 몇 개월간 그가 조심스럽게 준비해 온 계획이 실패로 막을 내리지 않도록 챙겨 봐야 할 때가 온 것이다. 핸드폰을 집어 들고 그동안 자기 혼자만 사용해 온 번호로 전화를 걸었다.

"무슨 일이에요, 파피?" 엠마 랜섬이 물었다.

"어디야?"

"중앙처리시설 건물 안입니다. 아슬아슬한 상황이에요. 정문에 보안인력이 추가로 배치돼 있더군요."

"영국 놈들이 이번 폭탄테러의 진짜 동기를 알아챘을 경우를 감안하면 그쯤이야 예상했었지, 안 그래?"

"전화는 왜 하신 거죠?"

"네가 걱정할 건 없어. 그저 서둘러서 일을 최대한 신속하게 처리하도록. 공항에서 기다리겠다."

"분명히 기다리실 거죠?"

"약속하마. 그럼, 나중에 봐."

스베츠는 전화를 끊고 서둘러 침실로 가서 옷가지와 물건들을 여행 가방에 마구 챙겨 넣었다. 젖은 헝겊으로 램프, 전등 스위치, 텔레비전 리모컨, 그리고 부엌에 있는 물건 중에서 그가 손댔을 만한 것들을 모두 문질러 닦았다. 아파트 안에 있는 자신의 흔적을 말끔히 지웠다고 생각되자 그는 재킷과 코트를 입고, 허리에 찬 권총집에 권총을 찔러 넣었다. 시간을 확인하니 6시 반이 거의 다 되어갔다. 그때, 갑자기 밖에서 총성이 울리더니 타타타탁 하는 소리가 연이어 들려왔다. 스베츠는 서둘러 창가로 갔다. 제복 입은 자들의 모습은 어디에도 보이지 않았다. 사람들이 길 모퉁이에 모여 있었다. 난데없이 기관단총 소리가 들리더니 그 아파트 건물 위층에서 유리가 산산조각이 나는 소리가 들렸다. 유리 파편이 튀기자 사람들이 비명을 지르기 시작했다. 창밖으로 새어나온 연기가 공중으로 치솟았다. 그는 한 손에는 가방, 그리고 다른 한 손에는 핸드폰을 쥔 채 서둘러 현관으로 갔다.

"유리." 그는 파일럿에게 전화를 했다. "연료를 채우고 이륙할 준비를 해. 한 시간 내에 그곳에 도착하겠네. 알아, 계획보다 이르지." 현관문을 열었다. "계획에 변경이 생겼…" 스베츠는 하던 말을 딱 멈췄다. "이런, 망할." 자신의 얼굴에 정면으로 총을 겨누며 서 있는 남자를 보며 그가 말했다. "네 놈이 여기에 왜?"

"전화를 끊으시오."

조나단 랜섬은 그의 이마에 권총을 갖다 댄 채 아파트 안으로 도로 밀어 넣었다.

스베츠는 엄지로 핸드폰을 부수고도 남을 정도로 세게 버튼을 눌렀다. "알렉스는 어디 있나?" 그가 강한 러시아 억양으로 물었다.

"죽었소." 조나단은 현관문을 닫고 문에 등을 기댔다. "당신이 스베츠인 가?"

"파피라고 불러. 라라도 날 그렇게 부르지. 아니야, 엠마라고 불러드려 야겠지?"

"부르고 싶은 대로 부르시오. 파일을 봤소. 이제 뒤돌아 거실로 걸어가 시오. 저기 저 소파에 앉으시오. 두 손은 내 눈에 보이도록 다리 위에 올려 놓고."

스베츠는 몸을 돌려 아파트 한쪽 구석에 있는 거실로 갔다. 거실에는 널 찍한 창문과 기본적인 가구 몇 점만 놓여 있었다. "실력이 꽤 늘었는데. 전 문가가 다 되셨군." 어깨너머로 그를 힐끗 쳐다보며 스베츠가 말했다.

"그렇소. 최고 전문가에게 배웠으니."

"고맙군. 칭찬으로 받아들이지."

"입 다무시오."

스베츠는 소파에 앉아 두 손을 다리 위에 올려놓았다. "이제 됐나?"

"그래, 됐소." 조나단은 건성으로 대답했다. 그의 관심은 이미 4층 아래 길가에 몰려 있는 경찰 차량들과 그 가운데에서 바삐 움직이는 제복 차림 의 무리들에게로 옮겨가 있었다. 벌집을 피하려다 또 다른 벌집을 건드린 꼴이었다. "저 아래 경찰이 왜 몰려 있는 거요?" 조나단이 물었다.

"놈들은 네놈 아내와 내가 저 건물 안에 있는 줄 알거든." 스베츠가 말 했다.

"그 여자는 어디 있소?"

"저곳에는 없으니 걱정 말아."

조나단이 등과 목줄기를 가로지르는 통증 때문에 움찔하면서 스베츠를 돌아보았다. 이즈에서 경찰들이 문을 두드렸을 때 그는 죽음을 가장하는 수밖에 다른 방법이 없다는 결론을 재빨리 내렸다. 엠마도 그 방법을 쓴 적이 있다는 생각이 언뜻 났기 때문이다. 나라고 못 할 건 없지 않아?

운전대를 잡지 않고도 잠시 동안 푸조가 달리도록 하는 것은 큰 문제가 아니었다. 그는 크루즈 컨트롤을 시속 1백 킬로미터에 설정해 놓고, 죽은 러시아인의 시체를 운전석에 끌어놓은 다음 차 문을 열고 뛰어내렸다. 자갈 포장도로 위에 착지하는 것은 또 다른 문제였다. 떨어지면서 기를 쓰고 몸을 굴렸지만, 구르는 와중에 왼쪽어깨가 바닥에 정통으로 부딪치는 바람에 부분 탈골과 쇄골에 골절상을 입은 것 같았다. 그가 두 발을 딛고 서서 언덕 아래로 불완전한 걸음을 고통스럽게 옮길 수 있었던 것은 정제되지 않은 분노 때문이었다. 어깨에서 덜거덕거리는 소리가 나고, 팔꿈치에서 피가 흐르는 동안 그는 끊임없이 스스로에게 이제 더 이상 가만있지 않을 것이라고 되뇌었다. 이제 당하고만 있지는 않을 것이라고.

30분 후에 그는 절뚝거리며 모나코역에 도착했다. 그곳 화장실에서 몸을 닦은 다음 니스 행 열차에 올랐다. 니스에서 22시 58분 발 파리 행 TGV로 갈아탔고, 5시 24분에 리용 역에 도착했다.

"라헨느가 뭐지?" 그가 물었다. 그 단어는 노트북에서 발견한 것으로, 스베츠가 L이라고 불리는 한 요원에게 보낸 여러 서신에서 가장 눈에 띄는 단어였다. 서신은 엄청나게 빨리 쳐 내려간 것으로, 조나단이 거의 알아볼 수 없는 완곡한 표현과 이름들로 가득했다. 그러나 파리에 있는 스베츠의 아파트 주소와 엠마가 오늘로 예정되어 있는, 보안이 철저한 시설 하나를 폭파시키는 어떤 작전에 연루되어 있다는 사실을 알아낼 만큼의 해독은 가능했다.

"라헨느!" 조나단이 되물었다. "그게 뭐냐고?"

스베츠는 대답하지 않았다. 그는 자리에 앉아 편안한 자세로 마치 이 모든 게 재미있다는 듯한 표정으로 고개를 당당하게 치켜 올리고 멍이 든 자신의 턱을 매만졌다.

"당신이 말하지 않는다면, 저 사람들에게 물어볼 수밖에." 조나단은 건물 아래 경찰들을 향해 고갯짓을 하며 말했다.

"한번 해 보시지. 놈들은 곧바로 널 체포할 거고, 네 놈이 단 두 마디도 내뱉기 전에 감방에 처넣을 테니까 말이야. 영국 놈들은 자네를 꽤 오래 데리고 있으려고 할 걸." 스베츠는 마치 더 끔찍한 일도 다 겪었는데, 이 정도는 아무 것도 아니라는 듯이 따분하고 단조로운 말투로 이야기했다.

"내 걱정 따위는 하지 않아. 내가 알고 싶은 것은 엠마 소식이야."

"자네가 원한다면야 그 여자와의 만남을 주선해 줄 수도 있지. 내일이면 만날 수 있을 걸세. 여기서 한참 멀리 떨어진 곳에서."

"내일은 필요 없어. 오늘 당장 만나야겠어. 지금 엠마는 어디에 있어?"

"내 제안을 진지하게 고려해 보는 게 좋을 텐데. 난 네놈이 이곳에서 안전하게 벗어나게 해 줄 수도 있어. 무기징역을 선고받을 일도 없도록 자유롭게 해 준다는 말이야. 자, 어떤가?"

"필요 없소." 조나단이 말했다. "그런 건 사양하겠어."

아래쪽 길에서 사이렌 소리가 울려 퍼졌다. 조나단이 창밖을 내려다보니 구급차 두 대가 경찰관과 긴급구조대원들 사이를 가르며 다가오고 있었다. 스베츠를 뒤돌아보면서 그는 우중충한 회색 양복 차림에 몹시 지쳐 보이는 이 남자가 바로 러시아 연방보안국의 수장이라는 사실을 애써 되새겼다.

"엠마를 어디서 데려왔지?" 조나단이 물었다.

"라라 말인가? 그녀는 콜림스키 반도에 있는 시베리아 시골 마을 출신이야. 아무 것도 없는 황량한 곳이지. 라라의 아버지는 고기잡이배 선원이었고, 일 년 중 열한 달은 집을 비워야 했지. 생선 공장에서 일하던 술주정뱅이 엄마는 라라를 늘 두들겨 패곤 했지. 우리 기관에서 나선 것도 라라의 팔과 다리가 부러졌을 때였는데 당시 라라는 일곱 살이었고, 우리 기관 내에 그녀와 같은 아이들을 발굴하는 부서가 따로 있었지. 재능은 있으나 뿌리는 없어서 정부의 손길이 필요한 아이들 말이야. 가공되지 않은 다이아몬드 원석이라고나 할까. 학교 교장이 라라를 우리 앞에 데려왔지. 열 세 살의 나이에 이미 미분학을 깨우쳤고 이탈리아어, 프랑스어, 그리고 독일 어까지 독학으로 익혔다더군. 아이큐도 가히 기록적이었지.” 스베츠가 눈 길을 돌렸다. 과거의 기억을 되살리면서 그의 두 눈에 생기가 돌았다. “라 라를 내가 직접 모스크바로 데리고 왔어. 자네도 그때 한번 봐야 했어. 그 아이에게 잠재되어 있던 그 야망과 포부, 그리고 타고난 아름다움을 말이 야. 서구사회에 때 묻지 않은 순수함 그 자체였지. 그리고 남자라면 누구나 알아봤을 거야. 악성 습진과 몹시 야윈 체격에도 불구하고 적절한 영양공 급과 의료관리만 있으면, 그 아이가 아주 특별한 존재로 자라날 거라는 사 실을 말이야.”

“그녀가 KGB에 들어가길 원하지 않을지 모른다는 생각은 안 해 봤나 보군?”

“그럴 필요가 없었지. 애초부터 그녀의 생각이 그랬으니까. 그 여자는 재능을 가진 극소수의 인재였거든. 헤엄치기를 멈추면 곧 죽어 버리는 상 어와 같은 존재였지. 물론 그녀에게는 아드레날린이 곧 산소였지만. 어리 석게 굴지 말게, 랜섬 박사. 라라는 애초부터 착한 여자와는 거리가 멀었 어.”

조나단은 러시아인에게로 바짝 다가갔다. 묵직한 권총의 무게가 손에서 느껴졌다. 권총을 꽉 쥐고 엄지로 총의 해머를 뒤로 제쳤다. 전에도 조나단 은 남자 한명을 총으로 죽인 적이 있었다. 조나단은 그 남자의 이마에 총구 를 가져다대고 방아쇠를 당겼는데 아무런 느낌이 없었다. 아무런 양심의 가책도, 잘잘못을 따지고 싶은 마음도 없었다. 내면 깊은 곳에서는 해야 할 일을 한 것이라는 소리만이 들렸을 뿐이었다. 조나단은 스베츠를 경멸하고 무시해 버리기로 했다. 그를 죽이는 것은 그리 어려운 일이 아니었다. “그 녀는 어디에 있지?”

스베츠는 마치 동정할 가치도 없는 존재를 바라보는 양 조나단을 똑바로 응시한 채로 고개를 설레설레 저었다. "난 네놈이 이곳에 온 이유를 알지. 자신한테는 그녀를 막기 위해서 온 거라고 말하겠지만, 과연 그게 진심일까? 진심은 바로 네놈이 아직도 그녀를 사랑하고 있다는 거야. 어쩌면 그녀가 네놈 말을 듣고 임무를 져버릴지도 모른다는 계산을 했겠지. 하지만 그럴 일은 없어."

"조용히 해."

"한 가지만 묻자."

"뭐를 묻겠다는 거야?"

스베츠는 조나단의 두 눈을 응시했다. "그녀가 디비전을 배신한 이유가 민간 항공기가 격추당하는 것을 막기 위해서였다고 믿어? 진심으로 그렇게 믿어?"

조나단은 아무 대답을 하지 않았다.

스베츠는 이렇게 말을 이었다. "런던 도심 한가운데 번화가에서 일말의 망설임도 없이 폭탄을 터트린 그 여자가? 로버트 러셀을 그녀가 어떻게 죽였는지 혹시 그자들이 자네한테도 말해 주던가? 놈의 목을 분질러서 시신을 5층 베란다 아래로 내던져 버렸어."

"여객기 사건 때와는 상황이 달라." 조나단이 말했다. "그 안에는 여러 명의 무고한 목숨이 타고 있었으니. 그녀는 자신의 임무에 포함된 인간과 그렇지 않은 무고한 사람들을 가려낼 줄 아는 사람이란 말이오."

"그렇다면, 과거에 벌인 일들은? 디비전을 위해 그녀가 얼마나 많은 일들을 했는지 아나? 그때 그녀가 무고한 사람들을 얼마나 많이 죽였는지 아느냐 이 말이야."

조나단은 대답하려 했지만, 입안이 갑자기 바싹 말라 버린 듯했다. "그래서 무슨 말을 하려는 거지?"

스베츠는 마치 더 이상 조나단이 고통 받는 것을 원하지 않는다는 듯이 동지애와 유대감이 섞인 흔들림 없는 눈길로 조나단을 바라보며 자신의 양

볼을 비볐다.

"아니." 조나단은 망설임 없이 대답했다. "난 당신을 믿지 않아."

"그 정도의 의심은 분명 혼자서도 해 봤을 거야." 스베츠는 이렇게 말했다. "자넨 영리한 사람이야. 왜 그녀의 심경에 갑자기 변화가 생겼는지 자네도 궁금했을 텐데."

"그 항공기 안에는 죄 없는 민간인들이 타고 있었지. 디비전이 너무 멀리 나가자 그들의 명령을 따르는 것을 거부했던 거고."

"틀렸어, 조나단. 그게 아니지. 그게 정답이 아니란 건 당신도 잘 알 텐데."

조나단은 자신의 내면에 있는 진실들을 듣고 싶지 않은 마음에 고개를 내저었다. 런던에서 엠마를 다시 본 그 순간부터 내내 의심해 온 일들이었다.

"자네가 아는 것 이상으로 엠마는 나와 오랜 기간 일을 해 왔어." 스베츠가 말했다. "그 여자에게 여객기가 공격당하는 것을 막고 디비전과 맞서라는 명령을 내린 사람도 바로 나였으니까."

"거짓말 하지 마시오." 조나단이 힘없는 목소리로 대답했다. 하지만 상상을 초월하는 배신감에 휩싸여 그저 기계적으로 대답했을 뿐이었다. "난 당신 말을 믿지 않아."

"그러나 사실은 믿고 있지 않나? 내가 그녀에게 엘 알 제트기를 구하라는 지시를 내린 이유가 뭔지 아나? 승객들의 목숨을 걱정해서가 아니었네. 오로지 디비전을 무너뜨리기 위해서였지." 스베츠가 소파 끄트머리로 자리를 옮기며 말했다. "그런 나를 조나단 자네가 도왔지. 오스틴 장군을 죽인 사람도 바로 자네였으니. 자네의 그 소중한 엠마가 임무 완수를 앞두고 부상을 입자, 그녀 대신 드론 비행체를 막은 사람도 바로 자네였고. 그렇다면, 그녀만 나를 위해서 일한 게 아닌데? 자네도 날 위해 일했던 셈이니까."

조나단은 잠시 주저앉았다. 수면시간이 너무 적었고, 너무 오랜 시간 동안 깨어 있어서 피로가 한꺼번에 몰려왔다. 스베츠가 말하는 게 사실이라는 것을 그는 알았다. 그의 말이 사실이라고 느껴져서도 아니고, 그의 두 눈을 보고 그가 진실을 말하고 있다는 생각이 들어서도 아니었다. 그 외에는 엠마의 행동을 논리적으로 설명할 길이 달리 없었기 때문이었다.

조나단은 뒤돌아 창밖을 뚫어지게 응시했다. 경찰들이 건물 아래로 다시 모이고, 정문에서는 누군가가 들것에 실려 나오고 있었다. 낯익은 얼굴을 발견한 조나단은 조금 더 자세히 살펴보기로 했다. 얼굴의 주인공은 그레이브스였고, 케이트 포드 경감이 바로 그 뒤를 따르고 있었다. 여기까지 먼 길을 왔는데, 이제 와서 얻은 것이라고는….

곁눈질에 움직임이 포착되어서 조나단이 몸을 돌리는 순간 스베츠가 그를 향해 권총을 들어 올리는 것이 보였다. 그는 바닥으로 몸을 던지면서 먼저 권총을 들어 총을 발사했다. 불꽃이 번쩍하는 것이 보였고 무엇인가가 그의 귀 바로 옆의 공기를 가르는 것이 느껴졌다. 몸 옆쪽으로 바닥에 떨어지면서 부상당한 어깨가 닿았다. 그는 통증으로 비명을 지르면서 계속 방아쇠를 당겼고, 총은 손안에서 요동치면서 미숙하고 거친 사격이 이어졌다. 몸을 굴려 바로 세운 그는 스베츠의 가슴 한복판을 바라보며 총을 들어 올려 방아쇠를 당겼다. 그러나 탄창이 비어 있었고 빈총이 발사됐다.

세르게이 스베츠는 한 손으로 배를 움켜잡은 채 카우치에 앉아 있었다. 다른 손은 여전히 총을 쥐고 있었지만 무릎 위에 힘없이 올려져 있었다. "브라보." 그가 예의 무미건조하고 흔들림 없는 말투로 말했다. "사격술도 자네 기술 중 하나라는 사실은 내가 몰랐군."

조나단은 그 러시아인을 조심스럽게 쳐다보았다. 긴장을 늦추지 않고 가까이 다가간 그는 무릎을 굽히고 스베츠의 손가락에서 권총을 빼내 손이 닿지 않는 곳까지 바닥으로 던져 버렸다. "내가 한번 보겠소."

스베츠는 마지못해 손을 들었다. "그래, 내가 살 수 있겠나?"

조나단은 그가 입고 있는 셔츠의 단추를 풀었다. 총알이 간 바로 아래 부위에 박혔다. 상처에서는 피가 거의 흐르지 않았다. "이렇게 합시다. 라 헨느와 엠마에 대해 말해 주면 내가 당신 목숨을 구해 주겠소."

"자넨 대가를 바라는 타입이 아닌데, 안 그런가?"

"맞소." 조나단은 인정하며 말했다. "난 그런 타입이 못되오." 그는 욕실에서 수건을 가지고 돌아와 피를 닦아 주며 말했다. "몸을 앞으로 기울여 봐요."

스베츠는 신음소리를 내며 그가 시키는 대로 했다.

"이걸로 일단 복부를 지혈하고 절대 움직이지 마시오. 난 가서 구급차를 부르겠소. 그들이 당신을 치료해 줄 거요."

"그럴 필요까진 없어." 영국식 억양의 목소리가 들려왔다. "여기서부터는 우리가 맡는다."

찰스 그레이브스는 검은색 방탄복을 입은 대원들을 양 옆에 끼고 문가에 서 있었다.

"랜섬? 대체 이게… 아니, 어떻게 …?" 그레이브스의 뒤에서 불쑥 나타난 케이트 포드가 당황하고 성난 기색으로 들어왔다.

"거기 가만히 그대로 있어." 그레이브스가 조나단에게 총을 겨냥하며 말했다. "이제 도망치는 일도 끝났다." 그는 이렇게 말하며 옆에 서 있던 대원에게 지시를 내렸다. "저자를 체포해. 수갑을 단단히 채우도록."

72

중앙처리시설에서 빠져나온 엠마
는 넓은 뜰을 가로지르는 보안 통로를 따라 내려가 중앙 행정 건물로 들어
갔다. 그곳에도 경비 데스크가 있었다. 출입 배지를 보여주고 맨 트랩이라
고 부르는 천장 높이의 회전문을 통과했다. 원자로 주단지로의 출입을 통
제하는 시설이었다. 맨 트랩 반대편에서 그녀는 두 번째 금속탐지기를 무
사히 통과했다. 거기서 손지갑 검사를 다시 받고, 폭발물 탐지 부스로 안내
되었다. 공기가 한 번 뿜어져 나왔다. 초록색 불이 켜지고 들어가도 좋다는
허가를 받았다. 또 다른 맨 트랩이 기다리고 있었다. 그 문을 통과해 작은
로비를 지나 외부로 나가는 유리문으로 향했다. 그리고 카드 키를 긁은 다
음 잠금장치가 풀리기를 기다려 문을 열고 아침 햇살 속으로 걸어 나갔다.

잠시 멈춰 서서 뒤편에 있는 행정 건물과 원자로 단지의 경계를 따라 설
치되어 있는 가시철조망을 바라보았다.

들어가는 것은 쉽다.

앞쪽에 원자로 건물이 있었다. 창문이 없는 4층 높이의 거대한 콘크리트
블록이었다. 건물 안에는 원자로 제어실과 원자로 용기가 위치해 있다. 그
러나 원자로 건물 안으로는 들어가지 않았다. 그녀는 제어실 근처로 접근
하는 것에는 관심이 없었다. 대신 핸드폰에서 단지 지도를 불러왔다. 원자

로 건물을 둘러 돌아간 다음 넓은 저장 지역을 통과해서 축구장 길이의 거대한 창고 건물로 향했다. 걸어가는 데 걸린 시간은 5분, 그 시간 동안 그녀가 본 사람은 겨우 서너 명의 남자들이었다. 아무도 그녀에게 관심을 보이지 않았다.

키 카드를 긁어 창고로 들어갔다. 천장에 수많은 전구들이 달려 있었다. 3단으로 쌓아 놓은 수송 컨테이너들이 열을 지어 깔끔하게 정돈되어 있었다. 지게차 한 대가 수화물을 실으러 그녀 옆을 지나갔다. 창고의 중간 지점에 이르자 왼편으로 거대한 문이 열려 있고, 문을 통해 느릿느릿 안쪽으로 들어가는 기관차의 뭉툭한 앞부분이 보였다.

원자로는 매 12개월마다 전력을 차단하고 일시적인 정지상태에 들어가도록 되어 있다. 이 시간 동안 사용후 연료봉들은 새로 '뜨거운' 연료봉으로 교체되고, 낡은 부품들이 교환되며 원자로 시설에 대한 전반적인 유지보수가 4주에서 6주 가량 진행된다. 이러한 유지보수를 위해서는 새로운 부품과 장비들을 담은 거의 1백여 개의 컨테이너들이 발전소로 들어와야 했다.

가장 최근의 전력 공급 중단은 2주 전에 이루어졌다.

엠마는 컨테이너들이 만들어 놓은 미로 사이를 지나 창고 건물 북쪽 끝에 외따로 떨어진 지역으로 움직였다. 그곳에는 컨테이너 대신 파이프가 있었다. 지름 16인치짜리 납 파이프 수백 개가 차곡차곡 쌓여 있었다. 계속해서 벽까지 걸어간 다음 핸드폰을 열고 현재 GPS 위치를 등록했다. 빨간점이 지도에 나타났다. 파이프들이 만든 벽을 살펴보았다. 그때 한 파이프의 끝에 초록색 테이프가 길게 감겨 있는 것이 눈에 들어왔다. 그 파이프에서 아래로 네 번째 파이프의 안을 들여다보았다. 아무 것도 보이지 않았다. 그녀는 숨이 멎는 것 같았다.

재킷의 소매를 잡아 뺀 다음 한쪽 팔을 파이프 안 깊숙이 집어넣어 파라핀 종이에 쌓인 패키지를 찾았다. 하지만 손가락은 허공을 맴돌 뿐이었다. 두려움으로 인한 전율이 내면 깊숙한 곳에서 솟아올랐다.

처음부터 다시 해 보자.

엠마는 테이프가 감긴 곳에서 네 번째 파이프까지 세어 내려갔다. 이번에는 왼쪽과 오른쪽에 있는 파이프들도 살펴보았다. 역시 아무 것도 없었다.

무릎을 꿇어 몸을 낮추고 근처의 모든 파이프들에 손을 집어넣어 안쪽을 살펴보았지만 아무런 성과가 없었다. 어떤 이유로 문제의 파이프가 사라졌을지 여러 가능성에 대해 생각해 보았다. 하지만 초록색 테이프가 제자리에 있는데 그 파이프가 사라진다는 것은 불가능했다. 문득 다른 생각이 들었다. 아래쪽이 아니라면 위쪽일 가능성이 있는 것이다. 발끝을 세우고 초록색 테이프로부터 위로 네 번째 파이프의 안쪽에 손을 집어넣었다.

손가락 끝에 차가운 납이 긁혔다. 이번에도 틀린 것이다. 하지만 찾고 있는 패키지가 틀림없이 이곳 어딘가에 있다고 확신했다. 파피가 확실히 말했고, 그가 그렇게 말했으면 그것으로 충분한 것이다. 아래쪽 파이프에 한쪽 발을 딛고 몸을 쭉 펴서 팔을 더 깊숙이 집어넣어 보았다. 손가락 끝에 무엇인가 매끄럽고 단단한 것이 만져졌다. 손톱으로 패키지를 파이프 바깥으로 조금씩 끌어냈다. 마침내 패키지가 그녀의 품안으로 떨어졌다.

주변을 둘러보았다. 복도에는 아무도 없었다. 별로 많은 힘을 쓴 것도 아닌데 자신이 숨을 거칠게 쉬고 있다는 것을 깨달았다. 잠시 숨을 고른 다음 상자를 조심스럽게 풀었다. 안에는 폭발물 두 개가 들어 있었다. 두 개 다 크기는 가로 6인치 세로 6인치에 두께 3인치로, 번들거리는 검정색 절연테이프에 싸여 있었다. 위쪽에는 종이처럼 얇은 LED 창과 시간을 설정하고 폭발과정을 개시하기 위한 키 판이 붙어 있었다. 첫 번째 폭발물은 30분, 두 번째 폭발물은 6분 뒤로 맞춘 다음 눈높이에 있는 파이프 안에 집어넣었다. 그런 다음 핸드폰을 열고 단지의 청사진을 보며 루트를 재확인했다.

"거기 있는 게 뭡니까?"

몸을 돌리자 3미터 거리에 보안차장 알레인 로얄이 서 있었다. 표정을 살펴봤지만 그녀가 폭발물을 설정하고 있는 모습을 그가 봤는지 여부는 알 수가 없었다. 폭발물 가운데 하나를 골라 들며 말했다. "미스터 로얄, 잘 오셨어요. 누가 이것들을 여기에 넣어둔 것인지 혹시 아십니까?"

로얄은 한 발짝 가까이 다가와서 멈추며 대답했다. "여기 창고에는 숄 양께서 검사할 만한 것들이 없는 것으로 압니다만."

"대개는 그렇겠지만, 오늘은 예외입니다. 이 파이프에 초록색 테이프를 붙여놓은 사람이 그쪽인가요?"

"물론 저는 아닙니다."

"저도 아닐 거라고 생각했습니다. 이곳에 밀수 관련 문제가 있습니다. 아무래도 마약인 것 같습니다." 엠마가 폭탄을 내밀었다. "한번 보십시오. 어쩌면 로얄씨는 이것의 정체가 무엇인지를 아실지도 모르겠군요."

로얄이 폭탄을 받아들자 엠마는 이렇게 말했다.

"그게 뭐 같아 보입니까? 나는 한 번도 본 적이 없는 물건이군요."

로얄이 사각형 모양의 패키지를 흔들어 보더니 손톱으로 LED를 만져보았다. "무슨 타이머처럼 보이는데요."

"아래쪽을 한번 보십시오." 엠마는 마치 명령하듯이 말했다. "이상한 표시들이 있습니다."

궁금해진 로얄은 패키지를 높이 들어 살펴보았다. "아무 것도 안 보이는데요."

"가까이 보세요. 안 보일 리가 없습니다."

"아닙니다. 아무 것도 없…"

엠마가 앞으로 한발 뛰어 오르면서 손바닥을 펼쳐 그의 턱을 후려쳤다. 어금니가 으스러지며 그는 즉시 의식을 잃었다. 그녀는 쓰러지는 그를 잡고 바닥에 눕혔다.

바로 그때 그의 허리띠에 달려 있는 양방향 무선 호출기가 울렸다. "미스터 로얄, 경찰청에서 긴급전화가 와 있습니다. 즉시 연락바랍니다. 코드 나인 긴급상황입니다."

잠시 후 사이렌 소리가 창고 건물 안으로 들려왔다. 모든 출구에 있는 빨간 플래시 라이트가 2초 간격으로 번쩍거렸다.

엠마는 그런 소동에는 눈길도 주지 않았다. 무릎을 꿇고 로얄의 열쇠고리 줄에서 키 카드를 빼냈다. 그런 다음 폭발물들을 주워 가방에 집어넣은 다음 가장 가까운 출구를 향해 달렸다.

73

그레이브스는 세르게이 스베츠의
옷깃을 잡고 그의 몸을 마구 흔들었다. "네놈들이 대체 무슨 일을 꾸미고
있는 거지? 지금 당장 입을 열지 않으면, 맹세컨대 내 두 손으로 네놈을 죽
여 버릴 테다."

"그자는 지금 부상 중이에요." 케이트가 말했다. "살살 다루세요."

"입을 열면 그때 살살 다루지." 그레이브스는 스베츠의 옷깃을 쥔 손을
거칠게 놓아버렸고, 스베츠는 소파로 나가떨어졌다. "그 여자는 어디에 있
나? 엠마 랜섬은 지금 어디에 있냐고 물었다!"

스베츠가 얼굴을 찡그리며 속삭이듯 말했다. "이미 늦었다. 다 끝난 일
이다."

"뭐가 늦었다는 거야?" 그레이브스가 그를 물고 늘어졌다.

"지옥에나 가시지." 스베츠가 이렇게 대꾸했다.

"그래, 기꺼이 가 주지. 허나 그 전에 네놈부터 먼저 보내 주마." 그레이
브스가 주먹을 쥔 손으로 스베츠의 복부를 세게 내리쳤다. "엠마-랜섬은-
지금-어디에-있어?"

스베츠는 두 눈을 부라리며 고통을 이기려고 이를 악물었다.

"그만 하세요!" 케이트 포드가 뒤에서 그레이브스를 잡으며 그를 떼어

놓았다. "제발 그만 놔둬요."

그레이브스는 케이트를 밀쳐내고 다시 스베츠에게 다가가 갑자기 무슨 생각이 떠오른 듯 발을 멈추고 이렇게 말했다. "내가 네놈을 손보기 전에 그들이 먼저 나서서 네놈 모가지를 창에 꽂아 붉은광장에 걸어놓겠지. 안 그런가, 동지?"

스베츠는 대답하지 않았다. 그는 몸을 한껏 웅크리고 앉아 힘들게 숨을 들이마시고 있었다.

"이 자를 당장 끌고 나가." 그레이브스는 마지막으로 러시아인의 정수리를 한 대 빗겨 치며 말했다. "옆에 바짝 붙어 놈을 단단히 지켜야 돼. 수술하는 동안에도 절대로 경계를 늦춰서는 안 돼, 알겠어?"

응급팀에서 스베츠를 이동식 들것에 실어 데려갔다. 블랙 팬더스 대원 여섯 명이 FSB의 국장인 그를 연행해 병원까지 호송해 갔다.

"라헨느요." 조나단이 말했다.

그레이브스는 경찰에게 붙잡힌 채 한쪽 구석에 서 있는 조나단에게로 시선을 돌렸다.

"방금 뭐라고 했지?" 그가 하는 말을 무시하는 듯 손수건으로 이마를 닦으며 그레이브스가 물었다.

"라헨느라고 했소. 엠마가 이번에 날려 버리려는 게 그곳이란 말이오."

그레이브스가 짜증 난 눈초리로 케이트를 보며 말했다. "저자가 지금 뭐라 지껄이는 건지 혹시 알아듣소?"

"알고말고요." 그녀가 말했다. "라헨느는 프랑스에서 가장 최근에 지은 원자력 발전시설이에요. 플라망빌 근처 노르망디 해안가 쪽에 있죠."

"놈을 놔 줘 봐." 그레이브스가 가볍게 손짓을 했다.

경찰관이 랜섬을 잡고 있던 팔을 풀었다.

"폭탄 테러가 있을 거요." 조나단은 이렇게 말했다. "이즈에 있는 스베츠의 집에서 발견한 노트북 컴퓨터에서 읽었소. 공격예정일은 오늘이오."

그레이브스가 케이트를 쳐다보며 물었다. "그곳에서 노트북을 본 적이 있소?"

"아뇨."

"그 노트북은 내가 탄 차 안에 있었소." 조나단이 말했다.

"퍽이나 그랬겠구먼." 그레이브스가 의심스러운 눈초리로 말했다. "우리가 왜 당신 말을 믿어야 하지?" 조나단 쪽으로 다가오며 그가 물었다.

"그쯤 합시다." 조나단이 말했다. "우리가 같은 편에 서 있다는 것을 아직도 모르겠소? 당신들만큼이나 나도 엠마가 하는 짓을 막고 싶단 말이오."

그레이브스는 조나단 바로 앞에서 걸음을 멈췄다. "내 앞에 보이는 건 오로지 이고르 이바노프의 차량 행렬에 폭탄테러를 저지른 혐의로 영국 사법당국으로부터 수배를 받고 있는 용의자. 노팅힐에 거주하는 의사의 살해범, 그리고 화상을 입고 사망해서 지금 모나코의 시체 안치소에 누워 있는 신원미상 인물의 살해범일 뿐이야. 그게 다지."

조나단은 케이트에게 호소하듯 말했다. "지금 엠마가 발전소 어딘가에 폭탄을 설치하려고 하고 있어요."

"도대체 그 여자가 원자력발전소에 어떻게 들어간단 말이야?" 그레이브스가 끼어들며 말했다.

"엠마는 지금 안나 스쿨이란 여자 행세를 하고 있을 거요." 겨에서 낟알을 골라내듯 조나단은 자신이 읽은 자료들 중에서 단서가 될 만한 것들을 기억해 내려 애를 쓰며 말을 이었다. "아니, 스쿨이 아니라 숄. 그래, 안나 숄이었소. 조사관 같은 직책으로 위장할 것이라고 알고 있소."

"계속해 봐요." 케이트는 덜 적대적인 어조로 말했고, 이는 그레이브스에게 진정하라는 신호를 보내는 것이기도 했다.

"모두 러시아어로 작성된 자료들이었소." 랜섬은 이렇게 계속했다. "내가 이해하기에는 너무 난해한 내용들이었지만, 그래도 몇 가지는 기억하고 있소. W-4라는 곳의 동북쪽 코너에서 엠마가 뭔가를 찾아야 한다고 했소. 기술자나 발전소 소장에게 내가 직접 물어보도록 해 주면 좀 더 자세히 생각해 낼 수 있을 것이오."

"그럴 일은 없지." 그레이브스가 말했다. "네놈의 그 미꾸라지 놀이는 이제 공식적으로 끝이다. 네놈은 이제 프랑스에서도 보안이 가장 철저하고 악명 높은 감방으로 직행할 테니까. 그리고 우리가 모든 외교 서류를 세 통씩 작성해서 네놈이 별 탈 없이 영국으로 송환되도록 조처를 취할 때까지는 거기서 썩고 있어야 할 거야."

"어리석게 굴지 마시오." 조나단이 말했다. "내가 당신들을 도울 수 있소."

"내가 아는 한 당신은 거짓말쟁이야. 그리고 내 판단에 당신은 다른 나라 정부에서 고용한, 그것도 아주 고도의 훈련과 경험을 쌓은 정보요원이란 말이지. 언젠가는 그 사실이 밝혀지겠지. 그러니 말도 안 되는 의사놀이는 이제 그만 집어치우지 그래."

"아니에요." 케이트 포드가 말했다. "이 사람도 우리와 함께 가야 해요."

그레이브스가 힐난하듯 그녀를 노려보며 말했다. "지금 제정신으로 하는 말이오?"

그러나 케이트 포드는 조나단에게서 시선을 떼지 않았다. "당장 그 원자력발전소에 연락하세요." 그녀는 이렇게 말했다. "IAEA 조사관 자격으로 안나 숄이란 이름을 가진 여성이 지금 그곳을 방문했는지 일단 문의해 보세요."

그레이브스가 머뭇거렸다.

"어서요, 찰스."

그레이브스는 일단 프랑스의 경찰청장에게 연락을 취했다. 경찰청장은 그에게 행운을 빌어주며 문제의 원자력발전소 비상연락번호를 불러주었다. 원자력발전소 책임자와 연락이 되기까지 5분이 걸렸고, 자신이 누구이며, 왜 전화를 했는지 고교생 수준 프랑스어로 더듬더듬 설명 하는 데 다시 5분이란 시간이 걸렸다.

"안나 솔이 거기에 있소." 핸드폰을 귀에서 떼며 그가 말했다. "작업 교대시간에 맞춰 발전소에 도착했다고 하오. 그 여자의 신원을 보안초소에서 검사했고, 검사를 통과하고 당당하게 걸어 들어갔다는 군. 손바닥 지문 검사까지 통과했다고 하네."

"맙소사." 케이트 포드가 말했다. "바로 이거였어요."

그레이브스가 다시 핸드폰을 귀에 갖다 댔다. "그 여자가 현재 어디에 있는지 아십니까?" 그가 프랑스어로 상대에게 물었다. 곧바로 그의 표정이 무너져 내렸다. "단지 내 어딘가에 있다는 군. 그곳에는 모두 열다섯 동의 건물이 있고, 그 여자가 무제한 출입허가 카드를 갖고 있다고 하오."

케이트가 프랑스 특공대장을 돌아보며 물었다. "플라망빌까지 얼마나 걸리나요?"

"3백 킬로미터 거리입니다. 저희 헬기로 50분 안에 도착할 수 있을 겁니다."

"헬기를 최대한 빨리 불러 주시길 바랍니다." 이어서 그녀는 조나단에게로 고개를 돌렸다. "랜섬 박사, 당신도 우리와 동행할 거예요."

"발전소에 봉쇄조치를 취해 주십시오." 그레이브스가 말했다. "5분 안에 발전소 인원들에게 엠마 랜섬의 사진과 인상착의를 전달하겠습니다. 그리고 당신네 쪽에도 그 여자가 무기를 소지한 위험인물이며, 고성능 폭발물을 보유하고 있을 가능성이 매우 크다는 사실을 전달해 주십시오. 발견하면 망설이지 말고 곧바로 사살하시오."

아에로스빠시알 헬리콥터가 기수를 낮추고 노르망디 연안에 가파르게 착륙하기 시작하자 조나단은 몸의 중심을 잡기 위해 안전띠를 꽉 붙들었다. 창문 아래로 라헨느 원자력발전소 단지가 한눈에 선명하게 내려다보였다. 겉으로 보기에는 평상시와 다를 바 없이 평화롭고 고요해 보였다. 그렇게 보이는 게 당연했다. 일반인들의 귀에는 원자력발전소에 대한 공격계획에 관한 어떠한 소문도 절대로 새어나가게 해서는 안 된다. 약간의 동요만으로도 그 파장은 오래 지속될 것이기 때문이었다. 하지만 조금 더 자세히 살펴보자 출입로를 막고 서 있는 경찰 수사 차량들과 경비초소 옆에서 대기 중인 병력호송 장갑차, 그리고 프랑스의 대테러 특수부대이자 프랑스 국내 핵관련시설에 대한 위협이나 공격에 대응하도록 훈련을 받은 엘리트 부대인 GIGN의 검은색 밴 차량이 중앙 행정 건물 옆에 세워져 있는 게 보였다. 오전의 태양 옆으로 뭔가 번쩍이는 금속체가 지나가는 것이 조나단의 시선을 사로잡았다. 프랑스 공군의 미라지 제트기였으며, 목표물 상공의 항공기 접근을 통제하기 위해 박스 형태를 유지하는 비행작전을 수행하고 있었다.

　50분간 비행하는 내내 일행은 라헨느 측과 끊임없이 연락을 주고받았다. 진행상황은 긴급전문 형식으로 즉각 전달됐다.

　"우리가 지켜볼 수 없도록 그 여자가 감시카메라를 조작했습니다." 헬기가 이륙하자마자 발전소 소장으로부터 곧장 보고가 들어왔다. "미스터 로얄이 이 사실을 알아내고, 현재 그 여자를 찾으러 다니는 중입니다. 미스터 로얄이 그 여자를 창고 건물에서 봤다고 합니다만, 현재로는 어디에 있을지 알 수 없습니다."

　"창고 건물을 W-4라고도 부르나요?" 조나단이 준 정보를 참고하며 케이트가 물었다.

　"네, 그렇습니다."

　"그 안에 뭐가 있습니까?"

　"파이프, 각종 장비들과 그 외에 기타 공급자재 등이 있습니다."

　"납 배관시설이 그곳에 있다면 보안장치들을 피해 고성능 폭발물을 숨기기에 적당할 거요." 그레이브스가 말했다. "숨겨둔 폭발물을 찾으러 창고 건물로 간 게로군."

케이트는 고개를 끄덕인 다음 질문했다. "미스터 로얄이 누군가요?"

"저희 발전소의 보안차장입니다. 보안실장인 무슈 그레구아르가 오늘 출근하지 않은 관계로 미스터 로얄이 대신 그 여자를 안내했습니다."

"그레구아르씨와 통화는 해 보셨습니까?" 하고 그레이브스가 물었다.

"전화를 해 봤지만 받지 않습니다."

그레이브스는 곧바로 파일럿을 통해 경찰에 무전을 넣어 그레구아르의 자택에 최대한 신속하게 출동하도록 지시했다. 이어서 발전소 소장에게 지시를 내렸다. "지금 미스터 로얄에게 연락해서 미시즈 숄을 찾았는지 확인해 보십시오."

시간은 계속 흐르고 점점 더 다급한 소식들이 들려왔다.

"미스터 로얄이 전화를 받지 않습니다." 발전소 소장이 말했다. "미스터 로얄은 늘 휴대전화를 소지하고 다닙니다. 문제가 생긴 게 분명합니다."

"당장 그 사람을 찾아요!" 훈련교관을 연상시키는 험악한 말투로 케이트가 지시를 내렸고, 그녀의 목소리에 놀라 모두가 그녀를 멍하니 쳐다보았다.

십분이 지나고 맨 먼저 연락이 온 것은 발전소 소장이 아닌 지역 경찰관으로부터였다. "자택에서 그의 가족 모두가 침대에 묶인 채로 발견됐습니다. 그레구아르의 아내는 코뼈에 골절상을 입었고, 그레구아르씨는 현재 쇼크상태입니다. 그의 증언에 따르면 용의자는 여성이며, 그와 가족들에게 전기충격기를 사용했다고 합니다."

"아이들은요?" 케이트가 물었다.

"아이들은 무사합니다."

또다시 2분이 지났고, 드디어 발전소 소장으로부터 연락이 왔다. "미스터 로얄을 찾았습니다. 창고 건물에서 턱에 골절상을 입은 채 의식을 잃고 쓰러져 있었습니다. 이제 뭘 어떻게 해야 하나요?"

조종석 뒷칸에 앉아 지친 눈가를 선글라스로 가린 채 헤드폰을 끼고 조나단은 모든 대화를 듣고 있었다.

기수를 내리고 곧이어 헬리콥터가 덜컥 하며 지면에 착지했다. 먼저 그레이브스가 문을 밀치며 뛰어내렸고, 조나단과 케이트 포드, 프랑스 국토감시국에서 나온 인사들도 헬기에서 따라 내렸다.

발전소 소장이 미리 나와 그들을 기다리고 있었다. 그의 얼굴은 이미 땀방울로 얼룩져 있었다. "그 여자가 원자로 건물 안에 있습니다." 그들을 행정 사무실 건물로 안내하며 그가 말했다. "감시 카메라 모니터를 통해 제 눈으로 직접 확인했습니다."

"여자 혼자 있었습니까?" 그레이브스가 물었다.

"예, 큰 손가방 하나만 들고 있었습니다. 그게 다였습니다."

"여자가 제어실로 출입할 수가 있습니까?"

"불가능합니다. 그곳은 안에서 잠겨 있습니다. 우리 직원들한테는 있는 자리에 그대로 대기하라는 명령을 내렸습니다."

몇 미터 앞에서 밴 차량의 뒷문이 열려 있는 게 보였다. 안에는 검은색 방탄복을 입은 GIGN 부대원들이 기관단총을 무릎 위에 올려놓은 채 벽에 등을 대고 앉아 있었는데 그 모습이 마치 공수부대원들이 비행기에서 뛰어내릴 준비를 하는 것과 거의 흡사했다.

그레이브스는 대테러부대장과 인사를 나누고, 부대장은 그레이브스 일행과 함께 소장의 사무실로 갔다. 발전소 내부 지도가 벽에 걸려 있었다. 각 건물마다 좌측 하단의 기호와 함께 이니셜로 표기된 건물명이 적혀 있었다.

"이걸 보고 뭔가 떠오르는 게 있나?" 하고 그레이브스가 말했다. "자네가 보답할 차례야."

조나단은 주변에 울타리가 쳐진 네 개 동의 건물로 구성된 주단지를 가리키며 말했다. "격납 건물은 어디에 있습니까?"

"이곳입니다. 네 동 중에서 가장 큰 건물을 짚으며 소장이 말했다.

"연료를 그곳에 저장합니까?"

"물론입니다. 원자로에 연료를 넣기 전까지는 그렇습니다."

"바로 저깁니다." 하고 조나단이 말했다. "내가 읽었던 게 저 건물입니다."

그레이브스가 부대장과 잠시 대화를 나눴다. "지금 격납 건물로 대원들을 보내 주십시오. 여자는 가방 안에 폭발물을 소지하고 있거나, 아니면 미리 심어놓은 폭발물을 터뜨릴 때 사용할 점화장치를 가지고 있을 겁니다. 경계를 늦추지 마십시오."

조나단이 두 남자 사이를 가로막고 나섰다. "내가 그 여자와 대화를 해 보겠소. 나한테 설득할 시간을 잠시만이라도 주시오."

"본인이 런던에서 한 짓을 벌써 잊었나 보군." 그레이브스가 말했다. "저리 비켜."

조나단이 그의 가슴팍에 손을 대며 막아섰다. "상황이 그때와 다르잖소." 그는 물러서지 않고 말했다. "엠마가 이런 짓을 할 리가 없단 말이오." 그는 케이트 포드를 보며 말했다. "난 그 여자를 잘 알아요. 기회를 주시오."

"그럴 수는 없어요." 그녀가 말했다.

그레이브스가 조나단의 팔을 뿌리쳤다. "우리가 상황을 해결할 때까지 여기 랜섬 박사가 얌전히 있도록 지켜보시오. 아, 그리고 수갑을 뒤로 채워 놓으시오. 저 자가 더 이상 소란을 피우지 못하도록 해요."

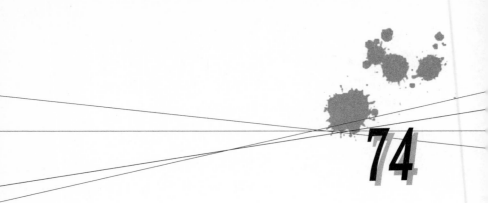

74

엠마 랜섬은 격납 건물 근처어디에도 없었다. 2백 미터 떨어진 곳에서 그녀는 사용후 연료 냉각 수조의 외벽 옆에 몸을 숙이고 있었다. 그 벽은 전형적인 콘크리트로 만들어졌고 두께는 45센티미터였다. 격납 건물은 레이저 유도탄, 지대공 미사일, 그리고 초음속 비행기로도 뚫을 수 없도록 고안되어 있을 뿐만 아니라, 사고발생 시 방사능 가스가 유출되는 것을 막을 수 있도록 디자인되어 있었다. 하지만 그에 반해 사용후 연료 저장 건물은 '위험한 장소'나 일차 목표물로도 분류되어 있지 않았다. 엠마는 그 건물의 남서쪽 코너에 자리잡은 채 창고 건물에서 회수해 온 폭발물 하나를 가방에서 꺼내들었다. 폭발물 뒤쪽의 접착테이프를 벗겨내고는 대략 바닥에서 20센티미터 위쪽 부분의 벽에 부착했다. 이틀 전 밤에 휴대용 경위기로 측정해놓은 그 지점은 벽 반대편에 위치하고 있는 거대한 냉각 수조 수면으로부터 5미터 아래에 해당되는 지점이었다.

제어 패널을 열어젖히고 타이머를 10분으로 맞추었다. 파피는 그녀에게 충분히 탈출할 수 있도록 타이머를 30분에 맞추어 놓으라는 지시를 내렸지만 계획이 바뀌었다. 그녀는 30분이면 폭탄이 발견될 것이라고 확신했다. 10분이면 두 번째 폭탄을 설치하고, 폭발 전에 탈출 지점에 도착하기에 충분한 시간이었다. 물론 잡히지 않았을 때 그렇다는 말이다. 잡히는 것은 그녀의 계획에 들어 있지 않은 유일한 사건이었다.

지체 없이 폭발물의 스위치를 작동시켰다.

LED 시계판의 빨간색 숫자들이 줄어들기 시작했다.

9:59

9:58

9:57

엠마는 가방에서 두 번째 폭발물을 점검한 다음 좌우를 둘러보고 나서 마지막 목표물을 향해 자리를 떴다.

75

그들은 경찰관 한명과 함께 조나단을 소장의 사무실에 가두고 문밖에는 보초를 한명 더 두었다. 손목에 수갑을 단단히 채워놓기는 했지만, 원하는 곳에 앉거나 사무실 책상 주변을 돌아다는 것에 대해서는 뭐라고 하지 않았다. 마침 책상 앞에는 컬러 모니터 여러 대가 사무실 벽 하나를 온통 차지하고 있었다.

커지는 불안감을 안고 그는 발전소 단지를 통과해서 진입해 들어가는 급습팀의 모습이 이 화면에서 저 화면으로 움직이는 것을 눈으로 따라가고 있었다. 그는 그들이 중앙 행정 건물 바깥쪽에 모여 무기를 점검하는 모습과 원자로 건물을 습격하면서 마치 엠마가 금방이라도 그들을 향해 총을 발사하기라도 할 것처럼 벽에 바짝 붙어 달려가는 모습을 그들의 머리 위에서 바라보고 있었다. 급습팀이 코너를 돌아 시야에서 사라졌고, 그 몇 초 동안 조나단은 그들을 놓쳤다고 생각하며 안절부절못했다. 바로 그때, 몇 열 아래에 있는 모니터에서 검은색 부대원들과 뒤에서 그들을 따라는 그레이브스와 케이트의 모습이 보였다. 팀장이 신호를 보내고, 그들은 서로를 번갈아 엄호하며 복도를 따라 전진하며 원자로 주건물 안으로 들어갔다. 그와 동시에 조나단은 경찰관이 동료들의 동선을 파악하고자 볼륨을 최대로 키워놓은 무전기를 통해서 상황을 바로 바로 들을 수 있었다.

급습팀의 움직임을 주시하는 와중에도 조나단은 무수히 많은 다른 모니터들 속에서 아내의 모습을 찾고 있었다. 엠마가 격납 건물에 있을 것이라던 그의 말은 거짓이었다. 격납 건물에 대한 언급은 단 한 번도 읽은 적이 없었다. 오로지 단 하나의 단어만이 그의 머릿속에 각인되어 있었다. SFCB. 지도 위에 굵은 글씨체로 표시된 건물들의 이니셜 명칭들과 비교할 때 SFCB는 해안가 가장자리의 절벽에 맞닿아 있는 사용후 연료 냉각건물 Spent Fuel Cooling Building과 명칭이 정확하게 맞아떨어졌다.

벽에 걸린 시계가 3분이 흘렀음을 가리켰다.

모니터에서 대원들이 회의실을 급습했고, 열두 명 남짓 되는 발전소 직원들이 두 손을 번쩍 들었다.

더 이상 지체할 수가 없었다.

조나단은 갑자기 허리를 구부리고 미친 듯이 신음하며 바닥으로 나뒹굴었다.

경찰관 곧바로 다가와 그에게 물었다. "괜찮소? 어디가 이상한 거요?"

"숨이 막혀… 숨을 쉴 수가…"

경찰관이 호흡을 확인하기 위해 다가왔다. 조나단이 예상했던 대로, 경찰관은 응급처치 훈련을 받은 사람이었다. 첫 번째로 그가 취한 행동은 조나단의 머리를 들어 올려 기도를 확보하는 것이었다. 호흡을 확인하려고 경찰관이 몸을 굽히자 조나단은 수갑이 채워진 양손을 휘둘러 그의 옆머리를 후려쳤다. 경찰관이 옆으로 꼬꾸라졌다. 소리치기 전에 조나단은 그를 한 번 더 강타했고, 어깨에 밀려오는 통증으로 인해서 하마터면 자신도 정신을 놓고 쓰러질 뻔했다. 경찰관은 의식을 잃고 그대로 뻗었다.

조나단은 잠시 실랑이를 한 끝에 수갑 열쇠를 찾아냈고, 수갑을 벗겨낼 수 있었다. 경찰관의 권총을 집어 안전장치가 잠겨 있는지 확인한 다음 총열 부분을 잡고 문을 마구 두들겼다. "여기 봐요." 그는 불어로 외쳤다. "어서 좀 도와줘요. 제발요."

곧바로 문이 열리며 보초를 서던 경찰관이 방안으로 뛰어 들어왔다. 뒤에서 두개골 하단을 내려치자 경찰관은 바닥으로 쓰러졌다. 조나단은 경찰관 둘 사이를 오가며 발전소 소장이 급습 부대원들에게 나눠 준 건물 이동 시에 필요한 키 카드를 찾아보았다. 한 경찰관의 주머니에서 엘렉뜨릭시떼 드 프랑스의 이니셜이 찍힌 키 카드가 나오자, 그것을 손에 꽉 움켜쥐었다.

조나단은 일어나서 다시 한 번 지도를 보며 사용후 연료 냉각 건물로 가는 길을 확인해 보았다. 이어서 그는 복도와 연결된 문을 열고 사무실에서 뛰쳐나갔다.

"멈춰." 하고 그가 말했다.

엠마는 수조 끝 가장자리에 무릎을 접고 앉아 있었다. 옆에는 하얀색 타일과 대조를 이루는 검은색 금속상자가 있었다. 조나단이 서 있는 위치에서도 그 검은색 금속상자의 뚜껑이 열려 있는 것이 보였고, 그는 본능적으로 그것이 폭탄이라는 것을 알았다.

"여기서 나가." 잠시 그를 쳐다보더니 곧바로 금속상자로 다시 시선을 돌리며 엠마가 말했다. "나가라고. 당신이 있을 곳이 아니야."

"프랑스 당국에서 스베츠를 연행해 갔어." 조나단이 말했다. 그의 목소리는 호수처럼 고인 냉각수를 건너 가공할 만큼 거대한 내벽에 부딪히며 사그라졌다. "다 끝났어, 엠마. 포기해. 지금이 마지막 기회야. 경찰병력이 사방에 깔렸어. 그들에게는 당신이 원자로 건물 안에 있다고 말해 두긴 했지만, 조만간 그들도 내가 자기들을 속인 걸 알아낼 거라고. 발견 즉시 당신을 사살하라는 명령이 떨어졌어."

조나단은 수조의 경계를 따라 난 좁은 통로를 따라 앞으로 나갔다. 사용후 연료의 연못은 길이가 50미터, 너비는 그 절반 정도였다. 저장 탱크는 스테인리스 강철로 지어졌고, 물은 얼마나 깨끗한지 마치 거울 같았다. 수면 아래에는 각각 가로 17개, 세로 17개씩 정사각형 모양으로 그룹을 지어

티타늄 고정대에 넣은 사용후 연료봉이 차곡차곡 쌓여있었다. 연료봉들이 고동치며 내뿜는 깊은 푸른빛이 벽과 천장에서 넘실거렸고, 음산하고 위협적인 빛으로 동굴처럼 높다란 천장을 가득 메웠다.

"여기 온 이유가 그거야?" 하고 엠마가 물었다. "날 구하려고?"

"아니." 조나단이 말했다. "그렇지 않아." 주저하지 않고 곧바로 대답이 흘러나왔다. 그는 엠마와의 관계는 끝이라는 것을 깨달았다. "내가 여기 온 이유는 당신이 수천 명의 목숨을 해치는 것을 용납할 수 없기 때문이야."

처음으로 엠마가 블랙박스에서 시선을 떼고 그를 쳐다봤다. "당신은 아무 것도 몰라. 당신이 지금 무슨 짓을 하고 있는지 말이야." 엠마는 이렇게 말했다.

"스베츠에게서 다 들었어."

"아니, 당신은 몰라."

"뭘 몰라, 엠마? 왜 그자한테 다시 돌아간 거야? 당신 파일을 봤어. 다 그자가 시킨 일이었잖아."

"왜냐하면 나는 스베츠가 디비전을 증오하는 것보다도 더 디비전을 증오하니까. 그들이 이 세상을 조작하는 걸 증오해. 국익이라고 이름 붙여지는 순간 무슨 일이든 허락되는 그들을 말이야. 당신에게는 내가 악당으로 보이겠지. 당신은 잘못알고 있는 거야. 난 방아쇠만 당겼을 뿐 목표물을 정하고 총을 장전한 다음 내게 건넨 건 바로 저 꼭대기에 있는 다른 인간이라고."

"그게 당신이 지금 하려는 일과 뭐가 어떻게 다르다는 거지?"

"난 지금 내 나라를 돕고 있어. 진정한 내 조국 말이야." 그녀는 그를 쳐다보며 말했다. "참나, 당신 이제 총까지 들고 온 거야?"

조나단은 손에 들린 권총을 내려다보더니 수조 연못 안에 총을 내던져버렸다. 아무 소용없는 위협이었다. 그는 어차피 아내를 쏠 수가 없었다. "그렇다면, 나는?"

"당신이 뭐?"

"여태껏 나와는 진심이었던 거냐고?"

"아니." 그녀는 분을 삭이며 대답했다. "진심이 아니었어. 당신은 수단이었을 뿐. 그 이상은 아니야. 나 혼자서는 갈 수 없는 곳을 당신 덕에 갈수 있었지. 위장이었다고, 조나단. 위장. 그게 다야."

"그럼 날 보러 런던까지 왔던 이유는 뭐야?"

"왜냐하면, 난 당신이 맘에 드니까. 실컷 가지고 놀 만한 만만한 상대가 필요했으니까. 알아듣겠어?"

"이런 젠장, 그냥 진실을 말해! 그 이상은 바라지도 않아."

엠마는 눈을 가늘게 뜨고 그를 뚫어지게 쳐다봤다. "진실?" 고개를 저으며 그녀가 말했다. "그게 뭔데?" 그녀는 스위치를 올린 다음 상자의 뚜껑을 닫고 자리에서 일어났다. "4분 남았어. 아직은 시간이 있어."

조나단은 조금도 움직이지 않았다. "단지 우리가 서로 다시는 볼 수 없다는 그 말을 전하려고 런던까지 당신이 왔을 리가 없잖아. 말을 전할 방법은 많았어. 그냥 전화로 해도 됐잖아. 말이 안 돼, 엠마. 당신은 당신이 지켜야 되는 그 모든 규칙을 어겼던 거잖아."

"전문가가 다 되셨군? 당신은 유인용 미끼였을 뿐이야. 그게 바로 당신이야. 당신을 기조연설자로 지명하게끔 런던의 의사들을 부추겼던 것도 바로 나였어. 그래, 난 당신이 날 미행하도록 일부러 놔뒀어. 난 어느 누구의 눈에도 띄지 않고 그 차량을 폭파시킬 수는 없을 거란 걸 알았어. 그래서 영국 경찰들로부터 시선을 분산시킬 뭔가가 필요했다고. 그들이 당신을 알아채 준 덕에 내 일이 훨씬 수월해진 거지." 그녀는 손목시계를 보며 시간을 확인했다. "당장 여기서 나가."

바로 그 순간 엄청난 폭발이 일어났다. 몇 초간 건물 전체가 흔들렸고, 거대한 오버헤드 램프 중 하나가 부러져 냉각수조 안으로 떨어졌다. 조나단은 중심을 잃고 앞으로 고꾸라지며 하마터면 수조 안에 빠질 뻔했다. 빛이 번쩍였다. 거대한 거품이 수면 위로 뿜어 올라오고 있었다. 경보가 울리기 시작했다. 조나단은 수면 위로 떠오르고 있는 거품을 지켜보며 가까스로 피해 일어났다. 수조 안의 물 수위가 재빠르게 가라앉고 있는 것을 불안하게 지켜보았다. 표면 저 깊은 곳에 입을 쩍 벌린 큰 구멍이 보였고, 그 사이로 물이 새어나가고 있었다.

중심을 잡으며, 그는 엠마가 일어나려 애쓰고 있는 건물 끝으로 달려갔다. "일어나." 두 팔을 잡아 일으켜 세우며 그가 말했다. "어서 폭탄을 멈춰."

엠마가 그의 손을 뿌리치려고 몸부림을 쳤다. "난 못해." 그를 밀치며 엠마가 말했다.

"못하는 거야, 아니면 안 하겠다는 거야?"

"당신 마음대로 생각해."

처음으로 조나단은 그녀를 정면으로 뚫어지게 쳐다보며 말했다. "당신은 도대체 어떻게 생겨먹은 괴물인거야?"

그가 뱉은 말이 엠마에게 맞고 반사되어 나왔다. 그녀의 입가에 잠시 경련이 일었지만, 그가 한 말을 못 들은 것도 같았다. "어서 여기서 나가. 아직 시간이 있어. 연료봉이 냉각수 수면 위로 노출되면 어떻게 되는지 알아? 우라늄이 노출되는 순간 발화되면서 이곳을 감마 방사선으로 뒤덮어 버릴 거야. 순식간에 당신을 크리스마스 거위처럼 몸속부터 구워 버릴 거라고."

"그럼 저건?" 엠마의 발치에 있는 상자를 가리키며 조나단이 물었다.

"이게 터지면 모든 게 다 날아가. 노출된 연료봉, 이 건물, 모든 게 다. 그러니 어서 가."

그러나 조나단은 그 자리에 가만히 서 있었다. 그는 아내를 바라보았다. 낯선 사람처럼 느껴졌다. "도와 줘, 엠마. 나 혼자선 이걸 멈출 수가 없어. 난 알아. 당신이 정말 이러려는 게 아니란 걸 안다고."

"아니, 조나단. 당신은 날 몰라."

엠마는 뒤돌아 옆에 있던 출구의 문을 밀어서 열고는 도망치듯 달아났다. 아주 잠시 햇살에 비친 그녀의 모습이 보였다. 그리고 한 번도 뒤를 돌아보지 않고 그녀는 그렇게 사라졌다.

조나단은 검은 상자 옆에 두 무릎을 굽히고 앉았다. 상자 겉면에 있는 LED 타이머가 1:26을 가리켰다. 그리고 1:25. 손가락으로 상자 옆을 살펴보았지만 어떠한 이음새도 만져지지 않고, 나사도 보이지 않았다. 파리를 떠난 이후로 그는 한 번도 몸수색을 받은 적이 없었다. 그래서 그는 여전히 왼쪽 주머니에 20년간 지니고 다니는 스위스 아미 칼을 가지고 있었다. 그는 큰 칼을 뽑아 칼날을 LED 패널 아래쪽에 밀어 넣어 보았다. 처음에는 들어가지 않더니 다시 힘껏 밀어 넣자 칼날이 들어갔다. 주먹으로 칼을 내리치자 LED 패널이 떨어지면서 제어판이 드러나는 대신, 패널 자체가 통째로 떨어져나가면서 전선 세 개가 드러났다. 빨간색, 파란색, 그리고 초록색 전선이 폭탄장치 내부로 이어져 있었다.

몇 년 전 앙골라에서 유엔지뢰제거 작전팀과 동행한 적이 있었다. 그는 기술자들이 지뢰를 찾아내 먼지를 제거하고 조심스럽게 하단부의 나사를 풀어내는 모습을 가까이서 유심히 관찰했다. 당시 지뢰는 러시아제 대인지뢰였고, 기술자들은 매번 그저 기폭장치에 연결되어 있는 노란색 전선을 잘라내어 지뢰를 해체했다. 그러나 엠마의 폭탄은 해당되는 것이 하나도 없었다. 노란색 전선도 없고, 압력패드도 없고, 기폭 장치도 없었다.

눈을 들어 수조를 보았다. 수심이 수조 윗부분에서 꼬박 2미터가 낮아졌다. 넉넉잡아 2미터 정도 더 내려가면 연료봉의 윗부분이 노출될 것이다. 푸른빛이 더 강하게 방출되고 있었고, 그 어느 때보다 위험했다.

다시 폭탄을 보았다.

:45

조나단은 스위스 아미 칼에서 가위를 뽑았다. 전선을 모두 살펴보았지만 어떤 전선을 끊을 때 무슨 일이 발생할지 알 수 없었다. 기폭장치는 전기신호를 뇌관에 흘려보내고 뇌관은 차례로 폭탄을 점화시키면서 폭발이 일어난다. 해체를 위한 핵심은 최초의 전기 신호를 전달하는 전선을 잘라 뇌관을 무력화시키는 것이다. 전선을 잘못 잘랐다 즉각적인 폭발을 야기할지도 알 수 없었다.

:20

파란색 전선에 가위를 댔다가 마음을 바꿔 빨간색 전선으로 가져갔다.

:10

가위에 힘을 주었다. 그러나 전선은 잘리지 않았다. 좀 더 힘을 주어 자르려 해 보았지만 여전히 가윗날이 플라스틱 겉껍질을 뚫지 못했다.

:05

양손을 모아 손가락의 모든 힘을 사용해서 다시 한 번 절단을 시도했다. 전선이 조금 잘려나가기 시작했다. 남은 숫자가 줄어드는 것을 지켜보며 가위의 단단한 금속에 손가락이 짓이겨질 때까지 힘껏 힘을 주었다. 구리선이 언뜻 보였고, 마지막 힘을 쥐어짰다.

:00

가위가 전선을 잘라냈다.

조나단은 엉덩이로 털썩 주저앉으면서 LED의 번쩍이는 빨간 숫자와 폭발하지 않은 검은 금속상자를 뚫어지게 쳐다보았다. 정말로 자신이 시간 내에 처리한 것일까? 어느 쪽이 사실인지 판단하기에는 머리가 너무 어지러웠다.

수조를 보니 수정처럼 맑은 물이 티타늄 고정대 아래로 연료봉의 제일 윗부분까지 내려가 있었다. 마치 산소의 존재를 느낀 것처럼 연료봉이 진동하는 듯 보였다.

그리고 그 지점에서 물이 멈췄다.

수심은 첫 번째 폭탄으로 만들어진 거칠게 뚫려 있는 구멍 아래로 내려가 있었다. 우라늄 연료봉 위쪽으로 남아 있는 물이 30센티미터 이하였지만 30센티미터면 충분했다. 물은 더 이상 냉각수조에서 빠져나가지 않을 것이었다.

엠마가 뛰쳐나간 문이 다시 열렸다. 그레이브스 대령과 케이트 포드 경감이 건물 안으로 들어왔고, 뒤이어 열두 명의 특수부대원들과 발전소 소장도 따라 들어왔다. 적어도 열 대의 기관단총이 조나단을 정통으로 겨냥하고 있었고, 조나단은 그 자리에 가만히 있는 편이 현명하다고 판단했다.

그레이브스가 조나단과 그의 피 묻은 손과 무릎 사이에 놓여 있는 부분적으로 해체된 폭탄을 눈여겨보았다. 이어서 그는 손을 내밀며 조나단이 일어설 수 있도록 부축해 주었다. "제어실 모니터 화면을 통해 모두 지켜봤소."

"설득할 수 있을 거라고 믿었소." 조나단이 말했다.

그레이브스도 그의 말을 받아들이는 듯했지만, 아무런 대답도 하지 않았다.

케이트 포드가 다가와 조나단의 어깨에 팔을 두르고 그를 출구까지 부축해 갔다. "우선, 좀 씻어야겠군요." 하고 그녀가 말했다.

조나단이 멈춰서며 말했다. "그녀는 어디 있나요?"

그레이브스가 케이트를 한 번 본 다음 다시 조나단을 보았고, 조나단은 마음의 준비를 하고 그레이브스의 대답을 기다렸다. 그레이브스는 고개를 저었다. "아직 찾지 못했소. 하지만 걱정 마시오. 단지 내를 수색 중이오. 그리 멀리 가진 못했을 거요."

조나단은 고개를 끄덕였다. 아내는 사라져 버린 것이었다. 모두들 그렇다는 것을 알았다. 그는 고개를 돌려 스테인리스 수조 아래 난 거대한 구멍을 다시 한 번 쳐다보았다. "충분할 만큼 아래쪽이 아니었어." 이렇게 그는 혼잣말처럼 말했다. "연료봉이 물 위로 노출된 적이 없었어."

"그게 무슨 뜻이오?" 하고 그레이브스가 물었다. "지금 뭐라고 했소? 이해가 잘 안 가는데."

조나단은 대답하지 않았다. 갑자기 피로가 몰린 나머지 설명을 할 수가 없었다.

"어서 갑시다." 케이트가 말했다. "런던 행 비행기를 타야 해요."

"달리 선택할 여지는 내게 없나요?" 하고 조나단이 물었다.

"없지, 무슨 소리야." 하고 그레이브스가 말했다. "이걸로 당신 일이 해결됐다고 생각하면 큰 오산이오."

76

한 시간 뒤, MI5의 국장 앤서니 알램
경은 수화기를 들고 프랭크 코너에게 전화를 걸었다. "자네의 그 골칫덩어
리가 좀 전에 모습을 드러냈다는군."

"어디서?"

"노르망디에 있는 라헨느 원자력발전소에서. 프랑스 원자력 시설을 마
비시킬 사건을 일으키려 했다네. 그곳을 아주 날려 버릴 계획이었다는구
먼. 하마터면 성공할 뻔했어."

"잡았나?"

"아니." 알램경이 말했다. "용케 탈출했다네."

"이런, 망할." 코너가 말했다.

"프랑스 경찰이 엠마 랜섬에 대해 전국 수배령을 내렸네. 인터폴에서도
협조 중이고."

"소용없어. 엠마 랜섬은 유령 같은 존재야. 결코 찾아내지 못할 걸세."

"그럴지도 모르지." 알램경이 말했다. "그런데 말이야. 엠마 랜섬이 세
르게이 스베츠 밑에서 일했다는군. 알아보니 그 여자도 러시아인이라네.
물론 자네는 오래 전부터 알고 있었겠지."

"물론, 알고는 있었지. 8년 전에 그 여자를 받아들인 사람도 나였으니

까. 엠마 랜섬이 그자들에게로 다시 돌아갔다는 사실이 믿겨지지 않는군." 코너는 한숨을 지으며 말했다. "이 모든 게 다 내 실책이야. 우리 요원이 로마에서 일을 그르치지만 않았어도 말이야. 깔끔하지 못한 일처리 때문에 그렇게 된 거야."

"프랑스 정보국에서 스베츠를 데리고 있네. 알아본 바에 의하면 그 자가 이번 작전을 직접 지휘했다는군. 우리가 파리에 있는 스베츠의 은신처를 찾아냈고, 거기서 용케 놈을 체포했지. 우린 총리께서 크렘린궁과 직접 담판을 짓기 전까지 조용히 입 다물고 있을 계획이라네."

"그자가 러시아로 돌아갈 수 있을 거라는 데 10센트도 걸 생각이 없네."

"그나저나." 알램경이 말했다. "최근 며칠간 자네가 런던에서 보인 행동들 말일세. 아주 지저분했지."

"엠마 랜섬이 우리 디비전을 배신했네." 코너가 말했다. "난 해야 할 일을 했을 뿐일세. 도를 넘어섰다면 내 사과하지. 이젠 걱정할 필요 없을 걸세. 나도 오늘 밤엔 돌아갈 예정이지."

"좋은 여행되길 바라네. 프랑스에서 일이 어떻게 돌아가고 있는지는 나중에 알려주겠네." 벽에 걸린 시계를 보며 알램경이 말을 멈췄다. 그는 보안이 안 된 일반회선으로 2분 남짓 통화 중이었다. 그는 그 정도면 충분했기를 바랐다. "아, 프랭크. 엠마 랜섬이 어디로 갔을지 혹시 뭐 떠오르는 건 없나?"

"그걸 누가 알겠나? 내 말했잖나. 유령 같은 인간이라고."

프랭크 코너는 전화를 끊었다. 연결상태가 그리 나쁘진 않았다. 송신탑에서 한참 떨어진 곳에서 통화를 한 것 치고는 말이다. 파도에 요트가 흔들렸고 중심을 잡기 위해서 그는 휠을 꽉 움켜쥐었다. 한 손은 늘 보트에, 그의 부친은 그렇게 가르쳤다. 요트타기의 기본 수칙이었다. 좌현 너머로 프랑스 연안이 보이고, 멀리 실안개 속으로 라헨느의 새하얀 대형 돔이 보였다.

"그래." 엠마 랜섬에게 수건을 건네주며 그가 말했다. "어디로 갈 건가?"

"아직 모르죠." 젖은 머리를 말리며 그녀가 대답했다. "앞으로 일이 어떻게 돌아가느냐에 따라 결정되는 거 아닌가요, 안 그래요?"

코너가 그녀의 등을 토닥이며 말했다. "그래, 라라. 물론, 그렇지."

"내 이름은 엠마에요." 그녀가 말했다. "엠마 랜섬이라고요."

코너가 고개를 끄덕였다. 지금 상대를 굳이 자극할 필요가 없다는 것 정도는 그도 알고 있었다. 갓 임무를 마친 요원이 감정적으로 구는 것은 오히려 자연스러운 현상이었다. 더구나 이번은 그 어느 때보다도 힘든 임무였으니. "그에게 연락을 해 볼 생각은 아니겠지?"

엠마는 코너를 힐끗 보더니 곧바로 고개를 돌렸다. "아니요. 연락 같은 건 안 해요."

"절대로 그자가 알면 안 돼."

"알아요."

코너는 미소를 지었고, 이어서 의무와 조국, 그리고 직업을 위해 자신들이 치러야 하는 대가에 대해 늘어놓았다. 진부한 말들이었고, 전에도 1백 번 넘게 해온 말들이었다. 그는 여전히 그 말들을 믿었다. 한마디도 빠짐없이 전부 다 믿었다.

엠마 랜섬은 고개를 저으며 저 멀리 해안을 바라보았다. "프랭크, 입 다물고 보트나 모세요."

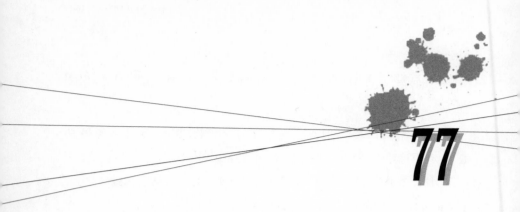

늦은 9월, 북극권 한계선으로부터 휘몰아쳐 온 차가운 바람이 모스크바를 뒤덮었고, 기온은 급작스럽게 영하 30도까지 떨어졌다. 어디를 가나 사람들은 두터운 코트를 껴입고 목에는 울 목도리를 두르고 있었다. 고르키공원의 아이스링크는 예년보다 두 주일이나 앞당겨 개장했다. 일기예보관들은 너나할 것 없이 길고 매서운 겨울을 예상한다고들 했다. 그러나 그 어느 곳도 루비앙카의 지하만큼 추운 곳은 없었다. 그곳은 1백년이 넘는 역사를 자랑하는 화강암 요새이자 러시아에서 가장 악명 높은 정치범 수용소였다.

"세르게이, 자네는 우리를 아주 난처한 상황에 처하게 만들었네." 러시아 대통령이 말했다. "증거는 충분하더군. 자네가 파리에서 그들에게 붙잡혔다는 사실을 제외하고도 말일세."

스베츠는 고개를 높이 쳐든 채 목재 테이블 앞에 앉아 있었다. "예상했던 바입니다." 하고 그는 말했다. "모두 그들이 꾸민 일입니다."

"말도 안 되는 소리." 이고르 이바노프가 말했다. "조금 있으면, 이번 작전도 모두 미국의 계획이라고 우겨댈 기세군. 말해 보게. 그렇다면, 날 죽이려던 자가 프랭크 코너였다는 말인가?"

"그건 어디까지나 내 생각이었지." 스베츠도 당당하게 대답했다.

세 남자는 지하 2층, 좁고 눅눅한 방에 앉아 있었다. 창문은 없고, 아무런 장식도 없이 오로지 벽, 천장, 그리고 바닥만 있을 뿐이었다. 깜빡이는 형광등이 유일하게 그곳을 밝혀주는 빛이었다.

MI5의 인장이 찍힌 말끔한 가죽 서류집이 테이블 한가운데 놓여 있었다. 온갖 격식을 차리며 대통령은 서류집의 끈을 풀고 서류들을 하나하나 읽어나갔다. "자네 요원의 병원비로 지불되고 출처가 FSB의 유령회사로 밝혀진 2만 5천 유로. FSB가 이란 동지들로부터 빌린 파리의 아파트에서 발견된 런던 차량 테러에 사용된 5킬로그램의 셈텍스 폭발물. 그리고 이번 사건의 가장 중요한 증거로 FSB의 연관성을 드러내는 기밀파일과 작전 진행사항이 담긴 노트북 컴퓨터. 끝이 없군." 대통령은 서류들을 내려놓고 꼼꼼하게 다시 끈을 묶어 서류집을 닫았다. 양손을 포개 깍지를 끼며 대통령이 말했다. "자네는 우리 정부가 모든 것을 시인하는 것 외에는 아무런 선택의 여지를 남겨 주지 않았네."

이바노프는 어둡고 매서운 눈초리로 스베츠를 내려다보았다. "자네 덕에 앞으로 십년간은 영국놈들 비위 맞추며 눈치만 보게 된 거야."

"자네도 어차피 그들의 사람이잖나." 이바노프를 똑바로 응시하며 스베츠가 말했다. "모든 것이 나를 제거하고자 저자가 벌인 음모입니다. 이건 함정입니다. 그 여자에게 물어 보십시오. 다 설명을 드릴 겁니다."

"이미 물어 봤네. 그것도 여러 번." 대통령이 말했다. "나도 라리사 알렉산드로브나 안토노바가 진실을 말하고 있다고 믿네. 그녀야말로 의롭고 용감한 시민이지. 선발 당시 정황으로 보건데 자네한테 충성하는 것 외에는 달리 선택의 여지가 없었더군. 우리는 그녀를 용서하기로 했고, 앞으로도 그녀의 다양한 재능을 활용할 생각이네."

스베츠는 고개를 숙이며 중얼거렸다. "맙소사. 그자들이 이겼어."

"대화는 이것으로 충분한 것 같네." 하고 대통령이 말했다. "일어나게. 자네 방까지 동행하겠네."

스베츠는 한때의 군인다운 자세로 무릎을 꼿꼿이 펴고 자리에서 일어났다. 그는 테이블을 지나 문을 열고 복도로 걸어 나갔다. 걷는 동안에도 그는 고개를 높이 쳐들고 있었다.

총구가 목덜미에 와서 닿고, 이어서 총알이 두개골에 날아와 박히는 것을 그는 느끼지 못했다. 아주 짧은 찰나, 그는 섬광이 번쩍이는 것을 보았다. 그리고 그것으로 끝이었다.

대통령은 총구를 내리며 말했다. "내가 저자에게 직접 얘기했었지. 자네를 죽이려던 놈이 우리 러시아인으로 밝혀지는 날에는 그놈은 내가 직접 처단하겠다고."

이바노프가 죽은 자를 내려다보며 말했다. "속이 다 시원하군요."

대통령이 갑자기 턱을 치켜세우며 이바노프를 의심 가득한 눈빛으로 바라보며 말했다. "설마 자네, 자넨 아니지?"

"뭐가 아니란 말씀이십니까?" 이바노프가 물었다.

"미국 스파이 말이야."

이바노프는 대통령을 바라보았다. 입가에 미소가 번지면서 그는 큰 소리로 웃기 시작했다. 잠시 후에 대통령도 그와 함께 웃기 시작했고, 그들의 웃음이 차가운 석벽을 타고 울려 퍼졌다.

"자네 말이야." 숨을 가다듬고 대통령이 말했다. "갑자기 한 자리가 생겨서 그러는데 말이야. FSB 국장 자리를 자네가 한번 맡아보는 게 어떤가?"

이고르 이바노프는 마른 침을 삼키며 대답했다. "그야말로 영광입니다."

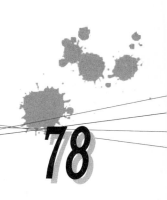

동부 표준시 오전 6시. 전화가 걸려왔다. 침대에 혼자 누워 있던 프랭크 코너는 베개 밑에서 핸드폰을 꺼내 발신자의 번호를 확인했다. 정신을 바짝 차리며 지체 없이 자리에서 일어나 전화를 받았다. "그래." 하고 그가 말했다. "무슨 일인가?"

"나요." 이고르 이바노프가 대답했다. "잠입 성공."

에필로그

헬만드 지방, 라슈카르 가
아프가니스탄

픽업 트럭이 도착했을 무렵에는 이미 해질녘이 다 되어 있었다. 뿌연 먼지가 가라앉기도 전에 토담집과 돌 움막에서 우르르 달려 나온 대여섯 명의 아이들이 트럭을 에워쌌다. 다리가 세 개뿐인 이 마을의 잡종견 마사드가 이를 드러내고 미친 듯 짖어대며 선두를 지휘했다. 한때는 미군이 데리고 있던 군견이었지만, 수류탄이 한쪽 다리를 앗아가고, 그곳의 계곡지대가 더 이상 우호적으로 느껴지지 않자 병사들은 마사드를 그곳에 두고 떠나 버렸다.

공용 화덕에 둘러앉은 스무 명 남짓 되는 마을 남자들 중 어느 누구 하나 트럭에 관심을 쏟는 이는 없었다. 남자들은 타바코 잎과 아편을 섞어 만든 끈적끈적한 갈색가루인 나스와르를 씹으며 화덕 불에 천천히 익고 있는 염소고기에만 관심을 집중했다. 일주일 만에 처음으로 맞는 식사였다. 그리고 모처럼의 좋은 식사는 낯선 방문자보다도 중요한 법이었다. 중요한 손님이었다면 초저녁부터 예고도 없이 찾아올 리가 없었다.

키가 큰 이방인 한명이 트럭 뒤에서 뛰어내렸다. 마을의 최고 연장자인 칸 혼자 자리에서 일어나 낯선 이방인을 맞이했다. 이방인은 그 지역의 하얀색 스카프를 머리에 두르고 그곳 전통의상을 입고 있었다. 회색빛으로 변해가는 굵고 거뭇한 수염으로 얼굴의 절반이 뒤덮여 있었지만, 어두워진 저녁의 어스름한 불빛에도 불구하고 무엇인가를 면밀히 살피는 듯한 짙은 눈동자만은 한눈에 두드러져 보였다. 그는 가죽가방을 어깨에 짊어진 채 칸에게 다가와 공손하게 인사했다.

"누구시오?" 칸이 파슈토어로 물었다.

"의사입니다."

칸은 그의 억양을 듣고 어떤 자인지 단번에 알아차렸지만 놀라움을 숨겼다. 이 십자군 같은 자들이 감히 이곳 남쪽까지 내려오기 시작한 지도 일 년이 넘었다. 명령 한마디로 이 남자를 처단할 수도 있었다. 하지만 이 남자에게는 사람의 이목을 끄는 무엇인가가 있었다. "친구여, 이름이 어떻게 되시오?"

"조나단입니다."

칸은 그에게 악수를 청했고, 이 낯선 자가 그의 신뢰를 받을 만한 선량한 사람인지를 알아보기에 충분할 만큼 오래도록 잡은 손을 놓지 않았다.

"의사 선생, 내 손녀 아이가 아프다오." 칸이 이렇게 말했다. "도와주실 수 있겠소?"

조나단 랜섬은 토담집과 화롯불, 그리고 기대에 찬 표정으로 그를 바라보는 아이들의 얼굴을 물끄러미 바라보았다. 산 높은 곳에서는 꺼져가는 태양에서 흘러나온 잔잔한 보랏빛 빛줄기가 그곳의 거친 풍경 위로 드리워져 있었다. 고향에 온 것이었다.

"노력해 보겠습니다."

◆BOOK 3 『룰스 오브 비트레이얼』에서 모든 음모의 실체가 모습을 드러냅니다◆

옮긴이 **이정윤**은 서울에서 태어나 이화여자대학교 신문방송학과를 졸업했다. 영국공영방송 (BBC)과 서독공영방송(WRK)의 현지 코디네이터 및 리포터로 활동했다. 현재 전문번역가로 일하고 있으며 『디 아더 우먼』, 『룰스 오브 디셉션』 시리즈를 우리말로 옮겼다.

룰스 오브 벤전스

초판 1쇄 인쇄 | 2012년 5월 1일
초판 1쇄 발행 | 2012년 5월 10일

지은이 | 크리스토퍼 라이히
옮긴이 | 이정윤
펴낸이 | 이기동
편집주간 | 권기숙
마케팅 | 이동호 유민호
주소 | 서울시 성동구 성수 2가 300−1 삼진빌딩 8층
이메일 | icare@previewbooks.co.kr
블로그 | http://blog.naver.com/previewbooks
홈페이지 | http://www.previewbooks.co.kr

전화 | 02)3409−4210
팩스 | 02)3409−4201
등록번호 | 제206−93−29887호

교열 | 이민우
편집디자인 | 에테르
인쇄 | 상지사 P & B

ISBN 978−89−972010−3−7 03840

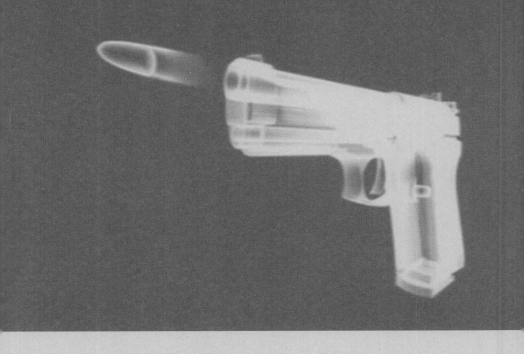

크리스토퍼 라이히 Christopher Reich

21세기 스파이 스릴러의 맥을 잇는 뉴욕타임스 베스트셀러 작가. 『넘버드 어카운트』
Numbered Account와 『패트리어츠 클럽』Patriots Club으로 세계적인 명성을 얻었으며,
2006년 국제스릴러작가협회가 수여하는 최고작품상을 수상했다. 현재 서던캘리포니아
에서 작품활동을 하고 있다.

www.christopherreich.com

www.doubleday.com